Eva Woods

Gib mir deinen Ex, ich geb dir meinen

Eva Woods

Gib mir deinen EX, ich geb dir MEINEN

Roman

Aus dem Englischen
von Ivana Marinovic

blanvalet

Die Originalausgabe erschien 2016 unter dem Titel
»The Ex-Factor« bei Harlequin Mira,
an imprint of HarperCollinsPublishers, London.

 Dieses Buch ist auch als E-Book erhältlich.

MIX
Papier aus verantwor-
tungsvollen Quellen
FSC® C014496
FSC
www.fsc.org

Verlagsgruppe Random House FSC® N001967

1. Auflage
Copyright der Originalausgabe © 2016 by Eva Woods
Copyright der deutschsprachigen Ausgabe © 2017
by Blanvalet Verlag, in der Verlagsgruppe Random House GmbH,
Neumarkter Str. 28, 81673 München
Redaktion: Melike Karamustafa
Umschlaggestaltung und -motiv: www.buerosued.de
LH · Herstellung: sam
Satz: KompetenzCenter, Mönchengladbach
Druck und Bindung: GGP Media GmbH, Pößneck
Printed in Germany
ISBN: 978-3-7341-0291-2

www.blanvalet.de

Für Diana Beaumont,
die mich zu einer besseren Schriftstellerin macht.

Prolog

Marnie

»Wir bitten alle Fahrgäste, ihre Sicherheitsgurte zu schließen; in Kürze beginnen wir mit dem Landeanflug auf…«

Sie ignorierte die Ansage so lange wie möglich. Wenn man dabei war wegzurennen, weil man keinen Ort hatte, wo man hinkonnte, bestand schließlich kein Grund zur Eile. Erst als die Stewardess kam und sie zurechtwies, schnallte sie sich widerwillig an, nahm ihre Ohrstöpsel heraus und schob die Sonnenblende hoch.

Von oben sah London grau aus. Wie ein riesiges, zusammengekauertes Wesen, das in der kalten Januarluft fröstelte. Sie war sich nicht sicher, warum und wohin sie zurückkehrte. Nicht nach Hause – sie wusste momentan nicht, wo das war.

Das Flugzeug senkte sich seitlich durch den eisigen Winternebel. Um sie herum begannen die Leute damit, ihre Habseligkeiten einzusammeln, ihren Müll zusammenzuknüllen, ihre Arme und Beine zu strecken. Voller Vorfreude auf eine neue Stadt, den Buckingham Palace, den Tower of London, Madame Tussauds.

Sie nicht. Ihr graute davor. Aber wenn ihre Mutter ihr eins beigebracht hatte, dann dies: Immer schön ein Pokerface aufsetzen. Also schob sie sich trotz des diesigen Lichts ihre große Sonnenbrille auf die Nase, wischte die Krümel des Bordmenüs von ihrem sorgfältig ausgesuchten Outfit und zog sich den Mund mit dem roten Lippenstift nach. War das

Cape zu viel des Guten? Das Kleid zu schrill? Egal, jetzt war ohnehin keine Zeit mehr, sich umzuziehen.

Sie zog ihr Handy hervor und schrieb einen Tweet: *Lande gleich auf der Piste! Kann es kaum erwarten, euch alle zu sehen. London! xx*

Ihr blieb noch ein Moment, um darüber nachzudenken, was sie hinter sich gelassen hatte, und die Tränen zu spüren, die ihr zum wiederholten Mal an diesem Tag in die Augen stiegen. Pokerface. Sie setzte ein Lächeln auf. Aus den Lautsprechern ertönte ein Piepen, und der graue Asphalt der Landebahn kam in Sicht. Sie war zurück.

Kapitel 1

Gestörte Routine

Helen

Wie viele Nachrichten bekommt man an einem durchschnitt-
lichen Tag? Wie viele E-Mails, Facebook-Benachrichtigungen,
Tweets? Die meisten sind sofort vergessen – die Freundinnen,
die wegen ihrem Gewicht durchdrehen oder weil ihr Boss sie
auf Facebook entdeckt hat (wie ironisch), der Werbenews-
letter, den man seit Ewigkeiten abbestellen wollte, Bilder von
einem Promi-Frühstück auf Instagram.

Doch manchmal bekommt man auch eine Nachricht, die
mehr ist als das. Diese Nachricht sagt zunächst womöglich
nichts Besonderes aus. Zuerst ignoriert man sie vielleicht,
dreht sich um und schläft weiter, lässt das Handy zurück in
die Tasche fallen und vergisst sie. Aber obwohl man es zu
jenem Zeitpunkt noch nicht wissen kann, ist diese Nachricht
der Beginn von etwas, das das eigene Leben für immer verändern wird. Natürlich, mindestens 99,99999 Prozent aller
digitalen Benachrichtigungen sind absoluter Müll, aber man
kann sich nie sicher sein.

Helen wurde vom Summen ihres Handys geweckt. Sie setzte
sich kerzengerade in ihrem Bett auf und tastete blind auf
dem Nachttisch herum, zwischen der Fernbedienung für

den Fernseher, der für die Jalousien, den Tempos, der Handcreme und dem gerahmten Foto ihres Katers. Die Dinge in ihrer Wohnung fügten sich zu einer Mischung, die irgendwo zwischen NASA-Kontrollraum und der Pinterest-Wand einer Ü-40-Jungfer lag.

Sie starrte blinzelnd auf das Handy. Las die Nachricht noch einmal. Stieß ein kleines »Huch« in Richtung der leeren Bettseite neben sich aus, dann sah sie auf die Digitalanzeige ihres Weckers. 7:45 Uhr. Nur eine zutiefst selbstsüchtige Person würde einer Freiberuflerin zu dieser unchristlichen Zeit eine SMS schicken. Doch die Nachricht leuchtete hartnäckig auf dem Display und brannte sich in ihre Netzhaut. Ihr erster Gedanke war: Sie ist zurück. Hallo, Marnie. Tschüss, gesunder Schlaf. Ihr zweiter Gedanke war: Heilige Scheiße! Sie ist zurück! Ein undefinierbares Gefühl flackerte in ihr auf und verflog wieder. Eine Mischung aus Aufregung, Nervosität und noch etwas anderem, das sie nicht richtig einordnen konnte. Dann löste sie sich aus ihrer Erstarrung und begann umgehend damit, Bars und Restaurants zu googeln – und Detoxbehandlungen.

Es heißt, ein Freund, der einen als Menschen nicht verändert, ist kein echter Freund, sondern nur ein guter Bekannter. Helen hätte der Redensart noch eins hinzuzufügen gehabt: Eine Freundin, die einem nicht ständig das Gefühl gibt, man wäre gerade dabei, in eine Achterbahn zu steigen – aufgeregt, verängstigt und mit dem Hauch einer Chance, sich eine ernsthafte Verletzung zuzuziehen –, ist keine echte Freundin.

Sie stand um Punkt acht Uhr auf – noch bestand keine Notwendigkeit, an ihren Gewohnheiten zu rütteln – und begann mit ihrer morgendlichen Routine. Es war Dienstag, also wusch sie sich die Haare, benutzte Zahnseide und rasierte sich die Beine. Sie trug eine tief pflegende Gesichtsmaske auf, stellte den Wecker auf exakt vier Minuten und verbrachte die Einwirkzeit damit, ihr gerötetes Gesicht im Spiegel zu betrachten und einen meditativen Sprechgesang anzustimmen: »Ich bin erfolgreich. Ich bin glücklich. Mir geht es gut allein.« Nicht dass sie diese selbstbekräftigende Aussage sonderlich überzeugte – sie fühlte sich weder besonders erfolgreich noch wirklich glücklich, aber dafür definitiv ziemlich allein.

Sie putzte die Dusche und besprühte die Oberflächen mit Glanzspray, wischte rasch das Waschbecken aus und sammelte die Handtücher und Bettbezüge ein, um sie in die Waschmaschine zu werfen, so wie sie es jede Woche tat. Dann brühte sie einen Kaffee in ihrer Chambord-Kanne auf, die blitzeblank neben dem Spülbecken stand, wo sie sie am Vorabend zum Abtropfen stehen gelassen hatte, kochte sich ein Fünfminutenei, stellte den Toaster auf drei Minuten und schob zwei Brotscheiben hinein. Und die ganze Zeit über schaute sie kein einziges Mal auf ihr Handy. Disziplin. Das war der Schlüssel zu allem.

Um 8:46 Uhr befand Helen, dass nun ein guter Zeitpunkt sei, um auf die SMS zu antworten.

Hi! Tolle Neuigkeit. Soll ich einen Ausgehtrupp zusammentrommeln?

Als ihr Finger über dem Senden-Knopf schwebte, überlegte sie kurz, ob sie Marnie noch fragen sollte, wo sie in London unterkommen würde, entschied sich dann aber dagegen. Sie hatte bestimmt schon etwas aufgetan, ein besetztes Haus, ein Zimmer zur Zwischenmiete oder einen Lover, den sie bereits an der Victoria Coach Station aufgegabelt hatte.

Die Antwort-SMS kam sofort, was nur bedeuten konnte, dass Marnie gerade erst angekommen und noch nicht sicher war, was sie tun sollte. *Ja! Gleich heute Abend, wenn möglich? Würde euch alle supergern sehen. xx*

Helen öffnete die Facebook-Messenger-Gruppe, die sie jeden Tag nutzte, um mit Rosa und Ani zu chatten.

Ratet mal, was! M ist zurück.

Sie stellte sich vor, wie ihre Freundinnen die Nachricht anklickten: Rosa in ihrem Büro in der Zeitungsredaktion, Ani vielleicht auf dem Weg zum Gericht. Beide schick gekleidet, mit Schlüsselbändern, Kaffeebechern und strahlenden Businessgesichtern.

Ani meldete sich als Erste zurück: *Waaaaas? Einfach so aus dem Nichts heraus? Hat sie irgendwas darüber gesagt, wo sie die ganze Zeit war?*

Keine Ahnung. Ich schätze, wir werden es früh genug erfahren. Heute Abend essen gehen?

Heute-heute? So wie am heutigen Tag in ein paar Stunden?

Ach, komm schon. Leb mal ein bisschen! Du kannst doch bestimmt um acht Feierabend machen?

Ich sollte eigentlich bei meinen Eltern vorbeischauen. Dekoblumen für die Verlobung meiner Cousine basteln und dabei 10.000 Fragen beantworten, wann ich endlich an der Reihe bin.

Willst du stattdessen nicht lieber einen netten Abend mit uns verbringen?

Ich würde mir stattdessen sogar lieber die Augen zutackern. Also, ja, ich bin dabei. Was ist mit dir, Rosa?

Leute, ich tippe von unter meinem Schreibtisch. Schon wieder. Ich habe hier unten mittlerweile einen Tempovorrat gebunkert.

In Rosas Großraumbüro war der Platz unter ihrem Schreibtisch einer der wenigen Orte, an den sie sich zum Heulen verkriechen konnte. Was man anscheinend recht oft tun musste, wenn man sich gerade von seinem Ehemann getrennt hatte und besagter Ex nur ein paar Meter entfernt am anderen Ende des Raumes arbeitete.

Würde ein Drink deine Stimmung vielleicht heben?, tippte Helen rasch. *Verstehe aber total, wenn nicht.*

Warum denn nicht?, erwiderte Rosa. *Karriere und Ehe im Eimer, da kann ich genauso gut an meinem Sozialleben feilen.* Rosa, der frischgebackene Single, hatte einen Hang zu derlei dramatischen Verlautbarungen entwickelt. *Muss los. Make-up auffrischen, bevor David vorbeikommt.*

Pass auf dich auf, Süße, schrieb Helen. *Denk dran, du bist toll, wir lieben dich, und du brauchst ihn nicht.*

Muss auch los, der Richter wartet, schrieb Ani. *Bitterböse Anhörung in einem Scheidungsfall. Wenigstens hat dein Mann nicht mit deiner Schwester geschlafen, Rosa.*

Wahrscheinlich nur, weil ich keine Schwester habe.

Helen verabschiedete sich mit ein paar weiteren Mitleidsbekundungen und wünschte viel Glück. Auf wundersame Weise hatte sie es geschafft, sie alle vier zu einem Abendessen zu versammeln, und das an einem Wochentag, in London, im Januar, mit nur ein paar Stunden Vorlaufzeit. Das schien Leistung genug für einen Tag, aber die Arbeit rief.

Sie klickte ihren E-Mail-Posteingang an und holte tief Luft. Sie liebte es, von zu Hause aus zu arbeiten und konnte sich gar nicht mehr vorstellen, in ein Büro zurückzukehren, aber dennoch brauchte sie gewisse Regeln. Sich anzuziehen war eine davon, selbst wenn es sich nur um einen Pyjama handelte. Eine andere Regel lautete, dass ihre Arbeit keinen Einfluss auf ihr Privatleben nehmen durfte. Allerdings war das leichter gesagt als getan.

Die erste E-Mail in ihrem Posteingang lautete: *Ich glaube, mein Ehemann trifft sich mit einer Frau von ihrer Seite. Können Sie mir seinen Nutzernamen nennen? Das ist einfach nur widerwärtig. Ich verstehe nicht, wie Sie mit so was Ihr Geld verdienen können.*

Helen wurde schwer ums Herz. Herauszufinden, dass sich der Mann, den man liebte, mit einer anderen traf, sie küsste, sie hielt, ihr flirtende Nachrichten schickte – es war nicht so, als könnte sie die Wut nicht nachvollziehen. Aber das hier war ihr Job.

Sie tippte die Standard-Antwort: *Es tut uns leid, aber wir sind nicht befugt, Informationen über unsere Mitglieder nach draußen zu geben. Wir möchten Ihnen jedoch nahelegen, mit Ihrem Mann zu reden – es könnte sich um reine Neugierde handeln oder einen Hilferuf. Womöglich hilft es auch, wenn Sie versuchen, Ihre Beziehung wieder ein bisschen aufzupeppen – versuchen Sie es!* Sie holte noch einmal tief Luft und fügte den Rest hinzu. Sie hasste es, aber ihr Boss bestand darauf. *PS: Selbstverständlich können Sie sich jederzeit selbst bei uns anmelden!* Helen drückte auf Senden.

An manchen Tagen – eigentlich an den meisten – hasste sie, was sie tat, hasste sich dafür, dass sie es tat. Es war ganz sicher nicht das, was sie erwartet hatte, als sie sich vor zwei Jahren für den Im-Nachhinein-zu-gut-um-wahr-zu-sein-Heimarbeits-Job beworben hatte, aber als sie das herausfand, war es schon zu spät gewesen. Und hier saß sie nun und hing fest. Sie blickte auf den Titelkopf der Website, die sie betreute:

Mein-kleiner-Seiten-Sprung. Das beliebteste UK-Datingportal für Menschen in Beziehungen.

Ein weiterer Tag am Schreibtisch. Alles war wie immer. Nur dass Marnie zurück war.

Ani

Ani steckte ihr Handy ein, als sie sich dem Gerichtsgebäude näherte.

Ihr Mandant – sie beriet ihn außergerichtlich, während ihre Kollegin Louise als Prozessanwältin seine Vertretung vor Gericht übernahm – wartete auf den Stufen und stieß eine Rauchwolke in die kühle Luft. Ani versuchte, sich nichts anmerken zu lassen, als er sich vorbeugte, um ihr einen Kuss auf die Wange zu drücken. Sie bevorzugte ein nettes, knappes Händeschütteln oder, noch besser, gar keinen Körperkontakt.

»Mark, hi. Wie fühlen Sie sich?«

»Ich kann's kaum erwarten, die Sache hinter mich zu bringen, damit ich diese Kuh nie wiedersehen muss.«

»Nun, Sie werden sie wohl oder übel wiedersehen müssen, wenn Taylor und Ashley bei Ihnen leben sollen.« (Worum sie vor Gericht gebeten hatten. Wogegen Ani sich ausgesprochen hatte.) Sie lächelte weiter.

»Ja, klar. Ich meine … ich will nur sichergehen, dass ich fair behandelt werde, verstehen Sie? Es sind immerhin auch meine Kinder.«

Ani ermahnte sich still, dass es nicht ihr Job war, Urteile zu fällen. Es war nicht ihre Schuld, dass Marks Exfrau zu weinen anfing, sobald sie den Saal betraten, oder dass Mark seiner Prozessanwältin Louise in den Ausschnitt glotzte. Und es war auch nicht ihre Schuld, dass der Anwalt der gegnerischen Partei zwanzig Minuten zu spät kam und sie damit alle dazu zwang, in peinlicher Stille auszuharren, während der Richter die Prozessakten durchblätterte und mit steigender Gereiztheit Dinge von sich gab wie: »Was bitte ist ein PlayStation?« oder »Mr. Smith erlaubte seiner Tochter, vier Stunden lang *Keeping Up with the Kardashians* anzuschauen? Was ist ein Kardashian?«

Schließlich ergriff Louise das Wort. »Sir, vielleicht sollten wir …«

Doch genau in diesem Moment kam eine in einen teuren Wollmantel gehüllte Gestalt hereingestürmt. »Es tut mir leid, Sir. Wir mussten eine Anhörung unterbrechen, weil meine Mandantin in Ohnmacht gefallen ist.«

Ja klar, dachte Ani, die solche Tricks gewohnt war. Der Kollege versuchte wohl eher, so viele Fälle wie möglich in einen Tag zu stopfen, um sein Honorar aufzubessern.

Sie blickte auf, und ihr Ärger schnellte exponentiell in die Höhe. Der gegnerische Anwalt war etwa fünfunddreißig, gebräunt, obwohl sie Januar hatten, und seine grünen Augen blitzten unter dem teuer frisierten schwarzen Haar hervor. Er sah gut aus – und er war sich dessen sehr bewusst.

»In Ordnung, Mr. Robins, dann legen Sie mal los«, sagte der Richter besänftigt.

Ani warf einen Blick in ihre Unterlagen. Adam Robins. Er blickte beiläufig in ihre Richtung, als er sich auf seinen Platz gleiten ließ, wie um zu sagen, dass er mühelos den Boden mit ihnen aufwischen könnte.

Und er sollte recht behalten. Louise war gut, aber Adam Robins schlug sie vernichtend, indem er Marks sämtliche moralische Verfehlungen auflistete – wie er Denises Schwester unter dem Weihnachtsbaum gevögelt hatte, wie er das Geld für die Geschenke der Kinder für Call of Duty 4 verpulvert hatte, wie er Denise ein Weight-Watchers-Geschenk-Abo gekauft hatte, weil er der Meinung gewesen war, »das kannst du echt gut gebrauchen, Schatz«.

Ab und an warf Mark protestierend den ein oder anderen Satz ein: »Hab ich nicht!«, »Na ja, sie hat doch immer gesagt, sie sei fett!« oder »Das war kein richtiger Sex, nur oral«; und Ani war aufrichtig überrascht, als er am Ende trotzdem das eingeschränkte Sorgerecht für die Kinder zugesprochen bekam. Er verließ geschlagen den Gerichtssaal, während er wenig überzeugend etwas von Männerrechten vor sich hin brummte. »Das ist eine Schande. Ich werde mich an die Organisation Väter für Gerechtigkeit wenden.«

»Die haben sich aufgelöst«, bemerkte Ani knapp, als sie auf den Stufen vor dem Gerichtsgebäude standen. »Nun, Mark, es war nicht ganz das, was Sie sich erhofft haben, aber ich denke, es ist wirklich das bestmögliche Ergebnis.«

»Kann schon sein«, erwiderte er, schon wieder vollkommen unverdrossen. »Hören Sie mal, haben Sie Samstag schon was vor?«

Zuerst missverstand sie ihn. »Ich arbeite am Wochenende nicht, und …«

»Nein, ich meinte mehr Sie und ich auf ein Curry und ein Bier. Ich wette, Sie kennen ein paar nette Läden, wo man richtig gut Curry essen kann. Ach übrigens, was für eine Abkürzung ist das eigentlich? Ani ist doch gar kein indischer Name, oder?«

Sie starrte ihn sprachlos an, bis sie hinter sich jemanden sagen hörte: »Anisha. Sorry, Miss Sing, meine ich. Sie sind mir doch nicht böse wegen vorhin?«

Es war der schreckliche Anwalt, Adam Robins, der sich das dunkle Haar aus dem Gesicht strich. Mark schüttelte ihm die Hand, scheinbar unbeirrt von dem Rufmord, den selbiger gerade vor Gericht an ihm verübt hatte.

Ani funkelte ihn an. Wir konnte er es bloß wagen, so attraktiv und gleichzeitig so souverän zu sein? »Mr. Robins, nicht wahr? Vielleicht könnten Sie in Zukunft versuchen, nicht zu spät zu kommen? Wie Sie sich denken können, ist meine Zeit ebenfalls etwas wert.«

Adam Robins grinste sie amüsiert an. Seine Augen hatten exakt dieselbe Farbe wie grüne Fruchtgeleebonbons. »Da bin ich mir sicher. Ich weiß schließlich, was Sie für Ihre Leistungen pro Stunde verlangen.«

Mark riss die Augen auf. »Sie meinen, dass sie …«

»*Juristische* Leistungen.« Ani wandte dem Anwalt den Rücken zu. Und fügte an Mark gewandt kurz angebunden hinzu: »Ich gehe jetzt. Ich habe noch andere Mandanten.«

»Kann ich dann ihre E-Mail-Adresse haben? Also Ihre persönliche, mein ich.«

»Klar. Das wäre Ani-at-nichtineinermillionjahrekumpelpunkt-com. Melden Sie sich bei Ihrer nächsten Scheidung bei mir, die wird zwangsläufig nicht ausbleiben.«

Als sie davonstapfte, hörte sie Adam Robins ein leises Geräusch von sich geben, das durchaus ein Lachen hätte sein können, während Mark ihn fragte: »Alles klein geschrieben, oder was meinen Sie?«

Sie hatte sich unprofessionell verhalten, aber das war ihr egal. Und das war genau der Grund, warum sie mit zweiunddreißig Jahren immer noch mehr Single war als eine Single-LP – ohne B-Seite –, und warum sie, wenn sie am Wochenende ihre Eltern besuchte, ihnen ein weiteres Mal würde erklären müssen, dass sie sich zurzeit mit niemandem traf, und nein, auch immer noch nicht wollte, dass sie einen netten jungen Mann für sie fanden, aber trotzdem danke. Denn wie sollte man bitte an die Liebe glauben, wenn man den lieben langen Tag damit beschäftigt war, ihre zersplitterten Überreste aufzukehren?

Wenigstens stand heute Abend das Essen mit ihren Freundinnen an. Das würde sie auf andere Gedanken bringen. Und wenn es jemanden gab, der ein noch hoffnungsloserer Fall war als Ani, dann war das Marnie.

Rosa

Rosa saß wieder an ihrem Schreibtisch und ging im Kopf ihre Checkliste durch. Verwischte Wimperntusche? Check. Sie hatte schon vor zwei Wochen aufgehört, welche zu benutzen, nachdem sie eine B-Promi-Schauspielerin interviewt hatte, ohne zu merken, dass sie so riesig dunkle Flecken um die Augen hatte wie ein Panda. Rotz im Gesicht, auf dem Kleid oder im Haar? Check. Sie hatte sich angewöhnt, so viele Taschentücher mit sich rumzutragen, dass sie bei einem Sturz aus dem Flugzeug wahrscheinlich ohne auch nur einen Kratzer überleben würde. Ihr geblümtes Kleid, der Cardigan und die blickdichte Strumpfhose hatten womöglich heute Morgen bei ihrer trendbewussten Chefin für ein gequältes Zusammenzucken gesorgt, aber wenigstens sah sie so einigermaßen respektabel aus. Gab sie gerade laute, schluchzende Geräusche von sich, ohne es zu merken? Check. Außer sie war angesichts der Häufigkeit ihrer Ausbrüche schon taub geworden. Alles war in Ordnung oder zumindest so weit in Ordnung, wie es das in Anbetracht der Tatsache, dass ihr Mann sie vor zwei Monaten verlassen hatte, sein konnte.

Sie warf einen Blick auf den Text auf ihrem Bildschirm: *Der Star des TV-Polizei-Dramas 'Aving a Laugh Natasha Byrd macht bei unserem gemeinsamen Brunch ihrem Namen alle*

Ehre. Während sie in ihrem Salat herumpickt wie ein Vögel-
chen, erzählt sie mir, dass sie nur einmal täglich isst und ...

Mist. Ihr David-Radar schlug aus. Sie hatte in dieser Hinsicht so feine Antennen entwickelt, dass sie selbst dann bemerkte, dass er sich ihr näherte, wenn er sich außerhalb ihres
Blickfelds befand. Rosas Schreibtisch befand sich direkt auf
dem Weg zum Hauptbesprechungsraum, und die Redaktions-
konferenz musste diesmal früher geendet haben. An den
meisten Tagen versteckte sie sich zu dieser Uhrzeit auf dem
Klo und wartete dort in relativer Sicherheit ab, bis er an seinen Platz zurückgekehrt war. Aber jetzt blieb ihr nur eine
Möglichkeit. Nachdem sie sich ihr Handy geschnappt hatte,
ließ sie sich unauffällig auf die Knie herunter und kauerte
sich wieder unter dem Schreibtisch zusammen. Es war gemütlich dort unten zwischen den herunterhängenden Kabeln
und den jahrzehntealten Staubschichten, und der Platz war
schnell zu ihrem neuen Lieblingsort geworden.

»... deswegen denke ich, wir sollten im Januar ganz groß
auf Detox setzen. Mehr Quinoa, mehr Mungbohnen. Weiß
irgendwer, welches die neuesten Trendkörner sind?«

Auuua! Rosas Schreibtischsessel wurde von unsichtbaren
Händen zur Seite geschoben und war mit Karacho über
ihren Daumen gerollt. »Heilige Kacke!«, brüllte sie, bevor sie
es sich verkneifen konnte. *Oh nein.*

»Ach du Scheiße, alles okay?«

Rosa spähte unter dem Tisch hervor, um dort Jason Connell, den neuen Chefredakteur, den ihre Zeitung von der
Klickköder-Seite Listbuzz abgeworben hatten, stehen zu
sehen, und daneben ihre Chefin, Suzanne, die in knallengen
Metallic-Leggins und einem zweiwöchigen Botoxzyklus
steckte.

»Rosa, was tust du da?«, fragte Suzanne. »Bist du nicht ein
bisschen zu alt, um Verstecken zu spielen?«

Doch Rosa hatte nur Augen für die dritte Person im Bunde, die eine rote Skinny-Jeans und ein knallgelbes T-Shirt trug. Das war der Mann, den sie vor fünf Jahren geheiratet hatte, der Mann, mit dem sie ihr Leben hatte verbringen wollen, und von dem sie nie erwartet hätte, dass er irgendwann einmal eine rote Jeans tragen würde. Von dem sie nie geglaubt hätte, dass er seine Schallplattensammlung einpacken und aus der gemeinsamen Wohnung ausziehen würde. Und schon gar nicht, dass er sie mit einer Praktikantin betrügen würde. Sie hatte ihm von der roten Jeans abgeraten, aber er hatte sie trotzdem gekauft, rückblickend hätte sie das als ein Zeichen erkennen müssen.

»Rosa?« David starrte auf sie herab. »Alles in Ordnung?«

»Alles super!« Sie versuchte, jedes Körnchen journalistischen Scharfsinns zusammenzukratzen, über das sie vielleicht noch verfügte. »Ähm, das ist nur so ein neuer Trend, den ich ausprobiere. Er heißt … Kopf-zu-Tisch-Raum.«

»Kopf-zu-Tisch-Raum?« Beinahe wären Suzannes übertrieben gezupfte Augenbrauen in der Mitte ihrer Botox behandelten Stirn zusammengestoßen. Sie hatte kaum noch so was wie Mimik übrig, daher war sie gezwungen, allein durch das angedeutete Blähen ihrer Nasenflügel Angst und Schrecken zu verbreiten. Es war ein wohlgehütetes Geheimnis – was hieß, dass vom Reinigungspersonal bis hin zu den Vorstandsvorsitzenden alle davon wussten –, dass Suzanne mal in flagranti mit Bill McGregor, dem verheirateten Geschäftsführer der Zeitung, in den alten Druckereiräumen erwischt worden war. Die Abdrücke auf der Abendausgabe hatten anscheinend nur wenig der Fantasie überlassen. Damit hatte sie sich unkündbar gemacht, ungeachtet dessen, dass sie die Personifizierung des Bösen selbst war.

»Jep. Das ist ein neuer Meditationstrend«, erwiderte Rosa verzweifelt. »Wissenschaftliche Untersuchungen haben gezeigt, dass Achtsamkeit die Leistung bei der Arbeit bis zu … äh … siebenundvierzig Prozent steigern kann.«

»Hm, das gefällt mir«, sagte der neue Chefredakteur und beugte sich zu Rosa hinunter. Er musste über eins achtzig groß sein, und er sah aus wie ein Surfer, mit dem welligen blonden Haar, das einen Hauch zu lang, und einer Krawatte, die einen Tick zu locker saß für Londoner Büroverhältnisse. An einem anderen, besseren Tag, an dem sie sich nicht unter einem Schreibtisch verkrochen hätte – unter den Blicken ihrer Chefin, deren Boss und ihrem baldigen Ex-Ehemann –, hätte Rosa seinen australischen Akzent sexy gefunden. »Das ist ein guter Ansatz: Arbeite smarter, nicht härter. Könnten wir nicht einen Beitrag dazu bringen?«

»Klar!«, erwiderte Suzanne eifrig. »Was auch immer du willst, Jason. Wir setzen uns sofort dran.« Aber ihre Nasenflügel sagten: Ich werde dich umbringen, Rosa. Ich werde dich zwischen meinen Fingern zerquetschen, wie morgens die frischen Zitronen für meinen Detoxsmoothie.

Rosa jedoch konnte nur David anstarren, der sie mit einem flüchtigen Blick bedachte – war das Mitleid? – und sich dann umdrehte, um davonzuziehen. Immerhin hatte sie recht gehabt: In der Jeans sah er aus wie ein wandelnder Weihnachtstruthahn.

Jason Connell betrachtete sie immer noch neugierig, und Rosa versuchte, ihm mit einem Lächeln mitzuteilen, dass sie ein cleveres, total professionelles und geschätztes Mitglied der Belegschaft war – was wirklich nicht einfach war, wenn man gerade unter einem Schreibtisch kauerte. Er ging vor ihr in die Hocke und zupfte sanft an ihrem langen, dunklen, geflochtenen Zopf.

Sie starrte ihn mit offenem Mund an.

»Da war eine Staubflocke«, erklärte er. Dann lächelte er – war das ein Zwinkern? – und ging zurück in sein Büro.

Rosa setzte sich wieder an ihren Platz. Nur noch vier Stunden und dreiundzwanzig Minuten, bis sie das Büro verlassen, einen Drink kippen und – mit ein bisschen Glück – damit das letzte bisschen Hirn vernichten konnte, das sie an diesen Vorfall erinnern würde. Außerdem war Marnie zurück. Sie hatte mit Sicherheit einen Ratschlag parat, wie man am besten damit umging, wenn der eigene Exmann im selben Büro arbeitete wie man selbst. Immerhin gab es in Bezug auf Männer keine Situation auf dieser Welt, die Marnie noch nicht erlebt hatte.

Kapitel 2

Soleier und Popcorn

Helen

»Die Reservierung war doch erst für sieben?« Der Kellner blickte Helen mürrisch an, als er sie zum Tisch führte (eigentlich war es gar kein richtiger Tisch, sondern ein altes Schulpult, da es sich hier um ein besonders trendiges Londoner Speiselokal handelte).

»Ich weiß, ich wollte nur etwas früher da sein.«

Zwanzig Minuten zu früh, um genau zu sein. Helen-Zeit. Sie wollte lediglich sichergehen, dass es nicht zu laut und zu überfüllt war und sie einen guten Tisch hatten, der weder zu nah am Eingang noch bei den Toiletten lag. Alles musste schön sein, wenn sie Ani und Rosa schon einmal an einem Schultag nach draußen schleifte. Außerdem könnte es mit Marnie etwas schräg werden nach ihrem spontanen Verschwinden von damals. Wieder spürte sie ein nervöses Flattern in der Magengegend.

»Glauben Sie etwa, ich würde den Tisch sonst anderweitig vergeben?«

Helen sah sich in dem leeren Raum um – immerhin war es ein Dienstagabend im Januar – und setzte ein versöhnliches Lächeln auf. »Nein, natürlich nicht. Und die anderen kommen auch bald, versprochen.«

Der Kellner rümpfte die Nase. Seine Arme waren komplett tätowiert, ein Schmetterling zierte seine Wange.

Sie fragte sich, wer wo sitzen sollte. Wenn es doch nur zulässig wäre, Platzkärtchen für zwanglose gesellschaftliche Ereignisse auszustellen. Aber trotz allem freute sich Helen. Seit Monaten schon hatte sie das leichte, ganz leichte Gefühl, das fünfte Rad am Wagen zu sein. Rosa und Ani hatten sich an der Uni kennengelernt, und obwohl sie alle seit Jahren befreundet waren, war Helen sich immer bewusst, dass sie die Neue im Bunde war. Doch mit Marnie war es anders – seit dem allerersten Schultag waren sie und Helen in einer Art Doppelpack dahergekommen. »Wie diese gruseligen Zwillinge, wo der eine im anderen lebt und ihn langsam von innen auffisst«, hatte Marnie es einmal vergnügt ausgedrückt. Bevor Marnie fortgegangen war, waren sie eine eingeschworene Vierertruppe gewesen, bei der sich niemals jemand außen vor gelassen oder allein hatte fühlen müssen. Vielleicht konnten sie ja wieder zu so etwas werden? Bei dem Gedanken zog sich Helens Magen erneut zusammen. Seither waren so viele Dinge passiert, dass es ihr vollkommen unwahrscheinlich erschien.

Rosa traf als Zweite ein. Während sie ihren Zopf aus dem langen Schal wand, verkündete sie: »Ich konnte keine Sekunde länger in der Redaktion bleiben. Ich schwöre, mit David zusammenzuarbeiten ist einfach nur …« Sie tat so, als würde sie ein Seil um ihr Genick zuziehen. »Ich werde mir einen anderen Job bei so einem Käseblatt wie *Rätselwoche* oder *Strickzeit* suchen müssen. Und zu allem Überfluss musste ich mir heute auch noch einen ganz neuen Trend über Entspannungstechniken am Arbeitsplatz aus der Nase ziehen.«

»Das tut mir leid. Brauchst du ein paar Bachblüten-Notfalltropfen?«

»Ja, bitte.« Rosa öffnete den Mund, und Helen träufelte ein paar Tropfen aus dem gelben Fläschchen hinein.

»Eine Vitaminbrausetablette?«

»Her damit.«

Helen kramte in ihrer riesigen Handtasche, die sie immer bei sich trug. Ani nannte sie die »Tasche des Verderbens«, weil sie Hilfsmittel für so ungefähr jede Lebenslage bereithielt. Nur ein groß angelegter Atomschlag würde vermutlich ihre Möglichkeiten übersteigen.

In diesem Moment tauchte Ani auf, die gerade in ihr Handy brüllte. »Sag ihnen, das Angebot ist ridikül. Ja, benutz genau dieses Wort: R-I-… Kannst du es nicht einfach nachschlagen?« Sie winkte den anderen beiden zu. »Ich muss los. Du kriegst das geregelt, oder?«

Rosa legte schuldbewusst die Hand auf ihr Glas mit dem zischenden orangefarbenen Getränk darin. »Das ist nur, äh, ein neuer Cocktail.«

Ani hob eine Augenbraue. »Ich glaube nicht, dass Aufputschmittel gerade das Richtige für dich sind, zumindest den manischen SMS nach zu urteilen, die ich den ganzen Tag von dir bekommen habe. Was macht dein Pseudo-Meditations-Trend?«

»Läuft super«, erwiderte Rosa mit einem Seufzen. »Wie war es im Gericht?«

Ani zog ihren Mantel aus, wobei sie eine cremefarbene Seidenbluse und einen Tweedrock enthüllte, und wuschelte ihren akkuraten Bob etwas durch. »Tja, wir haben verloren, und der Anwalt der Gegenseite war echt heiß …«

»Ooh, echt?«

»Ja. Also war ich selbstverständlich richtig unhöflich zu ihm und habe ihn mehr oder weniger einen Trottel genannt …«

»Natürlich.«

»Und dann hat mein schleimiger Mandant mich ange-baggert.«

»Igitt.«

Ani sah sich um. »Marnie ist noch nicht da?«

»Es ist erst zwanzig nach«, sagte Rosa mit einem Blick auf ihre Uhr.

»Kommt sie denn?«

»Natürlich. Sie hat mir vorhin eine Nachricht geschickt.« Helen wünschte, sie würde sich so zuversichtlich fühlen, wie sie klang.

»Ich wette, sie ist richtig toll gebräunt«, sagte Rosa, während sie in den retromäßigen Soleiern herumstocherte, die der Kellner gerade als Gruß aus der Küche gebracht hatte. »Vielleicht ziehe ich ja auch nach Südamerika und lasse dieses schreckliche kalte London, meine schreckliche Chefin und den schrecklichen David hinter mir. Marnie hat sich bestimmt einen superheißen brasilianischen Beach-Boy ge-angelt.«

»Oder ein Beach-Girl«, warf Ani ein. »Erinnert ihr euch noch an dieses dänische Mädchen, mit dem sie mal was hatte?«

»Oh ja.« Rosa seufzte. »Gott, ich bin eine blutige Anfänge-rin, was Affären angeht.«

Der Kellner beäugte den leeren Sitzplatz. »Kommt die vierte Person bald?«

»Sehr bald. Aber wir ziehen gerne weiter, falls es bei Ihnen voll werden sollte.« Ani war freundlich, aber bestimmt, und Helen nahm sich fest vor, sich in Zukunft ein Beispiel an ihr zu nehmen. »Also war Marnie die ganze Zeit in Süd-amerika?«

Helen zuckte mit den Schultern. »Ich glaube schon. Das Letzte, was ich gehört habe, war Argentinien.« Was hatte sie noch mal geschrieben? *Soooo toll, das Essen ist zum Nieder-*

knien, und die kleinen Kinder sind ja so wunderhübsch...
Marnies Leben klang wie ein Reisebericht, der via Facebook
und Twitter ausgestrahlt wurde. Nichts ging je schief. Jeder
Tag war reich mit Hashtags gesegnet. Aber seit einiger Zeit
war die Kommunikation etwas abgeflaut. Höchstwahrscheinlich war Marnie zu beschäftigt damit gewesen, ihr Leben in
vollen Zügen zu genießen, um sich zu melden.

Ani betrachtete die Speisekarte. »Sollen wir schon mal bestellen? Oh, welch Überraschung... Pulled Pork! Sagt mir
eins: Gibt es in dieser Stadt eigentlich irgendwo auch noch
ungezupftes Schweinefleisch zu essen?«

Helen wurde langsam nervös und sah auf die Uhr, als sie
im selben Augenblick bemerkte, dass Marnie schon da war.

Marnie hatte etwas Besonderes an sich. Die Luft um sie
herum schien immer ein wenig zu schimmern. Und obwohl
Rosa traurig war und Helen besorgt und Ani müde, blickten
alle drei auf, als sie eintrat, und lächelten sie, eine nach der
anderen, an.

Sie war dünn, war Helens erster Gedanke, dünn und unglaublich blass dafür, dass sie auf Reisen gewesen war. Außerdem hatte sie ihrer kupferroten Mähne einen Kurzhaarschnitt
verpasst. Jede andere hätte damit ausgesehen wie eine ältere
Dame an der Kantinenausgabe, aber Marnie stand die Farbe.
Sie sah süß aus, beinahe kindlich und dennoch sexy. Sie trug
ein weites Cape, das ebenfalls mehr wie der neueste Trend
vom Catwalk rüberkam als wie »Rotkäppchen: ihre Londoner Jahre«, und ein kurzes Kleid in der Farbe des Sonnen-
scheins.

Ihr Blick aus den großen grünen Augen huschte über sie
hinweg. Sie zögerte einen Moment, bevor sie sagte: »Sorry,
Leute, ich bin spät dran. Ich bin die U-Bahn nicht mehr
gewohnt...«

Helen sprang auf und zog sie an sich. »Macht doch nichts. Hauptsache, du bist da!«

Marnie roch wie immer, nach exotischen Gewürzen und Flughafenlounges. Für einen Moment spürte Helen den Namen zwischen ihnen schweben. Würde Marnie Ed erwähnen? Gott, sie hoffte nicht.

Marnie schlang die Arme um Helen und wich dann ein Stück zurück, um sie in Augenschein zu nehmen. »Oh mein Gott. Schau dich nur an!«

Helen wurde rot. »Oh. Ja, das …«

»Warum hast du mir nichts davon erzählt?«

Helen verkniff sich ein: Äh, vielleicht weil ich seit Monaten nichts mehr von dir gehört habe? Stattdessen sagte sie: »Ach, ist doch keine große Sache. Ich hab mich nur bei einem Fitnessstudio angemeldet und so.«

»Du musst mindestens … ich weiß nicht, zwanzig Kilo verloren haben?«

»Fünfundzwanzig«, berichtigte sie Ani. »Sie sieht unglaublich aus, oder? Hey, es ist schön, dich zu sehen.« Ani war ebenfalls aufgestanden, um Marnie von der anderen Seite zu umarmen, und Rosa schlang ihre Arme um sie alle herum, sodass sich die vier Freundinnen zu einer Art achtarmigem Umarmungsmonster verknoteten.

Marnie drückte Ani. »Gott, du siehst so erwachsen aus. Ich liebe dieses Kostüm.« Dann küsste sie Rosa auf die blasse Wange. »Süße, es tut mir so leid wegen David. Du musst mir alles erzählen.«

Schnell setzten sie sich, und der Kellner, der nach einer Dosis von Marnies magischem Lächeln und ihrem netten, strahlenden »Hi! Hatten Sie einen schönen Tag?« urplötzlich aufgetaut war, brachte ihnen freundlich lächelnd eine extra Portion Soleier und schob ihnen heimlich noch Popcorn in kleinen Blecheimerchen zu.

»Pulled Pork«, sagte Marnie mit einem skeptischen Blick auf die Speisekarte. »Was soll das denn sein? Klingt nach dem Zeug, das sie in die Gammelfleisch-Sandwiches in der Grundschulkantine getan haben. Ich zahle doch keine achtzehn Pfund für Kantinenfraß, die wollen mich wohl verarschen.«

Die anderen drei brachen in Gelächter aus.

»Marnie«, sagte Ani und erhob ihren in einem Marmeladenglas servierten Cocktail. »London hat dich echt vermisst.«

Es war beinahe, als wäre Marnie nie weg gewesen, dachte Helen, während sie versuchte, den kopfgroßen Burger in ihren Mund zu manövrieren. Als wäre sie vor zwei Jahren nicht einfach abgehauen, ohne sich zu verabschieden, nur um sich ab dann alle Jubeljahre von den verschiedensten exotischen Orten der Welt zu melden. Keine von ihnen sprach es an, aber Helen brannte darauf zu fragen: Warum bist du fortgegangen? Warum hast du mir nichts gesagt? Andererseits war sie sehr darauf bedacht, das Gespräch von den Ereignissen von vor zwei Jahren fernzuhalten.

Sie hatten sich gerade die traurige Geschichte von Rosas und Davids Trennung angehört, die Marnies zuliebe noch einmal aufgetischt worden war.

»… ich hatte ja keine Ahnung, dass etwas nicht stimmt. Ich dachte nur, dass er ein bisschen gestresst sei von der Arbeit.«

»Oh, du Ärmste, das muss schrecklich gewesen sein.«

»Diese Tussi – Daisy – hatte bei uns als Praktikantin angefangen. Ihr kennt ja alle diese Sorte Mädchen, so süß und hilflos und äh … zwanzig.«

(Süß und hilflos – das war Marnies Masche, und Helen hatte gerade noch Zeit, das zu realisieren, kurz in Panik zu verfallen und dann erleichtert aufzuatmen, da Marnie schließlich keine zwanzig mehr war, nicht mal annähernd.)

»Oje, jetzt sag mir nicht, dass er …«

»Ich hab's über sein Handy herausgefunden. Er war zu blöd, den Messanger auszuschalten.«

»Gott, was für ein Vollidiot.«

»Ich habe ihn natürlich darauf angesprochen. Aber er hat nur gemeint, sie hätten sich ineinander verliebt und er würde bei ihr einziehen. Ich meine, Jesus, die wohnt mit vier anderen Studenten in einem Rattenloch.«

»Ich kann's nicht glauben!«

»Meine Mum und mein Dad – ihr wisst ja, wie sie sind – behaupten immer, so wahnsinnig links und modern eingestellt zu sein. Aber plötzlich hat Mum am Telefon dem Rabbi das Ohr vollgeheult, und Dad hing mit Davids Onkel in der Synagoge ab, um alles zu regeln. Dabei sind die noch nicht einmal *praktizierende* Juden. Es ist einfach nur lächerlich.«

Am Ende der Geschichte glänzten Marnies Augen juwelengleich vor Tränen, und Rosa lachte und weinte gleichzeitig. »Wenigstens habe ich die Wohnung behalten und muss mir nie wieder seine dämlichen Bob Dylan B-Seiten anhören. Wenn ich ehrlich sein soll, hätte ich wissen müssen, dass er nicht glücklich war. Ich musste ihn förmlich anbetteln, Sex mit mir zu haben, statt *Robson Green's Extreme Fishing* anzuschauen. Aber jetzt bin ich zweiunddreißig und wieder Single, und ich habe keine Ahnung, was ich tun soll. Ich meine, wie lernt man heutzutage überhaupt Männer kennen? Nicht einmal das weiß ich.« Sie wandte sich an Marnie. »Du bist doch unsere Datingexpertin. Hilf mir!«

Marnie schwenkte ihr Glas mit Brigitte Bardot's Knickers (es verstieß in London offenbar gegen ein ungeschriebenes Gesetz, ernsthafte Cocktail-Namen zu vergeben) – ein Gebräu aus Campari, Gin und Fanta – und blickte zu Ani und Helen. »Hmmm. Was ist mit euch beiden, irgendwelche Liebesgeschichten am Laufen?«

Wenn Marnie nicht da war, war Ani zu pessimistisch, um ihr Liebesleben zu diskutieren, Helen hatte schlichtweg keins (sie hatte ihre Gründe), und Rosa war bis vor wenigen Monaten glücklich verheiratet gewesen. Deswegen breitete sich bei Marnies Frage ein unangenehmes Schweigen zwischen ihnen aus.

Schließlich räusperte Helen sich. »Ani wurde heute von ihrem Mandanten zu einem Date eingeladen«, sagte sie.

Ani verdrehte die Augen. »Ja, von Mr. Ich-hatte-Sex-mit-der-Tante-meiner-lieben-Kinder-unterm-Weihnachtsbaum. Wenn ich Glück habe, hat er immer noch irgendwo sein Nikolauskostüm herumliegen. Aber ansonsten, nein, nichts, was von Dauer wäre. Ich glaube, meine Eltern verzweifeln langsam an mir.«

»Und du, Helz?«

Helen entschied sich für ein lapidares Schulterzucken, was dazu führte, dass sie ihr Kinn mit Mayonnaise bekleckerte. »Zählen Dr. Derek Shepherd, Neurochirurg, und Walter White, Crack-Dealer, auch? Ich verbringe nämlich sehr viel Zeit mit den beiden.«

»Nein, Männer auf DVD zählen nicht.«

Helen wand sich innerlich. Marnie konnte unmöglich den wahren Grund dafür kennen, warum sie sich seit zwei Jahren nicht mehr mit einem Mann getroffen hatte. »Ach, das ist mir einfach alles zu viel Ärger und Herzschmerz. Erzähl ihr doch mal von deinem letzten Date, Ani.«

»Von dem, bei dem der Typ seine Kontaktlinsen herausgenommen und ›Jetzt könntest du jede sein!‹ gesagt hat und mich später seine Katze in den Fuß gebissen hat? Ich habe seitdem eine Narbe.«

»Nein, nicht der. Der andere.«

»Der, der seine Hose ausgezogen und eine Superman-Boxershorts enthüllt hat? Oder der, der nicht mal ein Schlafzimmer hatte? Im Ernst, der Typ hat quasi in einer Wäsche-kammer gewohnt.«

»Eigentlich dachte ich an Flenn-Ben.«

»Oh Gott, ja. Warte mal, bis du das gehört hast, Marn.« Ani setzte zu der Geschichte einer Verabredung an, die sie erst kürzlich gehabt hatte und deren Schlusspointe lautete: »Und dann verbrachte er den Rest des Abends damit, mir die Schulter vollzuheulen. Und das Schlimmste daran: Es war ein sauteures Oberteil, das nur in die chemische Reinigung darf.«

Rosa schüttelte den Kopf über ihrem Glas Brighton Rock and Roll mit Pfirsichschnaps, Wodka, Cream Soda und einem echten Steinstäbchen zum Umrühren darin. »Ich weiß nicht, warum du dich nicht einfach mit jemand Nettes ver-abreden kannst, Ani.«

»Du klingst wie meine Mum. Ich *versuche* ja, jemand Net-tes zu finden. Ich habe ständig Verabredungen. Ihr wisst nicht, wie das ist. Ich will dich echt nicht abschrecken, Rosa, aber wenn du dich dafür entscheiden solltest, wieder ins kalte Wasser zu springen, dann solltest du wissen, dass sich Onlinedating ungefähr so anfühlt, wie vorsätzlich eine Run-de im Haifischbecken zu schwimmen.«

Marnie nickte. »Meine Freundin Caty, erinnert ihr euch noch an sie? Die mit den Reikiheilungen und dem kleinen komischen Dackel? Sie hat sich mal mit diesem Typ getrof-fen, den sie online kennengelernt hatte, und alles lief echt gut, nur dass er sie nie zu sich nach Hause eingeladen hat. Er meinte, dass seine Mitbewohner ständig da wären, dass die Wohnung ein Saustall sei, dass er aufräumen müsse, bla, bla. Dann, eines Tages, sagt er: Na schön, komm vorbei. Also geht sie hin, und es ist alles total hübsch. Eine echt nette, saubere Erwachsenenwohnung. Und am nächsten Morgen backen sie in seiner Wohnung Waffeln, und sie hat natürlich eins von seinen Hemden an, wie in so einer romantischen Liebeskomödie ...«

»Mit Joghurt?«, fragte Helen gegen ihren Willen, gebannt von dem Bild, das in ihrem Kopf entstanden war.

»Jep. Klar essen sie Joghurt. Wahrscheinlich hat er ihr gerade ein bisschen davon aufs Kinn gekleckst und leckt es jetzt ab. Egal, ihr seht schon, worauf das hinausläuft.«

»Oh nein.« Rosa vergrub ihr Gesicht in den Händen.

»Oh doch. Also, auf jeden Fall hört man den Schlüssel in der Tür, und es ist seine Frau. Ja, seine Frau. Sie ist früher aus den Ferien zurückgekehrt. Mit den Kindern. Das passiert einem mit Onlinedates«, schloss Marnie mit grimmiger Miene. »Jedes Mal, wenn man denkt, es kann nicht schlimmer kommen, landet man an einem neuen Tiefpunkt.«

»Es ist nicht immer so«, warf Helen ein. »Ich meine, ich muss es schließlich wissen.«

»Natürlich, ich vergaß, dass du diese Datingwebsite betreust.« Was kein Wunder war, denn Helen redete so gut wie nie über ihren Job. (Wofür sie noch mehr Gründe hatte.)

»Wie kommt es eigentlich, dass keine von uns die je benutzt hat? Vielleicht sollte ich sie mal ausprobieren, jetzt da mein Mann mich wegen eines Teenagers verlassen hat«, sagte Rosa beleidigt und fiel über ihren Drink her, als hätte er sie persönlich angegriffen.

Helen wünschte, sie hätte die Klappe gehalten. Meistens schaffte sie es, ihren Job so öde klingen zu lassen, dass niemand mehr darüber wissen wollte. »Ähm, na ja, es ist mehr so eine ... Nischensache.«

»Vertrau mir, Rosa, mein Schatz, du willst nicht online auf die Suche gehen«, sagte Marnie und schüttelte den Kopf. »Nichts für ungut, Helz. Ich bin mir sicher, du machst einen tollen Job, aber Rosa muss langsam an die Sache herangeführt werden.«

»Kein Problem«, erwiderte sie. Ihren Job zu erwähnen war ziemlich dumm von ihr gewesen. Die Website und Ed waren Themen, die um jeden Preis umschifft werden mussten.

»Sie hat recht«, sagte Ani, die bei ihrem dritten Why hasn't she Kahluaed? angelangt war – bestehend aus Kahlúa, Ananassaft und einer Prise Paprika. »Ich war letztens auf Tinder und hab dort mit diesem Typ gechattet, der ganz nett schien. Also habe ich ihn gefragt, ob er mit mir ausgehen möchte, und er hat vorgeschlagen, dass wir uns einfach im Park treffen sollten. So würden wir uns das Geld für die Getränke sparen, falls wir uns nicht leiden könnten. Also haben wir uns draußen getroffen, obwohl es scheißkalt war, und sind eine halbe Stunde im Regen rumgelaufen, und dann hat er versucht, mir die Hand in den Ausschnitt zu stecken.«

Helen hatte plötzlich keine Lust mehr auf den Rest ihres Dirty Orgasm. Ein Schlehen-Gin-Martini mit einem unglücklich geratenen Schuss Baileys.

Auch Rosa sah ziemlich niedergeschlagen aus. »Klingt schrecklich. Ich meine, was soll das alles? Da kann ich doch genauso gut zu Hause bleiben und mir irgendwelche Backsendungen im Fernsehen anschauen wie so eine alte vertrocknete Jungfer, die ich nun wohl zwangsweise werde.«

»Ich habe eine bessere Idee.« Marnie wischte die Überbleibsel ihres Auberginendips mit einem Stück Brot von ihrem Teller. Wie Ani irgendwann einmal angemerkt hatte, passte sich das Londoner Essen von Jahr zu Jahr mehr der Konsistenz von Babynahrung an. »Ladys – und Rosa, mein Schatz, es tut mir leid, dich mit uns in einen Topf werfen zu müssen –, aber liege ich richtig damit, dass wir hier vier absolut alleinstehende Frauen sitzen haben?«

Helen wusste über Marnies aktuelles Liebesleben nicht Bescheid. Sie hatte zu viel Angst gehabt, danach zu fragen. Aber normalerweise bestand auch keine Notwendigkeit dazu. Üblicherweise erzählte Marnie von sich aus und in allen bunten, schillernden Details von ihren Liebschaften, wenn es denn welche gab.

»Ich schätze schon«, sagte Helen vorsichtig, während sich Rosa über ihren pikanten Krautsalat hermachte.

»Und was ist der Grund dafür? Warum sind wir alle Single? Seht uns doch mal an.« Marnie breitete die Arme aus, und Helen schob hastig ein Glas aus ihrer Reichweite. »Wir sind doch vier supertolle, selbstbewusste Frauen.«

»Das ist ja das Problem«, entgegnete Ani. »Die wollen keine selbstbewussten Frauen.«

»Nein«, bestätigte Rosa düster. »Die wollen Zwanzigjährige, die mit Miffy-Häschen-T-Shirts ins Büro kommen.«

»Ich wette, das stimmt gar nicht«, widersprach Marnie. »Ihr alle müsst doch einen netten Ex haben, der kein kompletter Volltrottel oder Arsch war.«

»Ich war seit meinem neunzehnten Lebensjahr mit David zusammen«, sagte Rosa traurig. »Ich hab ihn in einer Vorlesung kennengelernt, und dann hat er mir gezeigt, wie man den Suppenspender in der Kantine bedient. Es war so romantisch.«

Marnie ließ den Blick zu Ani wandern. »Und du?«

»Oh, wie du weißt, war ich mit einem ganzen Haufen Typen aus. Aber ich spiele mit dem Gedanken, es aufzugeben und mir stattdessen lieber die Augen auszustechen.«

»Und, war irgendeiner von denen nett?«

Ani zuckte mit den Schultern. »Ein paar Männer waren ganz okay. Es hat einfach nur nicht gefunkt. Irgendwie scheint es nie so richtig durchzustarten.«

»Weil du eine Bindungsphobie hast«, sagte Rosa und stocherte in ihrem Cocktailglas herum.

»Ich habe keine Bindungsphobie! Ich suche nur jemand sehr Spezielles.«

»So jemanden gibt es nicht. Niemand ist perfekt, Ani.«

»Tja, ich gebe trotzdem nicht auf. Glaub mir, wenn du mit so vielen Scheidungsfällen zu tun hast wie ich, willst du es richtig machen.«

Helen wusste, dass sie als Nächste an der Reihe war. Sie nahm einen großen Bissen von ihrem Burger und spülte ihn mit einem Schluck ihres Cocktails runter. »Ich habe keinen frischen Extypen anzubieten«, sagte sie rasch. »Ich war mit niemandem mehr aus, seit du … seit ich dich das letzte Mal gesehen habe, Marnie. Du weißt schon, ich war mehr damit beschäftigt, meinen Netflix-Terminplan einzuhalten und das Bad zu putzen.«

»Die ganze Zeit?«

Die ganze Zeit, fast bis auf den Tag genau. Schnell ablenken. »Na ja, mehr oder weniger.«

Doch Marnie ließ sie nicht so leicht vom Haken. »Aber du *könntest* Männer kennenlernen, wenn du wolltest. Du bist so hübsch – ist sie nicht hübsch? – und nett.« Ani und Rosa nickten einvernehmlich, während Helen über ihrem Cocktailglas rot anlief. »Siehst du? Außerdem standen doch haufenweise Jungs auf dich. Was ist zum Beispiel mit …« Helen wusste, dass ihre Freundin im Geiste gerade dreißig Jahre gemeinsamer Geschichte durchging. »Donny Myers?«, schlug sie schließlich vor.

»Um Gottes willen, wir waren damals sechs!«

»Er hat dich mal gefragt, ob du ihn heiraten willst. Weißt du noch, das Briefchen während der Morgenandacht?«

»Oooh«, quietschte Rosa gerührt.

Helen hob fassungslos die Hände. »Donnie Darko? Du machst wohl Witze. Erinnerst du dich nicht mehr, dass er damals der Hauptverdächtige war, als Hammy der Hamster verschwand? Und dass den Rest des Schuljahres niemand mehr neben ihm in der Cafeteria sitzen wollte?«

»Aber abgesehen davon, war er doch in Ordnung.«

»Abgesehen von dem mutmaßlichen Hamstermord? Das ist so wie zu sagen, dass abgesehen von den paar Stunden am Ende die Fahrt auf der Titanic ganz reizend gewesen ist.«

»Ich bin mir sicher, dass ich auf Facebook noch mit ihm befreundet bin«, entgegnete Marnie voller Eifer. »Ich könnte ihn für dich ausfindig machen. Willst du nicht jemanden kennenlernen?«

Ani schüttelte den Kopf. »Wir haben es versucht. Sie will nicht.«

»Sie steckt total in ihrem Trott fest«, pflichtete ihr Rosa bei.

»Hey, ich mag meinen Trott«, protestierte Helen. »Tatsächlich denke ich sogar darüber nach, ihn neu beziehen zu lassen, vielleicht mit einem hübschen klassischen Paisleymuster.« Und es stimmte, sie mochte ihren Trott, weil Trotts eben so waren: äußerst bequem und sicher. Ablenken, ablenken. »Was soll das überhaupt, Marnie? Hast du gerade tatsächlich auch nichts laufen?« Wenn dem so war, dann handelte es sich um eine äußerst ungewöhnliche Sachlage. *Und hey, wo wir schon dabei sind, was ist mit Ed? Warum bist du fortgegangen? Und was geht eigentlich in deinem Kopf vor?*

Marnie seufzte. »Ach, die Welt da draußen ist die reinste Katastrophe. Der letzte Kerl, mit dem ich aus war, er hieß Hamish, war absolut umwerfend. Er schien total in mich verknallt zu sein, aber dann waren wir zu unserem vierten Date verabredet, und er ist einfach nicht aufgetaucht.«

»Hamish, echt jetzt?« Rosa runzelte die Stirn. »Gab es da draußen keine knackigen Latin Lover?«

»Hm?« Marnie blickte verwirrt drein. »Oh! Nein, na ja, ihr wisst schon, da sind haufenweise Backpacker unterwegs und so. Jedenfalls antwortet er weder auf meine E-Mails noch geht er ans Handy. Es ist, als hätte er sich in Luft aufgelöst, wie ein Geist.«

»Das ist ja mies.« Rosa sah empört aus. »Total unverschämt!«

»Traurigerweise kein Einzelfall«, sagte Ani. »Zurzeit treiben sich in London mehr Geister herum als bei *Ghostbusters*.«

Marnie nickte. »Männer. Wie ihr wisst, war mein Liebesleben sehr … abwechslungsreich.«

Eine diskrete Stille senkte sich über den Tisch. Helen ging im Kopf ein paar von Marnies Dates durch. Der Typ, der wortwörtlich mit dem Zirkus durchgebrannt war; der Typ, der in seinem Schlafzimmer Meerschweinchen gezüchtet hatte; der Typ, der auf Ketamin zu ihren Verabredungen aufgetaucht war. Ganz zu schweigen von Ed natürlich. Und genau das hatte sie fest vor: schweigen.

»Du hast es immerhin probiert, das muss man dir lassen«, sagte Ani aufmunternd. »Wenn Daten ein Job wäre, hättest du mittlerweile bestimmt ein schickes Einzelbüro.«

Sie hatte es nett gemeint, aber wieder breitete sich Stille über dem Tisch aus. Marnies beruflicher Werdegang war so lang und wechselhaft wie ihr Liebesleben. Wenn sie gefragt wurde, was sie machte, bezeichnete sie sich gerne als Künstlerin und manchmal auch als Weltenbummlerin. Was etwas ärgerlich war angesichts der Tatsache, dass Letzteres kein richtiger Job war, wenn man nicht gerade eine viktorianische Dame war – ausgestattet mit den entsprechenden finanziellen Mitteln und einem Abenteurergeist –, die mit ihrer quirligen lesbischen Weggefährtin reiste und mit den Gepäckträgern schäkerte. Im Laufe der Jahre hatte Marnie eine Vielzahl verrückter Tätigkeiten ausprobiert – Hundesitterin, Aktmodell, Verkäuferin in einer okkultistischen Buchhandlung – und gelegentlich sogar einen normalen Job in einem Callcenter oder Büro gehabt. Aber inzwischen waren sie zweiunddreißig. Helen war sich nicht ganz sicher, aber sie hatte das starke Gefühl, dass sie alle allmählich die Altersgrenze ansteuerten, an der ein schmaler Grat zwischen »auf bezaubernde Art skurril« und »vierzig und immer noch in der Garage der Eltern lebend« verlief.

»Ich habe genug davon«, sagte Marnie. »Ich bin es leid, ständig herumzuziehen. Andere Städte, andere Länder, Typen auf Tinder aufgabeln, Jugendherbergen, Strände… Ich will jemand Nettes finden.«

Helen fürchtete sich, die nächste Frage zu stellen, tat es aber trotzdem. »Und was hast du vo…«

»Leute, ich habe *die* Idee.«

Und da war er wieder. Der Satz, der die meisten Katastrophen in Helens Leben eingeläutet hatte: von dem grünstichigen Blondierspray-Unfall im Jahre 1994 bis zu der Wodka-Pfirsichschnaps-Kotzattacke von 2003. Ein Satz, der gleichzeitig aber auch der Vorbote gewesen war für viele der besten Tage in ihrem bisherigen Leben. Die Lachen-bis-man-vom-Stuhl-fällt-Tage und die kostbarsten Momente im strahlenden Instagram-Glanz.

»Was für eine Idee?«, fragte Rosa, die die Gutmütigste unter ihnen war, aber auch diejenige, die die verrücktesten Marnie-Zeiten verpasst hatte, weil sie mit David zu Hause geblieben war, wo er Fernsehrezepte nachgekocht hatte und sie gemeinsam ganze Serien-DVD-Boxen durchgeschaut hatten.

»Na ja, wir sind doch alle vier Single«, antwortete Marnie. »Ich glaube, das war noch nie der Fall. Und wir alle wollen jemand Nettes kennenlernen.« Helen öffnete den Mund, um zu sagen, dass sie weder jemand Nettes noch sonst irgendwen kennenlernen wollte, schloss ihn jedoch schnell wieder. »Aber Anis Geschichten sind gruselig, und ich hatte auch ein paar schlimme Erfahrungen mit Onlinedating. Man weiß nie, an wen man gerät.« Marnie lehnte sich eifrig vor. Eine leichte Röte überzog ihre Wangen, und ihre grünen Augen leuchteten. »Was ich vorschlage, ist Folgendes: Jede von uns verkuppelt eine der anderen mit einem ihrer Exfreunde.«

»Das ist doch verrückt!«, platzte Helen heraus, bevor sie es sich verkneifen konnte. Sie gab sich sonst immer große Mühe, nie das V-Wort zu benutzen. »Ich meine, warum?«

»Ganz einfach.« Marnie klatschte in die Hände und zeigte mit dem Finger in die Runde. »Sagen wir mal, Rosa würde Ani mit jemandem verkuppeln, mit dem sie mal was hatte, und Ani dich, und …«

»Was?«, fragten Helen und Ani einstimmig, aber Marnie fuhr unbeirrt fort: »… und du mich. Ich kümmere mich um Rosa. Das ist nur ein Beispiel. Wir können auch Namen ziehen. Und wir brauchen natürlich Regeln. Zum Beispiel, dass es nur nette Typen sein dürfen. Worum es schließlich geht, ist, dass wir eine bessere Auswahl bekommen als online. Eine Art Secondhand-Tauschring für Typen.«

»Das werde ich ganz sicher nicht tun«, stieß Helen hervor. Mit den Exfreunden ihrer Freundinnen ausgehen … Das hier war höchst riskant. Ablenken, ablenken!

»Das ist völlig irre«, sagte Ani. Helen zuckte bei dem Wort zusammen. »Am Ende ist jemand beleidigt oder wütend. Und wie soll das überhaupt funktionieren?«

»So wie ich es gerade erklärt habe«, erwiderte Marnie. Helen hatte vergessen, wie überraschend organisiert und zielstrebig Marnie sein konnte, wenn sie sich erst einmal etwas in den Kopf gesetzt hatte. »Warum sollte das irre sein? Ich würde gerne jemanden kennenlernen, du etwa nicht?« Sie sah Ani herausfordernd an.

»Doch, ich meine, ich schätze schon. Aber nur wenn …«

»Wie viele Onlinedates hattest du im letzten Jahr?«

»Na ja … ein paar.«

»Wie viele sind ein paar?«

»Ich weiß nicht.«

»Ich wette, du zählst mit.« Marnie starrte sie unverwandt an. »Zwanzig?«

Ani wurde rot. »Ähm ... ein paar mehr, also vielleicht so ...«

»Mehr als dreißig? Mehr als vierzig?« Marnie ließ nicht locker. »Komm schon, sag es uns.«

»Siebenundvierzig«, wisperte Ani.

»Heiliger Jesus im Strohsack!«, rief Rosa aus. »Sorry, ich entschuldige mich bei allen Christen. Ich meine einfach nur ... Wow!«

»Ich will eben den Richtigen finden«, murmelte Ani, die immer noch knallrot war. »Und online ist es so einfach: Ein Klick, und wenn man gerade Zeit hat, dann trifft man sich eben. Entweder das oder ich lasse mich von meinen Eltern mit dem Neffen von Dads Golf-Kumpel aus Leeds ver-kuppeln, der sein eigenes Geschäft für mobile Disco-Ausstat-tungen hat.«

»Ganz genau.« Marnie schlug auf den Tisch. »Es ist so einfach. Wie in den Supermarkt gehen. Und es ist ungefähr genauso romantisch. Wohingegen wir auf diese Art ... Wir können uns von unseren liebsten Freundinnen, die uns bes-ser kennen als irgendwer sonst, einen Mann aussuchen las-sen.« Sie strahlte in die Runde. »Denkt nur mal darüber nach. Das würde alle Risiken beseitigen. Wir bekommen vorselek-tierte und vorab getestdatete Männer.«

»Aussuchen lassen«, murmelte Rosa, die Mühe zu haben schien, dem Gespräch zu folgen. »Ich weiß nicht. Das alles ist so neu für mich. Ich versuche immer noch zu begreifen, dass ich Single bin.« Sie biss sich auf die Lippe, und Helen konnte sehen, wie ihr die Tränen in die Augen stiegen. Die meisten Ausgehabende in letzter Zeit hatten mit einer heu-lenden Rosa geendet.

Helen sah sich in der Runde ihrer Freundinnen um: Marnie hatte rote Wangen und eine wild entschlossene Miene aufgesetzt, Ani blickte finster drein, in Gedanken vermutlich bei ihren siebenundvierzig schlimmen Dates, Rosa war den Tränen nahe. Was, wenn Marnie plötzlich beschloss, jemand sollte sich ihres verabredungswertesten Exfreunds annehmen? Oh nein, auf keinen Fall. Sie musste das Thema wechseln, und zwar schnell. Es war Helen mit ihren konflikt-zerstreuenden Fähigkeiten, die eines Ban Ki-moon würdig gewesen wären, die in ihrer kleinen Gruppe die Rolle der offiziellen Schwierige-Themen-Wechslerin innehatte.

»Mädels, das ist eine echt witzige Idee, aber denkt dran, ich gehe mit niemandem aus. Nie. Also fürchte ich, bin ich raus bei der Sache. Und nun zu einer viel wichtigeren Frage: Hat jemand von euch noch Lust auf Nachtisch? Die haben hier nämlich Eisbecher mit Knallbrause!«

Kapitel 3

Der Internet-Zauberer

Helen

Helen wachte am nächsten Morgen nicht um acht auf, auch nicht um neun, nein, sondern erst um 10:36 Uhr. Der Geschmack, den sie im Mund hatte, musste dem des Bodens ihres Mülleimers ähneln, kurz bevor sie ihn (jeden zweiten Mittwoch im Monat) mit Bleiche und heißem Wasser auswusch. Verdammte Marnie.

Der Abend war irgendwann gegen ein Uhr nachts für sie beendet gewesen, nachdem sie sich auf den Rücksitz eines Uber-Taxis hatte fallen lassen. Helen nahm normalerweise nie ein Taxi – sie hätte es sich zwar hin und wieder leisten können, aber sie betrachtete es als Zeichen, dass man den Abend nicht ordentlich geplant hatte. Außerdem musste sie sich ständig Rosas Horrorgeschichten über deren dubiose Sicherheitsstandards anhören.

Helen musste wirklich ziemlich betrunken gewesen sein, denn sie hatte Marnie gefragt, ob sie einen Platz zum Schlafen bräuchte.

»Nein, nein«, hatte die geantwortet und Helen ins Taxi bugsiert. Unerklärlicherweise blieb sie immer nüchtern, obwohl sie so zierlich gebaut war. »Ich habe schon was klargemacht. Alles in Ordnung.« Sie hatte aufs Wagendach geklopft, war einen Schritt zurückgetreten und hatte die Hände aus ihrem Cape gestreckt, um zu winken.

Als Helen sich jetzt aufsetzte und nach ihrem Handy griff, fiel ihr ein, dass sie nicht einmal wusste, ob Marnie überhaupt genug Geld gehabt hatte, um nach Hause zu fahren. Wo auch immer das momentan war. Im Grunde hatte sie es nicht geschafft, auch nur *irgendetwas* über Marnies Leben in den letzten zwei Jahren herauszufinden. Sie war wirklich eine grandiose Freundin. Aber immerhin, bei all dem Gerede über Exfreunde war zumindest Ed kein einziges Mal erwähnt worden.

Helen sah verschlafen auf ihr Handy. Auf dem Display blinkten Symbole von verpassten Anrufen und Mailboxnachrichten, E-Mails, SMS und sogar WhatsApp-Nachrichten. Ihr Herz setzte für einen Moment aus. Nein. Nicht jetzt. Es konnte unmöglich ihre Mum sein, nach all der Zeit.

Gott sei Dank, sie waren alle von Logan. Logan Cassidy: Internetmogul, Geschäftsmann und Besitzer eines breiten Netzwerks zwielichtiger Unternehmen, von dem Dating/Fremdgehportal, das Helen widerstrebend betreute, über eine Billigschnäppchen-Airline bis hin zu einer Dessouskette für kräftiger gebaute Damen – More Than a Handful.

Akuter Notfall, lautete die erste E-Mail. Helen scrollte weiter runter. *Riesige Sicherheitslücke. Ruf mich sofort an.* Und die Letzte: *Wo zur Hölle bist du?*

Helen schloss für einen Moment die Augen. Das würde einer dieser Tage werden.

Während die Verbindung aufgebaut wurde, räusperte sie sich wieder und wieder, um nicht so zu klingen, als sei sie gerade erst aufgewacht. »Hi! Sorry, ich hatte heute früh einen Arzttermin. So eine Frauenangelegenheit.«

»Ja, ja, schon gut«, entgegnete er hastig mit seinem brummigen Südlondoner Akzent. »Ich will, dass du dich umgehend dahinterklemmst. Ich glaube, wir wurden gehackt. So wie die damals im Pentagon.«

»Was ist passiert?« Logan hatte ein übertriebenes Geltungsbedürfnis, was den Stellenwert von Mein-kleiner-Seiten-Sprung.com im Weltgeschehen anging. Wahrscheinlich handelte es sich nur um eine kleine Serverpanne.

»Jemand hat die Profilbilder ausgetauscht. Statt der ganzen bescheuerten Skihäschen und Rotweinschwenker sind da jetzt beschissene … Ach, schau es dir selber an.«

Helen spürte die Panik in ihrem Blutkreislauf hochsprudeln. Das hätte heute nicht passieren dürfen. Sie war schon hinterher mit dem Abstauben der Regale und mit Mr. Fluffypants Fellpflege, ein Job, der kaum weniger gefährlich war als der eines UN-Waffeninspektors. »Sie haben aber nicht die Nutzerdaten geknackt, oder?«

Er klang jetzt etwas ruhiger. »Nein, nein, die sind sicherer verpackt als der Hintern einer Nonne. Aber der Rest … Die Zäune sind unten, der T-Rex ist los, verstehst du? Also werde ich jetzt den T-Rex-Bändiger da reinschicken.«

»Äh, was?«

Logan war ein großer *Jurassic-Park*-Fan. Angeblich hatte er ein lebensgroßes Dinosauriermodell im Atrium seiner Villa in Essex stehen. Er sah viel von einem John Hammond in sich selbst.

»Ich schicke einen Internetspezialisten bei dir vorbei«, sagte er. »Der soll ziemlich gut sein. Totaler Nerd. Der bringt das in Ordnung, okay?«

»Okay, aber was heißt ›bei dir vorbei‹?« Er meinte doch sicher nicht ihre Wohnung, oder?

»Du wohnst immer noch in diesem Kaff, in Peckham, oder?«

»Also eigentlich ist es Peckham Rye, und die Gegend ist echt im Kommen, aber Logan … Logan!«

»Fahr gerade in einen Tunnel. Bring das, verdammt noch mal, für mich in Ordnung, Helen. Ich zähl auf dich.« Seine Stimme verlor sich.

Helen erhaschte einen Blick auf ihr Spiegelbild: blutunterlaufene Augen, wirr abstehende blonde Locken, Brüste, die aus ihrem Disney-Eiskönigin-Pyjama lugten.

In diesem Moment hörte sie das muntere Schrillen der Türklingel. Ja, es würde wirklich einer dieser Tage werden.

Sie schlurfte zur Tür ihrer Souterrainwohnung, wobei sie den Gürtel ihres seidenen Morgenmantels zuknotete. Ein Geschenk von Marnie aus der Zeit, als sie noch in einem Secondhandshop gearbeitet hatte; Helen hatte sich jahrelang zu fett dafür gefühlt und sich stattdessen in riesige Frotteebademäntel gehüllt.

Ein Berg von Mann stand auf ihrer Türschwelle. Nicht dick, aber sehr groß und sehr breit. Wie ein Bär. Wenn man jemanden einen Bären nennen konnte, der ein T-Shirt mit der Aufschrift *Nein, ich kann ihren Computer nicht reparieren* trug und eine Cargohose mit mehr Taschen als ein Billardtisch. Er hatte flammend rotes Haar und einen ebenso roten Bart – wie ein Wikinger –, und er blickte betont auf seine Casio-Uhr.

»Ja?«, fragte sie gereizt über die Sicherheitskette hinweg.

»Sie haben sich infiziert«, sagte er. Nördlicher Akzent.

»Äh, nein, ich ... Ich hab nur bis spät in die Nacht gearbeitet.«

»Ihre Website, meine ich. Ich bin da, um sie mir anzuschauen.«

»Woher soll ich wissen, dass Sie sind, wer Sie behaupten zu sein?«

»Hat Ihr Boss Ihnen nicht gesagt, dass ich vorbeikomme?« Er wühlte in einer Hosentasche, dann in einer anderen. »Mist ...«, murmelte er. »Ah, hier.«

Sie warf einen Blick auf die Karte, die er ihr reichte. »Das ist ein Blockbuster-Videotheksausweis. Abgelaufen 2004.«

»Ist nicht meine Schuld, dass der Laden nicht mit der Bequemlichkeit von Video-on-Demand-Websites mithalten konnte. Und wo wir schon von Websites sprechen, Ihre wurde geborkt.«

»Geborked?«

»Ja, das ist … eine Art technischer Begriff für ›am Arsch‹. Also, lassen Sie mich jetzt rein? Sonst wird es nur noch schlimmer.«

»Okay«, gab Helen nach. »Ich bin aber nicht … Die Sache hat mich etwas unvorbereitet erwischt.«

Er sah sie verwirrt an.

»Ich bin nicht angezogen«, erklärte sie.

Er musterte sie durch den Türspalt. »Sie sind doch angezogen, also zumindest sind Sie nicht nackt.«

Helen starrte ihn an.

Er starrte zurück. »Computer? Reparieren? Tut mir leid, Sie arbeiten doch für diesen windigen Südlondoner Typ, oder?«

»Ja.« Helen schaltete in den Aktionsmodus und öffnete die Tür. »Entschuldigen Sie. Was brauchen Sie, um die Sache in den Griff zu bekommen?«

»Zeigen sie mir die Admin-Details. Wer ist fürs Programmieren zuständig?«

»Die ursprüngliche Entwicklung ist vor meiner Zeit über die Bühne gegangen, aber ich kümmere mich um die grundlegende Wartung und Verwaltung.«

»*Sie* kennen den Code?«

»Ja«, erwiderte sie etwas ungehalten. »Warum? Weil ich eine Frau bin?«

»Nein, weil Sie einen Pyjama mit Zeichentrickfiguren drauf tragen. Aber eigentlich ist das auch schon wieder ziemlich programmierermäßig, hätte ich von selbst drauf kommen können.« Er setzte sich auf einen ihrer hübschen Vintagesessel, womit er die alten Federn zum Ächzen brachte, dann zückte er seinen Laptop. Er war kantig, funktional und kein bisschen schick. So wie er. »Ich werde auch Ihren Computer brauchen.«

»Was? Warum?«

»Falls sie eine Malware auf Ihrer Website haben, wird sich diese auch auf Ihrem PC befinden. Malware ist so was wie – wie kann ich es ausdrücken? – total schädliche Software, die alles total kaputt machen kann.«

»Ich bin Webdesignerin. Ich weiß, was Malware ist!« Die Leute nahmen einen echt nicht ernst, wenn man als erwachsener Mensch Disneyklamotten trug, überlegte Helen.

Sie versorgte ihn mit den nötigen Details, dann harrte sie unruhig in der Küche aus, während er arbeitete.

»Heiliges Kanonenrohr!«, rief er irgendwann.

»Nicht gut?«

»Lassen Sie es mich so sagen: Gegen Ihre Website ist Schlumpfhausen besser geschützt. Die könnte ein Kind hacken.«

»Warum sollte ein Kind ein Datingportal hacken?«, entgegnete sie eingeschnappt.

»Dating? So nennen Sie das also?«

»Natürlich. Es ist eine Plattform, um neue Leute kennenzulernen.«

»Neue *verheiratete* Leute.«

»Ach, Sie meinen wohl, das wäre anders als bei den anderen Seiten? Die Hälfte der Leute auf Tinder sind verheiratet und außerdem so dämlich, ihre Hochzeitsfotos als Profilbilder einzustellen. Auf diese Weise ist es wenigstens offensichtlich, und man weiß, woran man ist.« In Helen gärte der Zorn der Gerechten. »Wie auch immer, das geht Sie nichts an. Wenn es Ihnen nicht gefällt, dann arbeiten Sie auch nicht für uns. Niemand zwingt Sie dazu, die Seite zu reparieren.«

Er starrte sie an.

Helen merkte, dass sich in ihrer Wut der Gürtel ihres Morgenmantels gelöst hatte, und schloss ihn hastig. »Sorry«, murmelte sie. Was dachte sie sich eigentlich dabei, einen wildfremden Mann anzubrüllen?

»Hey, mir ist das alles egal«, sagte er. »Ich war nur neugierig. Die Nutzerdaten sind immerhin sicher. Trotzdem wurden Sie von jemandem gehackt. Sehen Sie hier, all diese Profilbilder sind … Na ja, sagen wir es mal so: Das sind definitiv keine *Porträts* mehr. Der Ausdruck ›mit dem Schwanz denken‹ gewinnt so eine ganz neue Bedeutung.«

Helen warf einen Blick auf den Bildschirm und spürte, wie sie rot wurde. »Ist es … einfach, so was zu tun?«

»Nein. Können Sie sich irgendwelche Feinde vorstellen, die Ihre Seite haben könnte?«

Helen dachte an Logan und sein Schnäppchenreich. Die Medienaufmerksamkeit, welche die Seite durch eine Reihe dubioser PR-Aktivitäten auf sich gezogen hatte. Das eine Mal, als er ins Frühstücksfernsehen eingeladen worden und in eine Prügelei mit dem Moderator geraten war.

»Eine Menge Feinde, um ehrlich zu sein.«

»Alles klar. Ich habe den Fehler behoben, der dafür sorgt, dass die Fotos ausgetauscht werden, also können die Leute wieder mit ihren Skiurlauben und Machu-Picchu-Trips angeben. Trotzdem müssen Sie unbedingt Ihre Sicherheitsstandards auf Vordermann bringen.« Er drehte ihren Laptop so, dass sie den Bildschirm sehen konnte. »Ach übrigens, Sie haben eine E-Mail von einer gewissen Marnie bekommen. Mit dem Betreff: *Supertoller Datingplan für vier.*«

»Geben Sie das her.« Errötend klappte sie den Bildschirm

runter. »Danke fürs Reparieren. Aber ich sollte jetzt langsam wirklich etwas anziehen. Ich meine, richtige Klamotten.« Na toll, jetzt klang sie, als würde sie flirten. »Das verströmt übrigens nicht unbedingt Seriosität, wissen Sie«, platzte sie heraus, um den vorherigen Satz zu kaschieren. »Ihr T-Shirt, meine ich. Das ist doch Ihr Job, oder? Computer reparieren?«

Er schielte nach unten. »Oh, ich wusste gar nicht, dass ich das anhabe.«

»Haben Sie zufällig noch eins mit dem Spruch drauf: *Haben Sie es schon mal mit Ein- und Ausschalten probiert?*«

»Woher wissen Sie das?«

»Ach, nicht so wichtig.«

Er stand auf. »Sie haben mir noch gar nicht Ihren Namen gesagt. Normalerweise stellen sich die Leute vor und bieten mir eine Tasse Tee an oder so.«

»Entschuldigung. Sie haben mich einfach auf dem falschen Fuß erwischt.«

»Schon okay. Ich kapiere sowieso nicht, warum alle Welt so großen Wert darauf legt, heißes Wasser zu trinken. Aber ich werde Ihnen trotzdem meinen Namen sagen, für den Fall, dass Sie wieder gehackt werden.«

»Ist das denn wahrscheinlich?«

»Jep. Ich hab die Sache zwar in Ordnung gebracht, aber wer auch immer das getan hat, ist richtig gut. Der Bug hat übrigens auch jedes Exemplar des Wortes ›snowboarden‹ gefunden und durch ›mich zum Affen machen‹ ersetzt.« Er lachte laut auf. »Irgendwo stand: ›Ich steh total drauf, loszufahren und coole neue Orte zu entdecken, wo ich mich zum Affen machen kann.‹ Sorry, aber Ihr Hacker ist echt witzig. Ich würde ihm wirklich gern mal die Hand schütteln.«

»Sind Sie sich denn sicher, dass das mit Absicht getan wurde? Es war kein Virus oder ein Serverproblem?«

Er bedachte sie mit einem abschätzigen Blick. »Ein Serverproblem würde nicht alle Fotos von Gesichtern durch Fotos von Penissen ersetzen. Sie wurden definitiv gehackt.«

»Oh mein Gott. Genau wie in *Jurassic Park*. Logan hatte recht.«

»Sie mögen *Jurassic Park*?«

»Aber hallo. Ich bin Jahrgang 1982, klar mag ich *Jurassic Park*.«

»Klar. Ich dachte nur, Sie wissen schon … wegen der Kätzchen.« Er gestikulierte in Richtung ihrer Sofakissen, die mit einem Stoff mit Katzenmuster bezogen waren.

»Kätzchen und Dinosaurier schließen sich nicht aus.«

»Eigentlich schon, denn bis zum Pleistozän hatten Säugetiere nicht wirklich viel zu melden.«

»Wahrscheinlich einer der vielen Gründe, warum die Eröffnung von *Jurassic Park* eine so schlechte Idee war.«

Er bedachte sie mit einem langen Blick, dem Helen tapfer standhielt. »Ganz zufällig haben Sie recht. Man kann *Jurassic Park* nicht wieder zum Laufen bringen ohne Dennis Nedry. Sie haben Glück, dass ich Dennis Nedry bin.« Er hielt für einen Moment inne. »Nur dass ich nicht so fett bin und mich für Industriespionage und so Zeug interessiere.«

»Gut zu wissen.«

Er kramte in einer seiner vielen Taschen. »Meine Karte. Dieses Mal keine aus der Videothek.«

Karl Olsen, Computer-Zauberer. »Ein Zauberer also?«

»Ja, ich bin der Gandalf der Onlinesicherheit. An mir kommt keiner vorbei. Sie müssen mir nicht unbedingt Ihren Namen sagen, aber melden Sie sich, wenn der Hacker wieder zuschlägt.« Er kicherte in sich hinein. »›Um mich zum Affen zu machen.‹ Das ist echt ein witziger Kerl.«

»Sie gehen davon aus, dass es ein Er ist.«

»Ja, ja, Hashtag – nicht alle Hacker sind männlich, ich

weiß. Aber statistisch betrachtet handelt es sich höchstwahrscheinlich um einen Kerl. Tschüss.«

Karl, der Computer-Zauberer, schulterte seinen Rucksack und wandte sich der Tür zu.

»Warte, Karl«, rief sie ihm, einem plötzlichen Instinkt folgend, nach. »Helen.«

»Helen?«

»Ähm … das ist mein Name. Und ich … Hör zu, als ich damit angefangen habe, war das eine ganz normale Datingseite. Sie lief nur nicht richtig an, also hat mein Boss ein paar Veränderungen vorgenommen, ohne mir etwas davon zu sagen. Immer auf das niveauloseste Marktsegment setzen, das ist Logans Geschäftsphilosophie. Ich habe mich nach anderen Jobs umgeschaut, aber es gibt nicht viele in dem Bereich.« Außerdem könnte sie es nicht ertragen, in ein Büro zurückzukehren (wofür es noch mehr Gründe gab), und jedes Mal, wenn sie sich auch nur vorstellte, zu einem Bewerbungsgespräch zu gehen, bekam sie vor Angst kaum Luft. Also blieb sie, wo sie war, und versuchte, nicht an den Schaden zu denken, den sie jeden Tag anrichtete.

Er zuckte mit den Schultern. »Es spielt keine Rolle, was ich denke, Helen. Ich bin nur ein dahergelaufenes Computergenie, und, wie du schon bemerkt hast, habe ich meinen Teil zum Bösen beigesteuert, indem ich die Seite repariert habe. Also mach dir keinen Kopf deswegen, okay?«

»Okay«, murmelte sie und versuchte, ihren Morgenmantel enger zu schnüren.

»Ist alles in Ordnung?« Er sah sie aufmerksam an. »Du scheinst etwas durcheinander zu sein.«

»Ja, ich bin nur … Ich bin spät ins Bett gekommen, und das hier war ein kleiner Schock.«

»Jetzt ist ja alles wieder in Ordnung. Computer-Zauberer. *Expelliarmus.*« Er vollführte eine sonderbare zauberstabartige

Geste in der Luft. »Du bist aber immer noch durch den Wind, oder?«

Sie zuckte mit den Schultern. Natürlich war sie das.

»Darf ich nur kurz …« Er streckte seinen großen Zeigefinger aus, berührte den Punkt auf ihrer Stirn zwischen den Augenbrauen und drückte feste darauf.

Helen spürte unmittelbar, wie die Spannung von ihr abfiel. »Was machst du da?«

»Druckpunkte. Hilft gegen Nervosität. Also dann, tschüss. Ich würde ja sagen, dass es nett war, dich getroffen zu haben, aber wenn ich ehrlich sein soll, glaube ich, dass es für dich eher zutiefst unangenehm war.«

Als er die Tür hinter sich schloss, wurde ihr bewusst, dass es das erste Mal seit zwei Jahren gewesen war, dass ein männliches Wesen ihre Wohnung betreten hatte. Nun, jedenfalls ein menschliches männliches Wesen.

»Miiiiiiiiau!«

Helen spürte ein liebevoll blutrünstiges Kratzen an ihrem nackten Bein und beugte sich herunter, um Mr. Fluffypants, ihren soziopathischen Perserkater, hochzuheben: grüne Augen, fluffiges weißes Fell, das Kampfgewicht eines kleinen Rottweilers. Sie war sich nur allzu bewusst, dass sie ein Klischee lebte, aber als die Dinge vor zwei Jahren aus den Fugen geraten waren, war es ihr ohnehin unausweichlich erschienen, dass sie als tragische alte Jungfer enden würde. Also hatte sie gleich nachgegeben und sich verdammt noch mal einen Kater zugelegt. Und ein paar Kissen. Und Häkelzubehör. Als Nächstes hatte sie ein Fußbad ins Auge gefasst.

Sie küsste den Kater auf sein haariges Haupt. »Wer ist ein liebes Miezekätzchen? Du bist der einzige Mann, den ich brauche. Du wirst mich nie verlassen, nicht wahr?«

»Miiiiiau!« Mr. Fluffypants, der ein Vögelchen im Garten erblickt hatte, sprang von ihrem Arm, um nur eine Zehntelsekunde später durch die Katzenklappe nach draußen zu schießen.

Sie seufzte. So ging es ihr jedes Mal mit den Männern.

Ani

Ani las Marnies Mail auf ihrem Arbeits-PC und blinzelte angestrengt angesichts der vielen verschiedenen bunten Schriften und Emojis. Anschließend schickte sie sofort eine Nachricht an Rosa, um sie zu fragen, ob sie sie auch schon gelesen hatte. Es kam überhaupt nicht infrage, dass sie da mitmachen würde. Auf gar keinen Fall. Überhaupt hatte sie sowieso Wichtigeres zu tun. Oder?

Sie holte tief Luft und gab eine andere E-Mail-Adresse in die dafür vorgesehene Zeile ein. *Hi! Hoffe, du hattest schöne Weihnachten?* War es im Januar zu spät dafür? Sie änderte den Satz in: *Hi! Frohes neues Jahr!* Zu viele Ausrufezeichen? Sie löschte das Erste. *Es bleibt also bei heute Abend? Wo sollen wir hin?*

Vielleicht sollte sie seine Antwort abwarten, bevor sie fragte, wohin sie gingen. Es könnte sonst zu aufdringlich rüberkommen. Andererseits war es womöglich gefährlich, somit unausgesprochen anzudeuten, dass nichts aus dem Treffen werden könnte. Sie brauchte die Gewissheit, dass es vorwärtsging.

»Alles okay, Ani?«

Sie schaute zu ihrer Kollegin, Catherine, die ihr gegenübersaß, Quinoa-Salat aus einer Tupper-Schüssel löffelte und Yoga-Retreats googelte.

»Alles gut, warum?«

»Du hast nur … na ja, vor dich hingemurmelt.«

»Oh. Ich denke nur gerade über die Strategie für die Leyton-Scheidung nach.«

»Ist das der Fall, wo sie alle seine Limited-Edition-Krawattennadeln gestohlen und einschmelzen lassen hat?«

»Ja. Er verklagt sie deswegen auf fünftausend Pfund. Ich meine, wer gibt bitte fünftausend Pfund für Krawattennadeln aus?« Ani schüttelte den Kopf.

Da war sie wieder, wie jeden einzelnen Tag, die Liebe und die schrecklichen Dinge, welche die Menschen einander antaten, nachdem sie verloschen war. Scheiß drauf. Der heutige Abend konnte überhaupt nicht so schrecklich laufen. Dafür hatten sie gar nicht genug Zeit.

Mit einem entschlossenen Klicken drückte sie auf Senden, dann rollte sie mit ihrem Schreibtischsessel zurück und griff nach ihrer Radley-Tasche.

Alle im Büro sahen erstaunt auf – Ani war eigentlich eine eingefleischte Am-Schreibtisch-Esserin.

»Ich gehe raus«, verkündete sie. »Bin in ungefähr einer Stunde wieder da. Ach, was sage ich da, in *exakt* einer Stunde.«

Was Ani keiner ihrer Freundinnen erzählt hatte – hauptsächlich, weil sie ihr Bestes tat, selbst nicht daran zu denken –, war, dass sie an diesem Abend bereits ein Date hatte. Date Nummer achtundvierzig im Zeitraum eines Jahres. Obwohl inzwischen ja ein neues Jahr begonnen hatte, also konnte sie wieder bei null anfangen. Vielleicht war es diesmal der Richtige, vielleicht würde es endlich klappen, und sie müsste auf kein einziges Internetdate mehr gehen, nie mehr auf dem Handydisplay nach rechts und links wischen, bis ihr Daumen taub wurde. Und sie würde definitiv nicht bei Marnies albernem Datingpakt mitmachen müssen.

Sie hatte Will vor den Weihnachtsferien auf einer Party

kennengelernt. Eine dieser Veranstaltungen, die Ani normalerweise mied: ein Haufen Rechtsanwälte, verwässerte Drinks,
halbherzige Gespräche über Immobilienpreise. Eines der
Pärchen in der Gruppe – er in roter Kordhose und mit Kaf-
feeatem, sie mit Skibräune und einem schmallippigen, fest-
gefrorenen Lächeln – hatte sich kürzlich erst verlobt und
plante, sich eine »reizende kleine Hütte« in den Cotswolds
für schlappe zwanzigtausend zu mieten. Ani hatte beobach-
tet, wie ihre Freundin Louise, die die Party zu ihrem Geburtstag geschmissen hatte, beim Anblick des Verlobungs-
rings entzückt aufschrie, während Jake, ihr Freund, betreten
in seinen Peroni starrte.

»Juchu! Noch 'ne Hochzeit.«

Sie hatte sich bei dem unerwartet sarkastischen Tonfall
umgesehen – sich kurz gefragt, ob ihre Gedanken eine eigene
Stimme entwickelt hatten – und einen mürrisch dreinblicken-
den Mann neben sich entdeckt. Er hatte ein angenehmes
Äußeres, wenn auch ein etwas zu rechteckiges Gesicht, trug
ein Kordjackett und hielt einen pinkfarbenen Cocktail in der
Hand, den er entschlossen durch einen Strohhalm schlürfte.

Sie blickte ihn von der Seite an. »Ich wette, es wird ganz
reizend. Sehr originell. Wahrscheinlich wird man Tauben
fliegen lassen.«

»Und es gibt einen Wunschbaum. Fotos vom Paar, auf
denen sie Dankeschön-Schilder hochhalten. Abgeschmackte
Witze, wenn die romantische Musik für den Hochzeitswal-
zer losgeht und dann in *Smack My Bitch Up* übergeht.«

Ani sah ihn sich genauer an. »Kein Hochzeitsfan?« Dabei
dachte sie bereits: Was, wenn er Single ist und es klappt zwischen uns und er will nicht heiraten? Was sage ich dann meinen Eltern? Vielleicht soll es nicht sein, vielleicht sollte ich
nicht mit ihm ausgehen. Der Teil ihres Gehirns, der innerhalb eines Wimpernschlags präzise potenzielle Ansatzpunkte

für die Verteidigung eines Mandanten lokalisieren konnte, schaffte es auch, sie in unter einer Sekunde mit einem Mann zu verheiraten und von ihm zu scheiden.

Er machte ein langes Gesicht, schlürfte aber weiter seinen Drink, wobei er um den glitzernden Trinkhalm herum weiterredete. »Meine Verlobte hat mich sitzen gelassen. Mir ist die Lust vergangen.«

War es womöglich eine schlechte Idee, einen frisch sitzen gelassenen Mann zu daten? Es waren solche Momente, in denen Ani Marnie vermisste, trotz ihrer flatterhaften Art. Es hatte keinen Sinn, die lang verheiratete Rosa nach Rat zu fragen, die so etwas sagen würde wie: »Sei einfach offen und sag ihm, was du fühlst. Was kann schon schiefgehen?« Oder Helen, die nie mit irgendwem ausging: »Was soll das überhaupt? Ich wette, der Typ wurde nicht umsonst sitzen gelassen. Wahrscheinlich bohrt er ständig in der Nase oder trägt ihre Höschen oder so.« Marnie dagegen würde sich alles ganz genau und bis zum Ende anhören und dann sagen, dass er doch sehr nett klang und sie sicher sei, dass alles super laufen würde. Selbst wenn er doof war und zu hundert Prozent nichts daraus werden würde.

Während Ani ziellos an einer Reihe Mittagslokale vorbeischlenderte, piepte ihr Handy in der Tasche. War er das? Was, wenn er absagte oder sein vager Vorschlag, sich zu treffen, nicht ernst gemeint gewesen war? Sie hatte ihm zuerst geschrieben, nachdem sie sich kennengelernt hatten. Sehr darauf bedacht, möglichst unverbindlich zu klingen, sodass sie, falls er mit »Oh mein Gott! Natürlich will ich nicht mit dir ausgehen, du herzlose Schabracke!« antwortete, immer noch hätte behaupten können, dass sie nur höflich hatte sein wollen. Glaubhafte Abstreitbarkeit, das war die Quintessenz vorausschauenden Datings, genauso wie bei der Verteidigung von Menschen, die in ihrem Leben ein paar gravierende

Fehlentscheidungen getroffen hatten. Er hatte geantwortet: *Wir sollten uns mal wiedersehen.* Aber war das nicht nur etwas, das Menschen einfach so sagten? Was, wenn er über Weihnachten seine Meinung geändert oder sich mit seiner Verlobten vertragen hatte?

Die Nachricht kam von ihm. Anis Finger zitterten leicht, als sie nach unten scrollte.

Hi! Frohes neues Jahr! Wie wäre es mit einem Curry in der Brick Lane oder so?

Es war eine seltsame Wahl für ein erstes Date – zu formell, zu viel Druck –, aber sie ließ ihm den Vorschlag durchgehen, da er aus der Übung war. Sie antwortete: *Klar, warum nicht. x,* wobei sie darauf achtete, nicht zu enthusiastisch zu klingen. Sie wollte nicht, dass er glaubte, dass sein Vorschlag mehr war als eine solide, aber uninspirierte Wahl. Das Spiel konnte losgehen.

Nervös wanderte Ani die Gänge im Drogeriemarkt auf und ab, mit dem mulmigen Gefühl, dass sie etwas mit sich anstellen sollte – sich mehr schminken, Feuchtigkeitspflege benutzen, einen Teil ihres Haars aufbauschen, andere Haare entfernen. Schließlich entschied sie sich für ein labbriges Garnelensandwich und eine Johannisbeerlimonade, bevor sie sich dabei erwischte, wie sie den Ständer mit den Kondompackungen neben der Kasse anstarrte. Nein, nichts da. Regel Nummer eins für Dates: Man musste das Universum hereinlegen, damit alles gut ging, was wiederum hieß, so wenige Vorbereitungen wie möglich zu treffen. Idealerweise bedeutete das, mit unrasierten Beinen, dem unvorteilhaftesten Outfit aller Zeiten und Spinat zwischen den Zähnen aufzutauchen. Ani – in jeder anderen Hinsicht eine fromme Rationalistin – glaubte fest an die Macht der Hexerei. Unglücklicherweise war sie nur nicht besonders gut darin, sich unvorbereitet auf Dinge einzulassen.

»Haben Sie Ihre Kundenkarte dabei?«, fragte der Mann an der Kasse.

»Ja«, sagte sie mit einem Seufzen. Natürlich hatte sie die Karte dabei. Sie machte immer alles richtig. Warum also bekam sie das in ihrem Liebesleben nicht hin?

Rosa

Supertoller Datingplan für vier!!!!!

Rosa empfing Marnies E-Mail an einem qualvollen Morgen bei der Arbeit, während dem sie versuchte, den Kopf, wenn schon nicht *unter* dem Tisch, so doch wenigstens so weit unten wir nur möglich zu behalten. Ihre Schläfen pochten im beständigen Rhythmus der klackernden Tasten um sie herum.

Auf ihrem Schreibtisch reihten sich drei verschiedene Sorten Flüssigkeit: eine Flasche Wasser, ein riesiger Becher Kaffee und eine Dose Cola. Nichts davon hatte geholfen. Sie hätte wissen müssen, dass – wie die anderen ihr über die Jahre hinweg immer wieder versucht hatten zu erklären – nichts gegen einen waschechten Marnie-Kater ankam.

Unfähig, sich der E-Mail sofort zu stellen, begann sie wieder an ihrem Artikel über den Kopf-zu-Tisch-Raum zu arbeiten, dem brandheißen neuen In-Work-Meditationstrend, der die Nation erfasst hatte. Das einzige Problem war, dass er nicht existierte. Bisher hatte sie zweihundert Füllwörter für den Januar zusammengekratzt: *Jetzt, da auch das letzte Weihnachtsplätzchen verputzt ist und die guten Vorsätze ins Wanken geraten, ist es an der Zeit, unsere Ziele für das neue Jahr nochmals zu bekräftigen. Eine aktuelle Studie –* hier hatte sie eine Klammernotiz für sich selbst eingefügt, die lautete: *Später recherchieren oder erfinden – besagt, dass 67 % von uns sich mehr Erfüllung in ihrem Job wünschen. Die Lösung? Meditationsübungen, die wir an unserem Schreibtisch durchführen können.*

Ihr Handy piepte. In der Hoffnung auf die magische Inspiration, die diesen Artikel zu einem glücklichen Ende führen würde, stürzte sie sich regelrecht darauf.

Eine Nachricht von Ani: *Hast du Ms Mail schon gelesen? Sie hat das echt ernst gemeint??*

Rosa schickte ein überrascht dreinschauendes Emoji zurück und öffnete wieder ihren privaten Mail-Account. Normalerweise hielt sie den während der Arbeitszeit geschlossen, da sich Suzanne zum Schnüffeln nicht zu schade war: »Hab mitgekriegt, dass du üble Regelschmerzen hast. Ich will bis um fünfzehn Uhr fünfhundert Wörter zu dem Thema.«

Die Betreffzeile von Marnies Nachricht lautete: *Supertoller Datingplan für vier!!!!!* Fünf Ausrufezeichen. Die Pünktchen darunter schienen Rosas verkatertem Hirn zuzuzwinkern. *Hey, Ladys!* Rosa stöhnte laut auf. *Nach unserem hammerwitzigen Abend gestern habe ich mir ein paar weitere Gedanken zu unserem supersinnvollen Plan gemacht.*

Der Ausdruck »Hammer« hatte sich wirklich etabliert, dachte Rosa. Vielleicht ließ sich ja was darüber schreiben. *Ihre Dreißiger sind die neuen Zwanziger.* Etwas darüber, dass Mittdreißigerinnen so taten, als wären sie jünger. Vielleicht weil ihre Männer sie wegen Teenagern mit Comic-Häschen-T-Shirts verließen.

Sie las weiter.

Also, ich denke, das Beste wäre, wenn jede von uns sich eine Freundin aussucht und sie dann mit einem Ex ihrer Wahl

verkuppelt. So wird jede von uns auf jeden Fall ein anstän-
diges Date abbekommen. (TripAdvisor für Männer!)
Dennoch glaube ich, dass wir ein paar Regeln brauchen:

1. *Nur Exfreunde, über die wir hinweg sind! Wir wollen ja*
   nicht, dass es zu gebrochenen Herzen oder ungelösten
   Spannungen zwischen uns kommt.
2. *Die Typen müssen nett und gut aussehend sein. Keine*
   haarigen Hintern oder Perverse (außer ihr glaubt, eure
   jeweilige Freundin könnte darauf stehen).
3. *Ihr müsst euren Freundinnen über jedes einzelne Detail*
   Bericht erstatten!

Im Zweifelsfall können wir das hier zumindest als super-
geniales Sozialexperiment vermarkten. Ich finde, wir sollten
es »Projekt Liebe« nennen. Die Mission besteht darin, für
jede von uns einen netten, gut aussehenden Partner zu fin-
den, und das ganz ohne die Risiken von Onlinedating.

Rosa stöhnte ein weiteres Mal laut auf und schreckte damit
den schlafwandelnden Schreibtischbewohner neben sich auf,
Schnarchnasen-Si, der die Nachtschichten schob. »Sorry«,
formte sie stumm mit den Lippen, als er es sich wieder gemütlich machte.

Sie schickte ein weiteres Emoji an Ani, dieses Mal entsetzt
und ein bisschen erschrocken. In ihrem gegenwärtigen Geis-
teszustand schienen die kleinen Smiley-Gesichter die Dinge
besser zusammenzufassen als Worte.

»Rosa?«

Sie holte tief Luft. Wie schaffte Suzanna es nur, sich so
unglaublich lautlos fortzubewegen? Hatte sie eine Art Pakt
mit dem Teufel geschlossen, um den Gesetzen der Physik
trotzen zu können?

»Hi …«

Rosas Chefin erhob sich über ihr und klackerte mit einem Stilettoabsatz auf den Boden. Mit ihrer Lederhose und dem toupierten blonden Haar sah sie aus wie Stevie Nicks mit einem COS-Kundenkonto.

»Besprechungszimmer. Sofort.«

Rosa hastete ihr hinterher und fragte sich, was wohl diesmal Suzannes Problem sein könnte. Hatte die Barista vollfette Milch in ihren Latte geschüttet? Hatte ihre Tagesmutter den Zwillingen wieder erlaubt, *Rastamouse* anzuschauen?

Oh Grundgütiger, David saß im Besprechungszimmer, gemeinsam mit diversen anderen Schreiberlingen aus den verschiedenen Zeitungsressorts. Rosa ließ sich lautlos auf einen Stuhl sinken und versuchte, sich so klein wie möglich zu machen. David sah frisch und jugendlich aus. Er hatte seine Gesichtsbehaarung zu einem merkwürdigen kleinen Bart gestutzt – zweifelsohne der letzte Schrei bei den Unter-Fünfundzwanzigjährigen.

Jason Connell, Wunderkind und Chefredakteur, kam hereingerauscht und knöpfte sein Jackett zu. Rosa erhaschte einen Hauch von seinem limonigen Aftershave, das den unverkennbaren Alpha-Männchen-Duft kaschierte. »Wir sitzen in der Scheiße«, verkündete er kurz und bündig. »Fünf unserer Werbekunden haben ihre Anzeigen für die dieswöchige Beilage zurückgezogen. Wir haben sogar die Unterwäschekette More Than a Handful verloren, und die schalten seit 1994 Anzeigen bei uns.«

Woher wusste er all das? Er saß doch erst seit einem Monat auf dem Posten. Rosa nahm an, dass sie beunruhigt sein sollte, aber das Grauen ihres Katers saß so tief, dass nichts zu ihr durchdrang. Nicht einmal David, der in seinem Eck saß und mitschrieb wie der Streber, der er nun mal war.

»Also brauche ich Ideen, und zwar schnell.«

Rosa war sich nur undeutlich der Dinge bewusst, die die Leute um sie herum sagten.

»Wie wäre es mit einem Beitrag darüber, wie man effizient Geld sparen kann?« Der Vorschlag kam aus dem Wirtschaftsressort. Den Rest des Jahres geschmäht und verspottet, war der Januar die einzige Gelegenheit für die Kollegin aufzutrumpfen.

Selbst Jason bedachte sie für ihre Mühe mit einem kurzen Lächeln. »Ja, vielleicht. Danke.«

»Wie wäre es mit dem steigenden Trend von Müttern in Chefpositionen?« Das kam von David, der für die Rubrik Business arbeitete. Es war keine schlechte Idee. Rosa konnte sehen, wie Suzannes Nasenflügel bebten – er war in ihr Jagdrevier eingedrungen.

Jason nickte. »Gut. Solche Sachen. Wir brauchen etwas mit Biss. Einen großen Aufhänger, wegen dem die Leute zu unserer Zeitung greifen, statt zu einer anderen.« Er zeigte auf Suzanne und Rosa. »Wenn wir uns etwas richtig Gutes einfallen lassen, besteht auch noch Spielraum, Marktanteile von monatlichen Verbrauchermagazinen abzugreifen.«

Gott, was für aufgewärmten Mist wollten sie den Leuten denn jetzt wieder andrehen? *So bringen Sie ihr erschlaffendes Sexualleben wieder auf Trab? Die sonnigsten Urlaubsziele für den Winter?* Themen, für die Rosa momentan keine Begeisterung aufbringen konnte.

»Rosa.« Jason hatte seinen stählernen Blick auf sie gerichtet, und sie fühlte eine unangenehme Röte ihren Hals hochkriechen. »Irgendwelche Ideen?«

»Äh ... Bio-Gemüsekisten?« Eine schreckliche Idee. Sie hörte, wie Suzanne die Luft zwischen den Zähnen einsog.

Aber Jason lächelte aufmunternd. »Diese Meditationssache für den Arbeitsplatz ... wie hieß die gleich noch mal? Kopf-zu-Tisch-Raum?«

»Äh, ja.«

»Schön. Nun, ich will mehr solcher Themen. Es ist Januar. Alle sitzen schlecht gelaunt in ihrem Trott fest und wollen ihr Leben ändern. Nur dass niemand sein Leben wirklich ändern will. Niemand will *wirklich* kündigen und nach Bali ziehen.«

Rosa nickte. Sie verstand sehr gut, was für eine Geschichte sie hier verkaufen wollten: sich verändern, ohne sich echten Veränderungen aussetzen zu müssen.

Suzanne schnipste ungeduldig mit den Fingern vor Rosas Gesicht herum und zischte: »Komm schon, Ideen, Ideen!«

»Was? Noch mehr?«

»Ja klar, mehr. Dafür bezahlen wir dich.«

Was nicht stimmte, dachte Rosa. Sie wurde für ihre Arbeit als Redaktionsassistentin bezahlt, und nebenher schrieb sie unentgeltlich kleinere Beiträge. Ihr Gehirn war wie leer gefegt. »Äh … äh …«

»Komm schon, Rosa!« Suzannes Gesicht schien sich beinahe zu bewegen, so aufgeregt war sie. »Ich will eine Idee!«

Alle starrten sie an. Jason, David. Alle warteten darauf, dass sie etwas Akzeptables von sich gab, irgendetwas, das bewies, dass sie immer noch in der Lage war, guten Journalismus zu betreiben.

Rosa sagte das Erste, was ihr in den Sinn kam. »Ähm … wie wäre es mit einem Datingexperiment? Vier Freundinnen gehen mit den Exfreunden der jeweils anderen aus?«

Helen

Helens Herz zog sich zusammen, als sie Marnies E-Mail las. Sie trug immer noch ihren Morgenmantel, obwohl es schon

Mittag war. Die Visitenkarte des schrägen IT-Typs steckte in ihrer Tasche und pikste sie in den Bauch.

Sie las die Zeile noch einmal. *Wir wollen ja nicht, dass es zu gebrochenen Herzen oder ungelösten Spannungen zwischen uns kommt!* Nun, das war eine Regel, die schon vor Jahren gebrochen worden war. Sie fragte sich, ob Marnie an Ed gedacht hatte, als sie diesen Datingtausch vorschlug. Es war ihre Idee gewesen, ihre Exfreunde untereinander auszutauschen. Würde es ihr überhaupt etwas ausmachen, wenn es um ihn ginge?

Sie blickte auf ihr Handy und stellte sich vor, wie sie die Worte tippte: *Hey, Marnie, tut mir leid, dass ich vergessen habe, es zu erwähnen, aber ich habe mit Ed geschlafen.* Nein, das konnte sie unmöglich schreiben. Und genauso wenig konnte sie diesen Datingpakt eingehen. Denn Helen wusste aus eigener bitterer Erfahrung, dass eine der schlimmsten Sachen, die man überhaupt tun konnte, war, sich in den Ex der besten Freundin zu verlieben.

Kapitel 4

Der versehentliche Antrag

Ani

Ani hatte eine schreckliche Angewohnheit, die beinahe schon beschämend in diesen modernen Zeiten war – sie war immer pünktlich.

Heute gab sie sich große Mühe, verlangsamte ihre Schritte auf dem Weg von der U-Bahn zum Restaurant, aber sie kam trotzdem nur vier Minuten zu spät und bestellte sich einen Gin Tonic in dem beinahe leeren Lokal.

Als sie sich beim Kellner bedankte, murmelte er etwas Unverständliches.

»Entschuldigung, wie bitte?«

Er wiederholte die Worte noch einmal, und in diesem Moment wurde Ani klar, dass er Hindi gesprochen hatte.

»Ähm ... ich spreche nur Englisch.«

Sie hatte gehofft, dass es sich um einen dieser coolen Läden auf der Brick Lane handeln würde, einen von denen, über die Rosa immer Kritiken schreiben musste. Wo man das Essen in Hängematten serviert bekam oder es nur Zerealien oder raffiniert belegte Toastbrote gab. Sie warf einen Blick auf die laminierte Speisekarte, an deren Rand ein bisschen Currysoße klebte. Definitiv kein cooler Laden. Und Will war zu spät. Trotz jahrelanger Datingerfahrung hatte

Ani es bisher nicht geschafft, sich mit der laxen Einstellung anzufreunden, welche die meisten Leute bezüglich der Uhrzeit an den Tag legten.

Aus einem Impuls heraus schickte sie eine Nachricht an Marnie: *Warte auf mein verspätetes Date. Rechne mit dem Schlimmsten.*

Marnie schrieb sofort zurück: *Vielleicht trotzdem okay? Gib ihm eine Chance!*

Mieses indisches Lokal. Zehn Minuten zu spät. Frisch getrennt.

Hm. Schon drei Minuspunkte. Kannst aber genauso gut bleiben – eine Frau muss schließlich was essen.

Das stimmt, dachte Ani. Es war schön, dass Marnie wieder da war und nicht mehr in der Weltgeschichte herumgondelte. Tatsächlich hatte sie sie vermisst. Trotz allem.

Ani blieb, hatte sich aber bereits durch fünf Papadams mit Lime-Pickle gefuttert, als Will endlich durch die Tür kam. Fünfundzwanzig Minuten zu spät. Gerade noch, bevor ihre Reizschwelle zu »Ich tu nicht mehr so, als wäre es okay«, die bei exakt einer halben Stunde lag, überschritten war.

»Hi!« Sie erhob sich halb von ihrem Platz und fragte sich, ob sie sich umarmen würden, setzte sich aber gleich wieder, als er sich stattdessen nur einen Stuhl zurechtrückte. »Wie geht es dir? Schöne Weihnachten gehabt?«

»Ich … Ganz okay, nehme ich an.« Er seufzte schwer. »Es tut mir leid. Es ist nur … Na ja, ich sollte es dir lieber sagen. Ich habe mich gestern Abend mit Kat getroffen.«

Kat? Wer zum … »Oh. Deine Ex?« Ani versuchte, Drohung, Verständnis und Desinteresse zugleich in die einzelnen Silben zu legen. Eine schwierige Angelegenheit.

»Ja. Sie … Na ja, sie ist vorbeigekommen. Angeblich, um

ein paar Sachen abzuholen.« Ani wappnete sich innerlich schon einmal für das Geständnis, dass sie miteinander geschlafen hatten. »Sie hat mir den Ring zurückgegeben«, sagte Will tieftraurig. »Den Verlobungsring.«

»Oh ... Ist das ... gut? Vielleicht kannst du ihn ja verkaufen.«

»Verlobungsringe haben kaum Wiederverkaufswert. Er ist nur noch ein Zehntel dessen wert, was ich dafür gezahlt habe.«

»Wie das? Wenigstens das Material ...«

»Die Wahrheit ist die, Ani, Juwelen haben keinen echten Wert. Es ist wie mit allen Dingen bei Hochzeiten. Das Ganze ist so viel wert, wie du bereit bist, dafür zu zahlen, solange du verliebt bist. Aber wenn man das Gefühl wegnimmt, ist es nicht mehr als eine einfache Torte, ein weißes Kleid oder ein Stück Metall.«

Ani überlegte, was das bedeutete. »Klingt beinahe so, als würde man keine Dinge kaufen, sondern ...«

»Hoffnung«, beendete er düster ihren Satz. »Genau.«

Hoffnung, dachte sie, den Blick auf einen Curryfleck gerichtet, der auf dem Hemd eines vorübergehenden Kellners prangte. Die Hoffnung war es, die sie dazu brachte, sich weiterhin von Date zu Date zu schleppen, Jahr für Jahr, immer von den Gedanken getrieben: Was, wenn es heute Abend der Richtige ist? Was, wenn ihr perfekter Ehemann, die Liebe ihres Lebens, an ihr vorbeischlüpfte, weil sie nicht aufpasste, weil sie einen Moment unachtsam, zu ungeduldig oder zu hart war und ihn damit verschreckte? Doch jetzt erkannte sie, dass die Hoffnung des heutigen Abends, trotz Marnies aufmunternder Worte, draußen vor dem Restaurant geblieben war und traurig die Straße entlangstrich. Was hatte Marnie gesagt? »Eine Frau muss schließlich was essen.«

»Ich habe noch nicht zu Abend gegessen«, sagte sie entschlossen. »Sollen wir bestellen?«

»Oh ... Ich glaube schon. Ich bin nur nicht sicher, ob ich viel runterkriege.«

»Weißt du schon, was du willst?«, fragte sie brüsk, als der Kellner kam. »Ich hätte gern das scharfe Lamm Bhuna und ein Peshwari Naan, bitte.«

Will starrte auf die Speisekarte. »Klingt irgendwie alles gleich für mich. Kat und ich haben viel zu Hause gegessen, Salat und so gesundes Zeug. Sie hat sehr auf ihre Figur geachtet.«

»Und warum hast du dieses Restaurant ausgesucht?«

»Ich dachte, du würdest es vielleicht mögen.«

Ani hielt die Luft an, bis es in ihren Ohren knackte. »Hör mal, meine Eltern sind nicht mal aus Indien gekommen, sie sind in Uganda aufgewachsen. Such einfach etwas aus.«

»Ich mag kein scharfes Essen«, sagte Will zu dem Kellner. »Also lieber etwas Mildes. Ein Korma vielleicht?«

Ani und der Kellner wechselten einen Blick, der keinerlei Übersetzung bedurfte.

Danach gab Ani ihr Bestes, plauderte übers Essen, die Arbeit, über Louise und Jake und darüber, ob die beiden wirklich so glücklich waren, wie Louise gerne behauptete – es ging doch nichts über eine gepflegte Lästerrunde, um die Rädchen der sozialen Interaktion zum Laufen zu bringen. Aber letzten Endes blieb es ein schäbiges indisches Restaurant mit Neonbeleuchtung, plärrender Bollywood-Musik aus dem Fernseher in der Ecke und nur drei besetzen Tischen – einer davon mit einem Rugby-Team, dessen Spieler jedes Mal, wenn jemand einen Drink kippte, johlten und »Auf ex! Auf ex!« skandierten.

Als Ani verstohlen auf ihr Handy blickte, stellte sie mit Schrecken fest, dass erst vierzig Minuten verstrichen waren.

Doch plötzlich kümmerte es sie nicht mehr, dass es unhöflich war, sie wollte einfach nur nach Hause.

Will hatte offenbar denselben Gedanken gehabt. Er hatte bereits sein Portemonnaie herausgeholt und starrte hinein.

»Sollen wir einfach …«

»Hier ist er«, sagte er traurig.

»Wer ist hier?«

Er hielt etwas zwischen zwei Fingern hoch, das im Neonlicht glitzerte und funkelte. »Ich hatte vergessen, dass ich ihn da reingetan habe. Ich … Wie konnte sie nur? Wie konnte sie?« Er brach in Tränen aus.

Im selben Moment bemerkte ihr Kellner den Ring und stupste seine Kollegen an, die sofort anfingen, zu klatschen und zu jubeln. »Herzlichen Glückwunsch! Hoch lebe das Brautpaar!«

Ani realisierte, wie sie wie in einem schlechten Traum eine schiefe Version von *I'm Getting Married In The Morning* anstimmten. Die Rugby-Jungs fingen ebenfalls wieder an zu johlen, und zwei andere unglücklich wirkende Paare, die sich gegen die Januarkälte in dicke Anoraks gepackt hatten, stimmten mit einem halbherzigen Applaus ein. Ani stand immer noch unter Schock, und Will schien geradezu gelähmt vor Entsetzen.

»*Ding dong, the bells are gonna chiiiiime …*«

»Komm schon, Kumpel! Gib's ihr! Einen Kuss, meine ich, ha, ha, ha.«

»Nein, nein, das ist ein … Nein …«

»*So do not let them tarry, ding dong …*«

»Nicht schlecht! Hochzeitsnacht Nummer fünf!«

Will sprang auf und kippte dabei die Überreste seines ultra-milden Currys auf seine cremefarbene Hose.

Was hatte sie sich nur dabei gedacht? Niemals könnte sie einen Mann lieben, der cremefarbene Hosen trug. Das war es, was geschah, wenn man sich mit weniger als perfekt begnügte, wenn man Leuten einen Vertrauensvorschuss gewährte.

»Ich will sie nicht heiraten! Ich will einfach nur Kat heiraten, aber sie liebt mich nicht mehr!«, brüllte Will hysterisch und schleuderte den Ring quer durch den Raum, wo er von einem gerahmten Bild des Taj Mahal abprallte und im billigen Rosé einer Frau in grünem Anorak landete.

Ein paar Minuten später, nachdem Ani den heulenden Will in einem Taxi verstaut, ihr Essen plus den Wein der Anorak-Frau gezahlt und den enttäuschten Kellnern erklärt hatte, dass sie nicht Kat war, schmetterte sie die Angebote zweier Rugby-Jungs ab, »es ihr an seiner Stelle zu besorgen«, und kramte ihr Handy hervor, um Wills Nummer zu löschen. Sie hätte ihn gar nicht erst zu ihren Kontakten hinzufügen dürfen. Kein Eintrag, bis Date Nummer zwei abgeschlossen war. Wie dumm von ihr.

Der Abend endete damit, dass sie allein durch die Kälte stapfte, den Kragen ihres Mantels gegen den Wind hochgeschlagen und ihr Handy in der Hand, um Marnie eine Nachricht zu schicken. Marnie würde es verstehen, und das machte alles andere wieder wett. Zumindest beinahe.

Als sie auf das Display blickte, sah sie, dass sie eine WhatsApp-Nachricht von Rosa bekommen hatte, und klickte sie im Gehen an.

Ooooooh nein, wurde verdonnert, einen Artikel über das dämliche Datingprojekt zu schreiben. Werde wohl doch mitmachen müssen.

Warum auch nicht, dachte Ani. Nichts konnte schlimmer sein, als in einem Restaurant mit abwischbaren Speisekarten versehentlich einen Heiratsantrag zu bekommen. Ihre Freundinnen wären bestimmt besser darin, einen Mann für sie zu finden, als sie selbst.

Ich auch, tippte sie, bevor sie es sich anders überlegen konnte. *Was ist schon das Schlimmste, was passieren kann?*

Kapitel 5

Einen koffein- und fettfreien Soja-Latte ohne Sirup

Helen

»Hammer Neuigkeiten!«, meldete sich Marnie am anderen Ende. »Ani und Rosa sind beim Projekt Liebe dabei.«

Helen rutschte das Herz in die Hose. »Ani macht mit? Meinst du das ernst?«

»Anscheinend hatte sie ein echt schreckliches Date und hat ihre Meinung geändert. Lass es dir am besten von ihr erzählen. Dann machst du sicherlich auch mit, oder?«

Nein, nein, nein, nein, nein! »Ach, ich weiß nicht. Ich war seit Jahren mit niemandem mehr aus.« Seit zwei Jahren, um genau zu sein. Sie hoffte, Marnie würde nie auf die Idee kommen, exakte Berechnungen anzustellen.

»Ein Grund mehr, endlich wieder loszulegen!«

Helen und Marnie sahen die Welt auf sehr verschiedene Art und Weise. Marnie pflegte eine ständig wachsende Liste von Dingen, die sie ausprobieren wollte – Stierhoden essen, den Inka-Pfad wandern, Wakeboarden ausprobieren –, während Helen eine Liste mit Dingen führte, »an deren Stelle ich mit Freuden lieber sterben würde, bevor ich sie tue, vielen Dank auch«.

»Ich weiß nicht, Marn. Was, wenn alles schrecklich schief-läuft und er eine Superman-Unterhose trägt wie der Typ von Ani oder wenn er ein heimlicher Serienkiller ist? Ich habe erst vor Kurzem genau so eine Geschichte in diesem Frauen-magazin *Take a Break* gelesen.«

»Du musst den Typ doch nicht heiraten. Nur zwei Drinks mit ihm trinken und höflich den Abgang machen, wenn du ihn nicht leiden kannst. Das ist allerdings das Minimum. Nur ein Getränk wäre fies, dann könntest du ihm auch gleich ins Gesicht sagen, dass er abartig ist.«

»Siehst du, ich kenne diese Regeln alle gar nicht.«

»Es ist wie ein Spiel, Helz. Du magst doch Spiele. Stell dir vor, du musst es bis ins höchste Level schaffen. Erinnerst du dich, wie wir ständig das Spiel des Lebens gespielt haben? Es ist ganz genauso, nur dass deine allerbesten Freundinnen den kleinen blauen Pin für dich auswählen.«

»Aber Spiele folgen einer Logik. Man tritt in Aktion, es gibt Resultate. Menschen sind so ... na ja, lass es uns so sagen: Sie scheinen ernst zu nehmende Defekte in ihrem Programm zu haben.«

»Aber ich glaube, dass es uns allen guttun könnte und uns aus unserem Trott reißen würde. Außerdem ist es Ewigkeiten her, dass wir gemeinsam etwas Witziges gemacht haben.«

In welchem Trott steckte Marnie bitte fest? Sie lebte einen einzigen Traum, traf heiße Typen am Strand und zahlte nie Steuern.

»Wir waren vorgestern Abend aus, und ich habe heute noch einen Kater.«

»Komm schon. Ich werde auch deine beste Freundin sein!« Das war eine ironische und gleichzeitig unironische Anspielung auf Marnies Standardspruch ihre gesamte Kind-heit und Jugend hindurch: »Ach, Helz, wenn du den Dram-buie-Likör von deinem Dad nicht klaust, werden wir nicht genug Alk dahaben!«, »Ach, Helz, zieh doch auch mal dran, alle tun es.«, »Ach, Helz, knutsch doch diesen komischen Nigel ab, der so nach Eiersandwich riecht!« Dabei war es immer nur Helen gewesen, die erwischt worden war, woraufhin ihre Mum sie jedes Mal mit gekränktem Blick angesehen hatte und …

»Nein«, sagte Helen, überrascht von ihrer eigenen Entschlossenheit. »Ich kann nicht. Wirklich nicht. Macht es ohne mich.«

»Aber ich werde auch deine beste Freundin sein.«

»Du bist schon meine beste Freundin«, erwiderte Helen und fühlte sich sofort schuldig. Allerdings nicht schuldig genug, um sich auf dieses dämliche Datingprojekt einzulassen. »Hör mal, lass uns was unternehmen. Nur wir zwei. Wie wäre es mit einem Mittagessen heute?«

Bevor Marnie fortgegangen war, hatten sie sich mindestens zweimal die Woche getroffen und hatten danach oft noch zusammen die U-Bahn genommen, damit sie noch ein wenig länger quatschen und sich gegenseitig auf den neuesten Stand der Dinge bringen konnten. Vielleicht könnten sie das wieder haben. Ein spontaner Lunch würde ihre Essgewohnheiten nicht allzu schlimm durcheinanderbringen, auch wenn sie dadurch vielleicht nicht alle Tomatensuppen vor dem Verfallsdatum würde aufbrauchen können.

Im Hintergrund konnte Helen Stimmen hören. »Bist du in einem Café?«

»Ja, ich … aktualisiere nur gerade meinen Blog über Vintageklamotten.«

Was für ein Blog? »Oh. Na ja, wenn du viel zu tun hast …«

Marnie schwieg einen Moment. »Nein, nein, ich würde mich gerne mit dir treffen. Ich habe eine Stunde, reicht das?«

»Na klar. Sollen wir uns vielleicht … in der Milchbar treffen? Das ist dieser neue Laden. Soll cool sein.« Nur was, wenn er aufgehört hatte, cool zu sein in den letzten zwei Tagen, seit sie im *Time Out* darüber gelesen hatte? Würde Marnie die Nase rümpfen und so etwas sagen wie: Gott, doch nicht in dem Schuppen. Wir sollten echt lieber in dieses Café in Shoreditch gehen, wo sie das Essen auf alten CDs servieren.

»Super. Ich freu mich.«

Helen warf einen Blick auf die neueste Ladung Geht-mein-Partner-fremd-E-Mails in ihrem Posteingang und rückte mit dem Sessel vom Schreibtisch weg. Wen interessierte es schon, dass Donnerstag war, der Putz-die-Dusche-und-wisch-die-Böden-Tag? Ausnahmsweise würde sie einmal etwas Spontanes tun. Marnie war zurück, und das bedeutete, dass die Dinge wieder ins Rollen kommen würden. Das taten sie immer. Wenn auch nicht unbedingt immer in eine gute Richtung.

»Hey, hi, sorry. Bin zu spät. Meine Güte, ist hier viel los.«

Marnie kam an, nachdem Helen die harte Arbeit hinter sich gebracht hatte, einen Tisch in diesem hippen, aber hoffnungslos unpraktisch eingerichteten Café zu finden. Momentan okkupierte sie einen Platz auf einem durchgesessenen Sofa neben einem bärtigen Hipster mit Tattoos auf den Armen und einem Mac auf dem Schoß – beides Dinge, die an diesem Ort anscheinend obligatorisch waren.

Marnie war für ihre Verhältnisse schlicht gekleidet. Sie trug eine dunkle Jeans und ein simples schwarzes T-Shirt. Sie drückte Helen fest an sich und musterte sie dann kopfschüttelnd. »Ich hab mich immer noch nicht daran gewöhnt, wie anders du aussiehst.«

»Sehe ich denn wirklich so anders aus?« Helen zupfte verunsichert an ihrem Rock, voller Sorge, dass sie neben Marnies dezentem Look zu overdressed erscheinen könnte.

»Total. Du siehst … hübsch aus. Wirklich, richtig hübsch.

Ich meine, nicht dass du vorher nicht hübsch gewesen wärst, aber ... Du weißt schon.«

Helen senkte verlegen den Kopf. »Ich wollte gerade bestellen. Was möchtest du?«

»Oh, ich bin nicht besonders hungrig. Nur einen grünen Tee, bitte.«

»Kein Kaffee?« Normalerweise lief Marnie zu fünfundsiebzig Prozent auf Espresso. Kannte Helen ihre beste Freundin überhaupt noch?

Sie schüttelte sich. »Nein, danke.«

Nach der endlos dauernden Bestellung – Butter oder Margarine? Glutenfreies Brot? Soja- oder Kuhmilch? Koffeinfrei? Zucker? – quetschte Helen sich wieder zurück aufs Sofa und stieß dabei gegen den Kaffee des Hipsters.

Als er genervt die Luft einsog, drehte sich Marnie in seine Richtung. »Hey, tut uns echt leid. Es ist nur so schrecklich voll hier, oder? Findest du die Koffer nicht auch total bekloppt?«

Erstaunlicherweise ließ sich der Typ, der aussah, als habe er nicht mehr gelacht, seit iOS 6 rausgekommen war, tatsächlich zu einer Antwort herab. »No Problemo. Du hast recht, der Laden ist echt over the top, aber der Kaffee«, er küsste vollkommen unironisch seine Fingerspitzen, »ist wirklich der Beste überhaupt.«

»Klingt super. Lass ihn dir schmecken.«

Er erwiderte ihr Lächeln. »Wisst ihr was, ich setze mich an den Tisch da drüben. Dann habt ihr mehr Platz.«

Unglaublich. Helen hatte schon wieder vergessen, wie es immer gelaufen war: Marnie, die die Menschen für sich gewann, die sich durchs Leben schnorrte und Probleme mit Volldampf aus dem Weg schaffte. Und Helen, die sich um die Verwaltung kümmerte, hinter anderen herräumte und Menschen in den Mantel half.

»Wie geht es dir?«, wandte sie sich an Marnie. »Ich wollte dich schon längst gefragt haben, ob du was gefunden hast? Zum Wohnen meine ich.« Sie hätte sich früher danach erkundigen sollen. Sie war eine schlechte Freundin. Andererseits: Sie hatte ihre Gründe.

»Oh ja. Supernette Leute, Künstlertypen. Cam, Susie und Fred.«

»Hast du sie schon vorher gekannt?«

»Nein. Ich bin erst gestern eingezogen. Es ist quasi eine Hauswächtersache«, erklärte sie. »Du weißt schon, wir leben in einem leeren Gebäude, dafür ist die Miete billig. Es ist so cool, eine alte Schule. Wir benutzen die Duschen in den Sportumkleiden!«

Für Helen klang das alles ganz und gar nicht cool, sondern mehr so nach keinen Türschlössern und einem großen, zugigen Gebäude voller Staub, aber was wusste sie schon von den neuesten Trends in Sachen Wohngemeinschaft? Sie hatte seit zwei Jahren nicht einmal Mitbewohner gehabt.

»Toll. Super. Und die Arbeit?«

»Oh, ich bin …« Hier hielt Marnie inne. »Ich bin gerade dabei, mir ein paar Sachen anzuschauen. Kurse geben und so. Kunst, Theater …«

Vielleicht erklärte das ja das komplett schwarze Outfit und die knapp bemessene Mittagspause. Vielleicht steckte sie gerade mitten in einem Theaterworkshop oder etwas ähnlich Coolem, und Helen hatte sie herausgerissen, um ihr von ihren eigenen »Neuigkeiten« zu erzählen, die darin bestanden, dass Mr. Fluffypants eine Maus gefangen hatte und sie ihre Sessel neu beziehen lassen wollte (was in einem direkten Zusammenhang mit Ersterem stand).

»Erzähl mir alles von deiner Reise! War es denn schön dort draußen?« Es muss schön gewesen sein, wenn du ganze zwei Jahre fortgeblieben bist.

»Wo draußen?«

»In Brasilien. Oder war es Argentinien?«

»Oh. Eigentlich beides irgendwie. Ich bin viel herumgezogen. Was hast du die ganze Zeit über getrieben?«

»Ach, du weißt schon, ich habe gearbeitet.« Und ich habe mich schuldig gefühlt, dich vermisst, mich ständig nach Ed verzehrt und viel zu Hause herumgehockt.

Vielleicht könnte sie ja die Mr.-Fluffypants-Anekdote etwas aufpeppen, indem sie ein paar Katzenimitationen einfügte. Sie würde Marnie nichts von der Website erzählen, da sie immer Angst hatte, dass man sie nach deren Namen fragen könnte, und aus irgendeinem Grund wollte sie auch Karl nicht erwähnen. Marnie würde vorschlagen, dass sie ihn auf ein Date einlud, was ganz offensichtlich eine alberne Idee wäre. Helen überlegte fieberhaft, was sie in den letzten zwei Jahren Cooles getan hatte. Jede Ausgabe der *Take a Break* gelesen? Eine Mütze für ihren Kater gestrickt? Ernsthaft daran gedacht, Fan-Fiction für *Game of Thrones* zu schreiben? Gott, sie steckte echt in ihrem Trott fest.

»Eigentlich hat sich nichts geändert.«

»Das stimmt nicht! Du lebst allein, du arbeitest jetzt von zu Hause aus und ... Warum hast du eigentlich deinen Job gewechselt?«

»Ich ... ich hab nur ... Ich hatte Lust auf was anderes, ein bisschen mehr Flexibilität.« Wohl eher die Sorte Flexibilität, die sicherstellte, dass sie kaum mehr das Haus verlassen musste.

»Wie geht es deiner Mum?«, fragte Marnie und nippte genüsslich an ihrem Tee.

Helen zuckte mit den Schultern. »Ich glaube, ihr geht's ganz gut. Aber man kann sich nie sicher sein. Sie kann es sich jeden Moment anders überlegen. Wie geht es deiner?«

Marnie zog eine Grimasse. »Genauso. Sie ist irgendwo bei

Freund Nummer hundertfünfundsechzig angelangt oder so.«

»Warst du schon bei ihr?«

»Um mich von irgend so einem Mr. Die-Rechten-sagen-doch-nur-was-wir-alle-denken darüber verhören zu lassen, wann ich endlich einen richtigen Job finde und die Hypothek für ein Eigenheim aufnehme? Nein danke.«

Beinahe hätte Helen Marnie nach ihrem Dad gefragt, entschied sich dann aber dagegen. Marnie hatte ihn seit ihrem dreizehnten Geburtstag kaum gesehen. Damals hatte er seine Drohung wahr gemacht und sie und ihre Mum verlassen. Helens Mum und Marnies Dad, das waren Themen, die man möglichst umschiffen sollte.

»Uuuund, hast du schon einen bestimmten Ex im Kopf? Du weißt schon, für das Projekt.« Und schon wieder schien Eds Name zwischen ihnen zu schweben. Helen wartete darauf, dass Marnie ihn erwähnte, aber das tat sie nicht.

»Kommt drauf an, für wen. Eigentlich ist es doch gar nicht so schlecht. Ich meine, warum sollten wir nicht unsere verflossenen Dates weitergeben, bei denen es nicht gefunkt hat?«

Da gab es eine Million Gründe, dachte Helen. Weil es in ihrer Kultur unüblich und irgendwie igitt war. Weil Menschen eben Menschen waren und keine Roboter, und weil bei so einer Aktion praktisch vorprogrammiert war, dass es chaotisch werden und Gefühle verletzt werden würden. Doch sie sprach keinen ihrer Gedanken laut aus, sondern erwiderte stattdessen: »Und du denkst wirklich, das geht gut?«

»Mir fällt kein Grund ein, warum nicht. Mir würde es auf jeden Fall nichts ausmachen, wenn du einen Ex von mir daten würdest. Ich würde mich freuen, wenn es dich glücklich macht.«

Helen biss sich auf die Lippe. Ab und an hatte sie versucht, sich genau das einzureden, aber sie kannte die Wahrheit zu gut: Nicht jeder Ex war gleich. Was auch der Grund dafür war, dass sie Marnie bisher nichts davon erzählt hatte und es ihr immer noch nicht erzählen konnte.

Helen versuchte, das Gespräch auf weniger verfängliches Terrain zu lenken. »Hast du sonst irgendwelche Pläne, solange du hier bist?«

»*Solange* ich hier bin? Ich bleibe für immer hier.«

Es entstand eine kurze Pause, in der Helen an die zwei letzten Jahre ohne Marnie zurückdachte. Was, wenn sie irgendwann einfach wieder so verschwand? Natürlich war sie immer schon umtriebig gewesen – Spanien, Dublin, New York und Australien waren nur ein paar der Orte, an denen ihre Freundin gelebt hatte –, aber nie zuvor war sie zwei ganze Jahre am Stück weggeblieben.

»Ich meine ja nur. Du hast selbst gesagt, London sei so geldversessen, kalt und freudlos.« Das war die Kernaussage von Marnies erster wirrer Mail vom Strand gewesen, nachdem sie ohne Vorwarnung abgehauen war.

»Überhaupt nicht. Es ist voller Theater und Museen und hübscher Parks, und, was das Wichtigste ist, alle meine Lieblingsmenschen wohnen hier.« Sie drückte sanft Helens Arm, dann sah sie auf ihre Uhr. »Mist. Ich hab nur noch fünf Minuten. Ich erzähl dir lieber meine Neuigkeiten. Ich habe ein paar Leute kontaktiert, mal nachgefragt, wer noch so in der Gegend ist.«

Alle waren in der Gegend. Alle Leute, die sie kannten, hatten eine bemerkenswerte Fantasielosigkeit an den Tag gelegt, als es darum ging, *nicht* nach London zu ziehen oder *nicht* in Reading zu bleiben, wo sie aufgewachsen waren. Mit Ausnahme von Marnie, die Kerosin im Blut hatte.

»Ach ja?« Helen beschlich allmählich das Gefühl, der

Großteil des Gesprächs würde in ihrem Kopf ablaufen. »Hat sich jemand zurückgemeldet?«

»Na klar. Jedenfalls habe ich auch nach ein paar Leuten gesucht, zu denen ich den Kontakt verloren hatte, und hab ihnen gemailt …«

Plötzlich – als würde der Nebel sich lichten und die Klippen nahe des Abgrunds vor ihren Füßen sichtbar machen – begriff Helen, wohin dieses Gespräch führte. Oh Gott. Jetzt passierte es also endlich.

»Unter anderem habe ich Ed geschrieben. Immerhin ist es jetzt zwei Jahre her. Ich fand, es war an der Zeit, mal nachzuhorchen, wie es ihm so geht.«

Helens Herz raste, als hätte sie einen vierfachen Espresso gekippt. Wusste Marnie Bescheid? Nein, ganz bestimmt nicht. Das konnte sie gar nicht.

Helen ertappte sich dabei, wie sie versuchte, ihre Stimme möglichst beiläufig klingen zu lassen, als sie fragte: »Und, ist er in der Stadt?«

»Na ja, er hat sich noch nicht zurückgemeldet. Wahrscheinlich ist er ziemlich im Stress, du weißt schon, mit seiner Musik und allem.«

Gott sei Dank. Und doch spürte Helen noch etwas anderes, einen winzigen, verräterischen Stich der Enttäuschung.

Früher hatten Marnie und Helen einander sehr nahegestanden. So nahe, dass sie den Freundinnenschwur des »Nüchternen Todesfotos« geleistet hatten. Das bedeutete, dass, falls eine von ihnen eines plötzlichen Todes sterben sollte, die andere dafür sorgen musste, dass das veröffentlichte Foto sie nüchtern und in aufrechter Haltung zeigte; und dass es keins war, auf dem sie sich im Bikini an einen Tequila klammerten, sodass jeder *Daily-Telegraph*-Leser den Kopf über dem Marmeladenbrot schütteln und zu dem Schluss kommen würde, dass sie es höchstwahrscheinlich verdient hatten, bestialisch ermordet zu werden. Aber gerade hatte Helen keinen blassen Schimmer, was im Kopf ihrer Freundin vor sich ging. War Ed für sie nur ein weiterer von vielen Typen? Immerhin hatte *sie* mit *ihm* Schluss gemacht.

Marnie redete unbeirrt weiter. »Aber falls er in der Gegend sein sollte, werde ich ihn auf jeden Fall zu meiner Willkommensparty einladen. Es wäre nett, sich mal wieder zu unterhalten.« Als Marnie sich vorbeugte, um nach ihrer Teetasse zu greifen, sah Helen etwas um ihren Hals aufblitzen. Eine Kette mit hellgrünem Stein. Die Geburtstagskette. Oh Gott.

Helen schluckte schwer. »Du willst eine Willkommensparty schmeißen?«

»Ja klar. Warum denn nicht?«

»Äh ... gar nichts.«

Helen wurde klar, dass sie in dem Fall würde hingehen müssen, und das würde womöglich bedeuten, nach all der Zeit Ed wiederzusehen, mit ihm im selben Raum zu sein, mit ihm zu reden. Sie konnte nicht. Sie wollte nicht. Aber sie würde müssen. Und dann – während all ihre inneren Schutzwälle einstürzten wie die Sandkastenburg eines Kindes – wurde ihr außerdem klar, dass sie bei dem dämlichen Projekt Liebe mitmachen und mit egal wem ausgehen würde, den ihre Freundinnen für sie aussuchten. Denn alles war besser als die Zeit damals nach Ed. Und nichts konnte je so dämlich sein wie das, was sie damals getan hatte. Außerdem war sie Marnie etwas schuldig. Und zwar gewaltig.

Marnie stand auf und kippte den Rest ihres Tees runter. Der Hipster-Mann löste für einen Moment den Blick von seinem Mac, um sie anzuschauen. Selbst in schlichtem Schwarz war sie die eindrucksvollste Frau in diesem Laden.

»Hey«, sagte Helen mit aufgesetzter Lockerheit. »Dieses Projekt, du weißt schon ... Wenn ihr alle mitmacht, bin ich auch dabei.«

»Oh mein Gott! Echt?«

»Ja, warum nicht. Es wird bestimmt witzig.« Genauso witzig, wie sich die Augäpfel auszustechen.

»Supercoole Sache! Wir werden jemand Tolles für dich finden, versprochen. Hör mal, das hier geht auf mich, ich zahle.«

»Sei nicht albern, du hast doch kaum was bestellt!« Bestimmt hatte Marnie momentan nicht viel Geld übrig.

»Schon erledigt.« Sie legte das Geld auf den Tisch, dann schickte sie ihr einen Luftkuss und rauschte davon.

Helen sah ihr nach, als sie davonstürmte, zu ihrem coolen Leben, während Helen nach Hause ging, zu ihrem Kater und ihren DVD-Boxen. Sie fragte sich, wie es sein konnte, dass man jemanden so gut kennen konnte und doch auch wieder gar nicht.

Marnie

»Du bist zu spät«, sagte Barry und tippte auf seine übergroße Casio-Uhr.

»Tut mir leid. Ich hab einfach die Zeit …«

»Keine Ausflüchte. Ich werde dir eine halbe Stunde Lohn abziehen müssen.«

Marnie öffnete den Mund, um einzuwenden, dass es nur sechs Minuten waren und er doch selbst sehen konnte, wie viel auf der Straße los war, aber sie schloss ihn wieder und band sich die Schürze um. Es hatte keinen Zweck zu diskutieren. Sie brauchte diesen Job, und was Bean Counters anging, war Barry der Herr und Meister von allem, was unter seiner Aufsicht stand – außer wenn der Regionalleiter einmal im Monat vorbeikam.

»Und schalte dein Handy aus«, zischte Barry. »Wir müssen unseren Kunden während ihres Trinkerlebnisses unsere volle Aufmerksamkeit schenken.«

Trinkerlebnis? Marnie zog ihr Handy aus der Hosentasche. Cam, ihr neuer Mitbewohner, hatte ihr eine Nachricht geschickt. Das war der, der immer an ihr dranklebte, aber immerhin nicht der, der bei offener Klotür pinkelte, oder der, den sie dabei erwischt hatte, wie er »versehentlich« ihren Rucksack durchwühlt hatte.

Heute Abend Party. Bring deinen eigenen Stoff mit.

Sie wollte auf keine Party, Stoff hin oder her. Sie wollte es sich in ihrer eigenen Bude gemütlich machen und fernsehen. Sie wollte genau das, was Helen heute zweifelsohne tun würde. Und zwar an einem warmen, sauberen Ort ohne schmierige Mitbewohner oder Freizeitdrogen und ganz bestimmt ohne Bettwanzen. Sie kratzte sich reflexartig am Arm und seufzte. Würde sie jemals so etwas haben?

»Marie! Schwing endlich deinen Arsch da rüber!« Barry gestikulierte hektisch Richtung Tresen, wo die Kunden in einer Schlange warteten und ob der dreißigsekündigen Verspätung genervt mit dem Fuß wippten.

Marnie dachte kurz daran, ihn zu erinnern, dass sie Marnie hieß und dass ihr Arsch ihn nichts anging und auch nie etwas angehen würde, aber, wie schon gesagt, welchen Zweck hätte es, mit ihm zu diskutieren? Mit ein bisschen Glück war sie nicht mehr so lange hier, dass es sie kümmern musste.

Sie nahm ihren Platz ein und setzte ein Lächeln auf. »Guten Tag, willkommen bei Bean Counters. Sind Sie bereit für Ihre Reise durch die Welt des Kaffeegenusses?«

Kapitel 6

Der Ex-Faktor

Helen

»In Ordnung«, sagte Marnie und sah der Reihe nach die anderen drei an. »Wir sind alle hier. Es ist Zeit für: Projekt Liebe.«

Sie hatten sich in Rosas Wohnung versammelt, in der sie alleine lebte, seit David mit seiner Praktikantin zusammengezogen war. Anscheinend bedurfte es einer hässlichen Trennung, um in London eine Wohnung für sich allein zu bekommen, selbst wenn es nur ein schäbiger Neubau am verlotterten Ende von Willesden Green war.

Ani stöhnte. »Wir können es nicht so nennen.« Sie stopfte sich eine Handvoll Kettle-Chips in den Mund und wedelte mit der Tüte in Helens Richtung, die jedoch den Kopf schüttelte.

Sie wusste nur zu gut, dass sie den Hang hatte, bei Stress wahllos Essen in sich reinzuschaufeln, und dass, wenn sie nur eine Handvoll probierte, nicht aufhören würde, bis sie auch Anis Kopf verschlungen hätte. Und dann wäre Schluss mit ihrem Gewichtsverlust von fünfundzwanzig Kilo. Das wäre der Anfang vom Ende, bei dem sie irgendwann per Kran aus dem Haus gehievt werden müsste.

»Rosa, hast du eigentlich vor, hier wohnen zu bleiben?«,

fragte sie in dem Versuch, das Unvermeidbare hinauszuzögern.

Rosa griff nach einem ihrer marokkanisch gemusterten Kissen und legte es sich übers Gesicht – ihre Standardantwort auf alles, was mit der Scheidung zu tun hatte. »Ich weiß nicht. Wir werden sie wohl verkaufen müssen. Also genießt das hier, solange ihr noch könnt.« Rosa deutete auf den mit Tatamimatten ausgelegten Boden, den geschnitzten indischen Sofatisch und all die hübschen Deko-Artikel. Über dem Klavier hing ein Foto von der Hochzeit, die strahlenden Gesichter nah beieinander. Rosa in Vintagespitze, David mit einem Zylinderhut. Dahinter Ani, Helen und Marnie – die zehn Minuten vor der Trauzeremonie aus New York eingeflogen gekommen war – in roten Brautjungfernkleidern, Konfetti werfend.

Helen wandte schnell den Blick ab. Ihr Kleid hatte in Größe achtundvierzig bestellt werden müssen.

»Ich habe Jahre damit verbracht, diese Wohnung einzurichten«, sagte Rosa elend. »Ich dachte, wir würden für immer hierbleiben. Oder zumindest, bis wir uns in der Vorstadt was Größeres leisten könnten. Er hat immer gewitzelt, dass ich so sehr auf IKEA abfahre, dass ich wohl am Stockholmsyndrom leiden muss.«

Ani begegnete Helens Blick. Sie mussten auf Rosa aufpassen, sonst würde sie geradewegs in den nächsten Heul-Marathon abrutschen.

»Tja«, sagte Helen fröhlich. »Also *ich* liebe es, alleine zu wohnen. Überleg doch mal, wie viel Spaß es dir machen wird, alles neu einzurichten. Ich kann dir meine Stoffmuster ausleihen!«

Rosa stieß einen erstickten Schrei in ihr Kissen aus.

»Kommt schon«, sagte Marnie ungeduldig. »Wir müssen mit dem Projekt Liebe loslegen.«

Sie kniete wie ein Kind mit ihrem Notizbuch am Sofa-tisch. Heute trug sie ein Kleid mit Gänseblümchenmuster und Klammern im Haar. Im Grunde sah sie jünger aus als die Praktikantin, mit der David durchgebrannt war. Ani saß zu Rosas Füßen auf dem Boden, während die sich auf dem Sofa ausgestreckt hatte. Helen hatte den Lesesessel in Be-schlag genommen, ein schickes kastiges graues Modell, das David sehr gemocht und bei dem sie immer Angst gehabt hatte, sie könnte Rotwein darauf verschütten.

»Müssen wir das wirklich?«, fragte sie mit einem leisen Hoffnungsschimmer in der Stimme. »Ich habe *Girls Club* auf DVD mitgebracht.«

»Ja, wir müssen«, nuschelte Rosa ins Kissen. »Sonst werde ich noch gefeuert. Dabei wurde ich schon sitzen gelassen, und mein Mann hat mich abserviert wegen einer ...«

»Wir können es tun, aber wir nennen es nicht Projekt Liebe«, würgte Ani sie ab.

Marnie schmollte. »Aber genau das ist es doch! Ein neuer Ansatz, um das Glück zu finden.«

»Nein, nein, das geht nicht. Das klingt viel zu optimis-tisch. Wir sollten das Glück nicht beschreien.«

»Ich wusste gar nicht, dass du abergläubisch bist«, meldete sich Rosa hinter ihrem Kissen zu Wort.

Ani wurde ein bisschen rot. »Glaub mir. Wenn du so viele Verabredungen hinter dir hast, beginnst du, an die komischs-ten Dinge zu glauben. Ansonsten müsstest du ja davon aus-gehen, dass es deine Schuld ist, wenn sich jedes vielverspre-chende Date irgendwann in eine Achtzehn-Plus-Horrorshow verwandelt.«

»Das ist nicht der richtige Spirit«, entgegnete Marnie mit einem Stirnrunzeln. »Ihr müsst positiver denken, Leute!«

»Okay, okay. Dann lasst es uns eben das Vielleicht-finden-wir-ja-einen-Typ-der-nicht-schlimm-verlogen-und-untreuist-und-der-einem-auch-nicht-versehentlich-einen-Heirats-antrag-beim-Inder-macht-und-losheult-Projekt nennen.«

Rosa ließ das Kissen sinken und rieb Anis Schulter mit ihrem bestrumpften Fuß. »Das wird nicht wieder passieren. Du hast dort definitiv ein Opfer für uns alle gebracht. Hey, warum nennen wir es nicht Ex-Faktor? Ihr wisst schon, wegen der Ex-Typen.«

Die anderen dachten darüber nach. »Ist dir das gerade eingefallen?«, fragte Ani argwöhnisch.

Rosa zupfte an einem losen Faden im Kissenbezug. »Na ja … eigentlich war es Jasons Idee. Wegen des Artikels, ihr wisst schon.«

Noch ein Blick von Ani zu Helen, die sagte: »Aha, jetzt heißt er also Jason und nicht mehr der Böse Surfer-Boy-Boss?«

»Er ist nicht böse. Eigentlich ist er sogar ganz nett.«

»Ist er heiß?«, fragte Marnie mit plötzlichem Interesse.

»Ich denke schon«, antwortete Rosa vage. »Ich schaue mir andere Männer nicht so genau an. Jedenfalls kann er es kaum erwarten, den Artikel zu lesen.«

Helens Magen krampfte sich bei dem Gedanken an einen Artikel zusammen. Das hier passierte wirklich.

»Es ist mir egal, wie wir es nennen, solange wir es durch-ziehen«, sagte Marnie. »Als Erstes müssen wir unsere Namen auf Zettel schreiben und sie dann aus einem Hut ziehen. Hast du einen Hut, Rosa?«

»Äh, ich weiß nicht.«

»Das ist nur eine Redensart«, sagte Ani. »Wir können sie auch aus der Hand ziehen.«

»Na gut, wenn du dem Ganzen unbedingt den Spaß und die Freude und die Stimmung rauben willst, nur zu.«

»Tu sie in das Glasding da«, schlug Rosa beschwichtigend vor. »Wirf das Teelicht raus, es ist sowieso ausgebrannt – so wie meine Ehe.«

Ani tätschelte sie reflexartig.

Marnie kritzelte die Namen auf ein Blatt Papier und riss es anschließend in vier Stücke.

»Ziehen wir die Namen von derjenigen, deren Ex wir daten, oder den Namen derjenigen, die wir verkuppeln?« Helen spürte ein Gefühl von Panik in sich aufsteigen. Das hier könnte unmöglich wirklich passieren. Sie sah sich nach einer Kerze um. Vielleicht könnte sie ganz versehentlich-absichtlich die Zettel abfackeln.

Ani sah sie ratlos an.

»Und was ist, wenn wir uns selbst ziehen?«, merkte Rosa an. »Ich meine, wenn ich dich ziehe ... und du mich ziehst ... Oder was, wenn ich Ani ziehe, und dann Ani Marnie zieht, und Helen mich ...«

»Oh mein Gott«, murmelte Ani und runzelte die Stirn. »Das ist schwerer, als ich dachte.«

»Vielleicht sollten wir es besser ganz bleiben lassen«, warf Helen rasch ein, obwohl sie wusste, dass es hoffnungslos war. Wenn Marnie sich etwas in den Kopf gesetzt hatte, war Widerstand zwecklos.

»Echt jetzt, Leute«, rief Marnie, »ihr seid mir vielleicht ein Haufen Profis. Es ist ganz einfach. Wenn ihr euren eigenen Namen zieht, werft ihr ihn wieder zurück. Wir ziehen die Person, die wir verkuppeln. Alles klar?«

Oh Gott, dachte Helen. Warum hatte sie sich bloß darauf eingelassen? Und welche Freundin war am Schwierigsten zu verkuppeln? Ani, die zynische Perfektionistin? Oder Rosa mit der Last des ersten Dates nach der Scheidung? Oder Marnie, die gewillt schien, alles und jeden zu daten – vom Manager eines Dax-Konzerns bis zum obdachlosen Straßenmusikanten?

Der Behälter aus buntem Glas, den Rosa in ihren Flitterwochen in Marrakesch gekauft hatte, machte in feierlichem Ernst die Runde.

»Wählt weise«, sagte Marnie übermütig. »Sonst zerfällt euer Gesicht zu Staub wie bei diesem Typ in *Indiana Jones und der letzte Kreuzzug*. Rosa, du bist als Erste dran, es ist deine Wohnung.«

Rosa faltete ihren Zettel auseinander. »Einen Tusch bitte! Also, ich werde folgende Dame verkuppeln ... Marnie!«

»Juchu! Ich wette, du hast einen echt netten Ex für mich. Jetzt du, Ani.«

Ani blickte auf den Papierschnipsel in ihrer Hand. »Ich spiele die Kupplerin für ... Rosa!«

»Hurra!« Rosa klatschte in die Hände. »Du wirst mir jemand Tolles besorgen, das weiß ich.«

Marnie sah Helen an. »Helz, jetzt du.«

Schnell, tu etwas! Zünd es an! Nein, da ist keine Kerze, iss das Papier auf! Iss es! Beklommen faltete Helen ihren Zettel auseinander und las vor. »Ani.«

»Auf meinen zukünftigen Ehemann!«, rief Ani zutiefst ironisch.

Helen biss sich auf die Lippe. Dieser Druck! Wen sollte sie denn überhaupt auswählen?

»Okay, ich bin dran.« Marnie sah auf ihren Zettel, während Helen im Geiste zu dem Schluss kam, dass nur noch ein Name übrig sein konnte, und das war ...

»Du, Helz«, sagte Marnie. »Super! Ich will dich schon seit Jahren verkuppeln.«

Und Helen hatte sich immer aufs Heftigste gesträubt. Und dafür gab es Gründe, Gründe und noch mehr Gründe. Oh Gott, was, wenn Marnie sie mit Ed verkuppeln wollte? Das würde sie nicht tun, oder? Bestimmt nicht. War das gut oder schlecht?

»Jemand Nettes«, flehte sie Marnie an. »Niemanden, der gerne in Klubs geht oder Drogen nimmt, und auch keinen Banker mit Nippelklammer-Fetisch oder Teilzeit-Stripper.«

Marnie zog die Augenbrauen hoch. »Garry war eigentlich ein echt netter Kerl, weißt du. Tolle Bauchmuskeln.«

»Bitte! Jemand Normales. Oder, besser gesagt, jemand Normales für meine Maßstäbe.«

»Vertrau mir einfach, Helz!« Sie klopfte auf den Tisch. »In Ordnung, Ladys. Nun, da wir unsere Namen haben, müssen wir einen netten Ex aussuchen, denjenigen kontaktieren und ihn mit unserem Schützling zusammenbringen.«

»Was, wenn derjenige inzwischen verheiratet ist oder Nein sagt? Oder mittlerweile schwul ist?« Helen versuchte immer noch, das Unvermeidbare abzuwenden.

»Dann nimm einen anderen.«

Um Himmels willen. Es war schon schwer, nur *einen* Mann für ihre Freundin zu finden, ganz zu schweigen von mehreren. Wen könnte sie nehmen? Jemanden aus der Schule? Diesen Typ, mit dem sie im ersten Semester auf einem Ocean-Colour-Scene-Konzert rumgeknutscht hatte? Sie konnte sich nicht mal mehr an seinen Namen erinnern. Andy irgendwas? Auf keinen Fall Peter, ihren netten, aber öden Haupt-Ex, mit dem sie im Alter von einundzwanzig bis fünfundzwanzig zusammen gewesen war. Er war glücklich verheiratet, hatte vier Kinder und arbeitete als Gebrauchtwagenhändler in Kent. Während Helen an ihre magere Exfreunde-Ausbeute dachte und an Anis hohe Standards, konnte sie nur hoffen, dass ihre Freundin ihr vergeben würde.

Ani

»Du siehst so hübsch aus, mein Schätzchen!«

»Tantchen, ich sehe aus wie eine Dragqueen. Wobei …

eigentlich ist das eine Beleidigung. Eine Dragqueen sähe besser aus.«

»Was ist eine Dragqueen?«

»Ach herrje, das weißt du doch ganz genau. So jemand wie Lily Savage.« Oder Cousin Mehdi, fügte sie im Stillen hinzu.

Ihre Tante Zhosi tat immer noch so, als könnte sie kein Englisch, obwohl sie seit ihrem zwölften Lebensjahr in Großbritannien lebte, nachdem sie mit ihren Eltern und ihrem Bruder – Anis Vater – aus Uganda geflohen war; und mit ihrer Cousine zweiten Grades – Anis Mutter. Ja, Anis Eltern waren Cousin und Cousine zweiten Grades. Nicht ersten Grades. Obwohl das, wie sie sich oft verpflichtet fühlte zu erklären, in England nicht illegal war. Aber dennoch irgendwie schräg, weswegen sie die Leute immer etwas komisch anschauten, wenn sie es erzählte. Außerdem bedeutete es auch, dass die Familienfeiern, auf denen wirklich jeder mit jedem verwandt war und Groll und Missgunst teilweise bis vor die letzte Jahrhundertwende zurückreichten, etwas nervenaufreibend sein konnten.

In diesem Moment kam Anis Mutter herein, strahlend schön in einem fuchsiaroten Sari und mit goldenem Schmuck behangen. Sie sah Ani überrascht an. »Du siehst so ... anders aus.«

»Wunderschön, nicht?« Tante Zhosi machte eine schwungvolle Geste, um Anis Make-up zu präsentieren.

»Na ja, vielleicht könnten wir den Lidschatten etwas zurücknehmen. Du siehst aus, als wärst du gerade aus dem Boxring gestiegen, Anisha.«

Ani saß mürrisch da, während die beiden an ihrem Gesicht herumfuhrwerkten. Ihre Mutter entfernte ein paar der fünfzehn Schichten Foundation, während ihre Tante trotzig noch mehr Schmucksteine in Anis Gesicht klebte. Sie sah in traditioneller Kleidung einfach nur albern aus. Ihr kurzes Haar biss sich mit dem extravaganten Make-up und den exotischen Klamotten, und der lindgrüne Sari, den ihre Tante ausgesucht hatte, ließ sie bleich und müde wirken. An das Tragen von Blazern und Bleistiftröcken gewöhnt, hatte sie die falsche Körperhaltung für diese Klamotten. Der Stoff hing unmotiviert an ihr herunter und musste immer von den jeweils anwesenden spöttelnden und schnatternden Tanten und Cousinen (oftmals ein- und dieselbe Person) festgesteckt werden.

»Mum!« Die Tür flog auf, und ein Mädchen im Teeny-Alter stürmte ins Zimmer, die Hände in die neu entdeckten Hüften gestemmt, den türkisfarbenen Sari perfekt um ihren Körper drapiert. »Mum«, wiederholte sie atemlos, »Manisha ist voll sauer! Sie sagt, die hätten Blumen in der falschen Farbe auf die Teller getan oder so was.«

Tante Z warf die Hände in die Luft und murmelte etwas auf Hindi. Ani vermutete, dass die Übersetzung in etwa folgendermaßen lautete: »Mir reicht's mit diesem Brautmonster, warum habe ich sie bloß nicht heimlich heiraten oder durchbrennen lassen?«

Das Mädchen, Anis Cousine Pria – dreizehn und gefühlt stramm auf die dreißig zugehend –, musterte sie. »Äh, die Farbe steht dir aber mal gar nicht, oder?«

»Ach ja? Und wer hat dich bitte zum neuen Karl Lagerfeld ernannt?«, fuhr Ani sie an.

»Ähm, das ergibt aber mal voll keinen Sinn, oder?«

»Geh und hilf deiner Mutter«, scheuchte Anis Mutter Pria hinaus. »Und spuck diesen Kaugummi aus!« Dann legte sie eine Hand auf Anis Kopf, der von einem kunstvollen Riesenhaufen Haarklammern geziert wurde, die Tante Zhosi festgesteckt hatte. »Geht's dir gut, mein Schatz? Du wünschst dir nicht, du wärst an ihrer Stelle?«

»Wie bitte? Um wie ein Postpaket zusammengeschnürt an einen Mann übergeben zu werden? Nein, danke.«

Ihre Mutter drückte einen Glitzerstein an, der die Frechheit besessen hatte, sich zu lösen. »Weißt du, als meine Eltern mir vorgeschlagen haben, deinen Dad zu heiraten, habe ich genauso empfunden. Ich war ein modernes Mädchen, das zur Uni ging. Ich wollte nicht meinen Cousin zweiten Grades heiraten. Das kam mir wahnsinnig rückständig vor. Aber schau uns jetzt an: Wir haben dich und deine Brüder, und wir sind uns mit jedem Jahr noch nähergekommen.« Das stimmte. Anis Eltern waren immer noch unerträglich verliebt ineinander, selbst nach fünfunddreißig Jahren.

»Ich will nur nicht die perfekte Stepford-Frau für jemanden spielen, Mum. Ich bin viel zu unabhängig, das würde nicht funktionieren.«

Zur Antwort bekam sie ein wütendes Funkeln zu sehen. »Ist es das, wofür du mich hältst, ein braves Hausmütterchen?« Anis Mutter war Herzchirurgin und die Chefärztin ihrer Abteilung.

»Nein! Ich ... Es ist einfach nur zu viel Druck. Einen Mann zu finden, und zwar schnell, und gleichzeitig dafür zu sorgen, dass es auch der richtige ist, damit man nicht irgendwann in einer hässlichen Scheidung endet oder gefangen in einer schrecklichen Ehe. Ich weiß nicht, wie das gehen soll.«

Ihre Mutter betrachtete sie im Spiegel. »Fühlst du dich unter Druck gesetzt, mein Schatz?«

»Ja, ein bisschen schon. Ich meine, Manisha ist drei Jahre jünger als ich und kommt unter die Haube, und ich habe noch nicht mal einen festen Freund.«

»Wir würden dich nie zu etwas drängen, Anisha. Wir werden dich bestimmt nicht nach Indien bringen und dich dort verheiraten. Solange du glücklich bist. Aber du scheinst nicht glücklich zu sein. All diese Verabredungen, die Treffen mit diesen Jungs. Mochtest du überhaupt auch nur einen von ihnen?«

»Den ein oder anderen. Ab und an.«

»Und möchtest du dein Leben irgendwann mit jemandem teilen?«

Ani dachte an ihre Cousine, an das Jahr voller extravaganter Familienfeiern, an die Jungs, die sie davor mit ihren Eltern sechs Monate lang getroffen hatte, an die hektischen Planungen, die Schönheitsbehandlungen, die Diäten. Manisha, die immer Anis pummelige Cousine gewesen war, neben der sie sich auf Familientreffen ungestraft mit tonnenweise Süßigkeiten hatte vollstopfen können, hatte neunzehn Kilo abgenommen, trug unglaublicherweise Größe sechsunddreißig und konnte keinen Satz mehr ohne »glutenfrei, oder?« beenden. Das hier war nur die Verlobungsfeier, zu der bereits tausend Gäste geladen waren. Natürlich wünschte Ani sich das nicht.

Sie seufzte, dann sagte sie leise: »Ja, ich will mein Leben mit jemandem teilen. Aber es muss der Richtige sein. Ich muss mir sicher sein.«

Ihre Mutter strich ihr über die Stirn. Ihre Hand war kühl und roch ganz schwach nach Desinfektionsmittel. Ein Geruch, den Ani seit jeher mit ihrer Mutter verband.

»Wenn du möchtest, können dein Vater und ich ein paar Erkundigungen einholen. Das wäre auch schon alles. Wir könnten dich ein paar netten jungen Männern vorstellen. Ganz ohne Druck.«

Sie legte eine Hand auf die ihrer Mutter. »Danke, Mum. Ich sage nicht grundsätzlich Nein. Vielleicht würdet ihr wirklich einen besseren Job machen als ich. Offensichtlich kriege ich es selbst ja nicht richtig hin. Aber noch nicht jetzt, okay? Ich habe sowieso bald eine Verabredung«, erwiderte sie, wobei sie die Wahrheit ein klein wenig schönte. »Niemanden aus dem Internet. Einen Freund von Helen.« Sie wusste nicht, wie sie das Projekt Ex-Faktor erklären sollte. Sie würde einen Weg finden müssen, Rosas Zeitung zu verstecken, wenn der Artikel erschien. Ihre Eltern lasen sie immer, weil sie Anis Freundinnen unterstützen wollten.

»Oh, gut!« Ihre Mutter strahlte. »Ich bin sicher, dass es ein netter junger Mann ist. Helen ist so ein liebes Mädchen. Dad ruft sie immer an, wenn sein Computer kaputt ist.«

Aber was für Exfreunde hatte Helen? Ani wusste von keinem einzigen Typ, auf den Helen gestanden hatte, seit diesem einen Kerl von damals, Ed, der am Ende irgendwie mit Marnie zusammengekommen war. Sie hatte sich immer gewundert, warum Helen sich nicht mehr darüber geärgert hatte. Und wen sollte sie selbst für Rosa auswählen, die im Moment so verletzbar, so schutzlos war? Warum hatte sie sich auf solch eine verrückte Idee eingelassen? Ani schüttelte den Kopf und verlor dabei drei weitere Glitzersteinchen.

Die Verlobung verlief wie jede andere Feier. All die Vorbereitungen für ein paar Stunden großer Reden, Glanz und Gloria. Doch entgegen ihrem Willen genoss Ani es: die Musik, den Applaus, das Lächeln auf den Gesichtern ihrer Familie, Manisha, die so wunderschön und aufrichtig glücklich aussah.

Als Ani sich setzte, um ihren schmerzenden Füßen in den goldenen Sandalen eine Pause zu gönnen, kam ihre Großmutter (die verwirrenderweise auch ihre Großtante war) herübergewatschelt und kniff sie in die Wange. »Schön prall und fest! So ein gesundes Mädchen.«

Ani zuckte zusammen. »Hi, Bubs. Hier, setz dich zu mir.« Sie zog einen Stuhl für die kleine, drahtige Frau heran.

Ihre Großmutter schüttelte den Kopf. »Ich brauche keinen Stuhl, danke, noch sterbe ich ja nicht. Was ist mit dir, meine kleine Anisha? Wann bist du an der Reihe? Wann wirst du einen netten jungen Mann kennenlernen?«

»Ach, ich weiß nicht, vielleicht wenn die männliche Bevölkerung Londons aufhört, so ein Haufen nichtsnutziger Rotznasen zu sein?« Sie dachte flüchtig an den gut aussehenden Rechtsanwalt, Adam Robins. Das war der Typ Mann, den sie brauchte: charmant, weltmännisch, erfolgreich. Niemand, der gerade erst verlassen worden war. Doch jedes Mal, wenn sie so einen Mann traf, sagte sie etwas, das ihn vergraulte.

»Du kannst stattdessen auch ein nettes Mädchen kennenlernen, wenn du magst. Uns würde das nicht stören. Mrs. Kapoors Enkelin hat ein englisches Mädchen geheiratet, und auf der Hochzeit haben sie beide Saris getragen!«

»Danke, Bubs. Aber leider glaube ich nicht, dass das eine Option für mich ist.«

Ihre Großmutter musterte sie. »Es liegt an deinem Job, Anisha. Die ganze Zeit damit zu verbringen, Menschen zu trennen, das kann nicht gut für dich sein.« Sie tippte sich auf ihre dürre Brust. »Dein Herz. Das muss doch darunter leiden.«

Ani hätte ihr normalerweise widersprochen, ihr gesagt, dass sie die Menschen nicht trennte, sondern dass sie lediglich half, es möglichst schnell über die Bühne zu bringen, wenn alles sowieso schon in Scherben lag. Dass sie ihnen die Gnade eines würdevollen Endes schenkte, einen Ausweg bot, wenn es keine Hoffnung mehr gab. Aber was ihr Herz anging, hatte ihre Großmutter möglicherweise recht. Sie würde einfach darauf hoffen müssen, dass dieses verrückte Projekt funktionierte.

Kapitel 7

Wie jeder jeden kennenlernte

Rosa

»Sind es deine Abgase, die den Planeten zerstören?«

Es war im Jahre 2001, und ich war gerade dabei, mir den Weg durch das Gedränge des Erstsemester-Einführungstags an der Bath University zu bahnen, als ich plötzlich diese Worte hörte. Beunruhigt schnüffelte ich an mir selbst, bevor ich kapiere, dass der Junge, der mir hinterherrief, den Greenpeace-Stand betreute. Er war eins achtzig groß, seine Haut war gebräunt von einem Ferienjob auf dem Öko-Bauernhof, und seine Dreadlocks und der Bart waren von der Sonne geküsst.

Im Laufe des Abends trieben wir unaufhaltsam aufeinander zu, bis wir wild knutschend auf seinem muffeligen Futonsofa landeten, unter einem Poster, das uns eindringlich bat: Gebt Walen eine Chance!

»Was haben die Wahlen damit zu tun?«, fragte Suzanne und runzelte die Stirn (vielleicht, man konnte es nicht wirklich sehen).

»*Wale*. Ohne h«, erwiderte Rosa. »Du weißt schon, die großen Tiere im Wasser.«

»Ach die.« Suzanne wandte sich an Jason. »Rosa hat natürlich keine wirkliche Schreiberfahrung, aber wird es das tun?«

Rosa legte das Blatt mit dem Entwurf nieder, den sie eben

vorgelesen hatte. Jason hatte um eine Wie-sie-sich-kennen-lernten-Story für jeden der Exfreunde gebeten, also hatte sie tief in ihren Erinnerungen graben müssen, bis sie bei der Zeitrechnung vor David angekommen war. V. Dav. Es erschien ihr wie ein anderes Leben.

Jason hatte, das Kinn auf die Hand gestützt, aufmerksam zugehört. »Und was ist dann passiert? Warum hat es nicht geklappt?«

»Ach, der übliche Studentenkram. Sie wissen schon.« Die Sache mit Tom hatte zehn ganze Tage gedauert, eine lange Zeit im ersten Semester, und größtenteils daraus bestanden, sich im Büro der Studentenvertretung strategisch klug in die Arme zu laufen, während Supergrass in der Anlage dudelte. Dann wurde er dabei gesichtet, wie er Zungenpiercingverheddern mit einem Mädchen namens River spielte (»Von wegen *River*, wohl mehr ein schlammiger Tümpel«, war Anis Kommentar gewesen, womit sie noch schneller zu Rosas Lieblingsmensch an der Uni aufgestiegen war); und Rosa verlegte sich darauf, vielsagende Blicke mit David Strauss zu tauschen, dem Herausgeber der Studentenzeitung (ungeachtet dessen, dass Tom sämtliche Medien zu »Fingerpuppen des Kapitalismus« verdammte), und das war es dann auch schon gewesen.

»Also, ich kann es kaum erwarten, die anderen Kennenlern-Geschichten zu lesen.«

Rosa blickte zu Suzanne, deren Nasenflügel sich große Mühe gaben, ein äußerstes Maß an Ungläubigkeit auszudrücken. »Du meinst ... du findest das *okay*?«

»Ich find's super. Mir gefällt die Stimme.« Jason lächelte freundlich, griff nach seinem iPad und strich sich das wuschelige hellblonde Haar zurück. »Ich muss los, ich habe in fünf Minuten ein Interview mit dem Chef der Weltbank. Spitzenarbeit, Rosa.«

Suzanne sah ihm hinterher, den Blick irgendwo auf den Saum seines Jacketts gerichtet. Dann schnellte sie herum, und Rosa starrte rasch auf ihren Artikel. »Hm. Na ja, du machst besser weiter und kümmerst dich um die Dates. Jason wird sich die Sache mit großem Interesse anschauen.«

Ja, mit fast so viel Interesse wie Suzanne seinen Hintern angesehen hatte.

»Ja, klar. Ist alles schon auf dem besten Weg«, log Rosa.

Während Suzanne davonstakste und unflätig vor sich hinknurrte, wo zur Hölle die Blockzitate für die beschissene Saftkur-Story steckten, kehrte Rosa an ihren Schreibtisch zurück und rief den Twitter-Account auf, von dem sie glaubte, dass er Tom gehörte – @manarchist.

Sie schickte ihm eine Nachricht: *Hi, Tom? Bist du's? Wie geht es dir??? Sorry, dass ich dich einfach so überfalle, aber ich würde gerne deine Meinung zu einer Sache hören.*

Während sie auf seine Antwort wartete, fragte sie sich, ob Marnie ihn wohl mögen würde. Ihre Freundin hatte schon den ganzen Vormittag über das Projekt getwittert:

@marnieinthecity

Kann es kaum erwarten, mit dem #exfaktor #datingprojekt loszulegen. Meine supertolle Freundin wird mir einen süßen Typ besorgen!!!

Natürlich würde sie ihn mögen. Tom sah gut aus, er war ein leidenschaftlicher Mensch, und vielleicht duschte er inzwischen sogar häufiger als einmal in der Woche. Außerdem schien Marnie die meisten Männer zu mögen – ungeachtet deren Alter, Intelligenzquotienten oder Trotteligkeitsgrad. Wenn er Single war, da war Rosa sich ziemlich sicher, war ihr Teil der Arbeit erledigt.

Er war zu spät. Warum kamen sie immer alle zu spät? Und ich war unzufrieden mit den Klamotten, die ich anhatte. Wahrscheinlich würde mir im Theater heiß werden, und ich würde ihn vollschwitzen. Und während ich innerlich meine Ängste und Sorgen aufzählte, fragte ich mich, warum wir überhaupt ins Theater gingen? War es nicht üblich, bei der ersten Verabredung, ihr wisst schon, miteinander zu reden?

Ani hielt inne, seufzte und befahl ihren Gedanken, aus dem Jahr 2010 in die Gegenwart zurückzukehren.

Am Schreibtisch ihr gegenüber saß Catherine – die siebenundzwanzig war, jedoch aussah wie vierzehn – und tauschte sich mit ihrer Mum am Telefon über die Fünf-zu-Zwei-Diät aus. »Also, ich hatte heute nur vier Karotten, ein hart gekochtes Ei…«

Ani vergewisserte sich, dass ihr Boss noch nicht wieder da war – er war zu einem feuchtfröhlichen Mittagessen in seinen Klub gegangen –, und rief dann Helen an. »Ich brauch deine Hilfe.«

Helen klang gestresst. »Ich brauche auch Hilfe. Dieser verdammte Artikel.«

»Wem sagst du das. Was soll ich bloß schreiben?«

»Na ja, nur ein bisschen was über den Typ. Wie ihr euch kennengelernt habt, warum es nicht geklappt hat, solche Dinge. Welcher war es noch mal?«

»Der, der mich in das allerschrecklichste Theaterstück eingeladen hat, das ich je gesehen habe. Wo die Besetzung auf die Bühne gekommen ist und uns mit Zeug beworfen hat. Erinnerst du dich noch? Ich hab's dir bestimmt erzählt.«

»Nö. Ich werde ein paar mehr Infos für meine Datenbank brauchen.«

Helen und Rosa führten seit Jahren einen mentalen Karteikasten mit Infos zu Anis Dates. Mittlerweile ging die Zahl in die Hunderte, und manchmal konnte selbst Ani sich nicht mehr an die Einzelheiten erinnern.

»Simon, 2010, leichte Stirnglatze, hat sich selbst was zu trinken gekauft, ohne mich zu fragen, ob ich auch was will. Hat dann den ganzen Abend Mineralwasser geschlürft, während ich mich versehentlich besoffen habe. Theaterkritiker.«

»Oh ja, jetzt weiß ich's wieder. Der trottelige Theater-Typ. Und den hast du für Rosa ausgesucht?«

»Na ja, sie haben fast denselben Job. Und er sah ganz gut aus. Und eigentlich war er auch nicht *so* schlimm. Nur ... du weißt schon.«

»Nicht ganz der Richtige für dich?«

»Ja. Und jetzt sag bloß nicht, dass ich Bindungsängste habe.«

Ani konnte Helens diplomatisches Schweigen am anderen Ende hören.

»Vielleicht war er damals nur nervös. Warum ist es nicht weitergegangen mit euch?«

»Abgesehen davon, dass er mich zum weltschlechtesten Theaterstück überhaupt eingeladen und mir nicht mal einen Drink ausgegeben hat? Ich weiß nicht. Ich glaube nicht, dass er auf mich stand. Er hat mich nicht mal geküsst. Also hab ich ihn nicht mehr angerufen.«

Manchmal fand Ani es erschreckend, wie schwierig es war, eine Verbindung zu Leuten herzustellen. Daten war wie am Abhang einer Klippe hängen, wo man verzweifelt nach Halt suchte, um am Ende doch immer wieder abzustürzen. Sie hatte mittlerweile Schwierigkeiten, sich überhaupt vorzustellen, dass es jemals klappen könnte.

»Es wird doch alles gut gehen, oder?« Ani konnte die Sorge in Helens Stimme hören. Immerhin würde das die erste Verabredung mit einem Mann seit Jahren für sie werden.

»Natürlich. Das wird bestimmt … ein großer Spaß.« Aber selbst in Anis eigenen Ohren klang das nicht überzeugend.

»Auf jeden Fall wird es ein interessantes Experiment.«

»Das stimmt. Ein Experiment.«

»Und wo wir schon dabei sind, ich beeile mich lieber und kümmere mich um dein Date! Marnie hat mir schon die E-Mail-Adresse von meinem geschickt, Dan. Weiß Gott, wen sie da für mich ausgesucht hat, es könnte ungefähr jeder sein.«

»Also hat sie nicht … na ja, du weißt schon wen ausgesucht? Ed?«

Stille am anderen Ende der Leitung. Dann lachte Helen angespannt. »Ed? Ha, ha, nein. Ich glaube nicht, dass er … Ich glaube, er ist zurzeit gar nicht in London. Sie haben keinen Kontakt.«

»Und es ist alles in Ordnung zwischen euch nach der ganzen Geschichte?«

»Natürlich! Ed und ich waren nur Freunde. Außerdem ist das Ewigkeiten her. Klar ist alles in Ordnung!«

Ani hätte wirklich gerne gefragt, wen Helen für sie ausgesucht hatte, aber sie hatten sich drauf geeinigt, vor dem Date keine weiteren Infos herauszugeben, da es Pech bringen könnte. Nur weil es bei einer Freundin nicht mit dem Kerl geklappt hatte, hieß das nicht, dass die andere ihn auch nicht leiden konnte.

»Wenn du meinst.«

Ani legte auf und machte sich sofort wieder Sorgen wegen Simon und Rosa, ihrer geliebten Freundin, der man erst kürzlich das Herz gebrochen hatte. Es würde doch bestimmt alles gut gehen, oder? Es war Jahre her … Vielleicht hatte er sich geändert, vielleicht war er heute charmanter.

Sie formulierte eine E-Mail: *Hi Simon! Lang ist's her, was? Ich hoffe, du findest das jetzt nicht schräg, aber bist du zufällig noch Single?*

Helen

Helen legte das Handy beiseite und betrachtete finster, was sie bisher geschrieben hatte.

»Hey, Moby. Mooooooby!«

Als ich das erste Mal meinen Spitznamen hörte, den die coolen Jungs mir verpasst hatten, dachte ich, sie meinten den Sänger. Was mich schon hätte stutzig machen müssen, da ich weder cool noch angesagt war und auch keine Glatze hatte. Dann wurde mir klar, dass sie einen anderen Moby meinten, einen, der weniger bekannt war für seine atmosphärischen Hits – Moby Dick.

»Beachte sie einfach nicht«, sagte mein Sitznachbar im Computer-Camp.

»Ich kann nicht«, erwiderte ich kläglich. »Das sind die coolen Jungs.«

»Logo. Die Coolen vom Computer-Camp«, sagte der Junge und schob die dicke, schwere Brille auf seiner pickeligen Nase hoch. »Von wegen. Keiner von uns hier ist cool.«

Er hatte recht gehabt, dachte Helen. Es war das Jahr 1997 gewesen. Die Örtlichkeit: das Computer-Feriencamp der Reading University. Helen war damals fünfzehn gewesen, hatte viel zu viel Sinn in den Liedtexten von Alanis Morissette gefunden und war, zu diesem Zeitpunkt, noch vier Stunden von ihrem ersten Kuss entfernt gewesen. Nik war klein für sein Alter, hatte Pickel und trug eine Brille und Klamotten, die vielleicht seine Mutter modern fand. Aber wer war Helen, sich ein Urteil über ihn zu erlauben? Sie musste ihre Klamotten bei Etam kaufen statt bei Tammy Girl, weswegen sie bei der Camp-Disco in einer übergroßen Jeanslatzhose steckte. Richtig uncool, selbst für die Standards beim Computer-Camp.

Nik hatte seine Zunge brav in ihrem Mund herumgeschoben, die Hände fest um ihre Taille geklammert (die genug Halt bot). Helen hatte ebenfalls ihre Zunge bewegt, und was war schon dabei gewesen, dass ihre Gedanken immer wieder zu dem Programmier-Code abschweiften, den sie an dem Tag gelernt hatten – es zählte trotzdem als erster Kuss. Selbst Marnie, die schon zwölf Jungs geküsst und einen sogar unter ihren BH hatte fassen lassen, hatte ein klein wenig beeindruckt geklungen, als Helen sie von der Telefonzelle aus anrief, um es ihr zu erzählen. Helen und Nik hatten den Kontakt nach dem Computer-Camp verloren, da sie damals weder über ein Handy noch über einen Internetanschluss zu Hause verfügte. Und überhaupt hatte sie die Monate danach ziemlich viel um die Ohren gehabt.

Doch heute reichte eine kurze Facebook-Recherche aus, um Nik wieder zutage zu fördern. Helen scrollte durch seine Timeline – Links zu Artikeln des *Economist*, vereinzelte Fotos, Check-ins auf verschiedenen Flughäfen rund um die Welt. Das letzte Foto zeigte einen Mann in Surfshorts, der auf einem Schiffsdeck posierte. Ein richtiger erwachsener Mann mit Brusthaaren und einem durchaus akzeptablen Maß an Attraktivität. Das hoffte Helen zumindest. Sie glaubte nicht, dass pickelige Nerds, die sämtliche Dialoge aus *Die Rückkehr der Jedi-Ritter* auswendig kannten, wirklich Anis Typ waren. Aber ein Geschäftsmann, der um den Planeten jettete – oh ja, das war Anis Typ.

Sie schickte ihm eine Nachricht: *Lieber Nik, was machst*

du mittlerweile so? Dir scheint es gut zu gehen. Ich hoffe, du nimmst es mir nicht übel, wenn ich einfach so mit der Tür ins Haus falle, aber wärst du generell an einem Date mit einer Frau interessiert? Komische Frage, ich weiß!

Helen klickte auf Senden, schob dann den Laptop weg und ging zu ihrem Kleiderschrank. Der Spiegel zeigte ihr gegenwärtiges Ich – eine Frau von zweiunddreißig Jahren mit blondem Haar, das sich um ein besorgtes Gesicht lockte –, aber in ihrem Kopf war sie manchmal immer noch Moby. Und bisweilen fragte sie sich, ob sie es vielleicht immer bleiben würde.

Ganz hinten im Schrank stand eine rosa Schachtel, die über und über mit Herzen und anderen Aufklebern übersät war. Sie erinnerte sich daran, wie Marnie damals, 1995, den Nagellackfleck draufgemacht hatte, als sie beide zusammengequetscht auf Helens Bett lagen. In der Schachtel befanden sich Fotos – sie und Marnie in ihren Grundschuluniformen, die Arme um die Schultern der anderen gelegt. Helen war es nie zuvor aufgefallen, aber auf dem Foto trug Marnie komische Socken, und sie hatte ein großes Loch in ihrem Pulli. Es schnürte ihr das Herz zusammen, als sie dieses toughe kleine Mädchen mit dem grimmigen Gesichtsausdruck betrachtete. Wenn es Marnie nur glücklich machte, war es das alleine wert, dieses alberne Projekt durchzuziehen. Und wer weiß, vielleicht würde es bei einer von ihnen sogar klappen? Rosa und Ani – und ja, auch Marnie – verdienten es, einen netten Freund zu finden.

Sie legte das Foto beiseite und fand das Bild, nach dem sie eigentlich gesucht hatte. Auf der Rückseite war ein Vermerk ihrer Mutter: *Helen bekommt den World-Wide-Web-Design-Preis verliehen! Computer-Camp, 1997.* Helen strich über das gerötete, überglückliche Gesicht des Mädchens, das ihre billige Plastiktrophäe umklammert hielt. Sie war so glücklich gewesen in dem Computer-Camp, ohne auch nur zu ahnen, dass schon bald danach alles mit einem Paukenschlag auseinanderbrechen würde. Falls sie Nik je wiedersehen sollte – falls es durch irgendeinen Zufall zwischen ihm und Ani funkte –, würde auch er eine sehr veränderte Helen vorfinden.

Kapitel 8

Vier Dates und ein sozialer Todesfall

Rosa

Rosa hatte den Tag mit dem Nicht-Schreiben des restlichen Datingartikels verbracht. Nicht-Schreiben war eine Aktivität, die Unmengen an Zeit beanspruchen konnte. Es bedeutete hauptsächlich, Dinge zu googeln, Kaffee aus der ekligen Maschine im Flur zu trinken, sich vor Suzanne zu verstecken und, seit ihrer Trennung, auch vor David. Diese Tätigkeiten fanden im stetigen Wechsel mit Heulkrämpfen in der Damentoilette und dem Neuauftragen von Concealer statt.

Bisher hatte sie geschrieben: *Während Datingapps wie Tinder und Happn uns jegliche Spontaneität auf der Suche nach der großen Liebe rauben – indem sie den Treffen-vögeln-und-weiter-geht's-Ansatz vorantreiben –, lassen sich immer mehr Frauen ihre eigene Methode einfallen, um Männer kennenzulernen.* Die »immer mehr Frauen« wären dann wohl sie und ihre Freundinnen. Sie würde noch ein paar Zitate von einem Notfall-Psychologen einstreuen und sich dann die einzelnen Dates vornehmen.

Eigentlich hätte es ihr leichtfallen sollen, diese Art von gefälligem Geschreibsel, das sie schon hundertmal verfasst hatte. Warum also kam sie nicht voran? Vielleicht weil sie

Angst hatte – zum in die Hose Machen und das Mittagessen wieder Hochwürgen Angst – allein bei dem Gedanken an ihr Date mit Simon, den Ani für sie ausgewählt hatte. An der Uni hatte sie die Typen auf dem üblichen Wege kennengelernt – mit sechs Wodka-O und ein bisschen Rumgefummel, während im Hintergrund eine Raubkopie von *Kill Bill* auf dem Laptop lief. Bis sie eines Tages in einer Journalismusvorlesung neben einem Studenten mit einem Sprenkel Gold in seinem dunklen Bart und Holzperlenarmband ums Handgelenk (Rosa hatte schon immer einen ganz bestimmten Männertyp bevorzugt) gesessen hatte. Mit anderen Worten sah er verdächtig nach »Ich hab mir nach dem Abi ein Jahr Auszeit genommen« aus.

»Warst du im Ausland?«, hatte sie gefragt, verzweifelt auf der Suche nach neuen Freunden in dieser riesigen Lehrveranstaltung.

»In einem Kibbuz«, erwiderte der Traumtyp.

Rosas Augen wurden ganz groß. Wie sollte sie es erwähnen, ohne allzu anbiedernd zu klingen: Hey, ich bin jüdisch, du auch?

»Ich heiße David«, flüsterte er, als die Vorlesung begann.

»Rosa«, erwiderte sie, und dann, mit einem verspäteten Geistesblitz: »Rosa Liebermann.«

Und einfach so kamen sie zusammen. Familie, Background, alles passte. Das ganze Studium hindurch waren sie nur Rosa und David, Seite an Seite in passenden Jeans und Chucks in Seminaren oder auf WG-Partys, wo sie sich gegenseitig ihre Plastikbecher mit billigem Rotwein nachfüllten. Nach der Uni zogen sie zusammen und wurden beide ins Absolventenprogramm der *Sunday Gazette* aufgenommen, während ihre Kommilitonen sich bei Fachzeitschriften, der Regionalpresse oder, im schlimmsten Fall, als Werbetexter verdingen mussten. Sie heirateten, kauften eine Wohnung, schlossen eine

Rentenversicherung ab, taten all die Dinge, die man eben tun sollte. Bis das Universum beschloss, Rosa für ihre unverschämte Selbstgefälligkeit und Bequemlichkeit zu bestrafen, und sie in die gähnende Leere des Singledaseins zurückschleuderte. Und genau aus diesem Grund musste sie nun zu einer Verabredung mit Simon gehen.

Rosa öffnete eine neue E-Mail und kopierte seine Adresse hinein, die Ani ihr weitergeleitet hatte. Ein Teil von ihr hatte gehofft, er würde Nein sagen, doch Ani zufolge war er zwar etwas belustigt gewesen, hatte sich aber auch geschmeichelt gefühlt, dass sie ihn ausgesucht hatte.

Hi, Simon, tippte Rosa. *Nun, das hier ist etwas ungewöhnlich, nicht wahr? Aber falls du immer noch dabei bist, wo sollen wir uns heute Abend treffen?*

Sie schickte die Nachricht ab. *Fait accompli* – was getan war, war getan. Und währenddessen saß die Liebe ihres Lebens am anderen Ende des Raumes, sodass sie beinahe seinen Haarschopf sehen konnte. Rosa konnte immer noch nicht ganz glauben, dass die Zeit, die sie zusammen gehabt hatten, einfach so ausgelöscht sein sollte und sie nun mit weniger dastand, als womit sie angefangen hatte, damals, in dieser Vorlesung vor vierzehn Jahren.

Sie musste bald los. Sie war viermal auf dem Klo gewesen, um ihr Outfit zu wechseln und panische Selfies an Marnie zwecks Feedback zu schicken. Es gab nichts, was Marnie nicht wusste, wenn es darum ging, sich für einen bestimmten Anlass zu kleiden, oder auch um Verabredungen generell.

Du musst dich einfach wohlfühlen, hatte Marnie geantwortet. *Aber zieh dich nicht zu nachlässig an, denn falls du ihn magst, wirst du dich den ganzen Abend dafür verfluchen. Wohlfühlen, aber auch selbstbewusst sein.*

Sie hatte sich für ein geblümtes Kleid und Ballerinas entschieden. War das zu gewöhnlich? Zu mädchenhaft? Oh Gott. Suzanne hing währenddessen am Telefon und brüllte ihre Nanny wegen irgendeinem Leinsamenöl an, also beschloss Rosa, sich hinauszuschleichen, solange die Gelegenheit günstig war.

»Na, schon Feierabend?«

Als sie den Flur entlanghuschte, wäre sie beinahe mit Jason Connell zusammengestoßen, der einen Ausdruck der Titelseite für den nächsten Morgen in der Hand hielt. Er hatte die Ärmel hochgekrempelt und sah müde aus.

»Äh, Recherche für diese Datinggeschichte«, murmelte sie verlegen.

»Ah, stimmt. Gut.« Er ging weiter und lächelte sie über die Schulter hinweg an. »Ich hoffe, er weiß es zu schätzen.«

Was meinte er damit? Oh Gott. Wohlfühlen, aber auch selbstbewusst sein, so lautete Marnies Ratschlag. Rosa war sich nicht sicher, ob sie sich auch nur ein bisschen selbstbewusst fühlte.

Die ganze Busfahrt über schaffte sie es nicht, sich zu beruhigen. Also beschloss sie, das Ganze als reinen Arbeitsauftrag zu betrachten und nach Ansätzen für eine gute Story Ausschau zu halten, so wie sie es oft bei unangenehmen Aufgaben tat: *Sieben Dinge, die ihr Gynäkologe nicht sagen sollte, wenn sie auf dem Stuhl sitzen. Wie Sie Weihnachten bei ihren (jüdischen) Schwiegereltern überleben. Was tun in einer vierstündigen Redaktionssitzung mit ihrer teuflischen Chefin, die gerade auf einer dreitägigen Saftkur ist und nach Weizengras und überkochender Weißglut riecht.* (Na gut, Letzteres hatte zugegebenermaßen eher Nischenpotenzial.) Diese Story hier würde lauten: *Wie Sie Ihr erstes Date nach vierzehn Jahren überleben.*

Ich betrat die Bar und ließ den Blick über die Sammlung nostalgischer Schilder an den Wänden schweifen. Meine Hand-

flächen schwitzten, mein Magen verkrampfte sich, und ich wollte nur noch davonrennen ...

Sie blieb stehen. Ihr war übel. Zwischen den Holzfäller-bärten und Männer-Dutts saß ein normal aussehender Mitt-dreißiger in einer Sitznische und las ein Taschenbuch. Ein echtes Buch, kein Kindle. Sie kniff die Augen zusammen, um den Titel zu entziffern, und hatte plötzlich das Gefühl, es sei ungemein wichtig zu wissen, was er da las. War das etwa *Jane Eyre*? Einer ihrer größten Lieblingsromane überhaupt?

Er sah auf und ihr direkt in die Augen, woraufhin sie er-starrte wie ein Kaninchen im Scheinwerferlicht. »Rosa?«

Rosa setzte ein Lächeln auf und ging auf ihn zu.

Ani

Nik möchte sich um 18:40 mit dir im Pub in der Victoria Station treffen, hatte Helen geschrieben. *Er ist gerade auf Geschäftsreise, deswegen hat er mich gebeten, die Kommunikation zu übernehmen. Hoffe, das ist okay!*

Es gab gleich mehrere Dinge, die Ani an der Nachricht störten. Erstens, die übertrieben spezifische Zeitangabe. Als würde er ihr eine Lücke in seinem wertvollen Terminplan zuweisen. Zweitens, die allzu selbstverständliche Annahme, es wäre okay, sich mit ihr in einem Bahnhof zu treffen. Aus-gerechnet dort, wo es eiskalt sein würde und voller herum-irrender Touristen. Drittens ließ ihr die Nachricht keinerlei Verhandlungsspielraum, und das war es, was sie am meisten ärgerte. Ani mochte es zu verhandeln.

Trotzdem saß sie jetzt in der Bar in der Bahnhofshalle und versuchte, so zu tun, als sei der Ort romantisch und nicht überfüllt, zugig und gemütlich wie ein OP-Saal – wenn auch bei Weitem nicht so sauber. Mürrisch las sie sich noch einmal Helens SMS durch. Nik. Warum Nik und nicht Nick? War er vielleicht ein arroganter Schnösel? Waren seine Eltern Fans von Nik Kershaw? Was war mit dem fehlenden c passiert?

»Ani?«

Sie blickte auf – exakt in dem Moment, als die Digitaluhr an der Wand auf 18:40 sprang –, und dann verstand sie. Das Outfit des Mannes, der vor ihr stand, schrie förmlich »internationaler Geschäftsmann«. Er trug einen schwarzen Anzug, schwarze Lederhandschuhe und hatte einen Trolley mit einem Flugetikett daran neben sich stehen. Dunkles Haar, cooler eleganter Schnitt, dunkles Brillengestell.

»Hallo, ich bin Nikesh.« Fester Händedruck.

Ani, die mittlerweile die Königin der Erstes-Date-Begegnungen war, verschlug es zur Abwechslung die Sprache. »Oh … äh, hi. Hallo. Helen sagte, du heißt Nik.«

»Oh, natürlich. Das war mein Beta-Testlauf damals im Computer-Camp. Wollte mich anpassen, du weißt schon. Heutzutage benutze ich nur noch Nikesh. Ich will nicht klingen wie ein Achtzigerjahre-Popstar, und außerdem bin ich stolz auf mein kulturelles Erbe.«

»Ähm …«, stotterte Ani und dachte dabei: Mist, ich anglisiere meinen Namen, seit ich zehn geworden bin, und: Gott, klingt er selbstbewusst, und dann noch: Computer-Camp?

Nikesh parkte seinen Trolley und setzte sich. »Was ist mit dir? Ist Ani eine Kurzform für etwas?«

»Anisha. Aber meine Familie hat lange in Uganda gelebt, bevor sie hierherkam.«

»Interessant, interessant. Wir kommen direkt aus Punjab, dritte Generation.« Er sprach mit einem starken nordlondoner Akzent. »Also dann, Anisha …«

»Ich bevorzuge Ani«, unterbrach sie ihn.

»Wirklich? Warum denn das?« Er legte die Fingerspitzen zusammen und blickte sie darüber hinweg an.

»Äh … als ich zehn war, hab ich diesen Film gesehen, den ich echt mochte.«

»Mit dem kleinen rothaarigen Mädchen?«

»Ja.« Warum erzählte sie ihm davon? Sie konnte sich schließlich nennen, wie sie wollte, es ging ihn nichts an.

»Und du bist Rechtsanwältin?«

»Ja, hauptsächlich Familienrecht. Scheidungen, elterliche Sorge, solche Dinge.«

»Macht dir das nicht zu schaffen?«

Sie blinzelte erstaunt. Noch nie hatte ein Mann sie das gefragt. »Manchmal. Ich schätze, es fällt schwer, an die Liebe zu glauben, wenn man jeden einzelnen Tag mit ansehen muss, wie sie in die Brüche geht.«

Und schon wieder! Ani wusste nicht, was mit ihrem Mund los war. Er sagte einfach lauter Dinge, über die sie nicht nachgedacht hatte. Das passierte ihr sonst nie. Sie verlangte bei der Arbeit etwa zehn Pfund pro Wort – da ging es nicht an, dass sie einfach so vor sich hinplapperte.

»Dann bist du also schon eine Weile Single?« Er sah sie aufmerksam an. Er hatte noch nichts zu trinken bestellt.

»Eigentlich schon immer. Ich meine, es hat nie länger gehalten als ein paar Monate.« Ani nahm einen Schluck von ihrem Weißwein, obwohl er mittlerweile warm war, um ihr seltsames, ungefiltertes Geplapper zu stoppen. Er hatte sie im Handumdrehen aus ihrer üblicherweise so beherrschten Art gerissen.

Glücklicherweise beschloss Nikesh, dass nun er an der Reihe war mit Reden. Er legte eine geprägte Visitenkarte auf den Tisch, die überraschenderweise einen hellgelben Farbton aufwies. »Helen hat es dir womöglich schon erzählt …«

»Nein«, unterbrach Ani ihn. Er öffnete und schloss den Mund, als sei er das nicht gewohnt. »Sie hat mir gar nichts erzählt.«

»Oh. Also hat sie das Computer-Camp gar nicht erwähnt?«

»Nein. Das warst ganz allein du.«

»Mist«, murmelte er, und Ani spürte, wie sie langsam auftaute. »Nun ja, ich habe noch während des Studiums eine eigene Firma aufgebaut. Mittlerweile gibt es Niederlassungen hier, in Mumbai und im Silicon Valley. Ich reise viel und arbeite hart daran, ein erfolgreicher Geschäftsmann zu sein, daher hatte ich bisher nicht die Zeit, jemand Besonderes zu finden, aber nun bin ich bereit, die Zügel ein bisschen schießen zu lassen.« Er hielt inne, um Luft zu holen.

Ani nahm noch einen Schluck von dem Wein, der nicht einmal geschmeckt hatte, als er noch kalt gewesen war. »Hast du das von deinem Datingprofil auswendig gelernt?«, fragte sie. »Bist du auch gerne draußen in der freien Natur, liebst Musik und bist genauso glücklich, wenn du es dir mit einer DVD und einem Glas Wein zu Hause gemütlich machen kannst, wie wenn du ausgehst, um einen Cocktail zu trinken?«

Er schien verwirrt. Und Ani war es ebenfalls. Anscheinend hatte sie ihren Datingfilter verloren.

»Nein«, sagte er. »Um ehrlich zu sein, bin ich zweimal im Monat geschäftlich unterwegs, und wenn ich nach Hause komme, bin ich normalerweise so müde, dass ich einfach nur ein heißes Bad nehme und mir eine Folge *Good Wife* anschaue.«

Ani umklammerte ihr Glas. »Das ist meine Lieblingsserie.«

»Stellst du dir dann vor, du wärst Alicia Florrick?«

»Ja. Nur ohne den untreuen Ehemann natürlich. Wenn ich heirate, muss es schon perfekt passen. Sonst würde ich mir gar nicht erst die Mühe machen.«

»Geht mir genauso.« Im Hintergrund war das Rattern

eines einfahrenden Zuges zu hören. Nikesh blinzelte. »Ich habe diesen Treffpunkt nur vorgeschlagen, weil ich gerade aus Indien zurückgekommen bin und mir nichts Nettes eingefallen ist. Ich war seit Monaten nicht mehr aus.«

»Ich verstehe. Und warum ausgerechnet zwanzig vor sieben?«

»Na ja, ich mag es nicht, zu spät zu kommen, und ich war mir nicht sicher, ob ich es um halb sieben schaffen würde. Ich finde Unpünktlichkeit unhöflich, du nicht auch?«

Jetzt war Ani an der Reihe mit Blinzeln. »Ähm … ja. Ja, das finde ich auch.« Dann schaltete sie ihr integriertes Stadtplanungssystem ein, das Bars beinhaltete, in denen man immer einen Sitzplatz bekam, Restaurants, die keine laute Musik spielten, und Friseure, die einen innerhalb von fünfundvierzig Minuten abfertigten. »Es gibt da das St.-James-Hotel in der Nähe«, sagte sie. »Die haben eine nette Bar.«

»Klingt gut. Außer du möchtest gerne das Zwei-für-eins-Menü für sieben Pfund neunundneunzig hier ausprobieren.«

»Nicht wirklich.«

»Das habe ich mir gedacht.« Er stand auf und griff nach seinem schnieken, kleinen Koffer.

Ani blieb sitzen. Sie mochte zwar selbstbewusste, entschlossene Männer, aber ab und zu musste man auch dagegenhalten. »Komme ich mit dir mit?«

»Etwa nicht?«

»Na ja, du hast mich nicht wirklich gefragt.«

»Tut mir leid. Ich schätze, ich bin es einfach gewohnt, dass die Leute tun, was ich sage.«

»Das ist okay. Aber ich gehöre nicht dazu.«

»Ich weiß. Also Ani, hättest du Lust, mich zu einer netteren Örtlichkeit zu begleiten?«

Sie kippte den Rest ihres lauwarmen Weines runter. »Ja, sehr gerne, Nikesh. Es wäre mir eine Freude.«

Das Pub war ernüchternd. Groß, laut, düster, mit einem strengen Geruch nach schalem Bier. Warum hatte er einen Ort wie diesen ausgesucht? Sie spürte Enttäuschung in sich aufsteigen.

Mit klopfendem Herzen begann sie, die Gesichter aller anwesenden Männer zu mustern. Oh Gott, war das ... Nein, bestimmt zu fett. War der ... Zu alt. Das hoffte sie zumindest. Sie hatte wahre Horrorstorys von Datingprofilen mit zehn Jahre alten, unscharfen Fotos gehört. Tatsächlich hatte sie sich in ihrem Job bereits mit einem Haufen Beschwerden zu diesem Thema auseinandersetzen müssen. Was, wenn Dan genauso war? War dieses Projekt nicht dazu gedacht, einem derartige Ängste vor Verabredungen zu nehmen? Hatte sie denn kein Vertrauen in Marnie? Denk lieber nicht darüber nach!

Es hatte schon Ewigkeiten gedauert, sich überhaupt auf dieses schäbige Pub zu einigen. Er hatte sie zuerst angemailt – Marnie hatte ihm ihre Kontaktdaten gegeben, ganz offensichtlich in der Annahme, dass Helen niemals den ersten Schritt machen würde. (Um ehrlich zu sein, sie hatte sogar daran gedacht, absichtlich ein paar Spam-Begriffe einzubauen, damit die Mail in seinem Papierkorb landete und sie ganz legitim behaupten könnte, er habe sich nie bei ihr zurückgemeldet.)

Irgendeine Idee, was du unternehmen möchtest?

Helen hatte keinen blassen Schimmer gehabt. Was machten Leute bei ihrer ersten Verabredung? Ins Drive-in fahren? Ins Theater gehen? Sich zum Abendessen treffen? Sie konnte sich auf keinen Fall etwas so Verrücktem aussetzen, wie Schnellboot fahren auf der Themse oder Falkenjagd lernen. (Vögel waren einer der größten Überträger von ansteckenden

Krankheiten, und die Themse war bei den letzten drei Wasserreinheitsproben durchgefallen.)

Wir könnten was trinken gehen.

Sie rief sich dabei Marnies Ratschlag in Erinnerung, sich nicht auf die Fallstricke einer Verabredung mit festgelegtem Ende einzulassen, so was wie Kino oder Theater. Falls man sein Date auf den ersten Blick hasste, blieb man so nämlich ohne Fluchtmöglichkeit stundenlang an ihm kleben.

O. K. Wo?

Helen war eine moderne Frau. Sie erwartete nicht, von den Socken gehauen zu werden. Aber war es etwa schon zu viel verlangt, dass er an der Entscheidungsfindung teilnahm?

Irgendwann hatte er schließlich dieses Pub vorgeschlagen, und seitdem war ihr angst und bange. Ihre Alltagsroutine war völlig über den Haufen geworfen worden. Sie hatte sogar vergessen, heute früh ihre Bettwäsche zu wechseln, was wiederum den Zeitplan für die Mittwochmorgen-Staub-und-Wisch-Aktion durcheinanderbringen würde. Mr. Fluffypants sprach nicht mehr mit ihr, weil sie sein Mittagessen gleich zweimal hintereinander vergessen hatte. Und sie wusste nicht, was sie heute Abend essen und wann sie ins Bett gehen würde. Es war das reinste Chaos.

Sie ermahnte sich, damit aufzuhören. Das hier war keine große Sache – KGS, wie Marnie sagen würde. Ihre Freundinnen machten so was die ganze Zeit. Warum also wurde ihr übel davon? Warum schwitzte sie unter den Achseln, und warum verkrampfte sich ihr Magen, als würde sie aufs Schafott steigen? Er war nur ein Mann. Einer, den ihre Freundin für gut genug befunden hatte, um mit ihm auszugehen. Aber andererseits galt das für einen Großteil der männlichen Spezies. War es okay, dass sie nur eine Jeans trug? Mittlerweile hatte sie nichts anderes mehr, was ihr passte. Warum hatte sie sich keine neuen Klamotten gekauft? Sie hatte unmöglich

Marnie fragen können. Die wäre nur völlig aus dem Häuschen geraten und hätte sie einer kompletten Umstylingaktion unterzogen, so wie damals mit vierzehn, als Sam Foxton behauptet hatte, er wolle mit ihr hinter dem Fahrradschuppen knutschen. Sie war in einem geblümten Catsuit aufgetaucht, aber natürlich hatte sich das Ganze als Scherz herausgestellt, und alle hatten gelacht, und Helen hatte wegen des blöden Ganzkörperanzugs den ganzen Tag nicht pinkeln gehen können. Dann, ein paar Tage später, war Marnie selbst mit ihm hinter dem Fahrradschuppen verschwunden. Hatte sie von dem Streich gewusst? Denk nicht darüber nach!

»Helen?«

Beim Klang ihres Namens schreckte sie auf und wirbelte herum. Vor ihr stand ein kleiner Mann, der ihr kaum bis zu den Augenbrauen reichte und unter dem Schirm einer Mütze mit Ohrenklappen zu ihr hochspähte. Sie wartete auf diese Sache, auf die sie – trotz der Weigerung, an ihre Existenz zu glauben – gehofft hatte: diesen Funken, das gewisse Etwas. Doch sie verspürte nichts außer einem Gefühl tiefer Beklemmung.

Sie räusperte sich. »Ähm, ja. Hallo.«

»Hi. Es ist ein bisschen voll hier.«

»Ich weiß. Sollen wir uns vielleicht setzen?«

Da Dan nicht reagierte, ging Helen auf einen Tisch zu, an dem noch Plätze frei zu sein schienen, nur die Mäntel von ein paar Mittzwanzigern hingen über den Stuhllehnen. »Würde es euch stören, wenn wir ...«

Ein hochnäsiges Mädchen mit Zöpfen und Overall blickte auf. »Es kommen vielleicht noch ein paar Freunde von uns.«

Helen versuchte, sich Marnies Charme und Annis Bestimmtheit zu eigen zu machen. »Es gibt leider keine anderen freien Plätze. Wir können uns aber gerne umsetzen, wenn eure Freunde kommen.«

»Na gut, okay.« Das Mädchen schob sichtlich genervt ihren Dufflecoat beiseite.

Dann kam auch Dan mit gesenktem Blick herübergeschlichen.

Helen ließ sich auf einem Stuhl nieder. »Also, Dan, arbeitest du hier in der Nähe?«

Er hatte ihr immer noch nicht in die Augen geschaut. Stattdessen starrte er in sein Glas mit Limettenwasser. Sie selbst hatte sich ein großes Glas Wein bestellt, der aus dem Hahn ausgeschenkt wurde. Helen war keine Kennerin, nicht so wie Ani, die mit ihren Kollegen immer zu irgendwelchen Weinproben ging, aber sie war sich ziemlich sicher, dass das kein gutes Zeichen war.

»Ja. Ich arbeite in der Mercer Street. Kennst du die?«

»Ahm … nein.« Sie nahm einen Schluck von ihrem Wein. »Ich arbeite von zu Hause.«

»Oh. Gefällt es dir?«

»Ja. Ja, sogar sehr. Ich mag es einfach, einen Raum für mich zu haben, mit meinen eigenen Sachen um mich herum.« Dann verstummte sie. Was konnte sie noch fragen? Warum hatte sie sich nicht eine Liste mit Themen überlegt, über die sie reden könnten? »Ähm … Was arbeitest du so?«

»Hat Marnie dir das nicht erzählt?« Er hatte immer noch die Ohrenklappenmütze auf.

»Nein. Wir haben uns gedacht, dass es so lustiger wäre.« In eben jenem Moment konnte Helen sich allerdings beim besten Willen nicht mehr erinnern, warum. Diese ganze Idee erschien ihr plötzlich vollkommen lächerlich.

»Ich arbeite bei einer Versicherung.«

Vor Enttäuschung stieß Helen innerlich ein Seufzen aus. »Ach, echt … Was für eine?«

»Rückversicherungen. Wir verkaufen quasi Versicherungen weiter.«

»Oh. Ist das interessant?«

»Nicht wirklich.«

Schweigen machte sich zwischen ihnen breit.

Helen kippte noch mehr von dem süßsauren Wein herunter. Oh Gott. Es war nicht so schlimm, wie sie gedacht hatte – es war schlimmer. Sie starrte auf den Boden, wo jemand auf ein Ketchup-Päckchen getreten war und es zerquetscht hatte.

»Ich arbeite im IT-Bereich«, begann sie, von sich aus zu erzählen. »Ich betreue eine Datingwebsite. Eigentlich komisch, da ich selber kein Onlinedating nutze. Und du?«

Er blickte nervös auf und dann schnell wieder in sein Glas. »Ich war mal auf Tinder. Aber ich mochte es nicht. Die Leute sind so ungeduldig und wollen sich immer gleich treffen. Ich unterhalte mich lieber ein bisschen im Voraus.« Wie komisch, dass er im echten Leben nicht plaudern wollte.

Helen zerbrach sich den Kopf nach Gesprächsthemen. Familie. Schule. Uni. Marnie (nein, nein, nein). Die Arbeit hatten sie bereits ausgeschöpft. »Ähm ...« Sie umklammerte den kühlen Stiel ihres Glases. »Hast du irgendwelche Hobbys?«

Einen Drink später wurde Dan etwas munterer und dozierte lang und breit über seine Rollenspieltreffen, Computerspiele und sein Interesse für den Niedergang von Nazi-Deutschland. »Was vielen Leuten nicht klar ist über Hitlers letzte Tage, ist ...« Nach etwa einer Stunde merkte Helen, dass sie aufgehört hatte, den Atem anzuhalten. Vielleicht war es ja gar nicht so schrecklich? Sie nickte, während Dan von SimCity erzählte, und ihre Gedanken schweiften zu Marnie ab. Was, wenn Ed tatsächlich zu Marnies Party kam? Andererseits würde er das ganz bestimmt nicht tun. All diese Jahre war sie in Sicherheit gewesen. Er würde doch bestimmt nicht einfach so auftauchen ...

Ihr wurde bewusst, dass Dan sie anstarrte. »Sorry, hast du was gesagt?«

Sie hatten beide ihren zweiten Drink geleert. Wussten alle Leute über den Zwei-Drinks-Test Bescheid? An wem war es, den Stecker zuerst zu ziehen? Wenn man nichts sagte, bedeutete das, dass der andere dann dachte, dass man auf ihn stand?

Dan wirkte nervös. »Ich habe gefragt, ob du gerne noch was essen gehen würdest?«

Oh! Er wollte mit dem Date weitermachen. Also war es keine Komplettkatastrophe. »Klar, gerne. Wenn du magst.«

Sie zog ihren Mantel über und verspürte ein sanftes Kribbeln, das, wenn es auch nicht unbedingt von freudiger Erregung herrührte, zumindest ein entfernter Cousin davon war. Es war Ewigkeiten her, dass sie überhaupt die Möglichkeit zu so etwas wie einer Affäre gehabt hatte. Zwei Jahre waren eine lange Zeit, um einer Sache vollständig zu entsagen. Womöglich hätte sie heute sogar dann ein besseres Liebesleben, wenn sie damals stattdessen ins Gefängnis gegangen wäre.

Kapitel 9

Die Wahnsinnige auf dem Dachboden

Rosa

»Kann ich dir was richtig Schlimmes erzählen?«

»Leg los.«

»Ich weiß nicht, ob ich wirklich soll. Es ist ziemlich schockierend.«

Simon beugte sich zu ihr vor. »Du kannst mir vertrauen, Rosa.« Er roch gut. Eine Zitrusnote. Sie hatte den Bezug zu Aftershaves und Männerdüften verloren – David hatte bis einen Monat vor ihrer Trennung das gleiche Eau de Cologne benutzt, als er plötzlich beschloss, sein Geld in einen eleganten Bergamotteduft von Jo Malone zu investieren. Ein weiteres Zeichen, das sie übersehen hatte. Aber darüber wollte sie jetzt nicht nachdenken.

Sie trank einen Schluck Wein – sie teilten sich eine Flasche. »Na gut, okay, hier kommt's: Ich habe insgeheim immer gehofft, dass Jane am Ende nicht zu Mr. Rochester heimkehrt. Er war doch so gemein und mürrisch. Hat sie ständig runtergemacht. Ich bin der Meinung, sie hätte einfach nach Irland gehen und Gouvernante werden sollen.«

»Du willst damit also sagen, du bist gegen eines der großartigsten, romantischsten Happy Ends der Weltliteratur?«

»Ach, komm schon! Was ist romantisch daran, seine wahnsinnige Ehefrau auf dem Dachboden einzusperren? Und ich wette, er hätte dasselbe mit Jane getan, wenn sie auch nur ansatzweise etwas Verrücktes getan hätte. Die Fernbedienung in den Kühlschrank tun oder so.«

»Äh, hallo, Spoiler-Alarm?« Simon blickte empört drein. »Welche wahnsinnige Ehefrau? Und welcher Kühlschrank, wo wir schon dabei sind?«

»Das nehme ich dir nicht ab. Du hast es schon gelesen, da bin ich mir sicher.«

Er lachte. »Erwischt. Das ist mein fünftes Mal. Ich liebe es, auch wenn ich nie zuvor an so einen … ungewöhnlichen Ansatz gedacht habe wie du.«

»Oh, ich habe noch mehr. Tess von den d'Urbervilles. Sie hatte da eine echt gute Sache laufen mit der Milchwirtschaft. Warum hat sie nicht ihr eigenes Geschäft gegründet und Bio-Joghurt verkauft? Aber nein, stattdessen wird sie von Angel als Schlampe angeprangert und kehrt zu diesem Triebtäter-Opa Alec zurück. Das ist doch Blödsinn.«

»Du willst damit also sagen, dass es die Liebe ist, die das Leben dieser Figuren zerstört?«

»Vielleicht. Beziehungsweise weniger die Liebe, als vielmehr die kleinen Handwerksbetriebe – das ist der einzig wahre Weg, um einen viktorianischen Roman zu überleben.«

Simon lachte, und in seinen Augenwinkeln erschienen kleine Fältchen. »Also, Rosa, sollen wir noch eine Flasche bestellen? Oder willst du vielleicht lieber was essen gehen? Das Einzige, was sie hier haben, sind diese kleinen Mini-Burger, und die erinnern mich immer an …«

»An den Getränkeempfang bei der Verleihung vom Pressepreis.«

»Ja! Woher weißt du das?«

»Weil ich sie aus demselben Grund nicht mag. Mir fällt dann immer sofort wieder ein, wie ich mich mit viel zu viel warmem Billigwein schrecklich betrunken und versucht habe, mir die Reden über das Gequassel am *GQ*-Tisch hinweg anzuhören.«

»Na dann. Ich geh nur kurz auf Toilette, und danach machen wir uns aus dem Staub, ja?«

»Ähm …« Rosa spielte mit ihrem Glas und war plötzlich verlegen. »Ich würde gerne, aber bevor wir das tun, sollte ich dir wahrscheinlich etwas sagen.«

Er stutzte. »Ach ja?«

Oh Gott. Sie musste es ihm sagen. Sie konnte nicht. Sie musste. »Ich … lasse mich gerade scheiden. Mein Ex und ich haben uns vor Kurzem getrennt.«

»Du bist verheiratet?«

»Es tut mir leid. Ich hätte es dir gleich sagen sollen. Aber ich bin nicht wirklich verheiratet, eher … irgendwo dazwischen. Bist du jetzt sauer?«

Simon bedachte sie mit einem seltsamen Blick – freundlich und verständnisvoll und auch ein wenig traurig. »Rosa, ich kann wohl kaum sauer sein, wenn ich mich in exakt derselben Situation befinde.«

»Wirklich?«

»Ja. Ich habe es Ani gegenüber nicht erwähnt, als sie mir gemailt hat, weil ich mich ehrlicherweise ein bisschen geschämt habe. Meine Frau … Meine Ex … Oh Mann, ich habe keine Ahnung, wie ich sie jetzt noch nennen soll. Jedenfalls hat sie mich vor ein paar Monaten verlassen. Ich wusste nicht, wie ich es ansprechen sollte. Das ist seither meine erste Verabredung.«

»Meine auch.«

»Und wie mache ich mich so?«

»Ziemlich gut, glaube ich.« Plötzlich war Rosa schüchtern und versteckte sich hinter ihrem Pony.

»Du auch. Also, was ist mit dem Essen?«

»Gerne. Klingt gut.«

»Gib mir nur einen Moment.«

Rosa sah ihm hinterher, und eine angenehme Wärme durchflutete sie, die nur zum Teil der Flasche Wein zuzuschreiben war. Sie hatte keine Ahnung, warum sie so nervös gewesen war. Was für ein unglaublicher Zufall, an jemanden zu geraten, der exakt im selben Boot saß. Außerdem war Simon nett. Er hatte einen leicht zurückweichenden Haaransatz über der Stirn, das stimmte, zumindest verglichen mit Davids vollem Schopf. Aber an ihn dachte sie gerade gar nicht. Sie hatte heute Abend ein richtiges Date mit einem netten, interessanten Mann, daher würde sie keine weitere Sekunde an ihren Noch-nicht-ganz-Exmann denken. Sie hoffte nur, dass es für ihre Freundinnen ähnlich gut lief.

Ani

Nikesh ging die Cocktailkarte durch. »Haben Sie etwas richtig Süßes? So süß, dass es mich womöglich in ein diabetisches Koma stürzt?«

Der Kellner blieb bewundernswert ungerührt. »Dürfte ich Ihnen einen Brandy Alexander anbieten, Sir? Hoffentlich ganz ohne Koma?«

»Super!« Nik klappte begeistert die Getränkekarte zu. »Ich wünschte, es wäre sozial akzeptiert, in der Öffentlichkeit Baileys und heiße Schokolade zu trinken. Weißt du, Ani, es ist echt hart, Geschäftsmann zu sein. Ich glaube ja, dass *Mad Men* daran schuld ist. Alle erwarten von einem, dass man Whisky trinkt, selbst wenn man gerade eigentlich nur heiße Milch mit Zimt möchte.«

»Das macht meine Mum immer für mich.«

»Meine auch.« Na klar tat sie das. Bisher hatten sie eine ganze Liste von überraschenden – und in Anis Augen auch etwas beunruhigenden – Gemeinsamkeiten entdeckt.

Dann ging Nikesh wieder dazu über, sie zu löchern, fragte sie über ihr Jurastudium und ihre aktuellen Fälle aus. Was war ihre Meinung zu gewählten Richtern? Würde sie sich wünschen, im Familiengericht eine Kutte tragen zu dürfen? Was hielt sie von Eheverträgen? Er schien an allem interessiert.

Zuerst hatte Ani sich ein wenig so gefühlt, als würde sie verhört werden, aber mit der Zeit begann sie, sich in seiner Aufmerksamkeit zu sonnen. Okay, er war ein bisschen direkt und sehr bestimmt und höchstwahrscheinlich ein unfassbarer Nerd – sie hatte das mit dem Computer-Camp nicht vergessen –, und dann gab es natürlich noch dieses andere Problem ... Aber sie befanden sich in einer eleganten Bar, die warm und gemütlich war, mit flackernden Teelichtern auf den Tischen, und tranken schicke Cocktails aus geeisten Gläsern. Es war nett. Er hatte seine goldene Kreditkarte auf den Tresen gelegt, eine etwas abgeschmackte Geste, wie Ani fand, aber drei starke Drinks später fand sie es gar nicht mal mehr so uncool. Und nach einem langen Tag spürte sie, wie sich langsam ihre Zunge löste.

»Also bist du so was wie ein Business-Ass.«

Er rückte seine Brille zurecht. Sie war von Gucci, wie Ani bemerkte. »Ich gebe mir Mühe. Ich habe mir alles selbst aufgebaut. Ich habe mit einem Studentenjob bei *Computer World* in Slough angefangen und mir alles darüber beigebracht, wie Computer funktionieren.«

Ani leckte den Zucker vom Rand ihres Cocktailglases. »Was sind deine Stärken und Schwächen? Wo siehst du dich in fünf Jahren?«

»Na ja, ich würde sagen … Oh, du machst nur Spaß.«

»Ja. Du klingst, als wärst du bei einem Bewerbungsgespräch.«

»Vielleicht. Aber ich finde es wichtig, solche Dinge bei einem ersten Date zu besprechen. Falls dir das alles nicht gefällt, wäre es für beide nur Zeitverschwendung.«

»Wenn es Spaß macht, ist es keine Zeitverschwendung.«

»Macht es denn Spaß? Ich meine, datest du wirklich gerne?«

Ani dachte an ihre Erfahrungen zurück: die Heulsuse, den Typ, der ständig sein Portemonnaie »vergessen«, und den Borderline-Rassisten, der immerzu von ihrer »exotischen Färbung« gefaselt hatte.

»Hm …«

»Ganz genau. Ich will ja nicht zu negativ klingen, aber es gibt so viele Leute, die nur ihre Spielchen mit einem spielen. Sie behaupten, dass sie interessiert wären, und dann findest du heraus, dass sie parallel fünf andere daten. Oder sie haben schon einen Freund und wollen nur nebenbei etwas Spaß haben. Oder sie sind einfach absolut nicht die Richtigen für dich: Rassisten, Leute mit mehr als vier Katzen – ich bin übrigens allergisch –, Amateurastrologen … Weißt du, was ich meine?«

Ani trank einen großen Schluck. »Ich habe womöglich eine Ahnung.«

»Hattest du schon schlimme Dates?«

»Äh … vielleicht. Ein paar.« Ein paar Hundert wohl eher.

»Siehst du. Und deswegen habe ich damit aufgehört, die Sache planlos anzugehen. Ich gehe nur noch mit Frauen aus, deren Persönlichkeitszüge und Lebensziele sich mit meinen ergänzen. Ich für meinen Teil bin nämlich inzwischen bereit, sesshaft zu werden und zu heiraten.«

Ani spuckte beinahe ihr Getränk aus. »Du meinst, du willst was *Festes*?«

»Ja, natürlich. Warum sollte ich sonst mit Frauen ausgehen? Ich bin jetzt dreiunddreißig. Ein gutes Alter, um sich fest zu binden.«

»Das heißt, du willst dir keine Auszeit nehmen, um an deiner Kariere als Stand-up-Comedian zu arbeiten, und auch keine Umschulung zum Kunsttherapeuten machen oder durch Südamerika reisen?«

Er schien verwirrt. »Nein. Meine Firma ist so weit in trockenen Tüchern. Natürlich arbeite ich viel, aber ich bin auch bereit für andere Dinge. Ich würde gerne eine nette Frau kennenlernen und mit ihr eine Familie gründen.«

»Und du findest nicht, dass die Ehe eine kapitalistische Institution ist und jeder eine offene Beziehung führen sollte? Und du suchst in Wahrheit auch nicht eigentlich gar keine Freundin, sondern nach jemandem, mit dem du einfach ein bisschen Spaß haben kannst?«

»Nein. Ich meine, ich hoffe schon, dass wir Spaß zusammen haben würden. Aber auf gewisse Art und Weise besteht der doch auch darin, gemeinsam vorwärtszugehen. Im Leben voranzukommen.«

»Voranzukommen …« Ani wiederholte das Wort wie einen Begriff aus einer fremdartigen Sprache. Sie hatte noch nie einen alleinstehenden Mann Anfang Dreißig getroffen, der so freimütig von festen Bindungen sprach. »Sorry. Es ist nur ungewöhnlich.«

»Ich bin eben ein ungewöhnlicher Mensch«, sagte Nikesh ganz ironiefrei und nippte an seinem Cocktail, der mit einem kleinen Papierschirm dekoriert war.

Ani kam plötzlich ein Gedanke. »Aber du weißt doch gar nichts über mich. Woher willst du wissen, dass meine Ziele zu deinen passen?«

Er hatte einen Sahneschnurrbart auf der Oberlippe. »Deswegen habe ich Helen den Fragebogen ausfüllen lassen.«

»Fragebogen?«

»Das mache ich vor allen meinen Dates. Es spart einfach Zeit. Du weißt schon: familiärer Hintergrund, Hobbys, Interessen, Ziele im Leben, Lebensmittelunverträglichkeiten, bevorzugte Urlaubsorte und so weiter. Ich schicke dir gerne auch einen ausgefüllten von mir, wenn du magst. Um ehrlich zu sein, habe ich mich sehr gefreut, als Helen sich gemeldet hat. Es ist total logisch, seine Freundin mit einem vorab getesteten Ex zu verkuppeln. Ich finde, euer Projekt ist eine super Idee.«

Sie würde Helen umbringen. Sie hatte gehofft, das Projekt Ex-Faktor würde ein gut gehütetes Geheimnis bleiben. »Du hast ihr einen Fragebogen geschickt? Ist das nicht … total schräg?«

»Warum? Welche Kriterien benutzt du normalerweise, um deine Dates auszuwählen?«

»Äh … Fotos. Das Aussehen.« Oh Gott, ihr wurde gerade selbst erst richtig klar, dass sie die Männer vor allem nach Attraktivität und dem Selbstvertrauen, das sie ausstrahlten, beurteilte. Nikesh hatte Selbstvertrauen, aber auf eine nerdige, fröhliche Art und Weise, die sie nicht gewohnt war. Wo war das kokette Geschäker, die tiefen Blicke über den Tisch hinweg, die Hand, die sich auf ihren Oberschenkel stahl?

»Aber ist das nicht ineffizient? Was, wenn du monatelang mit jemandem ausgehst, nur um dann herauszufinden, dass derjenige im Urlaub immer schon Extremsport betreiben wollte, während du lieber eine Kreuzfahrt machen würdest?«

»Ich würde gerne eine Kreuzfahrt machen. Meine Eltern tun das jedes Jahr«, sagte Ani.

»Meine auch. Letztes Mal bin ich mitgefahren. Schau.« Er holte sein Handy hervor und zeigte ihr einen Schnappschuss auf Facebook, auf dem er in Badeshorts vom Deck eines Schiffes herunterlächelte. Ani kam nicht umhin zu registrieren, dass er ziemlich durchtrainiert war. »Es war toll. Ich habe jeden Tag Piña Coladas getrunken.«

Sie rang immer noch mit sich. »Also glaubst du wirklich, es ist das Beste, Leute zu daten, mit denen man lauter Gemeinsamkeiten hat?«

Er blickte sie verdutzt an. »Natürlich! Was denn sonst?«

Ani dachte an Will, mit dem sie sich nur getroffen hatte, weil sie sich unsicher gefühlt hatte. An all die Geizhälse, entwicklungsverzögerten Teenager und labilen Künstlertypen, die sie über die Jahre kennengelernt hatte. »Ich weiß nicht. Vielleicht hast du recht.«

Nikesh hob seinen Brandy Alexander und lächelte sie an. Er hatte ein nettes Lächeln. »Auf das Projekt, Ani.«

»Es ist nicht wirklich ein Projekt«, erwiderte Ani und versuchte, bestimmt zu klingen. »Mehr so was wie ein … Experiment.« Aber auch sie hob ihr Glas und stieß mit ihm an.

Helen

Das hier war okay. Es war nett. Nettes Essen, nette Musik, nette Einrichtung. Na gut, womöglich war das Restaurant etwas leer für einen Mittwochabend im Januar, und vielleicht waren die Lichter einen Tick zu grell, und vielleicht hing da ein Hauch von Bleichmittel in der Luft.

»Was hättest du denn gerne?«, fragte sie ihn heiter, während sie die Speisekarte überflog. »Ich glaube, ich nehme ein Steak. Es ist irgendwie Steak-Wetter, findest du nicht?«

Dan ließ den Blick durch den Raum wandern, der leer war bis auf ein paar gelangweilte Kellner. »Ich bin Vegetarier.«

»Oh. Ach so. Nun, es gibt auch Käse und … Ah, sieh mal,

es stehen auch ein paar Veggie-Angebote auf der Karte, oder ich kann fragen, was sie sonst noch haben.« Oh Gott, Helen, hör auf, ihn zu bemuttern!

Ein Kellner kam zu ihnen herüber.

»Hallo«, sagte Helen. »Ich hätte gerne die *Moules frites*, bitte.« (Es erschien ihr unsensibel, in Dans Gegenwart Steak zu essen.) »Und ein Glas Weißwein. Ein großes. Sehr groß.«

Der Kellner blickte lustlos zu Dan. »Der Herr?«

»Ich, äh ... Ich bin nicht wirklich hungrig. Ich nehme nur die Zwiebelsuppe. Ich bin Vegetarier.«

»Die Suppe wird mit Rinderfond gemacht, Sir.«

»Oh. Hm. Aber das steht nicht dabei.«

»Aber es steht auch kein V für vegetarisch daneben, Sir.«

»Nein, aber man könnte davon ausgehen, weil Zwiebeln nun mal ein Gemüse sind.«

Der Kellner bedachte ihn mit einem vernichtenden Und-was-willst-du-jetzt-dagegen-tun-Blick.

»Haben Sie denn vegetarische Alternativen?«, fragte Helen nervös.

»Ziegenkäse-Tartelette.«

»Ich habe eine Laktoseintoleranz«, sagte Dan elend.

»Risotto?«

»Ich kann keinen weißen Reis essen.«

Der Kellner blickte Helen vorwurfsvoll an, als wolle er sie fragen, warum sie diesen schwierigen Mann hier angeschleppt hatte. »Omelette, der Herr?«

»Ich schätze, das wird es tun müssen.«

»Tut mir leid«, sagte Helen, als der Kellner wieder weg war. »Wenn du willst, können wir auch woanders hingehen.«

»Wohin?« Dan starrte sein Besteck an.

»Äh ...« Sie wusste es nicht, und wieder machte sich dieses Schweigen zwischen ihnen breit.

Als die Muscheln kamen, wurde Helen klar, wie dumm

ihre Wahl gewesen war. Es war die reinste Fummelei, und sie lief Gefahr, Dan Soße ins Auge zu spritzen oder ihn zu beleidigen, weil sie Tiere aus ihrer angestammten Schale schabte.

»Willst du nichts trinken?«

»Ich bleibe bei Leitungswasser.«

Dabei hatte er vorhin schon nur Limettenwasser gehabt. War er ein Geizhals? Hatte er was gegen Alkoholkonsum? Wie aufs Stichwort kam ihr Glas Weißwein, eiskalt und randvoll, und schien ein Ende dieser endlosen Peinlichkeit zu versprechen. Helen betrachtete es einen Augenblick sehnsuchtsvoll, bevor sie es von sich schob.

»Hey«, sagte sie fröhlich, als ihre Fingerschale auf dem Tisch abgestellt wurde. »Ich habe die Zitronensuppe gar nicht bestellt, du etwa?«

»Was?«

»Die«, sie zeigte auf die Zitronenscheibe, die in der Schüssel schwamm, »Zitronensuppe.«

Er sah sie verwirrt an. »Damit kannst du deine Finger sauber machen. Die kann man nicht essen.«

»Ich weiß. Es ist nur … Ich hab nur einen Witz gemacht.« Ihr Vater hatte den Scherz gebracht, als er sie und ihre Mutter in ein schickes chinesisches Restaurant ausgeführt hatte, damals war sie fünfzehn gewesen. Sie hatte geglaubt, es würde nur ein netter Abend mit leckerem Essen werden, ohne zu ahnen, dass es das letzte Mal sein würde, dass ihre Familie normal zusammensaß.

Sie aßen in beinahe vollkommener Stille. Immer wieder setzten sie zu einem Thema an. Wo wohnte er? Ging sie gern ins Kino? Ins Theater? In Ausstellungen? Las er gerne? Hatte sie viele Freunde in London? Was waren seine Gedanken zum nächsten Eurovision Song Contest? (Zu diesem Zeitpunkt war Helen bereits der Verzweiflung nahe.) Doch nach jedem Thema machte sich wieder dieses Schweigen zwischen ihnen breit. Es war wie ein Ballon, der sich aufblähte, Stück für Stück größer wurde und alles andere in diesem Restaurant erstickte und verdrängte.

Irgendwann legte Helen ihre Gabel beiseite – ihr war das Essen ausgegangen – und sagte: »Es tut mir leid, aber ist alles in Ordnung mit dir? Du bist so ruhig. Habe ich … habe ich dich irgendwie verärgert?«

»Nein!« Er senkte den Blick. »Es ist nur so hell hier. Und alle können uns hören. Das macht mich ein bisschen wahnsinnig.«

»Ich weiß, aber wir essen gerade. Wir können nicht hier herumsitzen und uns nur anschweigen.« Außerdem war es deine Idee, fügte sie im Geiste hinzu.

Er ließ den Kopf noch mehr hängen, und Helen wartete und wartete. Wie lange konnte so eine unangenehme Stille anhalten? Anscheinend um die hundertfünfzig Jahre.

Als ihr Handy vibrierte, stürzte sie sich dankbar darauf. Es wäre wirklich toll, wenn eine ihrer Freundinnen gerade einen harmlosen Unfall erlitten hätte. Nichts Ernstes, nur ein paar leichte Kratzer, vielleicht ein, zwei Blutergüsse, aber irgendetwas, das ihren sofortigen Aufbruch unabdingbar machte.

Sie las die Nachricht. Spam von der Restkreditversicherung. Verdammt. Sie stand auf und warf dabei aus Versehen ihre Gabel auf den Boden. »Entschuldige mich.« Sie stopfte ihr Handy in die Hosentasche und flüchtete zur Damentoilette, wo sie überlegte, Marnie eine SMS zu schicken, um sie zu fragen, warum zum Teufel sie den maulfaulsten, verklemmtesten Typ dieses Universums für sie ausgesucht hatte. Aber nein, Marnie hatte gerade höchstwahrscheinlich einen Riesenspaß bei ihrem Date mit Tom. Wahrscheinlich bei einem Swing-Tanzkurs, einem Retro-Nähabend oder einer nächtlichen Führung durch den Shard-Wolkenkratzer. Stattdessen schickte Helen schnell eine vor Emojis überquellende Facebook-Nachricht an Rosa und Ani: *Bitte, bringt mich auf der Stelle um.* Keine Antwort. Offenbar hatten die beiden nettere Dates als sie. Helen ging wieder hinaus und kratzte am Boden ihres geistigen Fasses nach Gesprächsthemen. Immobilienpreise? Haustiere in der Kindheit? Ferien?

Der Tisch war leer. Dan war fort und mit ihm seine Daunenjacke und die Ohrenklappenmütze. Wie bitte?

Sie drehte sich um und sah den Kellner, der bereits auf sie gewartet zu haben schien. »Miss? Ihr Freund hat gesagt, dass er gehen muss. Ich soll Ihnen ausrichten: ›Sorry, ich kann das hier nicht‹.«

Sie war abserviert worden, während sie auf dem Klo gewesen war. Er hatte sich nicht einmal verabschiedet.

Der Kellner legte etwas auf den Tisch. Diskret. Eine Notiz von Dan? Vielleicht die Erklärung, dass er einen Anruf bekommen und schnell weggemusst hatte, dass einer seiner Freunde in einen harmlosen Unfall mit leichten Kratzern verwickelt worden war, oder dass es einen Notfall bei der Versicherung gab.

»Die Rechnung, Miss«, sagte der Kellner.

Helen seufzte und zog ihr Portemonnaie aus der Handtasche. Ein Gedanke stand an oberster Stelle in ihrem Kopf, und das nicht zum ersten Mal in ihrem Leben: Ich werde Marnie umbringen!

Marnie

»Tut mir leid, dass ich früher losmuss, aber ich habe versprochen, dass ich bei dieser Mahnwache für Menschenrechte in … äh … China mitmache. Du weißt ja, wie das ist.«

»Klar«, erwiderte Tom enthusiastisch. »Es ist echt cool, sich für eine Sache zu engagieren.«

Sie waren oben an der Rolltreppe der Jubilee Line in Waterloo stehen geblieben, und Marnie war klar geworden, dass er da war – der unangenehme Kuss-oder-kein-Kuss-Moment am Ende eines jeden Dates. Der Moment, der darüber entscheiden würde, ob das hier nun ein jähes Ende finden oder zu Ehe, Kindern, Enkelkindern und einem Zweitwohnsitz in Frankreich führen würde. Also gar kein Druck.

Tom hielt sich zurück, was generell ein gutes Zeichen war. Er trug eine Mütze, einen zerschlissenen Pulli und eine weite Cargohose mit Ketten und Aufnähern. »War cool, zusammen abzuhängen.«

»Ja. War eine tolle Idee, sich an den Southbank-Strand zu setzen.« Obwohl sie Januar hatten und Marnie bis auf die Knochen durchgefroren war. Er war mit ein paar Bier in seinem zerrissenen Rucksack aufgetaucht, und sie hatte schnell den Eindruck bekommen, dass die Bars in der Gegend etwas außerhalb seiner finanziellen Möglichkeiten lagen.

»Ja. Es ist cool da unten.«

Er schwieg. Sie schwieg. Sie hob den Kopf. Sie würde sich auf die Zehenspitzen stellen müssen, um ihn zu küssen. Das Schweigen dauerte an. Keiner von ihnen rührte sich.

Schließlich räusperte sich Marnie. »Äh, also, hast du vielleicht Lust, zu dieser Party zu kommen, die ich erwähnt habe? Am Freitag?

»Oh … Ja, vielleicht. Wird Rosa denn auch da sein?«

»Ich denke schon. Aber ich bin sicher, dass es sie nicht stören wird. Vergiss nicht, sie hat das hier eingefädelt!«

»Ja. Klar. Cool.«

»Ich schreibe dir auf Facebook.« Marnie erhaschte einen Blick auf die Uhr, die hinter ihm an der Wand hing. Mist. Dennoch, ein schneller, geheimnisvoller Abgang konnte manchmal besser sein als ein Kuss. Sie beugte sich kurz zu ihm vor und drückte ihren Kopf an seine Brust. Er roch leicht nach nassem Hund. »Tschüss, Tom. Hat Spaß gemacht.«

»Oh ... Ja. Mir auch. Cool.«

Während sie davonhastete, drehte sie den Kopf, um ihn über die Schulter hinweg anzulächeln. Er lächelte zurück, ein wenig schüchtern. Ein kleines Winken. Gutes Zeichen. Vielleicht, nur vielleicht, war da ja irgendetwas zwischen ihnen, auch wenn sie zwei Stunden lang vor Kälte ihre Füße nicht mehr gespürt hatte.

Marnie fragte sich, wie es Helen mit Dan erging. Sie war leicht schockiert gewesen, als sie erfahren hatte, dass sie einen Wie-wir-uns-kennengelernt-haben-Artikel für Rosas Zeitung schreiben sollte. Sie konnte sich gar nicht erinnern, wie sie Dan kennengelernt hatte. Hatte sie in ihrem Leben wirklich derartig viele Verabredungen gehabt? Es war auf jeden Fall passiert, bevor sie London verlassen hatte, soviel wusste sie. Und sie hatten sich ... vielleicht online getroffen? Und die Verabredung war ... in einer Bar gewesen? Vielleicht war sie betrunken gewesen. Sie hatte eine vage Erinnerung daran, dass sie Spaß gehabt hatte und dass er Computerspiele mochte, also würden er und Helen hoffentlich etwas gemeinsam haben.

Marnie flitzte durch das Gedränge und kam schlitternd zum Stehen, als sie die Bean-Counters-Filiale erreichte, die die ganze Nacht über aufhatte.

»Du bist wieder zu spät, Marie«, sagte Barry. »Ich muss dich bitten, zuerst das Klo zu putzen, jemand hat sich darin übergeben.«

»Klar.« Sie zwang sich zu einem Lächeln. Schon bald würde sie etwas Besseres haben. Natürlich würde sie das.

Als sie ihr Handy herausholte, um es auszuschalten, erblickte sie eine SMS von Helen. Aber bevor sie Gelegenheit hatte, sie zu lesen, sah sie eine andere Nachricht. Auf Facebook. Als Marnie sie anklickte, breitete sich ein strahlendes, aufrichtiges Lächeln auf ihrem Gesicht aus. Sie konnte es nicht fassen. Unglaublich.

»*Marie.* Die Toilette.«

»Ja, okay. Sorry, Barry.«

Sie öffnete die Klotür und rümpfte die Nase, als ihr ein strenger Gestank entgegenschlug.

»Ich glaube, da hat jemand Kebab gegessen«, erklärte Barry hilfreicherweise. »Für mich sieht das ganz nach Chilisoße aus. Wenigstens hat derjenige es nicht hier gekauft.«

Kapitel 10

Brokkoli in der Badewanne

Ani

»Komm keinen Schritt näher, du gottverdammtes Arsch-
loch, oder ich schwöre beim Allmächtigen, ich schneide dir
deinen Schwanz ab!« Ein dumpfes Hacken erklang aus der
Küche.

»Was war das?«, flüsterte Rosa.

Ani reckte den Kopf Richtung Tür. »Eine Gurke, glaube
ich.«

Rosa war nach der Arbeit vorbeigekommen, um Ani von
ihrem Date zu berichten und zu hören, wie es Ani mit Nik
ergangen war. Beziehungsweise Nikesh, wie sich herausgestellt hatte. Sie plauderten, die Füße auf der Sofalehne
abgelegt, und knabberten Oliven, während Anis Mitbewohnerin in der Küche Gemüse hackte und den Text für ein an-
stehendes Vorsprechen einübte. Ani wohnte ganz gerne mit
Gina zusammen, einer Schauspielerin, die den Großteil des
Tages im Bad verbrachte, wo sie Sachen durch die Gegend
brüllte wie »Du beschissener Bastard, es ist nicht einmal dein
Kind!« oder »Aber, Captain, die Aliens sind uns auf den Fer-
sen, und unerklärlicherweise sind mir alle meine Klamotten
vom Körper gefallen!« (Sie trat meist in düsteren, experimentel-
len Theaterstücken auf oder hatte Rollen in billigen Science-

Fiction-Filmen.) Aber manchmal wünschte sie sich auch, sie hätte eine eigene Wohnung, ganz für sich allein, vielleicht ein schickes Loft oder eine verglaste Penthousewohnung. Oder zumindest ein viktorianisches Stadthaus, das sie sich mit ihrem attraktiven Börsenmakler-Gatten teilen konnte. Das war doch wohl nicht zu viel verlangt, oder?

»Ja, renn nur, du rückgratloser Schleimscheißer!« Die Tür zum Flur fiel zu, als Gina in ihr Zimmer zurückkehrte.

»Ich weiß echt nicht, wie du damit klarkommst.« Rosa schüttelte den Kopf.

»Gina ist in Ordnung. Obwohl ich auch schon mal Brokkoli in der Badewanne gefunden habe.«

»Igitt. Und ich werde all das bald auch wieder durchmachen müssen: schräge Mitbewohner und Schmutz im Badezimmer – oder Gemüse. Ich kann das nicht.«

Ani wechselte schnell das Thema. Rosa hatte noch kein einziges Mal geheult, seit sie hier war, das war neuer Rekord. »Du hast dich also mit Simon getroffen?«, fragte sie gut gelaunt.

»Ja! Und es war überraschend witzig. Wusstest du, dass er auch verheiratet war? Besser gesagt wird er gerade geschieden. Was für ein Zufall, oder?«

»Nein, das hat er nicht erwähnt.« Es war schwer vorzustellen, dass der Simon, den sie vor fünf Jahren getroffen hatte, verheiratet sein sollte. »Was habt ihr gemacht?«

»Oh, wir waren was trinken und sind anschließend Ramen essen gegangen.«

»Ist das denn noch in? Ich dachte, wir hätten den Zenit des Japanischen Nudelsuppen-Hypes im Jahr 2014 überschritten.« Ani musste sich plötzlich vorstellen, wie die beiden an den Nudeln sogen wie in der Szene in *Susi und Strolch*. »Glaubst du, ihr seht euch wieder?«

»Ich weiß nicht. Seit ich neunzehn war, gab es nur David

in meinem Leben. Aber er scheint ziemlich unterhaltsam zu sein, und er kann gut zuhören.«

Unterhaltsam und ein guter Zuhörer – war das wirklich derselbe Simon, der sich mit Müh und Not durch den Small Talk mit Ani gestrampelt und sie zu diesem schrecklichen Theaterstück eingeladen hatte?

»Aber egal, wie lief es mit deinem Ex-Faktor-Date?« Rosa stupste Ani mit dem Zeh an. »Klingt irgendwie, als wären wir in einer Sekte und würden einen Massenselbstmord mit vergiftetem Chardonnay planen.«

Ani schwenkte ihr Glas. »Ich glaube, das Zeug hier wurde schon mal getrunken. Wo hast du den her?«

»Aus dem Shop bei dir unten am Eck.«

»Gott, tu das nie wieder. Ich glaube, der braut das Zeug draußen hinterm Laden in Eimern.« Ani schauderte, trank aber trotzdem weiter. »Na ja … mein Date war auch überraschend okay. Nicht so schlimm, wie es hätte sein können. Besser als das von Helen, der Ärmsten.«

»Das klang wirklich grauenhaft. Ist es das, was Marnie meint, wenn sie von neuen, niedrigeren Standards spricht? Wenn ›nicht ganz so übel‹ zur neuen Datingmesslatte wird?«

Ani prostete ihr zu. »Willkommen im Spiel, Kleines.«

»Würg! Also war alles gut mit Nikesh? Vielversprechend sogar?«

Ani zog eine Grimasse. »Vielleicht.«

Rosa seufzte. »Aniiii. Was hat er getan? Dich ›Lady‹ genannt? Ein zu mildes Curry bestellt? Nämlich mit h geschrieben?«

»Schlimmer. Er hat mir schon gemailt. In der E-Mail stand: *Es war wirklich schön, dich kennenzulernen, Ani, und ich würde dich sehr gerne wiedersehen. Viele Grüße, Nikesh.*«

»Und das ist schlimm?« Rosa sah ihre Freundin verwirrt an. »Richtig schrecklich und grauenvoll? Ein Verstoß gegen

143

die Menschenrechte? Es tut mir leid, aber du wirst mich hier schon aufklären müssen.«

»Er ist ein bisschen zu übereifrig.«

»Aber das ist doch gut! Das heißt, er mag dich.«

Ani verdrehte die Augen. Rosa hatte wirklich keine Ahnung, wie es beim Daten lief. Man konnte nicht einfach mit Typen ausgehen, die zu eifrig bei der Sache waren.

»Nein, das heißt, dass er ein verzweifelter Stalker sein könnte, der seit 2003 nicht mehr in der Nähe einer Frau war. Triff dich nie mit einem Mann, der zu versessen auf dich ist. Sehr wichtige Regel. Es sollte auch noch andere Dinge in seinem Leben geben. Wie auch immer, es ist nicht die einzige Sache, die nicht stimmt. Er ist Inder.«

»Ich …« Rosa warf die Hände in die Luft. »Ich weiß nicht einmal, was ich darauf sagen soll.«

»Ich will nichts mit indischen Männern anfangen, das weißt du doch. Das macht alles viel zu ernst. Es besteht die Möglichkeit, dass sein Urgroßvater meine Urgroßmutter neben einem Brunnen in Amritsar geküsst hat. Ich wünschte, Helen hätte mich vorgewarnt.«

»Du bist echt gestört. Es verlangt doch kein Mensch von dir, dass du ihn gleich heiratest. Triff dich noch ein-, zweimal mit ihm.« Rosa trank einen Schluck von dem widerlichen Wein, dann stand sie auf. »Muss aufs Klo. Und ich hoffe sehr, dass ich dort kein Gemüse finde. In diesem Laden, wo ich mit Simon war, gab es nicht mal Klopapier. Es war schrecklich. Glücklicherweise hatte Simon Tempos dabei.«

Simon, Simon, Simon. Er klang auf einmal wie ein ganz anderer Mensch. Ob er Rosa einfach besser leiden konnte als sie damals? Fand er sie hübscher? Um sich abzulenken, griff Ani nach ihrem Handy und rief die Twitter-App auf. Sie war neugierig, wie es Marnie bei ihrer Verabredung mit Rosas Ex ergangen war.

Wie nicht anders zu erwarten, hatte sie die ganze Sache live getwittert.

@marnieinthecity
Aufgeregt wegen meinem Date heute Abend! #exfaktor
#datingprojekt

Unnötige Hashtags belegten Platz drei auf Anis Liste der nervigsten Dinge überhaupt (gleich nach Touris auf Rolltreppen und Zuspätkommen). Sie scrollte weiter.

@marnieinthecity
Legen los mit einem Cocktail oder drei! #southbank #exfaktor #datingprojekt

»Es ist kein Projekt«, murmelte Ani.

@marnieinthecity
Mr. Hot Hippie ist gerade aufs Klo. Leute, die Sache läuft gut!! Der Plan geht auf! #mysteriös #london #erstesdate #exfaktor

@marnieinthecity
Hatten gerade ein supergutes Gespräch über die schmelzenden Polkappen. #nichtnursmalltalk #exfaktor #leutederistechtheiß

@marnieinthecity
Machen gleich einen Spaziergang an der #southbank ... Es besteht Hoffnung auf ein bisschen ...

Ani blinzelte. Was war das denn? Oh. Ein Händchen haltendes Emoji.

Rosa kam wieder ins Zimmer gestürzt und knöpfte sich dabei die Jeans zu. »OMG! Hast du Marnies Facebook-Einladung gesehen?«

»Äh, nein, ich bin viel zu beschäftigt, ihr live getwittertes Date mit Tom zu lesen. Und überhaupt, warum checkst du dein Handy auf dem Klo?«

»Das tun Leute heutzutage. Aber was hat es mit der Willkommensparty auf sich?«

Ani stöhnte. »Marnie schmeißt eine Party? Das letzte Mal habe ich einen meiner Jimmy Choos verloren und musste mit einer Mülltüte um den Fuß nach Hause laufen.«

»Dieses Mal ist es noch schlimmer. Verdammt, sie hat Tom eingeladen!«

Helen

Nach dem ganzen Aufruhr der letzten Tage hatte Helens Herz wieder angefangen, normal zu schlagen. Marnies große Rückkehr war mit einem Minimum an Ärger über die Bühne gegangen. (In ein bescheuertes Datingprojekt verwickelt zu werden schaffte es nicht mal in die Top Ten der Liste mit Marnie-induziertem Chaos.) Diverse Facebook-Nachrichten deuteten darauf hin, dass Rosa und Ani ihre zugewiesenen Dates tatsächlich gemocht hatten, und Helen machte es nichts aus, dass sie den schlimmsten Typ in der Gruppe erwischt hatte – das war eine weitere gute Entschuldigung, es auch die kommenden zwei Jahre nicht wieder versuchen zu müssen. Vielleicht würde Helen Marnie nie fragen, warum sie fortgegangen war oder was sie die letzten beiden Jahre getrieben hatte. Vielleicht würde sie ihr nie erzählen, was mit

Ed passiert war. Vielleicht konnten sie alles unter den Teppich kehren, ganz genauso, wie Helens Eltern es tun würden.

Doch sie sollte es besser wissen. Man übersprang keine Rituale, man unterbrach nie die Routine. Denn wenn man es tat, geschahen Dinge. So was wie Telefone, die um fünf Uhr morgens klingelten.

Helen schreckte aus dem Schlaf und tastete nach dem Apparat. »Ha-Hallo?« Ihr erster Gedanke war: Es ist Mum. Endlich. Sie hatte gewusst, dass dieser Tag kommen würde, und drei Jahre waren eine ganz gute Anlaufzeit. Sie steckte den Finger in das andere Ohr und versuchte, etwas zu verstehen. »Wer ist da?«

»Ich bin's, Dummerchen«, trällerte Marnie. »Ich rufe nur an, um dich an meine kleine Willkommensparty zu erinnern. Du bist doch dabei, oder?«

»Ich weiß nicht. Findet die wirklich statt?« Sie hatte gehofft, dass sich das Ganze, wenn sie es einfach ignorierte, irgendwann in Luft auflösen würde, so wie der Schimmel hinter der Badezimmertür. Marnie musste alles selbst organisiert haben. Helen verspürte einen kleinen Gewissensbiss und ermahnte sich, nicht so albern zu sein.

»Natürlich findet sie statt! Du hast gar nicht auf die Facebook-Einladung geantwortet.«

Helen mied Facebook, wo es nur ging, da sie so schon genug Gründe hatte, sich schlecht zu fühlen – auch ohne mit anderer Leute exotischen Urlauben, Baby-Ultraschalls und selbstverliebten Pärchen-Fotos bombardiert zu werden. »Na ja … Ja, ich werde kommen.« Obwohl sich die Veranstaltung mit ihrer wichtigen Freitagabendplanung überschneiden würde, die aus Dosenravioli und *Sex and the City* bestand.

»Super. Und könntest du auch noch jemanden mitbringen? Es gibt einen Mindestverzehr für die Raummiete.«

Raummiete? Das klang besorgniserregend nach Großveranstaltung und weniger nach ein paar Drinks in einer Bar. »Wen soll ich denn mitbringen?«

»Na, Dan zum Beispiel! Wie ist es eigentlich gelaufen? Fandst du ihn nett?«

Helen rieb sich die Augen. Sie sagte nicht: Angesichts der Tatsache, dass du mich mit dem schrägsten Typ auf diesem Planeten verkuppelt hast, ist es eigentlich gar nicht so schlecht gelaufen. Sie sagte nicht: Es hätte besser laufen können, wenn du dir auch nur einen Moment lang darüber Gedanken gemacht hättest, an was für einer Art Mann ich interessiert sein könnte. Sie sagte nicht: Es war einer der schlimmsten Abende meines Lebens, danke, und ich werde wahrscheinlich nie wieder Miesmuscheln essen können, ohne mir vor Fremdscham die Haut abziehen zu wollen.

Stattdessen sagte sie: »Ich weiß nicht so recht ... Warum hast du ihn überhaupt für mich ausgesucht? Ich glaube nicht, dass wir wirklich kompatibel sind.«

»Warum denn nicht? Er ist ein netter Kerl. Er mag Computerspiele und so Zeug. Ich dachte, er wäre genau dein Typ.«

Helen dachte einen Augenblick darüber nach. Dass ihre Freundin glaubte, sie wäre mehr an redegehemmten, Versicherungen weiterverkaufenden Rollenspielern interessiert als an heißen, intellektuellen Traumtypen, was sagte das über Helen aus? Doch dann schob sie den Gedanken beiseite. Marnie hatte keine Ahnung, wie ähnlich ihr Männergeschmack tatsächlich war.

»Fandst du es nicht ein bisschen ... schwierig, dich mit ihm zu unterhalten?«

»Dan? Nein, er war ganz okay, soweit ich mich erinnern kann. Tut mir leid, dass es nicht so gut gelaufen ist. Willst du, dass ich mich bei ihm melde, um zu sehen, wie er es fand?«

»Nein! Nein, wir belassen es lieber dabei.« Helen schämte

sich viel zu sehr dafür, dass er sie mit der Rechnung hatte sitzen lassen.

»Dann bring eben jemand anderes mit. Ich lade alle ein.«

»Alle?«

Marnie überhörte die implizierte Frage, und Helen hatte zu viel Angst, um nachzuhaken. Er würde nicht kommen. Er hasste Partys und war wahrscheinlich nicht in der Stadt.

»Jep.«

Helen schielte auf die Uhr. »Warum bist du überhaupt um fünf Uhr wach?«

»Oh, ich bin oft bis spät aus«, sagte Marnie leichthin.

Natürlich. Wahrscheinlich war sie mit Tom unterwegs gewesen, war Hand in Hand mit ihm herumgeschlendert, wie in *Notting Hill* in Gärten eingebrochen und von einer coolen Kellerkneipe zur nächsten Lagerhallen-Party gestolpert. Wohingegen Helen um neun ins Bett gegangen war.

»Wie war dein Date?«

»Ganz gut. Hast du meine Tweets nicht gelesen?«

»Du hast darüber getwittert?«

»Na klar. Immerhin ist es ein Sozialexperiment. Der Ex-Faktor. Wie auch immer, du wirst ihn bei der Party kennenlernen. Er ist echt süß.«

»Du hast ihn zu deiner Party eingeladen?« Eigentlich war das gar nicht so schlecht. Dann hatte sie wohl kaum Ed Bescheid gesagt. »Äh … Bist du dir sicher, dass es Rosa nichts ausmacht?«

»Sie hat mich doch mit ihm verkuppelt«, erwiderte Marnie. »Warum sollte es ihr was ausmachen?«

Weil er ihr Ex ist und sie womöglich nicht mit ansehen will, wie er ihre Freundin abknutscht?

»Es wird alles gut laufen, Helz. Aber ich muss mich jetzt beeilen. Vergiss nicht, jemanden mitzubringen. Ciao!«

Marnie legte auf, und Helen stellte sich vor, wie sie sich

durch die noch dunklen Straßen auf den Heimweg machte, wahrscheinlich mit dem Klingeln von cooler Musik in den Ohren. In anderen Worten: das Leben in vollen Zügen genießend.

Helen ließ den Blick über ihr Bett schweifen, das leer war, seit sie denken konnte. Sie schaffte es nicht einmal, Mr. Fluffypants dazu zu bringen, bei ihr zu schlafen. Er kam ab und zu für eine kurze Kuschelrunde vorbei, aber er blieb nie bis zum Morgen, weil er früh rausmusste zu einem Meeting mit seinem Futternapf. Gott, wen sollte sie bloß zu dieser Party mitbringen?

Da sie sowieso wach war, scrollte sie durch ihre E-Mails. Eine stammte von einem Absender namens Karl Olsen. Sie blinzelte verwirrt und fragte sich, warum ihr Puls urplötzlich beschleunigte. Ein Überbleibsel der Aufregung des vergangenen Abends wahrscheinlich.

Guten Morgen, Helen, begann er formell. *Ich schreibe dir, um nachzufragen, ob deine Website immer noch in Ordnung ist. Dein Boss hat angedeutet, dass meine Kniescheiben ein gewisses Risiko eingehen würden, falls es weitere Probleme gäbe, und da ich ein begeisterter Radfahrer bin, bin ich ziemlich darauf erpicht sicherzustellen, dass sie in ihrem gegenwärtigen Zustand bleiben. Also lass mich wissen, falls etwas sein sollte. LG, Karl.* Und dahinter in Klammern: *Der Computer-Typ, dem du keinen Tee angeboten hast.*

Helen verstand nicht ganz, was sie als Nächstes tat. Vielleicht lag es an der Uhrzeit oder dem Gedanken an Marnies cooles Leben, vielleicht aber auch am Nachhall des allerschrecklichsten Dates der Weltgeschichte oder der Vorstellung, der einzige Mensch auf der Party zu sein, der ohne Begleitung kam, aber sie ertappte sich dabei, wie sie eine Antwort tippte.: *Lieber Karl, falls du morgen Abend noch nichts vorhast …*

Kapitel 11

In einem Fass Bachblütentropfen ertrinken

Helen

Deo. Make-up. Bachblüten-Notfalltropfen. Deo. Make-up. Bachblüten-Notfalltropfen. Während sie auf den Stufen zur Bar stand, wusste Helen, dass sie alles Nötige in ihrer Tasche des Verderbens dabeihatte – all ihre Glücksbringer, Zaubertränke und Talismane. Aber es schien nicht zu helfen. Ihr Magen war ein einziger verkrampfter Knoten, und sie schwitzte bereits durch die drei Lagen Rexona hindurch, die sie aufgetragen hatte. Was, wenn Ed da war? Was, wenn Karl kam? Und noch schlimmer, was, wenn er nicht kam? Moment mal, was war schlimmer? Sie war sich nicht sicher.

Die Bar war eine dieser unerträglich hippen Locations, auf die Marnie so abfuhr, und trug den Namen Moon on a Stick. Sobald sie eintrat, wurde Helen von einem Mädchen in bauchfreiem Top angerempelt, das sie mit einem vernichtenden Blick bedachte. Vor der Bar standen die Leute in fünf Reihen für Getränke an. Warum konnte die Party nicht bei jemandem zu Hause stattfinden, wo man die Lautstärke und die Temperatur regeln konnte, wo es immer genug bequeme Sitzmöglichkeiten gab und die Klos weniger fragwürdig waren?

Ein kurzer Blick durch den Raum offenbarte keinen gut aussehenden schlanken Mann mit wuscheligem braunem Haar, und Helen spürte, wie ihr Herzschlag sich verlangsamte. Es war dumm von ihr gewesen, sich Sorgen zu machen. Ed war höchstwahrscheinlich Tausende von Kilometern entfernt. Wahrscheinlich war er einer Kommune beigetreten oder hatte seinen Namen geändert und war Rockstar geworden oder hatte sich mit einem umwerfenden Fotomodel auf eine tropische Insel zurückgezogen, während er an seinen Songs schrieb. Sie hatte ihn die letzten Jahre gesucht. Natürlich. Mindestens einmal täglich hatte sie die Worte *Ed Bailey* bei Google eingegeben, aber keines der Resultate hatte jemals ihren Ed gezeigt. Nicht dass er jemals *ihr* Ed gewesen wäre. Er postete nie etwas auf Facebook, und sie traute sich nicht, an seine alte E-Mail-Adresse zu schreiben. Was hätte sie ihm auch schon groß sagen können?

In einer Ecke entdeckte sie Marnie mit einer verängstigt aussehenden Rosa, die zu Helen herübersah und dabei die Augen weit aufriss. Ihr Code für: Gott sei Dank bist du hier. Rosa nickte unauffällig in Richtung des Mannes neben ihr mit dem etwas schütteren Haar und formte mit dem Mund stumm seinen Namen: Simon. Sie hatte ebenfalls ihr Ex-Faktor-Date mitgebracht?

Helen kannte keinen von den anderen Gästen. Marnie trug ein rotes Neckholder-Kleid mit weitem, schwingendem Rock, knallroten Lippenstift und hatte ihr Haar mit einem Schal hochgebunden. Um ihren Hals hing wieder die Geburtstagskette. Helen trug Jeans und Stiefel, aber dem Anlass entsprechend hatte sie es gewagt, in einem grünen Seidentop aufzutauchen, von dem Marnie mal gesagt hatte, es sei »ein bisschen zu sehr Neunzigerjahre-Girlgroup, Süße«. Ihre alten Klamotten – die robuster konstruiert waren als jede Ritterrüstung – passten ihr nicht mehr, aber dafür hatte sie jetzt Sorge, ihre Brüste könnten sich selbstständig machen.

Marnie gab ihr einen Kuss auf die Wange. »Du siehst toll aus. Ich liebe dieses Top!«

»Ich dachte, du hättest mal gesagt, du magst es nicht.«

»Echt? Nein, das glaub ich nicht. Komm, ich stell dich allen vor. Das hier ist Bill, von meinem letzten Job, du erinnerst dich doch, bei der Zeitarbeitsagentur. Das ist Carol aus meinem Yogakurs, Asham aus dem Töpferkurs, Brad aus Canberra …« Es war eine schräge Ansammlung von Menschen. Erinnerungen an Marnies zerstückeltes Leben, ihre übertriebene Anzahl von Jobs und Mitbewohnern, die sie über die Jahre gehabt hatte, die Orte, die sie bereist hatte.

Helen wünschte, Ani wäre da. Und ihr Wunsch wurde prompt erhört, als die Tür geöffnet wurde und ein eisiger Luftschwall hereinwehte.

Ani trug ihre Arbeitskleidung, ein maßgeschneidertes marineblaues Kostüm. Sie wirkte angespannt und überrascht, Simon hier zu sehen. »Oh … hi! Ähm, ich bin's. Erinnerst du dich noch?«

»Hi Ani! Meine Güte, das ist ewig her.« Simon stand auf, und die beiden küssten sich verlegen auf die Wange.

Rosa sah aus, als wolle sie sich am liebsten in ihrem Cocktail ertränken. Helen hatte immer noch nicht ihren Mantel ausgezogen, und Marnie schien überhaupt nichts zu bemerken, lächelte und stellte noch einmal die anderen vor. Dann hielt sie mit einem breiten Grinsen auf dem Gesicht inne.

»Er ist gekommen. Hey, Rosa, schau mal, wer da ist!«

Rosa verschluckte sich an ihrem neongelben Drink. »Oh Gott! Ich wünschte, du hättest …« Mit einem starren Lächeln sah sie dem Mann entgegen, der zu ihnen herübergeschlurft kam und die Tür offen stehen ließ, sodass wieder eine kalte Brise hereinwehte. Er hatte blonde Dreadlocks und trug, trotz des winterlichen Wetters, lediglich ein Greenpeace-T-Shirt und Shorts. »Hey! Oh, wow, wir haben uns ja nicht mehr gesehen, seit … seit … na ja, eine lange Zeit. Tom, das ist meine Freundin Helen. Und erinnerst du dich noch an Ani, von der Uni? Wie geht es dir?«

»Oh, gut, gut. Eigentlich toll. Ich bin in unserem besetzten Haus zum Hauptverantwortlichen für die Demo-Transparente ernannt worden.«

»Das ist ja … toll«, erwiderte Rosa tapfer.

Helen fragte sich, ob sie ohne ein Händeschütteln davonkommen würde. Wahrscheinlich gab es in einem besetzten Haus keine Duschen.

»Wogegen demonstriert ihr denn?«, fragte Ani und zog ihren Blazer aus.

»Ach, du weißt schon, gegen das globale kapitalistische System und so.«

Tom wurde von weiteren philosophischen Ausführungen abgehalten, als Marnie sich streckte und ihm einen Kuss auf die Wange drückte, wobei sie einen blutroten Fleck auf seiner Haut hinterließ. »Hey, du bist gekommen! Wir hatten ja so einen netten Abend, nicht wahr?« Marnie hakte sich bei ihm unter.

Tom und Simon schüttelten einander die Hand. »Und woher kennst du …«

»Oh, ich bin mit Rosa gekommen, aber Ani kenne ich auch.«

»Ja, ich kenne Rosa noch von der Uni.«

Helen tauschte einen kurzen, panischen Blick mit Rosa und Ani. Schräg. So schräg. Doch Marnie, die vergnügt im Strudel der sozialen Irrungen und Wirrungen zu treiben schien, amüsierte sich offensichtlich köstlich und unterhielt sich angeregt mit beiden Männern.

Rosa setzte sich unauffällig ab und kam zu Helen und Ani

rüber. »Heiliger Jesus im Strohsack«, sagte sie und kippte ihr Glas in einem Zug. »Oh, tut mir leid, Helen …«

»Ehrlich, es macht mir nichts aus. Ich und der Typ im Himmel haben nicht viel miteinander am Hut.«

»Oh mein Gott. Das ist so verrückt. Es tut mir leid, Ani, ich bin eingeknickt und habe Simon eingeladen. Ich wusste einfach nicht, ob ich es sonst packen würde, Tom nach all dieser Zeit wiederzusehen. Weil ich mich gerade scheiden lasse und so.«

Helen versuchte mitzukommen. »Also magst du Simon? Das mit dem Date hat tatsächlich funktioniert?«

»Na ja, schon, er ist ein netter Kerl«, erwiderte Rosa. »Und Anis Verabredung ist ebenfalls gut gelaufen. Abgesehen natürlich von diesem grauenhaften gesellschaftlichen Fauxpas, ihr gleich am nächsten Tag eine E-Mail zu schreiben.«

»Ist das denn kein gutes Zeichen?«, fragte Helen verwirrt.

Rosa warf die Hände in die Luft. »Tja, Helen, du und ich, wir denken vielleicht so. Aber Ani anscheinend nicht!«

»Es *könnte* ein schlechtes Zeichen sein, das ist alles«, erwiderte Ani trotzig. »Aber Nikesh ist tatsächlich in Ordnung. Er ist ein bisschen arg ernsthaft und nerdig – übrigens, erinnere mich beizeiten daran, dich wegen dieser Sache mit dem Fragebogen anzusprechen –, aber er ist auch erfolgreich und tatsächlich ziemlich attraktiv.«

»Dann hat er keine schlimme Akne und auch kein dickes Kassengestell?«

»Nein, seine Brille ist eigentlich ziemlich schick.«

Menschen konnten sich also doch ändern. »Das heißt, du fandst ihn nett?«

Rosa knuffte Ani in den Arm. »Oh ja, fand sie. Egal, was sie über sein *ungeheuerliches* E-Mail-Verhalten sagt. Ich meine, stell dir das nur mal vor, mit einem Mann auszugehen, der dir hinterher *schreibt*, dass er dich *mag*.«

»Ist ja gut, ist ja gut«, sagte Ani. »Ich fand ihn nett. Wir haben schon ausgemacht, uns zum Abendessen zu treffen, wenn er aus San Francisco zurück ist.«

»Warum hast du ihn nicht für heute Abend eingeladen?«, fragte Helen.

»Weil wir bisher nur einmal miteinander aus waren. Ich will die Sache langsam angehen.«

»Sie hat Panik, dass sie ihn, wenn wir ihn alle leiden können, nie wieder loswird«, bemerkte Rosa weise. »Bindungsängste eben.«

Ani funkelte sie an. »Wer hat dich denn bitte zu Dr. Freud ernannt?«

»Tatsächlich war Sigmund Freud mein Urgroßcousin oder so was in der Art. Außerdem habe ich recht. Nicht wahr, Helz?«

»Äh … ich glaube, ich hol mir mal was zum Trinken.« Helen war plötzlich vollauf damit beschäftigt, nach ihrem Portemonnaie zu kramen. Aaaaablenken!

Glücklicherweise kam in diesem Moment Simon zu ihnen herübergeschlendert. »Rosa, was zu trinken? Einen Rotwein? Ani und … äh, sorry, ich hab deinen Namen vergessen.«

»Helen.« Sie wog die Länge der Schlange an der Bar gegen ihre Sorge ab, beim Runden ausgeben aus dem Takt zu kommen. »Danke. Einen Weißwein, bitte.«

»Ani? Immer noch Gin Tonic?«

Ani wirkte überrumpelt. »Äh … ja, bitte.« Anscheinend hatte er sich gemerkt, dass sie sich damals an der Theaterbar nicht gerade in Zurückhaltung geübt hatte.

Simon berührte leicht Rosas Arm. »Dauert nicht lange. Oder vielleicht doch. Schau dir mal die Schlange an.«

Als Ani ihm hinterherstarrte, wirkte ihre Mimik, als würde sie gerade versuchen, ein hoch komplexes, mathematisches Problem zu lösen.

»Er scheint nett zu sein«, sagte Helen, die zutiefst ratlos war, was hier vor sich ging. Könnte sie doch nur zu Hause sein mit Mr. Fluffypants und einer DVD.

»Kommt schon«, sagte Rosa mit gezwungener Heiterkeit. »Wir sind zur Abwechslung mal alle zusammen aus. Es gibt hier ein paar nette Typen, und Marnie ist zurück. Lasst uns den Abend genießen.«

»Okay«, stimmte Helen ihr zu und dachte: Wenigstens ist *er* nicht aufgetaucht.

Doch dann – mit seinem üblichen katastrophalen Timing – kam plötzlich ein großer, schlanker Mann in einem schwarzen Wollmantel durch die Tür. Es war nicht er. Oder doch? Er konnte es nicht sein. Heiliger Jesus im Strohsack, wie Rosa sagen würde. Es war Ed. Er war es wirklich. Er. War. Hier. Helen benötigte ein paar Sekunden, um die Tatsache sacken zu lassen. Die Tatsache, dass er da war, hier, im selben Raum wie sie. Dass er dieselbe Luft atmete.

Er sah älter aus, aber es stand ihm. Ein paar graue Strähnen in seinem braunen Haar, ein paar Fältchen um die Augen. Gott, diese Augen, sie musste sich beherrschen, ihn nicht unverwandt anzustarren. Sein Gesicht war immer noch so blass, die Züge unglaublich fein. Selbst die Form seiner Schultern war ihr so vertraut, dass es sich wie ein Schlag in den Magen anfühlte. Dann fiel ihr wieder ein, dass sie atmen musste, und langsam nahm der Raum um sie herum wieder Gestalt an.

Wie von weit weg, hörte sie Rosa sagen: »Ist das nicht der Typ, mit dem Marnie vor zwei Jahren zusammen war? Der, den Helen damals angeschleppt hat? Marnie hat ihn *und* Tom eingeladen? Jesus Christus! Oh, sorry Helen ...«

Rosa hatte ihres Bestes getan, ihm aus dem Weg zu gehen, aber nach etwa einer Stunde stieß sie mit Tom zusammen, der mit einem zerfledderten Zehner in der Hand neben der Bar stand.

»Das ist alles so kommerzialisiert«, beschwerte er sich. »In unserer Hausgemeinschaft teilen sich alle ihre Getränke.«

»Du lebst also wirklich in einem besetzten Haus?«

»Na klar. Wir haben ein gemeinsames Anliegen, das ist wichtig.«

Er musterte sie. »Du siehst gut aus, Rosa.«

»Danke. Aber ich fühle mich nicht so. Ich lasse mich gerade scheiden.«

»Oh, echt? Das ist ... na ja, die Ehe ist sowieso nur eine kapitalistische Institution.«

»Vielleicht«, seufzte Rosa. Alles, was sie wusste, war, dass sie etwas gehabt hatte; dass sie etwas gewesen war, das sie inzwischen nicht mehr war. Und nun wusste sie nicht mehr so richtig, was sie eigentlich genau war.

»Arbeitest du immer noch als ...«

»Ja, ja, immer noch als Journalistin. Ich unterstütze immer noch den faschistischen Staat. Und ich gehöre auch noch zur schlimmsten Sorte – ich überzeuge Frauen davon, dass sie Lippenstift brauchen und Saftkuren und echt teuren Urlaub auf den Malediven. Und ja, bevor du mich darauf hinweist, ich weiß, dass sie wegen der Klimaerwärmung praktisch schon unter Wasser stehen.«

Tom wirkte überrascht. Und ehrlicherweise war sie es selbst auch ein bisschen. Jemanden so anzugehen war mehr Anis Ding. »Nun, wenn du etwas anderes tun möchtest, solltest du das auch.«

»Ich weiß nicht. Klar, ich habe mir immer vorgestellt, dass

ich einen großen Roman schreiben würde, aber wie es scheint, bin ich gut in dem, was ich tue.«

»Du kannst in mehr als nur einer Sache gut sein«, erwiderte Tom nüchtern. »Ich erinnere mich noch, wie du mir alles über dein Buch erzählt hast. Du schienst so entschlossen.«

»Du erinnerst dich daran?«

»Na klar.«

Rosa blickte ihm kurz in die Augen, die zu seinen attraktivsten Merkmalen gehörten – sie waren von einem erstaunlich hellen Blau –, und einen Augenblick lang war da wieder dieses Gefühl von damals, wie wenn man zu schnell mit dem Fahrrad einen Berg hinuntersaust. Ihre Worte stolperten übereinander, Bands, die sie beide mochten, Bücher, die sie gelesen hatten, und dann der unbeholfene Sex, sein dürrer, kaum der Pubertät entwachsener Körper. Rosa fragte sich, ob er wusste, dass er ihr erster Mann gewesen war. Aber nein, sie hatte es ihm nie erzählt. Sie hatte erwachsen wirken wollen, nicht wie frisch von der Schule. Und dann war es so plötzlich vorbei gewesen.

»Warum hat es mit uns beiden nicht geklappt?«, platzte sie heraus. »Ich meine, ich weiß, es ist Ewigkeiten her. Ich habe es mich nur immer gefragt. Hab ich etwas falsch gemacht?«

Die Frage, die sich jede Frau zu irgendeinem Zeitpunkt stellte, aber eigentlich gar nicht beantwortet haben wollte. (Na ja, du hast die ganze Zeit irgendwie nach alten Autoreifen gerochen. Und da du gerade fragst, du buchstabierst Quinoa schon dein ganzes Leben lang falsch.) Wenn sie an diesem einen Abend nur ein anderes Top getragen oder so getan hätte, als würde sie Radiohead ein klein wenig mehr mögen, als sie es in Wirklichkeit tat. Wenn sie fünf Minuten früher gekommen wäre, um ihn bei der Studentenvereinigung zu treffen. Wären sie und Tom dann ein Paar geblieben, hätten sie geheiratet? Würden sie heute zusammen in einem bezaubernden besetzten Haus mit drei Schlafzimmern leben? Reiß dich zusammen, ermahnte sie sich. Tom war damals ein schwächlicher Knabe gewesen, der sich nicht regelmäßig wusch und auf seinem Transparent »Wale« mit »h« schrieb, sodass es aussah, als wolle er für mehr Wahlbeteiligung werben. Und überhaupt hätte sie ihn ohnehin kurz danach wegen David abserviert.

»Es tut mir leid. Das ist nur mein scheidungsbedingt mieses Selbstwertgefühl, das da aus mir spricht.«

Tom senkte den Blick. »Ich weiß nicht. Du warst toll. Ich schätze, ich wollte damals nur nichts Ernstes. Ich war neunzehn.«

»Das hättest du mir sagen können, anstatt vor aller Augen mit einem anderen Mädchen rumzuknutschen.«

»Ich weiß. Ich war nur … Es schien mir einfacher.« Er wand sich beinahe vor Verlegenheit. »Aber ich fühle mich wirklich schlecht deswegen. Ich wollte dich vor ein paar Jahren kontaktieren. Ich habe mich immer gefragt, was du so machst. Doch dann habe ich gehört, dass du geheiratet hast … Weißt du, ich habe immer gehofft, dass du dieses Buch schreiben würdest.«

»Tja, vielleicht werde ich das auch noch. Ich hab nicht besonders viel zu tun, jetzt wo ich eine zweiunddreißigjährige alte Jungfer bin.«

»Du bist keine Jungfer, wenn du schon verheiratet warst«, sagte Tom hilfreicherweise. »Du bist eine geschiedene Frau.«

»Na großartig. Das klingt ja nur, als sei ich hundertfünf.«

Er blickte ihr ins Gesicht, hob eine gebräunte, raue Hand und schob ihren Pony beiseite. Den Pony, den sie damals noch nicht gehabt hatte.

Rosa hielt den Atem an.

»Nein, du siehst ganz genauso aus wie damals«, sagte er. »Ich bin es, der alt und grau wird.« Das stimmte, ein bisschen zumindest. Sein helles Haar war mit grauen Strähnen durchzogen, und in seinem Bart funkelten einzelne weiße Härchen.

»Es steht dir«, hörte Rosa sich sagen. Dann entstand wieder eine unangenehme Gesprächspause.

»Und du denkst also, ich sollte mit deiner Freundin ausgehen?«, fragte er.

Sie blickten beide zu Marnie hinüber, die angeregt mit ihrem Ex, Ed, plauderte und dabei eine Haarsträhne zwischen den Fingerspitzen zwirbelte. Was tat Ed überhaupt hier, wenn Marnie Tom eingeladen hatte? Oder war das alles ganz normal, etwas, das alle Menschen taten – sich mit ihren Ex-Affären anfreunden, alte Geschichten zum Abschluss bringen, einfach über die Dinge hinwegkommen? Würden sie und David jemals an diesem Punkt angelangen?

»Mit Marnie? Ja klar, sie ist großartig.«

»Ja, sie ist hübsch, und sie scheint lustig und nett zu sein.« Tom sah jetzt wieder Rosa an. »Aber ist das nicht ein bisschen komisch für dich?«

»Na ja, das mit uns ist eine Ewigkeit her. Das Ganze ist nur so eine neue Sache, die wir ausprobieren wollen. Es ist …« Sie nutzte ihre letzte verzweifelte Entschuldigung für alles Verrückte, was sie je gemacht hatte. »Es ist für einen Artikel.«

»Ach so. Und du triffst dich mit dem Glatzkopf?«

»Er hat keine Glatze! Nicht wirklich. Wir waren nur einmal zusammen aus.« Rosa war verwirrt. Worum ging es in diesem Gespräch überhaupt?

»Um ehrlich zu sein«, sagte Tom, »habe ich mich hauptsächlich auf das hier eingelassen, um dich wiederzusehen.«

Rosa starrte ihn an. Meinte er damit …

»Ich wollte dir von der Arbeit erzählen, die wir leisten«, fuhr er fort. »Von der Protestbewegung. Die Menschen werden die Auswirkungen der Finanzkrise noch jahrzehntelang spüren. Glaubst du, man bekommt heute noch einen Job als

Journalist, ohne eine reiche Familie im Hintergrund zu haben?«

»Nein«, gab Rosa zu. »Ich hatte Glück.«

»Du solltest morgen unbedingt zu unserer Demo kommen.« Tom kramte in seiner Tasche.

Rosa sah, dass er sein Geld in einem Gefrierbeutel aufbewahrte, und verspürte einen seltsamen Anflug von Zärtlichkeit für ihn. Sie erinnerte sich daran, wie er ein Semester lang versucht hatte, »unabhängig« zu leben, und sich einen Zeh brach, als er sich weigerte, in seinem Zimmer das Licht anzuschalten. Genauso wie er sich weigerte zu duschen, bis seine Mitbewohner eine Krisensitzung einberiefen, oder seinen Computer zu benutzen, weswegen er – ironischerweise – beinahe durch sein Seminar in Umweltrecht gefallen wäre. Doch im selben Moment fiel ihr auch wieder ein, dass er versucht hatte, sie davon zu überzeugen, dass Kondome nur unnötige Müllberge im Ozean produzierten. Konnten sich Menschen wirklich ändern?

Er hielt ihr einen zerknitterten Flyer hin, der aussah, als wäre er von einem Kleinkind im Kartoffeldruckverfahren fabriziert worden. Wir sind zweiunddreißig, dachte sie. Wir sollten Babys haben, Öko-Gemüsekisten und Festzinshypotheken. Nicht das hier.

»Komm vorbei«, sagte er. »Ich würde dich so oder so einladen, also denk jetzt nicht, dass ich dich bedrängen will, aber wenn dir gefällt, was wir da tun, könntest du ja vielleicht was darüber schreiben.«

Rosa konnte sich bildlich vorstellen, wie sie Suzanne die Story verkaufte. *Heiße Fashiontipps aus der Hausbesetzer-Szene. Die Occupy-Diät – ist Sozialismus der neue Atkins?«*

»Ähm, ja, vielleicht«, sagte sie und nahm den Flyer.

»Danke«, sagte Tom. Und dann: »Es ist schön, dich wiederzusehen.«

»Ebenfalls.«

Er lächelte, und plötzlich hatte Rosa Mühe, sich an den Grund zu erinnern, aus dem sie sich vor all den Jahren getrennt hatten.

Marnie

Pokerface. Setz dein Pokerface auf!

Die erste Stunde der Party hatte Marnie ihre übliche Reaktion gehabt: bemerken, was für eine schreckliche Idee das Ganze gewesen war, und sich wünschen, sie könnte nach Hause gehen und sich unter der Bettdecke verkriechen. Nicht dass sie ein Zuhause gehabt hätte. Und ihre Bettdecke, da war sie sich sicher, hatte eine äußerst zweifelhafte Vergangenheit. Wenn die Heizung an war, was in dem eisigen Gebäude zugegebenermaßen nicht oft passierte, dünstete sie einen strengen, grasigen Geruch aus. Was hatte sie sich nur dabei gedacht? Es war doch klar gewesen, dass dies keine nette, lustige Zusammenkunft werden würde, bei der sie sich mühelos und lächelnd durch die Menge bewegte. Stattdessen erinnerte es sie nur daran, dass sie Jahre weg gewesen war und inzwischen kaum noch jemanden in London kannte. Es war peinlich, jemanden einladen zu müssen, mit dem man vor fünf Jahren mal einen Yogakurs besucht hatte. Und noch peinlicher war, dass die Leute tatsächlich gekommen waren. Aber Tom war auch aufgetaucht, das war doch etwas. Er mochte sie, ganz bestimmt. Sie hatte ihn zur Begrüßung auf die Wange geküsst. Er war so niedlich, so ernsthaft. Das war gut. Vielleicht konnte das ja irgendwo hinführen.

Aber dann – wie eine tickende Bombe unter ihr, wie der

Schraubenschlüssel in ihrem Getriebe, der er immer gewesen war – war Ed hereingekommen. Ed. Hier. Jetzt. Ein Gesicht, dem sie hinterhergejagt war, vor dem sie geflohen war, und das zwei ganze Jahre. Er kam auf sie zu, sein Haar fiel ihm in das blasse Gesicht, und sie starrte ihn an, spürte, wie ihr selbst das Blut aus den Wangen wich. Wenn er sie ansah, war es, als würde der Raum um sie herum verblassen. Alles wurde langsamer und verschwamm, nur ihr Herz begann zu rasen.

»Hi.«

»Hi.«

»Es ist lange ...«

»Ich weiß.«

Er streckte die Hand aus und berührte ihre Halskette. »Du hast sie immer noch.«

»Natürlich.«

Er sah sie unverwandt an. »Du siehst ... wow aus.«

Sie hielt seinem Blick stand. Alle möglichen und unmöglichen Gefühle schwirrten in ihr herum, schossen durch ihre Blutbahnen wie prickelnder Champagner. Sie hatte ihn sehen wollen, um einen Schlusspunkt zu setzen, um sich zu erklären, um, vielleicht, hinterher mit ihm befreundet sein zu können. Aber ihr Körper schien sich allzu gut an seine Gestalt zu erinnern. Es wäre so einfach, einen Schritt zurück in seine Arme zu machen. Sie öffnete den Mund, um etwas zu sagen, wusste jedoch nicht, was. »Ähm ... möchtest du was trinken?«

Einige Zeit später – zehn Minuten vielleicht? Zehn Stunden? Sie wusste es nicht – unterhielten sie sich so leicht und unbefangen, wie sie es immer getan hatten. Darüber, was er in der Zwischenzeit gemacht hatte, wo sie gewesen war (eine stark überarbeitete Version natürlich). Marnie war sich vage Toms Gegenwart bewusst, der sich irgendwo mit Rosa unterhielt, aber er schien immer mehr in den Hintergrund zu rücken. Ed. Ed. Es war wieder ganz und gar Ed. Mist. War es das, was sie die ganze Zeit gewollt hatte? War er der Grund, warum sie sich so viel Mühe mit dieser Party gegeben, Geld, das sie nicht besaß, für dieses dumme Kleid verprasst hatte? Dabei war sie es doch gewesen, die mit ihm Schluss gemacht hatte. Sie musste etwas sagen, musste versuchen, die komplizierten Gefühle in den Griff zu bekommen, die sich in ihr aufstauten.

»Ed … ich … ich habe gehofft, wir könnten uns einmal unterhalten. Über alles, was … Du weißt schon.«

Er ließ den Kopf sinken. Einen Moment lang sagte er gar nichts.

»Es ist nur … die Art und Weise, wie wir alles hinter uns gelassen haben. Ich muss dir erklären, warum ich es getan habe. Und vielleicht können wir dann …« Ihre Stimme verebbte. Sie hatte keine Ahnung, wie das Ende des Satzes lautete.

Endlich, nach einer gefühlten Ewigkeit von mindestens hundert Jahren, sagte er: »Ja, natürlich, wir sollten reden. Gib mir nur eine Sekunde.«

Sie sah ihm hinterher, als er den Raum durchquerte. Er war auf dem Weg zum Klo, vermutete sie, oder zur Bar. Doch dann bemerkte sie, dass er lächelte – jemand anderes anlächelte. Er ging geradewegs auf Helen zu.

Kapitel 12

Krieg und Pisse

Helen

»Hilf mir«, zischte Rosa. »Ich stecke in einem Albtraum fest.«

Helen – froh darüber, einem Gespräch über Steuergesetze mit dem Buchhalter entkommen zu sein, den Marnie eingeladen hatte (warum eigentlich?) – wühlte in ihrer Tasche. Augentropfen, Desinfektionsgel. Alles da. Sie zog die Notfalltropfen heraus und träufelte ein paar in Rosas Mund.

»Danke«, sagte ihre Freundin und ließ sich gegen die Wand mit der abblätternden Farbe sinken. »Das ist einfach so verwirrend. Simon und ich haben uns auf Anhieb gut verstanden, aber jetzt ist plötzlich Tom hier, und er ist tatsächlich nett zu mir. Er hat gesagt, dass er sich an das erste Semester erinnert, an das eine Mal, als wir zusammen auf der Demo gegen den Klimawandel waren. Herrgott, gerade hat er angefangen, mir *Closing Time* ins Ohr zu summen. Warum nur?«

Vielleicht weil Marnie ihn seit geraumer Zeit ignorierte, während sie in einer Sitzecke mit Ed plauderte, den weichen Stoff ihres roten Kleides über ihre Oberschenkel gebreitet. Versuchte sie, ihn und Tom gegeneinander auszuspielen? Tom eifersüchtig zu machen? Oder war Ed ihr wirklich egal? Betrachtete sie ihn nur als einen alten Freund? Was zur Hölle ging hier vor sich? Helen tat ihr Bestes, nicht zu den beiden rüberzustarren. Irgendwann würde sie jedoch Hallo sagen müssen. Und was dann?

»Tom ist doch süß«, sagte sie zerstreut.

»Schon, aber er ist immer noch so wahnsinnig selbstgerecht: ›Na, du arbeitest also immer noch für die Medien-Über-herren, Rosa?‹ Ja, es tut mir sehr leid, dass wir nicht alle im Wald leben und in Eimer kacken, aber ich habe Rechnun-gen, die ich bezahlen muss, und ich verdiene nicht unbedingt viel und ...«

»Aber er ist süß?«

»Ja«, murmelte Rosa. »Er ist sogar unglaublich süß. Diese Muskeln und diese Bräune ... Aaah, das ist alles so verwir-rend.«

»Man wird eben braun, wenn man praktisch auf der Straße lebt.«

»Ich weiß. Glaub mir, Helen, ich weiß. Ich wusste es schon mit achtzehn, deshalb habe ich mich auch so schnell anderweitig orientiert. Ich habe, was Männer angeht, immer gute Entscheidungen getroffen, aber jetzt ... Selbst Simon ist verkorkst, auch wenn er echt lieb ist. Und schau mich an. Ich habe ihn hierher eingeladen und ihn dann quasi links liegen lassen, um mit meinem Ex in Erinnerungen darüber zu schwelgen, wie toll Radiohead früher waren. Ich mag Radio-head nicht einmal!«

»Entspann dich«, sagte Helen und versuchte, ruhig und beschwichtigend zu klingen. »Ich bin sicher, Simon geht es gut. Und du hast gerade eine schlimme Zeit hinter dir. Du hast jedes Recht, dich gehen zu lassen und ein bisschen zu plaudern. Du verdienst das.«

Rosa blickte elend drein. »Nein, tu ich nicht, ich habe meine Ehe komplett in den Sand gesetzt. Ich weiß nicht ein-mal, was ich hier tue.«

»Oh, Süße, das stimmt nicht. David hat *dich* verlassen.«

»Aber zwischen uns lief es schon seit Ewigkeiten nicht mehr gut, und ich habe nichts dagegen unternommen.«

Helen tätschelte ihren Arm, dabei sah sie aus dem Augenwinkel, wie Ed sich zu Marnie beugte. Ihr Magen zog sich zusammen, während sie sich sagen hörte: »Es ist schwer, sich aus so einer langen Beziehung zu lösen. Du warst sehr tapfer.« Helen bemerkte den Eyeliner, den sich Rosa um die Augenwinkel gepinselt hatte, und war plötzlich voller Bewunderung für ihre Freundin. Sie hatte den schlimmstmöglichen Schlag erlitten, den man sich vorstellen konnte, und hier stand sie, hatte sich herausgeputzt und ging aus. Warum also konnte Helen nicht einfach mit ihrem Leben weitermachen, statt über Dingen zu brüten, die vor Jahren passiert waren und womöglich niemanden mehr interessierten?

»Dein Ex-Faktor-Date war also nicht so besonders?«, fragte Rosa. »Ich hatte wirklich gehofft, dass es funktioniert.«

Helen seufzte. »Es war so schlimm, dass er sich noch vor dem Dessert aus dem Staub gemacht hat.«

»Gott, das ist ja furchtbar. Warum um alles in der Welt hat Marnie ihn für dich ausgesucht?«

»Wer weiß das schon.« Helen gab sich Mühe, nicht darüber nachzudenken. Warum sollte ihre beste Freundin sie mit einem Mann verkuppeln wollen, der über keinerlei Sozialkompetenz verfügte? Oder war das alles ihre eigene Schuld?

»Wenigstens muss ich jetzt nicht mehr damit weitermachen.«

»Meinst du das wirklich ernst? Gibt es da nicht einen Teil von dir, der gehofft hatte, dass er vielleicht nett sein würde?«

»Äh …« Gab es den? Hatte sie sich vielleicht in einem weit, sehr weit entlegenen Winkel ihres Hirns gefragt, ob Marnie ihr einen tollen Mann aussuchen würde? Ob sie ihr helfen würde, sie aus ihrem ach-so-komfortablen Alltagstrott herauszureißen, in dem sie sich eingenistet hatte?

»Ich meine, wir müssen alle mal Risiken eingehen, nicht wahr? Sonst lernen wir nie jemanden kennen.«

Risiken waren schlecht. Helen ging keine Risiken ein. Außer das eine Mal, und es war ja deutlich zu sehen, wohin das geführt hatte. Sie konnte es immer noch kaum ertragen, mit ihm in einem Raum zu sein. »Amüsier dich einfach«, sagte sie zu Rosa und drehte sich mit dem Rücken zu der Ecke, in der Ed und Marnie saßen. »Tom ist wahrscheinlich angefressen, dass Marnie ihn ignoriert. Ich meine, ihm ist wahrscheinlich klar geworden, was für einen Fehler er damals gemacht hat, jetzt wo er sehen muss, was für eine fantastische und erfolgreiche Frau du bist!«

Rosa seufzte. »Er hat mich gefragt, ob ich mit ihm auf eine Demo gehe. Aber ich war mir nicht sicher, ob es Marnie stören würde. Und das, obwohl sie ihren Ex eingeladen hat! Apropos, was ist eigentlich mit dir? Ist das okay für dich?«

Helen sah wieder zu Marnie hinüber, die an ihrer Halskette herumspielte und den Anhänger ins Licht hielt. Der Schmerz war zurück – so vertraut, dass er sich beinahe tröstlich anfühlte.

»Oh, na klar. Ed und ich waren nur Freunde.«

»Aber ich dachte, du …«

»Noch mehr Notfalltropfen?«

»Nein danke. Kann man das Zeug eigentlich überdosieren?«

»Keine Ahnung. Ich könnte ja einen Schuss Wodka reinkippen und es als Cocktail verkaufen.«

»Das wäre sicherlich besser als der Großteil von dem Gesöff, das sie hier verkaufen.« Rosa schüttelte sich. »Na gut, ich gehe lieber mal rüber und rette Ani. Ich denke nicht, dass sie damit gerechnet hat, heute Abend Simon zu sehen.«

Als Rosa sich durch die Menschenmenge drängte, sah Helen jemanden aus der anderen Richtung kommen. Direkt

auf sie zu. Ed. Für einen Augenblick verspürte sie jedes einzelne Gefühl, das es gab: Grauen, Schuld, Sorge, Aufregung …
Er kam, um sie zu sehen. Er wollte reden. Dann wurde ihr
klar, dass sie neben dem Männerklo stand.

»Hiiiiiiiiiii!« Huch, dieses Hi hatte mindestens zehn Buch-
staben zu viel gehabt.

Ed blieb mit einem Lächeln vor ihr stehen und strich sich
das Haar aus der Stirn. »Helen! Meine Güte, sieh dich nur
an!«

Helen wappnete sich innerlich für die peinliche Umarmung, für seinen Geruch, der fast zu viel war für sie. Er
duftete nach alten Büchern und Pears-Seife. Sie konnte seinen Herzschlag unter dem verschlissenen blauen Hemd spüren. Sie hatten beinahe dieselbe Größe, ihre Köpfe streiften
sich gefährlich, sein Mund war plötzlich unerträglich nahe.

»Wow! Du bist da«, rief sie viel zu laut, nachdem sie sich
voneinander gelöst hatten.

»Ja. Tja, ich … Es war wirklich witzig.« Gott, seine Stimme,
sein Timbre, das bis in ihre Knochen vibrierte. »Ich hatte
gerade daran gedacht, nach London zurückzukehren, als
Marnies Nachricht kam. Ich habe mich wirklich gefreut, von
ihr zu hören. Es gibt ja keinen Grund, warum wir nicht befreundet sein sollten. Das ist die Sache mit Marn, sie war
schon immer cool, was solche Sachen angeht. Locker.«

Marnie war cool und locker – während Helen es definitiv
nicht wahr. Sie verbarrikadierte sich stattdessen zwei Jahre in
ihrer Wohnung, um dort Trübsal zu blasen.

»Ja, sie ist gerade erst zurückgekommen.« Helen hielt
inne. So viele Minenfelder in jedem Satz. Wie sollte sie mit
Ed über Marnie sprechen, ohne etwas von dem zu erwähnen,
was passiert war? Ohne die Dinge anzusprechen, über die er
Bescheid wusste, und die, von denen er keine Ahnung hatte?

Es starrte sie an. »Es ist Ewigkeiten her. Und du siehst …«

Oh nein. Sie konnte seinen Blick spüren, wie er ihn über ihre neu entdeckte Taille wandern ließ, die Beine, die Brust. »Ich meine, hast du abge …«

»Ja!«, trällerte sie. »Groß angelegte Diät letztes Jahr, ha, ha. Gebe mir Mühe, es zu halten.«

»Gut gemacht«, sagte er aufrichtig. »Ich meine, für mich sahst du immer gut aus, aber jetzt … Du musst dich fantastisch fühlen.« Er sah sie immer noch an.

Helen versuchte, die Röte aufzuhalten, die ihr über Hals und Wangen kroch, und wechselte schnell das Thema. »Du hast gesagt, du seist weg gewesen?« Das würde zumindest sein zweijähriges Schweigen erklären.

»Ich war nur bei meinen Eltern, in Bristol. Du erinnerst dich bestimmt noch, dass ich da herkomme?« Also war er nicht weit weg gewesen, er hatte sich nur nicht bei ihr gemeldet. Das machte es irgendwie nur noch schlimmer.

»Ich glaube schon«, sagte Helen vage. Dabei erinnerte sie sich an jedes Detail, von dem ihr Ed je erzählt hatte.

»Bristol ist so eine tolle Stadt, Helen. So viel Kultur und Kunst. Die Zeit war wirklich gut für mich und meine Musik.«

Oh Gott, sag nicht meinen Namen, sag ihn nicht! Eine Flut an Erinnerungen schwappte über Helen hinweg. »Das ist toll, wirklich super. Und was hat dich zurückgeführt?« Sie war sich sicher, dass er in der ganzen Zeit etwas Cooles getan haben musste.

Es war die falsche Frage gewesen. Seine Mundwinkel sackten herab. »Na ja, zu Hause war es in letzter Zeit etwas heftig. Mein Dad ist gestorben.«

»Oh nein. Was ist passiert? Also, wenn ich fragen darf.«

»Krebs. Das war letzten Monat. Es war ziemlich hart … Ich habe eine Pause gebraucht. Deswegen bin ich jetzt hier.«

Ein nobler, trauriger Ed war mehr, als sie verkraften konnte. »Das tut mir leid.«

»Danke.« Er zwang sich zu einem Lächeln. »Hey, Helen, es tut wirklich gut, dich zu sehen. Ich habe mich immer gefragt, wie es dir geht. Was du so machst.« Dann streckte er die Hand aus, als wollte er sie berühren. Sie war sich nicht sicher, wo – ob an der Taille, am Arm oder gar an der Wange –, doch ihr war klar, dass sie es nicht ertragen könnte. Die Erinnerungen an jene Nacht überfluteten sie. Seine Hände auf ihrem Gesicht, auf ihrem Rücken, die Wärme seines Mundes und seine kühle Haut, das Geräusch seines Atems an ihrem Ohr.

»Entschuldige mich«, stieß sie hervor und huschte in die Damentoilette, wo die Farbe von den Wänden blätterte und ein zweifelhafter Geruch in der Luft lag. Sie lehnte sich an das schmutzige Waschbecken und atmete tief ein und aus, während sie ihr Gesicht im Spiegel betrachtete.

Sie sah gut aus. Ihre Haut strahlte, ihre Augen funkelten, ein halbes Lächeln umspielte ihre Lippen. Der Ed-Effekt. Ihr fiel ein, was er gesagt hatte. »Ich meine, für mich sahst du immer gut aus, aber jetzt …« Blödsinn. Sie spürte ihr Herz nachgeben wie einen weichen Marshmallow. Nicht schon wieder. Sie würde das nicht noch einmal durchmachen, sonst konnte sie sich genauso gut gleich in einem Fass Bachblütentropfen ertränken. Es gäbe keine Rettung.

Ani

Ani hingegen bedurfte keiner Rettung, weder in echt noch in Bachblütenform. Komischerweise führte sie ein außerordentlich nettes Gespräch mit Simon, dem tollpatschigen Theater-Typ, jetzt, da alle anderen verschwunden waren und sich offensichtlich bestens amüsierten. Bis eben hatte sie sich noch ein bisschen wie das fünfte Rad am Wagen gefühlt und sich gewünscht, Nikesh doch eingeladen zu haben.

»Prost«, sagte Simon und hob sein Bier. »Schön, dich wiederzusehen.«

Sie hob eine Augenbraue. »Ich dachte, du trinkst nicht.«

»Oh, habe ich das damals nicht? Ja, ich hatte ein paar schräge Vorstellungen, was Alkohol anging. Um ehrlich zu sein, bin ich einmal bei einer Pressepreisverleihung auf die Bühne gestiegen und habe mit einem Veuve-Clicquot-Eiseimer auf dem Kopf *Copacabana* zum Besten gegeben. Danach hatte ich mir fest vorgenommen, meinen Alkoholkonsum etwas einzuschränken.«

Zu ihrer eigenen Überraschung musste Ani lachen. »Das hast du nicht!«

»Oh doch. Deswegen habe ich eine Weile ganz die Finger davon gelassen. Aber ich habe schnell gemerkt, dass Journalisten zu fünfundneunzig Prozent aus Alk bestehen, also habe ich irgendwann auch wieder was getrunken. Und was hast du so getrieben?«

Wow, er hatte ihr ernsthaft eine Frage gestellt. Sie glaubte nicht, dass er das bei ihrem Date vor fünf Jahren auch nur ein einziges Mal getan hatte. »Na ja, ich bin immer noch Anwältin. Scheidungsfälle vor allem.«

»Oh.« Er machte ein langes Gesicht. »Vielleicht solltest du mir deine Visitenkarte geben. Meine Frau – ich habe übrigens zwischenzeitlich geheiratet –, hat mich verlassen.«

»Das tut mir leid.«

»Rosa und ich hatten einige Geschichten auszutauschen.«

Ani hätte nie geglaubt, sie könnte neidisch auf Rosa und ihren gegenwärtigen Kummer sein, aber jetzt, für einen klitzekleinen Moment, verspürte sie beinahe so etwas wie Neid. Sie und Simon waren verheiratet gewesen. Was hatte Ani aus den letzten fünf Jahren vorzuweisen? Nichts als eine lange Reihe missglückter Dates, einen Haufen witziger bis bitterböser Anekdoten und eine wachsende Anzahl von Scheidungen, bei denen sie den Vorsitz geführt hatte.

»Ja, ich bin mir sicher, da kommt einiges zusammen«, sagte sie und fühlte sich albern.

»Ich weiß. Masha – eigentlich Maria, sie ist Russin – meinte, sie hätte einfach nicht mehr dieses Gefühl. Die Leidenschaft. Sie meinte, ich sei zu britisch für sie.«

»Das tut mir leid«, sagte Ani wieder. »Falls es dir hilft, ich bin immer noch ein rettungsloser Single. Kürzlich war ich mit einem Typ verabredet, der mir versehentlich einen Heiratsantrag gemacht hat und dann in Tränen ausgebrochen ist.«

Simon lachte, ein volles, freimütiges Lachen, das sie nie von ihm erwartet hätte. »Oje, ist die Welt da draußen wirklich so schlimm?«

»Jep. Sei froh, dass ich dich mit Rosa verkuppelt habe.«

»Oh, stimmt, das. Ich meine, sie ist eine echt nette Frau und sehr hübsch, aber ist das nicht ein bisschen schräg? Ich habe mich darauf eingelassen, weil ich dachte, warum nicht. Bei mir geht momentan nicht viel. Aber trotzdem.«

»Na ja, wir beide haben uns doch nur – wie oft? – einmal oder zweimal getroffen.«

Er blickte ihr in die Augen, und sie nahm rasch einen Schluck Gin Tonic. »Nur einmal.«

Und danach hatte sie ihn nie wieder angerufen. Warum eigentlich nicht? Es musste einen Grund gegeben haben.

»Natürlich. Dieses schreckliche Theaterstück, das wir uns angesehen haben. Weißt du noch?«

Simon stöhnte. »Das hatte ich ganz vergessen. Dieser grauenvolle pseudo-Brecht'sche Blödsinn. Die Stelle, wo er in einen Eimer gepinkelt hat!«

»Und dann hat er den Super Soaker damit gefüllt und ins Publikum gespritzt, weißt du noch?«

»Ja, ich weiß! Gott, wie habe ich dich nur dorthin einladen können. Wie hieß das Stück noch mal?«

»Ich habe später nachgeschaut«, sagte Ani. »Ich musste mich vergewissern, dass es nicht nur eine schreckliche Halluzination gewesen war. *In Your Face – ein herausfordernder, bahnbrechender Blick auf unsere eigenen Vorurteile und den Eindruck, den wir auf andere machen.*«

»Ich war damals so verdammt arrogant. Ich wollte eigentlich nur selbst zum Theater.«

»Wirklich? Als Schauspieler?«

»Ja. Mein heimlicher Traum. Zu dumm, dass ich nicht gut genug war. Ich habe zwar ein paar Kurse besucht, aber ich kam mir einfach nur dämlich dabei vor, mit den Armen rumzuwedeln und so zu tun, als wäre ich ein Baum.« Er lächelte. »Kannst du ein Geheimnis für dich behalten, Ani?«

»Klar«, sagte sie. »Verschwiegenheitspflicht. Von Anwältin zu Mandant.«

»Na ja, ich will es vielleicht mit Dramaturgie probieren. Ich war immer ganz gut mit Worten. Und es kann ja wohl kaum schlimmer werden als das Pipi-im-Eimer-Stück.«

»*Vom Pipi verweht*«, schlug Ani vor.

»*Krieg und Pisse.*«

Sie prustete vor Lachen und fühlte sich sofort schuldig. »Weißt du, Rosa ist wirklich gut in so was. Sie hat irgendwo ein Romanmanuskript versteckt. Ich sage ihr immer, sie soll es irgendwo einreichen.«

»Wo ist sie überhaupt?« Simon sah sich mit der leeren Bierflasche in der Hand um.

Gute Frage, dachte Ani. Rosa war verschwunden, was so gar nicht zu ihrer höflichen, aufmerksamen Freundin passte. Genau wie Helen, von der man das schon eher erwartete.

Ani sah sich ebenfalls um. Helen kam gerade aus der Toilette, wo Marnies Ex, Ed – was machte der überhaupt hier? –, auf sie wartete und eine Hand auf ihren Arm legte, wie um sie zu beruhigen. Rosa unterhielt sich mit Tom in einer Ecke. Marnie stand in ihrem überkandidelten Kleid in ihrer Nähe, die Hände in die Hüften gestemmt, starrte zu Ed, dann zu Tom, und biss sich auf die Lippe. Und vom Eingang her, frisch eingetroffen, ging ein großer, bärtiger, rothaariger Mann in schwarzer Cargohose auf Helen zu, die ihn erblickte und erstarrte. Eds Hand lag immer noch auf ihrem Arm. Auf dem T-Shirt des Bärtigen stand: *Haben Sie es schon mit Ein- und Ausschalten probiert?*

Simon sah zu Ani. »Ich hab's dir doch gesagt. Das ist alles ein bisschen schräg, oder?«

Helen

Es war Karl. Heilige Scheiße, er war es wirklich. Er war ein echter Mensch, da draußen in der Welt, und befand sich nun im selben Raum wie ihre Freundinnen. Für einen Moment – beim Anblick seines T-Shirts – bereute sie es, ihn eingeladen zu haben. Vor allem jetzt, da Ed da war. Aber immerhin hatte er ihren Job gerettet.

»Hey«, sagte sie und winkte an Ed vorbei, der neben dem Klo auf sie gewartet hatte. (Warum? Hieß das, er wollte darüber reden, was passiert war? Nein, lieber nicht darüber nachdenken.) »Wie geht es dir?«

»Tut mir leid, dass ich zu spät komme.« Karl schob sich das wirre Haar aus der Stirn. »Na ja, nicht wirklich, ich wusste, dass ich zu spät kommen würde. Ich war bei einer Bandprobe. Aber man hat mir gesagt, bei dieser Art von zwangloser Zusammenkunft sei es zulässig, zu spät zu kommen.«

»Du spielst in einer Band? Wie heißt sie?«

»Citation Needed.«

»So wie wenn auf Wikipedia ein Quellennachweis fehlt?«

»Korrekt.«

Helens Gehirn versuchte, das alles zu verarbeiten. Ohne Erfolg. Dann wurde ihr bewusst, dass Ed immer noch da stand. Das war ihr noch nie passiert. Normalerweise war sie sich seiner Gegenwart, jeder seiner Bewegungen überdeutlich bewusst.

»Äh … das ist Ed, ein Freund von mir.« Und seit Jahren die Liebe meines Lebens. »Er macht auch Musik.«

»Ach ja?«, fragte Karl höflich. »Was für Musik?«

»Ach, du hast bestimmt noch nichts von uns gehört«, erwiderte Ed vage. Er blickte zur Tür und wickelte sich seinen blauen Schal um den Hals. Wollte er gehen? »Hör zu, ich lass dich mal in Ruhe weiterfeiern, Helen. Diese Art von Bar ist nicht wirklich mein Ding. Richtest du Marn aus, dass ich sie anrufe?«

Helens Herz fühlte sich an, als würde es durch ein Sieb gedrückt. »Oh, okay. Tschüss.«

»Nett, dich kennengelernt zu haben.«

Die beiden Männer schüttelten einander betreten die Hände, während Helens Hirn rotierte, als ihre Welten kollidierten. Dieses ganze Projekt war gefährlich, das wurde ihr in diesem Moment klar. Die Mauern niederzureißen, die alle Leute zwischen Arbeit und Zuhause, zwischen verschiedenen Freundesgruppen, zwischen dem vergangenen und dem gegenwärtigen Ich hatten, war nicht gut. Helen mochte Mauern. Mauern schützten. Da musste man nur mal die Figuren aus *Jurassic Park* fragen.

»Karl«, sagte sie, um sich nach Eds Abschied abzulenken.

»Kann ich dir einen Drink spendieren? Ich bin dir definitiv einen schuldig.«

»Ich hätte gerne was in einer versiegelten Flasche, die vor deinen Augen geöffnet wird, bitte«, sagte er. »Ich habe dieses Lokal gegoogelt. Es hat keine der letzten beiden Hygienekontrollen durch das Gesundheitsamt bestanden.«

Helen sah erst ihn an und dann noch einmal Ed hinterher, der gerade durch die Tür, aus ihrem Leben, verschwand, wieder einmal, nach zwei Jahren, und ihr Verstand geriet ins Taumeln. Und so taumelte sie einfach weiter, den ganzen restlichen Abend hindurch.

Kapitel 13

Arschgesicht und Eierkopf

Rosa

»Rosa! Du bist gekommen!«

Tom hatte vorgeschlagen, sich am Embankment an der Themse zu treffen, und sie hatte sich entschieden hinzugehen, da sich ihre Samstagnachmittage seit der Trennung endlos vor ihr erstreckten. Dennoch war sie sehr nervös.

»Hi! Was passiert jetzt?« Rosa war nie zuvor auf einer Demonstration gewesen. »Was machen die Leute da?«

»Es wird super«, sagte Tom. »Wir werden am Parlament vorbeimarschieren und unsere Transparente schwenken. Es ist nämlich illegal, hier zu protestieren.«

»Ach echt? Dann bin ich allerdings nicht sicher, ob ich das tun kann ... Du weißt schon, meine Arbeit.«

»Oh, sie werden nicht eingreifen. Wir versuchen nur zu zeigen, wie dämlich ihre faschistischen Gesetze sind.«

Tom war im Demo-Chic gekleidet: zerrissene Jeans, Piercings und einen in seine Dreadlocks rasierten Streifen. Er zog sich noch genauso an wie damals, als sie sich in der Bar der Studentenvereinigung geküsst hatten. Ganz romantisch unter der Dartscheibe. Rosa dagegen hatte einen ordentlichen Haarschnitt, ging wöchentlich zur Maniküre, und ihre Jeans war von Gap. Sie zog den Saum ihres T-Shirts am Rücken tiefer, falls jemand auf die Idee kam, sie zum Zeichen des antikapitalistischen Protests anzuzünden.

Als sie am Ufer der Themse entlangliefen, lächelte sie Tom nervös zu. Sie hatte Mühe, mit ihm Schritt zu halten, während er den entgegenkommenden Autos auswich. (Galt überfahren werden als Protest gegen CO_2-Emissionen?)

»Ist Marnie nicht gekommen?« War es in Ordnung, dass Rosa hier war? Es war nur ein Treffen mit einem alten Kumpel, oder nicht? Obwohl sich das einfacher gestalten dürfte, wenn Marnie nicht dabei wäre. Andererseits hatte Marnie ihren Ex zu ihrer Party eingeladen. Hieß das, dass zwischen ihr und Tom ohnehin nichts lief?

Anscheinend nicht.

»Hi!« Eine rothaarige Gestalt kam auf sie zu. »Sorry, bin spät dran. Es gab ein Problem mit der U-Bahn.«

Von dem Tag an, als sie sich kennengelernt hatten, hatte Rosa Marnies Fähigkeit bewundert, sich für jede Gelegenheit passend anziehen zu können. Sie hatte jedes Outfit drauf: Burlesque-Party, City-Brunch, romantisches Wochenende und nun Urban Demo. Sie hatte sich mit Eyeliner verschiedene Slogans auf die strahlende Haut gekritzelt und ein bunt gemustertes Tuch um das kupferfarbene Haar gewickelt, das einen gekonnten Kontrast dazu bildete. Sie trug eine Jeans mit Farbklecksen drauf und ein Atomkraft-nein-danke-T-Shirt. In einem Ohrloch steckte ein Peace-Symbol, in dem anderen eine zum Protest gereckte Faust.

Tom umarmte sie etwas umständlich. »Du hast es geschafft!«

»Rosa!« Bildete sie es sich nur ein, oder hatten sich Marnies Augen tatsächlich einen Hauch verengt? »Ich wusste nicht, dass du auch kommst.«

»Ach, na ja, Tom hat mich eingeladen, und ich dachte, warum nicht ein bisschen unter die Leute kommen? Ich habe nicht oft die Gelegenheit, richtige Reporterarbeit zu leisten, wenn ich im Büro festsitze und Presseerklärungen zu Botox wiederkäuen muss.«

»Ist doch super, wenn du neue Sachen ausprobierst. Ich bin ja so stolz auf dich.« Marnie umarmte sie und hüllte sie dabei in eine Patschuliwolke.

Sofort schämte sich Rosa für ihre schlechten Gedanken. Marnie meinte es gut. Es war nicht ihre Schuld, dass sie so anpassungsfähig, liebenswert und unglaublich hübsch war. Und Größe sechsunddreißig trug.

»Und gegen was demonstrieren wir heute?«, fragte Rosa, als sie auf eine größere Menschenmenge zuhielten, die vor allem aus Batikklamotten und Parkas bestand. Sie versuchte, sich den Anlass aus den verschiedenen Transparenten zusammenzureimen. Armut? Klimawandel? North-Face-Jacken?

»Ach, du weißt schon«, sagte Tom und zog ein Transparent aus seinem zerfledderten Rucksack. »Die Regierung und so.«

»Du meinst, gegen etwas, das die Regierung getan hat?«

»Mehr so die Regierung an sich, im Allgemeinen.«

»Ach so ... Aber wir brauchen doch eine Regierung, oder nicht?«

»Wirklich? Ich bin nicht davon überzeugt.«

»Aber wer würde dann die Mülltonnen leeren und die Krankenhäuser leiten und die Straßen bauen und, du weißt schon ... das Land regieren?«

»Das können wir selber«, entgegnete Marnie, die von irgendwoher eine lila Trillerpfeife besorgt hatte. Sie ließ einen ohrenbetäubenden Pfiff hören. »Wuuhuu! Nieder mit dem Staat!«

Rosa versuchte es noch einmal. »Ich meine, ich weiß, dass viele Leute sich im Stich gelassen fühlen, aber wir brauchen jemanden, der die Verantwortung trägt und sich um alles kümmert, und das sind diejenigen, die dazu beauftragt wurden. Ich bin der Meinung, es ist wichtiger, sich Gedanken darüber zu machen, für wen wir bei den nächsten Wahlen stimmen, und …«

Tom war stehen geblieben. Er ließ das Banner sinken. »Du hast vor, bei den nächsten Wahlen deine Stimme abzugeben?«

»Na ja, schon, natürlich werde ich wählen. Ich meine, es gab Frauen, die wortwörtlich ihr Leben dafür gegeben haben, damit ich es kann.«

»Aber die Politiker sind doch alle gleich schlimm!«

»Sollten wir nicht versuchen, das zu ändern? Was hast du denn bei den nächsten Wahlen vor?«

»Das Stimmlokal besetzen und meinen Wahlzettel ungültig machen«, erwiderte Tom wie aus der Pistole geschossen.

Marnie sah ihnen beim Streiten zu und runzelte leicht die Stirn.

»Und was genau soll das bewirken?«, fragte Rosa.

»Das sendet eine Message an die Vertreter dieses oppressiven Systems!«

»Nein, tut es nicht, du vergeudest nur deine Stimme.«

Tom öffnete den Mund, aber sie kam nicht dazu, seinen scharfsinnigen Widerspruch zu hören, da ein Mädchen mit platinblondem Haar und einer ganzen Tackerladung voll Metall im Gesicht aufgeregt auf sie zugerannt kam. »Achtung an alle! Wir werden eingekesselt!«

Irgendetwas sagte Rosa, dass diese Veranstaltung nicht die entspannende Tasse Tee beinhalten würde, die sie so sehr benötigte. Sie zog ihr Handy hervor und schickte aus einem Impuls heraus eine SMS an Simon: *Bin in der Stadt, hast du später vielleicht Zeit?*

Er antwortete umgehend: *Klar. Was trinken im Oxbow?*

Ihre Lieblingsbar. Ruhig, warm, einladend und vollkommen frei von Transparenten. *Ich liebe den Laden. 17 Uhr?*

Tom bemerkte, dass sie auf ihrem Handy herumtippte. »Du solltest deinen Akku schonen«, sagte er genüsslich. »Wir werden hier noch seeeehr lange sein.«

Eine Stunde später saß Rosa niedergeschlagen auf einem Gehsteig. Sie war so durchgefroren, dass sie ihre Füße kaum noch spürte, außerdem war sie kurz vorm Verhungern, und sie hätte den gesamten Inhalt ihres Bankkontos dafür gegeben, pinkeln gehen zu können. Ihr Akku war beinahe leer, also konnte sie keine kreischenden Emoji-Gesichter mehr an Ani und Helen schicken. In der Nähe skandierten Marnie und eine Gruppe Demonstranten »Nieder mit dem Staat! Nieder mit dem Staat!«, und Rosa war der Hysterie nahe. Der Staat baute Klos und erlaubte einem, Tee zu kochen! Ohne ihn hieße es jeden Tag, draußen in der Kälte zu sitzen mit dem verzweifelten Wunsch, irgendwo pinkeln gehen zu können. Sie *liebte* den Staat.

Tom hielt sein iPhone hoch und nahm mit dramatischem Tonfall ein Videotagebuch auf. »Wir befinden uns nun seit achtundvierzig Minuten in diesem Kessel. Die Vertreter des faschistischen Staates schränken unsere Freiheit und unser Versammlungsrecht ein. Schlimmer noch, vor fünf Minuten sind uns die Salzletten ausgegangen ...«

Simon saß schon an der Bar, als sie endlich eintraf, und nippte an einem Cocktail.

Rosa rannte hastig an ihm vorbei und winkte entschuldigend. »Sorry, bin gleich wieder da!«

Zwei Minuten später war sie zurück, und der quälende Ausdruck x-beiniger Pein war von ihrem Gesicht gewichen. Nie wieder würde sie Toiletten als eine Selbstverständlichkeit betrachten. Oder Handyladegeräte oder beheizte Innenräume oder …

»Ich hab dir einen Sidecar bestellt«, sagte Simon und reichte ihr ein geeistes Cocktailglas, in dem leise die Eiswürfel klackerten. »Ich habe mich daran erinnert, dass du den magst.«

Für einen Moment befürchtete Rosa, vor Rührung in Tränen ausbrechen zu müssen. Doch stattdessen beugte sie sich auf ihrem Barhocker vor und küsste ihn. Ein zarter Kuss, die Lippen geschlossen, aber nichtsdestotrotz ein richtiger Kuss. Mit einer Hand umschloss er ihren Hinterkopf, seine Bartstoppeln kratzten über ihr Gesicht. Er schmeckte süß und nach Alkohol.

Rosa unterbrach den Kuss und nahm errötend einen großen Schluck von ihrem Cocktail. »Sorry, ich bin nur …«

»Nein, bitte, entschuldige dich nicht. Das war … schön.« Er räusperte sich. »Hör zu, ich kann heute Abend nichts unternehmen, da ich ein Stück rezensieren muss, aber ich habe Eintrittskarten für ein anderes am Dienstag. Hättest du … hättest du vielleicht Lust, mich zu begleiten?«

Wenn man die Party nicht mitzählte – wo sie ihn schließlich die meiste Zeit vernachlässigt hatte –, wäre das ihr drittes Date. Und jeder wusste, was das bedeutete: Es war an der Zeit für den ersten verfänglichen Sex!

»Ja, gerne«, sagte Rosa schüchtern. »Das wäre toll.«

Den Rest der Zeit unterhielten sie sich nur, aber wenn sie Simon in die Augen blickte, konnte sie sehen, wie er sie beinahe unmerklich anlächelte. Als würden sie ein wirklich schönes Geheimnis miteinander teilen.

»Schau dich doch an, du dumme, fette Kuh. Stopfst deine Backen voll wie immer.«

»Wenigstens hab ich keine Glatze. Du siehst aus wie ein Ei in einer bescheuerten Teehaube.«

Ani begegnete dem Blick ihrer Kollegin Louise, der Prozessanwältin. »Hast du ihnen nicht gesagt, dass sie nicht miteinander reden sollen?«

Louise zuckte mit den Schultern. »Versuch du es doch. Die können keine zwei Meter voneinander entfernt sein, ohne sich zu streiten.«

»Das wird witzig im Gerichtssaal.« Ani schluckte die letzten bitteren Reste ihres Kaffees runter.

Am anderen Ende des Cafés im Gerichtsgebäude saß ihre Klientin, Mrs. Willis, und brüllte Beleidigungen zur Gegenseite, Mr. Willis, hinüber. Er hatte tatsächlich was von einem Ei. Sein großer kahler Kopf thronte auf einem etwas unglücklich gewählten Rollkragenpullover.

»Warum gehst du nicht und lässt dir den Eierkopf polieren oder was anderes?«

»Wie heißt denn der Typ, der die Gegenseite vor Gericht vertritt?«, fragte Ani. Sie hatte den anderen Anwalt bereits entdeckt, einen Mann mittleren Alters in einem deprimierenden Anzug. Er war gerade dabei, seinen Mandaten zurechtzuweisen.

Louise kicherte, was ihr gar nicht ähnlich sah: »Oh, es ist wieder Mr. Legally Hot, wusstest du das nicht?«

»Hä? Wer bitte soll das sein?« Ani hielt nichts von der Liste heißer männlicher Anwälte, die im Internet kursierte. Sie fand, das schmälerte den Ruf ihres Berufsstands.

»Du wirst schon sehen. Ich darf ja sowieso nur schauen und nicht anfassen.« Betont fuhr sich Louise mit der Hand, deren Ringfinger von einem riesigen funkelnden Diamanten geziert wurde, durchs Haar.

Ani blinzelte. War sie mit Jake nicht erst seit gefühlten fünf Minuten zusammen? »Oh mein Gott! Herzlichen Glückwunsch!«

»Danke. Jakey hat mich am Wochenende gefragt, als wir Skifahren waren. Es war soooo romantisch. Der Schnee, die Berge … Er hat den Ring in mein Champagnerglas getan.«

Ani hatte das sowohl aus gesundheits- als auch aus sicherheitstechnischen Gründen immer schon für etwas riskant gehalten.

»Oh wie schön.«

»Also halte ich besser schon mal nach Veranstaltungsorten Ausschau. Ich stelle mir ein altes Schloss vor. Mum treibt mich schon wegen des Brautkleids in den Wahnsinn … Und dann, nach der Hochzeit, werde ich bei der Arbeit ein bisschen kürzertreten.«

»Was?« Ani war beim Wort »Brautkleid« gedanklich bereits etwas abgeschweift, war nun aber plötzlich wieder ganz aufmerksam. »Warum?«

»Na ja, ich werde Mrs. Lockhead sein. Wir überlegen, ein Haus außerhalb von London zu kaufen und …«

Ani begann, im Geiste das Drehbuch nachzubrabbeln: Du weißt doch, wie es ist, die Stadt ist so schrecklich voll, da ist kein Platz für eine Familie. Und dann wird hoffentlich schon bald das Tapsen winziger Füßchen … Sie schüttelte den Kopf, um sicherzugehen, dass sie nicht halluzinierte. War das wirklich ihre toughe, zynische Louise, mit der sie so viele Cocktail- und Lästerrunden geteilt und die geschworen hatte, für immer Single zu bleiben?

Sie versuchte, die richtigen Worte zu finden. »Wow, das klingt … Ich meine, das kommt alles ziemlich plötzlich, oder?«

Louise starrte schmachtend in die Ferne. »Es ist einfach alles so anders, wenn man den richtigen Menschen gefunden hat, weißt du? Du willst plötzlich all diese Dinge: den Ring, das Haus, vielleicht einen Hund.« Louise bedachte Ani mit einem Blick, der verdächtig mitleidig wirkte. »Triffst du dich eigentlich zurzeit mit jemandem? Was ist aus Will geworden?«

Ani verzog das Gesicht. »Gar nichts. Aber ja, ich treffe mich mit jemandem.« Warum hatte sie das gesagt?

Louise klatschte in die Hände. »Super! Wie heißt er denn?«

»Nikesh. Er ist ... sehr interessant.« Warum erwähnte sie ihn? Sie hatten sich nur einmal gesehen, und sie war sich nicht einmal sicher, ob es zu einem zweiten Date kommen würde. Seit sie sich getroffen hatten, mailte er ihr fleißig und gewissenhaft, und jedes Mal, wenn er es tat, spürte Ani, wie ihr eigenes Interesse Stück für Stück schwand.

»Wir müssen uns mal alle zusammen zum Abendessen treffen.« Louise nickte in Richtung Tür und legte schnell eine neue Schicht Lippenstift auf. »Schau mal, da kommt ja unser Legally Hot. Ich geh mal kurz nachsehen, ob es bald losgeht.«

Ani sah ihr nach, wie sie auf ihren Pied-a-Terre-Pumps davonstakste, und dachte bei sich: Noch eine, die ins Gras beißt. Dann erst bemerkte sie, wer da gerade hereingekommen war. Die grünen Augen, die hohe Gestalt, die imponierende Haltung ... Sie stöhnte auf. Natürlich war es Adam Robins, den man mit dem Spitznamen Legally Hot bedacht hatte. Sie hätte darauf gewettet, dass er davon wusste. Er trug einen langen dunklen Mantel, einen gestreiften Kaschmirschal und einen Stapel Papier unterm Arm.

»Hallo.« Er ließ rasch den Blick über sie schweifen. »Sie sind doch ...«

»Die Anwältin der Gegenseite, ja. Ani Singh.«

»Ich erinnere mich.«

Er stellte sich selbst nicht noch einmal vor, und es ärgerte Ani, dass er offenbar davon ausging, dass er unvergesslich war. Aber andererseits war er das auch, nicht wahr?

»Wir sollten uns eigentlich nicht unterhalten«, sagte er und hob eine Augenbraue.

Sie fragte sich, ob die Knöpfe ihrer Bluse ordentlich geschlossen waren. »Ach, na ja, unsere Mandanten tun es ja auch, warum also nicht?«

»Fettklops! Du bist so fett, dass ich einen Bandscheibenvorfall hatte, nur weil ich dich über die Schwelle getragen habe.«

»Tja, dafür ist dein Kopf so kahl, dass sie dich in den Weltraum schicken könnten, um die Sonnenstrahlen von der Erde zu reflektieren.«

Ani spürte ein Lachen in ihrer Kehle aufsteigen und schlug schnell eine Hand vor den Mund. »Sorry. Aber das hat gesessen, das müssen Sie zugeben.«

»Wenn sie sich auf ihn setzt, haben wir ein ernsthaftes Problem«, erwiderte Legally Hot trocken. »Nun, ich glaube, das wird ein großer Spaß. Wen haben wir als Vorsitzenden?«

»Den Moralapostel.«

Er stöhnte. »Na ja, vielleicht könnte das sogar ein Vorteil für mich sein. Er hat was gegen Frauen, seit ihn seine Gattin für den Gärtner verlassen hat.« Er hielt kurz inne. »Hören Sie mal, Ani, ich hoffe, das ist jetzt nicht unangemessen, aber ich habe gehört, dass Louise mit ihren Stunden etwas zurückgehen will, und ich …«

Ani stieß unwillkürlich ein angewidertes Schnauben aus, riss sich jedoch gleich wieder zusammen. Er betrachtete sie amüsiert, während sie versuchte, ihre Reaktion zu überspielen. »Ja, ich glaube schon, warum?«

»Ich würde gerne mal mit Ihnen zusammenarbeiten. Vielleicht könnten wir irgendwann etwas trinken gehen und uns unterhalten?« Er zog schwungvoll eine Visitenkarte aus der Brusttasche seines Anzugs und bot sie ihr mit einem strahlenden Lächeln an. »Rufen Sie mich an. Ich denke, wir könnten ein ganz interessantes Paar ergeben.«

Sie stand da und hielt die Karte in der Hand. Hatte er sie gerade angebaggert? Obwohl sie bei ihrer ersten Begegnung so ruppig gewesen war?

In diesem Moment kam Louise zurückgetrippelt, bemerkte Legally Hot und verwandelte sich vor Anis Augen von einer furchterregenden Jura-Kriegerin in einen einfältig lächelnden Backfisch. »Hallo! Louise Hadley, ähm, na ja, bald Mrs. Lockhead. Ha, ha, ich weiß nicht, warum ich das sage. Sie sind Adam.«

»Ja, hi. Ich sollte besser los.« Er lächelte Ani an. »Wir sehen uns drinnen. Denken Sie über meinen Vorschlag nach.« Und damit rauschte er in einer Wolke teurer Wolle davon.

»OMG!«, rief Louise. »Er hat total mit dir geflirtet!«

»Sei nicht albern. Er will uns nur vor der Verhandlung durcheinanderbringen. Und das sollten wir nicht zulassen«, fügte sie bestimmt hinzu.

»Und ob er mit dir geflirtet hat. Jetzt hast du gleich zwei Männer, die um deine Gunst kämpfen. Das ist so heiß!«

Ani hatte einmal mitgekriegt, wie Louise einen international agierenden Geschäftsführer im Zeugenstand zum Heulen gebracht hatte. War es das, was die Liebe mit einem anstellte? Verwandelte sie einen in einen kompletten Einfaltspinsel? Wenn dem so war, dann konnte sie darauf verzichten. Sie betrachtete die Mandanten, die sich finster anstarrten und einander erschreckend infantile Beleidigungen zuzischten. Sie hatten es sich angewöhnt, vor ihren siebenjährigen Zwillingen, Brad und Angelina, die unter den ruinösen Kosten einer künstlichen Befruchtung zur Welt gekommen waren, nicht laut zu fluchen.

»Arschgesicht!«

»Eierkopf!«

Wahrscheinlich waren sie irgendwann einmal so glücklich gewesen wie Louise, hatten fröhlich über Brautkleider, Örtlichkeiten und Hochzeitstorten geplappert. Aber man schaue sie sich jetzt an. Oder Rosa und David – er war mit einer Teenagerin durchgebrannt, sie heulte tagtäglich unter dem Schreibtisch. Was würde wohl das Zünglein an der Waage sein, das den Bund zwischen Louise und Jake zerbrechen würde? Ihre verschwenderischen Angewohnheiten und ihr Beharren darauf, Dinge als »Kinkerlitzchen« zu bezeichnen? Die Tatsache, dass sie keine Radieschen mochte? Es könnte alles sein, aber die Wahrheit war, dass die Saat von Anfang an da gewesen war, still vor sich hin keimend, während sie sich noch geküsst, Händchen gehalten und ihr Ehegelübde abgelegt hatten. Nur um drei, fünf oder zwanzig Jahre später auszutreiben und alles um sich herum zu zerstören.

Ani würde sich nur auf etwas einlassen, das absolut perfekt war. Sie stopfte die Visitenkarte von Legally Hot in die Untiefen ihrer Handtasche und machte sich bereit, einem weiteren Paar zur Scheidung zu verhelfen.

Helen

»Tut mir leid, Logan. Was sagtest du?« Helen versuchte zu verstehen, was ihr Boss am anderen Ende der Leitung brüllte.

»Ein neuer gottverdammter Hack-Versuch! Sie testen die Schutzzäune aus, Helen, genauso wie diese verdammten Raubdinos!«

»Aber sie sind nicht durchgekommen, oder?«

»Noch nicht. Ich habe schon den Internet-Geek angerufen. Er ist auf dem Weg zu dir.« Unvermittelt breitete sich eine angenehme Wärme in Helens Brust aus, die ungefähr eine halbe Sekunde anhielt, bis Logan sie wieder auslöschte. »Oh, und ich lasse diese nichtsnutzigen PR-Schwachköpfe, die ich bezahle, eine Pressemeldung zu der Website aussenden. Wir sollten versuchen, ein bisschen gute Publicity zu machen, für den Fall, dass alles in die Hose geht. Blutsaugende Zombies. Müsste morgen in der Zeitung stehen.«

»Äh, ich glaube, eigentlich essen Zombies Hirn, aber ...«

»Und ich bin auf dem Weg nach Barbados, also bist du für alle Probleme zuständig. Bis dann.«

»Was ... Aber ... Nein! Das ist nicht meine ... Logan!« Doch die Leitung war tot. Verzweifelt wählte Helen seine Nummer.

»Einen wunderschönen guten Tag, hier bei den Cassidys. Consuela am Apparat.« Logans Haushälterin war von den Philippinen und hatte ihr Englisch aus Vierzigerjahre-Kriegsfilmen gelernt.

»Hi, Consuela, Helen hier. Ist Logan da?«

»Mr. Logan lässt ausrichten, dass er gerade auf dem Sprung ist. Nicht wahr, Mr. Logan?« Im Hintergrund hörte sie ein gedämpftes Fluchen. »Tut mir leid, Miss Helen«, flötete Consuela. »Er fährt gerade in einen Tunnel!«

»Aber er ist doch zu Hause, ich habe ihn gehört.«

»Auf Wiedersehen, Miss Helen, halten Sie die Ohren steif!«

Als die Leitung wieder still war, hörte Helen die Türklingel.

Wenigstens war sie dieses Mal angezogen. Sorgfältig angezogen. Sie trug eine Jeans, ein Trägertop und eine Strickjacke darüber. Trotzdem machte es sie nervös, dass Karl da war.

Er begann direkt mit der Arbeit, ohne die Party zu erwähnen oder irgendwelche anderen sozialen Nettigkeiten von sich zu geben.

»Und? Wie sieht es aus?«, fragte Helen nach einer Weile unruhig.

Er hatte wieder ihr Wohnzimmer okkupiert mit seinen Wanderstiefeln, seinem Laptop und seinem neonfarbenen Fahrradhelm. »Die Firewall, die ich eingerichtet habe, scheint zu halten, aber ihr seid unter andauerndem Beschuss.«

»Mist. Wir müssen das unterbinden, die persönlichen Nutzerdaten dürfen unter keinen Umständen nach draußen gelangen.«

»Ich versuche es ja, aber wenn du so über mir drüberhängst, wird es nicht unbedingt einfacher.«

»Ich kann nichts anderes tun, ich bin viel zu nervös.«

»Versuch, Schritte zu zählen.«

»Du meinst Schafe?«

»Das ist zum Einschlafen. Wenn du nervös bist, musst du Schritte zählen. Hat meine Mutter mir früher immer gesagt.«

»Bist du oft nervös?« Er schien so entspannt wie ein Kopfkissen, vor allem wenn er tippte.

»Früher mal.« *Tipp, tipp, tipp.* »Nicht mehr.« *Tipp.* »Medikamente.« *Tipp.* »Mein Hirn produziert einfach zu viel von einer bestimmten chemischen Substanz, also nehme ich andere Chemikalien, um es auszugleichen. Auf diese Weise fühle ich mich okay, und ich kann die Wohnung verlassen, ohne vierundzwanzigmal zu überprüfen, ob mein Herd auch aus ist. Vor allem da ich meinen Herd seit sechzehn Monaten nicht benutzt habe.«

»Du hast eine Zwangsstörung?« Helen konnte die Überraschung in ihrer Stimme nicht verbergen. »Ich meine nur, du wirkst so …« Sie starrte auf sein Wasserglas, das Ringe auf ihrem antiken Sofatisch hinterließ.

»Es tritt verschieden stark ausgeprägt auf«, sagte er. »Und wo wir schon dabei sind«, er blickte mit hochgezogenen Brauen zu dem Stapel Zeitschriften unter dem Tisch, »die sind alle nach Datum sortiert.«

»Das ist doch nichts Außergewöhnliches. Man liest eine Ausgabe fertig und legt sie oben auf den Stapel.«

»Jede einzelne Woche? Siebenunddreißig Wochen lang? Das hier ist die sauberste und ordentlichste Wohnung, in der ich je war.«

»Danke.«

»War nicht unbedingt als Kompliment gemeint.« *Tipp, tipp, tipp.* »Es gibt inhaltlose Vakuen – sorry, das war redundant –, in denen mehr Unordnung herrscht als hier. Was steckt dahinter?«

»Als ich jünger war, waren die Dinge etwas … chaotisch«, erwiderte sie defensiv. »Ich will einfach, dass mein Zuhause ordentlich ist. Sauber. Ruhig.«

»So ruhig wie eine Rentnerwohnung. Warum liest du *Woman's Weekly*? Ist das nicht so eine Oma-Zeitschrift?«

Helen wurde rot. »Ich mag die Haushaltstipps. So habe ich zum Beispiel gelernt, dass man die meisten Flecken mit Backpulver und Essig herausbekommt. Aber ich bin noch auf der Suche nach einer Lösung für den Badschimmel. Ich könnte auch deinen Laptop für dich reinigen. Wie alt sind die Krümel da drin? Überreste vom letzten Abendmahl?«

»Netter Konter. Aber schau dir das bitte mal an.« Karl las kopfüber eine der Schlagzeilen ab. »*Gemeingefährlicher Klempner versuchte, mich mit Sperrhahn umzubringen.* Wenn du sowieso schon unter Ängsten leidest, macht es das nicht noch schlimmer?«

»Eigentlich nicht, es hilft irgendwie. Es zeigt mir, dass das Schlimmste schon passiert ist, aber eben nicht mir, sondern Deirdre aus Huddersfield.« Helen deutete auf die Zeitschriften. »Wie hast du es überhaupt geschafft, sie so schnell zu zählen?«

»Ich habe ein fotografisches Gedächtnis. Oh, und ich bin echt gut im Zählen. Das hat nichts mit Mathe zu tun. Zählen ist nützlich. Mathe ist mehr so Zeug wie … der Aufbau des Universums und so. Und das kann ich nicht leiden, ich fange dann an, mir Sorgen zu machen wegen der Asteroiden, der Welt im Allgemeinen, der Wahrscheinlichkeit, dass Aliens unseren Planeten übernehmen, und der statistischen Unwahrscheinlichkeit für Leben auf der Erde.«

»Ich verstehe. Also sorgen deine Medikamente dafür …«

»Ich kann immer noch zählen, muss es aber nicht. Nicht so oft zumindest.«

»Wie viele Gläschen stehen in jeder Reihe meines Gewürzregals? Ohne zu spicken.«

»Acht«, sagte er, ohne aufzublicken.

»Wow. Ich wusste ja nicht, dass ich Rain Man bei mir im Wohnzimmer sitzen habe.«

»Ja, ich bin echt hammergeil, wie deine Freundinnen sagen würden. Also lass mich lieber wieder diese gigantische Katastrophe in Ordnung bringen, die sonst über dich hereinbricht.«

»Oh. Natürlich.« Es war seltsam. Für einen Moment hatte sie tatsächlich ganz vergessen, sich Sorgen zu machen – über die Website, über Ed, über Marnie, über irgendwas. Das passierte sonst nie.

Sie beschloss, ihn in Ruhe zu lassen und mit ihrer Putzroutine weiterzumachen. Mit einem beleidigten, zusammengerollten Mr. Fluffypants in der Badezimmerecke – er hatte die Tendenz, zu beißen und dann erst Fragen zu stellen – zog sie ihre rosa Gummihandschuhe über, wobei sie spürte, wie ihre Ängste von einem Gefühl der Ruhe verdrängt wurden. Sie begann, das Waschbecken mit einer Zahnbürste und

Zitrusreiniger zu schrubben, entfernte Zahnpastaflecken und Gesichtspudersprenkel, bis alles blitzeblank war. Auf diese Weise würde alles gut werden und ordentlich, und sie müsste nicht mehr darüber nachdenken, was Ed neulich Abend womöglich zu ihr gesagt hätte, wenn Karl nicht aufgetaucht …

»Helen?«

Ich mag es, wie er meinen Namen sagt. Der Gedanke erwischte sie vollkommen unvorbereitet. Sie sah auf. »Ja?«

»Ich habe gerade nur einen kurzen Blick in deine Arbeitsordner geworfen, wegen Dateien, die Malware enthalten und erklären könnten, wie der Hacker da reingekommen ist. Und, na ja, ich habe da was geöffnet …«

Helen erstarrte. Sachte legte sie den Putzschwamm beiseite – an seinen angestammten Platz, es gab noch keinen Grund, in Panik zu geraten. »Kannst du es einfach schließen?«

»Was ist Swipe Out?«

Helen stürmte aus dem Badezimmer und verschüttete dabei das Reinigungsmittel.

Ihr erboster Kater schoss hinter ihr her. »Miiiiiiau!«

»Oh mein Gott, hör auf, mein Zeug anzuschauen!«

»Tut mir leid, das sah aus wie Malware!«

»Ist es aber nicht, es ist nur … Gib mir sofort den Laptop!«

»Es ist ein Spiel, oder?«, fragte Karl. »Du entwirfst ein Onlinedating Computerspiel?«

Schützend umklammerte sie ihren Laptop. »Das geht dich gar nichts an. Das ist nur so eine Spielerei von mir.«

Karl betrachtete sie mit einem neuen Ausdruck von Respekt in den Augen.

»Was?«

»Du überraschst mich. Ich dachte, du wärst … du weißt schon, der Chintz-Bezug und«, er nieste, »die Katze, die mich übrigens abgrundtief böse von unter dem Sofa anstarrt.«

»Miiiiiiiiau!«

»Tja, die Menschen sind nicht immer, wie man denkt.«

»Die Idee hinter dem Spiel ist also, die Datinghindernisse zu überwinden, mit dem Ziel, die große Liebe zu finden?«

»Ich dachte mehr an so was wie Monopoly. Du weißt schon, man kriegt eine Belohnung oder ein Pfand, wie auf dem Gemeinschaftsfeld. Nur ist es hierbei der mysteriöse Gratis-Coffee-to-go, oder es gibt am Tag der Verabredung einen U-Bahn-Streik oder so.«

Karl kritzelte etwas auf ein Stück Papier – ihr TV-Magazin. Sie versuchte, sich nicht daran zu stören. »Also müsste es ungefähr so aussehen.« Er hatte einen groben Spielplan skizziert mit Feldern, auf denen verschiedene Symbole abgebildet waren.

»Ja.« Helen war verblüfft. »Genauso habe ich es mir vorgestellt.«

»Das wäre ganz einfach zu programmieren. Und das Erstellen einer App ist heutzutage spottbillig. Könnte in einem Monat fertig sein, maximal.«

»Du meinst, ich soll es wirklich machen?«

»Ja, klar. Ist das nicht, was du wolltest?«

Wollte sie? Natürlich, in ihren schlaflosen Nächten und wildesten Träumen hatte sie manchmal daran gedacht, Spiele-Designerin zu werden. Logan in den Wind zu schießen mitsamt den Schamgefühlen, die sie jeden Tag runterschlucken musste, wenn sie sich an den Schreibtisch setzte. Aber sie hatte nie daran gedacht, ihren Plan wirklich und wahrhaftig in die Tat umzusetzen.

»Ähm, ich denke schon, aber wie …«

»Ich kann das für dich übernehmen«, sagte er beiläufig und kritzelte weiter. »Wäre Mittwoch recht?«

»Klar. Das … das ist wirklich unglaublich nett von dir.«

»Ich kann weder Malen noch Zeichnen, und was Song-writing angeht, liege ich bestenfalls knapp über dem Durch-schnitt. Aber mir gefällt die Idee, etwas Neues zu erfinden. Mit Programmieren ist alles möglich, aber das Beste daran ist, dass man es tatsächlich *lernen* kann. Man braucht kein Talent. Talente sind so … ineffizient.«

»Na ja«, sagte Helen schüchtern, »ich hatte sogar daran ge-dacht, statt nur ein einfaches Spiel zu entwerfen, das Ganze auch mit Facebook zu verlinken, damit man es gleichzeitig als Datingapp verwenden kann.«

»Nur dass man dabei spielt, statt einfach nur ein Bild nach dem anderen durchzugehen und wegzuwischen?«

Sie nickte.

»Das ist – und ich benutze dieses Wort nie leichtfertig – genial. Citation Needed hat diese Woche keine Bandprobe, weil Ian ein Magenband eingesetzt bekommt, also habe ich Zeit. Lass es uns tun.« Er streckte ihr über den Tisch hinweg seine große Hand entgegen. Etwas war auf den Handrücken gekritzelt. Es sah aus wie: *Schritte zählen.*

Plötzlich überkam Helen ein seltsames Gefühl von Zärt-lichkeit für Karl. Sie schüttelte seine Hand, die sich warm, fest und verlässlich anfühlte. »Ach was soll's. Ich schätze, wir lassen es auf einen Versuch ankommen.«

Er hielt ihre Hand ein paar Sekunden fest, bevor er sie wieder losließ. »Genau. Aber jetzt muss ich los. Dein Prob-lem ist für den Moment gelöst.«

Eines davon, dachte Helen. »Okay. Danke übrigens, dass du auf die Party gekommen bist.«

»Es hat Spaß gemacht. Deine Freundinnen sind … Sag mal, war das so eine Art schräger Exfreund-Tausch, den ihr da am Laufen hattet?«

»Was? Wie kommst du darauf?«

»Na ja, deine Freundin mit dem Pony schien mit dem Ex deiner anderen Freundin, der Rechtsanwältin, da zu sein. Und die mit den roten Haaren war mit dem Ex der Pony-Freundin da. Richtig?«

»Ja. Nun … es ist kompliziert. Und ich bin auch gar nicht mit von der Partie.« Bitte, frag nicht nach Ed! Sie hatte seit der Party nichts mehr von ihm gehört, und nachdem er verschwunden war, hatte Marnie den Rest des Abends an Tom geklebt. Marnies aufgeregten Tweets über die Demonstration nach zu urteilen, trafen sie sich anscheinend immer noch. Diese ganze Sache bescherte Helen Spannungskopfschmerzen.

»Okay«, sagte Karl. »Aber ich muss jetzt wirklich los. Nach siebzehn Uhr ist es um einundzwanzig Prozent riskanter mit dem Fahrrad unterwegs zu sein als vorher. Tschüss Helen, tschüss wütender Kater.« Und dann, nachdem er seinen Helm und seine hochsichtbare Jacke übergezogen hatte, war er auf einmal weg.

Ohne ihn wirkte die Wohnung seltsam still, und Helen war wieder einmal allein mit ihrem Gedankenkarussell.

»Miiiiiiau!« Mr. Fluffypants stupste gegen ihr Bein, um anzudeuten, dass es höchste Zeit für den Nachmittagssnack war.

»Ja, ja, schon gut, du bist ein solcher Vielfraß. Ich hoffe, wenn ich sterbe, wartest du anstandshalber einen Tag, bevor du mich annagst?«

»Miiiiiiiiiiau.«

»Hab ich mir schon gedacht.«

Kapitel 14

Undercover-Cheerleader

Rosa

Am Tag ihres dritten Dates mir Simon klickte Rosa sich gerade friedlich durch die Nachrichten auf Popbitch und knabberte an einem Blaubeermuffin, als so plötzlich alle Freude aus ihr wich, als wäre soeben ein Dementor an ihr vorbeigeflogen. »Hi, Suzanne«, sagte sie, ohne sich umzudrehen. Glücklicherweise gehörte das Durchforsten von Gossip-Websites zu ihrem Job.

Heute trug Suzanne ein knallgelbes Etuikleid von COS, das bei Rosa Augenzucken auslöste. Sie versuchte, den Hals zu recken, um einen Blick in das Büro ihrer Chefin zu werfen – wenn es ein Saftkur-Tag war, würde sie sich unter dem Schreibtisch verstecken und nie wieder darunter hervorkommen.

»Was gibt es Neues?«, fragte sie und betete, dass Suzannes Weg zur Arbeit glatt verlaufen war. Sie war sich nicht zu schade, ins Büro gestürmt zu kommen und zu brüllen: »Ich musste fünf verschissene Minuten auf meinen Soja-Latte warten! Ich will fünfhundert Worte zum anhaltenden Verfall der Dienstleistungsstandards in diesem Land!«

»Affären«, sagte Suzanne.

Rosa versuchte zu signalisieren, dass sie absolut im Bilde

darüber war, was Suzanne von ihr wollte, und murmelte verständig: »Aha. Okay. Was?«

»Ist eine Affäre eine gute Idee? Kann sie eine Ehe retten?«
Rosas Ehe hatte sie nicht gerettet. »Äh …«

Suzanne schnipste mit den Fingern. »Komm schon. Diese schmierige kleine Seitensprung-Website geifert wieder nach PR, sie haben ein paar dubiose Statements veröffentlicht. Und wir werden anbeißen. *Ist es im neuen Jahr an der Zeit für einen neuen Lover? Sind Pärchen, die fremdgehen, tatsächlich glücklicher?* Finde welche, die das mit Ja beantworten. Franzosen oder so. Und dann noch jemanden, der die ganze Sache total unmoralisch findet und denkt, dass diese Seite verboten gehört. Oh …« Sie strahlte. »Diesen Teil könntest du ja aus eigener Erfahrung schildern: *Wie es sich anfühlt, eine betrogene Ehefrau zu sein.* Schreib was darüber, wie es ist, zu Hause in deinem neuen teuren Spitzenhöschen zu warten, während dein selbst gemachter Shepherd's Pie kalt wird.«

Rosa trug nur Baumwollschlüpfer – sie hielt nichts von Pilzinfektionen –, und sie hatte noch nie in ihrem Leben Shepherd's Pie gemacht. Im Gegenteil, es war David gewesen, der immer zuerst zu Hause gewesen war und gekocht hatte, weil er einen viel entspannteren Boss hatte als Rosa. Was nicht schwer war, denn selbst Attila der Hunne war wahrscheinlich ein entspannterer Boss als Suzanne.

»Ich will bis heute Abend tausend Worte darüber, wie es sich anfühlt, betrogen worden zu sein.«

»Aber …« Rosa öffnete den Mund, klappte ihn jedoch sofort wieder zu. Suzanne würde es ohnehin nicht kümmern, dass sie eigentlich vorgehabt hatte, heute Abend mit Simon ins Theater zu gehen. »Dann werde ich länger bleiben müssen. Ich arbeite immer noch an diesem Datingartikel und muss zusätzlich die Feuilletonseiten redigieren.«

»Wenn es denn nötig ist, um einen simplen Artikel zu

schreiben. Ich denke an so was wie: *Sind Online-Seitensprünge der neue Trend? Die Ehe, ein Auslaufmodell im Zeitalter unmittelbarer Internet-Befriedigung?* Bla, bla.« Sie tätschelte Rosas Stuhllehne. »Wie praktisch, dass ich hier eine betrogene Ehefrau direkt vor Ort sitzen habe.«

»Ja, was für eine Riesenglück!« Obwohl ihre Finger zitterten, öffnete Rosa ein neues Dokument. Alle Journalisten waren es gewohnt, für ihre Storys auch aus dem eigenen Privatleben zu schöpfen, und es würde ihr wichtige Pluspunkte bei Suzanne verschaffen.

»Und besorg mir auch die Perspektive von deinem Ex«, sagte Suzanne beiläufig.

»Wie bitte?«

»Na, dieser … Wie heißt er gleich? Daniel? Gib ihm die Möglichkeit, darauf zu antworten. Diese Studie zeigt, dass eine Menge Leute eine Affäre haben. Vierzig Prozent oder so. Ich will ja nicht die Kerngruppe unserer Leserschaft verstimmen.«

»Du willst, dass ich David zu seiner Affäre interviewe? Du weißt aber schon, dass er mich verlassen hat? Wegen einer Praktikantin. Die zwanzig ist.«

»Ja, ja, und? Er sitzt doch gleich da drüben. Auf geht's.«

Unfassbar. Jedes Mal, wenn Rosa sich erlaubte zu glauben, dass Suzanne womöglich kein Feuer speiender Roboter in Designerklamotten war, wurde sie aufs Neue überrascht.

»Oh, und lass den Rest deiner Arbeit nicht schleifen«, fügte sie hinzu. »Jason möchte sehen, wie deine Datingstory vorankommt. Und du schreibst besser nicht ab.« Sie blickte auf ihre Rolex. »Okay, ich muss los zu meinem Bikram-Yogakurs, also wirst du hier die Stellung halten müssen.«

Während Rosa ihr hinterhersah, spürte sie Erleichterung in sich aufsteigen, obwohl das bedeutete, dass sie die ganze Mittagspause hindurch am Telefon sitzen würde. Einmal hatte Martine McCutcheons PR-Manager wegen einem Exklusivinterview angerufen, während Rosa eine Wurzelbehandlung gehabt hatte, und das war ihr nie verziehen worden. Aber wenigstens konnte sie so in Ruhe hier sitzen, ihr Horoskop googeln und David aus dem Weg gehen.

»Suzanne hat gesagt, du willst mich sprechen?«, ertönte Davids Stimme neben ihr.

Rosa drehte sich wie in Zeitlupe um und machte eine geistige Bestandsaufnahme ihrer Erscheinung. Strumpfhose – nur eine Laufmasche. Schuhe – ausgezogen. Bluse – ein kleiner Fleck vom Frühstücksporridge. Sie betrachtete ihn von der Hüfte aufwärts und nahm alles in sich auf. Sein Hemd war zerknittert. Natürlich, eine Zwanzigjährige besaß bestimmt kein Bügeleisen. Der Ausdruck in seinen braunen Augen war müde. Zu viel Sex mit der Praktikantin?

»Hallo. Äh, ich habe gar nicht ... Ich meine, es war ihre Idee.« Rosa konnte das einfach nicht. Sie würde Suzanne sagen, dass er Nein gesagt hatte. Da David nicht direkt für sie arbeitete, war es ihm erlaubt, wenigstens noch ein Fitzelchen seiner Würde bezüglich seines Privatlebens zu bewahren. »Du kennst sie ja, sie hat manchmal diese völlig verrückten Launen. Mach dir keinen Kopf.«

»Okay.« Er blickte auf Rosas Schreibtisch, das reinste Chaos aus Papieren und Cola-Light-Dosen. Rosa bemerkte, dass sie *Scheidungsunterlagen besorgen* ganz groß auf ein Post-it geschrieben hatte, das an ihrem Monitor klebte. »Wie geht es dir?«

»Mir geht's ... Na ja, du weißt schon.« Sie konnte sich nicht überwinden »gut« zu sagen. »Gut« war ein Wort für langweilige Dienstage und Steuerbescheide, nicht für Zeiten, nachdem dein Ehemann – die Liebe deines Lebens – dich für jemanden verlassen hatte, der 1994 noch nicht einmal geboren war.

»Es ist heftig, ich weiß. Ziemlich große Umstellungen. Für uns beide.«

»Was ist für dich so schlimm daran? Klang so, als hättest du eine nette Zeit mit dieser Dingsda.«

»Rosa. Sei nicht so. Es ist nicht Daisys Schuld, das weißt du selbst.«

Daisy! Das war doch nicht mal ein richtiger Name. Ein Gänseblümchen im Strampelanzug, so voller Freude und Begeisterung, bei der großen Zeitung arbeiten zu dürfen. Selbst Suzanne hatte sich mal an ihren Namen erinnert, statt von ihr als »Wichtel« oder »die Kleine da« zu reden.

»Tja, alles war gut, bis sie kam«, murmelte Rosa.

»Nur dass es das nicht war, oder? Außerdem bist du doch diejenige, die einen Artikel darüber schreibt, wie sie mit anderen Männern ausgeht und …« David hielt inne. »Wir sollten das nicht hier tun. Aber wir müssen reden. Zum einen, um die Sache mit der Wohnung zu klären. Ich zahle immer noch die Raten, aber irgendwann will ich mir was Neues kaufen.«

Sie starrte seine Schuhe an – unpoliert und unmöglich spitz. Er meinte damit etwas Neues für sich und seine Praktikantin. Er wollte ihre hübsche Wohnung verscherbeln, die sie gemeinsam gekauft hatten, und er wollte sie auf die Straße setzen, damit er sich ein Liebesnest mit dieser Pusteblume einrichten konnte.

»Ich meine«, fuhr David unbarmherzig fort, »das Geld für die Anzahlung kam zum Großteil von meinen Eltern.«

»Ich …« Rosa erinnerte sich plötzlich an die endlosen Diskussionen mit Ani, warum Paare nicht um Eheverträge, Vereinbarungen und schwierige Diskussionen herumkamen. *Es spielt keine Rolle, wie verliebt ihr seid. Wenn die Liebe weg ist, bleibt nur noch das kalte, schmutzige Geld.* »Ich kann nicht glauben, dass du das tun würdest.« Sie spürte die Tränen aufsteigen, die ihre Stimme erstickten.

»Ach Rosa«, sagte er gereizt. »Es ist bereits getan.«

Sie konnte sich nicht unter dem Schreibtisch verstecken, da er danebenstand. Verflucht sei Suzanne. Rosa stand auf und stürmte durch die Nachrichtenabteilung auf den Flur. Es war zu viel. Mit David in einem Raum zu arbeiten, ständig fürchten zu müssen, ihm in der Kantine oder bei Betriebsausflügen im Pub zu begegnen. Die Vorstellung, dass die Praktikantin nach der Uni einen richtigen Vertrag bei der Zeitung bekommen könnte und sie dann beiden aus dem Weg gehen müsste. Es war einfach zu viel.

»Ich brauche einen neuen Job«, sagte Rosa laut zu sich selbst. Sie hatte sich in eine Abstellkammer geflüchtet, in der normalerweise nur die Wischmopps des Reinigungspersonals standen und der Plastikbaum von der Weihnachtsfeier, an dem traurige Lamettareste hingen.

»Nicht allzu bald, hoffe ich.«

Rosa schreckte auf. Das war nicht ihre Stimme gewesen. Ihr erster Gedanke war, dass Suzanne dazu übergegangen war, sie zu verwanzen, und selbst jetzt noch lauschte, während sie sich in Besenkammern quetschte, aber nein, es war eine männliche Stimme gewesen.

Rosa drehte sich um und hatte dabei ein sehr ungutes Gefühl in der Magengegend. »Ha… hallo, Sir.«

»Bitte, nenn mich doch Jason.«

Sein australischer Akzent füllte den beengten Raum aus, und sein T-Shirt war aus einem so weichen Stoff, dass Rosa plötzlich den irrationalen Drang verspürte, ihr Gesicht daran zu reiben. Ihr Chef, der Chef ihrer Chefin, Chefherausgeber der ganzen Zeitung, saß auf einem umgedrehten Eimer, hielt etwas in der Hand, das verdächtig nach einem Crunchie-Schokoriegel aussah und bot ihr das Du an.

»Habe ich Sie… ich meine, dich gestört?«, fragte sie. »Was machst du …«

»Oh, ich probiere nur diese Sache aus, die du erwähnt hast. Wie hieß das noch mal … Kopf-zu-Tisch-Raum? Ich dachte, das hier könnte vielleicht der nächste Schritt sein. Ruhige Meditationszonen im Büro. All diese E-Mails und Anrufe ständig, das erdrückt einen.«

»Das hier ist die Besenkammer vom Hausmeister«, merkte Rosa an.

»Hier ist es ruhig. Und niemand schaut mich komisch an, weil ich Industriezucker esse.«

»Reiswaffeln«, seufzte sie. »Alles dreht sich nur noch um Reiswaffeln und Grünkohl. Früher gab es noch Snacks und Süßigkeiten in der Kantine, aber mittlerweile haben sie die versteckt. Die Typen, die für die Männerseiten zuständig sind, sind allesamt Fitness-Freaks und werfen sie in die Tonne.«

Jason betrachtete traurig seinen Crunchie. »Gott. Und das bei dem Wetter hier. Ich glaube, ich habe seit meiner Ankunft kein einziges Mal die Sonne gesehen. Die Redaktion von Listbuzz, der Seite, die ich in Australien gegründet habe, lag in der Nähe vom Strand. Nach der Arbeit sind wir immer alle surfen gegangen.«

»Wir gehen manchmal ins Pub«, bot Rosa alternativ an. »Das heißt, wenn wir vor elf Feierabend machen und die Leute gerade keinen Ausnüchterungs-Januar oder Veggie-Februar oder so was einlegen.«

»Was ist nur mit euch Briten los? Ich dachte, der einzige Weg, durch den Winter zu kommen, sei gepflastert mit Bier, Fleisch und der Liebe eines guten Weibes. Ihr habt das Bier und das Fleisch abgeschafft, und was die Liebe angeht …« Er sah sie plötzlich interessiert an. »Du schreibst doch immer noch an dem Datingartikel, oder? Die Exfreunde mit den besten Freundinnen tauschen?«

»So ungefähr. Es ist nur ein Experiment. Um ein bisschen aus der Alltagsroutine auszubrechen.«

»Alle meine Kumpels leben glücklich verheiratet in Sydney. Ich habe niemanden, dem ich eine Ex andrehen könnte.«

»Lass dir Zeit«, sagte Rosa mit einem Anflug von Bitternis. »Wie sich zeigt, kann man *jahrelang* glauben, man sei glücklich verheiratet, während der Ehemann es schon längst mit dem Mädchen treibt, das auf praktische Erfahrungen aus ist. Und dann muss man womöglich in einem Büro mit ihm weiterarbeiten, obwohl er auf deinem Herz herumgetrampelt ist wie auf einer überreifen Traube.«

Er sah sie an, und sie spürte, wie eine leichte Röte ihren gesamten Körper überzog. Das war der Chef ihrer Chefin! Nur weil sie Zwanglosigkeiten in einer Besenkammer austauschten, bedeutete das noch lange nicht, dass sie ihm alle ihre Geheimnisse verraten sollte.

»Hm«, sagte Jason, »lass mich einen kleinen investigativen Gedankensprung wagen. Er ist der Grund, warum du einen neuen Job brauchst? Ich werde nicht fragen, an welchem Platz er sitzt.«

Rosa nickte zitternd.

»Nun, ich hoffe, du bleibst uns noch eine Weile erhalten«, sagte er. »Bei Listbuzz hat nie jemand gekündigt, und ich habe nicht vor, meine einfallsreichsten Köpfe ziehen zu lassen. Bisher hatte ich schon zwei gute Beiträge von dir.« Sein Lächeln war wahnsinnig einnehmend, doch Rosa rief sich hastig in Erinnerung, dass man nicht mit achtunddreißig Chefherausgeber einer überregionalen Zeitung wurde, indem man aufrichtig und nett war. »Bleib an dem Lifestyle-Zeug dran«, sagte er. »Ich glaube, viele Menschen da draußen befinden sich in einer ähnlichen Situation wie du. Sie sind auf der Suche nach Liebe, haben aber die Schnauze voll von Datingapps. Zurück zu den analogen Wegen zum Glück!« Er sprach sogar in Schlagworten.

»The Pursuit of App-iness«, sagte sie geistesabwesend.

Er stieß ein amüsiertes Lachen aus, obwohl der Spruch definitiv nicht witzig genug gewesen war, um es zu rechtfertigen. Dann sagte er: »Kannst du mir eigentlich eine Aktivität für einen Neuankömmling in London empfehlen? Ich vermisse mein Surfbrett. Habt ihr hier was Entsprechendes?«

»Hauptsächlich Bier trinken. Oder Dartspielen? Ehrlich gesagt neigen wir im Winter dazu, einfach daheimzubleiben und *The X Factor* zu schauen.«

»Das habe ich schon befürchtet. Ich komme nicht damit klar, jeden Tag eine Stunde in der U-Bahn zu sitzen und danach im Büro eingesperrt zu sein. Ich fühle mich wie eine Sardine. Ich brauche Frischluft.«

»Es gibt ein paar nette Strecken zum Spazierengehen in London. Na ja, du läufst ein bisschen, flüchtest dich dann in ein Pub und spielst vor dem Kaminfeuer Scrabble.«

»Das klingt doch gar nicht so übel. Was würdest du vorschlagen?«

»Den Parkland Walk? Das ist eine alte, stillgelegte Eisenbahnstrecke, auf der man spazieren gehen kann. Man kommt am Highgate Cemetery raus, du weißt schon, der Friedhof, wo all die berühmten Leute liegen.«

»Super. Ich wusste, dass du die Richtige für solche Tipps bist. Wie wär's mit Sonntag?«

»Sonntag?« Sie war verwirrt.

»Mittagessen, Spaziergang, Friedhof, Scrabble? Aber ich muss dich warnen, ich bin ziemlich gut. Wir könnten uns um … sagen wir um eins treffen.«

»Äh … äh …« Rosas Gehirn, langjährig verheiratet, verstand nicht, was da gerade passierte.

»Hast du schon was vor?«

»Nein, hab ich nicht, aber …«

»Gebongt. Dann bis Sonntag. Ich muss jetzt los zu meinem Budget-Meeting, aber lass uns lieber getrennt rausgehen.

Du weißt ja, wie die Leute sind.« Er stand auf, und das einnehmende Lächeln war wieder da. Verdammt, er hatte sogar ein Grübchen. »Danke, Rosa.« Als er sich zu ihr vorbeugte, erstarrte sie für einen Sekundenbruchteil. Aber er griff nur nach der Türklinke.

»Ähm, du hast da was …« Sie zeigte auf sein Kinn. »Nur ein kleiner Schokofleck.«

»Mist. Ich glaube, das kommt nicht so gut im Meeting. Wo ist er?«

»Gleich da … Nein, weiter links … Hier.« Rosa hob die Hand und wischte ganz schnell über die Wange ihres Chefs, wobei sie die goldgesprenkelten Bartstoppeln unter den Fingerspitzen spürte. »Ist weg.«

»Dankeschön.« Er schob sich an ihr vorbei. »Bleib nicht zu lang hier.« Er deutete auf den trostlosen Plastikweihnachtsbaum. »Hier drin ist es so deprimierend wie in einem Radiohead-Song, und die konnte ich noch nie leiden.«

Und weg war er. Rosa stand ganz still da. Hatte sie gerade eingewilligt, mit dem Chef ihrer Chefin auf ein Date zu gehen? Hatte sie Schokolade von seiner Wange gewischt? Hatte sie ein weiteres Date arrangiert, obwohl sie heute Abend mit Simon verabredet war? War das überhaupt ein Date? Einen Vorteil hatte es ja: Wenn alles gut lief und sie heirateten, konnte sie es wahrscheinlich so einrichten, dass David, die Praktikantin und Suzanne gefeuert oder zumindest als ihre persönlichen Lakaien angestellt wurden.

Helen

Helen war oft misstrauisch, wenn Telefonnummern nicht

von ihrer hochmodernen Anruferkennung angezeigt wurden. Aber es spielte keine Rolle, dass Eds Nummer sich geändert hatte – er glaubte nicht an schicke Handys und verlor seine ständig –, sie hätte seine Stimme auch so immer und überall erkannt. Noch bevor er etwas sagte. Es war die Art, wie er einatmete, das kurze Innehalten, sie konnte förmlich das Lächeln hören, das sich über sein Gesicht breitete.

»Hey, du.«

Ihr Herz begann, wie wild zu klopfen. Seine Stimme, so tief und voll, hatte es schon immer geschafft, dieses Gefühl in ihr auszulösen. Als würde sich etwas in ihrem Bauch entfalten, wie eine Blüte, die sich in der Sonne öffnete.

»Hi! Wie geht es dir?«

»Ach, wie immer. Ich habe gehofft, dass du immer noch deine alte Nummer hast. Ich habe sie auf der Rückseite dieser alten Ausgabe vom *Fänger im Roggen* gefunden.« Das sah ihm so ähnlich. »Es war schön, dich auf der Party neulich wiederzusehen.«

»Ja, ich hab mich auch gefreut. Es ist lange her.« Zwei Jahre, um genau zu sein. Wir haben uns nicht mehr gesehen seit der Nacht, in der wir Sex hatten.

»Wer war eigentlich der Typ, der noch gekommen ist? Der mit dem Computer-T-Shirt?«

»Karl? Oh, er hat mir geholfen, die Website zu reparieren, die ich betreue, das ist alles. Ist alles in Ordnung bei dir? Wie geht es deiner Mum?«

»Deswegen rufe ich an.«

»Ach ja?« Helen seufzte leise, dann ermahnte sie sich, nicht albern zu sein. Natürlich rief er wegen einer Gefälligkeit an. Was hatte sie gedacht? Dass der schöne, faszinierende Ed sie anrufen würde, um ein bisschen zu plaudern? Weil er ihre Gesellschaft in den letzten zwei Jahren Funkstille so vermisst hatte? Wie naiv.

»Ich muss hinfahren, um ein paar von Dads Sachen weg-zubringen. Mum ist zu aufgewühlt dafür, außerdem kann sie nicht fahren. Ich bin nicht sicher, wie ich die ganze Aktion bewerkstelligen soll, und da habe ich mich gefragt, ob du vielleicht eine Idee hast. Du warst immer so gut, wenn es um praktische Dinge ging.«

»Na ja, du könntest ...« Helens kleines Miss Ich-hab-alles-im-Griff-Köpfchen begann sofort zu rattern. »Du könntest in Bristol einen Van mieten und bis dorthin den Zug nehmen.«

Plötzlich schaltete ihr Hirn zu einem anderen Bild – sie beide, wie sie über hübsche Landstraßen fuhren, an den honiggoldenen Turmspitzen von Bath vorbei, wie sie auf einer Wiese Wein aus Plastikbechern tranken, vielleicht ein Kreuzworträtsel lösten, die Köpfe lachend in den Nacken gelegt.

»Hast du ... Möchtest du, dass ich mit dir komme? Ich meine, nur falls du glaubst, dass ich dir helfen könnte.« Sie hielt den Atem an. Was, wenn er Nein sagte? Was, wenn er darüber reden wollte, was zwischen ihnen passiert war? Was, wenn nicht? Immerhin hatte er es bisher nicht angesprochen. Helen hatte langsam die Befürchtung, dass sie aus seiner Er-innerung gewischt worden war, ohne auch nur ein kleines Blinken auf seinem Radar hinterlassen zu haben.

»Das würdest du tun? Das wäre wirklich super, Helen.« Als sie die Erleichterung in seiner Stimme hörte, wurde ihr ganz warm. Sie hatte das bewirkt. Sie hatte diese Sache für ihn leichter gemacht. »Aber du hast doch bestimmt viel zu tun.«

»Ich arbeite von zu Hause!« Sie schrie es fast, so groß war ihr Drang zu helfen. »Und mein Chef schuldet mir ungefähr hundert Überstunden.«

»Dann können wir uns also einen schönen Tag machen? Gleich morgen vielleicht?«

Was für ein wundervoller Ausdruck: »uns einen schönen Tag machen«. Etwas, das ihre Mutter früher oft gesagt hatte, damals, als sie es noch genießen konnte, stundenlang an der frischen Luft zu sein, ohne Angst zu haben vor Killerbienen, Autozusammenstößen oder Entführungen durch bewaffnete Terroristen. Morgen war eigentlich der Tag, an dem Karl hatte vorbeikommen wollen, um an ihrem Datingspiel zu arbeiten. Aber Ed brauchte sie. Sie konnte ihn nicht einfach im Stich lassen.

»Morgen klingt super.« Sie konnte Karl ja sagen, dass sie krank war oder so.

Sie arrangierten alles für den nächsten Tag. Na gut, Helen bot von sich aus an, sich um die Zugtickets zu kümmern und den Wagen zu reservieren, da Ed gerade eine so schwere Zeit durchmachte.

Nachdem er aufgelegt hatte, stand sie mit dem Hörer in der Hand noch eine Weile da und lauschte selig dem Nachhall seiner Stimme in ihrem Ohr. Dann schob sie das Telefon beiseite – genau wie ihre Arbeit, die Pläne mit Karl und all die Sorgen wegen Marnie.

Ani

Simon! Hi! Habe mich gefragt, ob du heute Abend zufällig Zeit hättest und …

Ani seufzte und löschte das Geschriebene. Er würde es sofort durchschauen, oder nicht? Er würde wissen, dass sie wusste, dass Rosa ihr Date hatte sausen lassen müssen, weil Suzanne noch bösartiger war als Dr. Evil höchstpersönlich, und dass Ani auf eine Einladung spekulierte. Und warum spekulierte sie überhaupt? Was für ein Mensch war sie eigentlich, sich an das Date ihrer Freundin ranzumachen, sobald besagte Freundin im Dienst des Bösen abkommandiert wurde? Tja, zischte eine fiese kleine Stimme in ihrem Kopf, immerhin hast du ihn zuerst gefunden. Und das stimmte schließlich auch, oder nicht? Wie lauteten wohl die Spielregeln, wenn man seine BFF mit einem Ex verkuppelte und dann merkte, dass er eigentlich doch ganz nett war? War das so, wie wenn man ihr ein Paar hübscher Wedges schenkte, weil sie einem Blasen bescherten und ihr um Längen besser standen, nur um sich hinterher sogleich zu fragen, ob die Blasen wirklich so schlimm gewesen waren und die Keilabsätze nicht doch ganz gut zu dem neuen geblümten Maxikleid passen würden? Abgesehen davon trug Rosa überhaupt keine Keilabsätze, sie liebäugelte zurzeit eher mit australischen Flipflops. Vorhin erst hatte sie angerufen, um ihr Besenkammer-Zusammentreffen mit Jason Surf-Gott in allen Einzelheiten durchzuanalysieren.

»Und was ist mit Simon?«, hatte Ani gefragt. »Jetzt, wo du ein Date mit deinem Boss hast?«

»Er ist nicht mein Boss. Er ist der Boss von meinem Boss. Und es ist kein Date.«

»Ein Spaziergang und ein Ausflug ins Pub? Klingt für mich stark nach einem Date. Ich muss es schließlich wissen.«

»Ich bin mir sicher, dass es nicht als Date gemeint ist. Aber wie auch immer, ich dachte, du hättest selbst gesagt, dass es okay ist, sich mit mehreren Typen gleichzeitig zu treffen?«

»Ja, aber hier geht es um Simon. Du könntest seine Gefühle verletzen. Er wird heute ganz allein im Theater sitzen.«

»Ani, du warst es, die ihn abserviert hat!«

»Ich weiß, aber …«

»Hör zu, ich muss los, ich kann das Klackern von Suzannes Absätzen hören.«

Ani hatte aufgelegt und einen Anflug von Ärger verspürt. Sie hatte sich die Mühe gemacht, jemand Nettes für ihre Freundin zu finden, nur damit Rosa jetzt mit irgendwelchen gut gebauten, muskulösen Australiern in Besenkammern rumschäkerte. Wenn Ani also die Wedges an sich nahm, um noch mal eine Runde in ihnen zu drehen – die Wedges, die überhaupt von Anfang an ihr gehört hatten –, wer konnte es ihr dann schon verübeln?

Während sie grübelnd dasaß, piepte ihr Handy. Beklommen registrierte sie, dass es eine weitere Nachricht von Nikesh war.

Hi, Ani, wie geht es dir? Ich bin aus San Francisco zurück. Dürfte ich dich für heute Abend zum Essen einladen?

Oh nein. Sie konnte sich im Moment nicht damit befassen.

Mit einem schlechten Gewissen tippte sie eine Antwort: *Hi! Ich fürchte, ich kann heute Abend nicht. Muss länger arbeiten. Können wir es auf ein andermal verschieben?* Das war schon okay. Sie waren nur einmal miteinander ausgegangen, und sie hegte berechtigte Bedenken, und überhaupt wäre das mit Simon auch kein Date. Außerdem hatte sie wirklich viel zu tun.

Sie begann, eine weitere Mail zu schreiben: *Hi Simon! Hab gehört, dass Rosa, die Ärmste, viel um die Ohren hat. Wollte nur einen dezenten Hinweis geben, dass ich das Stück total gerne sehen würde, falls du die Tickets sonst nicht loswirst.* Sie ging den Text noch einmal durch und änderte ihn leicht ab: *das überzählige Ticket.* Es brachte ja nichts, wenn er ihr beide anbot. Das war doch in Ordnung, oder nicht? Und wenn sie damit auch nur ansatzweise den Eindruck erwecken sollte, dass Rosa von dieser Mail wusste und es womöglich sogar ihre Idee gewesen war – nun, dann konnte Ani doch nichts dafür, wenn Simon es so interpretierte.

Er antwortete sofort und total nett. *Klar, ich hätte sehr gern eine Begleitung, falls du dich nach Krieg und Pisse noch mit mir ins Theater traust.*

Anspielungen auf ihre gemeinsame Vergangenheit! Ani wurde ganz warm ums Herz. Das hier war okay. Es war in Ordnung. Sie wollte ihn nur mal wiedersehen, ein bisschen plaudern, hören, was er in letzter Zeit so getrieben hatte. Ein netter Abend unter Freunden. Es gab kein Gericht der Liebe, das sie dafür verurteilen könnte.

Kapitel 15

Der schmutzigste Martini überhaupt

Rosa

*Zwischen Marnie und Tom funkte es sofort, als sie auf Londons
trendiger Southbank abhingen und über den Klimawandel dis-
kutierten. Schon bald nahmen sie zusammen an Demos teil,
protestierten und marschierten miteinander für ein Ende der
faschistischen Unterdrückung. War es Leidenschaft, die da auf-
flackerte, während sie von allen Seiten eingekesselt wurden ...*

Rosa seufzte, drückte die Entf-Taste und rieb sich mit den
Händen über ihr müdes Gesicht. Sie konnte über diese Sache
nicht objektiv berichten – immerhin ging es hier um ihren
Ex und ihre Freundin.

Marnie hatte sogar ein Fotoshooting vorgeschlagen: »Ich
und Tom könnten uns aneinanderketten, was meinst du?«

Rosa hatte sich gedrückt, indem sie angemerkt hatte, dass
kein Budget für ein Shooting drin sei. Was stimmte. Seit sie
den Bildredakteur durch einen Praktikanten ersetzt und ein
Shutterstock-Abo abgeschlossen hatten, wurden die meisten
ihrer Artikel mit Fotos von Salatschüsseln an lächelnden
Frauen bebildert.

Stimmte womöglich etwas nicht mit Rosa? War es so
komisch, sich vierzehn Jahre lang an ein- und denselben
Mann zu binden und sich niemals nach jemand anderem

umzuschauen? War das in der modernen Welt irgendwie schräg oder gruselig? Marnie hatte immer schon mit Feuereifer geflirtet und gedatet, hatte immer mehrere Typen – und manchmal auch Mädels – gleichzeitig am Start gehabt. Selbst jetzt traf sie sich mit Tom und lud gleichzeitig Ed zu ihrer Party ein. Vielleicht musste Rosa lernen, genauso zu sein. Aber das kurze Wiederaufflackern von Interesse für Tom war ein Fehler gewesen. Er war mit achtzehn nicht der Richtige für sie gewesen und war es heute noch viel weniger. Rosa konnte sich nichts Schlimmeres vorstellen, als in einem besetzten Haus zu leben, sich die Milch zu teilen und stundenlang für die zweifelsohne ökologisch schmuddelige Dusche anstehen zu müssen. Aber es gab Simon, mit dem sie eigentlich gerade einen schönen Abend verbringen sollte, und nach dem Vorfall in der Besenkammer war da vielleicht auch noch …

Bumm. Als Rosa den Knall hörte, sah sie sich erschrocken in der leeren Redaktion um. Suzanne war um 16:59 Uhr zu einer Gesichtsbehandlung abgedampft, nachdem sie Rosa zu einem Abend mit Überstunden verdonnert hatte.

Rosa folgte dem Geräusch in den Flur und bis zu Jasons Büro. Die Tür stand offen, aber er war nirgendwo zu sehen.

»Hallo?«, rief sie ängstlich.

»Hi«, hörte sie eine gequälte, dumpfe Stimme.

Rosa sah sich um. Das Büro war leer. »Äh … wo bist du?«

»Hier unten.«

Jason saß eingequetscht unter seinem Schreibtisch. Er sah ein bisschen aus wie ein gigantisches Insekt. Ein ziemlich heißes gigantisches Insekt.

»Was ist passiert?«

»Ich wollte deine Schreibtischmeditation ausprobieren, aber ich schätze, ich bin ein Stück größer als du.«

»Steckst du fest?«

»Ich krieg nur nicht meinen Arm ... Aua!« Jason hatte es geschafft, sich zu befreien, und kam unter dem Tisch hervorgekrabbelt. Seine Krawatte hing schief, und seine Haare standen in alle Richtungen vom Kopf ab. Rosa verspürte den Drang, sie glatt zu streichen. »Zeig mir mal, wie du es machst.«

»Jetzt?«

»Ja, gerne. Ich krieg es einfach nicht richtig hin, ich fühle mich überhaupt nicht relaxt.«

»Na ja, wichtig ist natürlich, nicht stecken zu bleiben.« Rosa kniete sich hin und rutschte unter Jasons Schreibtisch. Er war viel geräumiger als ihrer, wie eine einladende Höhle. Und es war auch viel weniger staubig darunter. »Siehst du?« Sie winkte ihm zu, die Knie in der Skinny-Jeans entspannt an die Brust gezogen.

»Okay. Lass mich mal versuchen.« Jason legte sich auf den Bauch und robbte vorwärts, sodass seine Beine unter dem Tisch hervorschauten.

Er war ihr plötzlich sehr nah. Der kleine Raum füllte sich mit dem Zitrusduft seines Aftershaves. Rosa versuchte, sich gegen die Rückwand des Schreibtischs zu pressen.

»Jetzt weiß ich, was du meinst. Echt entspannend.«

Der Raum war so klein, dass sie seinen Atem auf der nackten Haut ihres Arms spüren konnte. Ihr Herz raste. »Total entspannend. Ja.«

Für einen Moment starrten sie einander nur an. Seine Pupillen waren riesig, und er betrachtete sie, wie ein Falke eine Maus betrachtet.

Rosa setzte an, etwas zu sagen: »Äh ... wegen Sonntag. Ist das ein ...«

»Ja?«

»Meintest du ...«

»Mr. Connell! Herrje! Aufwachen!«

Jason blickte sie erschrocken an, als er plötzlich rückwärts an den Beinen unter dem Tisch hervorgezogen wurde. »Nein, Bob! Bob! Mir geht's gut!«

Rosa lugte unter der Schreibtischplatte hervor und erblickte Bob, den Hausmeister, in dessen Besenkammer sie heute geflirtet hatten. War es überhaupt ein Flirt gewesen? Es hatte sich zumindest so angefühlt.

Bob drehte Jason um und begann, auf seine Brust einzudrücken. »Bleib bei uns, Junge! Gottverfluchte Scheiße!«

»Mir geht's gut! Mir geht's gut! Ich hab nur … meditiert.«

Bob hielt inne und glotzte ihn ungläubig an. Er hatte einen Stift hinter dem Ohr stecken, Tattoos zierten seine stämmigen Unterarme. Rosa war sich sicher, dass seine Herz-Lungen-Massage ziemlich schmerzhaft gewesen sein musste. »Und ich dachte schon, du hättest 'nen gottverdammen Herzinfarkt gehabt, Junge.«

»Nein, nein, alles in Ordnung.

Jetzt entdeckte Bob auch Rosa. »Rosa, Kleines? Was machst'n du hier?«

Oh Gott.

Jason rettete die Situation, indem er aufstand und seine Krawatte zurechtrückte. »Danke, Miss Liebermann. Jetzt verstehe ich, wie sie das mit dem Wi-Fi-Kabel meinen.«

Rosa begriff und ging darauf ein. »Sie müssen nur sicherstellen, dass es immer eingesteckt bleibt.«

»Und hier stehe ich und dachte Wi-Fi würde kabellos bedeuten.«

»Hm, nicht in diesem Sinne, nein. Eigentlich ist Wi-Fi sehr … kabelig.«

»Ich verstehe.«

Sie stand ebenfalls auf und glättete ihre Bluse. »Dann ist ja gut. Ich gehe mal lieber wieder an meinen Platz und schreibe meinen Beitrag zu Ende.«

»Ja, super. Danke.«

Als sie sich zum Gehen wandte, sah sie, wie Bob sie zutiefst verwirrt anstarrte.

Ani

»Erstaunlich schlechte Umsetzung, was die Exposition angeht, findest du nicht auch? Ganz zu schweigen von dem *Deus-ex-Machina*-Schluss des ersten Akts.«

Ani und Simon waren in der Aufführungspause nach draußen geflitzt, weil er Empfang brauchte, um seinen ersten Textentwurf abzuschicken.

Ani rieb sich die Oberarme und wünschte, sie ständen drinnen, im Warmen, an der Bar und nicht in dieser nach Urin stinkenden Seitengasse am Hinterausgang des Theaters. Auch wenn die Bar voller Vorstädter und Landeier war, die sich in ihren Anoraks lautstark stöhnend über die Getränkepreise beschwerten. »Drei verdammte Pfund fünfzig! Dafür würde ich bei uns im Arbeiterverein drei Halbe kriegen!«

In den letzten anderthalb Stunden waren ihr wieder ein paar zentrale Wahrheiten eingefallen. Erstens: Das einzige Mal, dass sie einen Theaterbesuch genossen hatte, war gewesen, als Andrew Lloyd Webber die Musik für das Stück geschrieben hatte. (Sie war eingeschlafen, als Rosa sie zu *Warten auf Godot* mitgeschleift hatte. Als sie irgendwann aus dem Schlaf aufgeschreckt war, hatte sie laut gerufen: »Oh Mist! Hab ich Godot verpasst? Wo ist Godot?«) Zweitens: Dieser Simon stand *wirklich* auf Theater – darauf, hinzugehen, es anzuschauen, darüber zu reden und sogar eine Kritik darüber zu schreiben, während er noch auf einem Date war. Nicht, dass das hier ein Date gewesen wäre, nein.

»Du bist also kein Fan?«

Die Hauptfigur, eine Hollywoodschauspielerin in ihrer ersten Bühnenrolle, würde mit ziemlicher Wahrscheinlichkeit nie einen Oscar gewinnen, aber sie hatte ihr Bestes gegeben angesichts des einigermaßen schrecklichen Stücks über weibliche Strafgefangene im Todestrakt. Ihre Figur verliebt sich in einen Journalisten, der geschickt wird, um sie zu interviewen, und den sie versucht, mit Sex zu bestechen, um rauszukommen. *Das letzte Schreiben* war Anis Meinung nach noch schlechter als *Krieg und Pisse*.

»Ich habe schon Joghurt gegessen, der einen wertvolleren Kulturbeitrag geleistet hat. Das Stück kriegt nur so viel Presse, weil die Leute unbedingt sehen wollen, wie Sukie Miller es verkackt. Vor allem nach ihrer Verurteilung wegen Trunkenheit am Steuer während ihrer letzten Dreharbeiten. Wie schreibt man noch mal kolossal?« Er tippte. »Zwei l oder zwei s?«

»Zwei s«, meldete sich eine Stimme hinter ihnen. Heiser, rauchig, mit einem starken kalifornischen Akzent.

Ani und Simon drehten sich um – sehr langsam – und erblickten eine zierliche blonde Frau, die am Bühneneingang lehnte. Sie trug eine Lederhose, einen übergroßen Pulli und das übertriebene Make-up, mit dem sie sie nur ein paar Minuten zuvor auf der Bühne gesehen hatten. Ihr Gesicht war unverkennbar für jeden, der in den letzten fünf Jahren auch nur eine Zeitung oder Zeitschrift aufgeschlagen hatte.

»Sukie«, sagte Simon mit zittriger Stimme. »Ähm … hi!«

»Du fandst es mies, oder?« Sukie trat den Stummel unter ihrem schwindelerregend hohen Absatz aus.

»Äh …« Simon schien es die Sprache verschlagen zu haben.

Ani beschloss, die Situation zu retten. Sie war nie um Worte verlegen. Was hatte Rosa letztens erst gesagt? Sukie verdiene Respekt dafür, sich für eine Low-Budget-Theater-produktion entschieden zu haben, statt für einen weiteren Hollywoodblockbuster?

»Du warst großartig! Ich kann mir gar nicht vorstellen, wie du es schaffst, dir diesen ganzen Text zu merken. Die Umstellung vom Film zum Theater muss echt heftig sein.«

Sukie sackte in sich zusammen und sah plötzlich wie das vierundzwanzigjährige Mädchen aus, das sie unter den vielen Schichten Make-up war. »Ich wusste, dass es krass werden würde. Aber mir war nicht klar, wie krass! Ich meine, die Kritiker hier, Mann, die sind so was von *fies*.«

Simon war plötzlich übertrieben interessiert an seinem BlackBerry.

»Scheiß doch auf die«, sagte Ani. »Was hast du für deinen letzten Film bekommen? Zehn Millionen Dollar oder so was?«

»Elf.«

»Siehst du? Wenn du elf Millionen damit verdienen kannst, dass du eine Cheerleaderin spielst, die bei jedem Windhauch ihre Klamotten verliert, wen kümmert es da schon, was ein Haufen verbitterter Londoner Kritiker von sich gibt? Du verdienst mehr in fünf Minuten als die in einem ganzen Jahr. Weiter so, Mädchen!« Hatte sie gerade wirklich »Mädchen« gesagt? »Ich meine, du machst deine Sache wirklich gut, Sukie. Die sind doch alle nur neidisch.« Sie knuffte Simon in die Seite.

Er räusperte sich. »Äh … das stimmt. Es ist einfach nur ein mieses Stück, Sukie, also so richtig mies. Du bist besser als das. Ich persönlich fand dich super in *Killer Heels* und in *Undercover Cheerleader*. Du hast es wirklich geschafft, die Angst zu vermitteln, die das Herzstück jeder Form von Narzissmus bildet.«

Sukie horchte auf. »Du hast das verstanden?«

»Natürlich.«

»Ich habe nämlich versucht, es als eine Art Mischung aus *Der einzige Zeuge* und *Girls United* zu spielen.«

»Und das ist dir absolut geglückt«, bestätigte Simon ernsthaft. »Ani hat recht, scheiß auf die. Äh, uns. Du kannst das so viel besser.«

»Okay.« Sie drückte sich von der Wand ab und richtete sich zu ihrer vollen Größe von eins fünfzig auf – plus zehn Zentimeter Absatz. Dann lief sie an ihnen vorbei Richtung Ausgang der Gasse.

Simon warf Ani einen panischen Blick zu. »Äh, ist der Bühneneingang nicht in die Richtung?«

»Kein Scheiß, Sherlock«, rief Sukie ihm zu.

»Aber wohin …«

»Ich mache genau das, was ihr gesagt habt. Ich scheiß auf die.« Mit ihrem kalifornischen Akzent kam das großartig rüber. »Ich geh jetzt zum Groucho Club rüber und gönne mir einen Dirty Martini. Hab mich schon immer gefragt, warum der schmutzig sein soll.«

»Aber was ist mit der zweiten Hälfte? Was ist mit deinem Vertrag?«, entgegnete Simon mit weit aufgerissenen Augen.

Sie zuckte mit den Schultern, wobei eine knochige Schulter aus ihrem Pulliausschnitt rutschte. Ihre Schuhe waren mehr wert, als Ani in einem Monat verdiente. »Süßer, wenn ich wollte, könnte ich dieses ganze Theater samt den Zuschauern kaufen. Ich brauche das hier nicht.« Sie warf ihnen einen auffordernden Blick zu. »Kommt doch einfach mit auf einen Drink, wenn ihr Lust habt. Ich kenne in dieser Stadt keinen Arsch, und ich hasse es, allein zu trinken.«

Simon stand wie erstarrt da, während er mit dem Mund fischartige Bewegungen machte. »Ich kann nicht gehen, ich muss noch die Rezension einreichen!«

»Wird 'ne bessere Story, wenn du mitkommst«, erwiderte

222

Sukie lakonisch. »*Durch die Straßen der Nacht mit Skandal-nudel Suuuukie Miller!* Wir mischen den Laden auf. Wir zeigen es allen und treten ihnen voll in den Arsch.«

Simon blickte zu Ani. »Oh Gott. Sollen wir? Oder ist das verrückt?«

Ani hatte am nächsten Morgen eine Verhandlung und musste eigentlich noch eine Bluse bügeln, ihre Schuhe polieren und ihre Notizen zum Fall durchgehen. Aber andererseits war sie noch nie im Groucho Club gewesen und hatte auch noch nie einen Dirty Martini getrunken. Schon gar nicht mit einem Hollywoodstar. Außerdem war sie nicht bereit, diesen Abend mit Simon abzuschreiben – zumindest noch nicht.

»Lass uns gehen!«, sagte sie.

»Bist du dir sicher?«

»Ja, komm schon. Wir werden nie wieder so eine Chance bekommen. Denk nur an die Story.«

Außerdem, überlegte sie, während sie Sukie hinterher-flitzten, die mit einem einzigen Hüftschwung und einem Pfeifen à la New York ein Taxi anhielt, war es *die* Gelegenheit, den Sprung in das Hollywood-Scheidungsbusiness zu schaffen. Und die würde sie sich garantiert nicht entgehen lassen.

Gegen zwei Uhr nachts schien alles um Ani herum ein wenig verschwommen. Sie lehnte an der Bar und versuchte, einen klaren Kopf zu bekommen. Hatte sie wirklich auf einem Tisch getanzt? War Sukie ernsthaft irgendwann mit diesem Typ aus *Downtown Abbey* auf dem Klo verschwunden?

Simon kam herübergewankt, mit einer Hand umklammerte er ein Glas Whisky. An ihrem Tisch war Sukie gerade dabei, ihre Zunge im Hals des zweiten Kammerdieners zu versenken.

»Irre, oder?«, brüllte Ani Simon ins Ohr.

»Ist das wirklich alles echt? In diesem einen Raum passiert gerade genug, um den Jahresbedarf einer Promi-Tratschkolumne zu decken. Ich wünschte, Rosa wäre hier.«

Ani spürte einen kleinen Stich. Ihre Zunge saß locker nach ihrem vermutlich sechsten, oder nein, siebten Gin Tonic. »Simon?«

»Ja?« Er wurde von etwas hinter ihrem Rücken abgelenkt. »Ist das da … Sir Alan Sugar?«

»Simon!« Sie zupfte an seinem Ärmel. »Warum hat es damals nicht geklappt mit dir und mir?«

Er runzelte die Stirn. »Was?«

»Ich will es nur wissen. Bin ich … Habe ich etwas an mir, weswegen es bei mir nie klappt, weswegen du dich nicht mehr bei mir gemeldet hast?«

»Äh …« Simon wich ihrem Blick. »Eigentlich hast du dich nicht mehr bei mir gemeldet, Ani.«

»Ich weiß. Aber ich dachte, du magst mich nicht. Es muss einen Grund geben. Sag es mir einfach. Ich kann das ertragen. Es ist jetzt fünf Jahre her, und du hast in der Zwischenzeit geheiratet und alles. Und schau mich dagegen an. Ich schaffe es meistens nicht einmal über das zweite Date hinaus. Was mache ich falsch?«

»Na ja, du bist ein bisschen … sehr selbstbewusst. Manche Männer finden das womöglich einschüchternd.«

»Du willst damit sagen, dass ich ihnen Angst einjage.«

»Ja, aber nur, weil du so erfolgreich und toll bist und ganz genau weißt, was du willst, und einem eindeutig zu verstehen gibst, wenn man deinen Ansprüchen nicht genügt.«

»Wirklich? Das tue ich?«

»Na ja, schon. Du hast mich die ganze Zeit über meine Karriere ausgequetscht, weißt du noch? Und wie meine Zukunftspläne aussähen. Und das, wo ich doch, um ehrlich zu sein, gar keine hatte. Mir ist gerade erst klar geworden, dass ich Theaterstücke schreiben will, dabei bin ich schon vierunddreißig.«

»Oh.« Plötzlich hatte Ani das Gefühl, als ob sie gleich losheulen müsste.

Simon legte betreten einen Arm um sie. »Hey, ich wollte dich nicht traurig machen. Du bist toll, Ani. Du bist witzig und cool und scharf wie ein Reißnagel.«

»Reißnägel können wehtun.« Sie schniefte.

»Nur wenn man nicht aufpasst.«

»Also haben du und ich … Es hat einfach nicht gepasst?«

»Na ja, ich glaube, ich war nicht ganz das, was du wolltest. Und das ist wahrscheinlich immer noch so.« Er drückte sie sanft. »Aber lass uns jetzt heimgehen.«

Während sie zum Taxi torkelten, nachdem sie sich schwankend von Sukie verabschiedet hatten – hatte sie sie wirklich in ihr Strandhaus in Malibu eingeladen? –, fiel Ani noch etwas ein: »Würde es dir was ausmachen, Rosa nichts von unserem Abend zu erzählen? Es ist nur so, sie leidet unter wirklich schlimmer AWZV.«

»AWZV?« Simon winkte über ihren Kopf hinweg einem Taxi zu.

»Angst, was zu verpassen. Mensch, das weiß doch jeder.« Sie ließ sich auf die Rückbank des Taxis plumpsen. »Ups. Bin ich jetzt schon wieder Furcht einflößend?«

»Nur ein bisschen.«

Im Autoradio lief Magic FM, und Ani ließ für einen Moment die Hand auf Simons Schulter sinken. Er roch nach Seife und Tweed. Er war nett. »Vielleicht können wir ja Freunde sein«, murmelte sie.

»Klar können wir das«, sagte Simon freundlich. »Und hey, wenn wir Freunde sind, heißt das, dass wenigsten eine gute Sache bei diesem Datingprojekt herumgekommen ist.«

»Ist kein Projekt, ist ein Experiment«, nuschelte Ani und döste weg.

»Ani? *Ani?*«

Boden. Klamotten. Kalt. Teppich. Ihr eigener Boden und ihr eigener Teppich. Das war gut. Ani hob ein Augenlid und erblickte Gina, die sich über sie beugte. Sie steckte in ihrem Morgen-Yoga-Outfit aus knallengem, glänzendem Elastan, hatte einen strahlenden Teint und hielt einen grünen Smoothie in der Hand.

»Herrje, Süße, bist du okay?«

»Wie viel Uhr ist es?«

»Es ist sieben Uhr morgens, Süße. Du warst im Groucho Club? Mit wem? Wie? Du hast eben so was im Halbschlaf gemurmelt.«

Ani rappelte sich mühsam auf und zuckte angesichts des Alkoholdunstes, der von ihr ausging, zusammen. »Uff ... das ist eine lange Geschichte.«

Da war sie also, dreiunddreißig Jahre alt und voll bekleidet auf ihrem Teppich eingepennt. Sie hatte sich mehr oder weniger an einen Typ rangeschmissen, mit dem sie vor fünf Jahren nicht einmal hatte ausgehen wollen. Sie würde zu spät zur Verhandlung kommen. Und heute Abend musste sie essen gehen, mit Marnie, Helen und Rosa, die hoffentlich – sie drückte alle vorhandenen Daumen und Zehen – nichts davon ahnte, dass Ani bis zwei Uhr morgens mit ihrem Date um die Häuser gezogen war. Sie stöhnte und fragte sich, ob es wohl möglich war, Kaffee intravenös eingeflößt zu bekommen.

Am nächsten Morgen stand Ed an der Paddington-Station neben der Statue des gleichnamigen Bären. Und Ed sah mindestens genauso niedlich aus mit seinem wuscheligen braunen Haar, außerdem trug er einen ähnlichen Dufflecoat.

»Hi!« Er drückte sie in einer festen Umarmung an sich, und Helen erlaubte sich für einen Moment, ihn in sich aufzusaugen, seine Wärme, das Gefühl seiner schmalen Brust unter dem Mantel. Er rückte ein Stück von ihr ab. »Ups, hab ich gerade was zerquetscht?«

»Ich hab uns ein paar Snacks eingepackt.« Helen wedelte mit einer Marks&Spencer-Tüte.

Er lächelte. »Stehst du immer noch auf Eclairs? Oder hast du … na ja, du weißt schon, ganz damit aufgehört?«

Helen spürte, wie sie rot wurde. Obwohl sie einen weiten grauen Wintermantel trug, war nicht zu übersehen, dass sie darunter nun einen vollkommen verwandelten Körper besaß. Man konnte nicht von Größe achtundvierzig auf vierzig schrumpfen und es verstecken – obwohl sie es versucht hatte.

»Oh, die esse ich immer noch gerne. Nur nicht mehr vier auf einmal.«

»Du hast recht«, sagte Ed ernst, als sie zu den Ticketautomaten schlenderten, und hakte sich beiläufig bei ihr unter. Helen zwang sich weiterzulaufen, obwohl seine behandschuhte Hand beinahe ihre Brust streifte. »Fettleibigkeit ist wirklich ein Problem. Die Leute tun so, als wäre es ihr Stoffwechsel oder ihr Knochenbau, aber das ist es nicht. Wir kaufen zu viel, wir essen zu viel. Die Supermärkte werfen jeden Tag tonnenweise Essen weg. Es ist einfach nur Gier.«

»Ja. Gier ist das Schlimmste.«

Sie kamen an Millie's Cookies vorbei, und Helen betrachtete sehnsüchtig die Reihen knuspriger, vor Zucker überquel-

lender Kekse, die Schokostücke, die lecker-klebrigen Him-
beeren. Es tut mir leid, meine lieben Kleinen. Eines Tages
werden wird wieder vereint sein. Eines Tages! Vielleicht würde
sie, wenn sie endlich die Vierzig erreichte, sie alle wieder in
ihrem Leben willkommen heißen: die cremigen Eclairs, die
zarten Erdbeer-Sahne-Biskuits, die salzigen Karamell-Brow-
nies. Sie würde eine Badewanne voll mit Vanillesoße füllen
und darin versinken. Sie würde Möbel aus Cadbury-Schoko-
stäbchen bauen.

»Wenigstens musst du dir jetzt keine Sorgen mehr um
irgendwelche gesundheitlichen Probleme machen«, sagte Ed
und drückte feste ihren Arm.

Aber Helen war sich nicht sicher, ob sie sich wirklich
keine Sorgen mehr machen musste. Nicht jetzt, da er zurück
war.

Als der Zug aus London herausfuhr, spürte Helen, wie ihr
Herz leichter wurde, immer leichter, wie ein mit Helium ge-
füllter Luftballon. Okay, die Umstände waren traurig – die
Habseligkeiten von Eds verstorbenem Vater einzupacken
und zu einem Wohltätigkeitsladen zu bringen –, aber er
hatte ihr erlaubt, ihm zu helfen. Sie konnte sein schmerzen-
des Herz nicht heilen, aber diese kleine Sache konnte sie für
ihn tun. Bei ihm sein.

Sie warf ihm über den Tisch hinweg ein Lächeln zu, und
ihr Herz zog sich zusammen, als er es erwiderte und die kleinen Grübchen in seinen bleichen Wangen erschienen. »Hunger?«, fragte sie.

»Was hast du uns gekauft?«

»Eigentlich ein ganzes Picknick.« Helen öffnete die Tüte
und holte Sandwiches, Salt-and-Vinegar-Chips, eine Dose
Ananasstücke und mehrere Schachteln mit Schokoküch-
lein heraus. »Sandwich? Die hier sind mit Mayonnaise, die

da ohne. Mir ist wieder eingefallen, dass du keine Mayo magst.«

»Danke.« Er nahm eins mit Schinken. »Und danke, dass du das hier tust, Helen. Das bedeutet mir sehr viel.« Er lächelte sie wieder an. »Ich bin so froh, dass du hier bist.« Jetzt schien ihr Herz ernsthaft ihren Brustkorb sprengen zu wollen.

Du bist schön, dachte sie. Alles an ihm war schön. Der Textmarkerfleck auf seinem Handrücken, die Art, wie er sein Sandwich hielt und die Nase kräuselte, wenn er niesen musste. Kurz nach dem Essen nickte er ein. Die meisten Menschen würden sabbernd oder mit offenem Mund weg- dösen und irgendwann mit schmerzendem, verrenktem Hals aus dem Schlaf schrecken, aber er saß ganz still da, während der Waggon hin und her ruckelte und die Leute ein- und ausstiegen. Helen beobachtete ihn die ganze Fahrt über, und als der Schaffner kam, um die Tickets zu kontrollieren, be- dachte sie ihn mit einem so grimmigen Blick, dass er nur ihre Fahrkarte überprüfte und Ed schlafen ließ wie einen Prinzen, der auf den Kuss seiner wahren Liebe wartete, um ihn zu wecken.

Er war hier. Ed war hier, in Reichweite, etwas, womit sie im Leben nicht mehr gerechnet hatte. Sie erinnerte sich an den Morgen, als sie aufgewacht und er fort gewesen war. Das Bett war leer und kalt gewesen. Kein auf Wiedersehen. Keine Nachricht, zwei ganze Jahre lang. Sie hatte nie die Gelegen- heit gehabt, ihn zu fragen, warum. War es – wie für sie – die Schuld gewesen, die einfach so unerträglich war? Sie erinner- te sich an die Nächte danach, in denen sie wach gelegen und das Geschehene immer wieder durchlebt hatte, während sie die Hände krümmte in der Gewissheit, dass sie ihn nie wie- der damit berühren würde. Monatelang war ihr Herz stehen geblieben, wenn sie einen Mann mit wuscheligem braunem

Haar und Wollmantel sah. Doch er war es nie, denn er war fort. Aber jetzt war er hier, er war wieder zurück. Ein ganz normales Wunder. Also würde sie diesen Tag genießen, dieses kleine Geschenk, das ihr gemacht wurde. Sie würde einfach versuchen, für ihn da zu sein. Und dann würde sie ihn wegen Marnie wieder aufgeben, wegen des Schmerzes, den ihr das bereiten würde. Sie würde ihn wieder zwei Jahre gehen lassen oder länger. Nur dieser eine Tag. Das war alles, was sie sich wünschte.

»Mum?«, rief Ed. »Wir sind's!«

Es war das Haus, von dem Marnie früher immer erzählt hatte. Das Haus, von dem Helen sich so oft ausgemalt hatte, wie sie es besuchen würde. Honiggoldener Sandstein, dahinter ein weitläufiger Garten, in dem Vögel zwitscherten und raschelten. Der Flur war dunkel und kühl und roch nach Bienenwachspolitur.

Eds Mutter war eine elegante Frau Mitte sechzig mit aschblond gefärbtem Haar. Sie trug eine edle Stoffhose und ein Twinset, geschmackvollen Goldschmuck und Absätze.

Helen war sich ihrer schmuddeligen Jeans nur allzu bewusst. »Hallo«, grüßte sie nervös.

Eds Mutter musterte sie eingehend. »Du hast jemanden mitgebracht, Edward?«

»Das ist meine Freundin aus London, du erinnerst dich doch? Ich habe dir von ihr erzählt.«

»Das Künstlermädchen?«

Marnie. Sie meinte Marnie.

»Nein, Mum. Das ist Helen. Eine gute Freundin.« Er lächelte sie an, und wieder schmolz ein Stück in Helens Innerem.

»Ich hoffe, ich störe nicht. Kann ich Ihnen irgendwie behilflich sein?«

»Ach nein, ich bin sicher, das kriegen wir allein hin«, erwiderte Eds Mum. »Warum machst du ihr nicht einen Tee, Edward?«

Helen folgte ihr ins Wohnzimmer, das auf den schräg abfallenden Rasen hinter dem Haus hinausging, während ihr zwei Dinge durch den Kopf gingen: dass Ed sie als gute Freundin bezeichnet hatte – war es das, was sie war? – und dass seine Mutter nicht besonders angetan von Marnie schien.

»Wie geht es voran?«

Etwa eine Stunde später erschien Ed wieder im Wohnzimmer. Er und seine Mutter waren oben gewesen, nachdem sie Helens Angebot zu helfen, höflich aber bestimmt abgelehnt hatten. Also hatte sie dagesessen, mit ihrem Handy herumgespielt und sich Sorgen gemacht wegen all der Arbeit, die ungetan zu Hause auf sie wartete.

»Oh Gott. Es ist echt heftig. All diese Sachen. Du weißt schon, seine Taschentücher, seine Anzüge ... Sie riechen immer noch nach ihm.« Ed blinzelte angestrengt. »Ich werde ein bisschen hierbleiben müssen, Helen. Mum ... Es geht ihr nicht gut. Ich kann sie nicht allein lassen. Manchmal habe ich Angst, dass ich für immer hierbleiben muss.«

Aber wenn du in Bristol bleibst, wie sollen wir dann ... Helen verscheuchte den egoistischen Gedanken. »Am Anfang ist es immer schwierig.«

»Sie ist so ... abhängig. Sie braucht mich so sehr. Ist deine Mum auch so?«

Helen ließ den Kopf sinken. »Ähm, manchmal. Ich schätze, sie hat meinen Dad.«

»Auf jeden Fall tut es mir sehr leid, dass ich dich hergeschleppt habe. Ich kann dich am Bahnhof absetzen.«

»Kann ich sonst nichts tun? Vielleicht das Geschirr spülen?«

»Oh nein, das macht die Haushälterin.« Er streckte ihr eine Hand hin. »Komm mal kurz mit, ich möchte dir etwas zeigen.«

Helen starrte einen Moment die Hand an, bevor sie sie ergriff, während sich ihr Herz zu einem Höhenflug aufschwang, nur um eine Sekunde später wie eine Schwalbe im Sturzflug herabzustürzen. Seine Finger fühlten sich warm und stark an, mit Schwielen auf den Kuppen vom Gitarre spielen.

Eds Zimmer. Sie waren in Eds Zimmer. Die Luft roch nach Büchern und Möbelpolitur. Seine Kindheitserinnerungen waren in den Regalen verstaut – Spielzeugsoldaten und Tennisbälle –, eine Gitarre lehnte neben dem Fenster. Helen hatte sich das so oft vorgestellt.

Draußen vor dem Fenster tauchte die Wintersonne den riesigen Garten in ein klares, strahlendes Licht. Helen dachte an die Doppelhaushälfte ihrer Eltern in Reading. Ed war so anders als sie, mit seinem wuscheligen Haar, den teuren Pullovern und der vornehmen Aura, die ihn umgab. Ein Krieger-Poet in Chucks, während Helen mehr der praktische Typ war, der Mietwagenreservierungen organisierte und Snacks besorgte.

Ed holte etwas aus einer Schublade. »Schau mal, was ich gefunden habe.«

Es war ein Foto von Marnies Geburtstag. Helen erinnerte sich ganz genau. Marnie hatte ein cremefarbenes Spitzenkleid getragen und das Haar offen über die Schultern fallen lassen. Feuer und Bernstein. Es musste sie gewesen sein, die das Foto von Ed und Helen gemacht hatte. Ed hatte den Arm um sie gelegt, und beinahe konnte sie wieder das Gefühl seines Pullovers an ihrer Wange spüren, den Duft seines Shampoos riechen. Noch Stunden danach hatte sie kaum Luft bekommen. Und da war sie, in einem riesigen Kapuzenpulli und Kordhose und mit einem Lächeln, als würde ihr Gesicht in der nächsten Sekunde explodieren.

»Du siehst so anders aus!« Er setzte sich aufs Bett und krempelte die Ärmel seines blauen Hemdes hoch. Dann schnappte er sich die Gitarre und zupfte ein paar Akkorde. »Ich konnte es kaum glauben, als ich dich auf der Party gesehen habe. Du sahst so anders aus, verglichen mit dem letzten Mal, als wir uns getroffen haben.«

Helen konnte die Melodie, die er spielte, nicht so recht verorten, aber sie schien sich in ihrer Brust festzusetzen, traurig und süß. »Mhm.«

»Besuchst du immer noch diese Volkshochschulkurse?«

»Na ja, eigentlich nicht mehr. Ich war sehr beschäftigt.« Ja, beschäftigt damit, dich in eine übergeschnappte Katzenmutti zu verwandeln.

»Wir waren damals gut befreundet, nicht wahr? Ich fühle mich, als würde ich ... ein Video neu starten, bei dem ich auf Pause gedrückt hatte.«

Helen hielt den Atem an. Kam es jetzt? Die Worte drängten in ihre Kehle. Warum bist du gegangen? Warum hast du dich nicht bei mir gemeldet?

»Als Marnie mir geschrieben hat, schien es mir logisch, dorthin zurückzukehren, wo ich damals stehen geblieben bin. Ich meine, ich habe es nicht einmal geschafft, mich zu verabschieden. Auch nicht von dir. Als sie gegangen ist, hatte ich so viele Fragen. Ich wette, du auch.«

Helen starrte angestrengt nach draußen auf das frostige Gras. Es war so wunderschön, so fragil. Wenn man drauftrat, würde es zerbrechen. »Ja. Es war ... Ich habe dich vermisst. Ich meine, euch beide.«

Ed legte die Gitarre beiseite. »Es tut mir leid, dass ich damals einfach verschwunden bin. Ich habe viel an dich gedacht, ich wusste nur nicht, was ich ... Und dann habe ich dich auf der Party gesehen, und du sahst so anders aus, und ich dachte, ja, das ist es, wo ich stehen geblieben bin. Weißt du, was ich meine, Helen?«

Sie musste ihn anschauen. Schau ihn an, Herrgott noch mal! Sie konnte spüren, wie er sie musterte. Er war so nahe. Ganz langsam, wie eine Blume, die aus der Erde treibt, drehte Helen sich zu ihm um. Seine blauen Augen schienen sie etwas zu fragen. Erinnerte er sich an alles? Sie war sich nie sicher gewesen. Sie hatten nie darüber gesprochen. Für einen Moment war er da gewesen, in Reichweite, und im nächsten ohne ein Wort verschwunden. Einfach so hatte er ihr Herz zurückgelassen, erfroren und brüchig wie das Gras draußen. Ganz sicher war sie ihm nicht wichtig, wenn er so etwas hatte tun können.

»Ich …«

»Edward?« Verdammt! Seine Mutter stand in der Tür und rieb sich die Arme. »Könntest du bitte kommen und mir helfen?«

»Natürlich. Sorry, Mum.« Er rappelte sich auf und verließ das Zimmer.

Und Helen blieb wieder allein zurück. Sie atmete zittrig ein. Sie hatte recht gehabt – nichts an dem hier war ungefährlich.

Später dann, als die Sachen seines Vaters im Van verstaut waren, setzte Ed Helen am Bahnhof ab.

Er sprang aus dem Van, um sich zu verabschieden »Ich bin froh, dass du mitgekommen bist«, sagte er. »Du hast es erträglicher gemacht. Mum ist … Nun ja, sie hat sehr bestimmte Vorstellungen, was ich mit meinem Leben anfangen soll. Vor allem will sie, dass ich bei ihr bleibe.«

»Ist schon in Ordnung. Ich bin froh, dass ich helfen konnte.«

»Ich komme bald wieder nach London, hoffe ich. Vielleicht können wir ...«

Er ließ den Satz unvollendet, und Helen erwischte sich dabei, wie sie blindlings nickte. Natürlich. Was auch immer er wollte.

Er drückte sie in einer kurzen, verlegenen Umarmung an sich, sein Kinn traf auf ihre Nase. »Jetzt kriege ich meine Arme ganz um dich herum«, sagte er. Und dann war er weg und hinterließ seinen Geruch nach Buchhandlungen und Regen.

Helen stand benommen da und klammerte sich an ihre Tasche des Verderbens und die M&S-Tüte, als ginge es um ihr Leben.

Marnie

Keine neuen Nachrichten.

Marnie hatte ihren Posteingang seit der Party mindestens hundertmal angeklickt und aktualisieren lassen, doch es war, als weigere er sich beständig, eine neue Nachricht anzuzeigen. Vielleicht hatte sie Ed verschreckt, als sie sagte, sie wolle reden. Sie musste zugeben, dass sie Hoffnungen gehegt hatte. Auf was, das konnte sie nicht sagen. Vage Bilder von ihnen beiden waren ihr durch den Kopf gegangen, wie sie loszogen, um die Welt zu bereisen. Oder sogar, um ein Heim in London zu erstehen.

Aber es würde nicht funktionieren. Natürlich würde es das nicht. Er war sicherlich immer noch wütend auf sie, dass sie damals einfach verschwunden war. Und dann gab es da noch Tom. Sie hatte sich gefreut, als er sie auf die Demo eingeladen hatte, denn das zählte fast als drittes Date. Aber er hatte auch Rosa eingeladen. Fiese kleine Gedanken waren ihr in den Kopf gekommen, als sie wach im Bett ihres kalten, kleinen Zimmers in der Wohngemeinschaft gelegen hatte. Er mochte Rosa lieber als sie. Er war nur auf die Party gekommen, um sie zu sehen, nicht Marnie. Und Ed ... Vielleicht war Ed gekommen, um mit Helen zu reden. Er hatte sich nicht mal von Marnie verabschiedet. Vielleicht mochte keiner von beiden sie. Vielleicht niemand.

Ihre Zimmertür wurde geöffnet. Laute, hämmernde Drum'n'Bass-Beats drangen herein. Es war Cam, ihr schmieriger Mitbewohner, der einen Joint im Mundwinkel hängen hatte. »Na, alles gut, Marn? Kommst du rüber zu unserer Party?«

»Schon wieder? Ihr habt doch erst gestern gefeiert.« Bis vier Uhr morgens. Und sie hatte um sechs aufstehen müssen, um Kaffee zu machen.

»Wir feiern eben gerne. Wir machen das Beste aus unserem Leben. Also, was sagst du?«

»Nein, danke. Ich treffe mich mit meinen Freundinnen zum Abendessen.«

»Dann eben danach. Wir machen die Nacht durch.«

»Ähm ... um ehrlich zu sein, ich werde wohl einfach schlafen gehen oder runterkommen mit ein bisschen Netflix.«

Er schnaubte. »Alter, wenn wir eine Rentnerin als Mitbewohnerin hätten haben wollen, hätten wir im Altersheim inseriert.« Sie bemerkte, wie er beim Hinausgehen interessiert ihre Unterwäsche musterte, die auf der maroden Heizung trocknete.

»Rentner haben kein Netflix«, sagte sie trotzig Richtung Tür, doch nur ganz leise. Es gab kein Schloss, und sie hatte ein kleines bisschen Angst vor Cam. Ein weiterer Grund, warum sie hier raus musste, und zwar schnell.

Sie klickte ihren Posteingang noch einmal an. Nichts. Nichts, nichts, nichts. Zeit für Plan B. Sie begann, eine Nachricht an Tom zu schreiben: *Hey, du! Ich hätte da einen kleinen Vorschlag für dich …*

Kapitel 16

Dreifacher Buchstabenwert

Helen

»Tut mir leid, ich bin zu spät!« Normalerweise kam sie immer ein wenig zu früh, wenn sie sich alle zum Abendessen trafen, um zu checken, ob auch alles in Ordnung war, aber die Rückfahrt von Bristol hatte lange gedauert, und so war Helen spät dran.

Marnie hatte vorgeschlagen, ins House Prices zu gehen, ein asiatisch-mexikanisches Fusion-Restaurant in Dalston. Rosa und Marnie saßen bereits am Tisch, genauso wie ... Marnie saß neben einem Mann. Für einen Sekundenbruchteil sah Helen die Kurve seiner Schulter, und ihr Herz rutschte ihr bis in die Kniekehlen. Aber nein, natürlich war es nicht Ed. Der war kilometerweit entfernt, dort, wo sie ihn zurückgelassen hatte. Wie dumm von ihr. Diese Mini-Dreadlocks konnten nur zu Tom gehören.

Helen sah nervös zu Rosa hinüber. »Hi, Tom! Ich wusste nicht, dass du auch kommst.«

»Was für eine Überraschung!«, sagte Rosa und lächelte starr.

»Tom hat mich nur ein Stück begleitet«, sagte Marnie strahlend. Sie zupfte wie ein Kind an seinem Ärmel. »Los, erzähl ihnen unsere Neuigkeit!«

Helens Herz rutschte noch tiefer. Sie hatten sich nur ein paarmal getroffen, sie konnten sich doch nicht verlobt haben? Oder schlimmer noch, war Marnie schwanger? War Marnie tatsächlich über Ed hinweg? Und wenn sie es war und sie wirklich nichts dagegen hätte, wenn Helen mit einem Ex von ihr ausging, wie sie behauptet hatte, nun dann ... Nein, sie würde noch nicht darüber nachdenken.

»Wir ziehen zusammen!«, platzte Marnie heraus, als Tom zu zögern schien.

Zusammenziehen? Jetzt schon? Okay, es hätte schlimmer kommen können. Helen musterte sie, konnte aber nicht erkennen, ob sie unter dem hochgeschlossenen Poncho Eds Halskette trug.

»Echt?« Rosas Stimme klang angespannt und schrill. »Das ging aber schnell.«

Marnie winkte ab. »Ach was, das mit meiner WG hat einfach nicht so gut geklappt. Das Haus ist so groß und zugig. Es macht mir ein bisschen Angst, um ehrlich zu sein. Also hat Tom gesagt, ich könnte bei dem besetzten Haus mitmachen. Dort aushelfen. Ist das nicht großartig?«

Rosa schien ihre Sprache verloren zu haben. Sie hatte die Stirn so stark gerunzelt, dass es aussah, als würde sie gerade versuchen, hundertsiebzehn durch vierzehn zu teilen. Helen versuchte, ihren Blick aufzufangen. War es möglich, dass ihr Projekt tatsächlich aufging, dass eine von ihnen wirklich mit dem Ex der anderen zusammenkam? (Aber nein, sie würde immer noch nicht darüber nachdenken.)

Tom blickte verlegen drein. »Ja, sie hat eine Unterkunft gebraucht, und wir können gut etwas Hilfe benötigen, also ...«

Stille.

»Ich treffe mich übrigens immer noch mit Simon«, sagte Rosa abrupt. »Er hat mich gestern ins Theater eingeladen, aber ich musste arbeiten. Ich bin mir allerdings sicher, dass wir bald wieder miteinander ausgehen.«

»Das ist doch super!« Marnie klatschte in die Hände. »Ich bin so froh, dass ihr alle so nette Leute kennengelernt habt. Ich wusste doch, dass unser Projekt die bessere Alternative zu Tinder ist. Oh, aber Helen, du hast Dan nicht so gern gemocht, oder?«

Natürlich nicht, er war so verklemmt, dass er kaum selbst entscheiden konnte, ob er den Mund aufmachen soll oder nicht. »Na ja, es war etwas schwierig, mit ihm ins Gespräch zu kommen.« Ganz abgesehen davon, dass er sie mit der Rechnung hatte sitzen lassen.

Marnie biss sich auf die Lippe. »Gott, ich fühle mich echt schlecht deswegen. Ich schätze mal, man kennt die Menschen nie wirklich.«

Nein, weil du mich mit jemandem verkuppelt hast, mit dem du wahrscheinlich vor sieben Jahren mal was trinken warst. Alle anderen hatten sich Mühe gegeben. Sogar sie selbst, die sie kaum so etwas wie Exfreunde vorzuweisen hatte, hatte es geschafft, Nikesh aus dem Ärmel zu schütteln, mit dem sie immerhin einen ganzen Sommer über JavaScript gelernt hatte, während sie unter dem Pult schwitzend Händchen hielten.

»Ist ja nicht deine Schuld«, erwiderte sie, was selbst in ihren eigenen Ohren wenig überzeugend klang.

»Vielleicht war er nur dein Pfannkuchen-Mann«, sagte Marnie.

Helen und Rosa tauschten über den Tisch hinweg Blicke. War das so ein Datingbegriff, den sie kennen sollten?

»Du weißt schon, wie wenn du Pfannkuchen machst. Der erste misslingt immer und ist löchrig. Du kannst ihn nicht reparieren, also musst du ihn einfach raushauen und einen neuen machen. Und schon bist du wieder mit von der Partie.

Helz, du kannst bestimmt jemand Nettes finden. Was ist mit dem Typ, den du auf meine Party eingeladen hast?«

Helen wurde rot. »Oh, nein, er ist nur … ein Typ, den ich über die Arbeit kenne.«

»Magst du ihn?«

»Ich bin momentan nicht in der Stimmung für Verabredungen.«

»Aber willst du denn niemanden kennenlernen?« Marnie deutete in die Runde. »Ich meine, ich habe jemanden, sogar Rosa trifft sich wieder mit einem Mann. Ich hatte gehofft, dieses Projekt würde dir zeigen, dass Dates gar nicht so beängstigend sind. Vielleicht kann ich ja jemand anderes für dich finden? Was ist mit Ivan? Das ist der Typ, mit dem ich mal was hatte und der später Trapezkünstler geworden ist. Oder Kevin. Du weißt schon, der mit den ganzen Hamstern.«

Helen starrte die Tischplatte an und versuchte, nicht an Ed zu denken. Vorhin in Bristol hatte sie beinahe geglaubt – nur für eine Sekunde –, er würde sie küssen. Wie dumm von ihr. Und warum war Marnie nicht in der Lage zu erkennen, dass es nur einen Mann gab, den Helen wollte? Warum war sie noch nie dazu in der Lage gewesen?

»Ist schon okay, wirklich. Und überhaupt, sollen wir bestellen? Ani hat gesagt, sie kommt etwas später.«

Marnie plapperte in einem fort, während sie das Essen bestellten. Darüber, wie toll es sein würde, in dem besetzten Haus zu wohnen, und dass sie es kaum erwarten könnte, sich in das Gemeinschaftsleben einzufügen; dass Tom ihr die Augen für so viele Probleme auf der Welt geöffnet hätte. Dann bestellte sie einen Cocktail für zwölf Pfund.

Tom hingegen blickte immer noch betreten drein und betrachtete die Speisekarte mit Furcht in den Augen.

»Willst du was trinken?«, fragte Helen ihn sanft, während der Kellner wartete.

»Ich muss gleich los. Mahnwache für den Klimaschutz vor dem Rathaus.«

»Das ist so furchtbar«, sagte Marnie, die bekannt dafür war, die ganze Nacht das Licht anzulassen, weil sie Angst im Dunkeln hatte. »Der Stadtrat will sich einfach nicht dazu verpflichten, erneuerbare Energiequellen zu nutzen. Es muss sich etwas ändern!«

In diesem Moment tauchte Ani auf. Sie war schwer bepackt mit Tasche und Aktenkoffer und schimpfte lautstark über die Central Line. »Ich schwöre euch, die wird noch mal mein Tod sein ... Oh! Hi, Tom. Ich wusste nicht, dass du ...« Es gab nur vier Stühle.

»Ich wollte gerade gehen.« Tom sprang auf. »Bitte, setz dich doch, ich muss ... Äh, war schön, dich zu sehen.«

»Aber wir können doch noch einen Stuhl ...«

Tom gab Marnie einen flüchtigen Kuss auf die Wange, murmelte etwas von »Mädchenabend« und war so schnell verschwunden, dass er praktisch einen Umriss wie in einem *Tom-und-Jerry*-Cartoon in der Wand hinterließ.

Ani setzte sich verdutzt auf seinen Stuhl. Sie sah aus, als hätte sie die Nacht auf dem Boden verbracht, dachte Helen. »Was war das denn?«

»Marnie und Tom ziehen zusammen«, sagte Rosa heiter.

»Und die Sache zwischen Rosa und Simon läuft richtig gut«, fügte Marnie hinzu.

»Oh«, Ani sah von einer zur anderen. »Und was ist mit deinem Date mit Jason?«

Rosa runzelte die Stirn. »Das ist kein Date.«

»Aber ... Dann ist ja gut.«

Helen nahm sich einen Moment Zeit, um festzustellen, wie schräg das alles war. Marnie, die mit Rosas Ex zusammenzog. Rosa, die sich mit Anis Ex traf. Und sogar Ani hatte sich auf Anhieb mit Helens altem Komplizen in Sachen Nerdigkeit,

Nikesh, verstanden. Hatte sie sich die ganze Zeit geirrt? War es doch akzeptabel, wenn nicht sogar gut, etwas mit dem Ex der besten Freundin anzufangen? Hör auf, daran zu denken!

»Triffst du dich noch einmal mit Nikesh?«, fragte sie Ani, um sich aus ihrem Gedankenkarussell zu befreien.

Ani griff nach einer Speisekarte. »Ich bin mir nicht sicher. Er ist ein bisschen nerdig, mehr so der Computer-Camp-Typ. Oh Gott, sorry Helen.«

»Ist schon okay. Ich war definitiv mehr so der Computer-Camp-Typ. Und es war die beste Zeit meines Lebens.« Wehmütig dachte sie an die Unkompliziertheit des Programmierens zurück. Warum konnten Beziehungen nicht genauso einfach sein?

Marnie sah Ani enttäuscht an. »Oh nein! Ich hatte wirklich gehofft, dass alle Ex-Faktor-Dates funktionieren würden. Was stimmt denn nicht mit ihm?«

»Ich weiß nicht. Ich … ich war mir nur nicht sicher, ob er der Richtige ist.«

Rosa verdrehte die Augen. »Ihr wart nur einmal zusammen aus! Und du konntest ihn gut leiden. Warum muss er denn entweder der absolut Richtige oder gar nichts sein? Vielleicht ist er dein Pfannkuchen-Mann, wie Marnie gesagt hat. Gieß ihn in die Pfanne, hau ihn in die Tonne, und weiter geht's!«

Ani sah zu Helen – Pfannkuchen-Mann? –, aber Helen zuckte nur hilflos mit den Schultern. »Ich habe nicht gesagt, dass ich ihn unbedingt in die Tonne hauen will«, erwiderte sie, »sondern nur, dass ich mir nicht ganz sicher bin, ob wir zueinander passen.«

»Aber ihr hattet doch total viele Gemeinsamkeiten«, entgegnete Rosa.

»Das ist ja das Problem. Wird das nicht irgendwann langweilig?«

Rosa schüttelte nur noch den Kopf. »Ich verstehe das

nicht. Soll ich jetzt doch nicht nach einem Mann suchen, der nett ist und mit dem ich viel gemeinsam habe? Jetzt soll es also einer sein, der möglichst unangenehm ist und mit dem ich nichts anfangen kann. Sehe ich das richtig?«

»Es kommt darauf an, wonach du suchst. Ich will einfach ... Na, du weißt schon, ein bisschen Feuer.«

»Daran ist auch nichts auszusetzen«, sagte Marnie beschwichtigend. »Jeder will etwas anderes. Darum geht es ja beim Ex-Faktor. Hört mal, uns gehen die Getränke aus. Ich bestell uns mal 'ne Runde.« Und schon düste sie los, wobei sie in ihren knallengen Jeans die Blicke der Männer am Nebentisch auf sich zog.

Helen sah ihr nach. War sie glücklich darüber, dass sie mit Tom zusammenzog? Woher hatte sie das Geld, um eine Runde zu schmeißen? Was um alles in der Welt ging unter diesen roten Haaren nur vor sich?

»Sie hat recht«, sagte Ani düster. »Wir müssen uns langsam darüber klar werden, was wir wirklich wollen. Sonst werden wir nie jemanden finden.«

Rosa seufzte. »Und was ist mit der Liebe? Und mit der Spontaneität?«

»Das ist was für Leute in ihren Zwanzigern, die noch ein Jahrzehnt haben, um jemanden zu finden. Oder solche, die auf einer schottischen Insel leben, wo es sowieso nur einen Menschen gibt, in den man sich verlieben kann.«

»Weißt du denn, was du willst?«, fragte Helen. Sie selbst hatte keine Ahnung. Es fiel ihr schwer, sich einen Mann vorzustellen, der nicht in jeglicher Hinsicht ganz genau wie Ed war.

»Na ja«, sagte Ani, »ich gehe normalerweise einfach mit jedem aus, den ich süß finde und der Interesse zeigt. Egal, ob der Typ noch bei seinen Eltern wohnt oder ein arbeitsloser Musiker ist, der nicht an Monogamie glaubt oder ...«

»Oder ob er eine Schlange als Haustier hält«, ergänzte Rosa hilfreich.

»Oh Gott, Schlangen-Steve. Den hatte ich ganz vergessen. Und dann war da noch …«

»Der Typ, der zu eurer Verabredung zum Abendessen in Jeans-Hotpants kam.«

»Stimmt. Danke für die Erinnerung. Die Sache ist die, ich habe auch immer geglaubt, dass einen die echte Liebe einfach irgendwann finden würde. Aber ich date jetzt schon seit Jahren, und ganz offenbar funktioniert es nicht. Also sollte ich mich vielleicht nur noch mit Männern treffen, die alles haben, was ich will.«

»Aber man kann doch nicht *alles* haben, oder?«, warf Helen ein.

»Ich dachte immer, ich hätte mit David alles, was ich will«, sagte Rosa. »Dabei hätte ich von Anfang an Typen ausschließen sollen, die es nötig haben, mit kleinen Mädchen ins Bett zu gehen.«

Ani und Helen rieben automatisch von beiden Seiten ihren Arm.

»Also, was sind deine Kriterien, Ani?«, fragte Helen, bevor Rosa sich wieder in ihr Elend hineinsteigern konnte.

Ani stellte ihren Mojito ab, damit sie die Punkte an den Fingern abzählen konnte. »Nun, ich schätze, er sollte einen guten Job haben und darin erfolgreich sein. Ich weiß, dass das versnobt klingt, aber ich will nicht mein ganzes Leben lang bei McDonald's essen gehen oder jeden Abend zu Hause bleiben und illegale Downloads von *Breaking Bad* auf dem Laptop anschauen müssen. All das haben wir schon an der Uni gemacht. Und er müsste einen ähnlichen familiären Background haben. Ihr wisst ja, wie meine Familie ist. Sonst hat er sofort die Schnauze voll, weil ich jedes Wochenende bei ihnen vorbeischauen muss.«

»Und trotzdem willst du keinen indischen Typ«, bemerkte Rosa schnippisch. »Manche Leute würden behaupten, es liege ein gewisser Widerspruch darin.«

Ani warf ihr einen mürrischen Blick zu. »Ja, vielleicht. Ich will aber auch jemanden, der unprätentiös ist. Jemanden, der sich freut, wenn er mit mir Backsendungen im Fernsehen anschauen kann, ohne sich um die vermeintliche Hochkultur zu scheren. Ich verausgabe mein Gehirn schon bei der Arbeit, abends will ich einfach nur relaxen und nicht zu irgendwelchen öden, hochintellektuellen Theaterstücken gehen.«

Rosa runzelte die Stirn. »Wann warst du denn bitte das letzte Mal bei einem anspruchsvollen Stück? Nach der Sache bei *Warten auf Godot* hast du mir gesagt, du würdest dir lieber in den Hintern beißen, als das noch einmal mitzumachen.«

»Ja. Nein. Würde ich auch«, stammelte Ani. »Mir ist es gerade nur wieder eingefallen.«

Helen war verwirrt. »Aber Ani, das klingt doch alles total nach Nikesh, oder? Ich dachte, du hättest gesagt, er würde trashige Fernsehsendungen mögen und Kreuzfahrten auch, und dass er einen guten Job hat ...«

Anis Miene wurde noch finsterer. »Ach, ich weiß nicht. Das klingt jetzt vielleicht oberflächlich, aber ich will auch jemanden, der cool ist. Charmant, weltmännisch, gut aussehend. Einen, der einen Tisch im Restaurant reservieren kann, dem Taxifahrer Trinkgeld gibt, sich mit Wein auskennt ... All das eben.«

»Nikesh sieht doch gut aus, oder nicht?«, erwiderte Helen vorsichtig.

»Schon. Aber hallo, Computer-Camp?«

»Einige deiner besten Freundinnen waren im Computer-Camp.«

Ani schenkte ihr ein schiefes Lächeln. »Ich weiß. Und du bist ja auch total cool.«

»Ja, klar bin ich das. Der Verrückte-Katzenmutti-DVD--Box-Chic ist zurzeit total angesagt.«

Rosa spießte eine Pommes mit der Gabel auf. »Ich schätze mal, dass Simon deswegen nicht gut genug für dich war, Ani. Er ist pleite und total prätentiös, der Ärmste. Aber andrerseits bin ich das ja auch.«

Helen versuchte immer noch mitzukommen. »Also war diese ganze Sache mit Tom nur ...«

»Ein Fehler«, sagte Rosa schnell. »Nostalgisch bedingte Verblendung. Eiskalte Demos ohne Klo sind definitiv nicht mein Ding. Das ist der Grund, warum es von Anfang an nicht geklappt hat.«

»Ich schätze mal, das hat sich Marnie auch gedacht«, sagte Helen und blickte zu ihrer Freundin rüber, die mit dem Bartender plauderte, sich zu ihm vorbeugte und laut lachend den Kopf in den Nacken warf. »Was für die eine Frau Fleisch ist, ist für die andere ... Tofu.«

Rosa tätschelte Helens Hand. »Außer für dich. Sorry, Süße.«

»Es hätte funktionieren können, wenn Marnie ein bisschen mehr Zeit als zehn Sekunden auf meine Date-Auswahl verschwendet hätte.«

Rosa und Ani wechselten einen Blick. Normalerweise war Helen diejenige, die Marnie immer verteidigte: »Sie ist einfach nur impulsiv.« »Sie hat Probleme mit Beziehungen, weil ihr Dad sie verlassen hat.« »Sie mag es nicht, festgelegt zu werden.« Aber anscheinend gingen ihr allmählich die Entschuldigungen aus.

Wie aufs Stichwort kam Marnie mit großen Schritten zurück an ihren Tisch. »Tolle Neuigkeiten, Leute, der Bartender gibt uns eine Runde Mojitos aus! Oh, und er ist Single«, sagte sie an Helen gewandt. »Also hab ich ihm gesteckt, dass du noch auf dem Markt bist. Er hat gleich Feierabend. Na ja, zumindest sobald seine Sketch-Comedy-Gruppe mit der Probe fertig ist. Ach ja, und er hat seinen Lohn noch nicht bekommen, also wirst du die Getränke zahlen müssen. Aber er ist echt süß!«

Unter dem Tisch krampfte Helen verzweifelt die Hände umeinander.

Rosa

Jason wartete am Eingang der U-Bahn-Haltestelle Finsbury Park auf sie, während sie sich durch die sonntagmorgendliche Menschenmenge kämpfte. Es war eine merkwürdige Mischung aus armen Migrantenfamilien, Kirchgängern und hippen jungen Londonern in zugeknöpften Wollmänteln, die nach dem neuesten angesagten Brunch-Café Ausschau hielten, wo ein Croissant vier Pfund das Stück kostete.

Heute früh hatte sie einen weiteren OMG-was-soll-ich-bloß-anziehen-Zusammenbruch erlitten. Sie wollte sexy aussehen, aber nicht schlampenmäßig. Zugänglich, aber stylish. Nett, aber auch cool. Bereit für ein Date, aber nicht so, als würde sie denken, es sei ein Date, für den Fall, dass es keins war. Am Ende – und mit weiterer Selfie-unterstützer Hilfe durch Marnie – hatte sie sich für flache Stiefel und Skinny-Jeans entschieden. Und sie war froh darüber, denn Jason war angezogen, als ginge er auf Expedition in die Arktis. Wanderstiefel, blaue North-Face-Jacke und Strickmütze. Sie hatte ihn bisher nur in seinen schicken Anzügen und mit Krawatten gesehen, an denen er immer herumzupfte, als würden sie ihn ersticken.

Er nickte beifällig, als er ihr Schuhwerk sah. »Gut, dass du keine Absätze trägst, da unten ist es echt matschig.«

»Natürlich nicht«, erwiderte Rosa und dachte an die blauen Pumps, die sie in einem Panikanfall in letzter Sekunde ausgezogen hatte.

»Lass uns losgehen«, sagte er und stapfte auf der Stelle. »Wenn ich in diesem Land zu lange stillstehe, gefriere ich zu einem Eisklotz.«

»Für Januar ist es ziemlich mild«, bemerkte Rosa.

»Nicht du auch noch. Das ist nichts, worauf man stolz sein sollte. ›Oh, es ist gar nicht so schlimm! Wir sind schließlich noch nicht alle tot!‹ Leute, ihr habt ein echt krankes Verhältnis zum Wetter.«

»Ha. Witzig.« Rosa sah, wie er sein Handy rausholte. »Schreibst du das auf?«

Er sah sie verlegen an. »Könnte funktionieren. *Siebzehn schräge Beziehungen zwischen Briten und ihrem Wetter.*«

»Wie findest du es eigentlich sonst hier? Ich meine, bei der Zeitung«, fragte sie beiläufig und ermahnte sich gleichzeitig, professionell zu bleiben. Sie wünschte, sie hätte sich selbst aufgenommen, wie sie immer wieder sagte: Er ist dein Boss, er ist dein Boss, er ist dein Boss!

Sie trotteten den schlammigen Pfad entlang. Es war die Route einer alten Eisenbahnlinie zum Alexandra Palace, gerammelt voll mit gutbürgerlichen Familien – »Zara! Wirf deine Mangoscheiben nicht in den Matsch!« –, Hundebesitzern und arroganten Joggern, die ihre guten Vorsätze fürs neue Jahr in die Tat umsetzten.

»Es ist okay«, sagte Jason. »Ich meine, ein paar der Geschäftspraktiken sind schockierend – die Weblinks brauchen ewig zum Laden, und die meisten sind zu lang für Twitter. Das Ganze muss viel stärker Richtung Social Media optimiert werden.«

»Wirklich?« Rosa runzelte die Stirn. »Wir sind eine Zeitung.«

»Und wann hast du dich das letzte Mal hingesetzt und eine Zeitung vom Anfang bis zum Ende durchgelesen?«

»Äh ...« Sie und David hatten sich früher immer die Sonntagsausgabe gekauft, als sie noch ein selbstverliebtes, brunchendes Großstadtpärchen gewesen waren. Aber aus Zeitmangel hatte sie die meisten Seiten bis Mittwoch aufgehoben, um sie spätestens dann ungelesen in die Papiertonne zu werfen.

»Ganz genau. Dabei bist du selbst Journalistin. Die Storys werden heutzutage innerhalb von drei Sekunden gelesen, während man in der Kneipe auf seinen Kumpel wartet. Niemand sitzt mehr im gediegenen Vorstadthäuschen am Frühstückstisch und liest die Zeitung.«

»Tatsächlich haben wir einen recht großen Leseranteil bei den über Sechzigjährigen.«

»Ganz genau. Eure Leser sterben euch wortwörtlich weg. Also muss man neue gewinnen, und der Weg dahin ist, die meisten Klicks zu generieren.«

»Hm«, murmelte Rosa und dachte traurig an all die alten Damen, welche die Gratis-Coupons ausschnitten und Leserbriefe schrieben, um sich über Immigranten zu beschweren. Na gut, vielleicht hatte er recht.

»Und wo wir schon dabei sind«, sagte Jason. »Ist dein Datingartikel bald fertig?«

Die Wahrheit war, sie saß schon eine ganze Weile daran. Aber was, wenn David ihn in die Finger bekam? Das war mehr als wahrscheinlich, da er die Zeitung tagtäglich von der ersten bis zur letzten Seite durchlas, damit er wusste, bei wem er sich in der Kantine einschleimen musste. Würde es ihn überhaupt kümmern, dass sie sich mit anderen Männern traf? Rosa stieß einen schweren Seufzer aus, als ihr klar wurde, dass sie jedes Date ein Stück weiter von ihrem alten Leben entfernte. Als sie bemerkte, dass Jason sie anschaute, setzte sie ein mattes Lächeln auf. »Der Artikel ist beinahe fertig, ja.«

»Und, hat es mit einem von den Dates geklappt?«

»Na ja, zumindest hat eins ganz und gar nicht geklappt.«

Sie erzählte ihm Helens Geschichte, und er verzog das Gesicht. »Oh Gott, das ist echt übel. Ich hatte mal eine Verabredung mit einer Frau, die aufs Klo gegangen und nie wiedergekommen ist. Aber wenigstens bin ich nicht auf der Rechnung sitzen geblieben.«

»Die anderen drei Projekte laufen noch«, sagte sie und wurde plötzlich schüchtern. »Es war wirklich interessant. Eine meiner Freundinnen hat neulich eine Party geschmissen, zu der einige der Typen gekommen sind.«

»Und?«

»Na ja, es war witzig. Ich hatte meinen Ex fast fünfzehn Jahre nicht mehr gesehen, und plötzlich stand er da – mit meiner Freundin. Komischerweise war es wirklich nett, ihn wiederzusehen.« Sie verschwieg, dass Tom sie auf die Demo eingeladen hatte und sie hingegangen war. Warum? Weil der Anblick von ihm und Marnie womöglich eine Art Eifersucht aus dem Jahre 2001 hatte aufflackern lassen? Wenigstens hatte sie es geschafft, der Einkesselung zu entgehen und zur Vernunft zu kommen, bevor sie eine Dummheit hatte anstellen können. Und dann erwischte Rosa sich dabei, wie sie Jason doch die ganze Geschichte erzählte.

Er lachte an den richtigen Stellen. »Das ist großartig. Wir könnten eine Serie daraus machen. Was meinst du? Ex-Affären aufstöbern und schauen, was sie heute so machen.«

»Na ja, Tom ist eigentlich mein einziger Ex. Abgesehen von meinem Mann, äh, meinem Exmann, den ich kurz nach Tom kennengelernt habe.«

»Ach so. Aber wir könnten verschiedene Arten ausprobieren, um Leute kennenzulernen. Du bist gegen Onlinedating, das ist der Aufhänger. Stattdessen könntest du Leute auf Demos kennenlernen, in der U-Bahn …«

»Oh nein, niemand redet in der U-Bahn. Die lassen mich doch einweisen.«

»Ein Grund mehr, es zu versuchen. Und dann gibt es da natürlich das Fitnessstudio, Speeddating, die Arbeit …«

Allein der Gedanke an noch mehr Dates war beängstigend. Mit Simon war es okay, weil sie im selben Boot saßen, aber sobald sie ernsthaft damit anfing, müsste sie sich eingestehen, dass es das gewesen war. Dass sie nicht mehr verheiratet war, sondern Single.

»Schauen wir mal, wie der erste Artikel ankommt.«

»Das wird super«, schwärmte er. »Total innovativ. Wir werden die Zeitung sein, die Nein zu Tinder sagt und sich wieder dem analogen Kennenlernen zuwendet.«

»Das wird Suzanne nicht gefallen. Sie will ausschließlich Berichte über Yoga und wie man Kleinkinder dazu kriegt, Grünkohl zu essen.«

»Suzanne, die alte Angeberin.«

Rosa musste unwillkürlich lachen.

»Sorry«, sagte Jason. »Ist sie so was wie deine Büro-BFF?«

»Äh, nicht wirklich …« Er ist dein Boss, er ist dein Boss!

Sie hatten das Ende der Strecke erreicht und waren jetzt in Highgate. Jason rieb seine Hände, die in Handschuhen steckten. »Wie wäre es, wenn wir uns im Pub aufwärmen? Irgendwas sagt mir, dass es auf diesen Gräbern kein Kaminfeuer oder Kaffee gibt.«

»Das kann man in London nie wissen. Pop-up-Friedhofs-Cafés könnten das nächste große Ding sein. Aber wahrscheinlich hast du recht.«

Schon bald saßen sie in einem warmen Pub auf alten abgewetzten Ledersofas neben einem lodernden Kaminfeuer. Jason hatte sich in der Schlange angestellt, um ihnen einen

Tee zu holen, und Rosa verspürte einen heftigen Anflug von etwas ... Was war es nur? Sie hatte es eine ganze Weile nicht gespürt. Als Jason mit zwei dampfenden Tassen und einem Teller Karamell-Shortbread zurückkam, fiel es ihr wieder ein. Glück. Das war es. Seitdem David sie verlassen hatte, waren die Sonntage die schlimmsten Tage. Sie waren so auf Pärchen ausgerichtet, dass sich Rosa am Ende des Wochenendes innerlich so leer fühlte wie eine ausgeschabte Avocado.

»Ich hab uns noch was mitgebracht«, sagte er und stellte klirrend die Tassen und zwei kleine Gläschen mit bernsteinfarbener Flüssigkeit auf dem Tisch vor ihr ab. »Das wird uns aufwärmen. Ich schwöre, dieses Land wird mich noch in meinen irischen Opa verwandeln.«

»Du bist Ire? Ach ja, klar, Connell.«

»Uropa Brendan wurde wegen Viehdiebstahls nach Down Under geschickt.« Er hob sein Glas. »Here's looking at you, kid.«

»Ist das ein australischer Trinkspruch?«

»Ts, das ist Humphrey Bogart in *Casablanca*. Was sagt ihr in eurer Familie, wenn ihr anstoßt?«

»Na ja, wir sagen normalerweise nur ›Bitte Gott, mach, dass nichts schiefgeht‹ oder ›Das wird dir bei deiner Erkältung guttun‹. Selbst wenn du gar keine Erkältung hast, es könnte schließlich eine im Anmarsch sein. Jüdischer Pessimismus.«

»Ach, klar, Liebermann. Hätte ich mir denken können. Na dann, *l'chaim*, Rosa.«

Sie kippte ihren Whisky runter, und plötzlich schien die Welt nicht mehr ganz so schlimm. Sie saß in einem netten Pub, mit einem netten Mann, mit Tee, Whisky und Plätzchen. Ein archetypischer Sonntag, genau so, wie sie ihn vermisst hatte und wie sie ihn, wenn sie ehrlich war, mit David schon eine ganze Weile nicht mehr gehabt hatte. Einer dieser

Sonntage, der mit faulem, gemütlichem Sex, mit Brunch und Zeitunglesen anfing und später mit einem Braten und Filmegucken endete. Das Einzige, was jetzt noch fehlte, war...

»Wie wäre es mit einer Runde Scrabble?«, fragte Jason.

»Gerne, aber ich warne dich: Ich bin wirklich richtig gut.«

»Ach ja?« Er hob eine Augenbraue. »Ich habe ganz zufällig da drüben im Regal ein Exemplar erspäht. Du kannst dein Können also unter Beweis stellen.«

Eine Weile später führte Rosa mit hundertfünfzig Punkten, nachdem sie zusätzliche fünfzig für »Bettgestell« eingeheimst hatte, doch Jason behauptete, man würde es mit Bindestrich schreiben.

»Tut man nicht«, insistierte Rosa. Sie hatte inzwischen noch drei weitere Kurze gekippt, obwohl sie Whisky normalerweise nicht mochte. »Ich bin so was wie eine bessere Korrekturleserin, also leg dich nicht mit mir an. Du könntest aber mal versuchen, den Styleguide mit den Korrekturrichtlinien für deine eigene Zeitung zu lesen.«

»Ach, Styleguide, Schleimguide.«

»Und dann wird behauptet, die Korrekturstandards bei Onlinepublikationen wären genauso hoch.«

Den Batterien von Rosas innerem Kassettenrekorder schien langsam der Saft auszugehen (Er ist dein Boss, er ist dein Boss), und sie realisierte, dass sie etwas hatte, was sie eine gute Zeit nennen konnte. Es war anders als mit Simon. Es gab keine Rosenkrieg-Geschichten, kein reuevolles Gejammer, sondern einfach nur... na ja, einen netten Flirt. Wenigstens kam es ihr wie Flirten vor. Es war so lange her, dass sie mit einem Typ geflirtet hatte, dass sie es mit Freundlichkeit, oder, schlimmer noch, mit professioneller Höflichkeit hätte verwechseln können. Aber Jason lehnte sich so weit über den Tisch, dass seine Hand – groß, stark, das Handgelenk mit goldenen Härchen überzogen – beinahe die ihre berührte. War das Absicht? Ein Versuch, sie von ihrem Scrabble-Sieg abzulenken? Falls dem so war, dann funktionierte es womöglich.

Sie sah auf und begegnete seinem Blick. Diese stahlgrauen Augen, und da war auch wieder dieses Grübchen. Verdammt. Rosa spürte, wie sich ihr Magen zusammenzog. »Ich …«

»Hör mal, Rosa …« Jasons Handy auf dem Tisch piepte. Er warf einen Blick darauf und legte es dann schnell wieder weg. »Hast du Lust, einen Happen essen zu gehen? Gegenüber gibt es eine Pizzeria. Die haben da sogar eine iPad-Jukebox. Wir können so tun, als würden wir in den Fünfzigern leben. Na ja, in den Fünfzigern mit iPads.«

»Und ohne Sexismus.«

»Zerbrich dir da mal nicht dein hübsches Köpfchen drüber.« Er zwinkerte. »Was sagst du?«

»Klar, warum nicht?« Sie hatte nichts zu essen zu Hause, bis auf eine Schachtel labbriger Oreos, und außerdem wollte sie nicht, dass das Date endete. War es überhaupt ein Date? Es fühlte sich so an.

»Super. Entschuldige mich kurz, bin gleich zurück.«

Jason ließ sein Handy auf dem Tisch liegen, als er zum Klo ging, und beinahe sofort piepte es wieder. Rosa griff ganz automatisch danach – sie und David waren immer gegenseitig an ihre Handys gegangen. Deswegen hatte sie auch gleich Bescheid gewusst, als er anfing, seins zu verstecken. Als sie realisierte, was sie da tat, legte sie es sofort wieder zurück, aber sie hatte bereits einen Blick auf die Tinder-Nachricht, die er von einer gewissen Kara erhalten hatte, erhascht.

Hoffe, diese öde Geschäftssache ist bald vorbei. Bleibt es bei heut Abend?

Er hatte sie ernsthaft als »öde Geschäftssache« beschrieben? Und er hatte heute Abend noch eine Verabredung? Sie war nicht bereit für das hier. Das wurde ihr klar, als sie ihn wiederkommen sah mit seinem breiten Lächeln und dem grob gestrickten Pullover. Die Grabenkämpfe beim Dating, mit einer fremden Frau konkurrieren zu müssen, von der sie nicht einmal gewusst hatte, nie sicher sein zu können, ob der andere einen mochte oder nicht. Wie machte Ani das bloß? Wie konnte man an einem Spiel teilnehmen, wenn man keine Ahnung hatte, wie die Regeln funktionierten?

»Bist du bereit?«, fragte er.

»Ich hab's mir anders überlegt«, sagte Rosa mit kühler, fester Stimme. »Ich bin sicher, du hast heute noch viel zu tun.«

»Wie bitte? Hab ich nicht, ich habe meinen Terminkalender freigeräumt.«

»Wie großzügig von dir.«

»Was soll das, Rosa?« Er drehte den Kopf Richtung Toiletten, dann wieder zurück. »Wie lang war ich denn da drin?«

Sie lachte nicht. »Ich gehe jetzt. Ich könnte es mir nicht verzeihen, wenn ich dich mit öden Geschäftsdingen aufhalten würde. Danke für die Einladung.«

Kapitel 17

Der Liebes-Algorithmus

Rosa

»Mach es dir bequem. Ich muss nur noch ...«

»Oh! Na klar.« Rosa versuchte, nicht peinlich berührt dreinzuschauen, als Simon sich entschuldigte, um zweifelsohne eine Art ritueller Waschung zu vollziehen.

Ihr drittes Date war wie erwartet verlaufen – gefüllte Teigtaschen in Chinatown, ein Film im Prince-Charles-Kino. Dann, nach ein paar verhaltenen Küssen an der Bushaltestelle, waren sie in die Central Line eingestiegen, um zu seiner Wohnung in Bethnal Green zu fahren.

Sie würde sich in diesem Wohnzimmer niemals zu Hause fühlen. Es war vorwiegend mit Gold und Strass dekoriert, und in der Mitte stand ein goldenes Sofa. Die Tapete war schwarz mit glitzernden Akzenten, wie bei einer dieser billigen Wodka-Flaschen, die man in schäbigen Klubs herumstehen sah. Die eine Seite des Raumes wurde von einem riesigen Fernseher beherrscht, der die Hälfte der Wand einnahm, und die andere von einem gigantischen gerahmten Hochzeitsfoto. Rosa erkannte St. Petersburg. Die Braut hatte blondiertes Haar, einen Schmollmund und trug metallisch glänzenden hellrosa Lippenstift, von dem Rosa geglaubt hatte, dass er seit den Neunzigern ausgestorben war, gemeinsam mit Girlpower und Mini-Disc-Playern. Simon, der Bräutigam, war herausgeputzt wie ein Kavalier aus dem siebzehnten Jahrhundert, inklusive Gehrock und Kniehose. Selbst nach der ganz offensichtlich angewendeten Fotoshopbehandlung wirkte er bleich und sah kläglich drein. Um die Hauptaufnahme herum waren mehrere andere Bilder eingefügt worden: Braut und Bräutigam, wie sie sich küssten; die Braut *Titanic*-mäßig gegen eine Reling gelehnt, während der Bräutigam in die Ferne blickt; der Bräutigam auf einem Knie vor einem Sessel, während die Braut seinen Kopf an ihren eindrucksvollen, in einem Korsett verstauten Busen drückt.

Simon kam zurück und erwischte Rosa gebannt vor dem Bild. »Oje«, sagte er. »Ich hätte es längst abnehmen sollen, aber das Ding wiegt eine Tonne. In Russland haben sie eine Schwäche für das ganze Fotoshop-Zeug.«

»Irgendwie sieht damit alles aus wie 1994.«

»Tut mir leid. Ich wollte nicht, dass du dich unwohl fühlst.«

»Nein, ist schon okay. Ich hatte mir nur vorgestellt, dass deine Wohnung voller alter Bücher ist.«

»Leider nicht erlaubt.« Simon drückte auf ein Panel, das in die lederbezogene Wand eingelassen war, woraufhin sie sich lautlos öffnete. Dahinter befanden sich Regale, die von oben bis unten mit Taschenbüchern vollgestopft waren. Grüne und orangefarbene Penguin-Bände, abgegriffene Buchrücken, der Geruch nach altem Papier.

»Oh«, sagte sie. »Das ist … wunderschön.«

Simon stellte die Flasche Wein ab, die er mitgebracht hatte, und machte ein paar Schritte auf sie zu.

Rosa wusste nicht, ob es die Bücher waren oder die Drinks, die sie davor gehabt hatten, oder der berauschende Duft von raumfüllender Literatur, aber plötzlich beschleunigte sich ihr Puls, und sie verschränkte den Blick mit seinem.

Schüchtern hob er eine Hand und legte sie an ihre Wange, mit der anderen berührte er ihre Taille. »Du bist schön«, murmelte er. »Dein Ehemann ... Er muss verrückt gewesen sein.«

»Na ja, gleichfalls«, sagte sie, auch wenn sie nur sehr ungern über eine Frau in deren Heim herziehen wollte. »Es ist nicht fair, dass du deine Bücher in ein Gefängnis sperren musst.«

»Glaubst du, sie wollen ausbrechen?« Simon stupste eines der Taschenbücher an, sodass es herausfiel und mit einem leisen Blätterrauschen auf dem dicken Teppich landete.

Rosa blickte hinunter: *Madame Bovary*, eines ihrer Lieblingsbücher. David hatte in letzter Zeit gar nicht mehr gelesen. Er war zu beschäftigt damit gewesen, Fußballergebnisse auf seinem iPad zu checken.

Rosa schob sich in das Kabinett und warf noch ein paar Bücher raus. »Da bin ich mir sicher.«

Simon starrte sie an, und dann lachten sie beide los. Sie zogen weitere Bücher hervor, mehrere auf einmal, und warfen sie auf den dicken cremefarbenen Teppich, und irgendwie lag Rosa plötzlich auf dem Haufen Taschenbücher, und eine Ausgabe von *Sturmhöhe* pikste ihr in die Rippen. Simon lag auf ihr und küsste sie, wobei sein kariertes Hemd hochrutschte, um einen überraschend straffen Bauch zu entblößen. Und die ganze Zeit über lief in Rosas Hirn ein nicht enden wollender Monolog ab: Oh mein Gott, ich küsse einen Mann, der nicht David ist. Anderes Kinn. Andere Lippen. Moment, ich habe David seit Ewigkeiten nicht mehr richtig geküsst, das ist traurig ... Äh, konzentriere dich. Okay, meine Hand ist auf seinem Bauch ... Hmm, mehr Haare als David ... Hmmmm, das ist schön ... Okay, und jetzt knöpft ein Mann meine Jeans auf ...

Sie setzte sich abrupt auf, wobei sie beinahe gegen seinen Kopf knallte. Er rutschte von ihr herunter. »Alles okay?«

»Ja, entschuldige. Es ging nur alles ein bisschen schnell.«

»Ja, klar, natürlich.« Simon sah geknickt aus. »Entschuldige, es ist ein bisschen mit mir durchgegangen.«

»Mit mir auch.« Rosa rückte ihren BH zurecht, der verrutscht war. »Es ist lange her, seit mir so was passiert ist.«

»Bei mir auch.«

»Es war irgendwie … schön.«

»Ja.« Er hatte ein süßes Lächeln aufgesetzt und blickte sie scheu an. »Wie wäre es, wenn wir uns einen gemütlicheren Ort suchen?«

Rosa schob ein Buch beiseite, das sich in ihr Rückgrat bohrte, und warf einen Blick auf den Titel. *Stolz und Vorurteil.* Ihr absolutes Lieblingsbuch. »Okay«, sagte sie und zog ihre Jeans hoch. Doch sobald sie im Schlafzimmer waren – Leder, Diamantbeschläge, deckenhohe Spiegel, kein Außenlicht –, schien ihr Verlangen abzuflauen.

Simon setzte sich und zog seine Socken aus, dann nahm er ein Tempo aus dem (lederbezogenen) Nachtschränkchen und schnäuzte sich.

Rosa beobachtete ihn von der Tür aus. »Hier drin ist es wirklich dunkel.«

»Ja, Mashas Geschmack. Jegliches Fitzelchen Tageslicht oder Pastellfarbe musste weg.«

Rosa betrachtete das Lederbett mit dem schweren lilafarbenen Überwurf. »Ist das … Habt ihr in dem Bett geschlafen?«

»Na ja … ja. Jetzt sag nicht, dass du dich komplett mit neuen Möbeln eingedeckt hast, nachdem dein Mann ausgezogen ist?«

»Natürlich nicht. Nach dem ganzen juristischen Kram kann ich mir kaum noch Schuhe leisten.«

»Geht mir genauso. Also nimm es mir nicht übel, okay? Ich bin so wie du. Ich versuche, diese schlimme Zeit durchzustehen, indem ich ein bisschen Spaß habe, nette Menschen kennenlerne. Und ich mag dich, Rosa. Du bist hübsch und lieb, und du hast das tollste Lachen überhaupt.«

Rosa wurde rot. Vielleicht war sie ja doch noch nicht ganz auf dem Abstellgleis gelandet. Aber sie wusste immer noch nicht, wie sie mit dieser Situation umgehen sollte.

»Komm her«, sagte Simon und klopfte mit der flachen Hand neben sich auf die Matratze. Das war bestimmt die Seite seiner Frau gewesen.

Denk nicht darüber nach! Sie kletterte unbeholfen auf das große Bett. Simon war plötzlich sehr nahe, seine rosigen Ohren, sein zurückweichender Haaransatz, seine freundlich blickenden Augen. Das ist nicht David! Das ist alles ganz falsch. Aber es würde sich beim ersten Mal immer seltsam anfühlen. Also schloss sie die Augen und beugte sich zu ihm vor.

Ein paar Minuten später blickte Rosa zu der (lederbezogenen) Decke empor – jetzt mal im Ernst, hatten die eine ganze Kuhherde gehäutet, um diese Wohnung zu beziehen? –, während Simon am Spitzensaum ihres Höschens herumfummelte.

»Soll ich?« Sie setzte sich auf, bedeckte ihre Brüste mit einer Hand – albern, er hatte sie bereits gesehen – und wand sich aus ihrem Slip.

Simon war nackt bis auf seine Boxershorts aus schwarzem Satin, von der sie sicher war, dass seine Frau sie ausgesucht hatte. Im Geiste stellte Rosa sich bereits vor, wie sie ihren Freundinnen dieses Rendezvous schildern würde. Sie beschloss, das Wort, das sie verwenden würde, wäre »nett«. Es war schön, begehrt zu werden, seinen Blick auf ihrem Körper zu spüren, während sie sich ihrer Klamotten entledigte, zu hören, wie er dabei den Atem einsog. Auch wenn sie kein elektrisierendes Kribbeln verspürte, wenn er sie berührte, auch wenn sie ihn versehentlich zweimal mit dem Ellbogen im

Gesicht traf und fünf Anläufe brauchte, um ihren BH auszuziehen. Vielleicht liefen die Dinge ja normalerweise so ab, und sie war die ganze Zeit über nur durch David verwöhnt gewesen. Nein, denk nicht darüber nach! Das ist okay so. Das ist gut.

Simon machte irgendwas auf Höhe ihrer Taille. Hätte sie sich enthaaren sollen? Oh Gott, sie war kein bisschen bereit hierfür. Es war, wie mit einem Esel beim Grand National Pferderennen anzutreten. Marnie und Ani achteten bestimmt darauf, jederzeit gepflegt und gestriegelt zu sein – allzeit bereit –, und konnten ihre Beine hinter dem Kopf verschränken und …

»Bist du okay?«, fragte Simon atemlos.

»Äh … Ja, ja, mir geht's gut. Nur ein bisschen nervös.«

»Ich auch«, sagte er. »Sorry, aber ich glaube nicht, dass ich …«

Oh. Rosa ließ den Blick nach unten wandern. Nur dass es da nichts zu sehen gab. Noch etwas, womit sie bei David verwöhnt gewesen war. »Du bist bestimmt nur müde oder nervös oder …«

»Tut mir wirklich leid«, sagte er elend.

»Mach dir keinen Kopf.« Doch schon war die Unsicherheit wieder da. Lag es an ihr? War sie nicht sexy genug? Gab es da einen Trick, den andere Frauen erklärt bekommen hatten, während sie gerade auf dem Klo gewesen war oder so? Was, wenn sie ihr ganzes Leben lang falsch Sex gehabt hatte und niemand hatte es ihr gesagt?

Simon tat jetzt … irgendwas, und sie starrte an die Decke und ließ ihn weitermachen.

»Ich glaube, jetzt geht es.« Seine Stimme kam gedämpft, da er den Kopf an ihrer Schulter vergraben hatte.

»Oh … Gut.«

»Soll ich ein … Du weißt schon.«

»Oh, ja, ja, ich denke schon.«

»Ich glaube, ich habe irgendwo noch welche.«

Dann folgte Rumgewühle, Abchecken des Ablaufdatums, Zerren und Fluchen, und Rosa fragte sich, ob sie einen unauffälligen Blick auf ihre Uhr ... Doch dann war er wieder zurück, und es gab noch mehr Rumgefummel.

»Äh, soll ich?«

»Oh ... Ja. Ich schätze schon.« Das war es. Die Zeit war gekommen. Es würde passieren und ...

Wusch! Irgendetwas landetet haarscharf neben Rosas Kopf. Sie schrie auf.

In der Tür stand eine Wasserstoffblondine mit einem Größe-sechsunddreißig-Körper in hochhackigen Stiefeln, die ihr bis zu den Schenkeln reichten, und einem winzigen Pelzjäckchen. »Wer bist du? Raus aus meinem Bett, du Schlampe!«

Simon rappelte sich umständlich auf, komplett nackt bis auf das Kondom. »Herrgott, Masha, du kannst nicht einfach so hier reingeplatzt kommen!«

Masha? Oh nein. Das war übel. Rosa sah sich hektisch nach ihren Klamotten um, aber sie waren nirgends zu sehen. Die Frau heulte jetzt lauthals und brabbelte etwas in einer Sprache, von der Rosa annahm, dass es Russisch war. Obwohl sie meinte, zwischendrin das Wort »dreckig« zu hören. »Ähm, soll ich ...«

Simon hielt Masha an den Schultern fest und brüllte nun ebenfalls etwas auf Russisch. Dann wechselte er ins Englische zurück, um sich an Rosa zu wenden: »Ja, sorry, wäre es okay, wenn wir einen Moment allein hätten?«

Ihre Jeans lag hinter ihm auf dem Boden. »Könnte ich nur ... Vielleicht sollte ich ...«

Masha gab Simon eine schallende Ohrfeige. Und nackt, wie Gott sie schuf, flüchtete Rosa ins Wohnzimmer.

»Also habe ich mir überlegt, Flugzeugtoiletten sind so klein und eklig, warum machen sie nicht einfach Kabinen rein, für die die Leute zahlen können, um Sex zu haben? Auf diese Weise können sie dem Mile-High-Club beitreten, die Fluggesellschaft verdient Geld, und das Klo ist frei, falls jemand zufällig einen schmierigen Burrito am Imbissstand vor dem Flughafen gegessen hat und schnell mal muss. Das wäre eine Win-win-Sache!«

»Aha«, sagte Ani und versuchte, ihm zu folgen.

Nachdem sie sich vor Simon so blamiert hatte, hatte sie beschlossen, dem Rat ihrer Freundin zu folgen und Nikesh noch eine Chance zu geben. Normalerweise ließ sie sich nie auf ein zweites Date ein, wenn das erste nicht gänzlich perfekt gewesen war und sie auch nur den geringsten Zweifel irgendeiner Art hegte. Was bedeutete, dass sie nur sehr selten ein zweites Date hatte.

Nikesh stellte sein Glas ab. »Ich bin froh, dass du dich gemeldet hast, Ani. Ich hatte schon das Gefühl ›auf ein andermal verschieben‹ könnte ›niemals‹ heißen.«

»Ach, nein. Ha, ha. Natürlich nicht.«

»Tut mir leid, falls ich ein bisschen übereifrig rüberkam. Ich sehe nur keinen Sinn darin, Spielchen zu spielen, wenn ich jemanden mag, und ich mag dich.«

Ani wurde rot und senkte den Kopf über ihrem Gin Tonic. »Nein, nein, ich hatte bei der Arbeit nur viel um die Ohren. Sorry.«

»Großer Fall? Worum ging's?«

»Äh, Scheidung. Hässliche Sache.«

»Worauf waren sie aus? Gütertrennung, Zugewinngemeinschaft, Versorgungsausgleich?«

Ani nahm einen langsamen Schluck von ihrem Gin Tonic,

und zwar so langsam, dass Nik in der Zwischenzeit hoffentlich seine Frage vergessen würde. Sie hatte nie damit gerechnet, mal einen Mann kennenzulernen, der sowohl Interesse an ihrem Job zeigte, als auch Recherchen darüber anstellte.

»Du scheinst dich gut mit dem Gesetz auszukennen, Nikesh. Kommt das ausschließlich vom *Good Wife* gucken?«

»Das auch, aber da ich wusste, dass ich mich mit dir treffen würde, habe ich zusätzlich ein paar Sachen nachgeschlagen.«

Sie starrte ihn an. »Du schlägst etwas nach für ein Date?«

»Natürlich. Ich würde ja auch nicht zu einem geschäftlichen Meeting gehen, ohne mich im Vorhinein zu informieren. Denk nur an die Zeit, die man verschwendet!« Er lachte fröhlich bei der Vorstellung und nahm einen Schluck von seinem Kirsch-Wodka-Cola-Float, der einen Eiscreme-Schnurrbart auf seiner Oberlippe hinterließ. »Mmm, fruchtig!«

Ani lächelte schwach und dachte an all die Männer, mit denen sie sich bisher getroffen hatte, nur um danach von einer unerwähnt gebliebenen Freundin zu erfahren, einer ziemlich ausgeprägten Kokainsucht oder aber der Tatsache, dass er immer noch bei seinen Eltern wohnte.

»Du hast letztes Mal diesen Fragebogen erwähnt. Machst du den deswegen? Ich habe Helen gefragt, aber sie wollte nicht so recht mit der Sprache rausrücken.« Tatsächlich hatte sie was von »Datensammlung« gemurmelt und dann das Thema gewechselt, indem sie Ani ein Kompliment zu ihrer Handtasche gemacht hatte.

»Oh, der ist recht simpel, wirklich. Ich weiß, dass man bei einem Partner nicht alles haben kann, also habe ich es auf die Punkte zusammengestrichen, die ich mir wirklich wünsche.«

»Im Ernst?« Ani setzte sich kerzengerade auf.

»Natürlich. Ist doch logisch. Zuallererst bedeutet mir

meine Familie sehr viel, also muss diejenige das verstehen können. Und es darf sie nicht stören, dass meine Eltern Cousin und Cousine zweiten Grades sind.«

Ani fiel beinahe ihr Glas aus der Hand. »Deine Eltern sind Cousin und Cousine zweiten Grades?«

»Ja. Dort wo sie herkommen, ist das nichts Außergewöhnliches. Versprochen. Sie sind das glücklichste Paar, das ich kenne. Manchmal ist es schwer, dem gerecht zu werden. Ich meine, mein Vater fängt immer noch jedes Mal an zu lächeln, wenn meine Mutter ins Zimmer kommt. Jeden Tag. Verstehst du?«

»Ähm, ja, ich habe da so eine Vorstellung.«

»Meine Ehefrau müsste Verständnis für meine Familie haben und dürfte deswegen nicht ausflippen. Ich schätze, das ist auch der Grund, warum ich mittlerweile zu indischen Frauen tendiere.«

»Äh, ja, ich weiß, was du meinst.« Meine Ehefrau. Ani glaubte nicht, dass sie je irgendeinen Junggesellen diesen Ausdruck hatte sagen hören.

»Zweitens möchte ich jemanden mit Ambitionen. Manchmal treffe ich Frauen ... Wie soll ich es ausdrücken? Frauen, die wissen, was ich tue, und deshalb denken, sie müssten nie wieder in ihrem Leben arbeiten, wenn wir zusammenkommen. Meine letzte Freundin, Jen ... Ich musste erfahren, dass sie ihren Job gekündigt hat, nur weil sie dachte, ich hätte vor, ihr einen Antrag zu machen. Dabei wollte ich ihr lediglich erzählen, dass ich die limitierte Edition des ersten Word-Programms gefunden hatte. Auf einer Diskette. Stell dir das mal vor!«

»Ich stell's mir vor«, murmelte Ani. Ihr Hirn sprudelte und zischte mittlerweile wie ihr Drink.

»Also brauche ich jemanden, der seinen Job leidenschaftlich liebt. Eine Frau, die unabhängig ist und stark. Die ein bisschen Kontra geben kann. Ich weiß, dass ich manchmal etwas zu enthusiastisch bin, also hätte ich gerne jemanden, der mir sagt, wenn ich über die Stränge schlage. Und drittens wünsche ich mir jemanden, der entspannen kann. Ich arbeite und reise so viel, manchmal will ich einfach nur zu Hause bleiben und …«

»*Good Wife* gucken?«

»Ja! Woher weißt du das?«

»Ach, nur wild geraten. Und, gibt es auch einen vierten Punkt?« Ani umklammerte ihr Glas und spürte die kühlen Tropfen auf ihrer Haut. Plötzlich wünschte sie, dass es sich bei Punkt vier um die fundierten Kenntnisse aller *Ally-McBeal*-Folgen handelte oder um die Fähigkeit, einen perfekten Aperol Spritz zu mixen, oder dass er eine Frau suchte, die über profunde Kenntnisse der Finessen des britischen Familienrechts verfügte.

»Ja, den gibt es. Ich will einfach jemanden, der nett ist und umgänglich. Bei der Arbeit begegne ich genug aggressiven Leuten. Mir ist klar, dass man bei Verabredungen irgendwelche Spielchen spielen soll, aber es erscheint mir wie die reinste Zeitverschwendung.« Er rückte seine Brille zurecht. »Ich will einfach nur jemanden, der mich nicht ständig bewertet und bei dem ich ganz ich selbst sein kann. Der immer ehrlich zu mir ist. Ich hasse es, getäuscht zu werden. Du weißt schon, jemanden, der sich nicht darum kümmert, ob man cool rüberkommt oder nicht. Ich meine, wer hat schon Zeit für so was?«

Ani stellte ihre nächste Frage sehr vorsichtig. »Und … Helen hat gesagt, ich würde diese Kriterien erfüllen?«

»Natürlich. Deswegen wollte ich dich kennenlernen. Wenn man sicherstellt, dass beide dasselbe wollen, ist die Partnersuche eigentlich eine unkomplizierte Sache.«

Partnersuche. Unkompliziert. Zwei Worte, die sie sich noch nie zusammen in einem Satz vorgestellt hatte.

»Also funktioniert der Fragebogen?«

»Na ja, viele Leute finden es befremdlich oder halten es für ›schräges, autistisches Gebaren‹«, er malte Gänsefüßchen in die Luft, »was sich für mich ziemlich widersprüchlich anhört, aber meinetwegen. Ich finde es nur einen so wichtigen Aspekt, dass man ihn auch ernst nehmen sollte. Ich meine, die Leute verbringen mehr Zeit mit der Recherche nach dem richtigen Friseur als mit der Überlegung, was sie sich von ihrem Lebenspartner wünschen. Ich will sichergehen, dass ich es richtig mache.« Nikeshs Handy summte in seiner Tasche. Er zog es heraus und runzelte die Stirn. »San Francisco ruft an. Würdest du mich bitte für einen Moment entschuldigen, Ani? Das könnte wichtig sein. Es tut mir leid, dass ich so unhöflich bin.«

Ani blinzelte, als er sich zum Gehen wandte, und dachte an all die Dates, die sie gehabt hatte, mit Männern, die den ganzen Abend an ihrem Handy hingen. Dieser Fragebogen … Wenn er ihn direkt an sie geschickt hätte, wäre sie schnurstracks davongerannt – bevor sie ihn Rosa als mögliche Idee für einen Artikel über schräge Vögel beim Onlinedating geschickt hätte. Aber war es möglich, dass er recht hatte?

Ani zog ihr eigenes Handy aus der Tasche, nur um zehn Nachrichten von ihrer Mutter, Tante und Cousine wegen Manishas anstehender Hochzeit vorzufinden.

Hoch geheime Schuh-Info.

Allerwichtigste Make-up-Regel.

Ani, ich hoffe, du hast dir deine Haare nicht schneiden lassen.

Und dann: *Kommst du mit Begleitung?*

»Autsch! Sorry.« Nikesh kam zurückgeeilt, wobei er an einem anderen Tisch hängen blieb. »Ich sollte besser nicht trinken mit einem Jetlag, aber ich lebe gern wild und gefährlich. Außerdem macht es einfach Spaß, mit dir auszugehen.« Er schob sich das dunkle Haar aus der Stirn und lächelte.

»Nikesh?«, hörte sie sich selbst sagen. Er würde sowieso keine Zeit haben, beruhigte sie sich. Er würde irgendwo in der Weltgeschichte herumjetten. »Falls du am Dreizehnten nichts anderes vorhast …«

Helen

Die Person, mit der du seit einem Monat chattest, meldet sich nach deinem Vorschlag, euch persönlich zu treffen, plötzlich nicht mehr bei dir. Du stöberst ein bisschen herum und findest heraus, dass sie ein Agenturfoto verwendet hat und gar nicht existiert. Setze drei Runden aus, da du jeglichen Glauben an die Liebe, das Leben und die Menschheit verloren hast.

»Catfishing? Fake-Profile?« Karls Hand schwebte über der Tastatur. »Kommt das echt vor?«

»Oh ja. Ich krieg die ganze Zeit Nachrichten von wütenden Leuten, die sich beschweren, dass die Knaller-Blondine, mit der sie gechattet haben, eine fünfzigjährige Küchenhilfe aus Hull ist.«

»Soviel zu den dunklen Seiten des Internets. Ich kann Lügen nicht ausstehen. Die verursachen quasi einen Defekt auf meiner inneren Festplatte. Warum nicht einfach die Wahrheit sagen?«

Helen spürte Gewissensbisse. Karl hatte eine Packung Paracetamol mitgebracht, da sie ihm erzählt hatte, dass sie krank war, wo sie doch in Wirklichkeit mit Ed nach Bristol gefahren war. Er hatte außerdem mehrere Zettel mit Notizen mitgebracht und seinen Hochleistungs-Laptop, und jetzt saß er auf ihrem Chintz-Sofa im Wohnzimmer, während sie mit ihm die Ideen für das Spiel durchging. Mr. Fluffypants lag – unglaublicherweise – auf Karls riesigen Füßen und gab ein Geräusch von sich, das fast als sanftes Schnurren durchging. Helen erinnerte sich an das letzte Mal, als ein Mann in ihrer Wohnung gewesen war. Ein unüberlegtes Techtelmechtel, mit dem sie versucht hatte, sich von Ed abzulenken, was aber natürlich alles nur noch schlimmer gemacht hatte. Mr. Fluffypants hatte seinen Unmut kundgetan, indem er in die Schuhe des Typs gekackt hatte.

»Hast du es noch nie mit Onlinedating probiert?«

»Ganz sicher nicht. Ich hatte jahrelang eine feste Freundin.«

»Echt?« Sie versuchte, nicht zu überrascht zu klingen.

»Eleanor. Sie war ein Goth. Wir haben uns auf der Comic-Con kennengelernt.«

»Comic-Con?«

»Ja, Comic-Con. Das ist ein bisschen wie … die Kneipen-szene in *Krieg der Sterne* gekreuzt mit der Bibliothek in *Buffy*. Du solltest mal hingehen. Ich habe schon mein Chewbacca-Kostüm für dieses Jahr. Diesmal findet die Messe am drei-zehnten Februar statt. Es wird auch eine Demo geben gegen die anhaltende Ausbeutung des *Star-Wars*-Franchise.«

»Oh, du gehst als Wookiee. Ich hoffe, das wird keine allzu haarige Angelegenheit.«

»Du solltest mal hingehen.« Bedeutete das dasselbe wie »Du solltest mit mir hingehen«? War das eine Einladung zu einem Date gewesen? Auf die Comic-Con? In Helens Kopf drehte sich alles. Die ganze Zeit hatte sie sich vorgestellt, dass Nerds nur zu Hause herumsaßen, so wie sie, und ihre einzi-gen Beziehungen zu anderen Menschen über World of Warcraft liefen. Und dann stellte sich plötzlich heraus, dass Ober-Nerd Karl eine Freundin gehabt hatte.

»Was ist mit Eleanor passiert«?

»Sie ist total in dieser polyamourösen Goth-Szene aufgegangen, aber um ehrlich zu sein, ist das nicht mein Ding. Im Grunde ist es mehr Verwaltungsarbeit als alles andere. Wir haben es mit Google-Kalendern versucht, aber ich bin in ihrem Schlafzimmer trotzdem noch auf langhaarige Elben gestoßen.«

»Polyamourös? So, wie mit mehr als einer Person gleichzeitig ausgehen?«

»Eher mit mehreren Leuten gleichzeitig in einer Beziehung sein. Sie hat mich wegen eines Typs namens Steve verlassen. Und einem Mädchen namens Bethany. Sie haben sich beim LARPen in Devon kennengelernt. Wir spielen manchmal noch online miteinander.« Er klang ziemlich heiter und optimistisch, was das Ganze anging. Fast so, als könnte eine Sache auch zu Ende gehen, ohne dass man sich deswegen die nächsten zwei Jahre deprimiert in seiner Wohnung verkriechen musste.

»LARPen?«, fragte Helen. Plötzlich hatte sie das Gefühl, des Englischen nicht mehr mächtig zu sein. Dan hatte das Wort ebenfalls erwähnt, aber sie hatte nicht wirklich zugehört.

»Live Action Role Playing – Liverollenspiele. Diese Veranstaltung, bei der man sich als Krieger verkleidet und in den Wald geht. Auch nicht mein Ding. Ich mag keine Kälte, und im Sommer ist mein Heuschnupfen so schlimm, dass ich in der freien Natur ein Notfallarmband tragen muss.«

»Oh«, murmelte Helen schwach und hatte das unbestimmte Gefühl, nicht wirklich viel zu der Unterhaltung beizutragen.

»Und diese Geschichten hier, die sind wirklich aus dem

Leben gegriffen? Die hier beispielsweise ...« Er las von ihren Spielenotizen ab: »*Du hast ein tolles Date mit jemandem und bist sicher, dass es was wird. Dann wird derjenige am Tag eures zweiten Dates krank, und du glaubst, er hat dich nur versetzt. Ihr trefft euch nie wieder. Das Spiel ist aus.*«

»Die sind allesamt echt. Horrorgeschichten von der vordersten Datingfront. Von meinen Freundinnen, meine ich. Nicht von mir.« Moment, was war schlimmer? Wenn er dachte, dass sie mit jedem ausging, so wie Marnie, oder wenn er wusste, dass sie seit Jahren nicht mal in der Nähe eines Mannes gewesen war? »Ein paar sind auch von mir«, log sie.

Karl sah sie nachdenklich an – ein Ausdruck, den sie zuvor noch nicht an ihm bemerkt hatte. Er schien sehr selbstsicher, was man nicht unbedingt von einem Mann erwartete, der ein *Star-Trek*-T-Shirt trug. »Ist es wirklich so schwer, das hinzubekommen?«

Helen nickte. »Es passiert so oft, dass du eine tolle Zeit mit jemandem verbringst, doch dann, aus irgendeinem Grund, verliert die Geschichte den Schwung, und du siehst ihn nie wieder.« Oder du siehst ihn zwei Jahre später wieder, und er erwähnt nicht einmal, dass ihr miteinander geschlafen habt. Warum nicht? Warum?

Karl tippte etwas. »Also ist Datingschwung gleich Interesse geteilt durch ... Durch was? Verfügbare Zeit?«

»Ja, und auch, mit wem man sich sonst trifft. Und wie sehr beide eine Beziehung wollen. Manche Leute möchten nur Spielchen spielen, also gehen sie einmal mit dir aus und verdünnisieren sich dann wie ein Geist. Es ist schlimmer als im Horrorfilm.« Sie hatte es ein ums andere Mal mitbekommen: Marnies Schwärmereien für einen Typ, ihr überfallartiges Interesse gleich einer Neutronenbombe, nur um sich gleich wieder zurückzuziehen. Die SMS, die immer seltener, und die konkreten Pläne, die vage wurden, und danach oftmals vollkommene Stille, die sich über den Schauplatz legte.

»Ich dachte immer, es ginge nur darum, einen Menschen zu finden, der wie ein fehlendes Puzzleteil zu einem passt. So wie bei Tetris.«

»Oder wie ein Klettverschluss«, sagte sie. »Ich weiß nicht. Es scheint beinahe unmöglich, jemanden zu finden, mit dem es klappt.« Sie dachte abermals an Ed, der sich seit Bristol nicht mehr gemeldet hatte. Und an Ani, die so schwer zufriedenzustellen war und jeden Typ abservierte, der auch nur ansatzweise gegen ihr Regelwerk verstieß. Und an Marnie, die sich zweifelsohne im besetzten Haus austobte, Transparente aus Hanf nähte und die Bong herumgehen ließ.

»Aber wir werden das alles ändern.«

»Wie denn das?«

Karl drehte den Laptop zu ihr. »Ich wünschte, ich hätte so eine riesige Tafel, auf die ich kritzeln könnte, wie in den Filmen über die NASA, aber das hier wird es auch tun. Tada!«

Helen erblickte eine lange Zahlenkolonne. »Was ist das?«

»Das ist ein Liebes-Algorithmus«, verkündete er stolz. »Für unsere App. Und die wird tatsächlich funktionieren, nicht so wie die anderen. Sie wird den Leuten helfen, den richtigen Partner zu finden. Nicht nur den, von dem sie denken, dass sie ihn wollen. Den Partner, der tatsächlich verfügbar ist, nicht nur den, mit dem sie gern zusammen sein würden. Sie wird alle Variablen mit einschließen – nicht nur, ob man auf jemanden steht, sondern wie gern man jemanden treffen will, wie viel Zeit man hat, mit wem man sich sonst noch trifft und so weiter. Wir werden die Liebe so was von *romanto-logisch* machen!«

»Oh, ich sehe schon die Werbeanzeigen vor mir. Klingt wie ein Datingportal für Vulkanier.«

»Schön wär's. Ich wette, Mr. Spock hat noch nie ein Fake-Profil erstellt oder jemanden abserviert. Also, was sagst du?«

Logik? War das die Antwort, um nicht jahrelang jemandem hinterherschmachten zu müssen, den man sowieso nicht haben konnte? Stattdessen erstellte man einfach Listen, tauschte Exfreunde und gab Zahlen ein? Helen mochte Zahlen. Mit Zahlen ergab eins und eins immer zwei und nicht nichts oder drei oder siebzehn.

Sie lächelte Karl an, der beiläufig Mr. Fluffypants Bauch kraulte, eine Aktivität, die für den Kraulenden normalerweise umgehend eine Tetanusspritze erforderlich machte und mitunter auch ein paar Stiche. »Ich sage, möge die Wahrscheinlichkeit immer zu unseren Gunsten ausfallen.«

Marnie

Bumm. Bumm. Bumm. Marnie zuckte zusammen, während sie im Bad saß und versuchte, im schwächer werdenden Licht ihres Handydisplays in der *Cosmopolitan* zu lesen. »Eine Minute noch!«, brüllte sie.

Draußen war die gedämpfte Stimme eines Mädchens zu hören. Vornehm. Eingebildet. Wütend. »Du bist schon seit einer Stunde da drin! Ich muss mir das Henna aus den Haaren waschen!«

Ein Badezimmer für zehn Leute. Kein Strom, seit er vor zwei Tagen abgestellt worden war. Keine Heizung, nur veganes Essen und, das Allerschlimmste, keine Schokolade. Wie konnte das jemand ernsthaft für eine gute Idee halten? Warum hatte sie es für eine gute Idee gehalten?

»Na gut, mach dir nicht gleich ins Rigby&Peller-Höschen«,

murmelte Marnie und schleppte sich hinaus. Sie war trocken und vollständig bekleidet. Es gab kein heißes Wasser, aber das Bad war schlichtweg ein angenehmer Rückzugsort, wenn draußen wieder mal eine Kapitalismus-Debatte über den Bio-Mungbohnen aufbrandete.

Sie trat in den Flur und stampfte an dem wütenden Mädchen vorbei, die Nase hoch in die Luft gereckt. Fenella, oder wie auch immer sie hieß, sah immer toll aus, obwohl sie ebenfalls keinen Ort hatte, um sich richtig zu waschen, und ihre eigenen Kosmetikprodukte aus Backpulver herstellte. Ihr Haar glänzte wie Honig, und wer bitte wusste schon, dass Honig nicht als vegan galt, Herrgott noch mal.

Marnie ging nach oben, wo Tom auf der durchgeleierten Matratze saß, die sie sich teilten, und gewissenhaft ein Flugzeug auf ein Stop-the-war-Transparent malte. Welchen Krieg, da wollte er sich nicht festlegen. Es sah aus wie die Zeichnung eines Grundschülers. »Hi.« Sie begann, in ihren Klamotten zu wühlen, um zu sehen, ob es noch etwas gab, was sie überziehen konnte, ohne anschließend wie ein unförmiger Ball die Treppe runterzurollen.

Tom blickte auf. »Fen hat sich aufgeregt.«

»Fen regt sich ständig auf. Wenn es nicht wegen des Bienensterbens ist, dann weil jemand ihr Kokosnussöl falsch abgestellt hat.«

»Warst du das?«

»Äh, nein.«

Er seufzte. »Du musst anfangen, deinen Beitrag zu leisten, Marnie. Seit du hier bist, hast du kaum ein Transparent gemacht.«

»Ja, weil ich schon in der Grundschule in Kunst durchgefallen bin.«

»Und du kochst und putzt auch nicht. Du machst nicht mal Kaffee!«

Marnie schüttelte sich. »Davon hab ich bei der Arbeit schon genug, danke.«

Er starrte sie düster an. »Das ist noch so eine Sache. Wir finden es nicht besonders gut, dass du für einen fiesen Konzern wir Bean Counters arbeitest. Die haben sich nicht einmal zu Fair Trade verpflichtet!«

»*Wir*? Wer ist *wir*?«

»Na, du weißt schon, Fen und ich und die anderen.«

Fen und ich. Marnie wusste, was das bedeutete. Sie schluckte den Schmerz herunter, der sich in ihrer Brust breitmachte, das vertraute Gefühl, abgewiesen zu werden. Tom wollte sie nicht, nicht wirklich. Sie teilten sich zwar ein Zimmer, aber angesichts dessen, was zwischen ihnen passiert war, hätten sie auch nur Kumpels sein können. Ed wollte sie auch nicht – seit dem kurzen Zusammentreffen auf der Party hatte er sich nicht mehr bei ihr gemeldet. Er hatte sie mit Tom gesehen und war kurz interessiert gewesen, aber sobald sie klargemacht hatte, dass sie immer noch gewillt war, war er verschwunden. Typisch. Und warum kümmerte es sie überhaupt? Sie hatte schließlich mit ihm Schluss gemacht. Zumindest dachten das alle. Warum also sollte sie ihn zurückhaben wollen? War sie wirklich so dumm?

Tom pinselte weiter, vor lauter Konzentration schaute seine Zungenspitze zwischen den Lippen heraus. Er hatte sich voll und ganz dem Leben im besetzten Haus verschrieben, bis zu dem Punkt, dass er sich seit fünf Tagen nicht mehr die Zähne geputzt hatte.

Marnie fasste einen Entschluss. Sie wandte sich Richtung Tür.

»Wohin gehst du?«, fragte er, ohne aufzublicken.

»Raus«, erwiderte sie mit so viel Würde, wie sie aufbringen konnte. »Und übrigens schreibt man Pazifismus nicht mit tz.«

Kapitel 18

Die Lederdecke

Rosa

Eine Stunde später waren Simon, Masha und sämtliche Klamotten von Rosa immer noch im Schlafzimmer eingeschlossen, wo sie weinten und sich auf Russisch anschrien – na gut, die Klamotten schwiegen –, und Rosa wurde allmählich langweilig. Sie saß aufrecht auf dem Sofa – es erschien ihr nicht richtig, nackt auf fremder Leute Möbeln herumzulümmeln – und griff nach der Ausgabe von *Stolz und Vorurteil*. Schließlich konnte man sich nicht ewig schuldig und durch den Wind fühlen, irgendwann wurde selbst das öde.

Es ist eine Wahrheit, über die sich alle Welt einig ist, daß ein unbeweibter Mann von einigem Vermögen unbedingt auf der Suche nach einer Lebensgefährtin sein muß…

Ja klar, dachte Rosa. Sie war gerade an der Stelle angelangt, wo Mr. Darcy auf dem Ball Lizzy aus dem Weg geht, als die Tür geöffnet wurde. Sie klappte schnell das Buch zu und wischte sich das Lächeln vom Gesicht.

Masha starrte sie an. »Hallo.«

»Äh, hi. Wo ist Simon?« Hatte sie ihn ermordet?

»Er duscht.« Sie machte eine Kopfbewegung nach hinten. »Tut mir leid, dass ich geworfen habe das Bild. Hast du Schmerzen?«

»Nein, nein, mir geht's gut. Aber die Wand hinterm Bett hat womöglich einen Kratzer abbekommen.«

»Egal. Es tut mir leid, dass ich verloren habe die Beherrschung. Aber … ich komme nach Hause, und du bist hier … nackt …«

»Es tut mir schrecklich leid. Ich dachte, du hättest ihn verlassen. Und ich … ich lasse mich gerade auch scheiden. Simon und ich haben einander nur Gesellschaft geleistet.«

Masha biss sich auf die Lippe, und frische Tränen stiegen ihr in die Augen. »Ich habe gesagt, dass ich ihn verlasse. Er ist so englisch und so verklemmt und immer besessen mit Tee und Spaziergängen in der Natur, aber ich vermisse ihn sehr. Ich vermisse sein Glatzkopf und Schnäuzen von der Nase und die dummen Radio-4-Sendung über Bauernhöfe. So langweilig, aber ich vermisse ihn!«

»Oh Masha, ich bin mir sicher, er vermisst dich auch, er redet die ganze Zeit von dir.« Rosa spürte, wie ihr ebenfalls die Tränen kamen. »Es tut mir leid, ich weiß nicht, was ich überhaupt hier mache. Ich … Mein Mann hat mich verlassen, weißt du. Ich war einfach … einsam. Und Simon auch.«

Masha wischte sich über die Augen. »Er hat mir gesagt, dass ich gebrochen habe sein Herz, als ich gegangen bin. Ich habe ihm so wehgetan! Und jetzt bist du hier … so hübsch.« Sie gestikulierte in Richtung Rosas (immer noch nacktem) Körper.

»Ähm, danke. Aber du bist auch hübsch. Und wenn du glaubst, dass es noch eine Chance für euch zwei gibt, dann musst du sie ergreifen. So eine Ehe soll schließlich etwas bedeuten.« Sie stand auf und benutzte Jane Austen, um wenigstens einen Teil ihrer Blöße zu bedecken (nicht genug). »Ich sollte jetzt besser gehen. Kann ich meine Klamotten wiederhaben?«

Masha nickte würdevoll. »Bitte. Bedien dich im Badezimmer, wenn du Dinge brauchst.«

Im Schlafzimmer traf sie auf Simon, der gerade, lediglich mit einem Handtuch bekleidet, aus dem angeschlossenen Bad kam. Der Abdruck einer Hand war auf seiner Wange sichtbar. Rosa schlüpfte in Rekordzeit in ihre Klamotten, wobei sie seinem Blick auswich.

»Es tut mir leid«, sagte er mit leiser Stimme. »Ich hatte keine Ahnung, dass sie zurückkommt.«

»Und was passiert jetzt?«

»Ich ... Rosa, ich habe keine Ahnung. Es tut mir leid. Ich ...« Er schüttelte den Kopf. »Ich konnte dich wirklich gut leiden.«

Vergangenheit. Rosa wurde klar, dass dies hier das Phänomen war, über das Ani und Marnie immer redeten. Drei Dates, eine vielversprechende Romanze und plötzlich: Game over. Gehen Sie nicht über Los. Ziehen Sie keine zweihundert Dollar ein.

Sie richtete sich auf, fest entschlossen, ihren Abgang zumindest mit Würde hinzulegen. »Okay, ich glaube, ihr müsst euch unterhalten. Ich werde jetzt gehen.«

Auf dem Weg nach draußen drückte Masha sie an ihre Brust, wobei sie sie fast auf ihrer opulenten Halskette aufspießte, und brabbelte etwas von wegen »mal zum Abendessen vorbeikommen«.

»Ja, vielleicht.« Rosa hätte alles gesagt, nur um endlich wegzukommen. »Also dann, tschüss. Viel Glück!«

Als sie auf die Straße trat, ihre Klamotten immer noch unordentlich und zerknautscht, spürte sie wieder das Brennen der Tränen hinter den Augenlidern. Game over. Kehren Sie zum Start zurück.

»Miiiiiau!«

Helen brühte Tee auf und drehte sich um, um Karl und den Kater zu beobachten, die gerade anscheinend in eine Art Starrwettkampf versunken waren. »Pass auf«, warnte sie ihn, »manchmal hat er es aufs Gesicht abgesehen.«

»Wie verstehen uns schon, nicht wahr, Mr. Kater? Hat er eigentlich einen richtigen Namen? Du hast ihn mir nie gesagt.«

»Äh. Ja klar.«

»Das ist jetzt der Moment, in dem du ihn mir nennst«, fügte Karl hilfreich hinzu.

»Äh ...« Helen murmelte etwas Unverständliches.

Karl kraulte den Kater hinterm Ohr. »Oh nein, ich muss wohl einen plötzlichen Hörsturz erlitten haben. Das könnte ein Symptom für so einiges sein. Einen Gehirntumor zum Beispiel oder Ohrenparasiten.«

»Mr. Fluffypants«, murmelte Helen.

»*Mr. Fluffypants?*«

»Miiiiiiiau!«

Karl blickte den Kater ernst an und schüttelte den Kopf. »Ich weiß! Ich kann auch nicht glauben, dass sie dich so genannt hat. Katzen sind sehr würdevolle Wesen, Helen. Ich finde, er verdient etwas ... Majestätischeres.«

»Na ja, als Kätzchen war er so fluffig und süß. So ungefähr fünf Minuten lang.«

Karl verengte die Augen zu schmalen Schlitzen. »Weißt du, mit diesem Fleck über der Schnauze ... Wenn man die Augen zusammenkneift, sieht er irgendwie aus wie ...«

»Ja, ja, ich weiß. Ich habe einen Kater, der aussieht wie Hitler, und ich habe ihn Mr. Fluffypants genannt. Ich bin mir der Ironie durchaus bewusst.«

»Ich finde, er sollte zumindest ein Sir sein. Wie wäre es mit Sir Fluffypants? Ist das eigentlich sein Vor- oder Nachname? Du hast doch nicht diese komische Sache gemacht, wo man seinem Haustier seinen Nachnamen gibt, oder?«

»Nein«, erwiderte Helen schnell und machte sich im Geiste eine Notiz, das Facebook-Profil unter dem Name Mr. Fluffypants Sanderson zu löschen. »Aber sollen wir nicht lieber wieder zur Arbeit zurückkehren? Wir waren gerade dabei zu diskutieren, ob Leute ehrlich darauf antworten würden, wenn man sie fragen würde, wie sehr sie sich eine Beziehung wünschen.«

»Oder wie wäre es mit Lord?«, fuhr Karl unbeirrt fort. »Lord Fluffypants. Erbe des altehrwürdigen Herrensitzes Fluffington Towers. Wie sieht es mit den Erbschaftsteuern für diesen Wohnsitz aus, Eure Lordschaft?«

»Miiiiiiiiau!«

Er nickte ernst. »Ich sehe schon. Nun, ich nehme an, dass Sie nächstes Mal für eine konservative Regierung stimmen.«

»Möchtest du auch einen Tee?«, versuchte Helen abermals, das Thema zu wechseln.

»Nach siebzehn Uhr? Bestimmt nicht. Du solltest mal sehen, was Teein mit den Synapsen im Hirn anstellt. Tee wäre illegal, wenn die Drogenpolitik auch nur ein bisschen mehr auf wissenschaftlichen Erkenntnissen basieren würde.«

»Ich habe auch Kräutertee da.«

»Das ist nur Wasser mit Blümchenzeug drin. Denk dran, wenn du das nächste Mal in einem schicken Café drei Pfund dafür hinblätterst.«

»Okay, willst du dann vielleicht etwas anderes trinken? Irgendwas?«

Er löste den Blick vom Kater, der sich nun so schamlos an ihm rieb, als wäre es das liebste, süßeste Kätzchen von der

Welt. »Wäre es dir angenehmer, wenn ich ein sozial ange-brachtes Heißgetränk zu mir nehme?«

»Ja.«

»Dann hätte ich gerne ein teures und sinnloses Blümchen-wasser, bitte.«

»Kommt sofort.«

Sie hatte schon immer den Duft von Kamillentee ge-mocht. Er war wie eine Art Versprechen, dass alles gut wer-den würde. Dass ihre Mutter sich beruhigen und aufhören würde, Panik zu schieben, dass Helen ihre Hausaufgaben machen und in Frieden *Grange Hill* schauen könnte, und dass ihr Dad heimkommen und es ein ganz normaler Abend werden würde. Während sie den Tee aufgoss, registrierte Helen das Gefühl, das sich in ihrer Brust ausbreitete. Als würde sie langsam leichter werden, wie ein Boot, das von der aufsteigenden Flut emporgehoben wird. Eine Wärme, die aufstieg wie der Dampf von einer schönen heißen Tasse Kräu-tertee. Karl war hier, draußen war es kalt und regnerisch, er spielte mit ihrem Kater, und sie hatten Spaß. Und sie dachte nicht einmal an Ed und … War sie etwa glücklich? Fühlte sich Glück so an?

»Karl«, hörte sie sich selbst sagen, ohne zu wissen, wie der Satz enden würde. Auch das war neu und sogar ein bisschen aufregend. »Hast du …«

Karl hielt eine große Hand hoch. »Helen? Spürst du das auch?«

Ihr Herz begann zu rasen. »Oh, wow, genau das wollte ich dich gerade …«

»Vibrationen. Dachte ich's mir doch.« Karl nickte und fing wieder an zu tippen. »Gleich klingelt jemand an deiner Tür.«

Tom war nicht der erste Mensch, mit dem Marnie in einem zweifelhaften Tempo zusammengezogen war. Da hatte es

Carlos gegeben, den sie in Madrid kennengelernt hatte, als sie dort nach dem Studium Englisch unterrichtete. Nur dass er ein Macho war und misstrauisch und ihr Handy ausspionierte, während sie unter der Dusche stand. Er schmiss sie raus, als er etwas entdeckte, was er als unangemessenen SMS-Verkehr zwischen ihr und ihrem Sprachaustauschpartner betrachtete. Fairerweise musste sie allerdings zugeben, dass sie mit Javier tatsächlich mehr ausgetauscht hatte als nur Sprachkenntnisse. Dann war da Dina gewesen, das dänische Mädchen, das Marnie in ihre Vegetarier-WG einziehen ließ, nur ums sie gleich wieder rauszuwerfen, als sie herausfand, dass sie nicht nur heimlich Bacon aß, sondern auch mit dem Metzger knutschte. Und natürlich hatte es noch Brian gegeben, der einen vernünftigen Job bei einer Versicherung gehabt hatte und eine Doppelhaushälfte mit drei Schlafzimmern in Surrey. Mit ihm hatte Marnie damals im Jahre 2010 einen katastrophalen Monat in der Vorstadthölle verbracht, bis er ihr einen Heiratsantrag machte und sie die Beine in die Hand nahm und nach New York abhaute. Und genau aus diesen Gründen hatte Helen, seit Marnie bei Tom eingezogen war, in Lauerstellung gewartet. Trotz der verhältnismäßigen Ruhe hatte sie das Gefühl eines herannahenden Sturms nicht abschütteln können. Die Sache konnte gar nicht lange andauern.

Und das tat sie auch nicht.

Als es an der Tür klingelte, schreckte Helen – obwohl sie von Karls spinnenartigen Sinnen vorgewarnt worden war – zusammen und verschüttete ihren Kräutertee, was bedeutete, dass sie ihren für Mitte der Woche angesetzten Wisch- und Putztag vorziehen würde müssen. Es war spät. Karl blieb normalerweise nie so lange. Helen hatte versucht, nicht darüber nachzudenken, warum dem so war.

»Willst du nicht nachschauen, wer es ist?«, fragte Karl, immer noch tippend.

»Äh, ja. Ja, mach ich.« Sie hängte die Sicherheitskette aus, öffnete die Tür und spähte in den dunklen, nassen Abend hinaus. »Hallo?«

Ein Schluchzen. »He …Helen?«

Natürlich war es Marnie. Wer sonst würde um diese Uhrzeit auftauchen, ohne vorher anzurufen? Dort stand sie mit ihrem roten Haar, das sich in pitschnassen und dennoch raffiniert-rührenden Locken um ihr Gesicht kringelte. Vom Saum ihrer Jeansjacke – mehr als unpassend für das Wetter – tropfte es auf Helens Fußmatte, auf der ironischerweise *Wie schön, dich zu sehen!* stand. Hätte sie doch nur eine mit der Aufschrift gefunden: *Bitte, geh weg, ich bin gerade dabei, einen potenziell schicksalsträchtigen Moment mit einem rothaarigen Mann zu erleben, der davor mit einem polyamourösen, rollenspielenden Goth-Mädchen zusammen war.*

»Du bist nass«, sagte Karl überflüssigerweise zu Marnie. »Glaubst du, du hast dir eine Erkältung eingefangen?«

»Wer bist du?« Marnie zitterte.

»Karl. Aber wo du schon fragst, ich nehme an, es geziemt sich, dich daran zu erinnern, dass wir uns auf deiner Party getroffen haben. Marnie, nicht wahr?«

Obwohl sie regendurchnässt und tränenüberströmt war, kniff Marnie interessiert die Augen zusammen. Sie war sofort in Habachtstellung. Bereit zu flirten, zu flüchten oder zu kämpfen – je nachdem. »Ja. Helens beste Freundin.«

»Ich habe mich schon immer gefragt, wie ihr Frauen solche Dinge messt. Ich meine, stuft ihr eure Freundinnen nach einer bestimmten Reihenfolge ein? Wie oft könnt ihr es euch anders überlegen? Kann man auch von der Spitzenposition verdrängt werden wie bei der Tour de France?«

Helen wurde klar, dass sie etwas sagen musste. »Entschuldige, Karl, ich glaube, Marnie muss mit mir reden.«

Er ließ sich nicht beirren. »Ich glaube, sie sollte sich zuerst abtrocknen und vielleicht ein präventives Erkältungsmittel einnehmen. Nass werden senkt die körpereigene Immunabwehr um bis zu fünfunddreißig Prozent.«

Marnie blickte von Helen zu Karl. »Was machst du denn so spät noch hier?«

»Er hilft mir bei der Arbeit«, erwiderte sie hastig an seiner Stelle. »Es tut mir leid, Karl, aber ich muss wirklich mit Marnie reden.«

»Okay.« Er tippte weiter.

»Ähm, ich meinte *alleine*.«

Karl blickte mit verwirrter Miene auf. »Du meinst, du willst, dass ich gehe?«

»Es tut mir leid, das habe ich nicht so …«

»Du willst also, dass ich bleibe?«

»Äh, nein.«

»Alles klar. Warum sagst du es nicht einfach?«

»Na ja … weil es unhöflich wäre, nehme ich an.«

»Und das hier nicht?« Er begann, seine Sachen zusammenzupacken. »Ich habe es dir doch gesagt, Helen. Wenn du etwas von mir willst, musst du es mir sagen. Ich kann mit unklaren Informationen nichts anfangen.«

»Tut mir leid«, murmelte Helen zerknirscht.

»Mir ist so kalt«, sagte Marnie mit einem betonten Schniefen. »Hast du ein Handtuch oder so?«

»Siehst du«, sagte Karl und nickte in ihre Richtung. »Das ist schon viel klarer. Ich gehe jetzt. Tschüss, Helen. Tschüss, feindselige, feuchtkalte Freundin von Helen.«

Marnie sah ihm nach, als er ging. »Hast du was mit ihm laufen? Warum hast du es mir nicht erzählt?«

»Karl? Nein, nein, natürlich nicht.« Was für ein Gedanke. Die Erwähnung der Comic-Con war einer Einladung zu einem Date bisher noch am nächsten gekommen. »Und jetzt lass uns erst mal zusehen, dass wir dich trocken bekommen.«

Helen gab Marnie ein Handtuch – aus dem Turnus heraus, was ihren Wäschewaschzyklus durcheinanderbringen würde –, machte Tee und setzte sich schließlich neben sie.

»Ist es wegen Tom?«, fragte sie und hatte gleichzeitig Angst vor der Antwort.

Marnie schluckte traurig. »Ach, es ist diese blöde Hausgemeinschaft. Ich konnte dir nicht mal eine SMS schicken oder twittern. Die Hälfte der Zeit hatten wir keinen Strom, deswegen war dauernd mein Akku leer. Alle ernähren sich nur von Linsen, und es ist feucht und schweinekalt, und sie reden die ganze Zeit nur über den Klimawandel und soziale Ungerechtigkeit und darüber, wie man Menschen helfen könnte.«

»Idioten«, murmelte Helen beschämt. »Dann bist du also ausgezogen? Du gehst nicht mehr dorthin zurück?«

»Ich kann nicht. Ich hatte einen Riesenkrach mit diesem Mädchen, sie heißt Fenchel oder so ähnlich bescheuert. Sie hat behauptet, ich hätte den Rest von ihrem Kokosnussöl aufgebraucht. Ich meine, hallo? Ich musste es nehmen, mein Haar ist total trocken, weil es da drin so saukalt ist. Außerdem mag doch sowieso niemand ihren blöden veganen Karottenkuchen.« Sie schniefte und fuhr sich durchs Haar, das tatsächlich ziemlich gesund glänzte für jemanden, der in einem besetzten Haus gelebt hatte. »Ich glaube, Tom ist in sie verknallt. Er hat sich ständig auf ihre Seite gestellt, jedes Mal, wenn sie mich blöd angemacht hat. Oh Helz, es war einfach nur schrecklich. Es war so kalt und ungemütlich. Erinnerst du dich noch an den Zeltausflug nach Wales in der sechsten Klasse?«

»So kalt?«

»Kälter. Nur mit weniger Kühen.«

»Also habt ihr Schluss gemacht?«

Marnie nickte schniefend. »Ich weiß nicht, ob wir je wirklich zusammen waren. Ich schätze, ich habe ihn mit dem Umzug und allem etwas überrumpelt. Ich habe nur ... Ich dachte, er mag mich.«

»Ich weiß. Es tut mir leid.« Helen wusste, dass sie mehr Mitleid haben sollte. Aber sie hatte das hier schon so oft miterlebt. Hatte Marnies Tränen schon so viele Male aufgewischt. »Hast du vor, zu dieser Hausaufpasser-WG zurückzukehren?«

»Da kann ich auch nicht hin zurück. Es gab ein Problem mit der Heizungsrechnung. Ich wusste nicht, dass wir sie nicht anmachen dürfen. Da drin war es genauso arschkalt.« Marnie hatte es schon immer sehr warm gemocht, wie eine Katze, die sich den sonnigsten Fleck in einer Wohnung sucht.

Ein vertrautes Gefühl beschlich Helen. Ein Schmerz in der Magengrube, als hätte sie zu viel gegessen. Das Gefühl, eine Verantwortung aufgebürdet zu bekommen, um die sie nie gebeten hatte. Ein Problem, das nicht ihres war. Trotzdem gab sie sich Mühe, verständnisvoll zu sein.

»Aber du hast doch einen Job, oder? War da nicht diese Sache mit dem Schauspielunterricht? Damit du dir wenigstens eine Wohnung mieten kannst?«

Marnie bedachte sie hinter einem Schleier aus Tränen mit einem ironischen Lächeln. »Oh, na klar, die *Schauspiel*-Sache ... Nein, ich verdiene im Moment nicht genug, um mir etwas mieten zu können. Ich habe einen Null-Stunden-Vertrag bekommen.«

»Oh.«

Sie schwiegen. Marnie schniefte und starrte auf ihre kalten Hände hinab. Verdammt, sie wusste doch genau, dass Helen Schweigen, das länger als fünf Sekunden dauerte, nicht ertragen konnte. Eins. Zwei. Drei. Vier. F...

»Na ja, du könntest vielleicht hierbleiben ...«, setzte Helen an.

Marnie blickte auf. »Bis ich was gefunden habe?« Das klang etwas länger als »für heute Nacht«.

»Natürlich«, erwiderte Helen resigniert. »Bleib so lange, wie du musst. Ich habe keinen richtigen Gästeschlafplatz, also …«

Augenblicklich strahlte Marnie wie die Sonne, die durch einen Regenschauer bricht. »Danke, Helen! Oh Gott, ich danke dir, du rettest mir das Leben. Ich hätte nicht gewusst, was ich sonst tun sollte. Ehrlich, ich wäre nicht gekommen, wenn ich irgendeine andere Möglichkeit gehabt hätte. Ich verspreche dir auch, dass ich nicht lange bleiben werde. Und vielleicht wird es sogar ganz spaßig!«

Helen wollte keinen Spaß zu Hause. Sie wollte Ruhe und Ordnung und Sauberkeit.

Marnie schlang die Arme um sie. Sie roch nach Regen und stibitztem Kokosnussöl. »Danke, Helz. Ich werde auch deine beste Freundin sein.«

Helen erwiderte die Umarmung, aber bei sich dachte sie: Warum habe ich mir kein Einzelbett gekauft?

Kapitel 19

Eure Groß-Protzigkeit

Rosa

»Viel zu tun, Rosa?«

Suzannes Chiropraktiker hatte ihr das Tragen hoher Absätze für zwei ganze Wochen verboten, und ihr neues vollkommen lautloses Anpirschmanöver war ziemlich nervenaufreibend für Rosa. Alles, was sie tun wollte, war, sich in Mitleid suhlen ob ihrer gescheiterten Romanze mit Simon – hatte er sie überhaupt je gemocht? Würde sie jemals wieder Sex haben, der nicht zum Davonlaufen peinlich war? – und heimlich Jason anstarren, der durch die Redaktion stiefelte und sie geflissentlich ignorierte.

Rosa schreckte aus ihren trüben Gedanken auf. »Ja?«

»Du schiebst jetzt mal jeden Zeilenfüller-Artikel beiseite, mit dem du gerade deine Zeit verschwendest, und schreibst mir was darüber, wie du herausgefunden hast, dass dein Mann eine Affäre hat, indem du in seinem Handy rumgeschnüffelt hast. Diese schmierige Seitensprungwebsite wurde gehackt! Kein Wunder, dass sie gerade diese ganzen PR-Aktionen raushauen. Sie müssen Wind davon bekommen haben, dass es jemand auf sie abgesehen hat.«

»Aber ich habe gar nicht ...«

»Wir haben auch ein paar Paparazzi-Schnappschüsse von

Sukie Miller angeboten bekommen, wie sie letzte Woche beim Ausgehen mit diesem Typ aus *Downtown Abbey* rumgeknutscht hat. Das wird genau der richtige Promi-Seitensprung-Aufhänger. Versuch diesen Gigolo, mit dem sie was hatte, für eine Stellungnahme an die Strippe zu kriegen.«

»Aber ...«

»Ach, und du wirst mit dem Businessressort zusammenarbeiten müssen. Irgendeiner von denen recherchiert wegen der langweiligen geschäftlichen Hintergründe.«

Das Businessressort? Das war die Abteilung, für die David arbeitete. »Aber ich kann unmöglich ...«

»Hi, Suzanne«, sagte David, der wie aus dem Nichts aufgetaucht war, aufgesetzt freundlich. »Du siehst gut aus.« Warum schleimte er so herum? Früher hatte er Suzanne hinter ihrem Rücken noch »Eure Groß-Protzigkeit« genannt. Wohlgemerkt damals, als er noch auf Rosas Seite gestanden hatte.

Suzanne bedachte ihn mit einem flüchtigen Blick. »Oh, Daniel, du bist's.«

»David.«

»Auch gut. Besorg mir die Namen der Seitenbetreiber, ja? Los geht's. Rosa, was glotzt du mich so an?«

Rosa sah David hinterher, der davonhastete. »Ich kann nicht ... Ich meine, du kannst nicht von mir erwarten, mit David zusammenzuarbeiten.«

Suzanne seufzte. »Jetzt mal im Ernst, warum musst du immer alles so kompliziert machen? Eine Ehe ist wirklich nicht so schwer zu bewerkstelligen. Schau, was Kyle mir gerade erst gekauft hat. Zwanzig Jahre zusammen.« Sie ließ einen fetten Klunker unter Rosas Nase aufblitzen. Ein blasser, wunderschöner Amethyst.

»Der ist wirklich schön.«

»Und unfassbar teuer.« Suzanne hielt ihn ins Licht. »Ganz ehrlich, ich weiß nicht, was mit all diesen Leuten los ist. Dass ihr eure Ehe so vor die Hunde gehen lasst. Dabei muss man einfach nur zusammenarbeiten. Ein Team sein. Ist doch ganz einfach.«

Rosa nickte ihre Tastatur an, froh darüber, dass David an seinen Schreibtisch zurückgekehrt war. Sie würden niemals zwanzig Jahre zusammen sein. Beinahe fünfzehn Jahre Beziehung, und dann war alles vorbei wegen eines einzigen Mädchens, das noch in der Grundschule gewesen war, als sie sich kennengelernt hatten. Game over. Gehe zurück zu Start. Finde jemand Neues, spring durch alle Reifen. Erstes Date, zehntes Date, Eltern kennenlernen, das erste Mal, wenn er dich pinkeln hört …

Rosa öffnete ihren E-Mail-Posteingang, um sich die Paparazzi-Fotos von Sukie Miller anzusehen, und wartete, bis sie runtergeladen waren. Sukie war letzte Woche anscheinend im Groucho Club gewesen und dort ganz eindeutig mit ihrer Zunge im Hals eines D-Promi-Schauspielers abgelichtet worden. Auf den Fotos waren zwei weitere Personen zu sehen, die anscheinend mit ihr unterwegs gewesen waren. Sie plauderten miteinander, die Köpfe eng zusammengesteckt. Der Mann hatte eine angehende Stirnglatze, die Frau einen akkuraten Bob. Seltsam. Die beiden sahen beinahe aus wie …

»Heiliger Jesus im Strohsack!«, rief Rosa.

»Ich muss doch sehr bitten.« Der Redakteur für die religiösen Themen, der gerade vorbeilief, warf ihr einen pikierten Blick zu.

»Entschuldigung. Tut mir leid …«

Rosa starrte den Bildschirm an, und zwar mit einigen äußerst unchristlichen Gedanken, die ihr durch den Kopf schossen. Das waren Ani und Simon auf dem Foto. Simon und Ani. Deswegen also das Rumgeeiere mit Nikesh – sie hatte sich hintenrum an Simon rangemacht! Während Rosa Überstunden gemacht hatte, hatte Ani sich ihr Date unter den Nagel gerissen. Rosa knirschte mit den Zähnen. Sie musste irgendwas zerschlagen. Oder irgendwen …

»Rosa«, hörte sie Davids Stimme neben ihrem Ohr.

»Oh, na toll! Was willst du noch hier?«

»Was ist denn mit dir los?«

»Hör zu, ich muss diesen Artikel hier schreiben. Wenn es um die Wohnung geht oder was auch immer, wird das warten müssen.«

»Das ist es nicht. Ich wollte nur sichergehen, dass du okay bist. Ich kann nicht glauben, dass deine Freundin so etwas tun würde!«

Ohne nachzudenken, sagte Rosa: »Ich weiß, aber sag Suzanne ja nicht, dass es Ani ist. Sonst wird sie mich zwingen, darüber zu schreiben.«

»Ani? Was ist mit ihr? Ich rede von Helen. Sie ist diejenige, die die Fremdgehwebsite betreut.«

Helen

Wumm. Die Eingangstür fiel scheppernd ins Schloss, und der Lärm blecherner Dancemusik füllte die kleine Wohnung. Helen zuckte an ihrem Schreibtisch zusammen. Marnie war zu Hause.

Wie zu erwarten gewesen war, hatte Marnie sich rasch von ihrer Trennung von Tom erholt und war zu ihrer üblichen wirbelwindigen Art zurückgekehrt. Sie schien sich den ganzen Tag in der Wohnung aufzuhalten, um ihre Nägel zu lackieren und ihren Blog upzudaten, um dann, etwa gegen zwanzig Uhr, plötzlich eine SMS-Einladung nach der nächsten zu irgendwelchen Partys in Crouch End oder zum Kaffeetrinken in Underground-Schiffscontainern in Shoreditch zu erhalten. Und so saß Helen, wie immer, jeden Abend allein mit der DVD-Box des Tages auf dem Sofa. (Sie schaute sich an jedem Wochentag eine andere Serie an – zurzeit *Mad Men*, *Sex and the City*, *Breaking Bad*, *Game of Thrones* und *The Walking Dead* – und weigerte sich standhaft, der Versuchung nachzugeben, sich eine ganze Staffel am Stück reinzuziehen). Manchmal konnte sie Marnies Leben nur noch über Twitter folgen, was ungefähr so aussah:

@marnieinthecity
Abhängen an der #HousePricesBar, supercoole Vibes und #cocktails!

@marnieinthecity
Esse gerade diese unglaublich gesunden Huevos Rancheros #mampf #mampf #eatclean.

@marnieinthecity
Mit supertollen Freunden auf einem Konzert! #music #london #fun.

Sie hatte einen Schlüssel, aber selbst wenn Helen versuchte, früh schlafen zu gehen, lag sie so lange wach, bis sie hörte, wie die Haustür aufgeschlossen wurde. Dann listete sie im Geiste jede Bewegung auf, die Marnie in der Wohnung machte. *Wusch* – sie füllte den Wasserkocher und schaltete ihn an. *Klapper* – sie hatte ihre dämlichen High Heels ausgezogen und auf den Boden fallen lassen, sodass Helen am nächsten Tag darüber stolpern würde. *Rumpel* – sie kramte durch die Küchenschränke auf der Suche nach etwas Essbarem. Am nächsten Morgen würde die Küche vollgekrümelt sein, Milch und Butter wären nicht in den Kühlschrank zurückgeräumt, sodass sie sauer geworden wären, der Toaster würde mit verkokeltem Brot verstopft sein, und das gesamte Wohnzimmer würde voller Gläser, Teller und Klamotten liegen, inmitten derer Marnie in ihrem riesigen Hamsterball aus Laken und Steppdecken lag. Als hätte ein riesiger Hurrikan jedes einzelne Ding in dieser Wohnung erfasst und woanders wieder fallen lassen. Nur bestand der Hurrikan aus Make-up-Utensilien, Krümeln und roten Haaren, einzelnen Tempofetzen und ausrangierten löchrigen Strumpfhosen. Und was am Schlimmsten war – die DVD-Boxen befanden sich in einem völlig chaotischen Zustand. Helen wusste immer noch nicht, was in der sechsten Staffel von *Grey's Anatomy* passiert war. Sie hatte nichts mehr von Karl gehört, seit Marnie aufgetaucht war, sie war mit der Instandhaltung ihrer Website hinterher, und sie hatte seit drei Tagen keine Milch mehr im Haus. Mr. Fluffypants war so traumatisiert, dass er zwei Nächte außer Haus geblieben war. Heute war erst Tag vier. Wann würde das ein Ende haben?

Helen erhob sich von ihrem Schreibtisch und ging ins Wohnzimmer.

»Morgen, meine Schöne!«, begrüßte Marnie sie. Sie riss sich die Ohrstöpsel raus, ließ die Musik aber laufen. »Ich hab uns Croissants mitgebracht. Ehrlich gesagt hab ich dieses Eat-Clean-Zeug ein bisschen satt.«

Helen erwischte sich dabei, wie sie die Ohrstöpsel anstarrte. Warum warf sie sie immer auf den Tisch? Sie hatten in ihren Ohren gesteckt. Warum rollte sie sie nicht ordentlich zusammen? Dann würde sie sie vielleicht auch wiederfinden, wenn sie rausging, ohne auf der Suche nach ihnen die ganze Wohnung auf den Kopf stellen zu müssen.

»Musst du nicht zur Arbeit oder so?« Solange Marnie einen Job hatte, bestand zumindest die Chance, dass sie bald auszog.

»Ach, ich weiß nicht, ob ich damit weitermache. Ist nicht wirklich das, was ich mir vorgestellt habe.« Marnie wühlte unaufmerksam durch die Schränke. Ihre roten Wildleder-Ankleboots hatte sie achtlos neben der Tür liegen lassen.

Helen bückte sich, um ein verstreutes Kleidungsstück auf-zuheben. Sie glättete es und starrte es an. Es war ihr grünes Seidentop. Das von der Party, das, von dem Marnie behaup-tet hatte, es würde ihr nicht gefallen, bis sie gesehen hatte, dass Helen gut darin aussah. Einmal getragen und dann wie einen Putzlappen fallen lassen – das war es, was Marnie stän-dig machte. Mit Ed. Mit Sam Foxton an der Schule. Wo-möglich würde sie sich sogar an Karl ranmachen, falls er je wieder vorbeikam. Alles, was Helen gehörte, war Freiwild, ob es Marnie wirklich gefiel oder nicht, war gar nicht so wichtig.

Marnie plapperte immer noch weiter: »Ich glaube, ich gehe zu ein paar Vorsprechen. Oder blogge ein bisschen. Oder hättest du Lust, einen Zirkusworkshop mit mir zu be-suchen? Ich habe erst kürzlich einen auf Twitter gesehen.«

Helen konnte sich nichts Schlimmeres vorstellen, als zu einem Zirkusworkshop zu gehen. »Marnie«, sagte sie und wappnete sich mit den mageren Überbleibseln ihres Durch-setzungsvermögens und ihrer Entschlossenheit. Wobei sie vor allem an Karl dachte. An Ed. An das gottverdammte Sei-dentop.

»Hm?« Marnie hatte ein Croissant aus der Papiertüte ge-zogen. Blätterteigflocken rieselten auf den Boden, den Helen gerade erst gekehrt hatte. »Die riechen himmlisch, oder? So buttrig.«

»Wir müssen reden.«

Ein paar Minuten später schrie Marnie immer noch. »Ich kann es einfach nicht glauben! Du willst mich nicht einmal ein paar beschissene Tage hier wohnen lassen!« In ihren smaragdgrünen Augen schimmerten Tränen.

»Ich habe nicht gesagt, dass du nicht bleiben kannst. Ich brauche einfach nur etwas Raum für mich. Es tut mir leid.«

»Niemand braucht so viel Raum, Helen. Schau doch!« Sie machte eine ausladende Handbewegung durch das Zimmer. »Du und dein Kater und deine DVD-Boxen. Jedes Mal auszuflippen, wenn jemand eine Tasse verschiebt, das ist doch keine Art zu leben. Wann war überhaupt das letzte Mal, dass du einen Mann in deine Nähe gelassen hast? Ich meine, was ist mit dir *passiert*? Warum bist du so? Früher warst du viel lustiger, du hattest Hobbys und bist ausgegangen und hattest sogar Dates. Früher wärst du nicht ausgeflippt, wenn nur ein winziges Fitzelchen Dreck auf dem Boden gelegen hätte.«

Helen ertrug es nicht. Marnie hatte ja keine Ahnung. All diese Jahre, in denen sie die Klappe gehalten hatte, in denen sie ihr eigenes gebrochenes Herz versteckt hatte. Und ihre sogenannte beste Freundin hatte es nicht einmal gemerkt.

»Für den Fall, dass es dir entgangen ist, aber hier *war* tatsächlich vor Kurzem erst ein Mann. Nur hast *du* ihn vergrault.«

»Dieser Geek?«

»Er heißt Karl.«

»Ach ja? Und, hast du ihn gefragt, ob ihr zusammen ausgehen wollt, oder hast du sonst irgendwas wegen ihm unternommen?«

»Nein, aber …«

»Siehst du? Du bist froh, wenn du dein Leben in dieser Wohnung hier vergeuden kannst. Ich finde es schrecklich, das sagen zu müssen, aber du wirst langsam ganz genau …«

Sag es nicht. Sag es nicht!

»… wie deine Mutter. Tut mir leid, aber es ist die Wahrheit.«

Helen versuchte, sich zurückzuhalten, wie sie es immer

tat. Wie sie es die letzten dreißig Jahre oder mehr getan hatte. Aber sie konnte nicht. »Ach ja? Na schön. Weißt du was, Marn? *Du* wirst langsam wie dein Dad. Du verpisst dich jahrelang einfach ins Ausland und kommst dann zurück in der Erwartung, dass wir alle für dich da sind. Wann wirst du endlich erwachsen und hörst auf, so verdammt egoistisch zu sein?«

Marnie starrte sie einen Moment mit bleichem Gesicht an. »Ich dachte, wir wären Freundinnen. Beste Freundinnen.«

»Wir *waren* beste Freundinnen. Bevor du vor zwei Jahren einfach abgehauen bist, ohne etwas zu sagen oder auch nur zurückzublicken. Hör zu, ich weiß, ich bin nicht wie du, immer auf dem Sprung zum nächsten supertollen, exotischen Ort, aber das hier ist mein Leben, und ich mag es. Ich mag keine Verabredungen, und ich hasse Abenteuersport, und ja, ich habe meinem Kater meinen Nachnamen gegeben, aber mir gefällt es nun mal, Zeit zu Hause zu verbringen. Ich mag fernsehen, und ich mag… Dekokissen und den ganzen Kram. Vielleicht solltest du dir einfach ein paar coolere Freundinnen zulegen.«

»Exotische Orte?« Marnie stieß ein zynisches Lachen aus. »Das denkst du also, ja? Schön.« Sie nahm ihre Tasche und stopfte Schuhe, Make-up und Klamotten hinein. »Dann gehe ich wohl lieber. Du wirst dir keine Sorgen mehr machen müssen, dass ich deine wertvollen DVDs durcheinanderbringe.« Sie stürmte durch die Tür und knallte sie hinter sich zu.

Helen stand einen Moment nur da und spürte, wie ein ersticktes Schluchzen in ihrer Kehle aufstieg. Oh Gott. Oh Gott! Sie sank zitternd auf einem ihrer hübschen kleinen Sessel zusammen. Um sie herum schien die Stille der Wohnung ein Echo zurückzuwerfen.

Während sie dasaß und sich vor und zurück wiegte, hörte

sie das Piepen einer eingehenden E-Mail in ihrem Postfach. Dann piepte es noch einmal. Und noch einmal, noch einmal und noch einmal. Helen spürte das vertraute Ziehen in ihrer Magengegend: Etwas stimmt hier ganz und gar nicht.

Kapitel 20

Mein Miniatur-Herz

Ani

»Und dann, als Gastgeschenk, werden wir kleine Mini-Reagenzgläser mit Herzbonbons haben, auf denen unsere Namen stehen.«

»Klingt nett«, sagte Ani geistesabwesend. Louise hatte bereits den ganzen Tag zwischen den Verhandlungen von ihrer anstehenden Hochzeitsfeier erzählt. Den Brautjungfern. Dem Junggesellinnenabschied. Es nahm kein Ende.

»Es wird so super werden. Du musst unbedingt deinen neuen Schwarm mitbringen. Oder ist es dafür noch zu früh?«

»Na ja, tatsächlich habe ich ihn sogar schon zur Hochzeit meiner Cousine eingeladen.«

»Echt?« Louise drückte ihren Arm. »Unsere kleine Miss Unabhängig kommt also mit Anhang?«

»Es heißt ja nicht, dass ich nicht mehr unabhängig bin, nur weil ich mit jemandem ausgehe, oder?«

»Ich hoffe nicht. Schließlich will ich immer noch gestandene Männer im Zeugenstand zum Heulen bringen können, wenn ich erst mal verheiratet bin. Wie heißt dein Typ noch mal?«

»Nikesh. Ich treffe mich heute Abend mit ihm und…«

»Ani?«, erklang eine Stimme hinter ihr.

»Nikesh?« Ani drehte sich verdutzt um. Er stand höchstpersönlich auf den Stufen vor dem Gerichtsgebäude. Als hätte sie ihn mit ihren Worten dorthin gehext. »Hi! Was machst du … Hatten wir ausgemacht, uns hier zu treffen?« Es gefiel ihr, dass er immer pünktlich war, aber fünf Stunden zu früh war ein bisschen zu viel des Guten, selbst nach ihren Standards.

»Nein. Aber ich muss mich kurz mit dir unterhalten. Es tut mir leid, dass ich einfach so hier auftauche, aber als mir einfiel, dass du gesagt hast, du würdest heute hier sein, dachte ich, ich komme schnell vorbei.«

»Wie romantisch!« Louise streckte eine Hand aus. »Hi, ich bin Louise Bald-schon-Lockhead!«

Er schüttelte höflich ihre Hand. »Nikesh Desai.«

»Ich habe schon so viel von Ihnen gehört. Sie müssen unbedingt zu meiner Hochzeit kommen. Aber entschuldigt mich einen Moment, ich muss den Caterer zurückrufen. Da ist anscheinend ein riesiger Sellerie-Notfall im Gang.« Sie rauschte davon und winkte zum Abschied mit ihrer manikürten Hand.

»Sorry«, sagte Ani. »Sie ist zurzeit ein bisschen hochzeitsgeschädigt. Was ist los?«

Nikesh sah heute anders aus. Er schien sein übliches Lass-es-uns-anpacken-Lächeln zu Hause gelassen zu haben. »Na ja, ich weiß nicht genau, wie ich es sagen soll.«

Oh Gott. Ani spürte ein vertrautes flaues Gefühl im Magen. War er dabei, sie in den Wind zu schießen? Das war nicht richtig! Er mochte sie. Sie war es, die sich nicht sicher gewesen war.

Sie versuchte, ganz lässig zu klingen. »Was gibt es?«

Nikesh hielt eine Tageszeitung in der Hand. »Ich lese die normalerweise gar nicht, aber mir ist in der U-Bahn der Akku ausgegangen.«

»Das ist die Zeitung, für die Rosa arbeitet. Du weißt schon, meine Freundin.« Sie warf einen Blick auf die Seite, die er aufgeschlagen hatte, und las die Schlagzeile: *Sukie Miller mischt London auf! Starlet lässt ihr Publikum sitzen, um ihren Freund zu betrügen.* Darunter war ein Foto von Sukie im Groucho Club abgebildet, und neben ihr in der Ecke, das Gesicht ganz nah an Simons, war … Ihr drehte sich der Magen um.

»Das bist doch du«, sagte Nikesh. »Nicht wahr?«

»Äh …«

»War das nicht der Abend, an dem du mir geschrieben hast, du müsstest länger arbeiten? Warum solltest du so etwas behaupten, wenn du ins Theater gehst?«

»Ähm …« Ani, die sonst nie um Worte verlegen war, wartete darauf, dass sich ihre Verteidigungsmechanismen in Gang setzten. Wartete auf die Entschuldigungen und Rechtfertigungen. Doch sie musste feststellen, dass sie keine parat hatte.

Nik sah ein paarmal zwischen Ani und der Zeitung hin und her. Dann blinzelte er irritiert. »Es tut mir leid. Ich muss wohl etwas falsch verstanden haben. Ich dachte, da du mich zur Hochzeit deiner Cousine eingeladen hast, wäre das zwischen uns etwas Ernstes. Mir ist klar, dass die meisten Menschen heutzutage mehrere Leute gleichzeitig daten, aber ich bin nicht so. Ich wollte mich ausschließlich mit dir treffen.«

»Aber …«

»Ich meine, ich habe gedacht, du würdest mich ebenfalls mögen. Aber wenn das der Fall wäre, hättest du mich nicht angelogen, um mit einem anderen Mann auszugehen, also …« Er schüttelte den Kopf. »Ich nehme an, ich sollte mir diese Partnerfindungsratgeber noch mal durchlesen. Irgendetwas muss ich falsch gemacht haben.«

Dabei war er einfach nur nett gewesen, hatte sich an die richtigen Dinge erinnert, hatte Tische reserviert und Interesse gezeigt. Alles, was sich Ani von den anderen Männern, mit denen sie verabredet gewesen war, gewünscht hatte. Den Männern, die sich nach dem ersten Date nicht mehr bei ihr meldeten, die sofort vergaßen, was auch immer sie ihnen erzählt hatte, die sich am nächsten Morgen manchmal nicht mal an ihren Namen erinnern konnten. »Ich ...«

Nikesh sah traurig aus. »Ich weiß, dass ich manchmal ziemlich nerdig sein kann und vielleicht auch ein bisschen schräg, aber ich bin ein guter Mann, Ani. Es war keine Lüge, dass ich keine Spielchen mit dir gespielt hätte. Du hättest mir einfach nur sagen müssen, dass du von mir nicht so angetan bist.«

»Ich weiß. Aber ich war doch angetan von dir. Ich meine, ich bin es immer noch. Ich habe nur ... Es tut mir leid. Ich war mir eine Weile nicht sicher, aber ich mag dich, ehrlich! Ich wollte nur nichts überstürzen. Du weißt, dass ich Angst habe, dass es schiefgeht, und ...«

»Dieser Kerl da in der Zeitung, war das nicht der, den du mit deiner Freundin verkuppeln wolltest? Und dann gehst du mit ihm ins Theater?«

Natürlich, Nikesh erinnerte sich immer an alles.

»Ähm ...«

Er schüttelte immer noch den Kopf. »Das hier wird nicht funktionieren, Ani. Als Helen den Fragebogen ausgefüllt hat, hat sie geschrieben, dass du nett bist und ehrlich, was, wie ich gesagt habe, ein nicht verhandelbarer Punkt für mich ist. Wenn du mir gesagt hättest, dass es da noch jemanden gibt, vielleicht ... Weißt du, ich werde schon bei der Arbeit ständig belogen. Ich will mit jemandem zusammen sein, der voll und ganz zu mir steht.«

»Aber ...« Ani wurde klar, dass es nichts gab, was sie sagen könnte, um das hier aufzuhalten. Sie hatte keine Gegenargumente. Keine Chance auf ein Kreuzverhör.

Er straffte die Schultern. »Ich denke nicht, dass ich unter diesen Umständen zu der Hochzeit deiner Cousine mitkommen sollte. Bitte entschuldige mich bei deinen Verwandten. Leb wohl, Ani.«

»Leb wohl«, sagte sie mit leiser, kläglicher Stimme.

Als Ani auf den Stufen des Gerichtsgebäudes stand und zusah, wie Nikesh davonging, die Hände in die Manteltaschen geschoben, begannen die ersten Tropfen zu fallen. Und mit ihnen spürte sie irgendwo tief aus ihrem Inneren die Tränen aufsteigen. Game over. Das Spiel war aus, wieder einmal, und diesmal wegen ihrer eigenen gottverdammten Dummheit. Weil sie nicht in der Lage gewesen war zu erkennen, dass sie endlich einmal etwas Gutes in den Händen gehalten hatte. Weil sie immer darauf bestand, dass alles perfekt sein musste. Immer.

»Du siehst aus, als könntest du einen Drink gebrauchen«, hörte sie eine lakonische Stimme hinter sich.

Ani drehte sich um. Vor ihr stand Legally Hot.

Rosa

»*Hallo, dies ist die Mailbox von Helen Sanderson und Mr. Fluffypants Sanderson ...*«

»Oh, komm schon, Helz, geh ran. Geh ran!« Rosa kauerte unter dem Schreibtisch, umklammerte ihr Handy und stöhnte vor Ungeduld. Keine Antwort. Sie musste mit Helen sprechen und die Wahrheit erfahren, bevor der Name ihrer Freundin überall in den Zeitungen stand. Die Abendausgabe mit Anis Foto war bereits ausgeliefert worden.

Anis Handy war ebenfalls aus, sie musste im Gericht sein.

Aber Rosa war sich ohnehin nicht sicher, ob sie momentan in der Lage wäre, mit ihr zu sprechen. Ihre beste Freundin traf sich hinter ihrem Rücken mit Simon? Und Helen ... Hatte sie ihnen wirklich diese Website verheimlicht? All die Zeit? Während Rosa sich bei ihr ausgeheult hatte, weil David sie betrogen hatte? Als sie kaum noch Luft bekommen hatte vor lauter Tränen? All die Zeit über hatte Helen eine Seite für Online-Seitensprünge geleitet? Als wären Anis Lügen nicht genug gewesen. Rosa wählte die Nummer noch einmal.

»Hallo, dies ist die Mailbox von Helen Sanderson ...«

Ein paar Römersandalen tauchten neben Rosas Schreibtisch auf. »Du machst doch nicht immer noch diese dämliche Schreibtischmeditation, oder? Ich dachte, die existiert gar nicht?«

Rosa kroch unter dem Tisch hervor und wirbelte dabei so viel Staub auf, dass sie husten musste. »Sorry, Suzanne. Mir ist nur meine, äh, Kontaktlinse runtergefallen.« Nicht dass sie welche trug.

»Ja, ja, schon gut. Diese Frau, die diese Fremdgehwebsite betreut – du kennst sie, nicht wahr?«

»Nein, tue ich nicht.«

»Dein Dingsda, dein Ex, er meinte, ihr seid beste Freundinnen.«

Sie würde David eigenhändig erwürgen. »Äh, ja, womöglich kenne ich sie, aber sie ...«

»Gut, ich möchte ein Interview. Mit Fokus auf ihre Perspektive: *Wie es ist zu wissen, dass man das Leben anderer Frauen zerstört.* Sie ist Single, oder?«

»Ja, aber ...«

»Großartig. Das wird der Aufhänger: *Verbitterte alte Jungfer verteidigt das Recht auf Ehebruch.* Sie ist auch etwas kräftiger gebaut, oder? Ich hab ein paar Fotos von deiner Facebook-Seite runtergeladen. David hat mir den Tipp gegeben.

Ich muss schon sagen, er hat ein paar gute Kniffe drauf. Davor dachte ich, er wäre vollkommen überflüssig. Also bau das auch ein: *Macht Übergewicht zur Überzicke?*«

»Eigentlich hat sie ziemlich abgenommen.«

»Gott, wie sah sie denn davor aus? Besorg mir ihre Story.«

»Das ist nicht, was ich … Nein! Das kann ich nicht tun.«

Suzanne inspizierte ihre Nagelhaut. »Ich glaube, du wirst herausfinden, dass du es sehr wohl kannst, Rosa.«

»Aber sie wird sich nie im Leben auf ein Interview einlassen.«

»Oh doch, das wird sie. Sonst machen wir ihren Namen publik.«

»Das können wir nicht tun!«

»Und noch einmal: Ich denke, du wirst herausfinden, dass wir es können. Oder, besser gesagt, dass *du* es kannst.«

Rosa hatte das Gefühl, dass die Welt um sie herum ins Schwanken geriet. Sie redete hier mit jemandem, der, wie ihr klar wurde, über keinerlei Moral verfügte. Aber Helen war ihre gute, liebe Freundin. Selbst wenn sie für diese schreckliche Website arbeitete. »Nein«, sagte sie und war selbst überrascht angesichts der Entschlossenheit in ihrer Stimme. »Das werden wir nicht tun.«

»Entschuldigung, wie bitte?«

»Wir werden das nicht tun. Wenn du drohst, ihren Namen zu veröffentlichen, werde ich ihr raten, eine einstweilige Verfügung zu erwirken.«

Suzannes Stimme klang gefährlich leise und nüchtern. »Dir ist schon klar, dass das hier dein Job ist?«

Rosa holte tief Luft. »Nein, Suzanne, eigentlich ist es das nicht. Du hast mich als Redaktionsassistentin eingestellt. Ich schreibe nur unentgeltlich Artikel für dich, damit du dein Budget für freie Redakteure einsparen kannst.«

»Arbeitsverweigerung«, stellte Suzanne beinahe milde fest.

»Ich habe Leute schon wegen weniger schlimmer Dinge ge-kündigt.«

»Das glaube ich dir sofort.«

»Ich könnte dir ebenfalls kündigen.«

»Ich bin mir sicher, das könntest du.«

»Dir ist deine Arbeit also egal? Dir ist der Journalismus egal?«

»Mir sind meine Freunde wichtiger. Und überhaupt, das ist kein Journalismus. Das ist einfach nur … Scheiße.«

Eine gefährliche Stille breitete sich zwischen ihnen aus. Rosa wollte gerade den Mund öffnen, um sie zu brechen und um Gnade zu betteln, doch dann kam ihr ein anderer Ge-danke: Was, wenn ich es nicht tue? Was, wenn ich es einfach nicht tue?

Suzanne verengte die Augen zu schmalen Schlitzen. »Jason wird nicht sonderlich erfreut sein. Als wir vor Kurzem über dich gesprochen haben, hat er bereits angemerkt, dass du dich auf sehr dünnem Eis bewegst.«

»Wie bitte?«

»Oh ja. Er will dich schon seit Ewigkeiten draußen haben, aber ich habe ihm immer gesagt, dass du gar nicht so übel bist.« Suzanne schüttelte traurig den Kopf. »Sieht so aus, als hätte ich mich geirrt.«

Das würde sein eisiges Schweigen erklären. Aber scheiß auf Jason. Rosa verdiente ein anständiges Date, ganz für sich allein, und sie verdiente einen Job, in dem man nicht von ihr verlangte, ihre Freundinnen zu verraten. Egal wie schlimm sich diese Freundinnen verhalten hatten.

»Ich werde es nicht tun«, sagte sie mit zittriger Stimme. »Es ist mir egal, ob du mich feuerst.«

»Rosa«, sagte Suzanne, und man hätte fast meinen können, dass der Gesichtsausdruck hinter ihrer Botoxmaske traurig wirkte. »Bitte räum deinen Schreibtisch aus.«

Rosa stand auf. »Nicht nötig. Alles, was da drin ist, sind ein paar verbogene Haarklammern und siebenundvierzig Mini-Marsriegel. Die kannst du haben. Du siehst aus, als könntest du einen anständigen Snack vertragen.«

Helen

»Irgendwann musst du mich reinlassen«, rief Karl durch den Briefkastenschlitz hindurch. »Du hast mir noch keinen Tee angeboten. Was, wenn ich dehydriere und sterbe?«

Helen antwortete nicht. Sie konnte nicht. Sie hatte es schon die letzte halbe Stunde nicht gekonnt, seit Karl an ihrer Tür aufgetaucht war. Ihr schlimmster Albtraum war Wirklichkeit geworden. Der Hacker war zurück. Alle Nutzerdaten waren von der Seite runtergeladen und auf einem anonymen Blog veröffentlicht worden. Ihr Handy hatte die letzte Stunde beinahe ununterbrochen geklingelt, bis der Akku leer gewesen und es ausgegangen war. In ihrem E-Mail-Postfach befanden sich 1.456 ungelesene Nachrichten. Ihre Twitter- und Facebook-Accounts platzten aus allen Nähten. Und alles, was Helen tun konnte, war dazusitzen und die Wand anzustarren.

»Ich muss echt aufs Klo«, sagte Karl. »Es wäre also wirklich super, wenn du mich reinlassen könntest.«

»Miiiiiiiau!«

»Ist das Mr. Fluffypants? Siehst du, er stimmt mir zu.«

»Miiiiiiiau!«

»Entschuldigung, tut mir leid, es muss natürlich *Sir* Fluffypants heißen.«

Helen schaffte es, sich aus ihrer Starre zu befreien, und

stand auf. Ein Fuß, dann der andere. Nach dem Türknauf greifen. Drehen. Öffnen.

Karl stand in seiner Cargohose und einem Pac-Man-T-Shirt vor ihr. »Ich muss nicht wirklich aufs Klo, das war nur eine ausgeklügelte List. Geht es dir gut? Ich habe die Zeitung gesehen.«

Sie öffnete den Mund, doch dann zuckte sie nur in einer hilflosen Geste mit den Schultern. Natürlich ging es ihr nicht gut.

»Okay, ich sehe schon, es geht dir nicht gut. Was können wir tun? Was sagt Logan?«

»Ich erreiche ihn nicht«, murmelte Helen in dumpfer Verzweiflung. »Sein Handy ist ausgeschaltet, und ich komme nicht zu seinem Büro durch. Außerdem hat er alle Arbeitsordner auf dem Laufwerk leer geräumt. Ich glaube, er hat sich vielleicht ...« Sie schaffte es nicht, es laut auszusprechen. All die Zeit, in der sie sich um ihren Job Sorgen gemacht hatte, all die schlaflosen Nächte im vagen Bewusstsein von Logans zwielichtigen Machenschaften. Die Versuche, sich mit meditativen Gesängen zu beruhigen, mit Bachblütentropfen, mit einer positiveren Einstellung. Doch nun war es wirklich passiert. Sie war ihren Job los, und ihr Name war überall in den Nachrichten zu hören. Oh Gott. Sie zitterte am ganzen Körper. »Und Marnie ist auch weg. Wir haben uns gestritten. Ich ... ich weiß nicht, wo sie ist.«

»Na ja, sie ist ein erwachsener Mensch, ich bin mir sicher, ihr geht es gut. Taucht sie nicht öfter mal einfach so ab?«

»Ja, aber ...«

»Siehst du. Eins nach dem anderen. Also, was ist mit Logan?«

»Es ist schlimmer, als ich dachte. Karl ... die Notizen für das Spiel. Für Swipe Out. Sie waren alle in dem Ordner. Sie sind weg.«

Er überlegte eine Sekunde. »Sie müssen irgendwo sein. Lass uns nachdenken.« Er war so unglaublich ruhig. Es war schwierig, sich vorzustellen, dass ihn irgendetwas aus der Bahn werfen konnte. »Wenn er weder auf seine E-Mails antwortet noch ans Telefon geht – was für andere Möglichkeiten gibt es, ihn zu erreichen?«

»Ich weiß es nicht!«

»Doch, du weißt es. Welche?«

»Man könnte zu ihm nach Hause fahren, schätze ich. Aber ich kann nicht …«

»Dann mache ich es.«

»Das geht nicht!«

»Warum nicht?«

»Weil …« Helens Hirn schien nicht mehr richtig zu funktionieren. »Ich weiß nicht genau, wo er wohnt.«

»Die Adresse wird im Handelsregister hinterlegt sein«, sagte Karl immer noch vollkommen ruhig. »Das ist eine legitime Anfrage.«

»Aber ich habe kein Auto, und ich glaube, sein Haus befindet sich in Essex.«

»Ich bin mir ziemlich sicher, dass es in Essex öffentliche Verkehrsmittel gibt. Ich habe in meinem ganzen Leben noch kein Auto besessen und habe auch nicht vor, mir jemals eins zuzulegen. Autofahren ist eine der gefährlichsten Sachen, die man überhaupt tun kann, ganz zu schweigen vom Schaden für die Umwelt.«

»Also …«

»Wir brechen das Ganze erst einmal auf einzelne Stufen runter«, sagte Karl. Seine Stimme war sanft. »Du kannst das, Helen. Eins nach dem anderen. Kleine Schritte.«

»Okay, also zuerst muss ich … äh, zum Bahnhof fahren.« Oh Gott, sie konnte es nicht. Die Panik riss sie wie ein Strudel in die Tiefe.

»Noch kleiner«, sagte er. »Was kommt zuerst?«

»Schuhe anziehen. Mantel und Tasche finden. Sicherstellen, dass ich meine Kreditkarte dabeihabe.«

»Gut. Was dann?«

»Mein Handy und Portemonnaie einpacken, die U-Bahn nehmen nach ... Liverpool Street.«

»Und dann?«, ermunterte er sie weiter.

»Den erstbesten Zug dorthin nehmen, wo Logan wohnt.«

»Und dann?«

»Am Bahnhof ein Taxi rufen. Aber dafür brauche ich Bargeld, ich weiß nicht, ob ich genug hierhabe.«

»Du kannst am Bahnhof Geld abheben. Und dir dort einen Kamillentee bestellen, auch wenn du dein Geld damit quasi für heißes Wasser mit Trockenblumen ausgibst. Dann steigst du in den Zug und übst, was du zu ihm sagen wirst.«

»Und was genau werde ich zu ihm ...«

»Du wirst ihm sagen, dass es von sehr schlechten Manieren zeugt, dich für etwas bluten zu lassen, für das du nicht verantwortlich bist. Und dann wirst du sagen, dass du die Notizen für unser Spiel zurückhaben willst sowie eine Abfindungszahlung. Und dann sagst du nichts mehr dazu, und ihr könnt getrennte Wege gehen.«

»Aber alle Leute kennen jetzt meinen Namen«, erwiderte Helen kläglich. »In der Zeitung heißt es, dass ich diese ... diese fette Frau bin, die anderer Leute Ehen zerstört.« Oh Gott. Oh Gott. Sie begann wieder zu zittern. »Sie haben sogar Fotos von mir. Rosa muss sie besorgt haben. Sie ist bestimmt schrecklich wütend auf mich, weil ich für die Seite gearbeitet habe. Ihr Ehemann hat sie auch betrogen und ... Oh Gott!«

»Helen.« Karl stellte sich vor sie und fasste sie sanft an den Schultern. »Bist du übergewichtig?«

»Ich weiß nicht, früher war ich dick ...«

»Welche Größe trägst du heute?«

»Vierzig, aber manchmal …«

»Gilt vierzig unter normalen Menschen als fett?«

»Du verstehst das nicht! Hier, so hab ich ausgesehen!« Sie griff nach einem Foto auf ihrem Regal und hielt es ihm vor die Nase. Helen in ihren Teenagerjahren, stolz lächelnd wegen ihrer dämlichen Goldene-Tastatur-Auszeichnung.

Karl warf einen flüchtigen Blick darauf. »Also für mich siehst du gleich aus.«

»Was?«

»Ach, ich schätze mal, dass du womöglich ein bisschen …«, er wedelte ungeduldig mit der Hand, »dass du jetzt eine andere Klamottengröße trägst, aber das ist doch Jahre her, oder nicht? Ich meine, ich weiß ja, dass Reading etwas rückständig ist, aber das Foto da wurde doch bestimmt irgendwann in den Neunzigern aufgenommen, oder? Und deine Augen, dein … na ja, dein *Selbst*, sind doch gleich geblieben. Also, wen kümmert das schon? Das ist alles Teil von dir, Helen. Jede Zelle in deinem Körper macht dich aus. Das ist einfach … Wissenschaft. Wen stört es schon, dass es mal ein bisschen mehr von dir gab? Sag mir eins, wirst du heutzutage als fett betrachtet?«

»N-nein.«

»Na also. Dann haben dich eben ein paar fiese Menschen bei der Zeitung zum Sündenbock auserkoren. In ein paar Tagen erinnert sich niemand mehr daran.«

Sie versuchte zu atmen. Ein. Aus. Ein. Aus. Es ging nicht weg. Das hier passierte wirklich. Das hier war real. Genauso wie Karl. Sie konnte ihn riechen – Seife und Fahrradöl.

Er fing ihren Blick auf und hielt ihn fest. »Schon besser. Blickkontakt. Atmen. Dein Körper reagiert, aber du behältst die Kontrolle über ihn.«

Helen rang nach Luft. »Ist das eine Panikattacke?«

»Hast du das Gefühl, dass du einen Herzkollaps kriegst und keine Luft mehr bekommst?«

»J-Ja.«

»Ja, dann ist es wohl die kleine Nervensäge. Aber keine Sorge, das geht vorbei. Lauf ein bisschen herum.« Er rieb ihren Rücken, als wäre sie ein Baby mit Kolik.

»Meine Karriere«, sagte sie, sobald sie wieder genug Luft in ihre beengte Brust bekam. »Ich bin geliefert. Niemand wird mich jetzt noch einstellen. Jedes Mal, wenn man mich googelt, wird das hier ganz oben stehen.«

»Na und? Du hast doch sowieso nicht gern für Logan gearbeitet, oder?«

»Nein, aber …«

»Dann mach dich selbstständig.«

»Ich kann nicht«, keuchte sie. Die Panik packte sie wieder, und sie stolperte über ihre eigenen Füße.

Karl griff ihr unter die Arme. »Komm schon, lauf weiter, hin und her. Zähl die Schritte, das hilft.«

Eins. Zwei. Drei. Vier. Helen ging. Selbst Mr. Fluffypants, der untypischerweise kleinlaut ganz oben auf dem Bücherregal saß, sah zu. Jetzt würde sie sich das Futter für ihn nicht mehr leisten können. Sie würde ihre Wohnung verlieren, alles, was sie sich aufgebaut hatte. Sie würde umziehen müssen. Oh Gott. Sie stieß ein leises Wimmern aus.

»Helen«, sagte Karl eindringlich. »Sprich mit mir. Warum kannst du dich nicht selbstständig machen?«

»Zu … unsicher«, keuchte sie. »Nicht genug … Geld. Muss die … Hypothek zahlen.«

»Klar ist es etwas weniger sicher, aber du wirst dich nie wieder mit Idioten wie Logan auseinandersetzen müssen. Und sobald du dir etwas aufgebaut hast, ist es tatsächlich sogar sicherer. Du hast mehrere Einkommensquellen, nicht nur eine. Und niemand kann dich einfach so feuern. BTW, ich bin mir ziemlich sicher, dass du ihn vors Arbeitsgericht zerren kannst.«

»BT… Was?«

»Ein cooles Akronym, das die Kids heutzutage für ›By the way‹ verwenden. Es bedeutet so viel wie ›übrigens‹.«

Helen spürte, wie langsam wieder etwas Luft in ihre Lunge drang. Sein Vorschlag klang tatsächlich gar nicht so abwegig. »Aber ich weiß nicht, wo ich anfangen soll«, sagte sie mit leiser, angespannter Stimme.

»Schon okay. Ich werde dir helfen. Ich arbeite seit Jahren auf eigene Rechnung und bin noch nicht verhungert. Komm schon.« Er legte die Arme um sie und drückte sie kurz an sich.

Sie spürte, wie stark er war, wie solide und verlässlich. Der Stoff seines T-Shirts fühlte sich weich an ihrer Wange an.

»Das wird schon wieder. Und jetzt … Wohin müssen wir fahren?«

»Wir?« Sie blickte zu ihm auf, während ihr Gehirn sich ganz langsam mit dem Gedanken anfreundete, dass sie es vielleicht, ganz vielleicht – wenn sie sich nur Mühe gab – schaffen würde, sich die Schuhe anzuziehen.

»Na ja, klar. Ich komme natürlich mit. Hast du gedacht, ich lasse dich alleine fahren?«

Kapitel 21

Das Jurassic-Gartenzentrum

Rosa

»Wie Sie also sehen können, steht uns bezüglich der Prognosen für die zukünftige Leserzahl ein ziemlicher Einbruch bevor. Deswegen müssen wir uns vorrangig darauf konzentrie-
ren, die Altersgruppe der Zwanzig- bis Dreißigjährigen an
uns zu binden, was uns vor allem mittels Klickköder-Inhal-
ten und verstärkter Suchmaschinenoptimierung gelingen
kann …« Jason stand am Kopf des Konferenztisches, sichtlich
darum bemüht, die Mitglieder des Vorstands – zusammenge-
nommen um die vierhundertdreiundsiebzig Jahre alt – durch
die komplexen Zusammenhänge des digitalen Zeitalters zu
führen.

»Klickköder?«, meldete sich der Zeitungschef zu Wort.
»Sie wollen, dass wir mehr übers Fischen bringen? Ich weiß
ja, dass die Angelkolumne eine sehr loyale Leserschaft hat,
aber …«

»Klickköder haben nichts mit …«

»Mach dir gar nicht erst die Mühe, es ihnen zu erklären,
die haben keinen blassen Schimmer«, unterbrach Rosa ihn
von der Tür aus.

Jason blickte auf. Er hatte sich die goldenen Locken zu
kurz schneiden lassen. Ein geschorener Surf-Gott – nicht

314

geschaffen für diese Welt aus Neonleuchtröhren und grauen Teppichböden. »Rosa! Was machst du denn hier?«

Bill, der leitende Geschäftsführer, blinzelte sie durch seine Gleitsichtbrille an. »Ist das nicht eins von Suzannes Mädchen?«

Rosa rümpfte die Nase. »Tja, nicht mehr, sie hat mich eben gefeuert. Außerdem, Sir, bin ich kein Mädchen mehr, sondern inzwischen Mitte dreißig.«

»Sie hat dich gefeuert?«, fragte Jason irritiert.

»Ja, und wie ich höre, war das deine Idee. Ich bin nur gekommen, um dir zu sagen, dass du dir keine Sorgen machen musst. Ich hatte ohnehin genug von dieser sogenannten ›Zeitung‹. Artikel über Kim Kardashians Arsch zu schreiben und Frauen einzureden, dass ihre Ohrläppchen zu fett sind oder ihre Nasenflügel zu weit auseinanderstehen oder ähnlicher Mist, das ist nichts für mich.«

»Was ist ein *Kardashian*?«, murmelte einer der vertrockneten Vorstands-Opas, während er interessiert Rosas Hintern musterte.

»Ich weiß nicht«, sagte ein anderer und rückte sein Hörgerät zurecht. »Ich glaube, das ist eine Republik im Kaukasus.«

Jason ging auf sie zu und senkte die Stimme. »Rosa, ich weiß nicht, wovon du redest, und es ist nicht wirklich angebracht von dir, hier aufzutauchen. Wir haben hier gerade ein sehr wichtiges geschäftliches Meeting.«

»Ja, ja, ich weiß schon, wie du zu *öden Geschäftssachen* stehst. So öde, dass du für denselben Tag immer noch ein zweites Date ausmachen musst.«

»Was redest … Scheiße, bist du deswegen so schnell abgehauen? Du hast meine SMS gelesen?«

»Die Nachricht hat dick und fett auf deinem dämlichen Handydisplay aufgeleuchtet. Ich wollte dich nur wissen lassen, dass es mir egal ist, ob du mich feuern willst oder ob du nicht mit mir ausgehen willst oder was auch immer du denkst. Ich kündige sowieso. Besser gesagt ich würde kündigen, wenn man mich nicht schon gefeuert hätte. So sieht's aus!«

»Also schneist du nur hier rein und unterbrichst mein superwichtiges Meeting, damit du mir sagen kannst, dass dir alles egal ist?«

»Ganz genau.«

»Sie wurden gefeuert?«, fragte Bill, der offensichtlich Mühe hatte zu folgen.

Rosa wandte sich ihm zu. »Nur weil ich mich geweigert habe, eine Handlung zu vollziehen, die gegen jeglichen Anstand und jede Moral verstößt, Sir! Sie sollten wirklich besser Bescheid wissen, was in Ihrer Zeitung vor sich geht. Etwas ist faul im Staate *Gazette*.«

Im Geiste sah Rosa die Vision einer applaudierenden Geschäftsführungsriege – obwohl danach die meisten dieser Greise womöglich umgehend wegen Handgelenksbrüchen behandelt werden müssten –, die mit ihr in die Redaktionsräume marschierte, Schulter an Schulter, um Suzanne zu feuern und Rosa zur leitenden Kulturredakteurin zu ernennen.

Das erhebende Bild wurde jedoch sofort zerschmettert, als Bill sich an Jason wandte: »Das ist doch gut. Damit können wir ihr Gehalt aus der Kostenplanung streichen.«

Jason sah sie mit einem seltsamen Ausdruck im Gesicht an. »Rosa, das ist gerade wirklich kein guter Augenblick. Die Prognosen … Wir befinden uns gerade in einer ernsthaften Diskussion.«

»Na schön. Ich wollte sowieso gerade gehen. Gott, du stehst da, als hättest du wahnsinnig viel Ahnung vom Business – ein Christian Grey für Arme mit deinen Anzügen und tollen Diagrammen. Dabei bist du auch nicht besser als jeder andere Mann. Du bist so ein … Klischee. Ich wette, auf deinem Facebook-Profilbild bist du oben ohne und mit einem Surfbrett unterm Arm zu sehen.«

»Rosa!«

»Ich gehe ja schon. Ich hoffe, *Kara* geht es gut.« Es war ein kindischer Schlag unter die Gürtellinie, das wusste sie, aber als Frau, deren Mann sie erst kürzlich wegen einer Rotzgöre verlassen hatte, weigerte sie sich, sich deswegen schuldig zu fühlen.

Helen

Irgendwie – und sie konnte sich beim besten Willen nicht erinnern, wie genau – hatte Helen es in ihre Klamotten geschafft, aus der Tür hinaus und in die U-Bahn. Und die ganze Zeit über hatte Karl ihr einen beständigen, beschwichtigenden Monolog ins Ohr geflüstert. »Jetzt deine Monatskarte rausholen … Jetzt den Türknopf drücken … Jetzt einfach dort hinsetzen …«

Sie atmete tief ein und aus. Sie hatte das Gefühl, seekrank zu sein, obwohl weit und breit kein Meer in Sicht war. Was, wenn sie Logan nicht fanden? Was, *wenn* sie ihn fanden? Was um alles in der Welt sollte sie ihm bloß sagen?

An der Haltestelle Liverpool Street navigierte Karl sie die Rolltreppe hinauf. Er stand eine Stufe tiefer, sodass sie sich zum ersten Mal auf Augenhöhe miteinander befanden. Er sah sie freundlich an. »Alles wird gut, das weißt du.«

»Woher denn?«

»Nun, was ist das Allerschlimmste, das Allerschrecklichste, das passieren könnte?«

»Darüber will ich nicht nachdenken.«

»Dein Gehirn tut es so oder so. Also lass uns darüber reden und es ans Licht zerren.«

Helen tauchte hinab in das verworrene Chaos von Bildern, die ihr Hirn in einem fort ausspuckte. »Äh … dass ich meinen Job verliere?«

»Okay. Es tut mir leid, das sagen zu müssen, aber das könnte bereits passiert sein.«

»Und wie soll mir das bitte helfen?«

»Es macht keinen Sinn, sich vor den Fakten zu verstecken. Wenn es real ist, kannst du dich den Tatsachen genauso gut stellen. Also, was wäre daran so schlimm?«

»Das ist doch klar. Ich würde kein Geld mehr verdienen.«

»Ich wette, du hast Ersparnisse. Du hast sogar eine Sparbüchse mit Wechselgeld in deinem Wohnzimmer stehen. In Katzenform.« Er führte sie von der Rolltreppe weg und zu den Gleisen, wo gerade eine U-Bahn einfuhr.

»Ja, und Mr. Fluffypants hasst sie. Als ich sie neu gekauft habe, wollte er sie auffressen.«

Karl lachte. »Irgendwie bewundere ich diesen Kater. Ihm geht alles am Allerwertesten vorbei. Und, habe ich recht, hast du Ersparnisse?«

Helen nickte widerstrebend. Natürlich hatte sie gespart. Über die Jahre hinweg hatte sie ihr Geld zurückgelegt, statt sich Klamotten zu kaufen, mit Männern auszugehen oder für sonstige Aktivitäten das Haus zu verlassen.

»Also hast du für eine Weile ausgesorgt. Außerdem hast du ein bemerkenswertes Händchen für Webdesign. Im Ernst. Du glaubst ja nicht, was für Fragen ich tagtäglich gestellt bekomme: ›Können Sie meine Homepage rot machen?‹, ›Kostet das extra?‹ Denk an all diese Trottel, Helen, die nur darauf warten, dass du ihnen dabei hilfst, eine Seite in das World Wide Web zu stellen.«

Karl nahm fast den gesamten Platz auf dem Zugsitz ein,

auf den sie sich gemeinsam gequetscht hatten. Ihr Bein war gegen seine Cargohose gepresst – es war unvermeidlich. Er war viel zu warm.

»Also, weiter im Text. Was ist wirklich das Schlimmste, das Allerallerschlimmste, das du dir vorstellen kannst? Woran denkst du, wenn du morgens um drei wach liegst?«

»Ähm ... bei meinen Eltern einziehen zu müssen«, sagte Helen leise.

Karl warf ihr einen mitfühlenden Blick zu. »So schlimm?«

»Ich ... ich kann mich gerade nicht damit befassen. Aber es steht völlig außer Frage.«

»Na ja, wenigstens weißt du, was der Tiefpunkt wäre. Und jetzt kannst du dein Bestes geben, um nicht dort zu landen.«

»Dafür bräuchte ich mindestens ein Spiderman-Netz, das mich abfängt«, sagte Helen schniefend.

Karl verdrehte die Augen. »Ich werde jetzt lieber nicht auf diese grässliche, abgeschmackte Neuverfilmung eingehen, die der Subtilität des wunderbaren Marvel-Universums in keiner Weise gerecht wird. Hey, sieh mal, wir sind schon da.«

Es war selten, dachte Helen, während sie ihre Sachen zusammenpackte und versuchte, ihre fünf Sinne beieinanderzuhalten, dass man einen Mann traf, dem es überhaupt nichts ausmachte, wenn man vor seinen Augen eine Panikattacke plus einen Nervenzusammenbruch bekam, der es gleichzeitig aber nicht verkraftete, wenn man einen seiner Lieblingsfilme verschandelte. Es war irgendwie ... erfrischend.

Das Taxi hielt.

»Welches ist es?«

»Dreimal darfst du raten.«

»Das mit der furchtbar geschmacklosen Fassade im Tudorstil unter dem ganz klar georgianischen Fries, billige Nachbildung aus dem Jahre 1995?«

»Ganz genau.«

»Jetzt mal im Ernst, es scheint, als würden die Leute nicht einmal ansatzweise versuchen, die architektonischen Zusammenhänge zu erfassen. Diese Form von Fries wurde erst nach 1700 verwendet, warum sollte sie sich also an einem Tudorhaus befinden?«

Helen übte sich immer noch in ihrer Yoga-Tiefenatmung. Sie war sich ziemlich sicher, dass der Taxifahrer glaubte, sie hätte einen Asthmaanfall.

»Ist alles in Ordnung mit Ihnen?«

»Alles s-super.«

»Heuschnupfen? Ist ein bisschen früh dafür, oder?«

Karl reichte ihm das Geld. »Sie fühlt sich gerade nur nicht besonders. Vielen Dank.«

Im letzten Moment versuchte Helen, sich im Wagen zu verbarrikadieren wie Mr. Fluffypants, wenn er zum Tierarzt musste. »Ich kann nicht.«

»Du musst. Wir können den netten Herrn Taxifahrer nicht länger aufhalten.«

Verdammt. Er musste irgendwie dahintergekommen sein, dass ihr Sei-nett-zu-Leuten-Impuls noch stärker war als ihre Ängste. Sie krabbelte im Krebsgang raus. »Warum weißt du eigentlich so viel über Panikattacken?«

»Oh, ich war selbst eine einzige wandelnde Panikattacke, bis ich fünfundzwanzig wurde. Ich war so was wie ein Captain-Panic-Superheld.«

»Und was für Superkräfte hattest du?«

Sie näherten sich dem riesigen Ungetüm von Gebäude, das sich am Ende einer Sackgasse mit ähnlich monströsen Bauten erhob, alle hoch umzäunt und gut verschlossen, um unerwünschte Hausierer, Diebe und Menschen mit einem Jahreseinkommen von unter hunderttausend Pfund draußen zu halten.

»Ich verfügte über die Macht, mir innerhalb eines Sekundenbruchteils immer und überall das schlimmstmögliche Szenario überhaupt auszumalen.«

»Das kann ich auch. Müssen wir das hier wirklich tun?«

»Vielleicht ist er ja gar nicht da. Lass uns einfach nachsehen.«

Das Tor war nicht abgeschlossen und schwang lautlos auf. Helen blickte Karl in sprachloser Angst an.

»Komm schon«, sagte er, »lass uns klingeln.«

Sie gingen die Einfahrt entlang, der Kies knirschte unter ihren Füßen. Der Garten – sorgfältiger getrimmt als die Zehennägel einer Fußballerfrau – war mit steinernen Skulpturen gesprenkelt. Irritiert stellte Helen fest, dass es sich jedoch nicht um Zwerge oder ähnlich harmlose Zeitgenossen, sondern surrealerweise um Dinosaurierfiguren handelte.

Karl schüttelte den Kopf. »Das reinste Jurassic-Gartenzentrum. Das Low-Budget-Sequel, das niemand wollte. Schau mal, der da drüben hält eine Angelrute. Dabei weiß doch jeder, dass Säugetiere erst viel später den Gebrauch von Werkzeug erlernt haben. Wie hätten die Dinos bitteschön angeln gehen können, wo sie doch gar keinen opponierbaren Daumen hatten?«

»Sch. Vielleicht können sie uns hören.« Helen hatte bemerkt, dass auch die Haustür einen Spaltbreit offen stand. Äußerst merkwürdig in einer Gegend mit Nachbarschaftswachen und höchster Einbruchsalarmstufe – dabei wurden die tatsächlichen Verbrechen von den steuerhinterziehenden Bewohnern dieser herrschaftlichen Häuser selbst begangen. »Hallo?« Helen schob die Tür ein Stück auf. »Logan? Ich bin's, Helen.« Keine Antwort.

»Wir sollten reingehen«, flüsterte Karl.

»Denkst du nicht, dass das ziemlich unhöflich wäre? Warum steht die Tür offen?«

»Vielleicht wurden sie ausgeraubt?«

»Und du willst den Dieb aufhalten?«

»Nein, aber ich will echt diese T-Rex-Statue sehen, von der du mir letztens erzählt hast.«

Sie betraten ein düsteres, marmorgetäfeltes Foyer, in dem ihre Schritte unheimlich von den Wänden widerhallten. Sie blieben stehen und blickten nach oben.

»Wow«, sagte Karl leise. »Was auch immer er sonst angestellt hat – das hier ist überwältigend.«

Das T-Rex-Modell in all seiner 3-D-Pracht hatte dieselbe Höhe wie die zweiläufige Treppe, die in das obere Stockwerk führte. Seine winzigen Klauen waren nach oben gereckt, sein Maul war zu einem stummen, wütenden Brüllen geöffnet.

»Und das ist wirklich der aus dem Film?« Karl flüsterte immer noch.

»Das hat er zumindest gesagt.«

Er begutachtete das Monster kritisch. »Wenn ich raten müsste, würde ich sagen, es ist der aus Teil zwei, der ganz offensichtlich nicht ganz so gut ist. Aber immer noch *richtig* toll.«

»Okay.« Helen versuchte, ihm die Ernsthaftigkeit dieser Situation zu verdeutlichen. »Aber jetzt ist nicht die Zeit, um über Dinosaurier zu diskutieren.« Sie rief noch einmal. »Hallo? Logan?«

Ein Geräusch drang aus der Küche. Es klang wie zersplitterndes Glas.

»Los!«, bedeutete ihr Karl. »Ich bilde die Nachhut.« Er stellte sich dicht hinter sie, um ihr Rückendeckung zu geben. »Wenn ich nur meine Paintball-Knarre dabeihätte.«

»Du hast eine Paintball-Knarre?«

»Du nicht?«

»Hallo?«, rief sie mit zittriger Stimme. »Ich bin's, Helen.«

Sie gingen in die riesige offene Küche, die glücklicher-

weise von Tageslicht geflutet wurde, das durch die Terrassentüren fiel, die in den penibel gepflegten Garten hinausführ-
ten. Eine Frau stand dort – eine zerbrochene Weinflasche in
jeder Hand.

»Aaaah!«, kreischte Helen.

Kapitel 22

Anzügliche Heckenschnittkunst

Rosa

Fünf Wege, stilvoll zu kündigen. Der Tag, an dem ich meiner Chefin sagte, sie solle sich ein paar Mini-Marsriegel in ihren gebleichten... Was tun, wenn du deinem heißen Chefredakteur gesagt hast, dass er ein wandelndes Klischee ist und wahrscheinlich oben ohne auf Facebook posiert?

Alles war gut. Alles würde gut werden. Dann war sie eben gefeuert worden. Dann hatten Helen und Ani, ihre besten Freundinnen, sie eben belogen, und Simon war zu seiner Frau zurückgekehrt, und sie war vor versammelter Führungsriege fies zu Jason gewesen – dem Chef ihrer Chefin! Es war okay. Vielleicht würde sie aus dem Material einen amüsanten Kommentar machen.

Oh Gott. Rosa ließ sich auf den Boden der Besenkammer sinken – war es erst eine Woche her, dass sie mit Jason hier drin geflirtet hatte? – und schlug die Hände vors Gesicht. Nichts würde gut werden! Sie würde ihre Wohnung verlieren. Sie würde Single sein, obdachlos und arbeitslos, und das mit zweiunddreißig.

In diesem Moment hörte sie, wie der Türknauf gedreht wurde, und ihr Herz machte einen kleinen Satz. Vielleicht war es Jason, der kam, um ihr zu sagen, dass alles gut werden würde, dass es ihm leidtat wegen Kara und dass man sie natürlich nicht feuern würde.

David betrat die Besenkammer.

Sie sprang auf. »Was zur Hölle willst du hier?«

»Und was machst du hier drinnen?« David runzelte die Stirn.

»Ich verstecke mich, weil ich gerade gefeuert worden bin. Dank dir! Weil du dich unbedingt bei Suzanne, dieser Kuh, einschleimen musstest. Warum hast du das getan?«

Er schloss die Tür hinter sich. »Hör zu, ich weiß, dass du in letzter Zeit bei der Arbeit nicht ganz bei der Sache warst ...«

»Aha, und wessen Schuld war das?«

»Hör mir zu! Die Zeitung steht nicht gut da, Rosa. Die Auflagenzahlen sind im Keller. Heutzutage läuft das alles online. Sie prüfen gerade, wen sie alles entlassen könnten. Ich wollte dir nur helfen. Diese Online-Seitensprung-Sache ist eine Riesenstory, und du hattest den perfekten Aufhänger. Wenn du einfach getan hättest, was Suzanne wollte, wärst du jetzt auf der sicheren Seite.«

Rosa konnte und wollte nicht darüber nachdenken. Nach zehn Jahren Journalismus war ihr nur noch ein moralischer Grundsatz geblieben und der lautete: Bescheiß nicht deine Freunde. »Ich kann nicht. Hier geht es um Helen. Das wäre nicht fair. Sie hat schließlich nichts Falsches getan.«

»Sie hat eine Website für Seitensprünge geleitet, Rosa. Sie muss doch gewusst haben, dass früher oder später so was passiert.«

»Du wirst mir jetzt aber keine Moralpredigt über Treue in der Ehe halten, oder? Ich warne dich, dieser Wischmopp da ist gerade in Reichweite, und ...«

»Nein, nein, ich wollte nur ... Ich mache mir Sorgen um dich. Womit willst du denn jetzt deinen Lebensunterhalt verdienen?«

»Was kümmert dich das? Falls du Angst hast, dass du mir Unterhalt zahlen musst, keine Sorge. Wir können die Wohnung verkaufen und beide unseren Anteil nehmen, den wir reingesteckt haben. Die Sache ist die, David, in letzter Zeit haben sich einige Dinge in meinem Leben geändert, derer ich mir vorher sehr sicher war. Ich bin nicht mehr deine Frau beziehungsweise werde ich es bald nicht mehr sein. Ich arbeite nicht mehr für die *Gazette*. Ich bin Single und arbeitslos, und das Anfang dreißig.« Sie schluckte schwer. Laut ausgesprochen klang es noch hundertmal schlimmer.

»Aber einer Sache bin ich mir nach wie vor sehr sicher – dass mir meine Freunde wichtig sind. Selbst wenn Helen mich enttäuscht hat, heißt das noch lange nicht, dass ich ihr dasselbe antun muss. Falls du also gekommen bist, um mich umzustimmen, solltest du einfach wieder gehen.« Plötzlich ergriff ein berauschendes Gefühl von Freiheit von Rosa Besitz. Sie brauchte David nicht. Nicht wirklich. Nicht mehr.

David rührte sich nicht. »Deswegen bin ich nicht... Ich habe nur... Hör zu, wir müssen reden.«

»Ich weiß, dass wir uns Anwälte suchen müssen und Dinge unterschreiben und alles aufteilen. Aber ich konnte mich dem einfach noch nicht stellen, okay? Kannst du wenigstens versuchen, das zu verstehen? Du hattest ganz offensichtlich länger Zeit, dich an den Gedanken zu gewöhnen als ich. Ich dachte, unsere Ehe wäre was fürs ganze Leben, unsere Wohnung wäre unser gemeinsames Zuhause, und ich war noch nicht wirklich bereit, das alles aufzugeben.«

»Ich weiß. Genauso habe ich das auch alles gesehen.«

»Bis du versehentlich auf diese Pissnelke draufgefallen bist?«

»Rosa.« Er sah sie flehend an. »Bitte.«

Rosa fühlte sich plötzlich schrecklich müde. »In Ordnung. Dann eben Daisy. Warum gehst du nicht einfach zu ihr? Warum bist du überhaupt hier?«

»Weil ...« David stieß einen tiefen Seufzer aus. »Ach, Rosa. Ich weiß nicht einmal mehr, was eigentlich los ist. Wie sind wir bloß hier gelandet?«

Für einen Moment setzte Rosas Hirn aus. »Wo? In der Besenkammer?«

»Ich weiß nicht, warum ich überhaupt geglaubt habe, dass es funktionieren könnte. Herrgott, ich bin vierzehn Jahre älter als sie. Sie hat noch nie was von Britpop gehört. Im Ernst, Rosa, sie ist auf die Welt gekommen, *nachdem* Blur mit *Country House* einen Nummer-Eins-Hit gelandet haben!«

»Ja, ich weiß. Ich habe versucht, dir das zu erklären, nachdem du mich wegen ihr verlassen hast.«

»Und ihre Freunde ... Die tragen alle diese dämlichen ausgedachten Namen wie Twinke und Jemoma, und im Restaurant wollen sie immer ganz genau die Rechnung auseinandernehmen, um festzustellen, wer die Extraportion Brot bestellt hat. Und sie haben nicht den blassesten Schimmer davon, wie man Geschirr spült oder ein Klo putzt.« Er schüttelte sich. »Du glaubst gar nicht, wie dreckig es in deren Badezimmern ist.«

»Doch, das tue ich. Tatsächlich habe ich genau das vorab angemerkt.«

»Tja, womöglich hattest du recht.«

Rosa rührte sich nicht. Die Nadeln des traurigen Plastikweihnachtsbaums piksten sie in den Rücken. »Was genau versuchst du, mir gerade zu sagen?«

Er rieb sich übers Gesicht. »Daisy und ich haben uns gestritten. Und jetzt ... Na ja, ich wohne gerade bei meinen Eltern. Ich kann ja wohl kaum in diesem ekelhaften Rattenloch hausen, das diese Studenten ihr Heim nennen, oder? Außerdem hat Daisy versucht, meine Halston Messenger Bag anzuzünden, bevor sie sie aus dem Fenster geworfen hat. Glücklicherweise brennt Qualitätsleder nicht so leicht.«

»Ja, was für ein Glück.« Rosas Gehirn schaffte es nicht, mit ihrem Mundwerk Schritt zu halten. »David ... willst du mir damit sagen ...«

»Ach, ich weiß nicht, was ich da eigentlich sage. Aber ist es richtig, was wir gerade tun? Alles zu beenden? Ich meine, wir hatten doch etwas zusammen. Wir waren Rosa und David. Oder nicht?«

Sie hob den Blick und musterte ihn. Irgendwann einmal – es war gar nicht so lange her –, war er ihr so vertraut gewesen, dass sie ihn kaum noch gesehen, kaum noch wahrgenommen hatte. Wie ein Möbelstück, so wie ihre Shabby-Chic-Kommode oder ihre antike Stehlampe. Doch jetzt sah sie ihn genau, wie er war. Vierunddreißig. Dreitagebart. Tränensäcke unter den Augen. Gelbe Jeans und kariertes Hemd – zu jugendlich für ihn. Er sah albern aus. Und müde.

»Hörst du dir eigentlich zu?«, fuhr sie ihn an. »Nur für den Fall, dass du es vergessen haben solltest, *du* hast *mich* verlassen. Und zwar ziemlich brutal und völlig unerwartet, wegen einer kleinen Rotzgöre, die bei uns Praktikantin war.«

»Sie ist zwanzig.«

»Von mir aus! Worum ging es überhaupt bei eurem Streit?«

Er hatte immerhin den Anstand, beschämt dreinzuschauen. »Äh ... die Wahrscheinlichkeit, dass One Direction sich auflösen.«

»Da haben wir's. Du hast nichts getan, um den Schock für mich abzumildern, und jetzt fragst du mich, ob wir dabei sind, das Richtige zu tun? Das hier war alles deine Idee. Ich bin gerade dabei, mich daran zu gewöhnen, und du ...«

»Aber ich dachte, du willst mich zurück?«

»Wie kommst du darauf?«

»Ich weiß nicht, vielleicht aufgrund der fünfhundert verzweifelten Mails und Mailbox-Nachrichten, die du mir geschickt hast? Daisy hat mir schon vorgeschlagen, eine einstweilige Verfügung zu erwirken.«

Bleib ruhig! Brat ihm nicht den Kloreiniger über seinen arroganten Quadratschädel. »Ich war deine Frau, ich hatte einen Anspruch darauf zu erfahren, warum du dein Ehegelübde gebrochen hast. Erinnerst du dich überhaupt noch daran?«

Er verdrehte die Augen. »Ach, komm schon. Als ob du deins gehalten hättest.«

Rosas Zorn schwoll an. »Willst du damit behaupten, ich hätte dich betrogen?«

»Nein, aber es gibt auch noch andere Ehegelübde. Den anderen zu achten und zu ehren. Für ihn da zu sein. Was glaubst du, wie ich mich dabei gefühlt habe, wenn du wieder mal bis morgens um vier gearbeitet hast und anschließend in deinen Klamotten ins Bett gefallen bist? Oder dich geweigert hast, auf die Hochzeit meines Cousins mitzukommen, nur damit du an einem Feiertag ins Büro gehen konntest? Oder zweimal in Folge unseren Hochzeitstag vergessen hast?«

Rosa sah ihn erstaunt an. »Aber ich musste arbeiten. Du weißt, wie Suzanne sein kann, und ...«

»Du hättest auch woanders arbeiten können. All diese Überstunden, das waren nur Ausreden, und das weißt du. Du wolltest dich nur nicht der bitteren Wahrheit stellen, dass wir nicht mehr wirklich ineinander verliebt waren.«

Rosa spürte Tränen in ihren Augen brennen. »Das ist nicht fair. Du hast mich verlassen. Das ist nicht dasselbe, wie hart zu arbeiten.«

»Aber wir waren doch nicht mehr verliebt. Ich habe mir das nicht nur eingebildet, oder doch?«

Sie schüttelte den Kopf, unfähig, etwas zu sagen.

Seine Stimme war nun sanfter. Er klang wieder mehr wie der alte David, in den sie sich vor all den Jahren verliebt hatte. »Die Sache mit Daisy … Ich weiß, dass ich dich damit verletzt habe, aber es war mehr so was wie ein Hilfeschrei. Ich wusste nicht, wie ich dir sonst die Augen öffnen sollte.«

»Tja, es hat funktioniert. Jetzt sehe ich ganz klar.«

»Gut. Das ist doch gut. Vielleicht könnten wir ja …« Sie blickte zu ihm auf. Sein Gesichtsausdruck wirkte nicht mehr arrogant und selbstgefällig, sondern angespannt. »Vielleicht sollten wir es noch einmal miteinander versuchen. Jetzt, da wir beide zugegeben haben, dass wir etwas falsch gemacht haben.«

»Ach, du hast etwas zugegeben? Das muss ich überhört haben. Hast du dich überhaupt dafür entschuldigt, dass du mich so mir nichts, dir nichts verlassen hast?«

»Es tut mir leid. Das weißt du.«

»Nein, eigentlich weiß ich das nicht. Und du kannst deinen Betrug auch nicht auf die gleiche Stufe damit stellen, dass ich zu viel gearbeitet habe, um – das nur mal nebenher erwähnt – unsere beschissene Wohnung abzuzahlen! Herrgott David, ich kapiere ja, dass du unglücklich warst, aber wir sind erwachsene Menschen. Man geht zur Paarberatung oder trinkt zu viel Merlot und zofft sich mal so richtig, aber man brennt deswegen nicht gleich mit einem Teenager durch!«

David trat einen Schritt zurück. »Und was jetzt?«

Sie zuckte mit den Schultern. »Nun, ich bin inzwischen ein anderer Mensch und sehe durchaus, warum es mit uns nicht geklappt hat. Ich brauche dich nicht mehr.«

Rosa konnte förmlich sehen, wie ihm die Gesichtszüge entgleisten. »Es gibt jemand anderen, oder?«

Rosa dachte an Simon, der sich mit Masha versöhnt hatte. An Tom, der nie für sie bestimmt gewesen war. Und ganz flüchtig an Jason mit seinen Grübchen und dem durchdringenden Blick. Game over.

»Nein«, sagte sie wahrheitsgemäß. »Im Moment gibt es niemanden. Und das ist auch gut so. Aber womöglich wird das in Zukunft anders sein. Ich bin mir sogar sehr sicher, dass es diesen Jemand zu einem bestimmten Zeitpunkt geben wird. Immerhin bin ich erst zweiunddreißig. Ich habe noch mein ganzes Leben vor mir. Aber für den Moment gibt es da nur mich.«

»Du willst lieber alleine sein, als eine Ehe führen?«

Rosa dachte nur eine Sekunde darüber nach. »Ja, ganz ehrlich, das will ich.«

Helen

Die Frau mit den zerbrochenen Flaschen starrte sie unbeeindruckt an. »Wer zur Hölle sind Sie?«

»Ich bin Helen. Ich arbeite … Ich *habe* für Logan gearbeitet. Ich bin seine Webdesignerin.«

»Ach, Sie sind's.« Sie stellte die Flaschen ab und streckte die Hand aus. »Amanda. Ich bin seine Frau, und wahrscheinlich habe ich in meinem früheren Leben was Schlimmes verbrochen.« Sie sah, wie Helen ihre Hand anstarrte und lachte. »Keine Sorge, ich hab ihn nicht um die Ecke gebracht. Ich plündere nur gerade seinen Weinkeller.« Sie deutete auf ein großes Keramikspülbecken hinter sich, das mit zerbrochenem Glas und zweifelsohne sündhaft teurem Wein gefüllt war, der langsam in den Abfluss gluckerte.

Karl betrachtete das Szenario mit großem Interesse. »Wie viel ist denn so eine Flasche wert?«

»Oh, Logy hat für die da bei einer Auktion fünftausend Kröten hingelegt. Hat irgendeinem französischen König gehört. Ich persönlich kann das Zeug ja nicht ausstehen, ich bevorzuge Cuba Libre.«

»Ich verstehe. Also werfen Sie die weg, um sich zu rächen. Haben Sie sich nicht überlegt, sie stattdessen zu verkaufen und sich was Nettes dafür zu gönnen? Cola und Rum, wenn Sie es wünschen? Ergibt ungefähr eintausend Cuba Libre.«

»Scheiße, Einstein, das ist gar keine üble Idee. Das gäbe ein paar spitzenmäßige Partynächte.«

Amanda war um die fünfundvierzig, schätzte Helen, obwohl ein paar Teile an ihr jünger aussahen. Sie trug eine knallenge weiße Jeans, ein weißes Stretchtop und Pumps mit so hohen Absätzen, dass Helen davon die Höhenkrankheit bekommen würde. Sie war über und über mit Rotweinflecken vollgespritzt wie eine wenig damenhafte Bling-Bling Lady-Macbeth.

Amanda zog eine Packung Zigaretten hervor. »Auch eine?«

»Nein, danke«, erwiderte Karl höflich. »Ich komme nicht über die Lungenkrebsstatistiken hinweg.«

Sie nickte und zündete sich eine an. »Was machen Sie hier?«

»Ich habe den ganzen Tag versucht, Logan zu erreichen. Die Seite wurde gehackt, und die Nutzerdaten wurden geklaut.«

Amanda hustete. »Die Website ist unser kleinstes Problem, Darling. Sein ganzes beschissenes Imperium ist zusammengestürzt. Der Hackerangriff war nur der Anfang. Jemand hat sich in sein Restaurant eingeschleust – sechzehn Gäste sind mit Durchfall im Krankenhaus gelandet, weil ihr Krabbencocktail mehr menschliche als tierische Inhaltsstoffe aufwies –, und eines seiner Flugzeuge ist in Sussex abgestürzt.«

»Oh mein Gott!«

»Beruhigen Sie sich, Darling, es war noch keine zwei Meter hochgekommen. Genauso wie der Arsch seines Besitzers.«

»Also ein Fall von Industriespionage«, stellte Karl fest. »Hab ich es mir doch gedacht.«

»Er hat einen Haufen Schulden, und die Investoren haben kalte Füße bekommen und wollten ihn zur Rede stellen. Da ist er einfach aus der Stadt verschwunden.«

In Helens Kopf begann sich alles zu drehen. »Er ist weg?«

»Klar ist er weg. Was glauben Sie denn, warum ich diesen schweineteuren Sangria im Spülbecken anrühre? Er hat mich verlassen, der Bastard. Hat den Rest der Kohle genommen und den Privatjet und die Biege gemacht. Nein, schlimmer noch, er hat auch noch diese verfluchte Consuela mitgenommen.«

»Die Haushälterin?«

»Wohl eher seine Liebhaberin. Nun, sie kann ihn gerne behalten. Ich will einfach nur wissen, wer ab jetzt für mich bügelt. Niemand kriegt einen Saum so glatt wie Consuela.«

»Und was wollen Sie jetzt tun?«, fragte Karl.

»Ich werde mich ebenfalls aus dem Staub machen. Ich habe immer noch meinen kleinen Plan B. Ich bin nur noch auf der Suche nach etwas, das ich verhökern kann, bevor die verdammten Gerichtsvollzieher hier aufschlagen.«

»Ich habe zwei Monate mein Gehalt nicht bekommen«, warf Helen verlegen ein.

»Tut mir leid, Darling, Geld ist keins mehr übrig. Sie dürfen sich aber gerne was einpacken, wenn Sie glauben, dass es Ihnen im Pfandhaus was einbringt.« Amanda zeigte auf ein Gemälde an der Wand, das verdächtig nach einem Picasso aussah. »Den alten Schinken vielleicht, wenn Sie wollen. Den habe ich noch nie gemocht. Warum kann der nicht einfach gerade malen, hä? Wer will sich bitte schiefe Titten anschauen, wenn er gerade seinen Frühstücks-Weizengras-Smoothie trinkt?«

»Niemand natürlich«, sagte Karl und warf mit hochgezogenen Augenbrauen einen Blick in Helens Richtung.

Helen schüttelte den Kopf. Sie konnte das nicht tun. »Ich hatte gehofft, mit ihm sprechen zu können«, sagte sie. »Sehen Sie, Karl und ich ... Das ist übrigens Karl.«

»Sehr erfreut«, sagte Amanda und schob ihre Kippe in den Mund, um ihm die Hand zu schütteln.

»Wir haben da gerade an ein paar Ideen gebastelt – außerhalb der Arbeitszeit natürlich – und die Dokumente in einem der gemeinsamen Arbeitsordner abgespeichert. Aber so wie es aussieht, hat Logan alles geleert. Sie wissen nicht zufällig, wo er die Ordner stattdessen abgespeichert haben könnte?«

Amanda zuckte mit den Schultern. »Ich könnt's ihnen nicht sagen, wenn sie sich vor meiner Nase befänden. Sein Laptop steht da drüben, wenn Sie einen Blick drauf werfen wollen.«

Helen sah Karl an und ging dann zu dem MacBook hinüber. Wie könnte Logans Passwort lauten? Jurassicpark? Ilovedinos? Helenistfettundichwerdsieverarschen? Sie drückte probeweise eine Taste, und der Bildschirm erwachte zum Leben.

Karl trat neben sie. »Er hat kein Passwort? Ganz ehrlich, seine Einstellung, was digitale Sicherheit angeht, ist wirklich ...«

»Tach, Helen, Schätzchen.« Logans übertrieben gebräuntes, glatt rasiertes Gesicht starrte sie vom Bildschirm an.

Helen kreischte auf und stieß rückwärts gegen Karl. Sie hatte genug Zeit, um zu registrieren, wie groß und warm er war. »Was ... Wie ...«

»Ich wusste doch, dass du auftauchen würdest«, drang

seine Stimme blechern aus den Lautsprechern. »Skype ist super, oder?«

Oh, na klar. Das war natürlich keine Überwachungskamera. Sie war eine Idiotin.

»Ist er das?«, brüllte Amanda. »Logy, du beschissener Bastard! Du hast gesagt, du würdest mich nie auf dem Trockenen sitzen lassen!«

»Beruhige dich, Mandy, es ist noch genug da. Ich musste nur schnell alles verstecken. Für den Fall, dass die Schweine auftauchen.«

»Was soll ich tun, Logy?«

»Fahr zu deiner Mutter und leer den Safe. Der Code ist ...«

»Den habe ich schon herausgefunden. Hältst du mich für bescheuert?«

Logan kicherte. »Gutes Mädchen. Consuela sagt übrigens, deine Abholscheine für die chemische Reinigung liegen in der Box neben dem Bett.«

»Wie lange geht das schon?«

»Ein paar Monate.«

»Habe ich's mir gedacht.« Amanda nickte. »Schätze, du weißt auch das von mir und Darren, dem Typ, der unseren Garten macht, oder?«

»Ein paar seiner Heckenschnittkunstwerke lassen wenig Spielraum für Fantasien, Babe.«

»Na gut. Dann sind wir also quitt?«

»Ja, wir sind quitt, Babe. Viel Glück!«

Helen und Karl sahen verdutzt zwischen den beiden hin und her wie Zuschauer bei einem äußerst merkwürdigen Tennismatch.

»Ähm, Entschuldigung«, meldete sich Helen schließlich zu Wort. »Ich muss wirklich mit dir reden, Logan.«

»Oh, na klar. Leg los!« Er konnte so schnell von rauer

Zärtlichkeit zu haifischartigem Geschäftsgebaren wechseln, dass einem ganz schwindelig davon wurde.

»Ich habe ein paar Dokumente im Arbeitsordner abgespeichert, die ich zurückbrauche. Sie haben nichts mit der Website zu tun.«

»Persönlicher Kram, ja?«

»Ja, das stimmt. Sehr, sehr persönlich. Deswegen brauche ich …«

»Persönlicher Kram, den du während der Arbeitszeit fabriziert hast? Ich denke, du wirst verstehen, dass das ein schwerer Verstoß gegen deinen Arbeitsvertrag ist, Helen, mein Schatz. Das bedeutet unter anderem, dass ich dein Gehalt einbehalten darf.«

Helen wurde übel.

»Es sind nur ein paar Dokumente«, sagte Karl und drehte den Laptop zu sich.

»Wer zur Hölle sind Sie?«

»Ich bin Karl, der Internet-Typ. Helen und ich haben zusammen ein Spiel entworfen. Die Notizen und der Großteil der Programmierarbeit waren in dem Ordner abgespeichert. Könnten wir die Daten bitte zurückhaben?«

Logan kratzte sich am Kopf. Das Licht im Hintergrund wirkte heller, irgendwie tropisch. Hatte er das Land verlassen? »Sämtliche Inhalte in dem Arbeitsordner gehören mir, Kumpel. Schauen Sie im Vertrag nach.«

»Aber es war unsere Idee. Das Ganze ist unsere Arbeit.«

»Und es ist sogar ganz ausgezeichnete Arbeit. Ich werde demnächst mal mit ein paar Entwicklern darüber sprechen. Mein Datingimperium wird wie Phönix aus der Asche wiederauferstehen. So was wie schlechte Publicity gibt es gar nicht, nicht wahr?«

Helen spürte, wie sie langsam wieder in Panik verfiel. Sie wartete darauf, dass sich das hier als Traum herausstellen würde, dass sie aufwachen und die Realität die Kontrolle übernehmen würde. Doch sie war bereits wach. Das hier passierte wirklich. »Logan, das ist nicht fair! Wir haben die ganze Arbeit gemacht.«

»Das Leben ist nicht fair, Prinzessin. Dafür gibt es schließlich Verträge. Die Rechte an dem Spiel hast du in dem Moment abgegeben, in dem du es in den Arbeitsordner geschoben hast. Sorry. Aber als Ausdruck meines guten Willens werde ich dir dein Gehalt auszahlen.«

»Das ist aber schon sehr hart, Logy«, tadelte ihn Amanda. »Das arme Mädchen.«

»Das Leben ist hart, Babe«, sagte er. »Bis dann, Leute!«

Der Bildschirm wurde schwarz.

»Nein!« Helen packte den Laptop. »Komm zurück! Komm zurück!«

Ein Flackern, dann erschien ein Gesicht. Nicht Logans, sondern das einer philippinischen Schönheit in einem retromäßigen Fünfzigerjahre-Badeanzug und mit einer riesigen Sonnenbrille auf der Nase.

»Consuela?«

»Hallo, Miss Helen, sind Sie das?«

»Ja, ich bin's. Bitte, können Sie uns helfen? Wir brauchen dringend ein Dokument von Logan, aber er will es uns nicht …«

Consuela entfernte sich vom Bildschirm. »Ich muss gehen, Miss Helen. Es war schön, sich mit Ihnen über das Videotelefon zu unterhalten. Logan sagt, ich soll den verdammten Laptop verdammt noch mal sofort ausschalten.«

»Warten Sie!«

»Auf Wiedersehen!« Sie winkte fröhlich, und der Bildschirm wurde wieder schwarz.

»Na ja«, sagte Amanda. »Wenigstens hat er die Kohle dagelassen. Er ist kein kompletter Bastard.«

Karls Miene nach zu urteilen, war Helen sich sicher, dass er ihre Meinung nicht wirklich teilte.

»Es tut mir leid.«

Karl hatte den ganzen Weg über nichts gesagt. Nicht auf der Fahrt zum Bahnhof – Amanda hatte sie, eine Kippe im Mundwinkel, netterweise mitgenommen –, nicht während sie auf den Zug nach London warteten und auch nicht während der Fahrt. Jetzt waren sie an der U-Bahn-Haltestelle Liverpool Street angelangt, die sie erst vor wenigen Stunden verlassen hatten, umgeben von der Hetze und Eile der Großstadt.

Helen blieb niedergeschlagen am Eingang stehen. »Es tut mir wirklich schrecklich leid. Ich hätte niemals geglaubt, dass so was passieren könnte.«

Er räusperte sich. »Warum hast du all deine Dokumente auf dem Arbeitslaufwerk abgespeichert?«

»Ich … ich dachte, das wäre sicherer. Wegen der automatischen Back-ups. Ich hatte Angst, die Daten zu verlieren, falls mein Laptop abstürzt.«

»Und du hast nicht den Abschnitt im Vertrag gelesen, in dem steht, dass damit alles ihm gehört?«

Sie schüttelte den Kopf. Das war das Schlimmste daran. Sie war der vorsichtigste Mensch auf diesem Planeten, normalerweise überprüfte sie immer alles zweimal, doch ausgerechnet in diesem Fall hatte sie etwas übersehen. »Der Vertrag war so wahnsinnig lang«, sagte sie leise. »Hundertvier Seiten. Ich habe ihn überflogen, aber …«

»Es hat nicht gereicht.«

»Nein.«

Karl rieb sich mit der Hand übers Gesicht. »Ich habe so viel Arbeit da reingesteckt.«

»Ich weiß. Ich weiß, was du getan hast. Vielleicht könnten wir …«

»Es hat keinen Sinn. Die Daten sind weg, wir müssen es akzeptieren.«

Helen nickte und starrte auf ihre Füße. »In welche Richtung musst du?«

»Norden. Ich habe Bandprobe.«

»Ich denke, ich gehe besser heim.«

»Tschüss.« Er drehte sich um und ging in seinen klobigen Stiefeln an den Fahrkartenautomaten vorbei.

»Karl!«, rief sie und flitzte ihm hinterher. Im Laufen fummelte sie ihre Monatskarte aus der Tasche. »Warte! Stopp!«

Er drehte sich um.

»Ich ...« Sie wusste nicht, was sie sagen sollte. »Werden wir uns wiedersehen?«

»Ich weiß nicht. Wir haben keinen offiziellen Grund mehr, uns zu treffen.«

»Aber vielleicht könntest du einfach so mal bei mir vorbeikommen und mich besuchen. Ich meine ... du weißt, wo ich wohne.«

»Ich weiß von vielen Leuten, wo sie wohnen.«

Es entstand eine kurze Pause.

»Bitte«, sagte Helen hastig. »Komm mich besuchen. Ich würde mich freuen. Warum nicht gleich morgen? Ich ... Wir sollten darüber reden, was passiert ist.«

Karl nickte knapp, drehte sich um und ging weiter, ohne sich noch einmal umzudrehen.

Helen sah ihm nach – die größte Gestalt weit und breit –, während ein tieftrauriges Gefühl in ihr aufstieg. Game over.

Kapitel 23

Die superpeinliche Umstylingaktion

Rosa

Wie Sie Ihrer Chefin, die Sie gerade gefeuert hat, sagen, dass sie aufhören muss, Fotos Ihrer Freundin in einer überregionalen Zeitung abzudrucken, weil sonst Ihre Freundin nie wieder mit Ihnen reden wird. Wie Sie Ihrer Freundin erklären, warum die Zeitung, für die Sie arbeiten, Bilder von ihrer Facebook-Seite gestohlen hat. Was zu tun ist, wenn Ihr baldiger Exmann beschließt, dass er wieder Ihr jetziger Ehemann sein will.

Oh Gott. Es gab im Grunde keine Möglichkeit, ihre gegenwärtige Zwangslage in etwas Schreibbares zu verwandeln.

Rosa holte tief Luft, bevor sie in Suzannes Büro platzte. Sie hatte sich ihre Ansprache im Vorhinein gut zurechtgelegt, indem sie sich gefragt hatte, was Ani in so einem Moment tun würde. Ihre Freundin würde entschlossen und professionell auftreten und definitiv nicht in einen wütenden Heulkrampf ausbrechen oder um ihren alten Job betteln.

»Suzanne! Ich bin hier, um dir zu sagen, dass es absolut nicht in Ordnung von dir ist, dass du … Oh mein Gott, ist alles okay mit dir?«

Suzanne hing zusammengesunken über ihrem Schreibtisch. Normalerweise saß sie so aufrecht, als hätte sie einen Stock verschluckt – sie ging jeden Morgen vor der Arbeit zum Pilates. Ihr Gesicht schien tatsächlich mal so etwas wie einen Ausdruck zu haben. War das etwa Traurigkeit? Rosa blinzelte verdutzt. Auf dem Schreibtisch thronte etwas, das tatsächlich aussah wie eine ausgewachsener, vollfetter Schokomuffin.

»Da ist Industriezucker drin!«

»Scheiß auf den Industriezucker«, erwiderte Suzanne matt. Zwischen ihren Zähnen klebten Schokostückchen.

Rosa schlug sich eine Hand vor den Mund. »Was ist denn passiert? Ist jemand …« Oh Gott. Jemand musste gestorben sein. Das war die einzige Erklärung.

»Es ist Kyle«, schmatzte Suzanne durch zwei Muffinbissen hindurch.

»Dein Mann? Oh mein Gott, es tut mir so leid.« Rosa fragte sich, woran ein Hedgefonds-Manager so plötzlich sterben konnte. Hatte er einen Herzinfarkt erlitten? Oder war er an der Gräte eines Edelfischs erstickt?

»Dieser … *Bastard*.« Suzanne spie die Worte förmlich aus.

Rosa, die gerade einen Schritt nach vorn getreten war, um Suzanne Trost zu spenden, hielt inne. »Moment mal … Geht es ihm gut?«

»Ich bin mir sicher, dass es ihm ganz ausgezeichnet geht. Diesem unfassbaren Dreckskerl.«

»Aber was …«

»Diese beschissene Website. Ich bin auf den Blog von dem Hacker gegangen, um mir die Nutzerinfos anzuschauen. Und rate mal, wer dabei war?«

Oh nein. »Nicht Kyle …«

Suzanne las mit monotoner Stimme von ihrem Bildschirm ab. »*Hallo, du! Ich arbeite im Finanzwesen, bin aber nicht langweilig … Vielleicht können du und ich ja für ein bisschen mehr Spaß im Leben sorgen? Ich, Mitte vierzig* – was für ein erbärmlicher Lügner, er ist zweiundfünfzig –, *fit, schlank und im Vollbesitz seines eigenen Haars* – ja, in seinen Nasenlöchern vielleicht! –, *verheiratet mit einer*«, Suzanne schluchzte, »*Möchtegern-Melanie-Griffith, die lieber eine Staude Grünkohl verschlingen würde als mich, sucht eine Dame à la Penelope Cruz für diskrete Nachmittage. Du bringst die Strümpfe mit, ich meine goldene American Express.*«

»Oh mein Gott«, sagte Rosa. »Es tut mir so leid, Suzanne. Das ist ja schrecklich.«

Inzwischen weinte Suzanne, was äußerst verstörend war angesichts der Tatsache, dass ihre Gesichtszüge trotzdem wie erstarrt wirkten. »Wie kommst du nur damit klar, Rosa? Wie schaffst du es weiterzumachen? Ich fühle mich einfach so ... gedemütigt, wenn ich mir vorstelle, wie er mit einer jüngeren Frau ohne Dehnungsstreifen und Kaiserschnittnarbe über mich lacht.«

»Oh, ich glaube nicht, dass sie ...«

»Dein Mann. Er ist doch mit dieser Praktikanten-Göre durchgebrannt, nicht wahr?«

»Jep.« Was genau der Grund dafür war, dass es mir die ganzen letzten Wochen beschissen ging. Nicht dass ich dabei auch nur auf die geringste Rücksichtnahme durch dich hätte hoffen können.

Rosa kramte in ihrer Tasche nach einem Tempo. Wo war Helen, wenn man sie brauchte (und über sie sprechen wollte)? Sie hätte Taschentücher dabei und Notfalltropfen, kühlendes Augengel und eine Ausgabe von *Der weibliche Eunuch*.

»Es war schrecklich. Aber weißt du, ich glaube mittlerweile, dass es besser so war. David und ich sind nicht wirklich glücklich miteinander gewesen. Auf eine gewisse Art und Weise war es befreiend, dass er mich verlassen hat.«

Suzanne seufzte. »Das ist ja schön und gut für dich, Rosa. Aber wie alt bist du, dreißig?«

»Zweiunddreißig.«

»Außerdem bist du hübsch.«

»Oh, dank …«

»Es ist eine simple Tatsache. Ich bin fünfundvierzig und habe Zwillinge im Krabbelalter. Was soll ich tun?«

»Hat Kyle denn jemanden kennengelernt?«

»Er behauptet, nein. Aber er wollte sich mit irgend so einer Tussi treffen. Ist das nicht genauso schlimm?«

»Ich weiß nicht«, sagte Rosa. Und das entsprach der Wahrheit. Sie schaute hilflos zu, wie ihre Chefin, scheinbar ohne eine Miene zu verziehen, vor sich hin heulte. Es war, als würde man einer Statue beim Weinen zusehen. Sie fragte sich, was Helen in diesem Moment tun würde. Wenn doch nur ihre Freundin da wäre, mit ihrer Tasche voller Zaubertricks, ihrem Trost, ihrer unvoreingenommenen Art. Und doch war all das hier ihr Werk, sie war es, die so viel Schaden angerichtet hatte.

Rosa holte tief Luft. Sie würde ihre eigene Helen sein müssen. »Komm schon«, sagte sie entschlossen zu Suzanne. »Wir trocknen jetzt dein Gesicht und bringen dich in Ordnung. Und dann gehst du nach Hause und redest mit ihm. Vielleicht war das nur …« Wie hatte David es genannt? »Vielleicht war es nur eine Art Hilfeschrei.«

Suzanne schluchzte. »Ich habe alles für ihn getan. Vierhundert Beckenbodenübungen am Tag. Keine Kohlenhydrate seit 2002. Verdammt, ich habe seine Kinder zur Welt gebracht und meinen Body ruiniert. Und wofür das alles?«

»Ich weiß. Aber vertrau mir, mit ein bisschen Make-up im Gesicht wirst du dich gleich besser fühlen.« Sie hatte vielleicht nicht Helens Zaubertasche, aber sie wusste, wo es einen riesigen Schrank mit Schminkzeug gab, den sie plündern konnte.

»So«, sagte Rosa und trat zurück, um ihr Werk zu begutachten. »Ist das nicht schon viel besser?«

Sie hatte Suzanne dabei geholfen, ihr Gesicht zu reinigen und feuchtigkeitsspendende Pflege aufzutragen, dann hatte sie eine der Stylistinnen dazu überredet, ihr das Haar über dem Waschbecken zu waschen und es glatt zu föhnen. Und das alles, während Suzanne – mit starrem Gesicht – vor sich hin geweint hatte, lediglich unterbrochen von einem gelegentlichen »Dieser Bastard!« und »Ich schwöre, das ist das letzte Mal, dass ich für einen Mann was aus meiner Vagina gepresst habe«.

Suzanne begutachtete ihr sauberes, abgeschwollenes Gesicht im Spiegel. Für die Frauenseiten einer Zeitung zu arbeiten bedeutete immerhin, dass man Zugang zu den teuersten Hautpflegeprodukten der Menschheitsgeschichte hatte. »Ich schätze schon. Was ist in dieser Creme drin?«

»Dem Preis nach zu urteilen eine Essenz aus Einhorntränen.«

»Hm.« Sie strich vorsichtig über ihr glattes Haar. »Ein bisschen besser fühle ich mich schon.«

»Mein Mum sagt immer, Haare föhnen hilft gegen jedes Leiden. Außer Haarausfall vielleicht. Das hat sie nicht bedacht.«

Suzanne starrte Rosa im Spiegel an. »Warum hilfst du mir?«

»Ich schätze mal, weil ich erst kürzlich in der gleichen Situation war.« Rosa erinnerte sich noch lebhaft an den Tag im November, nachdem David sich von ihr getrennt hatte. Rosa war zur Arbeit gekommen, und Suzanne hatte sie auf die eiskalte Straße hinausgeschickt, um Passanten zu befragen, ob sie dieses Weihachten mehr oder weniger Geld für die Geschenke ihres Partners ausgeben wollten.

»Aber ich habe dich gefeuert.«

»Ja, ich weiß.«

Sie schniefte. »Ich schätze mal, ich sollte dir jetzt anbieten, dich wieder einzustellen, so wie in einer dieser kitschigen Komödien.«

»Ist schon okay. Ich glaube, es war sowieso an der Zeit für mich, etwas zu ändern. Aber du könntest vielleicht darauf verzichten, diese Fotos von meiner Freundin in der Printausgabe der Zeitung zu verwenden? Du weißt schon, die Bilder, die du von meiner Facebook-Seite runtergeladen und auf unsere Website gestellt hast?«

»Auf denen sie aussieht wie ein gestrandeter Wal? Ja, ich denke, das geht. Sie würde uns wahrscheinlich ohnehin verklagen, sobald sie sich halbwegs gefasst hat. Ich sage der Druckerei, sie sollen sie rausnehmen.«

»Das ist sehr nett von dir«, log Rosa. »Sollen wir jetzt etwas Make-up auflegen? Schau mal, das hier wäre doch eine hübsche Foundation.«

»Oh Jesus, Rosa, doch nichts von Clinique. Ich fange jetzt bestimmt nicht damit an, im Ein-Pfund-Laden einzukaufen. *So* tief bin ich noch nicht gesunken. Nimm das richtig gute Zeug.«

Rosa fügte sich.

Nach einer Weile sagte Suzanne, die die Augen geschlossen hatte und aussah, als würde sie auf die finale Salbung warten: »Ach, und übrigens wollte Jason gar nicht, dass du gefeuert wirst.«

»Wie bitte?«

»Ich hab das einfach nur behauptet. Ich weiß auch nicht, warum.«

»Vielleicht damit ich mich noch schlechter fühle?«, schlug Rosa vor, da sie das Gefühl hatte, sich etwas Spielraum ausgehandelt zu haben, nachdem sie Suzanne beim Zupfen ihres Damenbarts geholfen hatte.

»Ich weiß nicht. Jedenfalls war er ziemlich angepisst, als ich deine Entlassung vorgeschlagen habe. Tatsächlich wollte er, dass ich gehe, aber ich habe was gut bei Bill. Und das ist, nebenbei gesagt, ein Geheimnis.«

Rosa versuchte, angemessen überrascht dreinzublicken. »Und was sagtest du noch mal wegen Jason?«

»Ach, der hat ein Riesentheater veranstaltet, von wegen, wir würden unsere besten Leute verlieren und hätten keine Bedeutung mehr für die Leser unter fünfunddreißig. Was für eine Frechheit! Dabei habe ich erst letzte Woche diesen Artikel geschrieben: *10 Wege, um deine Nanny zu kündigen.* Jedenfalls, worauf ich hinauswollte, ist, dass er anscheinend ein ziemlicher Fan von dir ist.« Suzannes wie Perlmutt schimmernde Augenlider flatterten. »Stehst du auf ihn?«

Rosa stand, den Touche-Éclat-Highlighter in der Hand, reglos da. »Ähm, vielleicht.«

»Ich kann's dir nicht verübeln. Und wahrscheinlich mag er dich ebenfalls, wenn er sich so aufregt. Man könnte meinen, er hätte meinen Beitrag über Stressmanagement für Ü-30-Männer nicht gelesen.«

Rosa war fasziniert – ein netter, verbindlicher Moment mit Suzanne. Vielleicht konnte diese Frau ja doch noch so was wie eine Mentorin für sie werden, ihr Ratschläge in Liebesangelegenheiten erteilen und Tipps geben, wo man tolle Vintageklamotten herbekam oder …

Suzanne griff nach dem Eyeliner. »Ich mach mein Make-up lieber selber, danke. Du siehst immer aus wie ein Panda, dem man ein blaues Auge verpasst hat.«

Na ja, vielleicht doch nicht. Rosa wich Richtung Tür zurück. »Also, wenn du ab hier übernimmst, kann ich ja vielleicht …«

»Losdüsen und Jason sagen, dass du eine Idiotin bist und einen riesigen Fehler begangen hast, bevor es zu spät ist?«

»So in der Art.«

Suzanne deutete mit dem Eyeliner in ihre Richtung. »Dann beeil dich lieber. Wenn du so lahm rennst, wie du tippst, verpasst du ihn sonst noch.«

Rosa lief keuchend den Flur entlang. Sie musste Jason finden, sie musste ihm sagen, dass es ihr leidtat. Seine Tür stand offen. Sie preschte darauf zu, ohne Zeit damit zu verschwenden anzuklopfen. »Jason ...«

Sie blieb abrupt stehen. Jasons Mac war verschwunden, und Bob, der Hausmeister, staubsaugte ein- und dasselbe Stück Teppich immer wieder, während er ein Fußballspiel im Radio anhörte.

Als er sie sah, hielt er einen Moment inne. »Alles in Ordnung, Rosa, Kleines?«

»Hi, Bob. Ich habe nur nach Jason ... äh Mr. Connell gesucht.«

»Er ist weg, Kleines. Für immer.« Bob fuhr sich mit dem Finger über den Hals.

»Er ist *weg*?«

Bob breitete schwungvoll die Arme aus, um die Leere des Raumes zu unterstreichen. Abgesehen von dem gerahmten Surfposter an der Wand befand sich nichts Persönliches mehr hier drin. Als wäre er nie da gewesen. »Außer er versteckt sich im Aktenschrank. Es heißt, er hat sich ziemlich mit dem Boss angelegt, weil irgendeine Reporterin gefeuert wurde. Man hat ihm anscheinend gesagt, er soll sich seinen Job in den Du-weißt-schon-wen stecken. Er hatte die Schnauze voll und ist vor einer halben Stunde hier rausgestürmt.«

Sie hatte ihn verpasst. Während sie Coldcream auf Suzannes gebotoxte Hängebacken gerieben hatte, war Jason verschwunden.

»Du siehst ein bisschen blass aus, Mädchen. Ist dieser komische Ehemann von dir schuld daran? Willst du, dass

347

ich ihn nach Feierabend mal abfange und für dich verprügle, wenn er sich auf sein Schickimicki-Fahrrad schwingen will?«

»Nein, nein, ist schon okay. Ich bin ...« Rosa schüttelte den Kopf. »Es bringt nichts. Es spielt keine Rolle mehr.«

Ani

Ani wurde vom Geruch nach frischem Kaffee geweckt – und einem leeren Bett. Sie drehte sich um und blinzelte in viel zu grelles Licht. Es schien keine Vorhänge vor den deckenhohen Fenstern zu geben, die sie umgaben.

Langsam fiel es ihr wieder ein. Sie war mit Legally Hot nach Hause gegangen. Rosa war nicht zu erreichen gewesen. Nikesh war fort. Was sonst hätte sie tun sollen? Sie erinnerte sich an die Fahrt in dem lautlosen Stahlaufzug, an die Seitenwand gepresst, kaum in der Lage, ihn anzuschauen. Dann seine Wohnung – sämtliche Böden aus poliertem Parkett und ein Blick über die Londoner City. Sie erinnerte sich, wie er eine Flasche Brandy geöffnet hatte, seine Finger in zwei Kristallglas-Tumbler gehakt, an die Jazzmusik, die aus der Anlage gekommen war, und dann ...

Eine Tür, von der Ani nicht mal geahnt hatte, dass es sie gab, wurde geöffnet, und Legally Hot höchstpersönlich trat, umhüllt von duftenden Wasserdampfschwaden, ein Handtuch um die schmalen Hüften geschlungen, ins Schlafzimmer. Ani spürte, wie sie beim Anblick seines schlanken, gebräunten Oberkörpers rot wurde. Er hatte sogar diese kleinen, muskulösen Einbuchtungen über den Hüften. Sie zog das Laken höher, um ihre Cellulitisdellen zu verbergen. Sie war selbstbewusst, was ihren Körper anging, natürlich war sie das, aber sie war auch dreiunddreißig und hatte damit begonnen, bei einigen Marken Hosen in Größe zweiundvierzig zu kaufen. Es war offensichtlich, dass Legally Hot täglich Fitness trieb und offenbar seit mindestens fünf Jahren nicht mehr in die Nähe irgendwelcher Kohlenhydrate gekommen war.

»Morgen«, sagte er.

»Hi«, murmelte sie. »Könnte ich …«

»Ja klar, geh duschen. Zahnbürsten stehen im Badschrank.« Er kam nicht zu ihr, um sich in dem Wirrwarr aus Laken an sie zu kuscheln.

Bilder der letzten Nacht schossen ihr durch den Kopf – wie er sie auf seinem Bett sanft auf den Rücken gedrückt und geküsst hatte, bis hinunter zu ihrem Bauch und tiefer, während sie die Luft angehalten hatte, bis sie ernsthaft Gefahr gelaufen war, das Bewusstsein zu verlieren. Aber das war letzte Nacht gewesen.

Ani rappelte sich auf, angelte umständlich nach der Bluse auf dem Boden und wickelte sie sich um den Oberkörper. Nicht dass er geschaut hätte. Dafür war er viel zu beschäftigt damit, Feuchtigkeitscreme aus einem der vielen Fläschchen aufzutragen, die lautlos erschienen, als er auf ein Panel in der Wand drückte.

Im Badezimmer – Marmor, Chrom, alles so blitzend wie im Hotel – öffnete sie den Spiegelschrank, wo mehrere originalverpackte Zahnbürsten auf ihren Einsatz warteten. Im Fach darunter befanden sich Make-up-Tücher und etwas, das wie ein Mini-Glätteisen aussah. Natürlich. Für Gäste. Einerseits war das alles sehr aufmerksam. Ani hätte nicht mehr sagen können, wie viele Male sie die schäbige Zahnbürste eines Typs hatte verwenden müssen oder ihre Wimpertusche mit dem Zipfel eines schmuddeligen Handtuchs abgewischt hatte, welches das letzte Mal gewaschen worden war, als die

Leute noch dachten, Ed Sheeran sei cool. Andererseits ... Sie zählte die Zahnbürsten. Es waren sechs. War das der Durchschnitt pro Woche? Alles war so durchchoreographiert gewesen: der Brandy, die makellosen Laken, der atemberaubende Ausblick. Der pragmatische Stimmungsumschwung am Morgen. Ani wurde plötzlich klar, dass sie sich – so heiß er auch war – müde und benutzt fühlte. Sie erinnerte sich an ihre Abende mit Nikesh. Wie er ihr angeboten hatte, ihr jeden Drink zu besorgen, den sie mochte. Wie er sich nach ihrem Tag und ihrer Arbeit erkundigt hatte. Der Gegensatz wurde überdeutlich, als sie mit zerknitterten Klamotten und feuchtem Haar die Treppe runterkam – sie würde den Teufel tun und das Equipment benutzen –, und Adam bereits im Mantel dastand und ihr einen Smoothie reichte.

»Das ist alles, was ich dahabe, fürchte ich. Es gibt unten ein Café, falls du Hunger hast.« Er blickte sie an. »Und daneben ist auch gleich eine Boutique, wenn du eine frische Bluse brauchst.«

Ani blickte an sich hinab. »Äh. Okay.«

Er schaute auf seine Uhr – eine TAG Heuer natürlich – und begann, sein eigenes Glas auszuspülen. »Bist du fertig? Ich lasse das Zeug ungern den ganzen Tag stehen. Dann trocknet es nur ein.«

Heute Abend würde womöglich eine andere mit ihm heimgehen. Ani warf einen Blick auf die grüne Pampe und trank sie in einem Zug aus. Noch bevor sie das Glas abstellen konnte, hatte er es ihr schon aus der Hand gerissen, um es in dem blitzeblanken Spülbecken abzuwaschen. Die Brandygläser vom Vorabend standen bereits sauber auf dem Abtropfgestell, das Bett war gemacht worden, während sie unter der Dusche gewesen war.

Er wischte die Arbeitsflächen ab und griff nach seiner Sporttasche. »Ich muss noch eine Stunde Kardio einlegen, bevor es ins Gericht geht. Deine Schuhe stehen neben der Tür.«

»Oh. Danke.«

Er scheuchte sie Richtung Lift. »Du hast doch nichts vergessen, oder? Ich hab ein kleines Problem mit Frauen, die ihre Sachen hier liegen lassen.«

Die Aufzugtüren glitten auf. Es war das Gegenteil der gestrigen Fahrt nach oben, bei der man die sexuelle Spannung, die in der Luft gelegen hatte, beinahe hatte greifen können. Jetzt blickte er ständig auf die Uhr und rückte vor dem Spiegel seine Krawatte zurecht. Als sie das Erdgeschoss erreichten, ließ er ihr den Vortritt.

»Also dann, tschüss. Wir sehen uns vor Gericht, oder?« War das ein Zwinkern gewesen?

»Warte! Wollten wir nicht noch über diese Sache mit der Arbeit reden?«

»Ach das. Ich glaub, das muss ich auf ein andermal verschieben. Bin gerade ziemlich im Stress.«

Auf ein andermal verschieben. Das Totengeläut für jedwede aufkeimende Romanze. Ein Ausdruck, der keineswegs bedeutete: Ich bin wirklich sehr beschäftigt, aber lass uns ein Treffen für morgen oder nächsten Donnerstag ausmachen. »Ein andermal« bedeutete: Ich habe jemand anderen kennengelernt, aber ich bin zu feige, es dir zu sagen. Oder schlimmer noch: Ich kann mich nicht überwinden, mein Sofa zu verlassen, und das Fernsehprogramm ist so viel verlockender als die Vorstellung, noch eine Nacht in deiner Gesellschaft zu verbringen. Ani wusste das besser als irgendwer sonst.

Sie sah ihn an. »Oh, okay. Ähm, hör zu, sollen wir …«

Er hielt inne. Genauso wie sie. Mit einer flüchtigen Berührung schob er eine Strähne ihres feuchten, ungestylten Haars zurück. Diese kleine Geste schmerzte mehr, als wenn er gar nichts getan hätte. »Pass auf dich auf, Anna.«

Anna? Er erinnerte sich nicht mal an ihren Namen? Sie öffnete den Mund, um sich zu beschweren, aber er war schon fort, machte einen Schritt auf die Straße, um ein Taxi anzuhalten. Ani sah ihm nach. Das war also ein waschechter One-Night-Stand gewesen. Nicht einmal ein Hauch der üblichen Klischees am Morgen danach – »Lass uns das bald mal wieder machen, ich rufe dich an« –, sondern einfach nur ein »Lassen Sie nichts liegen, Ma'am«.

Sie spürte die Tropfen, die ihr aus dem nassen Haar den Rücken herunterrannen, und als sie an sich hinabsah, bemerkte sie, dass sie ihre Bluse linksherum angezogen hatte. Das hier fühlte sich nicht richtig an. In diesem Moment hätten sie eigentlich noch im Bett liegen, herumalbern und lachen sollen und nur damit aufhören, um sich wieder zu küssen, schlechter Morgenatem hin oder her. Oder sie hätten in einem warmen Café mit beschlagenen Fenstern sitzen und Pancakes essen sollen, inklusive Ahornsirup, der ihnen über das Kinn rann. Sie konnte sich den Gedanken nicht verkneifen, dass es mit Nikesh womöglich genau so hätte laufen können.

Während Ani die Bushaltestelle suchte, begannen ihre Augen verdächtig zu brennen. Wenn sie sich jetzt nicht zusammenriss, wäre sie eines dieser bemitleidenswerten Mädchen, die heulend im Bus saßen, mit der verknitterten Bluse vom Vortag an und Mascaraschlieren im Gesicht, und das um 7:32 Uhr morgens. One-Night-Stands, beschloss Ani, als der Bus an ihr vorbeifuhr und ihre Strumpfhose mit den Laufmaschen nass spritzte, waren so richtig, richtig scheiße.

Helen

»Miiiiiau!«

Helen hielt beim hektischen Schrubben des Küchenbodens inne, um zu Mr. Fluffypants zu schauen, der niedergeschlagen vor der Wohnungstür hockte. »Es tut mir leid, Fluffs. Ich weiß nicht, ob er jemals wiederkommt.«

Marnie hätte nie zugelassen, dass so etwas passierte. Sie hätte Karl schon vor Ewigkeiten gefragt, ob er mit ihr ausgehen will, und ihm geradeheraus gesagt, dass sie auf seine Computer-T-Shirts und seine Fahrrad-Warnweste stand. Doch jetzt war es womöglich zu spät. Sie hatte in der Nacht zuvor kaum ein Auge zugetan.

Um die neu anschwellende Welle der Panik im Keim zu ersticken, nahm sie den Wasserkocher von der Platte und suchte im Küchenschrank nach Essigessenz. Warum hatte sie ihn nicht schon längst entkalkt? Die ganze Zeit über hatte sie damit Wasser für Tee gekocht, dabei hatten jederzeit winzige Stücke Kalk hineinfallen können. Warum hatte sie ihre Routine einreißen lassen? Sie spürte, wie sich ihr Herzschlag beschleunigte, wie ihr der Atem in der Kehle stockte, und schrubbte noch kräftiger weiter. Wenn sie die Dinge sauber bekam – unter dem Sofa fegte, das Bücherregal ganz oben abstaubte, die Laken wechselte, die Teetassen mit Natron bleichte –, würde alles wieder gut werden. Es würde keine Rolle mehr spielen, dass sich ihr Job in Luft aufgelöst oder dass sich ihr ehemaliger Arbeitgeber mit ihrem Projekt abgesetzt hatte oder dass Karl … Oh Gott, Karl. Was, wenn sie ihn nie wiedersah? Einen Moment lang hatte sie das Gefühl zu ersticken – ihre Ohren, ihre Augen, ihr Hals waren voller Wasser, und sie drohte zu ertrinken. Sie klammerte sich am Griff der Besteckschublade fest, um nicht umzukippen. Was, wenn …

Riiiiing.

Es klingelte an der Tür. Klingelte es wirklich? Es bestand die Möglichkeit, dass sie sich so verzweifelt wünschte, die Klingel zu hören, dass sie Wahnvorstellungen hatte. Helen neigte den Kopf, und Mr. Fluffypants tat es ihr nach.

Riiiiing.

Helen ließ den Topfkratzer fallen, den sie in der Hand gehalten hatte, sprintete zur Tür und riss sie auf, ohne die Sicherheitskette einzuhängen. »Ich bin so froh, dass du …«

»Hi.«

Sie blieb wie angewurzelt stehen. An der Wand lehnte – als wäre aufrecht Stehen zu anstrengend – eine hochgewachsene, schlanke Gestalt in einer zerschlissenen Kordhose. Ed.

»Willst du einen Tee? Ich setze schon mal Wasser auf. Ach nein, warte, da ist gerade Essig drin.«

»Ich will keinen Tee. Helen …«

»Saft? Wasser? Ich habe nichts anderes da, aber ich könnte …«

»Helen!«

Sie verstummte und sah ihn zitternd an. Sein Haar war nass. Genauso wie vor zwei Jahren.

»Ich bin hergekommen, um mit dir zu reden. Es tut mir leid, dass ich es nicht früher getan habe. Es war nur … Ich musste mir erst über einiges klar werden.«

»Oh, schon in Ordnung.«

»Ich habe dich in der Onlineausgabe der Zeitung gesehen.« Helen erstarrte mit dem Wasserkocher in der Hand. Das hier wurde ja immer besser. »Diese schrecklichen Fotos!«

»Oh.«

»Ich bin gekommen, um dir zu sagen … Na ja, du erinnerst dich noch an die Nacht, nachdem Marnie verschwunden war? Die Nacht, in der wir … Du weißt schon.«

Also hatte er es nicht vergessen. Helen stand mit dem Rücken zu ihm in der Küche und starrte in ihren nun hoffentlich kalkfreien Kessel. Wenn die Tipps in den Zeitschriften einem nur verraten würden, wie man genauso schnell mit seiner Vergangenheit ins Reine kommen konnte. Sie drehte sich nicht um. Sie konnte nicht. Aber als sie einen Luftzug spürte, war ihr klar, dass er hinter ihr stand. Sie konnte beinahe seine regenkühle Haut spüren, seinen warmen Atem an ihrem Nacken. Ihr Puls schien sich augenblicklich zu verlangsamen. War es möglich, vor Sehnsucht nach jemandem zu sterben? Sie sollte das nachher besser mal googeln.

»Helen? Als ich die Fotos von dir gesehen habe… Die Dinge, die sie über dich geschrieben haben … Ich meine, ja, du warst mal fülliger. Aber es war so grausam, diese Bilder zu zeigen. Deswegen dachte ich, ich komme, um dir zu sagen, wie wunderschön du heute bist. Um dir zu sagen, dass es mir leidtut, dass ich davor nie gesehen habe, wie sehr ich dich brauche. Du warst immer für mich da, hast mir immer geholfen. Ich will das wiederhaben, Helen. Ich will, dass du wieder ein Teil meines Lebens wirst.« Sie spürte seine Hand an ihrer Taille und zog instinktiv den Bauch ein. Seine Hände waren so zart, so blass. »Dreh dich um«, sagte er heiser.

Helen war ein höflicher Mensch, das war sie schon immer gewesen. Also drehte sie sich zu ihm um und verscheuchte die Gewissensbisse, als sie an Marnie denken musste – und an Karl. Sie küsste Ed. Sie küsste ihn wirklich, nach all diesen Jahren. Nach all diesen Küssen, die sie sich zwei Jahre lang immer wieder ins Gedächtnis gerufen hatte, heimliche, gestohlene Küsse in der Dunkelheit. Doch nun stand er hier, in ihrer Küche, die warmen Lippen auf ihre gepresst, die Arme um ihre Taille geschlungen, und ihr fiel ein, was er am Bahnhof gesagt hatte. »Jetzt kriege ich meine Arme ganz um

355

dich herum!« Und: »Ja, du warst mal fülliger.« Und: »Wie wunderschön du heute bist.«

»Miiiiiiiiiiau!«

»Autsch!« Ed sprang mit einem Kreischen zurück. »Deine Katze hat mich in den Knöchel gebissen!«

»Tut mir leid, er mag einfach keine Menschen.« Außer Karl. Er mochte Karl. Karl, der ... in der Wohnungstür stand.

Helen machte hastig einen Schritt von Ed weg, der fluchte und sich den Knöchel rieb.

»Gott, tut das weh! Was, wenn sich die Wunde infiziert?«

Karl beugte sich verwirrt herunter, um Mr. Fluffypants zu kraulen, der um seine Beine strich und schnurrte. Helen sah, dass er einen Bund Nelken mit einem Tesco-Angebotsaufkleber auf der Folie dabeihatte und eine DVD von *Der Hobbit*. Die Extended Edition. Er sah sie verdutzt an. »Du hast gesagt, ich soll vorbeikommen. War das metaphorisch gemeint?«

»Nein, nein ... Oh Gott.«

»Warum ist dann dieser Mann hier? Übrigens war deine Tür nicht richtig zu, ich weiß, dass es sich nicht gehört, einfach so hereinzuschneien. Und warum küsst er dich? Ist das nicht der Kerl von der Party deiner Freundin?«

»Ähm, ja, aber es ist nicht ...«

»Das ist Marnies Exfreund, oder nicht?«

»Ja, aber ...«

Er runzelte die Stirn, während sich die Erkenntnis langsam auf seinem Gesicht abzeichnete. »War er der Grund dafür, dass du mich schon einmal versetzt hast?«

»Äh, ich ...«

Karl schüttelte ein paarmal den Kopf, als versuchte er, dadurch einen klaren Gedanken zu fassen. »Es tut mir leid, aber ich werde aus dieser Situation nicht schlau.«

Helen sagte nicht: Es tut mir leid, ich habe ganze zwei

Jahre nicht geglaubt, dass ich eine Chance bei Ed habe, und dann taucht er einfach so an meiner Tür auf, weil im Internet stand, dass ich fett bin, und ich aber nicht mehr fett bin, und, ich weiß nicht genau, die faktische Ungenauigkeit ihn wütend gemacht hat oder so. Sie sagte nicht: Oh, und er hat mich anscheinend immer schon dick gefunden, wohingegen du einfach nur meine Bilder angeschaut und gesagt hast, du würdest keinen Unterschied sehen. Sie sagte nicht: Eigentlich habe ich mir seit Ewigkeiten gewünscht, dass du mich küsst, aber du hast es nie getan. Sie sagte nichts davon, denn als sie den Ausdruck auf Karls Gesicht sah, fühlte sie sich ganz elend.

Er sprach langsam. »Ich denke mal, unter diesen Umständen verlangen es die sozialen Gepflogenheiten, dass ich gehe? Wenn das nicht stimmt, dann sag es mir.«

Sie öffnete den Mund, doch wieder kam nichts heraus.

Karl nickte. »In Ordnung. Lebewohl, Helen. Lebewohl, Sir Fluff. Oh, und Lebewohl, Exfreund von Helens bester Freundin, den Helen aus einem Grund küsst, den ich nicht ganz kapiere. Du hast recht, bei Tierbissen sollte man nichts riskieren. Wenn die Wunde sich infiziert, könntest du sogar den Fuß verlieren.«

»Gott, ich hoffe, ich brauche keine Tetanusimpfung«, sagte Ed, der wieder mal sich selbst der Nächste war. »Hast du ein Antiseptikum da, Helen? Ich brauche ein Pflaster und etwas zum Desinfizieren und …«

»Er hat doch nicht mal den Jeansstoff durchgebissen«, erwiderte Helen gereizt. Sie starrte zur Tür, hörte Karls schwere Schritte, wie sie sich entfernten, und ihre Stimme, die sich wie die einer Fremden anhörte, als sie kalt und mechanisch sagte: »Dir geht's gut.«

»Diese Katze ist gefährlich!«

»Nein, er mag nur keine Leute, die mich fett nennen.«

Helen beugte sich herunter und nahm Mr. Fluffypants auf den Arm. Sie spürte seine schwere Wärme und das Flattern seines kleinen Herzens unter dem weichen weißen Fell. Er legte den Kopf auf ihre Schulter. Was war schon so schlimm daran, eine verrückte alte Katzenmutti zu sein? Vielleicht würde sie sich noch ein paar Kätzchen zulegen. Ihnen Pullis stricken. Sie ihre Babys nennen.

»Ich habe dich nicht fett genannt. Ich habe gesagt, dass du abgenommen hast.« Ed blickte sie verstört an, der übliche Ausdruck, den er zur Schau stellte, wenn man ihm nahelegte, dass er etwas falsch gemacht haben könnte.

Helen hatte diesen Blick früher nie ertragen können. Sie hatte sich danach verzehrt, alles für ihn in Ordnung zu bringen, indem sie ihm den Rücken rieb, ihm Mitgefühl, heiße Getränke und Decken spendete, Beschwichtigungen, Lösungsvorschläge und ihre unendliche Unterstützung anbot. Es hatte eine Zeit gegeben, da hätte sie alles dafür gegeben, dass er so mit ihr sprach, doch jetzt war sie nur noch genervt von ihm.

»Ich weiß, dass ich mal dick war, das muss man mir nicht sagen. Genauso wenig, wie dass ich *heute* schön bin. Ich brauche nur jemanden, der denkt, dass ich gut genug für ihn bin.«

»Aber ich denke doch, dass du gut genug für mich bist!« Er ließ sein Hosenbein wieder los und nahm ihre Hände. Seine Finger waren immer noch kühl vom Regen. »Deswegen bin ich doch hier, du Dummerchen! Du und ich – jetzt kann ich es endlich sehen. Wir beide sollten zusammen sein, Helen.«

Es waren die Worte, nach denen sie sich so lange Zeit verzehrt hatte. Sie hatte ihr ganzes Leben auf Eis gelegt in der Überzeugung, dass sie nie wieder jemanden finden würde, den sie so lieben könnte. Sie war zwei Jahre lang allein gewesen, hatte nie wieder ihr Herz riskiert, immer auf seinen Kuss gewartet. Und jetzt war er hier und bot sich ihr an. Doch sie wollte ihn nicht mehr. Wie einen geisterhaften griechischen Chor konnte sie beinahe die Stimmen ihrer Freundinnen in ihrem Kopf hören. Ani: Helz, er ist ein arbeitsloser Musiker, der bei seiner Mutter wohnt, damit brichst du mindestens drei Regeln gleichzeitig. Rosa: Sag ihm, er soll das Anti-Diätbuch lesen und diese Kordhose mal ordentlich waschen. Marnie ... Nein. Sie konnte sich nicht vorstellen, was Marnie dazu sagen würde.

Helen ließ seine Hände los. »Du denkst nur, dass ich gut genug für dich bin, weil ich abgenommen habe. Davor hast du das nie gedacht. Erinnerst du dich noch? Du hast jeglichen Kontakt zu mir abgebrochen, damit du nichts mit mir anfangen musstest. Du hast dich nicht einmal verabschiedet! Was glaubst du, wie ich mich gefühlt habe, als ich aufgewacht bin und du, genau wie meine beste Freundin, verschwunden warst? Wie es war, mich die ganze Zeit zu fragen, ob das alles meine Schuld gewesen ist? Ich habe nie geschafft, es ihr zu sagen. Ich musste sie zwei ganze Jahre lang anlügen.«

Er legte seine Hände auf ihre Oberarme. »Hör zu! Es war nicht deine Schuld. Marnie ist unmöglich, das weißt du selbst. Außerdem war sie es, die mich verlassen hat, weißt du noch?«

»Vielleicht. Aber du bist einfach so verschwunden, du hast mir das Herz gebrochen. Und ich habe mir die ganze Zeit Vorwürfe gemacht.«

»Ich habe dir das Herz gebrochen?« Der verstörte Gesichtsausdruck war wieder zurück.

»Ed, du musst doch gewusst haben, dass ich in dich verliebt war.« Wie bitte hätte er es nicht merken sollen? Sie hätte doch sonst nie etwas mit ihm angefangen.

»Okay, aber jetzt bin ich doch da. Es tut mir leid, dass ich damals verschwunden bin, aber nachdem Marnie weg war, war ich am Ende. Ich musste hier fort. Und es ist … Na ja, du hast doch selbst gesehen, wie meine Mum drauf ist. Sie ist wahnsinnig anhänglich, sie braucht mich so sehr. Ich hätte das nicht auch noch bei meiner Freundin ertragen können. Ich habe einfach … Panik bekommen. Aber jetzt bin ich hier. Jetzt können wir endlich zusammen sein.«

Helen schüttelte den Kopf. »Ich brauche jemanden, der mich wirklich will, so wie ich bin. Jemanden, dem es egal ist, welche Kleidergröße ich trage. Jemanden, der damals bei mir geblieben wäre, auch wenn ich dicker war.«

Ed blickte sie verwundert an. »Ich verstehe das nicht. Warum hast du abgenommen, wenn du nicht dachtest, dass du dick bist?«

Helen schloss einen Moment die Augen. Im Grunde war Ed schon immer richtig gut darin gewesen, das Wesentliche zu übersehen. »Du musst jetzt gehen«, sagte sie. »Ich muss ein paar Dinge klären.«

»Du hast mir nicht mal ein Pflaster gegeben!«

»An der nächsten Ecke gibt es eine Apotheke. Ich bin sicher, du schaffst das alleine.«

Sobald er weg war, griff Helen nach ihrem Handy. Hastig tippte sie: *Wir müssen reden. Treffen am üblichen Ort in einer Stunde? Bitte, es ist wirklich wichtig.*

Sie hoffte, das hier würde klappen. Wenn nicht, konnte sie sich nicht einmal ansatzweise vorstellen, was sie tun würde.

Kapitel 24

Der finale Showdown

Ani

Ani drehte den Schlüssel in der Wohnungstür. Sie war triefnass, sowohl vom Regen als auch von ihren Tränen, und ihre Bluse war mittlerweile durchsichtig. Sie sah grauenhaft aus, und sie hatte heute so wenig Arbeit erledigt, dass sie übers Wochenende einiges würde nachholen müssen. Und wozu das alles? Eine kurze Nacht mit einem heißen Anwalt. Es war nicht einmal besonders gut gewesen – sie hatte sich die ganze Zeit über gewünscht, ihre Spanx-Shapewear dabei anhaben zu können. Außerdem hatte sie die Sache mit Nikesh gründlich vermasselt. Alles, was sie tun wollte, war, sich ins Badezimmer zu flüchten und vor Selbstmitleid zu zerfließen.

»Du wirst mich nicht lebend bekommen, Zog, selbst wenn mir alle meine Klamotten vom Körper fallen und … Oh, hi Ani.« Gina wechselte vom amerikanisch-näselnden Tonfall in ihr Privatschul-Englisch zurück. Sie lief in Shorts und Weste im Wohnzimmer auf und ab. Ihre langen, schlanken Gliedmaßen hatten dieselbe Farbe wie ihr glattes karamellfarbenes Haar. »Bist du gestern Nacht nicht heimgekommen?«

Ani zog ihren Mantel aus und schüttelte die Regentropfen ab. »Nein. Mir ist ein gewisser Anwalt dazwischengekommen.«

»Moment, ich dachte, du hast was mit diesem netten indischen Typ laufen?«

»Hatte ich. Es ist kompliziert, und zwar nicht auf die gute Art und Weise.«

Gina seufzte. »Wem sagst du das. Ich spreche für die Rolle eines viertausend Jahre alten Aliens vor. Für diesen schrecklichen Science-Fiction-Film, *Revenge of Zog 4*. Ich meine, komm schon, sehe ich wirklich aus, als würde ich von einem Planeten kommen, der vornehmlich aus Schleim besteht?« Sie deutete auf ihre porenfreie Wange.

»Nein. Du siehst toll aus«, sagte Ani aufrichtig. »Du hast nur einen echt verrückten Job.«

Gina legte das Drehbuch beiseite und musterte sich im Wohnzimmerspiegel. »Ich weiß nicht, was ich hier tue, Ani. Ich bin fast dreißig. *Dreißig*. Und ich habe den Durchbruch immer noch nicht geschafft. Vielleich sollte ich alles hinschmeißen und einen Millionär heiraten. Alles ist besser als das hier. Ich weiß nicht, wie viel länger ich das noch durchziehen kann.« Sie hielt inne und musterte Ani genauer. »Oje! Alles okay mit dir?«

Ani schniefte. »Ich weiß nicht. Es ist nur ... Das Einzige, was ich tue, ist, mich mit irgendwelchen Männern zu treffen. Aber nie klappt es mit einem. Und dann lerne ich endlich jemand Nettes kennen, jemanden, der mich wirklich mag und der sich für mein Leben interessiert, und ich vermassele es total. Ich habe solche Angst, dass etwas in meinem Leben nicht perfekt sein könnte, dass ich genau diesen Mann von mir stoße, um was mit einem coolen, aalglatten Typ anzufangen, der sich einen Dreck um mich schert.« Ani wischte sich übers Gesicht. »Aber wegen der Schauspielerei ... Bist du jemals wirklich versucht gewesen, es ganz aufzugeben?«

»Ach, eigentlich nur jeden einzelnen Tag. Aber wenn ich aufgebe, wird es definitiv nie klappen, oder?«

»Ich denke nicht.«

»Also müssen wir es immer weiter versuchen.«

Ani nickte müde. »Ich schätze schon. Ich … ich muss einfach mal über ein paar Dinge nachdenken. Mir darüber klar werden, was ich wirklich will.«

»Das wird schon wieder, Süße. Du bist toll, so wie du bist.« Gina griff wieder nach ihrem Drehbuch. »Wo war ich … Ach ja … *Ich werde dich immer lieben, Dwayne, aber du musst jetzt den Planeten retten! Das Schicksal des Schleimvolkes liegt in deinen Händen!*«

Ani beschloss, ein Bad zu nehmen, eine Adele-CD einzulegen – immerhin war sie Mittdreißigerin und gleich zweimal abserviert worden – und sich mit Eiscreme vollzustopfen. Danach würde sie darüber nachdenken, wie sie sich bei Rosa entschuldigen könnte, angenommen ihre Freundin ging je wieder an ihr Telefon. Gott, sie wünschte, Rosa wäre jetzt hier, mit Wein, tröstenden Umarmungen und dem Versprechen, einen Enthüllungsbericht über gut aussehende, falsche Ratten in juristischen Berufsfeldern zu schreiben. Oder Helen mit ihren DVDs und Augencremes und dubiosen Kräutertinkturen. Sogar Marnie würde sie jetzt aufmuntern, indem sie vorschlagen würde, sich ordentlich zu betrinken oder eine geführte Meditation zu machen oder mit Einradfahren anzufangen. »Haben wir noch Ben & Jerry's da?«

»Ja, steht gleich hinter meinen selbst gemachten Karotten-Pops. Gefrorener Apfelsaft mit Gemüse. Superlecker!«

Ani schüttelte sich und ging in Richtung Küche. In diesem Moment vibrierte ihr Handy in der Tasche. War es Rosa, um ihr mitzuteilen, was für eine schreckliche Freundin sie war? Nikesh, um ihr zu sagen, dass er es sich anders überlegt hatte? Legally Hot, um sich zu entschuldigen, weil er sie ohne eine Umarmung davongeschickt hatte?

Sie las die Nachricht und dachte einen Moment nach. Ein

Bad, ein Eis und eine Runde Selbstmitleid schienen im Moment so verdammt verführerisch … Sie seufzte. »Gina, ich muss noch mal los. Viel Glück beim Vorsprechen.«

»Stirb, Zog, du fieser Tyrann … Danke, Ani. Bis dann, Süße.«

Rosa

Lesewütiges Großstadtmädchen sucht … Nein, so klang sie wie eine Bibliothekarin, die sich die Stützstrümpfe runterrollte. *Bist du witzig, charmant und hast ein prall gefülltes Bücherregal?* Nein, nein, nein. So kam sie sexwütig und verzweifelt rüber.

Rosa seufzte und legte den Kopf auf dem kühlen Metall ihres Laptops ab. Wir war sie nur an diesem Punkt gelandet? Sie war zweiunddreißig Jahre alt, hockte alleine in einer Wohnung, die sie bald würde verkaufen müssen, hatte Löcher in den Socken, durch die ihre unlackierten Zehennägel zu sehen waren, und obendrein war sie arbeitslos und gerade dabei, ein Profil für ein Onlinedatingportal zu erstellen. Und schlimmer noch war sie offenbar unfähig, einen einzigen zusammenhängenden Satz zu formulieren.

Sie versuchte es noch einmal: *Hallo, ich bin seit Kurzem Single und finde die ganze Situation absolut beängstigend. Wenn du nett bist und witzig und gerne liest, kannst du dich ja vielleicht bei mir melden. Danke.*

Sie meditierte gerade über einigen der verwirrenden Übereinstimmungsfragen auf der Website – war sie eher lebhaft, ruhig oder gelassen? War ihr Körpertyp eher als durchschnittlich, schlank oder mehr zum Lieben dran zu bezeichnen? –, als es an der Tür klopfte. Da dies hier London war, erstarrte Rosa augenblicklich vor Angst. Manchmal kam zwar jemand direkt an die Tür, aber normalerweise immer nur tagsüber, und dann war es meistens jemand mit einer Amazon-Lieferung oder der Pizzadienst für die Hipster im Stockwerk drunter, die die Klingel über die rockigen Beats ihrer Musik hinweg überhörten. Wollte sie jemand ausrauben? Nein, Einbrecher klopften nicht an.

»Hallo?« Sie versuchte, dieses eine Wort mit dem ausgeprägten Selbstbewusstsein von jemandem auszusprechen, der Jiu Jitsu praktizierte. Durch den Spion konnte sie nur den Scheitel einer Person sehen. Offensichtlich war der- oder diejenige ziemlich klein.

»Hi«, ertönte eine leise, piepsige Stimme. Rosa erkannte das Piepsen, genauso wie die Minnie-Maus-Haarspangen. »Kann ich reinkommen?«, fragte Daisy.

»Das ist aber eine hübsche Wohnung!«

Hör gefälligst auf, meine Wohnung anzuglotzen! Rosa bemerkte, wie Daisy den Blick über jede Oberfläche im Raum gleiten ließ. Über die Fotos von ihr und David, die Andenken, die Dinge, die sie zusammen ausgesucht und gekauft hatten.

»Du hast sie noch nicht gesehen?«

Daisy blickte sie verwirrt an. »Nein, ich … Oh! Nein. Gott, natürlich nicht.«

Nun, das war doch mal was. Wenigstens hatte David Rosa nicht in ihrem eigenen Heim betrogen.

»Was willst du?« Rosa verschränkte die Arme und wünschte, sie hätte sich die Haare gewaschen und würde etwas Schickeres tragen als ihre Pyjamahose mit den kleinen Hunden drauf.

Daisy stieß ein Seufzen aus, wodurch sich ihr absurd großer Busen hob und wieder senkte. Sie schien unter ihrem *Power-Rangers*-T-Shirt keinen BH zu tragen. Dabei war sie bestimmt nicht mal alt genug, um sich an die Power Rangers zu erinnern. »Ich dachte, dass er vielleicht hier bei dir wäre.«

»David? Nein, er ist nicht hier.«

Sie schüttelte traurig den Kopf, wobei sich eine der Minnie-Maus-Haarspangen etwas lockerte. »Er … er ist einfach gegangen.«

»Ja, er hat mir erzählt, dass ihr euch gestritten habt.« Sie versuchte, nicht schadenfroh zu klingen, obwohl es ziemlich verlockend war. Rosa war eigentlich ein netter Mensch, aber auch ihr Verständnis hatte seine Grenzen.

Daisys große blaue Augen füllten sich mit Tränen. »Wegen was ganz Dämlichem. Ich halt es nicht aus, Rosa … Hör mal, ich weiß, dass wir dich verletzt haben, und es tut mir so leid, aber ich habe mich einfach verliebt.«

»In den Ehemann einer anderen Frau.«

»Ja. Ich dachte nie, dass er mich auch nur anschauen würde. Er ist so brillant und so weise, und ich … bin nur ein dummes kleines Mädchen.«

David? Brillant und weise? Der Mann, der einmal versucht hatte, Nudeln im Wasserkocher zuzubereiten, und der keinen Pullover waschen konnte, ohne ihn auf Puppengröße zu schrumpfen? Vielleicht war Rosa schon lange darüber hinaus, das Gute in ihrem Mann zu sehen, aber Daisy hatte es definitiv gesehen. Und vielleicht verdiente das jeder – einen Hauch dessen, was sie mit Simon verspürt hatte oder mit Jason für einen Nachmittag und sogar mit Tom, und das nach all dieser Zeit. Bewunderung. Wertschätzung.

Daisy schniefte. »Es tut mir so leid, dass ich ihn dir weggenommen habe. Meine Mum hat gesagt, wenn er dich verlassen hat, wird er mich auch irgendwann verlassen. Ich schätze, sie muss es wissen – mein Dad hat sich aus dem

Staub gemacht, als ich sechs war. Und ja, ich weiß schon, Vaterkomplex und so. Aber ich liebe David, ich liebe ihn wirklich.«

Und in diesem Moment wurde Rosa klar, dass sie es nicht tat, dass sie David nicht liebte. »Du hast ihn mir nicht weggenommen«, erwiderte sie ungeduldig. »Ich schätze, er hat einen Ausweg aus unserer Ehe gesucht.«

Daisy ließ traurig den Kopf sinken.

Rosa seufzte und verfluchte sich selbst für ihre nachsichtige Art. »Und ich glaube, dass er dich auch liebt.«

»Aber er hat mich verlassen!« Daisys Brust hob sich wieder schwer. Sie war einem ausgewachsenen Heulkrampf gefährlich nahe, und Rosa sah sich nicht in der Lage, diese Fast-noch-Teenagerin, die ihren Mann gevögelt hatte, zu trösten.

»Warum redest du nicht einfach mit ihm? Ich glaube, David fühlt sich gerade nur etwas verloren.«

»Ich weiß nicht, wo er ist. Er antwortet nicht mal auf meine Snapchats!«

Rosa verdrehte kaum merklich die Augen. »Warte.« Sie riss einen Zettel vom dem Magnetblock am Kühlschrank, auf dem noch immer die letzte Einkaufsliste verewigt war – aus der Zeit, bevor ihre Welt zusammengebrochen war. *Milch. Küchenrolle. Neuer Ehemann.* Sie kramte einen Stift aus einer Schublade und kritzelte etwas darauf. »Wahrscheinlich ist er dort.«

Daisy riss ihr den Zettel aus der Hand. »Golders Green. Ist das …«

»Ja. Aber lass dir ja nicht die Lasagne von seiner Mum andrehen, die ist widerlich.«

Daisy biss sich auf die Lippe, und um einer peinlichen Abschiedsumarmung zuvorzukommen, öffnete Rosa rasch die Tür. »Geh schon. Und, Daisy, es ist wirklich okay. Na ja, vielleicht nicht unbedingt ganz okay, immerhin hast du meinen Ehemann gevögelt, aber ich werde darüber hinwegkommen, da bin ich mir sicher.«

»Ich …«

»Tschüss!« Rosa schloss hastig die Tür hinter ihr.

Sie nahm einen langen, zittrigen Atemzug. Und dann, bevor sie es sich anders überlegen konnte, ging sie zu ihrem Laptop, klickte die Seite mit dem Entwurf an und drückte auf *Profil erstellen*. Wenn man schon die Liebe seines Lebens verloren hatte, konnte man sich genauso gut den Spaß gönnen, nach der nächsten Liebe der Woche, des Monats oder vielleicht sogar der nächsten fünf Jahre zu suchen.

Rosa sah, dass sie eine ungelesene E-Mail im Posteingang hatte. Sie runzelte die Stirn, als sie den Absender las. Was *sie* wohl zu ihrer Verteidigung zu sagen hatte? Nein, sie wollte sich mit niemandem treffen. Sie war schon im Pyjama. Draußen regnete es. Und sie war immer noch richtig wütend, und … Ach verdammt. Sie schlüpfte in ihre Jeans und den Mantel, griff nach ihrer Tasche und schloss die Tür hinter sich ab.

Marnie

»Nur ein Ticket, die Dame?«

Sie nickte, da sie sich nicht traute zu sprechen. Es war demütigend. Dass sie zurückkehren musste, wo sie doch erst vor ein paar Wochen hergekommen war. Weil sie es in London vermasselt hatte. Weil sie es mit Tom vermasselt hatte und mit Ed und sogar mit ihrer besten Freundin, die ihre Gesellschaft nicht ertrug.

»Um wie viel Uhr?«

»Äh ...« Marnie warf einen Blick auf die lange Warte-
schlange hinter sich. »Es tut mir leid, könnte ich nur eine
Minute haben? Ich bin gleich wieder zurück.« Sie drängte
sich hinaus und ignorierte die erbosten Seufzer. Sie musste
einfach noch eine Sache probieren. Ein allerletzter Versuch,
bevor sie alles aufgab und fortging.

Sie zog ihr Handy hervor und wählte die Nummer. Bitte,
geh ran, bitte, geh ran! Als sie das Klicken in der Leitung
hörte, machte ihr Herz einen Satz. »Ich bin's.«

Stille am anderen Ende. Das vertraute Einatmen.

»Es tut mir leid. Ich weiß, dass du nicht willst. Aber ich ...
ich muss wirklich ...« Sie spürte die Tränen in ihrer Kehle
aufsteigen, die drohten, sie zu ersticken, und schluckte sie
runter. »Ich muss wirklich reden.«

Helen

Helen saß im Restaurant und starrte nervös Richtung Tür.
Ausnahmsweise machte sie sich keine Sorgen, wo der Tisch
stand oder ob der Kellner genervt war, weil sie noch nicht
bestellt hatte, oder wer wo sitzen würde. Das Einzige, was
ihr Sorgen bereitete, war, dass eventuell niemand kommen
würde. Was dann?

Das Glöckchen an der Tür bimmelte. Sie sah auf.

»Hi«, sagte Rosa. Sie trug einen Regenmantel mit Gürtel
um die Taille, ihr Haar hing in nassen Strähnen herunter.

»Hi«, sagte Helen.

Ein paar Sekunden peinlichen Schweigens verstrichen.

»Sollen wir ...«

»Glaubst du, eine von den anderen wird ...«

»Ich bin da«, sagte Ani, die in diesem Augenblick an den Tisch kam, und schüttelte die Tropfen von ihrem gepunkteten Regenschirm. Statt ihrer üblichen eleganten Arbeitskleidung trug sie eine Jogginghose und einen Kapuzenpulli. Sie blickte zum letzten freien, vierten Platz. »Kommt sie auch?«

Helen folgte ihrem Blick. »Ich weiß nicht. Vielleicht sollten wir anfangen.« Sie legte die Hände flach auf den Tisch. »Rosa. Ich gehe davon aus, dass du wegen meines Jobs sauer auf mich bist. Wegen dem, was ich tue ... *getan* habe. Ich möchte es gerne erklären.«

Rosa runzelte die Stirn. »Du willst mir erklären, warum du eine Website fürs Fremdgehen betreust? Du weißt, wie schlimm es für mich war, dass David mir das angetan hat.«

»Ich weiß. Aber glaub mir, das war nicht der Job, für den ich mich ursprünglich beworben hatte. Manchmal ist es einfach so, dass einem die Dinge ... entgleiten, immer weiter und weiter. Und ehe du dich versiehst, ist alles total verkorkst, und du versuchst einfach nur verzweifelt, es zu ignorieren. So ähnlich wie Schimmel im Badezimmer.«

Rosa seufzte. »Ich kann es mir grob vorstellen, ja.«

»Und so bin ich da hängen geblieben. Ich bin gut bezahlt worden, und ich konnte mir schlichtweg nicht mehr vorstellen, mich je wieder einem Vorstellungsgespräch zu stellen. Als ich schließlich gemerkt habe, um was für eine Art Website es sich handelte, hatte ich zu viel Angst, um zu kündigen. Es tut mir leid, wirklich. Aber eins muss ich dich trotzdem fragen: Warum hast du zugelassen, dass die Zeitung die Fotos von mir ins Netz stellt? Habe ich das wirklich verdient?«

»Ich habe ihnen die Fotos nicht gegeben. Suzanne hat mich gefeuert.«

»Aber sie stammen von deinem Facebook-Account.«

»Dafür können wir uns wohl bei David bedanken. Ich war es nicht, das schwöre ich dir. Ich habe versucht, Suzanne davon abzuhalten, deinen Namen zu veröffentlichen, aber wie ich schon sagte, ich arbeite nicht mehr für sie.«

»Oh, witzig, mir ist gerade was ganz Ähnliches passiert.« Helen lächelte sie betreten an. »Vielleicht können wir uns ja gemeinsam arbeitslos melden.«

Ani räusperte sich. »Ich wurde nicht gefeuert, obwohl es nach der Performance, die ich heute geliefert habe, womöglich nicht mehr lange dauern wird, bis es so weit ist. Rosa, ich gehe davon aus, du weißt über die Sache mit Simon Bescheid?«

»Ich habe die Bilder gesehen«, erwiderte Rosa, ohne ihre Freundin anzuschauen. »Wisst ihr, es ist schon ein komischer Arbeitstag, wenn nicht eine, sondern gleich *zwei* deiner Freundinnen Thema in deiner Redaktion sind. *Ex*-Redaktion, meine ich.«

»Es tut mir wirklich leid, dass ich mit ihm ausgegangen bin.«

Rosa sagte einen Moment gar nichts. »War es ein Date?«

»Nein! Nein, es war nur … Ich weiß es nicht. Ich dachte, du spielst nur mit ihm. Dass du eine Minute Feuer und Flamme bist, nur um in der nächsten mit deinem Boss im Kopierraum zu flirten.«

»Tatsächlich war es eine Besenkammer. Und wo genau liegt der Unterschied dazu, wie du mit Nikesh umgesprungen bist? Oder irgendeinem der anderen Typen, mit denen du was hattest und die es gewagt haben, nett zu dir zu sein? Und überhaupt, du warst es, die gesagt hat, dass es in Ordnung ist, sich mit mehreren Typen gleichzeitig zu treffen.«

»Ich weiß, aber hier ging es um Simon. Ich schätze, das war mein … Beschützerinstinkt!«

»Beschützerinstinkt? Ani, du scheinst vergessen zu haben, dass du Simon überhaupt nicht *wolltest*. Du hast ihn nicht zurückgerufen, und du hast ihm mehr als deutlich zu verstehen gegeben, dass er deinen Anforderungen nicht genügt.

Und sobald er nur einen Hauch Interesse für mich zeigt, gehst du hinter meinem Rücken mit ihm aus? Mein Mann hat mich verlassen. Meinst du nicht, ich habe ein winziges bisschen männliche Aufmerksamkeit verdient, wo mein Selbstwertgefühl gerade völlig im Keller ist?«

Ani verdrehte die Augen. Kaum merklich, aber sowohl Helen als auch Rosa sahen es. »Wir wissen, dass dein Mann dich verlassen hat, du erinnerst uns ja ungefähr zehnmal am Tag daran. Aber wenigstens warst du mal verheiratet. Was glaubst du, wie ich mich all die Jahre gefühlt habe, wenn ihr beide mal wieder auf einem Wochenendtrip gewesen seid und süße Pärchen-Selfies davon auf Facebook gepostet habt? Ich schaffe es nie über ein paar Dates hinaus.«

»Weil du den Leuten nie auch nur den Hauch einer Chance gibst.«

»Ich habe es versucht. Ich dachte, vielleicht hätte ich Simon voreilig abgeschrieben, und du wusstest nicht, ob du ihn willst oder nicht, und …« Ani verstummte und ließ den Kopf in die Hände sinken. »Hör zu, Rosa, es tut mir leid. Ich wollte dich nicht verletzen. Ich kann kaum glauben, dass wir dieses Gespräch führen. Das mit Simon ist fünf Jahre her. Warum streite ich mich mit meiner besten Freundin wegen ihm? Wann ist alles überhaupt so schrecklich durcheinandergeraten?«

Helen kannte die Antwort. »Seit Marnie zurück ist. An allem ist nur dieses dämliche Projekt schuld.«

»Das ist aber nett«, erklang eine Stimme hinter ihr. »Wieder mal wird alles auf mich geschoben.«

Alle drei drehten sich zu ihr um.

»Ich kann es einfach nicht glauben, Helen.« Marnies Kopf sah aus wie der einer Comicfigur – riesige grüne Augen, in denen Tränen schimmerten, kreidebleiches Gesicht und drum herum ihr fuchsrotes Strubbelhaar. Sie trug wieder ihr Cape, Regentropfen glitzerten auf dem Stoff. »Ich habe mit Ed gesprochen. Ich weiß, was passiert ist.«

Helen spürte, wie ihr Herz zum geschätzt zwanzigsten Mal diese Woche aussetzte. Was meinte sie? Den Kuss, die Fahrt nach Bristol oder was vor zwei Jahren passiert war? »Äh, was …«

»Du bist mit ihm nach Bristol gefahren, und du hast es mir nicht mal erzählt.«

»Ich weiß, aber er … er brauchte meine Hilfe, und er ist auch mein Freund, und ich …«

»Er ist mein Exfreund!« Marnie stemmte die Hände in die Hüften. »Im Ernst, Helen, ich muss mich schon wundern. Du faselst die ganze Zeit was davon, dass du es hasst, auf Dates zu gehen, und dass deine Freundinnen dir wichtiger sind als irgendein Mann, aber dann lässt du mich nicht einmal eine mickrige Woche bei dir wohnen, ohne mir das Gefühl zu geben, eine Aussätzige zu sein. Und jetzt lügst du mich auch noch an, hintergehst mich, und das alles wegen eines Typs.«

»Ich …« Helen brachte kein Wort heraus. Als würden sich Jahre bitterer Wahrheiten in ihrem Mund aufstauen, während sie aus Marnies unaufhaltsam hervorsprudelten. »Ich habe nicht gelogen.« Aber das hatte sie, nicht wahr? Jahrelang.

»Ich will wissen, warum«, fuhr Marnie sie an. »Warum triffst du dich mit Ed? Stehst du auf ihn, ist es das?«

»Ich stehe nicht …«

Marnies Gesicht war tränenüberströmt, als sie die nächsten Worte förmlich ausspuckte. »Ich bin nie über ihn hinweggekommen. All diese Typen … Dabei war Ed der Eine, der Einzige. Ich habe alles getan, um weiterzumachen, ihn zu vergessen. Selbst mit Tom habe ich mir Mühe gegeben, dass es klappt, aber das tut es nie. Seit Ed geht alles schief, immer und immer wieder. Also dachte ich, das hier könnte unsere Chance sein. Vielleicht könnte ich zurückkehren und herausfinden, was schiefgelaufen ist. Nur dass du mir in die Quere kommen musstest. Er ... er sagt, dass du ihm immer schon was bedeutet hast, dass er es nur nicht sehen konnte. Er sagt, ich hätte nicht das Recht, euch auseinanderzuhalten, wo ich es doch war, die mit ihm Schluss gemacht hat.« Marnies Stimme schien vor Schmerz in Scherben zu zerfallen. »Ich dachte, du wärst meine beste Freundin. Ich dachte, ich würde immer wichtiger für dich sein als irgendein Typ. Ich will es wissen. Warum?«

»Weil sie, Herrgott noch mal, seit Ewigkeiten in ihn verliebt war«, fuhr Ani sie an. »Rosa und ich haben das in dem Moment gemerkt, als sie seinen Namen ausgesprochen hat. Man musste schon blind sein, um das nicht zu sehen – oder sehr selbstsüchtig. Du warst es doch, die vorgeschlagen hat, dass wir gegenseitig unsere Exfreunde daten. Wenn sonst niemand den Finger in die Wunde legen will, dann tue ich es eben: Du hast kein Recht, irgendwem Moralpredigten zu halten, Marnie. Wenn überhaupt, warst *du* es, die ihn Helen ausgespannt hat.«

»Ich habe *was*?«

Ani nestelte an ihrer Tasche herum. »Hör zu, ich bin eigentlich nur gekommen, um mit Rosa zu reden, das ist alles. Obwohl sie es ganz offensichtlich nicht hören will. Ich will mich da gar nicht einmischen.«

»Dann fang auch nicht damit an!« Da war es, das Aufblitzen des glühenden Zorns, der unter Marnies süßer Kätzchen-Fassade schlummerte. Derselbe Zorn, über den Helen so froh gewesen war, als Marnie den fiesen Klassen-Bullies Limo ins Haar gekippt und das Mädchen, das sich über Helen lustig gemacht hatte, weil sie mit vierzehn immer noch Tops statt BHs trug, mit Tipp-Ex beschmiert hatte. (Helens Mum hatte sich geweigert, ihr einen zu kaufen, weil sie der festen Überzeugung war, dass BHs Brustkrebs verursachten.) Der Zorn, der sie wie eine schützende Wand umgab, wann immer jemand Helen verletzte. Außer dieser jemand war Marnie selbst.

Marnie hatte die Arme verschränkt. Schrägerweise war ihr Kleid mit kleinen Pinguinen bedruckt, wodurch es ein wenig so wirkte, als würde man von einer Kreuzung aus Attila dem Hunnenkönig und einer Kinder-TV-Moderatorin attackiert. »Möchte mir jemand vielleicht mal verraten, worum es hier eigentlich geht? Rosa?«

Rosa war knallrot angelaufen. »Ich weiß nicht.«

»Ani, was hast du damit gemeint, dass ich Ed Helen ausgespannt hätte? Was soll das? Sie hat ihn damals doch nicht mal gemocht.«

»Doch, das habe ich. Ich habe ihn gemocht«, sagte Helen, die endlich ihre Stimme wiedergefunden hatte. Sie erinnerte sich an jedes einzelne Detail ihrer ersten Begegnung mit Ed, an den ersten Moment am Empfangstresen der schäbigen Volkshochschule, wo sie sich für einen Möbelreparatur-Kurs angemeldet hatte – ironischerweise in der Hoffnung, dadurch mehr aus dem Haus zu kommen.

»Hi«, hatte sich eine tiefe, durchdringende Stimme neben ihr gemeldet, und als Helen aufgeschaut hatte, stand Ed vor ihr. Sie erinnerte sich genau, wie ihr sofort seine bleichen, fein gezeichneten Gesichtszüge und die grünlich-blauen Augen, die sie zu durchbohren schienen, aufgefallen waren.

»H-hi«, hatte sie gemurmelt.

»Kapierst du diesen Plan? Ich werde daraus einfach nicht schlau.« Ed hielt ihr, mit einem Lächeln in seinem wunderschönen Gesicht, ein Blatt Papier hin. »Ich suche den Möbelreparatur-Kurs. Ich dachte, ich versuche es mal mit ein bisschen gutem altem Selbstversorger-Spaß.«

Helen war augenblicklich klar, dass sie diesem schönen

Mann helfen musste. Das war ihre Rolle: den richtigen Raum zu finden, sicherzustellen, dass er Nadelkissen und Pinsel dabeihatte, ihn an die Hausaufgaben zu erinnern oder sie am besten gleich für ihn zu erledigen, wenn er zu beschäftigt war mit seiner Musik. Sie erinnerte sich an das Gefühl der Erregung, der Vorfreude. Wie sie sich nach und nach immer mehr für den Kurs hübsch gemacht und ihr Make-up besonders sorgfältig aufgelegt hatte, wie ihr Herz jedes Mal vor dem Kurs laut klopfte, voller Sorge, er könnte nicht kommen, nur um vor Freude überzuquellen, wenn er schließlich zu spät doch noch durch die Tür kam. Wie sie ihn zu ihrer Geburtstagsfeier einlud, die praktischerweise auf einen Abend nach dem Kurs fiel. Sie hatte ihren Freundinnen nicht erzählt, dass sie auf ihn stand – sie hätten doch nur versucht, sie zu überreden, den ersten Schritt zu tun –, aber sie war dennoch stolz darauf, diesen gut aussehenden Künstler-Typ auf ihrer Geburtstagsfeier zu haben.

Sie erinnerte sich, wie sie zu viel Jo-Malone-Parfüm aufgetragen hatte, wie sie ihre neue Jeans und das lockere Seidenoberteil angezogen hatte. Wie sie sich auf den Weg zu der netten, ruhigen Bar machte, die sie mit Bedacht ausgewählt hatte. Es gab dort genug Platz, und es war nie so laut, dass man sein eigenes Wort nicht verstehen konnte. Sie wusste noch, wie glücklich sie sich gefühlt hatte, umgeben von Ani, Rosa und Marnie, und wie das Glück beinahe in ihr explodiert war, als die Tür aufging und Ed dastand, einen unbeholfen in Silberpapier verpackten Gedichtband in der Hand.

Sie erinnerte sich, wie Marnie gefragt hatte. »Wer ist das?«

Und an ihre Antwort: »Oh, das ist Ed. Der Typ aus meinem Möbelkurs.«

Aber am besten erinnerte sie sich an das Gefühl, als sie von der Schlange an der Bar zurückgekehrt war und sah, wie Ed Marnie küsste, seine einfühlsamen Hände um ihre winzige Taille geschlungen. An das Kondenswasser auf den Bier-gläsern, das auf ihre Handgelenke tropfte. Dann der Gedan-ke, was für eine Idiotin sie doch gewesen war. Natürlich wollte er sie nicht. Natürlich wollte Ed jemand Schlankes, jemand Faszinierendes, jemanden wie Marnie.

»Ich habe ihn gemocht«, wiederholte Helen jetzt lauter. »Ich habe ihn auf meinen Geburtstag eingeladen, weil ich ihn wirklich mochte.«

»Siehst du?«, sagte Ani an Marnie gewandt. »Also hör auf herumzujammern, wie schlimm Helen doch zu dir war. Sie hat dich all diese Jahre über Wasser gehalten, und das weißt du auch.«

Rosa schien sich zutiefst unbehaglich zu fühlen. »Vielleicht hat sie nicht gemerkt, dass Helen ihn mag.«

»Es war ihr einfach egal.« Ani stand auf. »Ich gehe jetzt. Ich kann das heute nicht gebrauchen.«

Marnie explodierte. »Ihr seid solche gottverdammten Heuchlerinnen! Ani, du wagst es, *mich* zu verurteilen, wo du doch versucht hast, Rosa ihr Date auszuspannen? Deiner besten Freundin? Und du Rosa, du bist nicht besser als Ani, wo du doch genau dasselbe getan hast. Du hast dich mit Tom auf der dämlichen Demo verabredet, obwohl du wuss-test, dass ich ihn mag. Ist es nicht so?«

»Na ja, nein, ich ...« Rosa biss sich auf die Lippe. »Viel-leicht. Aber ich glaube nicht, dass das ... Ach, ich weiß auch nicht. Ich bin so durcheinander.«

»Ihr seid eine so schlecht wie die andere. Aber wisst ihr was? Eure kostbare Freundin hier, eure ach so brave Helen, hat vor zwei Jahren mit Ed geschlafen. Was sagt ihr dazu? Nicht dass sie es mir je gesagt hätte. Nein, ich musste es heute von ihm erfahren.«

Oh Gott. Helen spürte, wie ihr alles Blut aus dem Körper wich.

Rosa starrte sie mit bleichem Gesicht an. »Ist das wahr?«

»Ich ...« Helen konnte nicht sprechen. Sie ließ den Kopf hängen. »Sie hatten sich gerade getrennt, und sie war weggegangen, und ich ... ich hatte es ehrlich nicht vor. Es ist einfach ... passiert.«

»Das sagen sie alle«, erwiderte Rosa matt.

Ani legte den Kopf in die Hände. »Herrgott, Marnie. Genau das ist der Grund, warum wir nicht bei deinem dämlichen Projekt mitmachen wollten. Ich wusste, dass es so enden würde. Aber du hast darauf bestanden. Du hast uns dazu genötigt, so wie du uns immer deine verrückten Ideen aufzwingst. Und schau her – jetzt ist alles kaputt.«

Marnie war weiß wie ein Laken. »Keine von euch hat auch nur ansatzweise eine Idee, was ich im letzten Jahr durchgemacht habe. Ich bin zurückgekommen, weil ich dachte, ihr wärt meine Freundinnen. Ich dachte, ihr würdet mich unterstützen. Dabei seid ihr kein bisschen anders als ich, trotz eurer schicken Wohnungen und Jobs. Ihr seid doch alle drei genauso verloren und wollt alle genauso unbedingt jemanden kennenlernen wie ich. Ihr könnt es nur nicht zugeben. Also hört auf, so zu tun, als wärt ihr besser als ich. Ach, und ihr müsst euch in Zukunft übrigens keine Sorgen mehr um meine ›verrückten Ideen‹ machen. Ich gehe, und ihr werdet mich nie wiedersehen müssen.« Sie hielt inne, um zu einem letzten Schlag gegen Helen auszuholen. »Du kannst Ed haben, wenn er dir wichtiger ist als unsere Freundschaft. Ich hoffe, du bist jetzt glücklich.«

Helen wollte ihr hinterherrufen: Aber ich will ihn doch gar nicht. Ich bin überhaupt nicht glücklich, kein bisschen. Ich habe Karl verloren, und nun habe ich auch dich verloren. Doch sie musste feststellen, dass sie wieder mal kein Wort herausbrachte.

Kapitel 25

Der Vorfall

Helen
Zwei Jahre zuvor

Helen gewöhnte sich allmählich an den Schmerz ihrer unglücklichen Liebe zu Ed. Es war möglich, genauso wie es möglich war, mit einem gebrochenen Knöchel herumzulaufen. Irgendwann wurde der Schmerz zur Gewohnheit – ein kurzer Moment der Verwirrung, wenn sie morgens aufwachte, und das Gefühl von Schwere, die sich über sie senkte, sobald es ihr wieder einfiel: Ich bin in den Freund meiner besten Freundin verliebt. Doch sie machte weiter. Sie arbeitete hart in ihrem Job bei einer IT-Firma und tat es auf unauffällige Weise gut. Computer waren das Einzige, was noch Sinn für sie ergab, besonders da Ed nichts mit dieser Welt aus klaren Codes und strikten Regeln zu tun hatte.

Helen musste mit ansehen, wie Ed und Marnie sich gegenseitig zerfleischten – mit heftigen Streitereien, Tränen und Geschrei ihrerseits und drückendem Schweigen seinerseits. Sie erlebte hautnah mit, dass Ed wochenlang verschwand und sein Handy ausschaltete und Marnie in Tränen aufgelöst auf Helens Boden lag und so lange Joni Mitchell in Dauerschleife hörte, bis die Frau nebenan, die nur deutschen Techno mochte und um fünf Uhr morgens joggen ging, genervt gegen die Wand hämmerte. Dann die endlosen Analysen – passten sie zusammen? Liebte er sie wirklich? –, die keineswegs nur von Marnie angestellt wurden.

Ed begann irgendwann ebenfalls, sich an Helen zu wenden. Er rief sie an und lud sie zum Kaffee ein oder schickte ihr endlos lange E-Mails. Warum war Marnie so flatterhaft und unzuverlässig? Warum war sie immer zu spät und mit den Gedanken woanders? Warum wechselte sie ständig ihren Job, genauso wie ihre Hobbys und ihre Haarfarbe? Warum konnte sie Ed nicht bei seiner Musik unterstützen? Warum war sie nicht netter zu seiner Mutter? Womöglich meinte sie es letzten Endes gar nicht ernst mit ihrer Beziehung? Am Ende dieser Gespräche drehte sich Ed immer zu Helen um – manchmal drückte er dabei ihre Hand, manchmal tätschelte er ihren Kopf, wie bei einem lieben Haustier – und sagte: »Es ist so entspannend, mit dir zusammen zu sein, Helz. So friedlich.« Was natürlich nur ein anderes Wort für langweilig war, wie sie sehr wohl wusste.

Marnie und Ed waren ein Jahr lang zusammen gewesen, und Helen konnte sich an jeden einzelnen Tag erinnern, den sie während dieser Zeit mit ihm verbracht hatte. Die Sekunden verstrichen langsamer, wenn er bei ihr war. Die Sehnsucht nach ihm war etwas, das sie nur in kleinsten Rationen vertrug, so wie Schokolade, die dermaßen gehaltvoll und dunkel war, dass man beinahe daran erstickte.

Da war dieser Tag, an dem sie im Regent's Park saßen, bis es dunkel wurde. Die kühle Brise strich über Helens Haut, Ed saß neben ihr, und ab und zu berührte er mit dem Bein ganz leicht ihres, sodass sie die Luft anhalten musste, damit er ihre Aufregung nicht spürte. Oder der Abend im Pub, als sie die Bilder der Quizrunde zusammen durchsahen und sich ihre Arme auf dem Tisch berührten. Und dann natürlich

Marnies Geburtstag, als er ihr die in Seidenpapier gewickelte Halskette schenkte, deren Anhänger dasselbe Grün hatte wie Marnies Augen.

Marnie liebte die Kette. Sie war eine Sache, die sie in den endlosen Diskussionen über Eds Verhalten, wenn sie mal wieder auf Helens Sofa lag, immer wieder aufgriff. »Aber er hat doch diese wundervolle Kette für mich ausgesucht«, sagte sie dann und berührte mit den Fingerspitzen das Schmuckstück, das sie niemals ablegte. »Ich meine, ich muss ihm wichtig sein, wenn er sich mit seinem Geschenk solche Mühe gemacht hat. Es ist genau so eine, wie ich sie für mich selbst ausgesucht hätte. Meinst du nicht, dass das etwas zu bedeuten hat?«

Helen sagte nicht: Eigentlich habe ich sie ausgesucht, aber ich kann es dir nicht sagen, weil ich dir die Freude daran nicht nehmen will. Sie sagte auch nicht: Eigentlich beschwert er sich die ganze Zeit über dich, und ich weiß nicht, was ich tun soll. Und sie sagte auch nicht: Ich glaube nicht, dass ihr überhaupt zusammenpasst, und ich habe es auch nie geglaubt. Stattdessen sagte sie: »Natürlich, ich bin mir sicher, dass er dich liebt. Er ist einfach nur … speziell.«

Helen gewöhnte sich daran, die Rolle der Vermittlerin in Marnies und Eds komplizierter Beziehung zu spielen, Treffen zwischen den beiden auszuhandeln, nur, um rechtzeitig aus dem Blickfeld zu verschwinden, wenn sie sich wieder in die Arme fielen. Sie war die gemeinsame Freundin, die beiden gut zureden durfte, die hoffnungslose Junggesellin, neben der ihre Liebe füreinander noch heller erstrahlte.

Und Helen sagte nichts. Natürlich nicht. Niemals. Bis zu jener Nacht – eine regnerische Nacht im Februar, kalt und düster –, als es an ihrer Tür klopfte. Sie lag schon im Bett, in ihrem Schäfchen-Pyjama, und schaute sich *Stolz und Vorurteil* auf DVD an.

Vor der Tür stand ein nasser, zitternder Ed.

»Oh mein Gott! Komm rein!«

»Sie ist weg.« Er schlotterte wie ein durchnässter Hund. Sie merkte, dass sein Gesicht nicht nur vom Regen nass war, sondern dass er auch weinte. »Es tut mir leid, ich wusste nicht, mit wem ich sonst reden soll.«

»Was meinst du damit? Wo ist Marnie?«

»Sie ist *fort*.«

»Was meinst du mit ›fort‹?« Helen begriff nicht.

»Wir hatten einen schlimmen Streit, und ich habe ihr gesagt, dass ich nicht mit ihr klarkomme. Sie ist einfach so flatterhaft, Helen. Sie ist nie für mich da, wenn ich sie brauche. Ständig ändert sie ihre Meinung, behauptet, sie würde nicht mit mir zusammenziehen wollen, obwohl sie schon mal Ja gesagt hat.« Dann begann er zu schluchzen. »Und dann ist sie einfach verschwunden. Sie ist weg.«

Helen war pragmatisch veranlagt, darum bat sie ihn zunächst einmal herein und holte ihm einen trockenen Pullover, damit er sich umziehen konnte. Wobei sie sich Mühe gab, nicht auf seinen bleichen, mit Sommersprossen bedeckten Oberkörper zu starren oder die Härchen, die von seinem Bauchnabel abwärts führten, oder die Umrisse seiner Muskeln. Stattdessen setzte sie Teewasser auf und holte ihm ein Handtuch für sein Haar. Sie legte einen Arm um ihn und ließ ihn weinen, bis er in ihrem Bett einschlief. Dann deckte sie ihn mit ihrer Kätzchen-Bettdecke zu (Helen hatte zu jenem Zeitpunkt nicht viel Sex), während sie sich selbst am äußersten Rand des Bettes zusammenrollte, tunlichst darum bemüht, ihn nicht zu berühren.

Es gab noch jede Menge Zeit, sich schuldig zu fühlen, später, als sie feststellte, dass Marnie das Land verlassen hatte, ohne sich auch nur zu verabschieden. Als ihr klar wurde, dass Ed sich nach dieser Nacht nicht mehr bei ihr melden würde.

Und all die Male in den darauffolgenden zwei Jahren, wenn Helen wieder einfiel, dass sie mit dem Freund ihrer besten Freundin geschlafen hatte. Genau genommen war Ed zu jenem Zeitpunkt Marnies Exfreund gewesen, aber Helen kannte die beiden gut genug, um zu wissen, dass dies kaum einen Unterschied machte.

Aber damals, für einige Stunden, in dieser endlosen und doch zugleich viel zu kurzen Nacht, hatte sie sich nicht schuldig gefühlt. Damals, als der Regen auf das Dach trommelte und er aufwachte und die Hand nach Helen ausstreckte, um sie zu sich unter die Decke zu ziehen; als sie beide blind an ihrer Kleidung zerrten, um die tröstliche Wärme der Haut des anderen zu spüren, und sich plötzlich, ohne ein Wort zu sprechen, so nahe waren, dass kaum noch Raum zum Atmen zwischen ihnen blieb. Nicht eine Sekunde hatte sie in dieser Nacht so etwas wie Schuld gespürt, denn alles, was sie spüren konnte, war er.

Kapitel 26

Das Dating-Dessertbüfett

Ani

Umgeben von ihren Familien reichten Manisha und ihr frischgebackener Mann sich die Hände und wirbelten lachend im Kreis herum.

Ani stand in ihrem wunderschönen Sari und mit klimpernden Armreifen neben dem Dessertbüfett, und zum ersten Mal in ihrem Leben fühlte sie sich vollkommen allein. Mit keinem Mann hatte es funktioniert. Weder mit Simon noch mit Will, dem enttäuschten Verlobten, noch mit Nikesh noch mit Legally Hot. Nicht eines der über vierzig Dates, die sie allein letztes Jahr gehabt hatte, hatte zu etwas geführt. Sie fühlte sich müde, und außerdem herrschte Funkstille zwischen ihren Freundinnen. Was, wenn sie niemals jemanden kennenlernen würde? Was, wenn es da draußen niemanden für sie gab? Was, wenn es das gewesen war?

Ani hörte das Rascheln von Seide, und im nächsten Moment stand ihre Mutter neben ihr. »Du siehst traurig aus, mein Schatz.«

»Oh, alles in Ordnung. Es ist nur …« Sie beschrieb eine Geste durch den Raum in Richtung der lachenden Menschen, der Ehemänner und Ehefrauen, der Tanten und Onkels, die sich zusammenfügten wie Steine in einer Mauer, die nichts einzureißen vermochte. »Alle hier haben jemanden. Ich will auch jemanden an meiner Seite.«

Für einen Moment sah ihre Mutter sie einfach nur an, bevor sie sagte: »Anisha, willst du, dass Daddy und ich nach jemand Passendem für dich suchen?«

»Ach, ich weiß nicht. Was würde das denn genau bedeuten?«

»Nichts Verbindliches. Nicht einmal ein Arrangement, wirklich. Wir würden uns einfach umhören und dich ein paar netten jungen Männern vorstellen. Sieh es doch mal so: Diese Form der Partnersuche würde sich nicht wesentlich von deinem Onlinedating unterscheiden, nur wird sie von den Menschen durchgeführt, die dich über alles in der Welt lieben und nur das Beste für dich wollen.«

Ani dachte einen Augenblick darüber nach. So gesehen schien es gar keine schlechte Idee. Außerdem war es ja nicht so, als ob sie es selbst besser hinbekommen würde. »Aber wollen die mich denn überhaupt, Mum? Ich meine, ich bin dreiunddreißig, und anscheinend haben Männer Angst vor mir.«

»Wie sollte jemand meine kluge, erfolgreiche Tochter nicht wollen? Liebling, wenn ein Mann Angst vor deinem Selbstbewusstsein hat, dann ist er sowieso nicht der Richtige für dich, oder?«

»Wahrscheinlich nicht«, murmelte Ani.

»Dann triff dich doch einfach mit ein paar Jungs und schau, was du von ihnen hältst.« Ihre Mutter musterte sie. Bunte Lichter huschten über ihr Gesicht. »Ist das ein Nicken, Anisha?«

»Ja.«

»Komm her.«

Ani umarmte ihre Mutter und schmiegte sich an ihre in Seide gehüllte Schulter. »Ach Mum, ich bin manchmal einfach nur so einsam, das ist alles. Dieses ständige Versuchen und Versuchen, und nie klappt etwas wirklich. Wie schafft man es, aus diesem Teufelskreis auszubrechen?«

»Du tust es einfach«, erwiderte ihre Mutter. »Du suchst dir einen Mann aus und bleibst bei ihm. Die Probleme im Leben hören damit nicht auf, du musst immer weiter an ihnen arbeiten, aber du hast dabei jemanden an deiner Seite. So wie dein Dad und ich.«

»Das ist etwas anderes. Du und Dad, ihr seid etwas Besonderes. Ihr seid füreinander bestimmt. Ich werde so etwas womöglich nie finden.«

Ihre Mutter lachte. »Füreinander bestimmt? Du hättest uns im ersten Jahr sehen sollen. Ich hätte mich am liebsten wenigstens einmal pro Monat von ihm scheiden lassen. Dieses Schnarchen! Und er hat in seinem ganzen bisherigen Leben nicht einmal abgespült. Aber letztendlich haben wir einen Weg gefunden.« Sie reichte Ani ein mit Zucker bestreutes, sirupgetränktes Stück Kuchen vom Buffet. »Liebling, dein Problem ist, dass du noch nie gerne eine Entscheidung getroffen hast, egal ob es um einen Job ging oder den Jungen, in den du gerade verliebt warst. Es gab immer so viele Optionen, und du wolltest keine Abstriche machen. Wie damals im Süßigkeitenladen, als du noch klein warst. Du warst voller Angst, die falsche Entscheidung zu treffen, es hinterher zu bereuen. Aber irgendwann musst du dir einfach etwas nehmen, du musst dich entscheiden. Sonst wirst du für immer hier stehen und warten.«

Ani starrte das Kuchensortiment vor sich an. Jedes Stück war auf seine Weise verführerisch – klebrig vor Zucker, triefend vor Sahne, glitzernd vor karamellisierten Nüssen. Wie sollte sie sich für nur eines entscheiden? Dann beschloss sie, dass es wahrscheinlich am sinnvollsten war, den Kuchen zu wählen, der auch sie wählen würde.

Ani holte ihr Handy heraus und tippte eine Nachricht: *Hey, ich weiß nicht, ob ich es schon gesagt habe, aber das mit Simon tut mir wirklich leid. Ich war nur so eifersüchtig und habe mich so furchtbar aufgeführt, weil er dich mochte und ich das Gefühl hatte, dass mich nie jemand mag.*

Nach ein paar Sekunden kam die Antwort von Rosa: *Abgesehen von Nikesh und ungefähr hundert anderen Typen, an deren Namen ich mich im Moment nicht erinnern kann: Schlangen-Steve, Flenn-Ben, Ich-erklär-dir-die-Welt-Baby-Max…*

Na gut. Du hast recht. Es tut mir wirklich leid.

Mir auch. Ich schätze, ich war selbst ziemlich unentschieden. Ist irgendwie mies, diese Partnersuche Anfang dreißig, was? So viele Möglichkeiten, wie soll man sich da bloß entscheiden?

Ani antwortete umgehend mit einem Kreisch-Emoji. *Keine Ahnung. Ich glaube, ich habe gerade zugestimmt, dass meine Eltern mich mit jemandem verkuppeln.*

Cool. Das würde eine super Story abgeben.

Yeah, du bekommst alle Rechte an der Geschichte, in der ich meinen Cousin dritten Grades in einem Hubba-Bubba-farbenen Kleid heirate.

Rosa schickte einen Daumen-hoch-Emoji, dann einen Braut-Emoji und schließlich einen lächelnden Kackhaufen.

Ani musste grinste. Was auch immer passierte, sie würde niemals wirklich alleine sein. Denn wenn man wahre Freunde hatte, gab es nichts, was man tun konnte, um sie zu vergraulen.

Rosa

»Und dann hat dein Vater gesagt, dass er nie im Leben Weißwein zum Fisch serviert hätte, und ich konnte es einfach
nicht glauben, was für eine Frechheit. Und ich so: OMG!«

Rosa bereute den Tag, an dem sie ihrer Mutter diverse
Internetkürzel beigebracht hatte. »Mhm. Klingt schrecklich.« Sie lächelte ihr Handy an, glücklich darüber, dass mit
Ani alles wieder in Ordnung war. Ohne sie machte die Welt
einfach keinen Sinn.

»Und du wirst niemals erraten, was er über mein Tiramisu
gesagt hat.«

»Ja, ich kann es nicht glauben. Was für eine Katastrophe.«

»Rosa, hörst du mir eigentlich überhaupt zu?«

»Das hat er nicht! OMG, echt jetzt?«

»Was ist los, Liebes?«

Rosa bemerkte, dass ihre Mutter tatsächlich aufgehört
hatte, über die Defizite ihres Vaters herzuziehen, und ihr
stattdessen eine Frage gestellt hatte. Sie starrte sie über den
Sofatisch hinweg an, der, wie sie bereits angemerkt hatte,
dringend mal wieder poliert werden musste.

»Was ist los mit dir?«

»Ähm, du meinst abgesehen von der Tatsache, dass ich
gefeuert wurde, mitten in einer Scheidung stecke und mich
mit all meinen Freundinnen verkracht habe? Willst du noch
etwas Neues hören, was nicht geklappt hat? Okay, wenn du
darauf bestehst: David wollte es noch einmal versuchen.«

»*Was?* Was hat er gesagt?« Ihre Mutter hatte vor Schreck
die Augen aufgerissen. »Ich meine, natürlich nur, wenn du es
mir erzählen willst. Du musst nicht.«

»Alles klar, dann werde ich es nicht tun.«

Ihre Mutter gab ein leises Geräusch von sich, als ob sie
gleich platzen müsste.

Rosa lächelte schwach. »Er hat gesagt, dass er womöglich einen Fehler begangen hat und wir es noch einmal miteinander versuchen sollten. Ich glaube ja eher, dass sie ihn rausgeworfen hat. Und dann ist auch noch Daisy bei mir aufgetaucht.«

»Valerie hat erwähnt, dass es Probleme gäbe.« Rosas Mum und Davids Mum liefen sich oft im Kaufhaus an der Finchley Road über den Weg. »Ich wollte es dir nicht sagen. Du weißt ja, dass ich es hasse zu tratschen. Und, was hast du gemacht?«

»Ich habe beiden gesagt, dass sie es noch mal miteinander probieren sollen. Schau, ich habe nachgedacht. Ich war so wütend, weil ich David verloren habe und dann auch noch meinen Job, aber plötzlich ist mir klar geworden, dass ich keinen von beiden noch wirklich wollte. Ich hatte nur das Gefühl, dass ich all das bräuchte – einen Ehemann, einen festen Beruf –, aber ich war nicht glücklich damit. Es hat mich nie befriedigt. Also ich meine, nicht *so* befriedigt ... äh ...«

Ihre Mutter half ihr aus der Verlegenheit heraus. »Liebes, es erscheint mir nicht besonders sinnvoll, Dingen hinterherzutrauern, die du eigentlich gar nicht willst.«

»Aber bist du nicht enttäuscht, dass deine Tochter geschieden und arbeitslos ist? Werden deine Freundinnen sich nicht das Maul über mich zerreißen?«

Ihre Mutter zuckte mit den Schultern. »Wen juckt's, was diese alten Schachteln denken. Rivkas Enkel wurde von der Schule geworfen, weil er Marihuana geraucht hat. Die muss also gerade reden.«

»Mum, hast du David eigentlich je wirklich gemocht?«

Ihre Mutter sah sie einen Moment an, bevor sie antwortete. »Ich mochte es, dass du ihn mochtest. Und er war ... Na ja, seine Eltern sind uns ziemlich ähnlich, das hat die

Sache etwas einfacher gemacht. Aber ich mochte nicht, wie er mit dir gesprochen hat. Wie er dir gesagt hat, dass es dumm wäre, ein Buch schreiben zu wollen, oder wie er sich über deine Arbeit bei der Zeitung lustig gemacht hat. Solche Sachen.«

»Es war ja auch ziemlich albern. All diese Saftkuren und Promi-Nippelblitzer.«

»Was ist ein Nippelblitzer?«

»Egal.« Die Internet-Erziehung ihrer Mutter war offensichtlich nicht allzu weit gediehen.

»Trotzdem, was gibt ihm das Recht, darüber zu urteilen? Wenn die Menschen es nicht lesen wollen würden, würdest du es auch nicht schreiben.«

War ihre Mutter immer schon so weise gewesen? Rosa schniefte. »Danke, Mum. Ich schätze, das wird bald wieder. Aber die Wohnung werde ich wahrscheinlich trotzdem verkaufen müssen.«

»Sehr gut! Ich hatte schon immer den Verdacht, dass dieses Gebäude voller Asbest ist.«

»Na, das ist doch mal ein Glück. Prost.«

»Das wird schon wieder, Rosie-Röschen. Du bist stark. Und du weißt, dass dein Daddy und ich hinter dir stehen.«

»Mum, liebst du Dad eigentlich immer noch? Ich meine, ihr streitet euch die ganze Zeit.«

Sie dachte kurz darüber nach. »Nun, natürlich liebe ich ihn. Er ist mir ein Dorn im Auge, aber er ist *mein* Dorn. Er ist für mich so wichtig wie das Atmen. Und er kann mich nach all der Zeit noch immer zum Lachen bringen. Wenn du einen Rat willst, Rosa, dann heirate einen Mann, der dich zum Lachen bringen kann. Einen Mann, der daran glaubt, dass du alles tun und alles sein kannst. Der sich immer noch genug um dich sorgt, um mit dir zu streiten.«

Rosa schwieg einen Moment. »Schön, aber hättest du mir

das alles nicht sagen können, bevor ich David geheiratet habe?«

»Na ja, als mir das klar wurde, hatten wir schon das Hotel gebucht. Und der Laden, in dem ich meinen Hut gekauft hatte, hat kein Rückgaberecht angeboten.«

Rosa verzog das Gesicht zu einer Grimasse. »Schon kapiert. Das wird bald wieder, keine Sorge.«

»In Ordnung. Dann scheint mir dies ein guter Moment, um dir zu sagen, dass du dringend etwas mit deinen Haaren machen solltest. Spliss liegt gerade nicht im Trend, mein Schatz.«

Rosa beugte sich vor, um ihre Mutter zu umarmen, die nach Chanel roch. »Ich liebe dich, Mum.«

»Ich liebe dich auch, mein Schatz. Jetzt hab ich's. Lass sie dir abschneiden!« Ihre Mutter vollführte eine Schnippelbewegung an ihrer eigenen perfekt sitzenden, gefärbten Frisur. »Im Moment sieht alles ein bisschen nach Hashtag Möchtegern-Zooey-Deschanel aus, falls du weißt, was ich meine?«

Rosas Handy summte und zeigte eine eingehende E-Mail an. »Entschuldige, das ist vielleicht wegen einem Projekt, für das ich mich beworben habe. Ich muss rangehen.«

»Kein Problem, ich muss sowieso meinen Twitter-Account updaten.« Sie setzte ihre Brille auf und starrte auf das Display ihres Handys. »Was genau bedeutet WTF?«

»Äh … Was ein Firlefanz.«

»Oh, das ist sehr nützlich. Das verwende ich das nächste Mal, wenn dein Vater wieder betrunken Firlefanz verzapft.«

Die E-Mail war von Suzanne. Verdutzt klickte Rosa sie an.

Rosa, ich schulde dir was dafür, dass du mich aufgepäppelt hast. K und ich sind dabei, die ganze Sache auszudiskutieren, obwohl ich immer noch denke, dass er ein totaler Bastard ist. Dachte, es könnte dich interessieren, dass ein

*surfendes Ex-Redaktionsmitglied heute zum letzten Mal im
Büro anzutreffen ist. Also beeil dich. Ich weiß ja, dass du
normalerweise Stunden brauchst, um die einfachsten Dinge
zu erledigen, aber ich bin mir sicher, selbst du kannst das
schaffen. LG, S.*

»Mum, stört es dich, wenn ich kurz losgehe, um etwas möglicherweise wirklich Dummes zu machen?«

»Überhaupt nicht, mein Schatz. Solange du dir keinen –
wie heißt es gleich? – Undercut schneiden lässt. Ich weiß ja,
dass Lesben-Chic gerade sehr hip ist, aber ich glaube nicht,
dass es zu deinem Körperbau passt. Hashtag ganz-ehrlich.
Tut mir leid, mein Schatz.«

Helen

Das Haus war auf erschreckende Art und Weise unverändert.
Dieselben Gartenzwerge, die um den verzierten Teich he-
rumstanden und angelten. Dieselbe schäbige Regenrinne.
Derselbe Kieselrauputz. Helen hatte bei dem Anblick das
Gefühl, sich selbst daran erinnern zu müssen, dass sie nicht
mehr derselbe Mensch war. Sie war nicht mehr das überge-
wichtige, traurige Mädchen, das auf der Türschwelle zurück-
schreckte, voller Furcht, was sie drinnen erwarten mochte.
War es ein guter Tag, einer, an dem ihre Mutter einen Kuchen
gebacken hatte und sich mit ihr hinsetzen und sie fragen
würde, wie es in der Schule gewesen war? Oder war es einer
dieser schlechten Tage, an denen das Geschirr vom Frühstück
unabgespült herumstand, die Post ungeöffnet im Briefkasten
lag, das gesamte Haus in einem furchtbaren säuerlichen Ge-

stank zu ersticken drohte? Vielleicht war es sogar ein zu guter Tag, was die schlimmste Sorte war. Wenn die Katze mit einem Häubchen auf dem Kopf herumlief und ihre Mutter aus einer Laune heraus den Flur neu tapeziert hatte. An solchen Tagen setzte sich Helen sehr still hin, um ihre Hausaufgaben zu machen, und wartete, bis ihr Vater nach Hause kam und ausrastete: »Herr im Himmel, Susan, nicht schon wieder! Wir schwimmen nicht im Geld!« Dann folgten wütendes Geschrei, Türenknallen und das Geräusch eines startenden Motors, wenn ihr Vater ins Büro zurückfuhr.

Helen wollte am liebsten hinterherrennen, sich auf die Motorhaube werfen und rufen: Bitte, Dad, bitte geh nicht, lass mich nicht mit Mum allein, während sich ein langsam aufsteigendes, zersetzendes Gefühl von Panik in ihr breitmachte. In dem Wissen, dass sie, mit ihren fünfzehn Jahren, die einzige gesunde Person in diesem Haushalt war, und dass sie besser damit anfangen sollte, sich um ihr eigenes Abendessen zu kümmern, sich die Klamotten selbst zu bügeln und vielleicht sogar ein paar der Rechnungen zu zahlen, da niemand sonst es tun würde und sie ihnen sonst schon bald Strom und Wasser abstellen würden.

Helen schluckte. Sie musste hineingehen. Es gab keine andere Möglichkeit. Sie war deswegen den ganzen Weg nach Reading gefahren, und sie konnte sich keinen anderen Ort vorstellen, um nach Marnie zu suchen. Dieses Mal waren sogar ihre Tweets verstummt. Dieses Mal war sie wirklich weg.

Die Klingel hörte sich ebenfalls noch genauso an wie damals. *Dingeli-dong.* Ein Klang, den Helen als Teenager zu fürchten gelernt hatte, weil er bedeutete, dass der Doktor oder einer der Sozialarbeiter und einmal sogar die Polizei vorbeikamen und Mum womöglich für eine lange Zeit fortmusste. »Manische Depression« nannten sie es heutzutage.

Manche Menschen behaupteten, dass es helfen würde zu wissen, wie man die Krankheit nannte, die ihnen die Kindheit zerstört hatte. Helen hatte das nie so empfunden.

Die Tür wurde von einem Mann geöffnet. In ihrer Erinnerung war er der beste Mann der Welt. Der Mann, der einen aufhob, wenn man hinfiel, der wusste, wie man ein Rad repariert, der alle Texte von allen Liedern aus dem Radio kannte und alle Hauptstädte von allen Ländern auf der ganzen Welt. Ein wahrer Riese. Sie blinzelte und sah, dass er das keineswegs war; er war nicht einmal besonders groß, allerhöchstens eins fünfundsiebzig. Er trug eine Stoffhose, ein Polo-Shirt und eine Altherren-Gleitsichtbrille, über deren Gläser hinweg er sie anstarrte.

»Bist du das?«, fragte er, als wäre er sich nicht ganz sicher.

»Ja«, sagte Helen. »Ich bin's. Hallo, Dad.«

Drinnen hatte sich ebenso wenig verändert wie draußen. Dieselben Bilder an der Wand – das Hochzeitsfoto, das immer noch denselben Sprung im Glas hatte wie damals, nachdem ihre Mutter es quer durchs Zimmer geworfen hatte. Warum um Himmels willen hatten sie den Rahmen nie ersetzt? Der Fernseher im Wohnzimmer war eingeschaltet, und es lief eine Wiederholung von *Cash in the Attic*. Auf dem Sofatisch lag ein Kreuzworträtselheft neben ein paar Gläsern und einer Tasse mit der Aufschrift *Bester Vater der Welt*.

Helen wandte sich ab. »Wo ist sie?« Wahrscheinlich lag sie im Bett. Oder schlimmer noch, sie war zurück in der Psychiatrie, wie damals, als Helen fünfzehn gewesen war und Dad ihre Mutter hatte einweisen lassen.

»Sie arbeitet im Garten«, erwiderte ihr Vater verwirrt. »Wir haben nicht mit dir gerechnet, Helen.«

Helen ignorierte den Kommentar. »Was meinst du mit ›arbeitet im Garten‹?«

»Oh, sie macht das mittlerweile richtig gerne. Wir fahren oft zum Gartenzentrum, essen dort eine Kleinigkeit und holen uns ein paar neue Pflanzen für die Beete.«

Dann war sie vielleicht wieder in einer ihrer manischen Phasen und riss die Blumen samt den Wurzeln heraus in der Annahme, es sei Unkraut. Oder sie mähte seltsame Linien in den Rasen. Oder sie baute innerhalb von zwanzig Minuten einen vormontierten Zaun auf.

»Ist sie okay?«

»Ob sie … Oh ja, Liebes. Es geht ihr gut.«

»Gut?«

»Hör zu.« Er hielt inne. »Es ist schwer zu erklären, aber sie nimmt jetzt schon eine ganze Weile diese neuen Pillen und … Warum gehst du nicht einfach raus und siehst sie dir selbst an?«

Helen wappnete sich innerlich, als sie auf die offen stehende Hintertür zuging, die von der Küche in den Garten hinausführte. Was würde sie wohl erwarten?

Sie blinzelte verblüfft. Der Garten war … »Das sieht ja unglaublich aus«, rief sie erstaunt aus.

»Nicht schlecht, was? Ich helfe ein bisschen mit. Die Spaliere da hinten habe ich aufgestellt. Wir gärtnern gerne zusammen.«

Helen blickte ihn misstrauisch an und betrat dann den Rasen. Der Garten der kleinen Doppelhaushälfte war ein wahres Farbenfest. Waldreben kletterten die Mauern empor, der Schuppen war in einem freundlichen Blau gestrichen, der Rasen gepflegt und saftig grün. Am hinteren Ende kniete eine Gestalt auf einer kleinen Gartenmatte, hantierte mit einer Schaufel und summte vor sich hin.

»Susan?« Ihr Vater räusperte sich. »Schau mal, Liebling, wer uns besuchen gekommen ist.«

Ihre Mutter stand langsam auf, wobei sie eine Hand ins

Kreuz stemmte. Immerhin war sie fast fünfundsechzig. Aber sie sah gut aus. Ihr Haar war hellbraun getönt, und sie trug eine Jeans und ein lockeres rosafarbenes Oberteil. Sie tastete nach ihrer Brille, die an einem Bändel um ihren Hals hing, und zog ihre Gartenhandschuhe aus.

Helen wartete darauf, ihre Stimme zu hören. An ihrer Stimme konnte sie immer erkennen, wie es um ihre Mutter bestellt war – hoch und laut oder leise und ausgelaugt.

»Helen, bist du das, Liebes?«

Sie klang total normal. Wie eine normale Mutter. Helen setzte zu einer Antwort an, aber sie brachte keinen Ton heraus, weil die Tränen drohten, ihre Stimme zu ersticken.

»Das ist aber eine nette Überraschung«, sagte ihre Mutter nun schon zum dritten Mal, nachdem sie mit viel Trara Tee und einen Marmeladen-Biskuitkuchen aufgetischt hatte, den angeblich ihr Vater gebacken hatte. »Er schaut sich so gerne diese Backsendungen im Fernsehen an, nicht wahr, Bill? Aber wie geht es dir denn, Liebes?«

»Oh, ich bin …« Wie fasste man bloß zwei Jahre seines Lebens zusammen? Nachdem Ed sie verlassen hatte, war es auch mit Helen bergab gegangen. Sie hatte gekündigt, aufgehört auszugehen und die Besuche bei ihren Eltern mehr oder weniger komplett eingestellt. Es hatte schlichtweg ein viel zu großes Risiko für Chaos bestanden, und Chaos war etwas, womit Helen überhaupt nicht mehr zurechtkam. Sie hatte ihren Eltern nie gesagt, was genau ihr Job war (sie hatte sich zu sehr geschämt), und sie konnte wohl kaum auf das Durcheinander an Exfreunden und Dates eingehen, in das sie in letzter Zeit verwickelt gewesen war. Also sagte sie nur: »Nun, dem Kater geht es gut, und mit der Wohnung ist auch alles in Ordnung.«

»Das war eine kluge Investition«, sagte ihr Vater mit einem

anerkennenden Nicken. »Die Grundstückspreise in deiner Gegend sollen gerade gewaltig explodieren.«

»Oh ja, das tun sie, das tun sie.« Es fühlte sich an wie ein Gespräch unter Fremden auf einer Cocktailparty.

»Was führt dich hierher, Liebes?«, fragte ihre Mutter.

Helen nahm einen Schluck Tee, um ihr Gesicht zu verbergen. »Ich bin auf der Suche nach Marnie. Ich dachte, sie wäre vielleicht hierher zurückgekehrt. Wir hatten einen kleinen Streit, und sie ist ohne ein Wort zu sagen abgehauen. Ihr habt sie nicht zufällig gesehen? Ihre Mum wohnt doch noch immer hier gleich um die Ecke, oder?«

Helens Mutter schüttelte den Kopf. »Ja, Karen lebt immer noch hier, aber sie hat nicht erwähnt, dass Marnie zurück ist. Ich glaube, sie hat sich nicht so richtig mit Karens letztem Freund verstanden.«

»Ihrem *letzten* Freund? Haben sie sich getrennt?«

»Oh ja, zum Glück. Weißt du, Liebling, ich glaube, er war ein bisschen *rassistisch*. Im Moment trifft sich Karen mit einem netten Mann aus der Bibliothek. Du solltest Marnie ausrichten, dass Karen sie vermisst. Du weißt also auch nicht, wo sie steckt?«

»Nein«, gab Helen beschämt zu. »Sie ist einfach abgehauen. Es war mein Fehler.«

»Ich bin mir sicher, dass es nicht dein Fehler war«, sagte ihr Vater, um sie zu beruhigen.

»Woher willst du das wissen? Du kennst Marnie kaum, du warst doch nie hier, als wir Kinder waren.« Helen biss sich in die Wange. Es war, als ließen sich plötzlich, nach all den Jahren, in denen sie die Dinge in sich reingefressen hatte, die Wörter nicht mehr aufhalten.

»Ich weiß«, sagte ihr Vater und sah dabei traurig aus. »Aber du hattest schon immer die Angewohnheit, dir die Schuld für Dinge zu geben, selbst wenn du gar nichts falsch gemacht hast. Wie die Sache mit deiner Mutter und mir und unseren ... Problemen.«

Helen starrte auf die Tischplatte. »Du verstehst das nicht. Es ist definitiv meine Schuld. Ich habe etwas getan, woraufhin sie abgehauen ist, und jetzt kann ich sie nicht finden.«

Aber auch ihre Mum nickte. »Dein Vater hat recht, Helen. Ich weiß, dass du Marnie sehr gern hast, aber sie war schon immer ein Luftikus. Genauso wie ihr Vater, der ständig verschwand, und das monatelang am Stück.«

»Er war nicht der einzige Vater, der nicht da war«, murmelte Helen.

Helens Eltern wechselten einen vielsagenden Blick, dann stellte ihre Mum ihre Tasse ab und griff nach Helens Hand. »Liebes«, sagte sie, »dein Vater und ich, wir wissen, dass es damals eine sehr schwierige Zeit für dich war.«

»Wenn du mit *schwierig* meinst, dass Dad den lieben langen Tag gearbeitet hat und du einen Nervenzusammenbruch nach dem anderen hattest, und dass die Polizei vorbeigekommen ist, weil sie dich im Nachthemd auf der M4 aufgegriffen hatte, und er dich dann für zwei Monate hat einweisen lassen, dann war es tatsächlich schwierig, ja«, sagte Helen und merkte erst dann, dass sie die Worte laut ausgesprochen hatte. Das war ungewöhnlich. »Es tut mir leid, aber so war es doch.«

»Das wissen wir, Liebes«, sagte ihr Dad. »Und ich wünschte, ich könnte all das rückgängig machen. Wirklich. Aber es war eine wirklich harte Zeit, auch für uns. Deine Mutter ... Sie weiß, dass ich sie liebe, dass ich sie wie mein eigenes Leben liebe, aber ... Nun ja, ich habe ihren Zustand nicht immer nachvollziehen können. Ich ... ich konnte einfach nicht immer damit umgehen.« Seine Stimme geriet ins Stocken, und er blickte zu Boden. »Außerdem haben wir das Geld gebraucht. Wir haben immer versucht, es von dir fernzuhalten, aber ich stand so oft kurz davor, meinen Job zu verlieren, weil ich häufig mitten am Tag nach Hause musste, um nach dem Rechten zu sehen. Das hat meine Chancen auf eine Beförderung nicht gerade gehoben.«

»Warum hast du ihr nicht geholfen? Warum hast du nicht gesehen, dass es ihr immer schlechter ging?«

»Das habe ich. Deswegen habe ich sie in dieses … Krankenhaus gebracht.«

»Als es zu spät war. Nachdem du sie eingewiesen hattest, ist sie nie wieder dieselbe gewesen.«

»Ich kann dich hören, Liebes«, sagte ihre Mutter milde. »Aber es war nicht zu spät. Schau mich jetzt an! Wir haben unseren Weg zurückgefunden. Gemeinsam. Das ist es, was du tust, wenn du jemanden wirklich liebst.«

»Aber er hat dir wehgetan«, sagte Helen und hörte, wie ihre eigene Stimme versagte. Sie schniefte und drängte die Tränen zurück. »Er hat dich weggeschickt.«

»Es war der beste Ort für mich, Liebes. Ich habe diese Hilfe gebraucht. Ich habe ihm wehgetan, und das hat auch dich verletzt. Ich weiß, dass es dir noch immer wehtut, dass du darunter leidest.«

Helen wandte den Blick ab und wischte sich über die Augen. (Glücklicherweise trug sie nie Wimperntusche.) Sie wusste, dass sie es abstreiten sollte. Dass sie antworten sollte, dass alles in bester Ordnung sei, dass es ihr ganz großartig ging, aber das stimmte nicht. Es gab einen Grund dafür, dass sie so hart arbeitete, um sich eine eigene Wohnung leisten zu können; dass sie Sicherheitsketten an ihrer Tür hatte; dass sie wie besessen jedes medizinische Symptom recherchierte; dass sie wie verrückt ihr Haus schrubbte und sich Mühe gab, keine neuen Leute kennenzulernen. Es war derselbe Grund, aus dem sie ihren ersten Job im Büro hatte aufgeben müssen, nachdem ihr alles zu viel geworden war, und aus dem sie niemanden mehr kennengelernt hatte, nachdem Ed sie mit einem gebrochenen Herzen hatte sitzen lassen. Denn unter dem erstickenden Druck der Ängste ihrer Mutter aufzuwachsen – die sich auf so gut wie alles erstreckten, von Deodorants über Fernreisen bis hin zu Schimmel im Badezimmer –, hatte seinen Tribut gefordert.

Helen schaute sich um und blinzelte die Tränen zurück. Es gab so viele Erinnerungen hier. Ihr Dad, der ihr auf dem Rasen beibrachte, Minigolf zu spielen. Ihre Mum, die ihr ein Tablett mit Limonade und Schokoriegeln brachte, während sie im Wohnzimmer *Beverly Hills, 90210* guckte. Und jede dieser Erinnerungen beinhaltete immer auch Marnie – wie sie ihren Vater zum Lachen brachte, wie sie die Kuchen ihrer Mutter verputzte, wie sie Helen dazu überredete, sich als Agnetha von ABBA zu verkleiden, damit sie mit Haarbürsten-Mikrofonen Konzerte geben konnten. Es gab sogar eine Stelle auf dem Rasen, an der das Gras nicht mehr nachwuchs, nachdem Marnie es aus Versehen angezündet hatte, weil sie versucht hatte, in Zigarettenblättchen eingerolltes Kaffeepulver zu rauchen. Wann immer Marnie da gewesen war, schien es, als ob der schreckliche Wolf der Angst, der sonst durch das Haus pirschte, zufrieden eingerollt ruhte. Und Helen wurde klar, dass sie ihre Teenagerjahre unmöglich ohne ihre Freundin überstanden hätte. Alles war einfach immer besser und fröhlicher, wenn sie da war – noch heute. Und jetzt war sie weg.

Ihre Mutter hielt immer noch ihre Hand und sah sie mitfühlend an. »Es ist in Ordnung, Liebes. Du tust dein Bestes. Mehr kann keiner von uns leisten.«

»Aber ich habe ihr wehgetan«, erwiderte sie verlegen. »Marnie, meine ich.«

»Ich bin mir sicher, dass sich das wieder einrenken lässt. Schau deinen Vater und mich an. Es gibt immer eine zweite

Chance.« Sie drückte Helens Hand. »Darf ich dir einen kleinen Ratschlag geben, von jemandem, der es wissen muss?
Verkriech dich nicht vor dem Leben. Ich weiß, du magst
deine Wohnung und deine Arbeit und all das, aber versteck
dich nicht dahinter. Sonst wirst du es eines Tages bereuen,
wenn dir die Zeit davongelaufen ist. Du musst die Menschen
in dein Leben lassen.«

»Aber ...« Helen dachte an Marnie und all das, was sie
sich über die Jahre gegenseitig angetan hatten. An Ani und
Rosa. An Karl. An all die Menschen, denen man in seinem
Leben wehtat, die einem selbst wehtaten, obwohl sie es gar
nicht beabsichtigten.

»Welcher Tag ist heute?«, fragte Helen plötzlich.

Ihr Vater schaute verdutzt drein. »Der Dreizehnte. Aber
warum ...«

Helen sprang auf und wischte schniefend ihre Tränen
weg. »Tut mir leid, ich muss weg.«

»Oh.« Ihrer Mutter gelang es nicht, ihre Enttäuschung zu
verbergen. »In Ordnung, Liebes. Es war schön, dich gesehen
zu haben. Kommst du das nächste Mal vielleicht für etwas
länger?«

Helen schluckte schwer. »Ich verspreche, dass ich schon
sehr bald wiederkomme. Ich muss nur los und nach einem
Wookiee schauen. Dad, kannst du mich zum Bahnhof fahren?«

»Natürlich, Liebes, aber ...«

»Danke.« Als Helen ihre Sachen zusammenpackte, hört
sie, wie ihr Vater ihre Mutter fragte, ob Wookiee eine neue
Form des Datings unter Jugendlichen sei.

13:36 Uhr. Die App auf ihrem Handy sagte ihr, dass in fünf
Minuten ein Zug nach London ging. Helen fummelte nervös
an der Autotür herum.

»Kommst du uns wieder besuchen?«, fragte ihr Vater. »Ich weiß, dass die Dinge nicht unbedingt ideal gelaufen sind, als du klein warst – und das ist noch untertrieben ausgedrückt –, aber ich habe dich immer geliebt, Helen, genauso wie ich deine Mutter immer geliebt habe.«

Helen blickte aus dem Fenster. »Aber Dad, wie konntest du das alles dann so lange ignorieren? Wie konntest du dich die ganze Zeit in die Arbeit flüchten und mich mit ihr alleine lassen?«

»Ich …« Er zuckte mit den Schultern. »Ich kann es nicht erklären, Liebes. Manchmal wollen wir einer Sache nicht direkt ins Gesicht sehen, also lassen wir zu, dass es schlimmer und schlimmer wird, bis es beinahe zu spät ist, um noch irgendetwas dagegen zu unternehmen.«

Helen seufzte. »So wie Schimmel im Badezimmer.«

»Du hast Schimmel? Die Wohnungen in London sind aber auch wirklich sehr feucht.«

»Ja, leider.« Helen dachte darüber nach. »Hast du irgendeinen Tipp, wie man den wieder loswird?«

»Die Fugenmasse entfernen und neues Silikon einspritzen«, erwiderte er sofort. »Mit einem Teppichmesser geht das ruckzuck. Ich … ich könnte das für dich erledigen. Natürlich nur, wenn du willst.«

»Das wäre toll«, sagte Helen schüchtern. »Warum kommst du nicht mal vorbei? Also ihr beide, meine ich.« Sie blickte auf die Uhr. »Dad, ich muss mich beeilen. Danke fürs Fahren. Und sag Mum, dass es mir leidtut und dass ich es verstehe. Zumindest glaube ich das.«

Kapitel 27

Wie Voldemort Chewbacca traf

Helen

»Entschuldigung, dürfte ich?«, fragte der Klingone.

»Oh, tut mir leid.« Helen trat zurück, um ihn durchzulassen. Seine Flossen boten ihm nicht wirklich viel Bewegungsfreiheit.

Das hier war also die Comic-Con. Wie sollte sie in dieser Ansammlung von Geeks einen unter Tausenden finden? Sie war der einzige Mensch weit und breit ohne Verkleidung. Hier stand sie nun in ihrer Jeans und ihrem Schlabberpulli unter lauter Aliens, Hobbits und Superhelden. War sie übergeschnappt? Er würde sie doch ohnehin nicht sehen wollen, oder? Warum sollte er auch, nach dem, was Logan getan hatte? Nach dem, was sie mit Ed getan hatte? Wie hatte er es noch mal ausgedrückt? »Ich kann Lügen nicht ausstehen. Die verursachen quasi einen Defekt auf meiner inneren Festplatte.«

Helen spürte, wie Panik in ihr aufstieg. Sie war von Reading zurückgerast und hatte am Eingang einem rechthaberischen Kerl, der passenderweise als Stormtrooper verkleidet war, eine Eintrittskarte abgekauft. Wie sollte sie Karl hier finden? Hektisch blickte sie sich um: Captain Kirk, Thor (mit einem Pappmaschee-Hammer), die Schwarze Witwe …

Da, Chewbacca! Sie kämpfte sich an einem Comic-Verkaufs-stand vorbei und stolperte über eine Gruppe Hobbits, die klirrende Pfannen an ihre Tornister gebunden hatten. Offenbar war es möglich, in Mittelerde North-Face-Produkte aufzutreiben.

»Karl!« Mehrere Gestalten drehten sich zu ihr um. Natürlich, dieser Ort war wahrscheinlich eine Zufluchtsstätte für alle Karls der Welt. Sie kämpfte sich weiter durch die Menge und zerrte an Chewbaccas Pelz, als dieser direkt vor ihr stand. »Karl, ich bin's!«

Chewbacca setzte seinen Kopf ab, und ein kräftiger schwarzer Kerl kam zum Vorschein. »Was wollen Sie von mir?«, fragte er mit einem starken amerikanischen Akzent.

»Oh Gott, tut mir leid, ich dachte, Sie wären … Sind hier noch andere Chewies unterwegs?«

»Für Sie schauen wir wohl alle gleich aus, was?«

»Wookiees? Äh, ja.«

»Schon gut, im Kostümverleih hatten sie ein Angebot, darum gibt es jetzt ungefähr sechs von unserer Sorte hier. Ich glaube ja, dass die verdammten Prequels daran schuld sind. Zuerst Jar Jar Binks und jetzt das hier.«

»Ich weiß, es tut mir schrecklich leid, entschuldigen Sie mich.«

»Ich finde ja, er sollte George *Lokus* heißen. Na, kapiert?«

»Ja, ich verstehe, aber ich muss jetzt wirklich …«

»Hey, ich glaube, so ein Prinzessin-Leia-Bikini würde Ihnen richtig gut stehen, ich hab einen als Zwei-für-eins-Angebot beim Verleih bekommen …«

Helen beschloss, schnell zu flüchten. Sie kämpfte sich weiter durch die Menge auf ihrer Suche nach Karl, durchquerte überhitzte Räume, die vor Comic-Freaks nur so überquollen, und kam an Hunderten Ständen vorbei, die Waffen, Kostüme, Spiele und das neue *Herr-der-Ringe*-Deodorant verkauften – Isen Right Guard. Wo konnte er nur sein? Helen fühlte sich, als würde sie in ihrer ganz eigenen und richtig schlechten *Scooby-Doo*-Folge mitspielen. Würde sie am Ende den Kopf von jedem einzelnen Kostüm in diesem Raum runterreißen müssen?

»Helen, bist du das?«

Als Helen die gedämpfte Stimme hörte, drehte sie sich um und erblickte eine ganz in Schwarz gekleidete Gestalt mit einer Furcht einflößenden weißen Maske.

»Voldemort?«, fragte sie zaghaft.

»Sag nicht seinen Namen!« Neben Voldemort stand ein zierliches, hübsches Mädchen mit beinahe weißem Haar, das als Daenerys Targaryen verkleidet war.

Voldemort setzte seine Maske ab und enthüllte dabei sein verwuscheltes Haar. Offenbar hatte er heute seine Ohrenklappenmütze zu Hause gelassen.

Helen schnappte nach Luft. »Dan? Was …« Beinahe hätte sie ihn gefragt, was er hier machte, realisierte dann aber, dass die Antwort darauf zu einhundert Prozent offensichtlich war. »Hi, äh … wie geht es dir?«

»Gut, großartig. Das ist übrigens Rachel.« Daenerys kniff misstrauisch die Augen zusammen, als sie Helen anblickte. »Hör mal Helen, ich bin froh, dass wir uns hier über den Weg laufen, ich wollte mich nämlich noch für unser Date entschuldigen.«

Helen wurde rot und begann hilflos, draufloszuplappern. »Ist schon in Ordnung, schon okay, war mein Fehler, ich hab mich total danebenbenommen, ist mir mittlerweile klar.«

»Na ja, aber ich hab mich noch viel mehr danebenbenommen. Und ich bin einfach abgehauen und hab dich dort sitzen gelassen.«

»Ich bin mir sicher, dass du deine Gründe hattest.« Verzweifelt suchte Helen die Menge ab. Würde sie als Einzige allein auf der Comic-Con enden, wo doch selbst ihr schreckliches Date eine Freundin hatte?

»Es tut mir wirklich leid. Die Wahrheit ist, dass ich eine schlimme Panikattacke hatte und einfach da rausmusste. Ich habe erst danach gemerkt, dass ich nicht gezahlt hatte, und dann … Um ehrlich zu sein, war es mir zu peinlich, mich noch mal bei dir zu melden. Ich habe letztes Jahr mit dem Trinken aufgehört. Ich war dabei, ein echtes Problem zu entwickeln. Es war mein erstes Date, nachdem ich aufgehört hatte. Und ich hatte einfach von Anfang an das Gefühl, dass du mich nicht ausstehen kannst.«

»Das stimmt nicht. Es ist nur … Es war auch mein erstes Date seit einer halben Ewigkeit.«

»Also warst du auch aufgeregt?«

»Ich war so aufgeregt, dass ich beinahe eine Infusion gebraucht hätte.«

Dan verzog den Mund zu einem Lächeln, etwas, das Helen zuvor noch kein einziges Mal an ihm gesehen hatte. »Ich auch. Aber mir ist dadurch klar geworden, dass ich lernen muss, auch ohne Alkohol mit Leuten klarzukommen, da ich sonst nie wieder jemanden kennenlerne würde. Kurz danach habe ich den Mut gefunden, Rachel zu fragen, ob sie mit mir ausgehen möchte. Wir hatten schon ewig lange Kontakt über World of Warcraft, aber ich hatte keine Ahnung, ob sie weiblich oder männlich ist.«

»Und ob ich weiblich bin«, warf Rachel mit etwas mehr Nachdruck als nötig ein. »Meine Sonne, meine Sterne, wir verpassen noch die Band.«

»In Ordnung. Hör zu, Helen, es war gut, dich getroffen zu haben. Und noch einmal, es tut mir leid. Schick mir deine Bankverbindung, und ich verspreche dir, das Geld für das verpatzte Date zu überweisen.« Damit ließ er seine Maske wieder herunter und stapfte durch die Menge davon, wobei er mit einer Gruppe halb nackter Dothraki-Krieger zusammenprallte.

Helen stand da und blickte den beiden verdutzt hinterher. Also war Dan alles in allem gar nicht so schrecklich gewesen? Und er hatte sie anscheinend nicht mal besonders unattraktiv oder langweilig gefunden. Er hatte zu der Zeit nur einfach mit seinen eigenen Problemen zu kämpfen gehabt. Auf gewisse Art und Weise war das ein beinahe revolutionärer Gedanke. Sie würde in Ruhe darüber nachdenken müssen, sobald sie die Zeit dazu …

»Helen?«

Sie drehte sich ganz langsam um und ermahnte sich dabei, einen möglichst lässigen Tonfall anzuschlagen. »Oh, hi Karl. Wie lustig, dass wir uns hier treffen. Was für ein Zufall!«

»Ich habe dich hierher eingeladen, also ist es gar nicht lustig.« Karl stand in normalen Klamotten vor ihr. Nun ja, zumindest für seine Verhältnisse war ein *Doctor-Who*-T-Shirt normal. In der Hand hielt er eine Gitarre.

»Oh, ja. Ich … vergaß.«

Er zog die Augenbrauen zusammen. »Hast du nach mir gesucht?«

»Oh, nein, nein.«

»Bist du dir sicher? Ich habe dich nämlich ›Karl‹ rufen hören.«

»Oh, na ja, vielleicht habe ich dich doch gesucht.«

»Warum sagst du dann, es sei ein Zufall?« Verwirrt runzelte er die Stirn.

»Ich weiß nicht.«

Einmal mehr spürte Helen, wie ihr das Gespräch entglitt. Was hatte er noch mal gesagt? »Ich kann mit unklaren Informationen nichts anfangen.«

Sie holte tief Luft. »Ich wollte dich sehen, aber ich dachte, du wärest wütend auf mich.«

»Du meinst, weil dein ehemaliger Boss meine Programmierarbeit gestohlen hat und damit abgehauen ist?«

»Äh, ja. Bist du denn wütend?«

Karl sah aus, als wäre ihm der Gedanke noch gar nicht gekommen. »Ich bin mir nicht sicher. Wenn ich es wäre, würde ich dann mit den Zähnen knirschen, wenn ich an dich denke, und in Gedanken oft laute Streitgespräche mit dir führen und meine Faust schütteln?«

»Ähm, ja.«

»Oh, dann bin ich wohl wütend. Ja.«

»Es tut mir leid. Ich wusste ehrlich nicht, dass dieser Paragraf, auf den sich Logan berufen hat, Teil meines Vertrags war. Er hat damals behauptet, es handele sich um einen Standardvertrag, und ich war zu schüchtern, um ihn mir richtig durchzulesen oder zu widersprechen.«

»Was für ein Blödmann.«

»Ja. Ich hoffe, er wird von einer Horde Velociraptoren gefressen.«

»Das ist mehr als unwahrscheinlich, da …«

»Ich weiß, ich weiß, Karl. Es tut mir wirklich leid, dass das alles passiert ist. Ich schwöre dir, ich wusste nichts davon. Und es tut mir auch leid«, sie holte noch einmal tief Luft, »was mit … du weißt schon, passiert ist.«

»Du meinst, dass du mich eingeladen und dann die Zunge von einem anderen Kerl in deinem Hals stecken hattest?«

Gott, musste er so explizit sein? »Äh, ja, genau das.«

Karl kratzte sich am Kinn. »Weißt du, ich bin nicht gut darin, solche Dinge zu decodieren. Ich neige dazu, sie miss   zuverstehen. Aber mir wurde von einigen Leuten, die es wissen müssen – also von Ian, unserem Bassisten – versichert, dass deine Einladung zu dir nach Hause, ohne dass ich dein Wi-Fi einrichten oder deinen PC reparieren muss, eine Art

Code für ein romantisches beziehungsweise sexuell motiviertes Treffen gewesen sei.«

»Äh«, stammelte sie, »vielleicht war nicht unbedingt gleich *Sex* gemeint.«

Er blickte sie ratlos an. »Du hattest weder ein romantisches noch ein sexuelles Interesse an mir?«

»Also gut, doch, das hatte ich«, räumte sie betreten ein.

»Welches von beiden? Romantisch oder sexuell?«, fragte ein als Frodo verkleidetes Mädchen, das ihrer Unterhaltung zusammen mit einer bunt zusammengewürfelten Gruppe aus Ghostbusters, Stormtroopern, Klingonen und Kriegern, die sich um die beiden versammelt hatten, lauschte.

»Ähm … beides?«

Karl nickte. »Also lag ich doch richtig. Heißt das, du hattest den anderen Kerl nur da, um meine Gefühle zu verletzen?«

»Nein! Ehrlich nicht. Nein, nein, nein. Er ist einfach zufällig vorbeigekommen. Und er ist … Er …« Helen blickte in die Runde. »Okay, kennt ihr die Stelle in *Doctor Who*, in der Billie Piper in einem Paralleluniversum stecken bleibt, und sie und der Doktor können nicht zueinanderkommen?«

»Natürlich«, sagte Thor und nickte. »*Weltuntergang*. Teil zwei der Episode *Armee der Geister*.«

»Richtig. Nun, Ed ist – *war* – meine Rose Tyler. Zumindest habe ich ihm gegenüber immer so empfunden. Als ob ich ihn niemals erreichen könnte.«

»Du kennst den Namen der Figur?«, fragte Karl.

»Natürlich.« Sie lächelte ihn schwach an. »Falls du es noch nicht mitbekommen hast, auch ich bin ein ziemlicher Geek. Ich habe einen Fehler gemacht, Karl. Ich hätte dich niemals anlügen sollen. Dieser Typ … Er ist Geschichte. Ich habe seitdem nichts mehr von ihm gehört. Und ich möchte hiermit sagen – nur damit es hundert Prozent klar ist –, ich wünschte, wir würden immer noch zusammen bei mir abhängen, an unserem Spiel arbeiten und *Herr der Ringe* schauen.«

»Die Extended Version?«

Sie nickte. »Plus Bonusmaterial.«

Karl blickte sie lange an. Als würde er versuchen, einen schwierigen Algorithmus zu lösen. Dann sagte er: »Kommentare des Regisseurs?«

»Was?«

»Würdest du dir mit mir die Kommentare des Regisseurs für *Herr der Ringe* anschauen?«

»Ja. Ja, ich würde alles mit dir anschauen, Karl. Verstehst du nicht, was ich dir zu sagen versuche?«

»Ich bin mir nicht sicher. Versuchst du mir zu sagen, dass du nach wie vor A, ein romantisches, oder B, ein sexuelles Interesse an mir hast?«

Helen blickte in die Runde der Ewoks, Schlümpfe und Hobbits. »C«, sagte sie. »Beides.«

»Nun Helen, ich habe dieselben Interessen an dir.«

»Wirklich?«

Die Lautsprecheranlage knackte, und eine näselnde Stimme sagte: »Wir bitten Karl, zum Bühnenbereich zu kommen. Karl, bitte zum Bühnenbereich. Citation Needed wollen mit dem Auftritt loslegen, und Nigel sagt, sie können den Verstärker nicht ohne dich hochheben.«

Er sah Richtung Bühne. »Ich muss wohl los.«

»Warte noch einen Moment!« Doch Helen musste fassungslos zusehen, wie er sich abwandte und mit großen Schritten durch die Menge davonging. »Warte! Karl!« Helen hastete hinter ihm her, doch die Schnürsenkel ihrer Chucks blieben in den Rädern eines Daleks hängen.

»Pass doch auf, wo du hinläufst!«

Karl hatte es geschafft, die Haupthalle zu durchqueren, an deren anderem Ende eine Bühne aufgebaut war. Mehrere

Typen, die vom Aussehen stark an Karl erinnerten, standen dort, lugten unter ihren langen Haaren hervor und fummelten an Gitarren und Schlagzeug herum. Karl kletterte ebenfalls auf die Bühne und begann damit, das Mikrofon auf seine Körpergröße von knapp über eins neunzig anzupassen.

Helen kämpfte sich weiter nach vorne durch und war sich dabei nur allzu bewusst, dass ihr Haar von der feuchten Hitze dreimal so aufgeplustert aussah wie sonst, dass sie ein verschwitztes, ungebügeltes T-Shirt trug und dass sie ihr Gesicht schon seit Wochen nicht mehr gepeelt hatte. Das war es, was passierte, wenn man die Routine schleifen ließ. Das war es, was passierte, wenn man zuließ, dass andere Menschen das eigene Leben störten. So wie Marnie, indem sie zurückgekehrt war.

»Hallo, Leute«, sagte Karl. Seine Stimme dröhnte aus den großen Lautsprecherboxen. »Wir sind Citation Needed ...«

»Klammer auf, Citation Needed, Klammer zu!«, skandierte die Menge. Das hier schien eine große Sache zu sein. Helen war überrascht. Hatte Karls Band tatsächlich Fans?

»Danke. Wir werden zuerst ein Lied spielen, das ich für jemanden geschrieben habe, den ich erst kürzlich kennengelernt habe. Ich wusste nicht, ob ich sie noch mag oder ob sie mich mag, aber es ist ein guter Song, also dachten wir, wir spielen ihn trotzdem. Er heißt *Miss Not-American Pi*. Das buchstabiert sich p-i, Leute.«

Der Schlagzeuger, der um die hundertdreißig Kilo wiegen musste und gefährlich auf einem winzigen Hocker balancierte, zählte den Takt an, dann legten sie los. Und Karl schmetterte den Text:

»I met you when I fixed your website
It needed much better security oversight
I came to like you quite a bit

Even though you still had a Wii Fit
But now there's trouble with your boss
And that makes me really quite cross
But then I realised love's a bug
That I can't get out of my site's code...
Woah, woah, my, my, Miss Not-American Pi...«

Und dann stimmten die anderen Bandmitglieder mit der Kreiszahl ein: »3, 14 ...«

Helen starrte mit offenem Mund zur Bühne. Es ging um sie! Der Song handelte von ihr.

Die Comic-Con-Besucher drehten beinahe durch vor Begeisterung. Sie sangen alle Ziffern von Pi mit und kreischten bei jedem noch so kleinen Ton von Karl, als ob er der Elvis der Geeks wäre.

Als der Song zu Ende war, traf ihn etwas im Gesicht. Es war ein Superman-Höschen. »Danke«, sagte Karl. »Ich hoffe, der Schlüpfer ist sauber, denn das Risiko einer Krankheitsübertragung ist bei getragener Unterwäsche tatsächlich ziemlich hoch. Ich bin gleich wieder zurück, muss nur kurz meine Hände desinfizieren. Rock on!«

Und so wie einem manchmal etwas mitten vor die Nase geknallt werden musste, um klar zu sehen, begriff Helen, dass sie Karl liebte und nicht Ed mit seinen verträumten Augen, seiner tief sitzenden Ängstlichkeit und seinem vornehm verwuschelten Haar. Es war dieser Mann, der so ehrlich war, dass es beinahe schon an Unhöflichkeit grenzte, und der so unkompliziert und geradeheraus war wie ein Programmiercode.

Sie eilte zu der Seite der Bühne, wo Karl gerade dabei war, seine Hände zu desinfizieren. »Das Lied ...«

»Oh, hallo«, sagte er, als hätte er ganz vergessen, dass sie sich eben schon einmal getroffen hatten.

»Ich wusste nicht, dass du ...«

»Ich mag dich Helen. Ich weiß, dass man eigentlich diese Spielchen spielen sollte, aber das scheint mir eine äußerst ineffiziente Weise, Dinge dieser Art anzugehen. Wie ich vorhin schon angemerkt habe, hattest du die Zunge eines anderen Mannes in deinem Hals, was vermuten lässt, dass du meine Zuneigung nicht erwiderst.«

»Aber das tue ich! Ich mag dich. Und womöglich lie... Die Sache ist die, ich habe schlichtweg nicht verstanden, wie das alles funktioniert. Ich habe nach Romantik gesucht, nach jemandem mit Unsicherheiten und Ängsten, jemandem, der meine Hilfe benötigt. Mir war nicht klar, dass alles so ... einfach sein kann.«

»Ich brauche keine Hilfe. Ich kann kochen, ich kann putzen, und ich kann mich um mich selbst kümmern. Es gibt nichts, was ich von dir bräuchte.«

Sie starrte ihn an. »Aber wie soll es denn dann funktionieren?«

Er blickte sie entnervt an. »Ich habe schon gehört, dass Frauen echt plemplem sein können, aber ich habe immer gedacht, dass diese Ansicht eine Folge der patriarchalen Unterdrückung sei. Aber ich muss schon sagen, dass ich dein Verhalten *sehr* befremdlich finde.«

»Oh, ich auch. Bei mir liegt einiges im Argen. Ich werde jetzt nicht ins Detail gehen, aber es bedeutet unter anderem, dass ich das Gefühl habe, etwas leisten zu müssen für die Menschen, die ich mag. Ich denke immer, ich muss mich um sie kümmern, für sie da sein und sie glücklich machen. Und ich glaube, dass mich die Menschen, wenn ich es nicht tue, unnütz finden und vielleicht insgeheim wütend auf mich werden.«

»Ich funktioniere nicht so. Wenn mich etwas stört, gebe ich eine Fehlermeldung von mir. Wenn nicht, kannst du davon ausgehen, dass alle Systeme bestens funktionieren.«

»Das klingt ziemlich … erholsam.«

Auf der Bühne schlug der Gitarrist eine Seite an, um sein Instrument zu stimmen.

»Ich muss jetzt gehen«, sagte Karl. »Das Publikum dreht durch, wenn wir nicht gleich unseren größten Hit spielen – *Doktor whom*. Es geht darin um Grammatik. Und um Zeitreisen.« Er hielt kurz inne. »Wenn du willst, kannst du bleiben und von hier aus zuschauen.«

»Super. Ich kann dein Desinfektionsgel für dich halten, wenn du magst.«

Karl lächelte sie an. »Danke. Das wäre sehr hilfreich.«

Also war Helen hilfreich und wartete bis zum Ende des Auftritts, ohne sich über irgendetwas Sorgen zu machen. Alles war genau so, wie es sein sollte. Gut, sie war leicht beunruhigt, dass der Schemel unter dem Schlagzeuger zusammenbrechen oder dass jemand über ein Kabel stolpern und einen Stromschlag bekommen könnte oder dass ein paar der Zuschauer in ihren Kostümen Gefahr liefen zu ersticken. Aber vielleicht war es möglich, überlegte sie, während sie Karl dabei zusah, wie er die ihn bewundernde Menge rockte, glücklich und entspannt zu sein und gleichzeitig in einem angemessenen Maße auf Gesundheit und Sicherheit zu achten.

Ani

»Du musst nicht nervös sein.«

»Ich bin nicht nervös, ich habe schon tonnenweise Dates gehabt.« Sie wich der Hand ihrer Mutter aus, die schon wieder dabei war, ihr Haar zu richten. »Hör auf, an mir herumzufummeln, Mum.«

»Schon gut, schon gut. Bist du dir sicher, dass eine Jeans ...«

»Ja, bin ich. Was soll ich deiner Meinung nach denn sonst tragen, ein schulterfreies Cocktailkleid? Entweder Jeans oder einen meiner Hosenanzüge. Ich möchte den armen Mann nicht verängstigen. Was arbeitet er eigentlich?«

»Oh, irgendwas mit Computern. Sein Onkel spielt mit deinem Vater Golf. Eine sehr nette Familie.«

War ja klar, dass er in der IT-Branche tätig war. Wie jeder andere Single, den ihre Eltern bisher für sie aufgetrieben hatten. Klammheimlich hatte Ani auf einen vornehmen und fürsorglichen Chirurgen gehofft. Aber andererseits wusste man nie, wo so einer seine Hände schon gehabt hatte.

Ani glättete die Haarsträhne, auf die ihre Mutter es abgesehen hatte. Sie hatte eingewilligt, sich die Haare hochstecken und von ihrer Cousine Pria mit Make-up zukleistern zu lassen, dafür aber darauf bestanden, eine Jeans und ein einfaches weißes Top zu tragen. Schlicht. Zwanglos. Ganz im Gegensatz zu der Situation, der sie gleich ausgesetzt sein würde, nämlich ein Date im Wohnzimmer ihrer Eltern zu haben – zusammen mit ihren Eltern, den Eltern des Typs und womöglich auch noch Pria, falls sie nicht bald abhauen sollte.

Ihre Cousine lief unruhig im Zimmer auf und ab und warf immer wieder begehrliche Blicke auf Anis Make-up von Mac. »Hat er viel Kohle? Wenn er reich ist und du ihn heiratest, kaufst du mir dann ein iPad?«

»Nein. Und warum bist du überhaupt immer noch hier?«

»Biiitte!«

»Nein. Und überhaupt, ich brauche keinen reichen Mann, ich verdiene mein eigenes Geld, du Dummkopf.«

»Aber was, wenn du keine Lust mehr hast zu arbeiten, wenn du mal Babys haben willst und den ganzen Tag in Starbucks abhängen?«

Ani war schockiert. War es das, was junge Mädchen heutzutage anstrebten? »Anstelle eines iPads kauf ich dir lieber ein Exemplar von *Der weibliche Eunuch*.«

»Hä? Das weibliche Einhorn?«

Ani verdrehte die Augen. »Ehrlich, Pria, geh jetzt nach Hause. Ich schwöre dir, wenn du noch da bist, wenn er hier ankommt, werde ich deiner Schwester sagen, du hättest freiwillig angeboten, alle ihre Hochzeitsbilder auf Facebook zu markieren. Alle 2.745.«

»Okay. Gott, entspann dich mal. Der Typ will bestimmt keine Drama Queen zur Frau nehmen, oder?«

»Wir werden nicht gleich heiraten. Das ist nur ... ein ganz ungezwungenes Treffen. Mit einem Freund der Familie. In unserem Wohnzimmer. Mit meinen und seinen Eltern.«

Anis Vater kam mit gestresstem Gesichtsausdruck die Treppe hoch. »Die Desais sind hier«, zischte er. »Und mein Zaziki ist geronnen. Wir werden nicht genug haben für die ganzen Grissini.«

»Oh nein!« Anis Mutter wandte sich Richtung Tür, jedoch nicht, ohne eine letzte Instruktion für ihre Tochter parat zu haben. »Geh runter, lächle freundlich und schneid um Himmels willen nicht das Thema Scheidungsrecht an!«

Pria spielte mit einem Lippenstift herum. »Ani, kann ich dich was fragen?«

Ani strich vor dem Spiegel mit dem Finger über ihre Augenbrauen. Vielleicht hätte sie sie doch zupfen lassen sollen? »Okay, solange es nicht um mein Liebesleben geht.«

»Kennst du das, wenn ein Junge irgendwie gemein zu dir ist, dich ignoriert oder lacht, wenn du an ihm vorbeiläufst. Heißt das, dass er dich mag?« Prias hübsches Gesicht war ein Musterbeispiel vorgetäuschter Lässigkeit. Plötzlich verspürte Ani das Bedürfnis, ihre kleine, hübsche Cousine zu umarmen.

»Na ja, manchmal schon. Aber soll ich dir etwas verraten,

etwas, das mir erst in letzter Zeit klar geworden ist, Pria? Die Jungs, die dich wirklich mögen und die sich und anderen nichts beweisen müssen, die sind ganz einfach nett zu dir. Du wirst gar nicht herausfinden müssen, ob sie dich mögen, weil sie es dir sagen werden.«

»Mir sagen? Voll schräg!«

»Ich weiß, es klingt verrückt, aber vertrau mir. Eigentlich ist es sogar ziemlich erfrischend.« Ani spürte einen kleinen Stich, als sie daran dachte, was sie verloren hatte. Wenn sie das doch nur etwas früher verstanden hätte. »Und wenn du einen dieser netten Jungs findest, dann schnapp ihn dir und lass ihn nicht mehr gehen, okay?«

Pria warf ihr langes Haar zurück. »Vielleicht. Ist mir sowieso egal, was dieser dumme Andrew McKinley denkt. Er singt immer Bollywood-Lieder, wenn ich an ihm vorbeigehe.«

»Das klingt so, als ob er auf dich steht. Aber viel wichtiger ist, ob du auch auf ihn stehst. Und ob er dich glücklich macht, okay?«

»Okay. Von mir aus. Aber du musst jetzt runter, dein zukünftiger Ehemann wartet im Wohnzimmer.«

Ich befinde mich in einem Jane-Austen-Roman, dachte Ani bei sich, als sie die Treppe hinunterging. Als Nächstes fällt jemand vom Pferd, und ein Mann, den ich nicht mag, schickt mir ein Klavier. Rosa würde es lieben. Wieder verspürte sie einen kleinen Stich, was ungefähr fünfmal die Stunde passierte, seitdem sie Nikesh zum letzten Mal gesehen hatte. In seiner Gegenwart hatte sie nie den Druck verspürt, so tun zu müssen, als würde sie auf anspruchsvolle Kultur stehen.

Mit einem strahlenden, aufgesetzten Lächeln stieß Ani die Tür zum Wohnzimmer auf. »Hi«, begann sie, doch dann blieb ihr vor Erstaunen der Mund offen stehen. »Oh mein … Was machst du denn hier?«

Der Mann neben dem Kamin trug einen eleganten Anzug, sein Haar war frisch frisiert. Er schien ebenfalls nervös zu sein. Sein Gesichtsausdruck war beinahe ein Spiegelbild ihres eigenen – samt der überraschten Miene.

Er runzelte die Stirn und sah sie finster an. »Ani? Was zur Hölle geht hier vor sich?«

»Achte auf deine Sprache!«, schimpfte seine Mutter, die einen cremefarbenen Hosenanzug und eine dicke Schicht Make-up trug.

In diesem Augenblick kam Anis Mutter herein. »Wie schön, dass wir alle versammelt sind. Hat jemand Lust auf Dips? Anisha, steh nicht so in der Gegend herum, sag Hallo!«

Doch Ani und Nikesh ignorierten ihre Eltern. Sie standen nur da und starrten einander ungläubig quer durch den Raum an.

Rosa

»Hey, Rosa«, begrüßte Jason sie vorsichtig, als sie atemlos an seiner Tür klopfte. Sie war den ganzen Weg gerannt. »Nur um auf Nummer sicher zu gehen: Hast du vor, mich wieder anzuschreien?«

»Nein.« Keuchte sie.

»Ist ja auch ziemlich witzlos, wenn nicht die ganze Chefetage dabei ist, was?«

»Äh ja, wahrscheinlich.« Sie schaute sich in seinem Büro um. Keine Spur von persönlichem Besitz. Sein gerahmtes Surfposter lehnte an einem Stuhl. »Du bist also auch rausgeflogen?«

»Es hat sich herausgestellt, dass Print nicht das Richtige

für mich ist. Ich brauche alles ein bisschen schneller, mehr ...
du weißt schon.« Er schnipste mit den Fingern. »Einfach
mehr. Ich bin nur wegen der letzten Ausgabe reingekommen.
Mein Abgang muss schließlich wenigstens Stil haben.«

»Ich habe gehört, dass du wieder eine Listicle-Seite gegründet hast. Gratuliere.«

»Danke. Bisher ist das nur eine kleine Geschichte, aber sie
wächst schnell. Ich habe große Pläne. Und du?«

»Wer weiß. Aber das hier kann ich einfach nicht mehr
machen. Vielleicht werde ich ja diesen Roman von mir wieder ausgraben, auch wenn du zweifelsohne sagen wirst, dass
es eine tote Kunstform ist.«

»Damit kenne ich mich nicht aus.« Jason fuhr sich mit der
Hand durch das kurz geschnittene Haar. Er trug wieder seine
typischen Surf-Klamotten, bestehend aus Jeans und Flip-
Flops (obwohl es Februar war). Hemd und Krawatte waren
nie wirklich seins gewesen, egal, wie heiß er darin aussah.

Rosa fühlte sich zerbrechlich neben ihm, als sie verlegen
unter ihrem Pony zu ihm aufschaute. »Ich wollte dir nur viel
Glück wünschen und ... du weißt schon, mich dafür entschuldigen, wie ich mich aufgeführt habe.«

»Wann genau? Als du davongestürmt bist und mich im
Pub sitzen gelassen hast, oder als du mich vor versammelter
Mannschaft rundgemacht hast?«

»Ähm, beides? Ja, definitiv beides.«

»Okay.« Sein Blick war undurchdringlich, ein stählernes
Grau. »Es tut dir leid.«

»Es tut mir wirklich leid«, wiederholte Rosa. »Ich habe
keine Erfahrungen mit Dates. Mir war nicht klar, dass es
okay ist, mehrere Geschichten gleichzeitig laufen zu haben.
Ich schätze mal, eine Beziehung ist für mich mehr wie ... ein
Roman. Man liest nur einen, bis er zu Ende ist, und erst
dann nimmt man einen neuen zur Hand. Aber mir ist inzwi-

schen klar, dass die Partnersuche für die meisten Menschen heutzutage dasselbe bedeutet, wie sich durch irgendwelche YouTube-Videos zu klicken oder so.«

»Ich bin bekannt dafür, ab und zu ein Buch zu lesen«, erwiderte er. »Ich bin kein funktionaler Analphabet, sondern immerhin ein ehemaliger Redakteur einer überregionalen Zeitung.«

»Ich wette, du hast immer mehr als nur ein Buch zur Hand.«

»Manchmal. Außer wenn das, das ich gerade lese, wirklich, wirklich gut ist.«

Sie nahm ihn plötzlich sehr klar wahr. Das Spiel seiner Oberarmmuskeln, den ruhigen Gesichtsausdruck, während er sie ansah.

»Rosa«, sagte er, »die Sache ist Folgende. Ich hätte gerne, dass du was für mich schreibst, für die neue Seite, an der ich gerade arbeite.«

»Oh, das ist …«

»Aber ich bin auch ziemlich scharf darauf, mit dir auszugehen – sobald du über deine Scheidung hinweggekommen bist, ein wenig Zeit für dich hattest, um in das Spiel zurückzukehren, und dich mit einigen Typen getroffen hast.«

»Aber ich will gar nicht …«

»Doch du willst. Du weißt es nur noch nicht. Vertrau mir, du wirst an den Punkt gelangen, an dem du bereit dafür bist.«

»Aber was soll das heißen? Ich glaube ehrlich gesagt nicht, dass ich für all das geschaffen bin: Tinder, mehrere Dates gleichzeitig, Verabredungen klarmachen, während man gerade mit jemandem im Pub sitzt. Ich weiß, dass es heutzutage normal ist und anscheinend nicht einmal besonders unhöflich, aber das bin nicht ich. Ich kann das einfach nicht.«

»Ich habe letztes Jahr eine Verlobung aufgelöst«, erwiderte

Jason. »Ich bin nicht bereit für, du weißt schon, *Krieg und Frieden*. Noch nicht.«

»Na ja, es müsste ja nicht …«

»Wäre es aber. Mit dir schon.«

»Und«, Rosa riskierte es, von ihren Ballerinas aufzublicken, »was passiert jetzt?«

Jason hob sein gerahmtes Poster hoch, wodurch seine Oberarmmuskeln auf ziemlich ablenkende Art und Weise hervortraten. »Wie wäre es, wenn du für mich schreibst, und den Rest sehen wir dann. Wir können ein Lesezeichen setzen. Vorerst.«

»Aber wie bleiben wir in Verbindung?«

»Nun, wie du weißt, bin ich auf Tinder.« Er lächelte. »Oder warum schaust du nicht auf Facebook nach mir? Ich bin der Typ mit dem nackten Oberkörper und dem Surfbrett unterm Arm.«

»Ha, ha. Ähm, na gut.«

»Gebongt.« Er schob sich an ihr vorbei.

»Jason?«, rief sie. »Wie kommst du darauf, dass wir … na du weißt schon, *Krieg und Frieden* wären?«

»Oh, keine Ahnung. Nenn es einfach journalistisches Gespür.« Und mit einem Augenzwinkern verschwand er.

Na, schau einer an, dachte Rosa. Es gab doch immer noch eine andere Geschichte zu erzählen.

Kapitel 28

Erbsenzählerei

Helen

Nach all dem Aufruhr der letzten Monate – Karl, die Website, das Ex-Faktor-Projekt, die Zerwürfnisse ihrer Freundinnen und Marnies Verschwinden – war Helen mit ihrer Routine ziemlich in Rückstand geraten. Es war beispielsweise
schon Wochen her, dass sie hinter dem Sessel sauber gemacht
hatte, und sie wollte gar nicht erst an die Folgen der eher
sporadischen Gesichtspeelings und Tonisierungen für ihre
Poren denken. Es hatte seine Vorteile, so oft bei Karl zu sein,
aber Zugang zu einer großen Auswahl an Hautpflegeprodukten gehörte ganz sicher nicht dazu. Deswegen beschloss sie,
ungefähr drei Wochen nach Beginn ihrer zart knospenden
Beziehung – eine Beziehung! Sie! –, eine große Putz- und
Aufräumaktion zu starten. Karl war ohnehin mit der Band
beschäftigt, die gerade ein paar coole neue Songs über Para-
beln aufnahm.

Es fühlte sich so befriedigend an, die Gummihandschuhe
mit einem satten Schnalzen überzuziehen und ihr kleines
Köfferchen voller Reinigungsmittel hervorzuholen. Womöglich würde sie ihre Routine in Zukunft ein bisschen runter-
schrauben müssen – einen haarigen Mann von eins neunzig
um sich zu haben war der Sache nicht gerade zuträglich,

wenn man einen makellosen Haushalt führen wollte –, aber heute konnte sie ihre Wohnung immerhin einmal ordentlich durchschrubben.

Unter dem herablassenden Blick von Mr. Fluffypants – der ein viel besseres Benehmen an den Tag legte, wenn Karl in der Nähe war, um ein Wörtchen mit ihm zu reden: »Ach komm schon, Sir Fluff, es ist wirklich ein bisschen daneben von dir, das Computerkabel zu essen. Können wir uns stattdessen auf diesen fischigen Leckerbissen einigen?« – schob sie die Stühle und den Zeitschriftenständer beiseite und bereitete alles für eine gründliche Runde Staubsaugen vor.

Was war das? Helen rühmte sich damit, der einzige Mensch auf dieser Welt zu sein, der keine abtrünnigen Krümel, Münzen oder sonstigen Müll unter seinen Möbeln liegen hatte. Dennoch war da etwas auf dem Boden. Ein Stück Papier. Sie bückte sich und faltete es auseinander. Darauf stand Marnies Name, natürlich. Sie ließ ständig irgendwelche Sachen in der Gegend herumliegen: Taschentücher, Lippenstifte, Zeitungsausschnitte, wenn sie wieder mal beschlossen hatte, sie könnte Töpferin werden, um es gleich wieder zu vergessen, und so weiter und so fort.

Der Zettel sah aus wie eine Bordkarte. Helen starrte verwirrt darauf.

Miss Marina Jones – Flug BE265 von Glasgow nach London Gatwick – 12. Januar 2015.

Glasgow. Glasgow? Aber Marnie war doch in Argentinien gewesen. Allerdings war sie dafür mit einem auffallend blassen Teint und offensichtlich null Ahnung von dem Land zurückgekehrt. Helen fühlte sich wie eine Schnüfflerin, als sie ein weiteres Papier aufhob. Andererseits, wenn es sich um vertrauliche Informationen handeln würde, hätte Marnie die Zettel doch sicher nicht so achtlos weggeworfen? Es handelte sich um einen Aufhebungsvertrag für ein Arbeitsverhältnis, der ebenfalls unter dem Namen Miss Marina Jones lief. Der Firmenname lautete Bean Counters. Helen kannte den Laden. Eine Café-Kette, einschließlich einer Filiale in Covent Garden. Die Angestellten trugen schwarze T-Shirts mit einem kleinen roten Logo darauf. Genauso ein T-Shirt, wie Marnie es an dem Tag getragen hatte, als sie nach dem Mittagessen so schnell wieder losgemusst hatte. Das angegebene Gehalt war erbärmlich gering, wenn man die Steuern und Sozialversicherungsbeiträge abzog, und war das etwa eine Gebühr für die Arbeitskleidung? Für diesen schrecklichen Nylonfetzen? Das war der reinste Hohn.

Beim nächsten Blatt Papier handelte es sich um ein Schreiben vom Glasgower Sozialamt.

Sehr geehrte Frau Jones, wir schreiben Ihnen bezüglich Ihrer Beschwerde über die Behandlung von Mr. Frank Jones.

Wer war … Aber dann erinnerte sich Helen. Es war etliche Jahre her. Sie und Marnie hatten im Wohnzimmer mit ihren *Mein-Kleines-Pony*-Pferdchen gespielt, und Helen war erstarrt, als Marnies Mum anfing, laut ins Telefon zu schluchzen.

»Bitte, Frank. Bitte, komm nach Hause. Bitte, verlass mich nicht. Sie liebt dich nicht so, wie ich es tue! Ich tue auch alles für dich.«

Helen erinnerte sich auch, wie Marnie zu singen begonnen hatte, um ihre Mutter zu übertönen. Bryan Adams' *Everything I Do, I Do It For You*. Ihr Lieblingslied, damals, 1993.

Helen hatte keine Ahnung, dass Marnie noch Kontakt mit ihrem verschwundenen Vater hatte, der sich offenbar in der Obhut eines Pflegeheims in Glasgow befand. Glasgow. Plötzlich fügte sich alles zusammen. Marnies Blässe, als sie nach London zurückgekommen war. Ihre Garderobe, die nur aus dicken Wollpullis und Mänteln zu bestehen schien. Ihre plötzliche Vorliebe für frittiertes Essen. Sie war die ganze Zeit in Schottland gewesen, nicht in Südamerika. Und auf einmal wusste Helen, wo sie ihre beste Freundin finden würde.

Helen war kein Mensch, der sich die Fahrkarte am Bahnhof kaufte, absolut nicht. Sie buchte immer frühzeitig, sparte so bis zu einem Drittel des Preises und wählte einen ruhigen Wagen mit Tischplatz in Fahrtrichtung samt Steckdose aus. Aber was würde Marnie tun? Sie würde einfach losziehen und sich später um die Geldfrage kümmern. Und genau das würde Helen jetzt auch ausprobieren. Denn Helen zu sein hatte sie in ihrem Leben bisher nicht sonderlich weit gebracht – wenn man einmal von der abgeschotteten Welt aus Katzen, DVD-Boxen und extrem sauberen Fußböden absah.

Als sie den Bahnhof King's Cross erreichte, warf sie einen Blick auf die Abfahrtstafel. Der nächste Zug nach Glasgow würde in zehn Minuten abfahren. Sie wollte einsteigen, bevor sie Zeit hatte, es sich anders zu überlegen. Sie schluckte schwer, als sie den Betrag für die Fahrkarte sah. Hatte sie sich verlesen? Nein, das war einfach nur der Preis, den man bezahlte, wenn man unorganisiert war. Der Preis dafür, dass man überhaupt erst zugelassen hatte, dass die beste Freundin verschwand, sodass man losziehen musste, um sie wiederzufinden.

Sie gab ihre Daten ein, holte ihre Kreditkarte hervor, und sobald das Ticket und die Belege mit einem Rattern ausgespuckt worden waren, flitzte sie zum Bahnsteig. Als sie atemlos und nur eine knappe Minute vor der Abfahrt in einen Waggon sprang und der Zug anfuhr, noch bevor sie überhaupt ihre Tasche verstaut, einen Kaffee gekauft oder ihren Sitzplatz gefunden hatte, bemerkte Helen, dass sie über das ganze Gesicht strahlte. Wen kümmerten schon das Geld oder der Mangel an Organisation? Zur Abwechslung machte es einfach mal Spaß, impulsiv und unbesonnen zu handeln.

Glasgow lag mit dem Zug fünf Stunden entfernt von London. Gerade so weit weg, dass man noch aus einer Laune heraus hinfahren konnte, aber nicht nah genug, um einen davon abzuhalten, alles noch einmal gründlich zu überdenken. Was, wenn sie falschlag und Marnie überhaupt nicht dort war? Was, wenn Marnie sauer auf sie war und kurzen Prozess mit ihr machte? Was, wenn sie in wilder Ehe mit einem jähzornigen Schotten zusammenlebte, der Helen mit einem Zweihandschwert von seiner Türschwelle jagen würde? (Nein, das war *Highlander*, an den sie gerade dachte).

Karl mochte *Highlander*. Karl hätte ihr dabei geholfen, die Reise zu überstehen, indem er ihr eine ganze Reihe von Rätselfragen gestellt hätte, um sie abzulenken. Oder er hätte sie in eine leidenschaftliche Diskussion samt Stichpunkten und Tabellen darüber verwickelt, wer der beste Doctor Who sei. Und dann hätte er sich geweigert, irgendetwas aus dem Speisewagen zu essen, ohne einen schriftlichen Nachweis der Hygienestandards gesehen zu haben.

Unter den gegebenen Umständen hatte Helen nicht genug Zeit gefunden, um bei Pret A Manger vorbeizuschauen, also musste sie mit Käsecrackern und lauwarmem Tee Vorlieb nehmen, während die Ausläufer Londons langsam in der Ferne verschwanden und grüner Landschaft wichen. Wenn man in der Hektik und dem Stress des Großstadtlebens festhing, war es manchmal schwer, sich vorzustellen, dass das Land voller Menschen war, die womöglich niemals irgendwelche Datingapps benutzten, die sich nie Sorgen machten, ob sie in die neueste, hipste Bar reinkommen würden, und die nie auch nur mit der U-Bahn fuhren, sondern stattdessen einfach ein entspanntes Leben führten. Menschen, die andere Menschen kennenlernten und sie mochten und einfach das Glück akzeptierten, das ihnen geboten wurde.

Als Helen sich auf ihrem Sitz zurücklehnte, fragte sie sich, wie ein solches Leben wohl wäre. Sie dachte darüber nach, wie es ihren Freunden erging, wie alle in irgendeine Richtung paddelten, und wie die Leute über die Jahre hinweg davongespült wurden, egal, wie fest man ihre Hand hielt. Auch bei Marnie hatte sie manchmal – nein, schon ganz oft – gedacht, dass sie für immer fort sei, nur um sie im nächsten Moment vor oder hinter sich im selben Fluss paddeln zu sehen. Manchmal war Helen sich nicht sicher, welche von ihnen beiden folgte und welche führte. Sie konnte nur hoffen, dass sie ihre Freundin dieses Mal nicht für immer aus den Augen verloren hatte.

»Ja?« Ein hübsches Mädchen in einem Krankenhauskittel begrüßte Helen am Empfang des Pflegeheims. Sie hatte schwarz gefärbtes Haar, trug einen Nasenring und zwei große Ohrringe, und ihr Arm war bis zum Handgelenk komplett tätowiert.

Das hier war eine bekloppte Idee. Was, wenn Marnie überhaupt nicht hier war?

»Guten Tag. Ich suche einen gewissen Frank Jones.«

»Ja. Sie möchten ihn besuchen?«

»Eigentlich bin ich auf der Suche nach seiner Tochter. Ich bin eine Freundin von ihr. Wissen Sie vielleicht, wo ich sie finden kann?«

Das Mädchen starrte Helen einen Moment lang an. »Helen«, stellte sie schließlich nüchtern fest.

»Ja! Woher wissen Sie ...«

Das Mädchen, auf dessen Namensschild *Elspeth* stand, seufzte. »Sie ist da drin. Aber ich bin mir echt nicht sicher, ob sie sich freuen wird, dich zu sehen.«

In dem großen Raum roch es nach gekochtem Kohl und Krankheit. Alte Leute saßen zusammengeschrumpft in ihren

Sesseln vor dem Fernseher, während im Nachmittagsprogramm live die Ergebnisse eines Vaterschaftstests übertragen wurden.

Helen entdeckte Marnie sofort, ihre Haut schien inmitten all dem Alter und der Gebrechlichkeit geradezu zu erstrahlen. Sie stand über einen Sessel gebeugt, in dem ein Mann saß, von dem Helen wusste, dass er keine siebzig war, und der dennoch aussah wie achtzig, und hielt ihm eine Plastiktasse an den Mund.

Helen sah, wie er sie verärgert wegschlug. »Ich will den Scheiß nicht«, nuschelte er mit undeutlicher Stimme.

»Dad, du musst Wasser trinken. Denk nur dran, was letztes Mal passiert ist. Sie haben gesagt, deine Nieren hätten es beinahe nicht mehr gepackt.«

Marnie trug Jeans, einen einfachen grauen Kapuzenpulli und kein Make-up. Sie sah wunderschön aus. Gleich würde sie aufsehen. Alles in Helen schrie danach, Reißaus zu nehmen, um die unvermeidliche Auseinandersetzung zu vermeiden. Aber sie blieb stehen und wartete, bis Marnie sich aufrichtete und sie erblickte.

Marnie gehörte nicht zu den Menschen, die Konfrontationen – oder sonst irgendwelchen Dingen – aus dem Weg gingen. Während Helen sich vor dem Leben versteckte, war sie schon immer diejenige gewesen, die den Dingen mit erhobenem Haupt entgegengetreten war. Und genau das tat sie auch jetzt, als sie ihre beste Freundin – ihre *ehemals* beste Freundin – in diesem Glasgower Pflegeheim stehen sah. Sie starrte sie einem Moment lang nur an, mit glühenden Augen, dann stellte sie die Tasse ab, marschierte schnurstracks an Helen vorbei und deutete mit einem Kopfnicken zu den Terrassentüren, die in den Garten führten.

Helen folgte ihr hinaus.

Marnie hatte die Arme vor der Brust verschränkt und starrte sie wütend an. »Was zur Hölle willst du?«

»Ähm … hi.«

»Wie hast du …«

»Du hast deine Briefe und das ganze Zeug bei mir liegen lassen. Unter dem Sessel. Warst … warst du die ganze Zeit hier?«

»Ich bin nach Argentinien gegangen, aber ich musste schon nach einer Woche zurückkommen. Dad hatte einen Schlaganfall. Er kann nicht richtig sprechen geschweige denn selbstständig essen oder sonst irgendwas alleine tun.«

»Das tut mir leid.«

Marnie biss sich auf die Lippe und sah für einen Moment wieder so verletzlich aus wie mit zwölf, doch dann kehrte der wilde Gesichtsausdruck zurück. »So, jetzt weißt du es. Piss-wetter anstelle von sonnigen Stränden. Ärger mit dem Sozial-dienst statt Schnorcheln. Spießigen Bürohengsten Kaffee servieren, statt mit heißen Latin Lovern rumknutschen. Dad wollte mich eigentlich nicht bei sich haben – du weißt ja, wie er ist, so verdammt stur und unabhängig –, also bin ich nach London zurückgekehrt, aber in diesem anderen Heim haben sie sich nicht ordentlich um ihn gekümmert. Ich muss hier bei ihm sein. Du hattest also recht: Das Leben ist nicht toll und aufregend und mit Hashtags gesegnet. Tatsächlich ist es sogar ziemlich beschissen.«

»Warum hast du mir nichts davon erzählt?«

»Ich habe mich geschämt. Ich versuche immer, so positiv zu sein, aber schau, wo ich gelandet bin. Ich habe keinen vernünftigen Job, kein Geld und wohne in der beschissenen Sozialwohnung von meinem Vater. Ich hätte es wie du machen sollen, eine Rentenversicherung abschließen, regel-mäßig Zahnseide benutzen und nie was mit irgendwelchen Männern anfangen.«

»Ich habe was mit einem Mann angefangen«, erwiderte Helen mit gesenktem Blick.

»Was? Mit wem?« Marnie kniff die Augen zu schmalen Schlitzen zusammen. Helen wusste, was sie dachte.

»Es ist Karl«, sagte sie schnell. »Du weißt schon, der Typ, der auch auf deiner Party war.«

»Der Nerd?«

»Eigentlich ist er toll und richtig nett.«

»Tja, ich schätze, das ist gut.«

Helen schluckte. »Weißt du, Marn, ich wollte dich bei mir haben. Ich habe dich schrecklich vermisst. Ich war einfach … Du weißt, ich hasse es, wenn Leute bei mir übernachten. Das liegt an meinem Ordnungsfimmel und meinen ganzen Ängsten. Ich werde wohl einige Dinge grundlegend ändern müssen, jetzt wo ich quasi mit einem nerdigen Wikinger zusammen bin. Und nach der Sache mit dem Ex-Faktor war ich sauer auf dich, weil du Dan für mich ausgesucht hattest. Wir hatten das peinlichste Date der gesamten Menschheitsgeschichte. Ich hatte das Gefühl, als ob du mich einfach mit jemandem verkuppelt hättest, den du irgendwann mal vor zehn Jahren getroffen hast.«

Marnie schnaubte. »Ehrlich gesagt war er echt nett, als ich ihn getroffen habe. Er war wirklich lustig. Und da du Computer und Videospiele magst und das ganze Zeug, dachte ich, du würdest dich vielleicht mit ihm verstehen. Wenn überhaupt, war er ein bisschen zu lustig für mich. Ich war bei unserem Date total besoffen.«

»Also hat er damals noch getrunken?« Helen dachte darüber nach, und allmählich ergab alles einen Sinn. Armer Dan. Sie seufzte. »Es tut mir leid. Ich bin einfach … Na ja, wie du schon sagtest, ich bin genauso schlimm wie meine Mum. Obwohl es, glaube ich, langsam aufwärts mit ihr geht. Genauso wie mit deiner Mutter. Sie hat scheinbar einen netten Bibliothekars-Freund gefunden, und sie würde dich gerne wiedersehen.«

»Hm. Vielleicht. Wenn sie dem Rassisten wirklich den Laufpass gegeben hat.«

»Es tut mir außerdem wahnsinnig leid, dass ich dir das mit Ed nicht erzählt habe. Ich habe etwas wirklich Schreckliches getan.«

Marnie schnaubte abermals und reckte das Kinn. »Ist es wahr, was Ani behauptet hat? Dass du schon immer in ihn verliebt warst?«

»Ja, das stimmt. Oder zumindest war ich es damals.« Und in diesem Moment merkte Helen, dass das schreckliche Verlangen verschwunden war. Es fühlte sich an, als wäre sie nach einem Jahrzehnt heftigen Zahnwehs das erste Mal ohne Schmerzen aufgewacht.

»Schon zu dem Zeitpunkt, als du uns einander vorgestellt hast?«

Helen nickte etwas verlegen.

»Wow.« Marnie warf die Hände in die Luft. »Ich hatte ja keine Ahnung. Ich dachte, du wärst einfach glücklich damit, Single zu sein. Ich dachte, du gehörst zu denen, die sich beim Warten an der Bushaltestelle verlieben oder so.«

»Ich schätze, so ungefähr war es auch. Zumindest mit dem Kerl, der meine Website repariert hat.«

»Warum behältst du immer alles für dich, Helen? Warum hast du nie einfach zu mir gesagt: Ach übrigens, Marnie, ich fahre wirklich voll auf den Typ ab, den ich dir vorgestellt habe. Oder: Hey, Marn, ich brauche Raum für mich, könntest du dir eine eigene Wohnung suchen? Oder: Hey, Marnie, es ist total nervig, wenn du dein Zeug überall herumliegen lässt und ständig irgendwelche Affären hast und mir die Ohren vollheulst, wenn es wieder mal nicht klappt?«

»Es ist nicht nervig«, erwiderte Helen, allerdings nicht allzu überzeugend.

»Woher soll ich solche Dinge denn sonst wissen? Wenn du

mir nicht klipp und klar sagst, dass du stinkig bist, gehe ich davon aus, dass alles in Ordnung zwischen uns ist.«

»Ich mache das genaue Gegenteil. Ich gehe davon aus, dass alles schlecht ist, bis man mir das Gegenteil sagt.«

»Klingt verdammt anstrengend.«

»Ist es auch. Ich will daran arbeiten.«

Marnie seufzte. »Warum bist du hier, Helen? Ich pack's in London einfach nicht. Ich dachte, es würde cool sein, wieder dort zu leben, und ich habe euch alle sehr vermisst, aber diese Stadt ist viel zu groß und Furcht einflößend. Ich kann mir Restaurants und Cocktails und all diese Dinge nicht leisten. Ich habe nur so getan als ob, weil ich dir nicht sagen wollte, dass ich kein Geld habe. Und dann hast du auch noch so abgenommen. Ich meine, du siehst toll aus, aber ich habe das einfach nicht erwartet, und dann hatte ich den Eindruck, als wolltest du mich nicht mehr um dich haben. Du hattest dein Leben so gut auf die Reihe gekriegt: hübsche Wohnung, toller Job ...«

Jetzt war es an Helen zu schnauben. »Ich bin praktisch mit meinem Kater liiert, ich habe das Haus in den letzten zwei Jahren so gut wie nicht verlassen, und ich habe für einen durchgeknallten Halsabschneider gearbeitet. Ich kriege gar nichts auf die Reihe, Marn. Du bist diejenige mit dem coolen, großartigen Leben.«

Marnie warf einen ironischen Blick auf das Pflegeheim. »Jep. Schau, wie cool und großartig es ist. Und dann die Sache mit Tom. Ich habe ihn echt gemocht, aber ich schätze, ein Teil von mir hat darauf gehofft, dass Ed mich mit einem anderen sieht und merkt, dass er mich wiederhaben will. Ich weiß, das war dumm. Aber da ist einfach dieser Teil von mir, der immerzu will, dass ein Kerl Interesse an mir zeigt. Wenn nicht ... ich weiß nicht, dann ist es, als ob ich nicht existieren würde oder so etwas in der Art. Und ja, mir ist durchaus bewusst, dass die Tatsache, dass mein Vater nicht bei uns bleiben wollte und meine Mutter nicht ohne einen Mann leben kann, nicht ganz unbeteiligt an dieser Einstellung ist.«

Helen sah sie einen Augenblick einfach nur an. Es gab Momente, da war Schweigen die beste Antwort.

»Weißt du, Helen, als all das passiert ist und ich weggegangen bin«, Helen zuckte bei der Erinnerung zusammen, »hatte ich das Gefühl, mein Leben sei völlig aus der Bahn geraten. All diese Reisen, all diese Männer, die Dates, und nichts davon hatte je Bestand. Ich dachte, wenn ich zurückkäme, wenn du da wärst und womöglich auch Ed, könnte ich es vielleicht schaffen, mein Leben in den Griff zu bekommen. Ich wollte zurückkehren an den Punkt, als es das letzte Mal tatsächlich funktioniert hat.«

Das war mehr oder weniger das Gleiche, was auch Ed gesagt hatte. Sie alle drei hatten die letzten beiden Jahre auf der Suche verbracht, verloren und ohne wirkliches Ziel. Was für eine Verschwendung.

»Warum bist du gegangen, Marnie? Ich habe es nie begriffen. Warum hast du dich von ihm getrennt?«

Sie verdrehte die Augen. »Ich hab's einfach nicht mehr ausgehalten. Ed ist so … Er hat mich ständig runtergemacht. Warum ich mir keinen vernünftigen Job suche. Warum ich keine anspruchsvollere Literatur lese. Warum ich mich nicht anders anziehe. Außerdem hat er immer Anspielungen gemacht, dass er mich vielleicht verlassen würde, und wenn ich versucht habe, ihm näherzukommen, hat er mich wieder von sich gestoßen. Er hat mich zum Beispiel irgendwann mal gefragt, ob ich bei ihm einziehe, und im nächsten Moment angedeutet, er würde vielleicht bald für länger verreisen oder sogar nach New York ziehen. Und dann seine dämliche Musik. Hat er damit überhaupt schon jemals etwas gemacht? Das geht jetzt schon zehn Jahre. Es hat extrem genervt. Aber ich hatte weder die Kraft, mit ihm Schluss zu machen, noch in seiner Nähe zu bleiben. Deswegen bin ich einfach weggerannt.«

Helen wurde klar, dass er das Gleiche mit ihr gemacht hatte. Er hatte sie nach Bristol eingeladen, nachdem er sie mit Karl gesehen hatte, nur um sofort wieder von der Bildfläche zu verschwinden, kaum dass sie angerannt gekommen war. Er hatte sie immer wieder zappeln lassen, nie wirklich gesagt, dass er kein Interesse an ihr hatte, aber sich auch nie dazu bekannt, dass er sie mochte.

»Und wie sieht es jetzt zwischen euch beiden aus?«

Marnie verdrehte die Augen. »Bevor ich gegangen bin, hat er mich gefragt, ob er mich sehen kann.«

»Im Ernst?«

»Ja. Er meinte, dass wir es vielleicht noch einmal miteinander probieren sollten. Dass er sich geändert hätte. Bla, bla.«

»Und, warst du versucht?«

»Versucht? Natürlich. Ich meine, immerhin reden wir hier von Ed.« Helen nickte verständnisvoll. »Aber als ich dann erfahren habe, dass du in ihn verliebt warst, konnte ich dir das nicht antun. Ich denke, er hat genug Schaden angerichtet.«

»Und jetzt?«

Marnie schüttelte den Kopf. »Er schickt mir immer noch SMS, aber irgendwann wird er schon damit aufhören. Ich glaube, er will einfach immer eine Option in der Hinterhand haben. Sobald er denkt, dass du über ihn hinweg bist, kommt er zurück. Aber er wird immer wieder aufs Neue gehen, nicht wahr?«

»Ja, ich denke schon.« Helen lächelte. »Aber wenn man es sich genau überlegt, gehört er tatsächlich genau der Sorte arbeitsloser Musiker an, die noch bei ihrer Mum wohnen und vor denen Ani uns immer gewarnt hat.«

»Sprecht ihr über mich?«

Helen und Marnie starrten einander sprachlos an, als Ani auf hohen Absätzen über den schlammigen Rasen gestöckelt kam. Daneben lief Rosa, die mit ihrem Handy in der Luft herumfuchtelte.

»Gibt's hier irgendwo eine Steckdose? Ich muss das unbedingt twittern. Das gibt eine super Story für meinen nächsten Artikel. *Wie ich innerhalb von zehn Minuten entschied, den nächsten Zug nach Glasgow zu nehmen, und keine Zeit hatte, mein Handy aufzuladen.*«

»Leute«, Helen starrte sie mit offenem Mund an, »was macht ihr denn ...«

Ani wischte mit angewidertem Gesichtsausdruck den Dreck von den Pfennigabsätzen ihrer Pumps. »Verdammt, das sind nagelneue Manolos ... Karl hat uns gesagt, wo du hin bist, und wir beide haben beschlossen, dass wir das alle zusammen durchziehen sollten.«

»Ihr seid extra wegen mir nach Glasgow gekommen?« Auch Marnie bekam den Mund nicht mehr zu.

»Ja, und übrigens ist es schweinekalt hier. Ich weiß echt nicht, wie die Menschen hier oben überleben.«

»Glaubst du, die haben hier Wi-Fi?«, fragte Rosa, die immer noch mit ihrem Handy herumwedelte. »Oh, sorry, das habe ich ganz vergessen. Kommt alle her.« Sie zog Helen und Marnie in eine große Umarmung, der sich auch Ani anschloss, allerdings sorgsam darauf bedacht, ihre Schuhe nicht zum zweiten Mal in Folge dreckig zu machen. »Es tut mir so leid wegen deines Dads, Marn. Du armes Ding. Willst du, dass ich einen Artikel über das marode Pflegeheimsystem schreibe?«

»Wir könnten sie auch verklagen«, schlug Ani vor. »Geht's dir gut, Süße?«

Marnie starrte sie immer noch vollkommen fassungslos

an. »Schätze ja. Leute … die Dinge, die ich gesagt habe … Es tut mir leid …«

»Es tut uns allen leid«, sagte Rosa. »Oder wie Jason sagen würde …«

»Oh, jetzt ist er also wieder *Jason,* ja?«, bemerkte Helen süffisant.

Rosa lief rot an. »Vielleicht. Die Zeit wird's zeigen. Marn, wird dein Dad sich wieder erholen?«

Marnie zuckte mit den Schultern. »Was auch immer erholen bedeutet. Man hat mir gesagt, dass sich sein Zustand bessern wird, aber nur langsam. Wie auch immer, im Moment geht es mir hier gut. Ich bin es leid, die ganze Zeit herumzuziehen, außerdem ist es eine gute Ausrede, um Ed auf Distanz zu halten. Völlig ausgeschlossen, dass er jemals für mich ins barbarische schottische Hinterland ziehen würde.«

»Dann ist es also vorbei?«, fragte Ani und blickte zwischen Helen und Marnie hin und her. »Für euch beide?«

»Für mich definitiv«, antwortete Helen verlegen. »Ich habe jetzt einen gewissen Programmierer-Singer-Songwriter, um den ich mich sorgen kann.«

»Für mich ist es auch vorbei«, sagte Marnie, und ein verschmitztes Lächeln huschte über ihr Gesicht, das die anderen drei nur allzu gut kannten. Es war ein Lächeln, das sagte: Na gut, wir haben eine ziemlich miese Zeit hinter uns, aber es gibt immer noch mehr Abenteuer zu bestehen. Und: Lasst uns unser Pokerface aufsetzen und das Leben genießen. Und: Weißt du, was eine richtig coole Idee wäre, Helz? Wenn wir uns die Haare blau färben würden! »Es sieht sowieso so aus, als würde ich der Männerwelt eine ganze Weile entsagen.«

Rosa zog die gezupften Augenbrauen in die Höhe. »Wirklich?«

»Ja«, nickte Marnie mit Blick zum Fenster, hinter dem das hübsche tätowierte Mädchen vom Empfang Teetassen verteilte. »Das ist Elspeth. Ich und sie ... Na ja, sie ist ziemlich cool. Sie spielt Bass und macht in ihrer Freizeit Street Art. Sie ist einfach ... Ich muss mich bei ihr nicht verstellen oder das superlässige, supercoole Mädchen spielen, das niemals um etwas bittet. Bei ihr kann ich ganz ich selbst sein.«

Ani lächelte. »Das ist doch großartig.«

»Ich würde mich freuen, wenn ihr sie auch kennenlernt. Bleibt ihr über Nacht?«

Ani blickte zu Helen, die mit den Schultern zuckte. Sie hatte noch nicht einmal darüber nachgedacht, was als Nächstes passieren würde, und obendrein hatte sie vergessen, ihre Tasche des Verderbens einzupacken. Die kleine Miss Ich-hab-alles-im-Griff war ganz weit weg von zu Hause, mit nicht viel mehr als einem sauberen Höschen in der Handtasche.

»Keine Sorge, ich bin schon dran.« Ani zückte ihren Black-Berry. »Rosa, check mal TripAdvisor. Ich kümmere mich um Airbnb. Schreib mir auf WhatsApp, wenn du etwas findest und schick mir ein paar Bilder per Snapchat. Ich buche uns auch gleich noch ein Uber.«

Als die zwei tippend über den Rasen davonschlenderten, wurde Helen klar, dass sie dieses Mal alles den anderen überlassen konnte, und wandte sich wieder Marnie zu. »Ich habe es ernst gemeint. Du kannst jederzeit bei mir wohnen.«

Marnie zuckte mit den Schultern. »Danke. Vorläufig passt alles. Elspeth ist ja da. Und Dad braucht mich wirklich. Ich weiß, dass er nicht da war, als ich klein war, aber manchmal ist es einfacher, Menschen zu lieben, wenn sie einen brauchen und nicht umgekehrt.«

Helen neigte den Kopf. »Wenn es irgendetwas gibt, das ich tun kann ...«

Marnie bedachte sie mit einem belustigten und gleichzeitig etwas genervten Blick.

»Okay, schon gut, ich sollte damit aufhören, allen Leuten

zu helfen. Aber in diesem Fall erschien es mir höflich, wenigstens zu fragen.«

»Uns geht's gut. Ich weiß nicht, wie viel Zeit Dad noch hat, und es wird sicherlich schwer werden, aber du kannst mich nicht vor allem beschützen. Das gibt mir nur das Gefühl, dass du denkst, dass ich es nicht alleine hinkriege.«

»Aber ich muss dich beschützen«, sagte Helen verlegen. »So läuft es nun mal.«

»So wie damals, als Cath Johnson gesagt hat, dass deine Mutter ein Psycho ist, und ich ihr in Sport gegen die Titten getreten habe? Oder als Sam Foxton dich hereingelegt hat, damit du mit ihm hinter den Fahrradschuppen gehst? Weißt du noch, wie ich mit ihm rumgemacht habe, damit ich danach allen erzählen konnte, dass er wie ein Fisch küsst und nach alten Eiern schmeckt, und die ganze Schulzeit über niemand mehr mit ihm ausgehen wollte? Ich habe dich ebenfalls beschützt, Helz. *So* läuft es nämlich eigentlich.«

Es war die Wahrheit. Helen wusste nicht, wie sie gegen die fiesen Leute in ihrer Klasse und den Tratsch alleine angekommen wäre. »Es tut mir leid. Ich habe es nicht so gemeint. Nichts davon. Wenn du mir nur vergeben könntest und wir wieder Freundinnen sein …«

Marnie zog eine Grimasse. »Wir sind immer noch Freundinnen, du Duppel. Wir hatten einfach nur einen Streit. So sind Menschen eben. Du kannst du selbst sein, du kannst etwas vermasseln, wir können uns zoffen, aber ich bleibe trotzdem immer deine Freundin.«

»Ich verstehe. Aber haben wir denn immer noch Zoff?«

Marnie grinste sie an. »Noch ein winziges Weilchen. Ich bin immer noch sauer, weil du mir das mit Ed nicht gestanden hast, und dass du Rosa und Ani Dinge erzählt hast, die du mir nie gesagt hast. Weißt du, manchmal fühle ich mich wirklich außen vor. Ihr drei seid euch so nahe.«

»Machst du Witze? Ich fühle mich ständig außen vor. Für dich ist alles so leicht. Du hast Charme. Alle Leute mögen dich.«

Marnie winkte ab. »Ach, bitte, ich bin wie … Pulled Pork. Für fünf Minuten aufregend, dann kriegt man's überall, und keiner kann's mehr sehen. Du bist wie Brot. Ich meine gutes, anständiges Brot. Sauerteig oder so. Du hältst die Dinge zusammen.«

»Ja, und ein Haufen Leute will's nicht essen, weil es dick machen könnte.«

»Na ja, das sind dann halt auch Duppel.«

»Ist das ein schottisches Wort? Ich mag es irgendwie.«

»Ja, hier oben ist es ziemlich nützlich.« Marnie bedachte sie mit einem ironischen Blick. »Wie auch immer, du musst dir wegen mir keine Sorgen machen. Mir geht es gut. Ich brauche dich nicht.«

Helen sackte in sich zusammen. »Oh, okay. Ich … Dann werde ich wohl besser wieder gehen.«

Marnie hielt die Terrassentür auf und rief dann über ihre Schulter zurück. »Helz? Nur weil ich dich nicht ständig um mich herum brauche, heißt das doch nicht, dass ich dich nicht als Freundin brauche.«

»Wirst du irgendwann mal wieder nach London kommen? Bitte?«

»Vielleicht.« Sie war zurück, Marnies typisch vage Kopfbewegung, die implizierte, dass es noch eine Million anderer Orte gab, die sie aufsuchen könnte. Und dass jeder von ihnen – selbst wenn es sich um die neurologische Station des Glasgower Krankenhauses oder dieses schäbige traurige Pflegeheim handelte – allein durch Marnies bloße Präsenz irgendwie cooler würde. »Ich muss mal schauen.«

»Ich werde auch deine beste Freundin sein!«, rief Helen.

Marnie lächelte. »Du bist schon meine beste Freundin.«

Epilog

Was geschieht, wenn vier Frauen beschließen, den Ex der jeweils anderen zu daten? Drei Monate später zieht Rosa Liebermann, OFF-Lists ureigene Datingkolumnistin, ihr Resümee.

Ich habe viel gelernt in den sechs Monaten, seit mein Mann mich wegen eines Teenagers verlassen hat. (Na gut, sie war zwanzig, aber ich finde, ich habe mir das Recht zu überspitzten Bemerkungen reichlich verdient.) Dinge wie: Sich in den Ex deiner besten Freundin zu verlieben kann zu Eifersucht und Verrat führen. Dinge wie: Einen Mann zu daten, der noch nicht geschieden ist, kann dazu führen, dass plötzlich Gegenstände durch die Luft fliegen oder dass du dich versehentlich nackt in fremder Leute Wohnzimmer wiederfindest. Und Dinge wie: Schlafe nie mit einem Mann, der sechs originalverpackte Ersatz-Zahnbürsten in seinem Bad bereitstehen hat.

Aber was wurde nun aus unseren Heldinnen?

Meine Freundin H ist immer noch mit dem Geek-Rock-Gott zusammen. Die gute Nachricht ist, dass sie ihre Spieleidee zurückbekommen haben – Consuela schmuggelte die Dokumente auf einem USB-Stick aus Spanien, kurz bevor Logan wegen Steuerhinterziehung und Verstoßes gegen das Datenschutzgesetz ausgeliefert wurde. Consuela, Amanda und Darren, der Gärtner, leben nun glücklich und zufrieden auf den Cayman Islands von dem Geld, das sie vor Logans Verhaftung von seinen Konten abgezweigt haben. Amandas Klamotten sind stets tadellos gebügelt, und wie Consuela sagen würde: Alles ist ganz famos.

H berichtet, dass sie sich überraschend gut an ihren ersten richtigen Freund gewöhnt. Sogar ihrem Kater scheint das neue Arrangement zu behagen, und seit einem letzten unglücklichen Vorfall mit einem Amazon-Lieferanten vor einem Monat hat er auch niemanden mehr gebissen. H hat sich ziemlich viel Mühe gegeben, um eine der besten listenbasierten Websites überhaupt zu designen (kleiner Tipp: Ihr lest gerade einen Artikel darauf), und ihre Spieleidee wurde von dem Internetmogul gekauft, der hinter eben dieser Seite steckt. Haltet die Augen auf nach Swipe Out, demnächst beim App-Store eures Vertrauens zu haben.

Meine Freundin A ist immer noch mit dem reichen IT-Typ zusammen – sehr zur Freude ihrer beiden Familien –, und schon bald wird dies ihre bisher längste Beziehung überhaupt sein. Die beiden genießen es, zusammen *Good Wife* zu gucken und die Finessen des britischen Scheidungsrechts zu diskutieren.

M ist immer noch im Norden und kümmert sich um ihren Dad, aber es geht ihm zusehends besser, und mittlerweile redet sie sogar davon, dass es großartig wäre, mit ihrer Freundin nach Thailand zu gehen, um dort buddhistische Meditationstechniken zu erlernen oder vielleicht Schmuck zu machen oder durch das Himalayagebirge zu wandern. Weder sie noch H haben Kontakt zu dem heißen, hasenherzigen Musiker, der, Berichten zufolge, schlussendlich von zu Hause ausgezogen ist und nun in der hippen Berliner Elektroszene mitmischt.

Der Theaterkritiker ist wieder mit seiner Frau zusammengekommen, und die beiden haben erst kürzlich ihr Ehegelübde im Rahmen einer verschwenderischen Zeremonie auf einem Kahn auf der Themse erneuert. Ein Ereignis, das natürlich ausführlich fotografisch dokumentiert wurde. Sie hat ihm ein Maximum an zehn Büchern gewährt, die er jederzeit öffentlich in der Wohnung ausstellen darf, und ist gerade dabei, die Vorzüge von Earl Grey schätzen zu lernen.

Demo-Boy hat eine seiner Mitbewohnerinnen aus dem besetzten Haus »geheiratet« – in einer berührenden, aber nicht offiziellen Zeremonie, die unter einem Baum im New Forest abgehalten wurde. Und da der Baum gefällt werden sollte, ließen sich Braut und Bräutigam im Anschluss an seinen Stamm ketten. Die Feuerwehr musste anrücken und sie mit der Säge befreien, weil ein Dachs ihre Handschellenschlüssel verspeist hatte, aber die Geschichte schaffte es in die Zeitungen, und man erzählt sich, das frischgebackene Brautpaar sei sehr glücklich über die so gewonnene öffentliche Aufmerksamkeit.

Die Polizei fand schließlich den Hacker hinter dem Mein-kleiner-Seiten-Sprung-Skandal, welcher landauf, landab Ehen zerbrechen, enden und, in manchen Fällen, auch wieder aufblühen ließ. Das Computergenie dahinter war – entgegen Geek-Rock-Gotts Vorhersage (#nichtalleHacker) – tatsächlich ein sechzehnjähriges Mädchen aus Wolverhampton, deren Eltern dabei waren, sich zu trennen, weil sie beide eifrig besagte Website nutzten. Obwohl sie einen landesweiten Feldzug der Industriespionage koordiniert hatte, kam sie, aufgrund ihres Alters, mit einer Belehrung davon, und inzwischen hat sie eine Studienstelle für Computerwesen am Massachusetts Institute of Technologie angeboten bekommen. Die Verfilmung der Geschichte, *Love Hack*, kommt nächstes Jahr mit Sukie Miller in der Hauptrolle in die Kinos.

Sukie selbst hat nach einer kurzen Auszeit in einem indischen Ashram ihre Mitte gefunden und ihrem Macho-Macker, der Nacktfotos von ihr an die Presse weitergegeben hatte, den Laufpass gegeben. Außerdem wird sie für ihre nächste Rolle schon für den Oskar gehandelt. Die Gerüchte besagen, dass sie mit Jake Gyllenhaal angebandelt hat, der den attraktiven, aber Not leidenden Polizisten spielt, der die Hackerin auffliegen lässt. (Keine Sorge, für den Film wurde ihr Alter auf zwanzig angehoben.) As Schauspieler-Mitbewohnerin, Gina, wurde – dank einiger Kontakte, die A im Verlauf einer turbulenten, durchfeierten Nacht geknüpft hatte – die Rolle der Mutter der Hackerin angeboten. Und obwohl sie nur wenige Jahre älter ist als Sukie, ist Gina hocherfreut über diese Möglichkeit und wird schon bald nach L. A. ziehen. Dies wiederum ist natürlich mehr als praktisch für meine Wenigkeit, da das heißt, dass ich mit meiner besten Freundin zusammenziehen kann. Wir planen schon mit Feuereifer, wie wir jeden Abend schlechten Wein trinken, tratschen und auf keinen Fall Kohlgemüse einfrieren werden.

Und was ist mit dir, höre ich euch rufen. Nun, ich schreibe vergnügt und frei vor mich hin. Meine Scheidung ist so gut wie durch, und mein Exmann ist wieder mit der Fast-Teenagerin zusammen, wegen der er mich verlassen hat. Ich wünsche ihnen – soweit mir dies möglich ist – alles Gute.

Treue Leser dieser Seite wissen, dass ich ein paar Verabredungen hatte, seit ich mich auf einem Datingportal angemeldet habe, aber momentan habe ich meine romantischen Ambitionen an den Nagel gehängt und gönne mir eine Auszeit. Denn nun folgt die wichtigste Lehre, die ich aus unserem bizarren Datingprojekt gezogen habe. Und ich überlasse es meiner Freundin M – ich freue mich übrigens, sie euch ab nächster Woche als unsere neue Freizeitkolumnistin ankündigen zu dürfen –, sie euch zu erklären …

»Das, woran ihr euch im Leben immer wieder erinnern müsst, ist Folgendes: Es geht nicht nur um euch. Beim Dating, bei der Arbeit, selbst bei euren Eltern hat jeder seine eigenen Themen im Gepäck, die nichts mit der anderen Person zu tun haben. Es ist wie bei einem Picknick. Mag sein, dass ihr Baguettes und Schinken mitgebracht und sogar Servietten eingepackt habt, aber womöglich hat der andere eine Schachtel Eiscreme dabei, die schmilzt und dazu führt, dass ihr von einem ganzen Ameisenvolk angefallen werdet. Genauso kann es sein, dass der andere ein verkümmertes Selbstwertgefühl mitbringt oder bodenlos schlechte Manieren. Es ist nicht euer Fehler. Ihr habt auf den Tisch gestellt, was ihr konntet. Oder auf die Decke gelegt ... wie auch immer.

Also, nur nicht den Mut verlieren! Manchmal ist der größte Gefallen, den ein Mensch einem anderen tun kann, der, ihn zu verlassen. Und manchmal muss man alten Krempel loswerden, um Platz für Neues zu schaffen.«

Ich möchte mich bei meiner Freundin M für diese eindrückliche Metapher bedanken und ihr ausrichten, dass, wo auch immer sie gerade ist, London sie immer vermissen wird.

– Kommentar hinterlassen von SurfDudeJase
Miss Liebermann, wenn Sie schon über Ihr Liebesleben schreiben, dann sollten Sie, so denke ich, Ihren Lesern gegenüber ehrlich sein und ihnen erzählen, dass Sie heute Abend ein Date mit Ihrem unfassbar gut aussehenden, in Scrabble kaum zu schlagenden Redakteur haben.

– Antwort von RosaL
Lieber SurfDudeJase, bitte lenk mich nicht ab, ich bin gerade dabei, ein wirklich wichtiges Buch zu lesen: Krieg und Frieden. Schon mal was davon gehört?

– Antwort von SurfDudeJase
Miss L, wir sind genau auf derselben Seite.

– Antwort von SuzanneYogaQueen
Jetzt hört aber auf, euch online anzuschmachten, ihr beiden, und rafft euch endlich auf. Mein Twitter-Feed läuft

vor romantischem Geschwafel nur so über, und ganz
ehrlich, mir kommt bald mein Grünkohlsmoothie wieder
hoch. Kuss, S.

Für alle Fans des Films *Tatsächlich ... Liebe* und für alle, die es lieben, Punkte auf einer to-do-Liste abzuhaken.

512 Seiten. ISBN 978-3-7341-0290-5

Rachel ist passionierte Listenschreiberin, seit sie denken kann. Nichts liebt sie so sehr, wie das Abhaken von To-do-Punkten. Doch hilft auch die beste Liste nicht, wenn man mitten in einer Scheidung steckt und dringend eine neue Bleibe finden muss. Als sie Patrick kennenlernt, der ein Zimmer zu vergeben hat, zieht sie spontan bei dem attraktiven Singlevater ein. Und auch ihre Freundinnen wollen helfen: mit der ultimativen »zurück ins Leben«-Liste. Rachel macht sich ans Werk und kann – mit Patricks Hilfe – bald diverse Häkchen setzen ...

Lesen Sie mehr unter: **www.blanvalet.de**